風雨談

（五）

復刻本說明

*本期刊依《風雨談》合訂本全套復刻，為使閱讀方便，復刻本每三期為一冊，惟原書十七期以後頁數變少，復刻本第六冊為原書第十六期至第二十一期；復刻本的尺寸亦由原書的15×21公分，擴大至19×26公分。

*本期刊因尺寸放大，但每期封面無法符合放大尺寸，故每期封面皆對齊開口，使裝訂邊的留白較多。

*本期刊第一集書前加入導讀。

*本期刊為復刻本，內文頁面或有少數污損、模糊、畫線，為原書原始狀況，不另註；唯範圍較大者，則另加「原書原樣」原書原樣，以作說明。

風雨談

第十三期

風雨談 第十三期 目次

印度文學特輯……密切注意

風雨談

第十三期

袖裏虹蜺衝霽色，
筆端風雨駕雲濤。

宇文虛中

篁軒記

紀果庵

將自己作事讀書的地方命了這樣的名字，並不是要學風雅，實在因爲窗前正有一大叢細竹，又是自己栽的。查說文篁字云：

「篁，竹田也。」段注：「戰國策，薊丘之植，植於汶篁。西京賦：篠蕩敷衍，編町成篁。漢書：篁竹之中。注，竹田曰篁。今人訓篁爲竹，而失其本意矣。」

這樣說，篁雖有誤解作小竹的，但其爲成叢之竹，則顯然不錯。倭名類聚鈔木部竹類云，「篁，竹叢也。」狩谷棭齋注云：「廣雅作竹名，按竹叢之訓見漢書嚴助傳注引服虔」。則更分明。爾雅無篁字，且連衛風淇澳的「綠竹」，都不作竹解，而以爲「萹蓄」的。陸疏：「似小藜，赤莖節，好生道旁，可食，又殺虫。」又云：「綠竹，一草名，其莖葉似竹青綠色，高數尺，今淇澳旁生此，人謂此爲綠竹。」水經淇水注亦謂非竹，這很糟，我以爲古代黃河之曲是與今日的黃沙漫漫大不同的，譬如梁孝王的兔園，洛陽的金谷園，在意象中都應當是很有江南之風，竹子是不可少的。如今則干脆一句話打破，於是荒涼成爲自古有之的了。所以自從渡江，對於竹子特別注意。竹田在此地頗爲不乏，例如三步兩橋和清涼山一帶均甚多，早先我是以爲秋天格外好，各種應當凋落的全凋落了，沒有可厭的庸俗障目，正是極目蕭然的好天氣，遼遠的幾片鬱鬱的竹林，多麼拔俗清絕呢？如今在春天也看見了，那萬竿齊發的生氣可又不是秋天可比，大竹一長出來就是那麼巨大挺直，給人欣悅與興奮，乃至於驚異，碧綠的外表上微微着一層白霜，李釋戡先生告訴我他寓園中新生的一株大竹，高已兩丈餘，其成長不過五天！松柏雖也可貴，但長大却難，如此歲月，有使人不能忍耐之勢，當晉室之末日，知識分子都到竹林去狂放無羈的遊宴，豈亦有感於斯乎？現在清談正是被罵得體無完膚，說了這樣的話不免與「時務」相違，但研究歷史的人，總喜歡以亂世比亂世，比來比去，比不出好意境來，也只好算作無可如何罷。

現在還是回過來說說自己的事。窗前種竹，也不過那麼一點意思，正古人之所謂聊以寄意。始而很爲這些細竹之不能長大起來惘然，旣而知道這是品種的關係，不是培養與土宜所致，也就釋然了。去年曾寫小文曰「南方草木狀」，記此數十竿的簡短歷史，此刻意念也還是如此。可是今春細筍滋生尤繁，有好幾隻是挺破了水泥地皮而出來的，雖然其梢頭稍稍有點彎曲，其可驚固不在李氏園中巨竹之下。數日來出筍日期已過，放出此枝幹更綠得新鮮的葉子，我的欣悅，殆不可言，大約此卽古人「吾亦愛吾廬」的意思歟？慚愧不能說出，只有多從窗子向外望幾望。而且竹下忽然生了紅色的草莓，豔麗得使人奇異，因爲不是由於培養，瘦小的果實全無味道，但對於我而言，却總是一種安慰。在沙漠裏，一株狗尾草或芨芨草都是給人莫大舒服與快樂的。

亂世人事升沈是突然而不可懸擬的。雖然是這麼一個小院落，却亦有其應有的變化了。——但我却一直固守着四年前的老屋。有人以爲太拙笨，有人以爲很好，在我都是無所容於心。我心裏所要求的乃是長久的安定與寂靜，固然，一般人未嘗不是如此，然爲了安定先須活動，爲了寂靜而謀躁進，不客氣的說，都不爲我所取。安定本是沒標準的，馮諼作歌，有了魚還要車，在此種心情之下，別人認爲安定了而自己還是不足；另一種則是「身在魏闕，心存江湖」，嚴子陵所以必須過垂釣的生活，蓋不徒然爲富春江的景色好；張季鷹想蓴菜鱸魚，更非爲了口腹之欲也。當我初來這裏的時候，竹子還沒有，一切都是破陋不堪，牆上的堊粉是我刷的，地上的地板是我釘的，一只桌，一把椅，一盞燈全是我自己預備的。熱鬧而紛呶，天天跑到外面去「應酬」，在家裏來了客也「應酬」，端端茶杯，握握手，笑一聲，看一眼，全是爲了別人不是爲自己，而這爲自己又是出於一種强迫的力量。有時端起了急就章的蛋炒飯，事實上總是到下午兩點左右了，一面用調羹胡胡塗塗吃進去，一面注視着當天的報紙，可是到不了半飽，又有人來找了，不會說謊話，抹抹汗，穿上長衫又去「應酬」。除非到晚上十一點以後，關起房門來臥到床上去長嘆一口氣，此外是沒有片刻爲我所有，像這種生活的形態，不少朋友反而羨慕，不少一般人是莫測所以，說是世俗的「安定」，毫無疑義的夠得上而有餘。但是我瘦了，食量減了，健康情形壞了，這是安定嗎？我有點不大相信。我只覺得這樣活下去不行，還是趕快回到「初服」爲佳。於是先在職業上尋覓了可以變更生活的道路，漸漸脫離可以擾亂寧靜的種種，客人雖則仍然往來，但已不再糾纏於我，古屋中印有紅格子的公文紙漸少，而線裝的以及破舊的洋裝的書漸多，久之，好像有點「心遠地自偏」了，可以有閒暇運用自己的筆，有地方讓攤開的書侵占，有時間給凝想飄然而至，甚至於有工夫有一場「病」了。

這才覺得窗前需要種一片竹，很遠的，從一個僧寺那裏討來的竹根，深深埋下去。時間遲了，當秋天，葉子一如院外梧桐，黄而凋萎的樣子，使人對着這種不該有的憔悴生輕輕的厭惡，好容易熬過多雪的冬天，第二年春日不過淒零的十幾竿，筍是沒有，並且友人告訴我這不是毛竹，永遠不會有，我如上文所云，惆悵。但到第三年却有了新篠，直至今年連水泥地也穿起來爲止，差不多他們成了在這附近——只有汚濁的小河與專門在大門前晒牛糞和排洩大便的區域——唯一的竹林，不要因爲向前走不了十步就是灰色的牆而難過，須知若沒有這一片綠色就更無法安排疲倦的心神。我無論如何，被這古屋與竹叢所滿足了。

現在這裏不大有什麼來客，這是應當有的現象，蓋前面所引的「心遠」之說還不夠，實在是人也遠了。正好，我願意客廳的沙發上有塵土，願意工人閒得伏在桌子上假寐，我欣賞門外梧桐上的鳥巢，我側耳靜聽竹叢裏的啾啾鳥語。幽深的走廊上晚間有蛛網而無燈。乳色的燈罩只供白天欣賞，晚上則是螢與蚊的世界。假定有什麼事而必須晚上來的話，要摸索，要有點爲夜色所恐懼，好像有什麼幽靈。自從人事蕭閒以來，原有的電鐘拆去了，電扇更無有，高興時坐到晚飯後還不知回家，也不知是幾點了，讓自己的孩子三次兩次來催吃晚飯，今年索興連日曆都沒有了，譬如說，今天本是星期三，我就記成星期四而到某校去上課了，及至見了學生，才知不是，大家都在笑，而我却有忘機之欣然。如此，又並不是不去作事，早晨六點鐘來到這裏和許多年青人體操，跑步，唱歌。看着他們怎麼長大，學習，自己也研究着怎麼長大，學習。關心黃楊冬青的葉子不要被虫咬壞，關心牆上的薔薇是否凋零。把芭蕉移到土壤好而易長的地方，看青年人們捏着鋤頭種番茄，把瓦礫掘出來，使荒涼變爲整齊與生產。古詩人種豆南山下或也稍有一些這樣動機，雖不敢相比，心向往之總該被原諒，許可。用最大的體力但用最少的思想去處理所謂公事，留下一部分精神還是爲自己讀書。書是讀得毫無成功，但這是嗜好與興趣，替別人盡了力，同時也可以有資格和力量看一點願意看的文字，也就覺得報酬很不少了。

所以坐上客常常也有書友，沒有力量買好的版本與大的數量，但知道一下價錢和書林的滄桑也是好的。比方說，前幾天費盡力氣才買得成的一部煙嶼樓文集自己以爲是很貴了，可是今天書店告訴我有人願意出一倍的價錢了，我自然是不賣，而心上終於有了勝利的愉快。利己心原是偉大的呀！自己所收的少少的幾本書，還是不肯放在這裏，多半是放在家中的。這兒書架上零零亂亂都是沒什麼用的東西，例如好是很好但是不大願意看的金尼閣的西儒耳目資，朱士嘉的中國地方志綜錄，只好請他們坐坐冷板凳。有一部分期刊，因爲不全又非愛好也遭同樣處分，北平研究院的院務彙報和禹貢便是其中之一。直到前天偶然翻到廿六年六七月份出版的禹貢才知道還有自己所寫的文章，好像他鄉遇故知，儘管文章不好，也細細閱過一遍。大約是去年，看見一個極熟的書店收來許多本東方雜誌，說是要論斤出售了，因爲零賣不合算，我心中有不少珍惜之意，順手取四十餘册，有的是廿六年八月出版，亦是在北京不曾看到的，而且有一册裏竟夾着一小本文學的戰時版，這都使人有意外的高興。像這裏的書之凌亂，幾乎是任何地方所沒有，去年我在文載道兄書齋看見那麽多整整齊齊的書廚書架，冬天在北平，又看到不少師友的書齋，窗明几淨，其幽邃與古意皆非南方所可及，甚至一只印色缸，一丸墨，也有北平應有的特殊色調，凡此種種，我這裏都沒有，有的只是蕪雜，一如我的爲人。被老鼠咬破了的蘇州印本古逸叢書，被翻得七零八落東一堆西一本的文明書局印本筆記小說大觀，因爲剪取凌霄一士隨筆而拆散了的幾年的國聞周報，中國部分已持回家中，只有日本部分的書道全集，一直臥在地上永沒動過的九通彙纂，這些在可愛與不可愛之間的東西，已竟把屋子弄得隙地毫無。但最足以助長凌亂程度的還是那些文件報紙和信札。我是十足的「慣遲作答愛書來」主義者，如果一天沒有朋友的信，便似青年人等候愛侶似的焦灼，憂鬱。而不是我所願意看的信件，又是如此的厭倦，鄙夷。這樣，面積約二十方尺的桌上就縱橫着不知多少亂紙和信件。我是不許別人給我整理的，在亂紙亂信中，正有頂喜歡看的東西，如果你一下子都放在字紙簏裏去，豈不糟糕？從許多信件裏翻出一封應當趕快答的信，立即拿起筆來寫了，發了，也是一種痛快與發洩。我常一氣寫七八封信，可是也許七八天都不寫信。對於喜歡的信，本有保留的決心，但是到了實在應當清整一下的機會，則又急躁得忘了這夙願，於是不分青紅皂白丢下去了。從廢紙簏中再細細檢查要保留的信，也是我的家常便飯，這都使人笑我的膚淺，不深沈，安靜。可是，沒法子，我不大願意學西門豹去佩韋的，其理由，在一文曰「說瞋怒」者已講得明白，請參閱。

像這種脾氣那就談不到精密了，我厭倦數學，厭倦一切水磨工夫，討嫌商人，不敢看音韻學和專門考證的書，怕見心思太細的朋友，如穿了新長衫總怕汚損了的一類的人。如果爲了有事找我呢，還是請劈頭劈腦就說的好，如果閒談呢，大家有工夫，痛痛快快的，却也很希望。雖然太世俗，好像也還有點人生的道理。我常主張一個淺陋的說法，服務應當全存恕道，作文，談話可以不必。這裏所謂恕道，實卽指爲人而言。卽使要利己，也還是替大家多想想的好，不然恐怕究竟是危險，至於文章，那可管不了許多。若是專門替別人呼號，那只能叫做奉命，或是出賣，不如沈默的人反而得體。我是拿文字作爲駝鳥掩護頭部的沙坑的，駝鳥明知在後面有人攻擊，可是頭的安全還是要顧及，這比喻也許不倫，因爲原來正有掩耳盜鈴的意思，我則姑且斷章取義罷，無論如何，只想維持思想的自由。假如世界眞的到了末日，不容我們的頭腦在沙坑裏冥想一二的話，那再由他，此刻現在，似乎還無須在靜室焚香，謝天謝地罷。因之，沙發上坐的友人，大致是胡天胡地的多。可以說同那上面攤着的許多亂書一樣，——這沙發平時大都是書報的坐椅，有人來暫時移開一下——有點內容而不完全是空殼。

你比方眞遊心物外的話，却也不必對所愛十分關心。即如窗前竹子，固然可愛，我却也並未時時刻刻注意他的生長，或是加以有意的培灌，猶之宋人揠苗助長；其實世俗還是像這樣的聰明的愚人多，故英國也有戈登的賢人的民謠。例如有一時期我種大麗花，一塊塊根埋下去，朝朝暮暮盼他生芽，長葉，開花，結子，可是偏偏才長出的嫩芽就被雛鷄吃掉了，或是長了密密的蚜虫。任憑多麼勤勉的灌溉，還是沒有在一旁野生的蒲公英肥美，想不到的一朶金黃色的小花會在剎那間開放。慢慢我有點明白這道理了。雖然第一年種竹的時候爲他們的焦枯而急躁，到後來，事情一忙，忘得干淨，而新筍却給我以驚異的微笑了。這筍又不必每天去看，忽然就高過檐際，正可以想起古人「新筍已成堂下竹」的詞句。你看「紅了櫻桃綠了芭蕉」的意境，都是包含着這種意外之突然在內的，雖則這突然也是積漸而來，但出於人爲就不行。這不只是可以讓人悵悵，實亦大有愉悅，「綠樹發華滋」，亦復如是。幼年家中小園有一片白楊，至暮春時，忽有暗綠色的大葉子，我便幼稚的唱着從小學校學來的歌了。我想，人生的道理有無與此相同之處呢？似乎是有，也不容易具體的說，總之，我爲我的笨拙掩護，我對於自己，向來是不肯「揠苗」的。

除去自己辦事讀書的老屋之外，尙有好幾間餘屋，從前也都是人語如潮熱鬧之至的，現在則剩下「空梁落燕泥」。庭草無人春自綠，對於竹樹之類，人們的衰頹，便是他們的茂盛。可見人類也只有向自然掠取，壓搾。竹子附近即廁所，從前足迹不斷，往來旣多，下可成蹊，竹之不能暢生機亦是當然。現在則有較爲自由的空氣。不關心也有其不好，去年院子裏一只荷缸因爲不傾去積水而凍裂了，今年無復亭亭的荷蓋。可是自荷花移植以來，也不會好好開過半朶花，大約還是不願久羈樊籠裏。如此說來，這正是自然對於人類的反攻。這老屋外牆出奇的高，而又綴以「天下爲公」之門額，與叢篁細荷，殊爲不調。據云，乃會爲一要人辦公的所在。遮避着外面的清新空氣與燈火是不好的，而且她這一小叢竹子開在這麼一點地方來自私更是不好的，但怎麼辦呢？不要說沒有那種力量，即是牆上長了那麼多的薔薇花，已竟使人覺得破壞了可惜。今春薔薇多蟲，牆也因爲多雨而剝落了，如果有一天，它會傾圮了的話，我想一定不再修理，也應該讓這僅有的竹叢呼吸一下外面的空氣，并且使外面的人可以對他「極目」了。

三十三年六月九日

紀果庵論（作家論之一）
陳廛作
下期預告

霧

楊保義

一

鳳華輕輕的把這扇辦公室的木門推開來。自然而昏惘的，她不甚辨認得出屋子裏面的人物。這間屋子是在這座樓的地下一層，還算寬敞，朝東和朝南都開着長條的玻璃窗，窗鍵緊挨着柚木地板，窗簾雖是灰布藍條子剪的，却早經七零八碎的舊得不堪。朝南的窗正開着兩扇，外邊是高高的陽臺，臺下有兩排黯灰的木柵欄，安放着不少輛新的舊的脚踏車。這時候剛是午後兩點多鐘，悶熱得很，外面廣場的牆根一帶雖然有許多棵簇肥的白楊和其他的綠叢叢的樹，高處的葉子像喘不過氣來似的壓着下一層的葉片，在綠色中滲染上一簇一簇深黑的翳影，可是直射進來的陽光却與此不同，光線中灰塵被雪亮的日光照得纖毫畢現，給人們昏濛的頭腦裏添上一層不清潔的感覺。鳳華穿的是藍夏布滾着闊邊兒的短旗袍，身材適中，進來時她的腰身和門響聲音同時把室內疲憊的人都驚動了。同時有幾雙眼睛都在望着她，她覺得怪不好意思的，眼睛倒瞧清楚了，自己的妹妹正在一張迎面橫放着的寫字枱前坐着，前面擋上了一個男子的背影。其餘的幾張寫字枱的人，她都沒有看得怎樣清楚。最初她覺得這是一個可以熟悉的地方了，因爲她的妹妹鳳玉已經從椅上含笑的站了起來，綠地黃花朶旗袍裏膨脹着的胸部隨着說話很迅快的起伏着，又像是熱悶，又像是呼吸得急促了一點，於是鳳華看得自己的妹妹像是比自己要現代型得多了，其實倒也不是的，鳳玉只是一連串的開口說道：

『啊呀！你什麽時候來的呀？讓你找着這個地方了！坐呀！坐呀！……』這一串話跟着是她用她的肥短的手指着檯旁的小椅子讓鳳華坐下。鳳華是她同胞的姐姐，就不謙讓了，坐下之後，看了鳳玉的面色，因爲平常是胖了點兒的緣故，倒也不算怎麽憔悴，心裏多少有一點兒放了心，就接口道：

『眞熱呀。我是今天十一點鐘到的，現在快三點鐘了罷。』

她說着話的時候，一杯熱氣騰騰的香茶，已經放在桌上了。這是一隻玻璃杯盛着新沏好的清茶，由一個穿慣了白綢長排密紐扣短衫的長頭髮的工友，客客氣氣的給端過來的。這個工友的姓名連長在室內辦公的人都不大熟悉，只知道他大約可以被稱呼做阿根或阿庚。阿根的本領平常表現出來的至少有兩種，一是替職員和客人倒熱茶，杯杯都是現沏的，二是跟着來上一把熱得燙手然而却也使皮膚異常舒服的毛巾，這時，鳳華一面擦着手，一面把室內的人物和東西陳設都打量了一番。阿根却靜悄悄的退出了。她看見妹妹面前攤着一本厚厚的英文書，包皮紙上毛筆寫着的書名大約是一九三×年什麽佳作選一類，連着一叠有字的稿紙鋪在桌上，就向鳳玉說：

『翻譯麽？』

鳳玉微點着頭，怪不好意思的，指着還有一大堆譯好了的劇本摘要給她的姐姐看。那些劇名有許多看來是很滑稽的，什麽『孤兒拯父』，『黑婦人』，『風雪之夜』，還有『相思淚』等等。這些都是由周主任選定交給她摘譯出來，看看能不能夠改編做中國劇本用的。雖則她來這裏工作才不過半個月光景，她已經看出，她的工作是屬於吃力不討好的那一種了。周主任的坐位，是靠着東邊臨窗的地方，這時正卸脫了藍絨西裝外套，大聲的和他對面椅子的一個靑年人說笑，因爲說的並不是普通話或江浙話，帶着廣東的口音，鳳華一點兒都聽不懂。她看見周主任已經是年逾四十樣子的人了，臉色紅潤得很，相貌生得看來很兇，因爲鼻子高峻得很，給人的印象是有時候看上去竟不大像是中國人，就低着頭不敢細看。只是用眼睛把他對面的那個年靑瞧了一眼，這一眼不幸像已是又像是不曾引起了自己妹妹的注意，她覺得鳳玉的目光直釘在自己夏布旗袍的身上，那是不會有什麽理由的，就立刻把目光避過了。她和妹妹並不一樣，妹妹是結了婚而正在鬧着離婚的人，她却還不曾訂婚。她含着笑，把家鄉最近大略的狀況和兩天輪船上的生活都向鳳玉說了，鳳玉偶然也接着問幾句話，却是淡淡的，這使鳳華立刻又感覺到有些兒侷促了。因爲她知道自己妹妹是生就的心直口快的人，卽使是心境不大好，爲什麽這樣的拘謹起來呢？她也不做聲，用手輕摸着自己的手提皮篋撫弄。忽然聽見另一個穿着灰嗶嘰西裝的人在室內一個角落向那個坐着談笑的青年人叫了一聲『汪先生』，跟着說了兩句話，汪先生就站起身來，踱到那一頭去了。他經過鳳華面前的時候，看見鳳玉正低垂着頭，就停住了，問道：

『吳小姐！怎麽樣？還是每天要翻譯的麽？』

『是的呀！』鳳玉有點兒怕羞，其實却也不是的，因爲她複雜的心情近來早已超過怕羞之上許多程度了。不過她的答話這樣的親熱而簡單，自然是叫鳳華認爲可以注意的。她尤其注意的是，這個年青人雖然只有廿七八歲光景，人又生得不高，却像有些東西暗示着她，這實在是這個室內許多張面孔和趣味集中或接近的地方。汪先生的名字是汪樹宜，這天晚上鳳華才知道的。他生得一表不俗，雖然矮一點兒却還叫人看來覺得四襯，像是同時也就會感覺到人長得高了也未必順眼那樣。人又瘦，臉上一層層薄霜似的汗毛，濃得驚人，兩撇兒並不打通的短髭橫在唇角，這使已經有了性生活經驗的婦人們樂於接近，而叫一般年稚的芳齡少女不無小疵之感。可是他的一雙烏黑的眼珠就把這個很適宜的補救過來了。這是鳳玉近來心裏的一種想法，鳳華自然一時察覺不到。她只是看見樹宜輕輕的走到鳳玉的身旁，竟不怎樣意識到自己的存在，緩着聲調說道：

『歇歇罷，吳小姐！多譯了有什麽用處？』

他用手翻了翻『黑婦人』一類的東西，很快的就到灰嗶嘰西裝先生的桌前了。在那邊，直截了當的剛說完幾句話，就又返回周主任的對面。他是一個愛喝濃茶的人，自己的玻璃杯裏只剩一點餘瀝了，仍舊端起來啜着，嚼着一兩口泡開了的墨綠的茶葉。阿根沒有再進室內來。他便又坐不住似的，再度走到鳳玉的桌前了。伏着身子看書的鳳玉，只覺得書上幾行英文字在對着自己跳跳蹦蹦的，一些兒都進不了腦子，把書一闔，正摸起了自己盛放雜物的手提布袋，看見樹宜過來了，就說：

『汪先生，這是我的姐姐。』

『哦，……吳小姐，好麽？』

鳳華微俯着身子在還禮，妹妹又搶着替她說：

『她今天才到上海來的。』

『是麼？那麼，吳小姐，你們要不要先回家去談談？這裏今天橫豎又不見得有事！』

話說得很慢，却很肯定，這是這些日子鳳玉漸漸習慣了的。她們兩個姊妹互相望了一望，並不再多躭擱，含着笑顏向周主任和餘人都點了點頭，咯咯的鞋響就一齊出去了。鳳華在出去前的半秒鐘，忽然瞥見了這位汪先生端起自己茶杯的大半杯茶就喝，咕嚕咕嚕的喝得很自然，一點兒顧慮都沒有，她的心裏像是平空添上一層霧，她不大明白這個男人究竟是一個怎樣的角色，然而這對於她也許毫不相干。她們下了階石並不停留，兩個窈窕的身影就沿着綠蔭底下的水泥石徑走出這家公司敞開着的大門。

二

過了一個多月，鳳華在一家小學裏教着書，寄住在校裏。鳳玉和她的丈夫離了婚。

鳳玉的丈夫是一個商人，在這個兵荒馬亂的時際，貪圖暴利的商人。她不惜犧牲掉三個自己親生的骨肉，和五六年來同居關係的愛情，悄悄的和她的丈夫分離了。她的丈夫在半年前早已有了新歡，毫無憐卹的另外營下新租的小房子。鳳玉僥倖的，在她的丈夫同意之下，承租了幾年以來他們同居住着的舊地方。那是租的別人的一個前樓。

雖然是陋簡得說不出來，隘狹的樓房却是朝南的，推開窗子望出去，一片悅目的，青翠的綠色，劃成一塊一塊的土地。那原是一個很小的公墓。每逢午後六點多鐘鳳玉從工作的地方走回來，如果沒有什麼特別的事情，必定坐在窗畔遙望着外邊的景色散散心。園子的一株粗闊的柳樹和她的房子隔着一道牆，這一道牆就是公墓和她住的里弄之間的分水嶺。柳條隨着一陣輕柔的風飄散在牆頭及空際，偶的也散落在庭院裏的地面。

雖然是公墓，並不禁止外人時常進去遊玩。在天熱的時候，或是夕陽西墜的時候，或是陰濕霉暗的季節，那裏面都有許多活着的男女和兒童們出沒。兒童們跑着，跳着，打鬧，有的坐在椅車裏，微閉着眼睛打盹，有的張大着嘴仰望高高的天空。年青的男女們在這裏面散蕩着談心的，望來都像是情侶。

年紀老的人也有。打扮得像二十年前的美國留學生，穿着古板的西裝，扁扁的呢帽戴在頭上，滿臉皺痕的紳士。和西洋水手同過居，現在離異了，凸着肚皮一邊走路一邊笑罵的四十多歲的廣東婦人。這都是鳳玉在窗裏時常看見的人物。還有人躲在巍高的花岡石墓碑的背後談話，打情罵俏，接吻，她也清清楚楚的看得到。

當她一個人靜悄悄的在屋裏休息的時候，就不免朝着遠處的草地眺望，也不免要胡思亂想。她很少自己對着空牆流眼淚。屋子裏面除了她似乎沒有其他的生物，那怕是纖微的隱暗的東西。她看厭了屋裏面一切的陳設了，陳舊而簡單。一張大大的雙人牀，鋪着厚軟墊子，上面還有細細的牀席。牀旁是一張小几，一盞能夠發出幽微的綠光來的小電燈。小小的方桌，寫字桌，梳粧檯。連椅子都只有幾把圓形的，沒有靠背的，零亂的排列在桌邊。梳粧檯上面嵌着橢圓形的鏡子，只能發出暗暗的光線來。這是不屬於晴天的一種生活的點綴。

說是找到了工作。鳳玉在公司裏面的工作是輕微的，每天循例的翻譯幾段文字，給周主任看過，就算完畢了。有時候一個星期還不能夠把一個完善的故事寫完。這些翻譯過來的故事，究竟能不能夠被採用在舞台上演出，她當然更不知道。她自己的經歷和不幸的遭遇倒的確可以認爲是一個哀鬱動人的故事的，可惜她已經用盡了自己生命的勇氣和活力去寫它，不再能夠用文字去編寫它了，對於公司裏面刻板式的呆事情，除了疲倦和無聊之外剩餘的恐怕就只是頭痛。

頭痛！不錯。每天下午從公司回到家裏來，短短的路程，只轉彎過兩條距離很近的馬路，她都覺得異常的疲倦和灼熱。頭痛！難道這就算是人生麼？如果說是的話，這就是厭煩的人生，無聊的人生。人生的目的不是在獲得平衡和安慰麼？她的生活是漩渦式的突變的，自己却並不是把舵的人。模模糊糊的就失掉了自己青春的操守，並不由自己做主。胸前的祕密慢慢的自己把它向衆人公開，兩個熟透了的發酵的白麵包，本來在它們孤芳自賞着，驕傲的墳起着的時候，上面還硬硬的豎着兩顆堅紅的小櫻桃，常常從衣料的顏色和花紋的隙縫裏堆襯着向人們點頭，可是點頭之後並沒有多久，這些櫻頭就不再存在了，它也不更能夠那麽的堅實可愛了，代替它來維持着殘局的僅是兩粒黑扁的大棗子。好傷心！接着就有來吮吸着棗子的人，中間像是沒有什麽停滯的時候，一個接連着一個，吮到她的心端凹處，像案頭那隻一天到晚不停着的打打的鷹牌小扁鐘那樣的硬刺着她的心。孩子們都熟睡了，更深夜盡的時候，丈夫還留在外邊不肯回來的事，在後來她已經成爲習慣的了。家是她的丈夫的寄宿舍，非到夜間一兩點鐘以後是不開放的，有這個開放權的人可恨的又並不是她自己。有時是她的丈夫，或丈夫的朋友，舞女，職業性的出賣肉體和性的魅力的女人，賭場老板及賭客，三輪車的車夫，丈夫的新歡，咖啡館，以至於唱繁重帶打全本三岔口的人。很少很少的時候這個權和鑰匙竟也注定了操在她的手裏：她鎖死了這扇門。

鳳玉不是懦弱的女性。她什麽事情不能做，除了那種需要露在臉面上表現出她的懦弱的事。痛痛快快的離了婚，這是她翻來覆去想着多少日子的事，有一天這件事情已經變成實現。跟着是自己認眞的感覺到痛快。早睡，早起，沒有人跟她拌嘴，說假話，討厭。愛到那裏去就到那裏去，愛怎樣布置自己房間也從來聽不到旁的不同的意見。再看不見那個討厭的影子。每天她疲倦的勞累着自己，胖胖的身體又增添了兩三磅，從公司裏回家之後，脫卸了鞋，坐在窗旁觀看着外面，樹叢在一片藍天的前面擺起一座綠色的陣，柳條兒一枝枝的帶着簇青的刺兒像沒有精神拂動起來似的，在灰厚的牆頭懶懶的撥弄着自己的影子。

三

過得很慢的時間，已經把盛暑炎熱的季節喘哮着拖過了。馬路上烏黑的柏油並不再熔化黏住鳳玉的高跟皮鞋，她感到一天比一天涼快了。生活慢慢的需要一點滋潤，一點空虛的補償。她的朋友比從前多起來了，小樓上寂靜的空氣屢次的被囂鬧的氣氛打破。男朋友們比女朋友多。男朋友們是成羣結隊的來，女朋友是單獨的來。有的女朋友說：『鳳玉！你怎麽連一點兒私生活都沒有？』鳳玉並不理會，她沒有回答的必要，只是覺得眼前一片天眞，喝酒，談笑，吃，鬧，沒有空虛的東西了，連一點罅兒縫兒都找着了適當大小的東西塡進去了，塡得滿滿的，不止是她一個人的身體獲得滿足和愉快。

但是滿足和愉快之後，竟然還有着悵惘和悲哀。這種滿足就顯得只是天眞了。客人來的時候她覺得喧囂，客人在的時候她需要敷衍，需要忍耐和忍受，連那些尖刻的輕薄話，那些輕浮的打情駡俏都得容納在自己的肚裏，等到客人們走後，也就失去了發洩的對象。失去了發洩的對象也就是失去了一切。她需要一個男人啊！一個，只是一個，一個能夠眞正瞭解她也就是瞭解人生的男人。可是沒有，她有着一大羣的男朋友，可是她明白無從訴出她的心願和祕密。

這一天在窗頭眺望僅是她的例行公事。晴暖的初秋，傍晚的陽光顯得比夏日的可愛，增加起人們的流連和回憶的情緒。在一株株白石的碑林裏，幾條曲折的煤屑小路，一對對的年青男女們閒步走路，她看見的只是背影。有一個闊肩膀的男子她像是熟悉的，熟悉得想要叫喊起來，冷靜一下却又忍住了。那也是常到她家裏來的男朋友中的一個，就是汪樹宜。這時，樹宜的左臂，挾着一個窈窕多姿的東洋女子，正轉過身來朝着她的窗前直走着。他們都沒有說話。男的頭髮被風弄得蓬蓬的，輕輕的舉起右手去掠拂，女的呢，鳳玉清楚的把她看出了一個輪廓：胖胖的面龐，弓形的眼眉，濃濃的。眼睛很大，鼻子和嘴唇都端正好一股娟秀的樣子，梳的是圓大的東洋髮髻，中間一撮高高的隆起，兩旁却向左右分攏着撇在腦後，髮上簪着幾朵粉紅的花瓣。身穿的是寬厚的和服，闊大的領口，領裏還襯着綠白相間的花紋的絲巾，衣服却是紅綢製的，大肥袖，繡着很大很濃的白花朵和七星式的尖條子圖紋。胸膛和腰之間繫結着寬寬的藍絲帶子，袍服裏却又是一件藍地花白彩雲紋的長衫，直垂到木屐的白襪上面。木屐的踏踏的聲響在煤屑路上很觸耳，不過一瞬的時間，他們又散蕩到遠處紫紅花球的樹叢裏去了，轉彎之後就再也望不見什麽。鳳玉凝想了一會，低俯着的頭頸重新抬起來。近角的一座晶乳色的白玉似的石碑上面塑着一個插翅的天使，笑着，笑着，笑得嘴唇老是合不大攏來，鳳玉看久了忽的起了一層厭煩。

汪樹宜是她熟悉的人。這種熟悉，並不是經年累月的，他們的認識其實却不到半年。他不是她公司裏面的同事，却是同事們的朋友，也可以說是公司的朋友。他在公司之外做事，認識社會上許多的人，時常奔波着，說閒不閒，有時候到公司裏面來閒談，或者爲了一點和公司有關的事情和周主任商量，大家都可以見面。鳳玉和他就是在公司裏認識的。他們單獨見面的那一天非常的不凑巧。樹宜到辦公室裏來找周主任，時間已經過了下午四點了，一個人都沒有，除了剩下落後的鳳玉。樹宜輕輕的道了聲歉走出去，那時正是夏初，天氣熱得很，走了一段路他忽然想回到公司來休息一會，喝一杯茶。在途中對面遇見戴着大草笠帽，頷間繫着一條青緞繇子的鳳玉。再度招呼之後，他恭恭敬敬的請她到路旁的一家法國商人開設的小吃食店『飲茶』。

『飲茶』是廣東人的說法，而樹宜並不是眞正的廣東省的人。不過他從這一天起，時常到鳳玉這邊來，或是公司，或是家裏，有時候兩人也常在外面吃吃飯，喝喝茶。他是一個不容易被人瞭解的人，並且很少能夠引起旁人有了要瞭解他的意思。鳳玉有時候覺得她是能夠瞭解樹宜這個朋友的，其實並不，到了他說明了那個時候她也知道她並不。最使她不能夠瞭解的，是樹宜並不和旁的人有什麽不同。他也和她所有的旁的男朋友們一樣，是生了子，結了婚的人。她和他開始認識的那一天就知道了。他並且還認識了好幾個女朋友，都有着相當深的感情。這些事情也是她和樹宜認識之後，慢慢的從樹宜的口裏吐出來的。他說話的時候，慢吞吞的，一點也不慌張，好像他正在說着一件極平易而簡單的事，那件事情的簡單，至多是和一加一等於二的那個樣子。不過這事實的存在，實在是樹宜自己的心裏時刻彷徨，時常懷念着的一個人生的問題。

他來看鳳玉的時候多半是在夜間，每次窗帘都垂落了，看不見外面。他最初並不知道那裏望得見那塊小小的墓園。他認識另一位東洋女子的事情，鳳玉本來也是知道的，但是除了這一次之外，却還沒有機會見過。不知道爲了什麽，每逢樹宜對她談起這些事情，像他的妻子，女朋友等，她總露出一種不很歡喜的樣子。她明明知道這是和她自己無關的，却禁不住自己下意識的迷惘和怨鬱，這一次看到墓園裏面的散步自然也沒有例外。她的無名的愁惱，直到下一天的早晨，鳳華從學校裏來探望她，才漸漸的使她恢復了原狀。

『不要管旁人的事情！』鳳玉自言自語說出這句話來的時候，鳳玉並不眞正明白她心裏的指意。她正在看着妹妹桌前的一個別人結婚請她吃酒的帖子，那是鳳玉公司裏的同事送來的。她誤會了妹妹的意思，紅着臉沒有說話，只是裝着眺望窗際青青的草色。

四

冒着寒凉的微雨從朋友的喜宴席回來的時候，鳳玉又變成是一個輕快的，興奮的人。她喝了一點酒，酒氣冲上臉來，顯得臉上紅暈一片。上了樓梯，望見自己的前樓居然有燈光，覺得非常的狐疑，奇怪。鎖好了的房門正半開着。陡的一個冷戰，她不覺有些兒顫慄起來了。只有她離了婚的丈夫也是有這個房間的鑰匙的。她三脚兩步的跑到門前，站住了。燈光底下正有人吸着烟，一縷縷的烟霧在光線中發出淡藍色，吞吐的人却是汪樹宜。他穿了草綠色的西裝雨衣，腰帶正緊束着他的身子。

『我要打你的耳光！』鳳玉說，嗔怒着，砰的一聲把房門的彈簧鎖拍上。

『我並沒有你房門的鑰匙！』樹宜說，順手把雨衣脫了，搭在一張椅子上面。

『你怎麽進來的？』奇怪的語氣。

『我只用一根鐵絲！』他說着的時候，烟蒂丢掉了。『我今天是專誠來拜謁的，特別檢了這個下雨天，誰知道你還是不在家！』

『我去吃了喜酒。呃，我去吃喜酒的。』鳳玉把衣服外面的小罩褂脫去了。『要喝茶麼？哼！哼！昨天我看見你了，和一個東洋女人……』

『是麼？』他坐在她的牀沿上面。『我也看見你在窗口的，穿的是紫紅旗袍，是不是？可是她却沒有看見你。』

『我不管！』

『爲什麼你不管！你不管還要問我做什麼呢？鳳玉，我不是早就告訴你了麼？汪樹宜是到處接頭的人。我自己知道我的牌子是不大好的。我早就告訴你了，你如果不能夠瞭解我，我決不多向你解釋。』

靜默。嗤的一聲火柴擦着了，他靜靜的燃起一枝香烟來。他是向來不大花錢買烟吸的人，這一枝是他從桌前的烟盒裏抽出來的，盒內只餘剩這一枝了。

她穿着拖鞋，坐在她的對面。

『那麼，老實說，樹宜，你爲什麼要有那麼許多女朋友呀？』

『你呢？怎麼你也有那麼許多男朋友？』

『我正在揀選我的對象啊，你呢，我不明白爲什麼你說你的太太老不怎麼干涉你。我總疑心……』

『你不用疑心！我告訴你，她當然是很關懷我，顧慮我的。有過一個時期，』樹宜肯定的說：『我以爲美珍對於我們的做朋友是絕對放任，一絲一毫都不加介意的。後來我才知道實際上並不會這樣。不過她對於我，心裏自然有着很大的信任。』

『怎樣的信任！我總不相信，妻子對於丈夫的愛情不能專一，居然會認爲滿意！你的太太是一個陰陽怪氣的人！總之，我覺得我不喜歡她那樣的談吐……』

『愛情不能專一？不，我覺得我的愛情是非常專一的。』

『要吃茶不要？我去泡一杯茶來你喝，』鳳玉從圓椅上站起來了，用熱水瓶裏滾熱的沸水泡了一杯清茶，因爲她自己是不大喝的。『你這樣還叫做愛情專一？』

『爲什麼我不是愛情專一？』

鳳玉說：『愛情專一的人，絕對不應該有那麽多的女朋友的。何況，你說你和她們又都有着相當的感情。』

『不錯的，』樹宜接嘴說：『不但有相當的感情，我對於和我眞正好的女朋友們，甚至於可以說是有相當的愛情。』

一陣淸淅的雨聲從窗外傳了進來。雨點在屋簷鉛管裏面，繼續不斷的發出咚咚的聲響，讓人們聽着起了心頭涼快的感覺。胖胖的鳳玉用雙手交互的掠着自己的手臂，輕輕的笑道：

『哼！愛情！……你眞是一個虛僞的人。』

『我眞要發笑了。隨便你怎樣說！你只拿你自己做一個例子看好了。鳳玉，我們兩人的認識，時間雖然不久，可是我相信我們的感情，大概不能夠算是泛泛之交罷？你試想想，我對你有沒有一次虛僞過？……這件事情，我是不願意當着許多別的朋友問你的，你自己想想看！』

鳳玉道：『你是沒有感情的人。你不懂得什麽叫做原始的愛情，也沒有熱烈的衝動。』

樹宜又笑了一笑。

『這個話你雖然說得重了點，我並不向你否認。你須知道，爲什麽我好像是沒有衝動，沒有感情的呢？我自己覺得有兩種解釋，一種是我的性的欲望太堅烈了，所以非有極端的刺激我不能夠十分的衝動。簡單的說，說兩句挑逗性的話，摸摸弄弄，在我就覺得輕描淡寫得和家常便飯一樣。另外一種解釋就是，我何必衝動呢？我向誰去衝動？衝動之後我怎樣辦？——你一向知道我不是假道學的人，我的話和我的行動並沒有什麽不一致的地方。』

『我並不否認你的話，不過，由此也可以看得出，你沒有眞實的感情。有眞實的，强烈感情的人，衝動起來的時候，是不顧利害的。』

樹宜忽然大聲的笑了起來。『這就是我說的愛情專一的地方呀！凡是經我愛戀過的女人，我一度愛過她，我是要永遠的愛着她的。我不想有衝動的時候，也爲的是可以保持着我的感情。』

鳳玉低俯着頭頸還有回答。在燈光底下看得出她的頸間有一層撲過的粉，正和肌膚瑩化得分不開來。

樹宜又說：『我同時有着三五個女朋友，正因爲我和她們的結識，並不在同一的時候。譬如說，我的初戀並不是太成功的，並且那個時候我似乎是被動。可是我永遠懸念着她，直到現在。每一個我所愛的女人，無時無刻不湧現在我的腦裏，不管是天南地北，也沒有時間的束縛限制。我輕視國籍，省界的分劃。目前我在這裏，容我大膽的說一句話，你所見到的那位東洋女子，還有我的妻，還有，還有鳳玉你，都是我深愛的人。我的牌子是向來做壞到出了名的：我不希冀你明白我。凡是你不瞭解我的地方，批評我的地方，瞞怨我的地方，我都承認，並且沒有解釋。我覺得愛情在男和女的兩方面，都是施給的，沒有承受的。我儘量的去施給，當我看見別人也在施給的時候。」

「你的太太對於這個不妬忌麼？不吃醋？」

「為什麼不？如果她不是跟我認識許多年，她為什麼不要吃醋？不過，我現在相信她的吃醋，必然的會有相當的限度。」

「為什麼？」

「夫婦之間從頭到尾沒有發生過龐煩的人，我相信是沒有的。白頭偕老，老是極容易的，重要的是那個偕字。你能夠做得到麼？就算做得到，能夠順順利利，快快樂樂的，一點兒沒有勉强的意思麼？大概不能夠罷。旁的不談，專講到男女雙方的性生活方面，恐怕就有許多絕對極端的例子可以找得到。那麼怎麼辦？我的意思是把夫婦關係不要看得太嚴肅。看得太嚴肅的是法律，是禮教，是刻板的條例。所以夫婦弄糟了，要離婚，要遺棄，有的人偷偷的還要和旁人同居，納妾，嫖妓。我覺得夫婦應該也是朋友，至多是在愛戀中的朋友。夫婦不過是許多對愛戀中的朋友裏的兩個人。這許多對裏，每一對中都有一個男性就是我。我的女朋友也可以嫁人，有的早已和旁人結婚，但是我和她在我們這一方面的愛情，始終沒有變化。我的妻呢？如果她也有旁的愛人，也不妨接頭，甚至於不妨告訴我，如果那並不破壞我們的愛情的話。如果竟然到了破壞我們的愛情的程度，那麼，在另外一方面，她和別人的愛情，必然已經得到高度的成就。」

樹宜說得快了，唾液不覺有一點濺到鳳玉的身上。鳳玉擺了擺身子，臉上透着迫切的神氣。

「那麼，你同旁人的愛情，不至於到了破壞你太太的程度？」

「我不敢說得定。不過，因為我的牌子向來做得很壞，她自然也會原諒我的個性。否則我們的結合變成沒有意思。你知道，我至今沒有跟別的女人同居過。我不放浪，不嫖妓，不侮辱女性。每一個跟我接近的女人，我都要她得到我的尊重。我願意為她做褻瀆的工作，我保守祕密性的美德，我不怕無稽的批評議論。我也沒有神祕的觀念。……我的不喜歡衝動，並不就是證明了我不會衝動。我只是比較的關懷到，衝動的後果會不會和我在衝動之前的思想行動，有什麼不甚調和之處。』

鳳玉微斜着臉，兩唇輕牽了一牽，撲嗤的一笑。這一笑儘露着犀白的牙齒。她今年已經快三十歲了，樹宜看着她側斜的身子，心裏一動，却說：

『本來我今天來看你，是打算請你去看電影的，票子都買好了。不幸落了雨，你又不在家。我早就有意思做一根鐵絲來試探着開你的房門了！我是專門使用鐵絲的人，有的是有形的，有的是無形的，今天我却想同時借重它的效力。鳳玉，……說到你不開口的時候，我想大概用不着繼續了。這杯熱茶現在竟已冷了，眞好！』他咕嚕咕嚕的又把滿滿的一杯茶喝完了。『所以我是時常會有救星的，到了我應該衝動的時候。一盆冷水！鳳玉，是不是？』

在幽幽的燈光底，他沒有注意到鳳玉眼眶子的變化。鳳玉却禁不住含着淚，低咽着說道：『女人多數是受騙的。……我所有的幾個感情深一些的男朋友，結果吃虧的總是我這一面。』

瞧着她的眼睛，樹宜倒又說不出什麼安慰的話來了。他反而低了頭，望見鳳玉的牀褥上赤紅的厚被和深黃的涼席子，就說：『外面雨還沒有歇呢。』可是鳳玉却沒有理會，掏出絲巾來揉着眼睛，模糊之間一時也分別不清楚牀頭小几的燈光和樹宜領結間的長別針怎麼閃晶晶的混結在一塊兒。原來，樹宜已經站直了身子，陡的走到她的身前來了。她坐在椅上，沒有思索的功夫，防範似的跟着也立了起來。都沒有做聲，兩個高矮相差不多的影子，頓時在牆壁上屈折湊成了個闊大的巨形，只聽得她嬌滴滴的說了一聲『打耳光！』接着，窗外滴滴搭搭的雨點聲，鉛皮管聲，又喧鬧得像開戲時鑼鼓的打成一片。

回子

何心

孩子是最可疼愛的，然而撫育孩子是最麻煩的事。

祝明二十二歲那年便結婚了，他的太太比他小一歲，他們結婚以後，非常融洽，生活過的非常愉快；看着人家可愛的孩子，他們很羨慕，但他們想到，他們不久也該會得有孩子的，所以他們存着一種做父母的希望，他們更想像有了孩子以後更能有美滿的生活。

到祝明二十四歲的那年，他們居然生了一個孩子，第一次做父親母親，他們有着一種難以形容的愉悅。他們那樣小心謹愼的愛護孩子，雖是僱了奶媽，但他們不放心，怕奶媽寒了不替孩子加衣，熱了不替孩子減衣，孩子撒了尿，奶媽偷懶的不馬上換乾燥的尿布，還有襯衣得每天換一次，每天還得替孩子洗澡，甚至于晚上，恐怕奶媽貪睡，不替孩子把被窩蓋好，或者奶媽在睡熟時把手或脚壓痛了孩子，或者奶媽怕孩子晚上哭吵，便把自己奶頭塞在孩子的嘴裏，所以他們處處留心，隨時督視，他的太太有時一晚上會得幾次的起身，走到孩子的睡房中，察看奶媽是否能小心的服侍着孩子。

孩子一天一天的成長，一天比一天可愛，但他們更忙煩。這撫育孩子的麻煩，他們以前却是不曾想到的，他們以前只知道孩子的可愛，只知道有了孩子，小家庭可以更美滿，却不曾想到要這麼麻煩。

麻煩，祝明和他的太太都親歷到了，然而，有着那麼可愛的孩子，所以他們並不怨恨。

第一個孩子會得叫爸爸和媽媽時，他們很高興，孩子也會學步了，他們逗着玩，眞有興趣；而同時，祝明的太太又懷了孕。

等到第二個孩子生下來的時候，第一個孩子已經能自己走路了，然而，孩子還得成天要有人陪着，一不留心便要跌交，那時的麻煩，簡直比嬰孩時期更須費心；而加上第二個小的孩子，眞夠祝明夫婦倆的麻煩了，然而兩個孩子他們都很疼愛，但他們都起了一種怨心，祝明覺得做了事情回來，孩子小哭大喊，要想靜靜地看回書報都不可能了；他的太太也覺得，爲了孩子，不能隨便出門，只租了兩間的屋子，也吵得不像樣，他們的享受是減少了，孩子簡直剝削着他們的幸福；于是他們想，兩個孩子是夠麻煩了，有了兩個孩子也夠了，他們不希望再生第三個孩子，他們覺得如果有第三個孩子時那種麻煩，他們無法想像，無法忍受了。

小的孩子長大起來，大的孩子更長大；祝明夫婦倆希望不要生第三個孩子，然而到來的事實往往和希望不同，甚至絕對的相反；在祝明二十八歲的那年，他們的第三個孩子又生下來了。

第三個孩子又來了，這怎麼辦？在沒有生下來時，祝明夫婦曾經幾次的商議過，沒有打胎，打胎恐怕有危險，而且不容易去找打胎的醫生；他們商議的結果，以爲生了下來，送到育嬰堂去，讓別人去撫養來得妥當。而現在又生下來了，孩子是那麼可愛，他們便又商議到那問題，結果，他們以爲爲了還應該爲社會多做些事，還應該多享受些年輕時期的幸福，決定忍痛割愛，應該把那孩子送到育嬰堂去。

爲了想把孩子送到育嬰堂去，祝明先想了法子去參觀一次育嬰堂，和育嬰堂裏辦事的人談談；他看看那育嬰堂的情形還不算壞，而且有的沒有孩子的人家領去了，往往比在自己父母的家裏更愛惜更幸福也說不定。

祝明把參觀育嬰堂的情形，和辦事人的談話，都告訴了他的太太，而且提議決定把第三個孩子送去，他的太太也同意了，免得以後長久的麻煩起見，決定把撫養了一個月的可愛的孩子，願意忍痛叫新僱的奶媽送到育嬰堂去。

孩子將來被什麼人家領去？那人家好，那是很好的；萬一被一個窮苦的人家領去了怎麼辦？

在送去之前，他的太太還是有着顧慮。

「我們叫他們告訴我們，是什麼人家領去的；要是好人家，我們將來也可知道，要是人家不好，我們也可接濟接濟孩子；你說好麼？」

對他太太的那種顧慮，祝明也是有的，因爲他們並不是爲了窮，撫養不起孩子，他們要送掉孩子，爲的是怕麻煩；所以他聽了他太太的話，想起了這個方法。

「要是能這樣，才比較可以放心。」

于是，祝明備了一封信，致育嬰堂，說明了這個意思，末後附了請他們將來通知的通訊地址。

奶媽抱着孩子，帶了信，送到育嬰堂去了，祝明和他的太太，有着一種說不出的悵惘，他太太，畢竟還流了許多眼淚。

不久，育嬰堂有信來了，他們以爲是孩子有人領去了，是來通知的，但拆開信來看時，却不是的，是育嬰堂裏告訴他們，育嬰堂裏的規矩是孩子人家領去以後，不能通知的，所以孩子送到育嬰堂以後，必須絕對與親生的父母脫離一切關係，他們願意的，孩子便放在那裏，等有人家要領養孩子時領去，否則，如果他們不願意的說話，在三天之內把那孩子領還，三天以後，他們便不負責任。

對於這封信，使祝明夫婦又起了煩惱：

『再去交涉一下吧，可不可以通融辦法？叫育嬰堂裏對領養的人家說明與親生父母斷絕關係的，而一方面通知我們，讓我們暗地裏有時打聽打聽孩子的情形。』

太太的話，祝明是贊同的，但恐怕行不通。

『送掉了便算了吧，讓孩子自己去碰命運吧！』

祝明想了好久，想不出其他較好的辦法，便這麼說。但他太太不同意，她說：

『孩子是我們親生的，我們終不能這樣的忍心。』

然而，他們想來想去，想不出兩全的辦法，好在有三天的時間可以攷慮，所以那天他們沒有決定辦法。

第二天，祝明照例出去做事情，到傍晚回家去。因爲他心裏有些抑鬱，所以沒有馬上趁車，漫步着回去。從他做事的地方，到他的家裏，是要經過許多熱鬧的馬路的，而在一條馬路上，却看到了一條孤兒院的標語，觸動了他，那標語是：

『無父母的孤兒是最可憐的，大家救救孤兒！』

他看着那標語，呆住了，他想着了他自己的孩子，送在育嬰堂裏的孩子；那標語的字，似乎一個一個在跳動，也似乎是一把一把的刀，在向他心上刺；一忽兒，幻起了一羣可愛的嬰孩，一羣可愛的孩子，在向他歡笑，但忽地又變成了有哭的，有垂頭喪氣的，有衣衫襤褸的可憐的一羣。

那條標語，激動了祝明的感情，激起了祝明的思潮，使他沉思。他想：

『我的孩子，不是有父親有母親的嗎？爲什麼也要變成了沒有父母的孩子呢？』

他得不到結論，移動着脚步，一壁還是胡思亂想着，終于走到了家。到了家，孩子們爭吵着喊爸爸，他內心的抑鬱，微笑並不能淹沒，還是流露在他的臉上。

他默默的抽着烟。他太太進來，他也沒有招呼，抑鬱的，他太太問：

『你有什麼不舒服嗎？』

『沒有。』

他懶懶的回答。

『看你似乎有着什麼不舒服？』

『不是的。』

『那麼爲什麼呢？』

沉默了一回，祝明說：

「還不是爲了那孩子。」

「哦！」

太太也被引起了不快了。祝朋便把剛才路上所見的標語，告訴了她，他們又商議起這個問題來。

談不出更好的辦法，父母與孩子間的天性是無法消滅的，他們願意忍受那痲煩，不願忍受精神上的無限痛苦，便決定明天去把那孩子領回來，好在那奶媽還沒有走，決定明天三個人一同去，親自去領回那孩子。

次晨，很早的，他們到了那育嬰堂，說明了來意，但是育嬰堂裏的人，看了他們的情形，看了他們還帶着奶媽，便留難了，說：

「我們這裏的規矩，孩子送來了，自己的父母不能再來領去。」

祝明告訴他，是收到你們堂裏的信說，三天裏可以領回，今天是第三天，沒有過限期，但他們還不答應。祝明沒法，他以前是參觀過的，認得進去的路，他便闖進去，去尋孩子，他們也只好跟着進去。孩子是在特別間裏，撫養得並不壞，祝明的太太便去抱那孩子，但他們多方的留難。看着那可愛的孩子天，性，母子之情感已高漲到了極點，祝明當然不能不把那孩子領回去，于是只能一面的和他們商酌，他們說：

「你們不是沒有錢，養不活孩子，送來了，又要領回去，不是在開玩笑嗎？」

沒法，祝明承認了賠償育嬰堂一筆損失費，錢是能解決許多問題的，所以結果祝明終于把孩子抱了回家。

送出了幾天又抱回來的孩子，祝明夫婦並不厭憎，他們依舊和疼愛其他孩子一般的疼愛着，忍着痲煩細心地愛護那孩子，爲了有過這麼一個波折，以誌紀念起見，他們便替這孩子取了一個名字，叫做「回子」。

甲申志感

文載道

今年照中國的幹枝法說來，是太歲甲申。距朱明之亡適三百年，蓋崇禎以甲申三月十九日殉國，即清世祖順治元年，西歷一千六百四十四年。這是大家都知道，不必多說。後來民間有太陽菩薩生日的紀念，中有太陽明明朱光佛等句，最初是遺民們假神話而對這位亡國之君的一點悼意，正如送年時的灶神，是因元僧楊璉發掘南宋十六朝（即自高宗以下）陵寢後，浙省人民憐其無血食而故作神像，以爲供祀一般。宋高宗的爲人如何，因非本題以內無須贅述。現在且單論崇禎皇帝，則早已有「君非亡國之君」的定論了。既然非亡國之君而終至於天翻地覆者，曰：由於「××××××」也。記得苦雨翁對明之滅亡，大意也這樣的說過：「想想明代的丟了實在並不容易，可是大家總算努力的把它丟了」。（文字或有出入）這話說的幽默，可也說得沈痛，說得警惕。而說時正是七八年前，雖然同是「懷古」，却未嘗不含「苦口」的成分。至去歲十二月之末，據傅芸子先生所說，周先生還曾經有過提議，想在今年思宗殉國日作一紀念。我覺得在南方也不妨有此一舉，如果能在鳳陽自然更好，雖然一霎時就快陰歷四月了。不過這里話休絮煩，要緊談的還是歷史上的事情。

中國之被亡不止朱明一代，而亡國之君尤非思宗一人。何以大家對於明代和崇禎之結局這樣的念茲在茲，特別感到驚心觸目呢？亡國是一種不幸的事，至少在紙上是一個不祥的詞眼，照理這些筆墨大可省去，何以寫文章的人偏是揀這類材料呢？

我想這有幾點。一、明代是我們倒數上去的第二代。——第一代的滿清之亡於民國，本來是「光復」，後人的感情便與明之亡於清迥不相同。至於宋代之亡則又不及明代之近，這譬如跑路，總願意先揀密近的地方起步。二、明代覆亡，思宗殉國的確特別尷尬，特別悽慘。而在思宗自縊後那些偏促東南的五藩的起迭，傾軋，也使人感喟無窮。但在明以前的別一代之覆滅，其悽慘或者也有之，所以仍感到明之深切者，蓋因適才說的距離我們較近，感覺上較爲新鮮耳。三、想到明代的完結，不禁又想到它的興起及沿革，單是明太祖朱元璋之對待臣士，就有幾句話想說。（詳後）四、天啟萬曆等之政治的社會的局面，有可與我們部分對照者。五、流寇—這是斷送朱明的最雄大力量。而張（獻忠）李（自成）又是我們祖先裏面很獨特的一種性格。說來有點滅自己的威風，他們暴露了中國民族「嗜殺」的「固有道德」，與民國後的地方軍閥可謂承前啟後。六、有人在事變前說中國現狀與明末相類，換言之，明末最惡劣的條件，在當時幾乎一一具備。例如內亂，是一個國家的動亂的根，而明末及今日政治社會之未曾少安，卽繫於此，亦二者互通之處也。

我舉出這種理由，或許過於籠統細碎，但是許多人對於明之滅亡覺得特別觸眼者，恐也不外乎上述的幾點。因此姑且先舉一二例子以爲補充。

我不相信善男信女口中的因果報應。可是我很願意將A代和B代的榮枯升沈相對比。對比之餘，不禁略有幾分的恐懼。故而我感到將歷史比作孽鏡臺，眞是再愜當沒有了。在這座孽鏡臺前，芸芸衆生的一顰一笑無不畢現，然而它不單單給我們以欣賞的快感，同時還需要上面說的戰戰兢兢的恐懼之感。它彷彿告訴我們，前一代所種的苗，在後一代會長出怎樣的果來。但這決非世俗的果報之說，乃是物觀的社會學上的呼應，絲毫沒有神祕的迷信在內。所以有天啟萬曆政治之黑暗腐敗，才有流寇—農民暴動的發生，至於使所謂三百年祖宗基業斷送而後已。

說到明太祖朱元璋之「旋轉乾坤」，原是得來並不容易。他最初也是借農民力量對抗胡元，只是其中再加上民族主義的號召。可是一等到他削去勁敵，敉平內患以後，他便進一步效法起漢高祖誅「功狗」故事，將某些勳舊及有反叛嫌疑的大加捕殺。清人趙翼在廿二史劄記明初文字之禍有很詳細的記述：

「明祖通文義，固屬天縱。然其初學問未深，往往以文字疑誤殺人，亦已不少。朝野異聞錄：三司衞所進表箋皆令教官爲之。當時以嫌疑見法者：浙江府學教授林元亮爲海門衞作增俸表，以表內作『則』垂憲誅。北平府學訓導趙伯寧爲都司作萬壽表，以垂子孫而作『則』誅。……常州府學訓導蔣鎭爲本府作正旦賀表，以睿性『生知』誅。……懷慶府學訓導呂睿爲本府作謝賜馬表，以遙瞻『帝扉』誅。……尉氏縣教諭許元爲本府作萬壽賀表，以體乾『法坤』，『藻飾太平』誅。德安府學訓導吳憲爲本府作賀立太孫表，以永紹億年，天下『有道』，望拜青門誅。蓋則音嫌於賊也，生知嫌於僧也，帝扉嫌於帝非也，法坤嫌於髮髡也，有道嫌於有盜也，藻飾太平嫌於早失太平也。閑中今古錄又載：杭州教授徐一夔賀表有『光』天之下，天『生』聖人，爲世作『則』等語。帝覽之，大怒曰：生者僧也，以我嘗爲僧也。光則薙髮也，則字音近賊也，遂斬之。禮臣大懼，因請降表式。帝乃自爲文播天下。又僧來復謝恩詩有『殊域及自慚，無德頌陶唐』之句。帝曰，汝用『殊』字是讀我歹朱也，又言無德頌陶唐，是謂我無德，雖欲以陶唐頌我而不能也。按是時文字之禍起於一言。—時帝意右文，諸勳臣不平。上語之曰：世亂用武，世治宜文，非他也。諸臣曰：但文人善譏訕，張九四厚禮文儒，及請撰名，則曰士誠。上曰，此名亦美，曰，孟子有士誠小人也之句也，彼安知之？上由此覽天下章奏，動生疑忌，而文字之禍起云。」

這很生動的寫出了一個多疑多忌，殘酷陰鷙之梟主的面影。趙氏說他「然其初學問未深，往往以疑誤殺人」，恐怕說的還太客氣。因爲誰都可以看得出朱元璋本來是有計劃的，不然，除非瘋子才這樣。只是他的行徑，頗近於未莊的阿Q，彼此同樣的，不許別人在自己面前用光、亮等詞眼。然而疑忌之來還是由於懼怕之深，大約這時候的他，占有的慾壑愈來愈强烈迫切了，於是感到四面八方都是他的敵人，都在侮辱他，侵害他，心有所懼，意有所忌，遂急不擇暇的濫施屠殺了。善乎郭鼎堂先生之言曰：世間唯最怯弱者爲最殘酷。這只要看歷來明太祖似的人就是明證，而唯大慈悲者方才是大勇。

然而朱元璋這樣的做，是否成功的呢。不用說，他是成功的。但在這成功的過程中，他還是時刻的陷在衝盪激鬥之中而不得安定。因爲這種烹狗藏弓的策略，最易引起臣下的存橫竪橫念頭而跟他反抗叛變。套用一句老話，正是壓迫愈厲害反對也隨之。因此，在他的手裏，就有胡惟庸與藍玉之變。的老路。據陳邦瞻明史紀事本末所說：

（上略）「會惟庸家人爲奸利事道關，榜辱關吏，吏奏之，殺家人，惟庸謝不知。帝又究故誠意伯死狀，惟庸懼且見發乃計曰：主上草菅勳舊臣，何有我？死等耳，寧先發，毋爲人束手寂寂。……使指揮林賢下海招倭軍，約期來會；又遣元臣封績致書稱臣於元，請兵爲外應，皆未發。會惟庸子乘馬奔入輓輅中，馬死，惟庸殺輓輅者，上怒，命償其死，惟庸逆謀益急。而是時日本貢使適私見惟庸，惟庸約其王，令以舟載精兵千人僞爲貢者。及期，會府中力士掩執帝，度可取，取之；不可，則掠庫物泛海就日本有成約。正月戊戌，惟庸因詭言第中井出醴泉，邀帝臨幸。帝許之，駕出西華門，內使雲奇衝蹕道，勒馬銜言狀，氣方勃，舌駃不能達意。太祖怒其不敬，左右撾捶亂下，雲奇右臂將折，垂斃，猶指賊臣第，弗爲痛縮。上悟，乃登城望其第，藏兵複壁間，刀槊林立。即發羽林掩捕，考掠具狀，磔於市。幷其黨御史大夫陳寧，中丞涂節等皆伏誅。僚屬黨與凡萬五千，人株連甚衆。」（按此段史事如得專家改編爲京劇，亦頗有緊張火熾之處。）

其次的藍玉之叛，也初因得不到「太師」而怏怏不樂，又因「居宋穎二公下，開奏事，上不從，玉懼，退語所親曰：上疑我矣！乃謀反。」這一方面是胡藍等倚恃勳舊的功勞而恣意跋扈，擅作威福，但反過來恰成爲功高震主，君臣的隔膜日深而「功狗」的悲劇就不可避免了。總而言之，癥結還在雙方的地位太高慾望太重，疑懼也接踵而起。——一個怕，一個忌，怕忌的極端自然是鬥爭，鬥爭的結果自然是兵強馬壯者的勝利。語有之，伴君如伴虎；而帝王之類更是可以共患難而不可共安樂的。推而言之，世間一切紛爭的釀成，大部分不外是利害的衝突與階級的分化。胡藍等在佐明太祖起兵之初，正像韓信蕭何之與劉邦，雙方的目標相同，步伐整齊，利害一致，也就是「可與共患難」的時候。然而一等到皇覺寺的小僧化而爲大明太祖高皇帝以後，於是雙方就漸趨於隔膜與對立，向之所殫精竭慮，攻守策劃等的力量，這時便轉移過來，視同勁敵，——或者是將部下的舊日功勳置諸腦後，遂使君之視臣與臣之視君無日不在提心吊膽之中。尤其是一般馬上得天下的帝王，他對於這中間的變化奧祕，早已從事實中親自獲得教訓和經驗，對於一切利害禍福之出入，更加成算在胸，正是人之情僞，盡知之矣。所以在疑懼防忌之後，就會知道去怎樣應付怎樣克服，且無不駕輕就熟以至於凶終隙末。從前看過汪景祺的讀書西征堂隨筆，（字無已，號星堂，浙江錢塘人，戶部侍郎汪霖次子。後來即因這册隨筆弄到殺頭，妻子發遣黑龍江給與窮披甲之人爲奴，期服親兄弟等革職，爲清初一大文字獄，故此書亦爲禁書。茲據商務鉛印本歷代小說筆記選中引錄）末「功臣不可爲」一文中的幾句話，雖然出於個人的牢騷，却不失傷心悟道之言，並對洪武之殺開國諸臣亦表示過憤慨，宜其觸動小心眼的專制帝王之忌矣。文末有「洪武僇開國諸臣，如屠羊豕，靖難兵起而金川不守，可勝慨哉，可勝慨哉。」諸語，尤覺恰中肯綮。其起句云：「鳥盡弓藏，古今同慨。論者咸謂功高不賞，挾震主之威，不能善自韜晦，故鮮有以功名終者」，而汪氏以爲不然。其下即列舉猜忌之主對於臣下刻薄寡恩的心理過程，由是而疑心生焉，畏心生焉，怒心生焉，直至於厭心生焉；則「以此四者待功臣，有不凶終而隙末者乎！」此正「千古之豪傑英雄，所爲槌心而泣血者也。」良以「猜忌之主，其才本庸，其意復怯」，而其最初不過利用英雄豪傑們的性命血汗來開疆拓土罷了。繼而橫加疑懼，嫌隙叢生，遂使血性者不能不走遍上梁山的末路。汪氏復舉出歷史上幾件事實，其最有警意的則爲：「劉巨容追黃巢幾獲之，而縱其去。曰，國家喜負人，不如留之以爲富貴之資，而唐祚遂屋。雖由臣節之未純，亦猜暴之主有以致之也。殺道濟而長城壞，害蕭懿而東昏亡。」——凡此諸語，的確戮穿了古今梟主的心術，雖然筆鋒頗帶感情，却亦理直氣壯，而在二百年前能夠率直的說，更加感到大胆，不過他所得的報酬不是帝王的反省，而是上述的自己身首異處，親屬充軍革職，爲清初文網史添上血腥的一章，蓋雍正之殘酷猜鷙固不下於朱元璋也。

但在另一方面，一切歌功頌德粉飾昇平之作，却也「一朝天子一朝臣」的應運而生。例如朱元璋的早年，本來也同劉邦一樣的無賴潦倒。一旦貴爲天子，就連他們的誕生也充滿了神話的色彩。又因朱氏曾經出家爲僧，後來也一定要「自圓其說」故作美談。商務叢書集成中有天潢玉牒，皇朝本記二書，（系據紀錄彙編本影印。其撰述人不詳，僅末題廣信府同知鄒潘等臨江府推官袁長馭等校正對讀）就是專記朱氏幼年出身中年經營帝業及英年的動態。二書記朱氏誕時之神異大致相同。茲引天潢玉牒所記云：

「太祖高皇帝先世江東句容朱家巷人。……仁祖（朱父）年五十遷鍾離之東鄉。天曆元年戊辰，龍飛濠梁，九月十八日，太祖高皇帝降誕。先是陳太后在麥場見西北有一道士，修髯簪冠，紅服象簡，來坐場中，以簡撥白丸置手中。太后問曰，此何物也。道人曰大丹，你若要時與你一丸。不意吞之忽然不知往，及誕，白氣自東南貫室，異香經宿不散，後不能食。淳皇求醫婦，有一僧奇偉坐于門側曰，翁何往。淳皇曰，新生一子不食。僧曰何妨至夜子時，自能食。淳皇謝，許爲徒，入家取茶不知何往，至夜半信然。後十年遷鍾離之西鄉，時至正丁丑，俄有一老翁造門曰，你家有一龍，時太祖正在側。……太祖自念嬰孩時多疾，捨入僧寺，及長，淳皇將許之，太后不許，因循未入釋氏。疫癘既侵，遂請于仲兄，師事沙門高彬於里之皇覺寺，隣人汪文助爲之禮，九月乙巳也。在寺居室，夜有紅光，近視弗見，衆咸異之。」

其實「英雄不論出身低」，沒有這些人造的論詞，於朱元璋的帝業未見得有何妨礙，而這樣一來，在稍有識力者，反見得他過去之荒誕不經，跡近神怪了。蓋日光底下無新事物，不論帝子走卒，原是今昔一例。

記得鳳陽花鼓裏面有幾句唱詞道：「說鳳陽，道鳳陽，鳳陽本是好地方，自從出了朱太祖，十年倒有九年荒。」又云，「大戶人家改行業，小戶人家賣兒郎，奴家沒有兒郎賣，身背花鼓走他鄉。」這些地方才表現了民間哀樂的眞切的一面，——老百姓最質樸而悲涼之心聲，不是執筆桿的人所能遮掩綴飾。鳳陽出了明太祖，而江東兒女反無噍類，對兒時遊釣之故鄉尚如此，則朱元璋之對天下臣民不難概見。本來朱氏父子（其子朱棣）的兇殘乖戾，歷史上早負盛名，徒以其驅走蒙古人遂把他拉入「民族革命」的「先輩」隊伍中。——這或者也是一種辦法，只是很容易養成但論成敗不計是非的盲從的傾向，而且尤其應該警惕。反之便是這方面的靈敏而別方面的痳痺，其不能掙脫奴隸的命運一樣，而也正是狹義的民族主義之弊。

至此又想起俞平伯先生的雜拌兒一百十二葉，有「記在淸宮所見朱元璋的諭旨」一文。內錄諭旨三道，第一道很短：

「奉天門晚朝奏，犯人常昇孫恪下家人一十六名，火者七名……奉聖旨：『但是男子着王那裏都廢了，妻子就那裏配與人。欽此。』」

第二道就是關於藍玉叛變的事：

「洪武二十六年二月十九日錦衣衛百戶郝進傳奉聖旨：藍總兵通着軍前衛指揮千戶百戶總旗小旗造反，凌遲了。着王那裏差的人當同郝進去，將會寧侯併他的兒子都凌遲了，家人成丁的也廢，婦女與晉府配軍。馬匹多時，牽兩三匹回來，其餘的交在晉府。家財解來京城。來東勝馬匹多。好生機密！着那裏不要出號令。欽此。」

這里的幾個「着！」「着！」，就活活的寫出了朱元璋的權詐與陰鷙，而與正史的記載相合。俞氏也云：「只這兩條，朱元璋的殘忍已如見；不出號令，族誅功臣，更覺森然可怖。」到了其子燕王朱棣，又不愧家學淵源，對付鐵炫等及其家屬，完全一仍乃父的作風，現在也有「聖旨」可證，所以魯迅翁以爲其兇殘遠在流賊張獻忠之上。我現毫無代橫死於朱氏父子之手的寃魂出氣的意思，但我們如果稍爲「有閑」一點，不妨看一看他們末代子孫崇禎的下場吧。

據明史所記崇禎殉國的情形云：

「十八日：賊攻益急。（李）自成駐彰義門外，遣降賊太監杜勳縋入見帝，求禪位。帝怒，叱之。下詔親征。日暝，太監曹化淳啓彰義門，賊盡入。帝出宮登煤山，望烽火徹天，歎息曰：苦我民耳。徘徊久之，歸乾淸宮，令送太子及永王定王於戚臣周奎田弘遇第，劍擊長公主，趨皇后自盡。十九日丁未，天未明，皇城不守，鳴鐘集百官，無至者。乃復登煤山，書衣襟爲遺詔，以帛自縊於側。自成氈笠縹衣乘烏駁馬，入承天門，僞丞相牛金星，尙書宋企郊，喻上猷，侍郎黎志陞，張嶙然等騎而從；登皇極殿據御座。下令大索帝后，期百官三日朝見。文臣自范景文，勳戚自劉文炳以下，殉節者四十餘人。宮女魏氏投河，投者二百餘人。象房象皆哀吼流淚。太子投周奎家，不得入，二王亦不能匿，先後擁至，皆不屈，自成羈之宮中。長公主絕而復甦，舁至，令賊劉宗敏療治。已乃知帝后崩，自成命以宮扉載出，盛柳棺，置東華門外，百姓過者皆掩泣！」據明史紀事本末所說，思宗召公主時（公主年十五），並歎曰：「爾何生我家！」嗣即「左袖掩面，右揮刀，斷左臂，未殊死，手慄而止。」又其自縊前亦有遺書曰：「朕自登極十七年，逆賊直逼京師，雖朕薄德匪躬，上干天咎，然皆諸臣之誤朕也。朕死無面目見祖宗於地下，去朕冠冕，以髮覆面，任賊分裂朕屍，勿傷百姓一人。」另外復書致一行百官，俱赴東宮行在。蓋猶以爲閣臣已得硃諭，不知內臣持硃諭至閣時，閣臣已散，置几上而反，因此文武羣臣沒有一人知道云。

從前曾經看過周信芳的明末遺恨京劇好幾遍，跟史傳所載還大體吻合。我特別欣賞夜訪、撞鐘等幾幕，不論角度，光線與動作上確有感人深至的地方。其手刃長公主也說，「誰叫你生在亡國的帝王家！」不禁感到末路帝王的命運，眞不及太平時的畜生。——不過這樣的話在六朝時已曾有過，如宋始平王子鸞被害時，禮佛曰：「願身不復生王家！」可謂千古寃魂如同一轍。想起洪武永樂僇殺臣下的慘毒，又彷彿覺得冥冥中別有一種力量在迴蕩着，雖是鄙人之少信，亦難免「予欲無言」了。

話說回來，思宗的下場固然弄得人亡，家破，國滅，——照顧炎武先生的說法，該是「亡天下」了。但歷來爲對他人的輿論，似乎還站在忠恕的一邊，至少他能以毅力來解決其生命，終比俔俔沁沁苟活人間之輩強得多了，雖然這也只能偶一爲之的，沒奈何的最後一着。而其最大毛病當是優柔寡斷吧。這連他的妻子周皇后也說：「妾事陛下十有八年，卒不聽一語，至有今日。」大約就是指他平日缺少決斷，不能多采諫諍之言，到了後來縱想力圖振作却已「大事去矣。」（亦周皇后語）然而平心的說朱明之亡，思宗的責任究竟是極少的一部分，可謂明之亡也有崇禎，無崇禎亦亡。主要的還是他祖宗和他前兩代所種的根。像朱元璋以科舉愚民，使一般黔首們日夕潛心在八股考卷裏面而分散他們對政治之關心，不能不說主因之一。這在平時誠然是成功的政策，——對於自己統治權之穩固。可是到了要緊關頭，就是說要士大夫們負起「禦侮救國」的重肩時則弊害也老實不客氣的暴露出來。所以前人對八股與明之亡就有詩爲證云：「謹具江山百座城，崇禎夫婦列雙名，大紅束子書申敬，獻納通家八股生。」此雖可見明末士風之澆薄，然八股與明代興廢的因緣也是實情。這是「愚民」的必然的收入，惜于三百年來未必能多所改正。「愚民」或能取効於一時，不過充其所至，則「愚民」跟「弱國」自然無法分開，而「帝業」之飄搖也隨之矣。其次，則像我前面說的，明太祖最初乘民不聊生之際，利用農民對元人的衝突而握取政權，可是後來對於土地和經濟方面依然別無良策，不過以專制的權威橫加壓迫，結果就有李自成等領導的農民之軍事暴動。而李自成在起初的時候，對於貧農，倒確分施了一點小惠，所以有這麼大的聲勢。復次是宦禍。——關於這一點，我覺得歷來宦官之所以動輒僨事，自有他政治的、社會的、生理的原因，而生理的變態，尤爲重大，一旦有機可乘，就易走「極端」的路。不過太監的把持政局，其間必有人主和黨羽的姑息助長。如明代魏忠賢之淫威，不消說，還不是藉了士夫的攀援狼狽，士夫之所以要聯絡宦官，自因他們接近君側，易於湊納。明史閹黨列傳序首云：

「明代閹宦之禍酷矣。然非諸黨人附麗之、羽翼之、張其勢而助之攻，虐燄不若是其烈也。中葉以前，士大夫知重名節，雖以王振汪直之橫，黨與未盛。至劉瑾竊權，焦芳以閣臣首與之比；於是列卿爭先獻媚，而司禮之權居內閣上，迨神宗末年，訛言朋興，羣相敵讎，門戶之爭固結不可解，兇豎乘其沸潰，盜弄太阿，黠桀渠憸竄身婦寺，淫刑痡毒，快其惡正醜直之私，衣冠填於狴犴，善類殞於刀鋸。」

這說明了明中葉以後太監與士夫朋比的醜態。其後更有魏忠賢之無法無天的荼毒。但在洪武建國之初，對於太監的限制却是很嚴厲的，並「定制不得兼外臣，文武銜，不得御外臣冠服，官無過四品，月米一石，衣食於內廷。嘗鑄鐵牌置宮門外曰：內臣不得干預政事，預者斬。」可惜不久此制漸弛，至神宗時正是紅樓夢所說，「和尚無兒孝子多」，魏忠賢的義子與生祠擠破朱明的天下了。

我想寫一篇「魏忠賢的生祠」一文。因爲太監是中國「固有文化」中最獨特的一種，而魏忠賢也是太監中最出色的一員，我們倒不能小看。目前已經得了一部分材料，如果能利用得好，那末，或者能夠反映出明代一部分智識分子窮極無聊的可悲（我們也只能說是可悲吧）之嘴臉。如當時監生陸萬齡就把魏閹比作孔子，因一則作要典，一則作春秋，一則誅東林黨人，一則誅少正卯也。其後巡捕楊邦憲建祠南昌，毀周、朱、程三賢祠益其地，鬻澹臺滅明祠碎其像。比疏至，崇禎已卽位，對楊疏且閱且笑。——這些都是很有趣的材料。等到甲申變作，縋入見思宗勸「禪位」者亦是太監杜勳。後三月甲辰以知單開城迎敵，其第一名又是中宮曹化淳，可見太監也眞能盡其努力亡國之好事，豈魏廠臣之幽靈猶在呵護耶。甲申去今恰三百年，「余生也晚」，已不及見太監（雖則要見不難），尤不及見太監之亡國，這眞可說幸呢還是不幸。

附記：聽說本市的××園主曾經蓄過淸故宮的太監，這種表示闊綽的心理，同樣也覺得近乎反常，而這位園主之義子之多，尤足與魏閹媲美云。

（民國甲申小滿日，夜，燈下。）

木偶奇遇記

（木偶戲台本）

譚惟翰

第三幕

佈景 海邊

人物 强盜甲乙　小秋兒　藍海仙子

海水滔滔的翻滾，在月光下泛起片片的銀鱗，甚為美觀。靠左有高山，山巔立一古寺，隱約有一盞紅燈亮着。近台口有一大樹，枝葉幾已完全脫落，一勾新月淒寒的掛在樹後的天空中。幕啓，古寺裏響起一串鐘聲。淸幽，沉着，令人起肅敬之心。海水嘩嘩的也激起了共鳴。夜，冷淸淸。

（鐘聲停止未久，兩個黑衣盜自海邊悄悄走來）

盜甲　這兩天買賣可實在不行。

盜乙　可不是！我欠老大的幾十塊錢，說還總沒法還。我再也沒臉去見他。

盜甲　你把我的棉襖送進了當店，也該替我贖回來了。

盜乙　不用提了吧！你把我的夾褲拿去了這些天，我也等着要穿啦！

盜甲　唉，說來說去，咱們都是一樣的倒楣。

盜乙　這才叫做難兄難弟！哈哈哈……

盜甲　喂，老弟，我看還是想個辦法。

盜乙　有什麼辦法好想呢？

盜甲　依我的主意，還是照老樣：我在東邊等，你在西邊守，有誰打這兒走，就逃不過咱們倆的手！

盜乙　可是，這兒過路的人實在稀少，咱們候了這麼些天數，連個人影兒也沒瞧見。

盜甲　說不定今日運氣好一點。

盜乙　那麼，試試看吧。我藏在那邊山脚下。

盜甲　好的，我就躲在這大樹的背後，可是老弟，你得留神哪！

盜乙　你放心。（下）

（盜乙走到山後，盜甲蹲在樹邊。）

（小秋兒一跛一跛的走來。）

秋　張飛眞不是個好傢伙。我的腿都給他打傷了。（四面看）啊，他們把我扔到了什麼地方？這兒我從來也不會到過。四周一個人也沒有？我也不知道打那兒回去……

（盗甲由樹後閃出）

盗甲　站住！

秋　（嚇了一跳）你…你是…

盗甲　不許開口！快把手舉起來！

（秋把兩手高高舉起，盗甲在他身上摸索）

盗甲　你身上的錢呢？

秋　我沒，沒有錢。

盗甲　爲什麼沒有錢？

秋　我本來有五塊錢……

盗甲　五塊錢快拿出來！

秋　可是給那邊唱大花臉的搶去了。

盗甲　他媽的！你拿老子打哈哈！快跟我摸幾個錢出來。

秋　我實在沒有。

盗甲　爲什麼出門不多帶幾個錢？

秋　我爸爸祇給了我五塊錢。我爸爸…他也是窮人。

盗甲　沒錢，我就不得放你走。

秋　你別嚇我，我年紀小呀！

盗甲　我們做這買賣的，是不問人家年齡大小的！——快拿錢來，不然，就拿你的命來！

秋　爸爸！爸爸！爸——

盗甲　你的喉嚨喊啞了，鬼也不會聽見！

秋　爸爸！爸爸！

盗甲　不許叫。

秋　你饒了我，我不能死！

盗甲　對哪！我們也不能死呀！做人總得要吃，要喝，誰的身子也不是鐵打的。快拿錢來！

秋　你讓我摸摸看。

盗甲　快點。

（秋假作摸索，忽然趁盗不覺，拔步飛逃。）

盗甲　（追）好小子，你敢逃！

（秋圍着跑了個大圈子，盗甲在後追，秋剛逃至山後邊，被盗乙擒住。）

盗乙　（在幕後）這小子的胆子可眞不小！你往那兒逃？

盗甲　把他綑起來！

秋　（在幕後）饒了我吧，我實在沒有錢。

（秋被縛，盗乙推秋至盗甲身邊。盗乙上。）

盜乙　我已經把他綑好了。

盜甲　將他吊在那大樹上！

秋　救命啊！救命啊！

盜乙　你再叫，馬上就要你的命！

（盜甲乙將秋用繩吊在樹上，他的兩脚懸空亂動）

秋　救命啊！救命啊！

盜甲　好小子，你知道了我們的厲害吧？——現在你可以大聲的喊了。你喊死了，看有沒有人聽見。

盜乙　咱們走了，別跟這小鬼多嚕嗦。

（盜甲乙同下）

秋　（微聲）啊，我，我快要死了。沒有一個人來救我，沒有一個人來憐憫我！天哪，難道我就不能再看見我親愛的爸爸嗎？…爸爸！……爸爸！……（兩腿伸直，僵屍似的掛在樹上）

（舞台轉暗，山上的古寺那兒突然現出了一道光圈，有一位全身穿淡藍色衣服的仙子，胸前亮着一粒燈光，緩緩的走下山來。）

仙　（走到樹邊，對樹上吊着的小秋兒看看，嘆氣）唉，好好的一個孩子，不肯聽自己父親的話，如今弄到連性命幾乎都要送掉了！（對秋）小弟弟！小弟弟！可憐，他已經暈過去了，讓我來解救他吧！

（仙子放秋下樹，扶他坐在山石上）

仙　小弟弟，醒一醒！醒一醒！

秋　爸爸！我要爸爸！（他哭了起來）

仙　好孩子，別哭了！祗要你肯走正路，你是很容易看見你的爸爸的。

秋　你是誰？你怎麼知道？

仙　我是這地方的主人，海水是我的家，月亮是我的鏡子，星星願意做我的僕人。

秋　你叫什麼名字？

仙　人們稱我藍海仙子。

秋　啊！你不是平常的人，你是仙子！

（仙子點頭）

秋　好仙子，請你救救我，我迷失了路途，不知道打那兒回去，也不知道什麼時候重新可以看見我的爸爸。

仙　你要回去，那不是一件難事。我知道你的家在什麼地方，你祗要沿着這海邊走，走到那邊你便可以瞧見一盞明亮的路燈，你對着那路燈向前走，它自然會引你到你要到的地方去的。

秋　多謝仙子的指引。

仙　（小秋站起，欲走，又返。）

你還有什麼話要對我說？

秋　你…你既是仙子，能不能請你幫我一點忙？

仙　你要什麼？

秋　我……

仙　你儘管說。

秋　我會不會永遠是這個樣子？

仙　我不懂你的話。

秋　難道我一生一世總是一個木偶嗎？

仙　當然。木偶總歸是木偶。活着是，死了也是。

秋　可是，我做木偶實在做得不高興了。人們瞧不起我，取笑我，玩弄我，完全不把我當做一個人看待。

仙　這也不能怪他們，因爲你根本就不是一個人，雖然你也能夠學到像人一樣的說話，走路……

秋　所以…我想請求仙子能不能設法讓我變成一個眞正的活人？

仙　我得先問你：什麼叫做眞正的活人？

秋　這…這…你不問我，我倒像是很明白；你一問，我却胡塗起來了！

仙　啊，不要緊，我來講給你聽。你還是坐下來……

仙　（秋坐樹幹上）

簡單的說，世界上的人，大約可以分做兩類。一種人是活在世上的死人……

秋　（莫明其妙）活在世上的死人？

仙　是的。他們會走，會跑，會說話，而且會說很好聽的話；他們知道講虛榮，尋歡樂，投機，取巧，獻媚，欺詐……他們祇顧向人間爭取，却不肯分施一點給人間。對於人羣是一種破壞，對於社會是一個害蟲，這種人是胡里胡塗的生，自私自利的生，他們沒有志氣，缺乏靈魂，所以我們祇能稱他們是活在世上的死人！

秋　另外的一種人呢？

仙　另外的一種人却完全不同了。他們與其說是爲自己而生，還不如說是爲別人而生。他們做一件事不想對於自身有沒有利益，祇問對於社會有沒有好處。因爲他們明白社會的利益也就是個人的利益。社會的安寧也就是個人的安寧。他們也明白：惟有用自己的力量使人類得到眞正的幸福，自己才會有眞正的幸福。因此，他們成年累月的爲人類忙着，忙着，他們願意用自己的血給大衆栽培一朵幸福之花，他們也甘心拿自己的骨肉點亮了作一個光明的火把！……孩子，你想一想：這種人生着固然被人尊敬，愛慕，即使有一天肉體與軀殼全部腐化了，但他們可貴的靈魂依然存在於人間。這種人死了仍舊等於生，別人還是把他們看作死在地下的活人！

（秋點頭）

仙　孩子，你所說的眞正的活人，應當就是這一種人。因爲這種人不但是活在他們生前，而且活在他們死後。他們的精神是永遠不會磨滅的！——孩子，我剛才所說的兩種人，你願意做那一種人呢？

秋　自然是後面的一種人。

仙　你有這個心就好了！一個人要立志對社會服務，首先該將自己的學識與能力打好根柢。你必須先從學做好兒童做起。

秋　難道我不是一個好兒童嗎？

仙　你？你恰巧相反。——你知道好兒童是肯聽從人家的勸導的。

秋　我沒有聽我爸爸的話。

仙　好兒童是喜歡讀書和工作的，然而你——

秋　我喜歡玩耍，東跑西跑。

仙　好兒童是誠實的。

秋　我可是常常說謊。

仙　好兒童是節儉的。

秋　我拿爸爸的錢濫用了。

仙　好兒童是願意求學的。

秋　我背着書包去看戲……但是從今以後我要改變生活。

仙　你肯照我的話去做嗎？

秋　好仙子，我決定依你所說的話去做。我要變成一個好兒童，將來成爲一個眞正的活人。我不能辜負了爸爸的一片好心。

仙　你說得對。

秋　可是，我可憐的爸爸他現在究竟在哪兒？

仙　他——我猜他是在渴念着你，盼望你早點兒回去。你看天已經黑了。

秋　天眞的黑了。我要趕快回去，明天我就——

仙　你說呀，明天你就上學校！——你爲什麼突然的又像不很開心的樣子？

秋　我覺得……

仙　你覺得什麼？

秋　我覺得現在進學校已經太遲了，我看旁的小朋友都比我年輕。

仙　不，你應當記着，學習是永遠不會嫌遲的。我們無論什麼年齡都能學，無論什麼地方都能學，無論什麼事情都能學。

秋　但是讀書是要用腦筋的，做事是要用氣力的，我怕太吃苦。

仙　我的孩子，快別說這些話，說這些話的人結果多半總是在監獄裏或是在醫院裏。你得明白：每個人，不管貧富，祇要生存在這世界上，總該不要怕吃苦。懶惰是一種最可怕的毛病，如果在年輕的時候醫不了它，到了中年和老年就沒法醫得好了。孩子，你要拿出勇氣來啊！

秋　（感動，立起）仙子，我願意讀書，作工，我決計照你的話去做，因爲我做木偶實在有些兒厭倦了，我要變成一個完完全全的好兒童，一個眞正的活人。——好仙子，你看我可以達到目的嗎？

仙　這要看你努力的程度怎樣。一個人的成功的鑰匙是抓在他自己手裏，你無須再去問旁人討。

秋　你是說我可以成功，可以得到眞正的幸福？

仙　不錯，每個人都是他自己幸福的創造者，祇要你認淸方向去追求幸福，幸福終久是屬於你的。——孩子，我要走了，你也應該早點兒回去。希望下次我再看見你的時候，你已經變了一個好兒童了！

（仙子由山坡慢慢走上，至寺後隱去。在仙子與小秋兒談話之際，月亮已漸向西移，天越變越昏黯了）

秋　（默念着仙子最後的一句話）每一個人都是他自己幸福的創造者，祇要你認淸方向去追求幸福，幸福終久是屬於你的。

（這時小三子與洪龐皮同上）

三　洪龐皮，洪龐皮，你站在這兒瞧！

洪　在那兒？在那兒？

三　囉，（指海水遠處）那邊，那黑色的……高高的……像一座小山那麼大……

秋　（走到他們跟前）你們這兩個又…又跑來了！

三　木頭，關你什麼事？

洪　到底在那兒啦？

三　囉……囉……

秋　你們說什麼？

三　你不懂的。——洪龐皮，那黑黑的，像一座高山一樣的就是狗鯊魚。

洪　啊，我瞧見了！瞧見了！

秋　你們說魚？

洪　木頭，你瞧見嗎？那又高又大，躺在水裏的就是狗鯊魚。

它的身體有幾十丈長，眞是好玩啊！

秋　有這樣希奇的東西，我還是第一次聽見說。

洪　你眞應當見識見識。

三　我們正想跳到海裏，慢慢兒的游泳到狗鯊魚那兒去，好看得清楚一點。你也打算同我們一道去玩麼？

秋　我！我不能去，我不敢去！

三　爲什麼？

秋　我出來了一整天，再不回去，爸爸心裏一定很着急的。

洪　你爸爸見你不回家，那老傢伙自然會去睡覺的，你不用管他。

秋　我明天要上學讀書，今晚得早點兒睡，等明日放了學再來陪你們玩吧。

三　眞是木頭！你想想看，一條這麼大的魚，他會等你嗎？明天他會游到旁的地方去的，他一去，你懊悔也來不及了。

秋　總之，從明天起，我要好好兒讀書，我不能再貪玩了！

三　不！你不能回去。你無論怎樣，該聽我們的話。

洪　聽我們的話，就是你的福氣。不聽，就是你晦氣。——我們不許你用功讀書。

秋　爲什麼？

洪　因爲你用功讀書，就是不知羞恥。

秋　這是什麼話？我用功，關你們什麼事？

三　這對於我們的關係可大着呢！因爲這樣一來，老師就會知道我們比你壞。

洪　對了，這樣一比較，我們不喜歡唸書的就越發顯得坍臺了。

秋　那，那…我究竟怎樣才可以使你們滿意？

三　你，你必須學我們的榜樣，怨恨三樣東西。

秋　你指的是那三樣？

三　第一恨學校，第二恨功課，第三恨先生……

秋　如果我不聽從你們的話，你們又把我怎麼樣？

洪　那我們就要請你吃這個……（示以拳頭）

秋　你們的話，眞要使我好笑。

三　哼！小鬼！你別惹我生氣。你祇管驕傲，我們可不怕你。

秋　我也不怕你們。我沒有什麼對不住你們的地方。

三　你儘管嘴硬，當心我敲破你的鼻子。

秋　你敢？

三　我打了你又怎樣？（舉拳對秋頭上打去，秋讓開，一拳打在洪廝皮臉上。）

洪　（氣怒）好，他媽的！（一拳向秋打過來，秋又閃開，打在小三子身上）

秋　嘻嘻嘻嘻嘻嘻……

三　你別樂……你等着瞧！

（秋想逃開）

洪　別讓這壞蛋跑掉！

（秋逃，洪與三在後追。秋一不小心，失足落在江水裏。）

秋　你們救救我，救救我！

（一個浪頭淹住了他的呼聲）

三　糟了，出了亂子了！

洪　這怎麼辦？

三　我們快逃吧！

（小三子與洪瘋皮同逃下）

（月光下泛起滾滾的江濤。）

——幕急落——

第四幕

佈景　海邊——同前景

人物　老蓋　藍海仙子

雷電交作，風吹着尖厲的哨子。

舞台昏暗，只有山寺裏亮着一盞小小的紅燈。夜深了。

開幕約半分鐘，遠處傳來一個老者的呼聲。

蓋　（在幕後）小秋兒！小秋兒！……

（雨聲，雷聲。）

蓋　（聲音漸近）小秋兒！小秋兒！小秋兒！……

（老蓋由左邊出場，手提着一只燈籠，彎着背，邊走邊叫）

蓋　小秋兒！小秋兒！（他從台右邊下去。遠遠的仍聽得見他喊叫的聲音。）

（風呼呼的在吽，閃電，雷鳴。）

蓋　（在幕後）小秋兒！小秋兒！……

（隔了一會，老蓋又從右邊上場。仍邊走邊叫，至左下角，再回身轉到山脚下；由山脚下緩緩爬上，不住的喚着他兒子的名字。）

（老蓋走到山巔，遇藍海仙子從寺後步出。）

仙　這樣大風大雨，半夜裏你來找誰呀？

蓋　我……我找我的兒子。

仙　你的兒子是個什麼樣子？你告訴我，也許我曾經見過他。

蓋　他…他…哦，好小姐，你讓我打這兒過去。我沒有功夫和你多談話，我必須趕快找我的兒子。不然，我今晚一定會急瘋的。

仙 你說給我聽。或者我能幫你一點忙……我看，我們到那樹下坐着談吧，那兒可以避一避風雨。

（蓋對仙子看看，回身到樹下，仙子跟他走來。）

蓋 我還沒有請問，這位小姐是誰？

仙 人家稱我藍海仙子。

蓋 哦，你是藍海仙子，那你一定知道我孩兒的下落。

仙 你得告訴我，你的孩子是什麼樣兒？

蓋 他…他…我不好意思說出口。

仙 沒關係。你儘管說給我聽。

蓋 他不大像普通的孩子，因爲他根本就是一塊木頭。

仙 啊，我明白了你說的是誰。

蓋 你見過他嗎？

仙 一刻鐘之前他還在這兒同我談話呢。

蓋 在這兒？

仙 也就在這樹邊。

蓋 他和你說些什麼？

仙 他說要回家，他要見他的爸爸。

蓋 謝謝天，他還沒有把我忘掉。

仙 他又說他做木頭人已經做厭了，他請求我把他變成一個眞正的活人。

蓋 他這樣的想法，倒是對的。——可是仙子，你能不能幫他一點忙呢？

仙 我很願意幫任何人的忙，只要他肯努力向上。

（雨已下小了）

蓋 你看我的兒子怎麼樣？

仙 這個……我現在不能告訴你，事實會比我說得更清楚。

蓋 你既不肯明說，我也不好多問。我此刻只想請你指點我一件事。

仙 什麼？

蓋 我的兒子上那兒去了？

仙 你的兒子……

蓋 怎麼樣，仙子？你的面色怎麼突然變了？

仙 我告訴你，你可不要駭怕！

蓋 你說。

仙 你的兒子和我談過話之後，就碰見了兩個壞孩子，他們要他同去看狗鯊魚。他不肯，他說他要回家。他說從明天起就要上學校唸書去了。那兩個小壞蛋聽了很不高興，後來弄得大家打起來了……不知怎麼一來，你的兒子就掉到海裏去了！

蓋　什麼？你說我的兒子……

仙　他給海水淹沒了。

蓋　這怎麼行？我不能失去我的孩子，他是我的生命，他是我的財產，也是我的希望……我不能失去我的孩子。

仙　你別急，也許他會得救的。

蓋　我怕他會給海水淹死。

仙　不要緊，好在他是一塊木頭，他不致於沉到海底。

蓋　無論怎樣，我總得找他去。

仙　老伯伯，你不能去。你聽風這麼大，海水直在翻滾，天又是這般黑，氣候又是這樣冷，再說那邊還躺着一條大狗鯊魚，身體有兩哩多長，他只要一張開嘴，就會把你吞進去的。

蓋　你別說得那樣可怕，世界上那兒會有這麼大的魚？

仙　不信？你瞧它已經游過來了。

（仙子指海邊，老蓋回頭對那兒瞧，只見一個大魚頭睡在海面上，兩隻眼睛像兩只電燈在閃亮。嘴一張一張，露出尖長的牙齒，似一座高牆。）

蓋　啊，這簡直是一個妖怪。

仙　可不是？我告訴你，你可別傷心，這妖怪已經把你的兒子吞吃了進去！

蓋　當眞的嗎？

仙　我不會說假話。

蓋　我的天！

（老蓋拋了燈，匆匆朝海邊奔去。）

仙　老伯！老伯！你上那兒去啦？

蓋　我……我要去找我的兒子！（跳入水中）

（水浪滾起，大魚游來，張開大嘴。）

仙　唉，這老頭兒也免不了要被這海妖吞進肚子裏去的！

—幕落—

世外桃源

希爾頓著
實齋譯評

第九章

次日的早晨他懷疑着記憶中的事只是白天作夢或是睡中的夢。

可是不久他就知道不是夢了。他去進早餐的時候，三位同件都齊聲詢問他。那位美國人問道：「昨晚你與老板談得很久呢。我們本來想等候你的，可是因爲疲倦了所以就去睡覺了。他是個什麼樣的人呢？」

馬立森熱切地問道：「他提起夫役的事嗎？」

勃林克魯小姐問道：「我擬在這里設立教會，不知你會和他談及這事嗎？」

康惠立即採取警戒的態度。他答道：「說來你們恐怕都要覺得失望呢。我不會和他談及設立教會的問題；他沒有對我提及夫役的事；至於說到他的形態，我只能說他是個年紀很大的人，能操流利的英語，談吐很是儒雅。」

馬立森怫然說道：「所緊要的是：他是不是一個可靠的人。你看他會幫助我們嗎？」

「據我看來他並不是一個不規矩的人。」

「你爲什麼不對他提及夫役的事呢？」

「我沒有想到。」

馬立森不信任地望着他說道：「康惠，你這人我眞不懂。你在培斯克爾的時候辦事是那樣的能幹，我眞不相信你現在還是同一的人。你好像一點精神都沒有了。」

「我覺得很是慚愧。」

「慚愧有什麼用處。你該振作精神應付你們的處境才是呀。」

「你錯解我的意思了。我的意思是說使你失望很是抱歉。」

康惠說時聲色俱厲，目的是在掩遮他的心緒；此時他心里百感交集，心緒很是複雜，難以爲人所了解。他只是隨口搪塞着；他初不料自己有這種搪塞的本領。他顯然願意遵守主持的勸告，保守着那個祕密。他這種舉動同伴們很有理由認其爲出賣朋友，而他竟能這樣自然地做出這種事來，他自己也覺得很不可解；正如馬立森所說，英雄怎麼可以這樣。康惠覺得這個青年雖可愛又可憐；可是接着心腸又硬了起來，自思凡是崇拜英雄的人們遲早總得準備失望。在培斯克爾的時候，馬立森委實只是一個沒有經驗的孩子，崇拜着領袖，而今這個領袖縱令倘未倒地，至少舉步已經蹣跚了。無論如何沒有道理的理想，其幻滅總是令人傷心的。康惠自知不是什麼英雄，他覺得扮演着英雄的角色很是吃力，只是有馬立森崇拜着他也許不失是種安慰。可是扮演現在已是不可能了。聖格里•勒的空氣之中有一種成份——也許是由於她的高度——這種成份不容許他矯飾。

他說道：「馬立森，我和你說，老是提及培斯克爾的事是無補於事的。那時我當然與現在不同——須知那時候的情形與現在不同呀。」

「據我看來那時候的情形比現在富有意義。至少那時我們知道我們須應付的對象是什麼。」

「說得明確些的話，那時候須應付的對象是殺人與强姦。這便是你所說有意義的事情了。」

那位青年高聲反駁道：「就某種意義言，確乎比較得有意義。我寧願過那種恐怖生活而不喜歡這里的神祕空氣。」接着又突然說道：「就以那個中國女郎來說吧——她是怎麼到這里來的呢？那傢伙告訴你嗎？」

「不曾。他爲什麼該告訴我呢？」

「咳，他爲什麼不該告訴你呢？你爲什麼不詢問他呢——如果你關切這事的話？許多和尙之中雜着一個年青女郎不是奇事嗎？」

康惠從來不曾想到過這點。他想了一忽之後只得答道：「這可不是平常的寺院呢。」

「唉，不是平常的寺院！」

接着大家不說話了，因爲再沒有話可說了。在康惠看來，魯貞的身世與本題無關；在他的腦海里魯貞只是一個安靜的影子，竟是和不存在一樣。勃林克魯小姐甚至在進早餐的時候也在讀着藏語文法，她聽得有人在提及魯貞，立即擧起頭來。她聽得他們在談論和尙與女子，立即想起了印度寺院里的黑幕；男教士們常常對妻子談及這種黑幕，他們的妻子便把這類的話傳講給未婚的女同事們聽。她道貌岸然地說道：「這里正是個誨淫的所在——不過這也是意料中事，沒有什麼可怪的。」她轉向伯納，似乎想他擁護她，可是那個美國人只是獰笑。他冷然說道：「你們不見得會看重我的關於道德問題的見解吧。不過我以爲互相刺刺爭辯也是同樣的不道德。我們既然得在這里就擱一時，我們最好不要發脾氣，擾得大家不安。」

康惠認爲這話很是合乎人情，可是馬立森還是不甘罷休。他諷刺伯納道：「你大概覺得這里比達特慕（英國監獄所在地）舒服呢。」

「達特慕？嗄，你是在說英國著名的監獄吧？我懂了。不錯，我並不羨慕監獄生活。而且你這麼說我並不生氣呢。皮厚心慈，這便是我的稟性。」

康惠滿懷同情地看了伯納一眼，又譴責地望了馬立森一眼：可是接着突然悟到他們適像在一個廣大的舞台上做戲，而這個舞台的背景只有他一個人知道。他既然不能把他所知道的事告訴給他們聽，所以他突然想淸靜一忽。他向同伴們點了點頭，隨卽一個到外面的天井去。在卡拉克爾山之前一切憂慮都消逝了，他一念及未來的不可知的新世界，便再沒有對不住同伴的感覺了。他暗自思量道：世間怪事愈多便愈難知覺其可怪；若是覺得凡是可異，便將不勝其可異，還是把一切視作當然的好，省得自已苦惱，同時也免得人家苦惱。他在聖格里．勒住了這些時，學識上已有這麼的進展；他記得歐戰從軍時也懷着這樣不動心的態度，只是那時的境況沒有像現在這麼令人愉快而已。

他需要鎭定的態度，因爲他得過那種雙重人格的生活。此後和同伴們在一起的時候，他與餘人同樣地等候着夫役的到來，偕同回到印度去；在別的時候他滿懷着新世界的希望：在他的想像之中時間是擴張了，空間是縮小了，藍月谷成了一種象徵，主持所說的那種將來似乎只能在藍月谷里見諸事實。有時他自己也不知道這二種生活之中那一種比較的眞實，只是他認爲這個問題無關宏旨。他又憶起了歐戰，因爲在猛烈砲火之下他也往往覺得人的生命不止一個，只有一個生命能因死亡而終止。

張老者現在當然不再含糊其辭了；他們二人曾屢次談論喇嘛寺里的規則與日課。張告訴他說：在開頭五年之中他的生活將與常人一樣，不必受特別的訓練；所以如此者，依照張的說法，乃是爲「使身體適應這里的高度，同時也是使你排除心神上的種種遺憾。」

康惠笑着說道：「那末你以爲人的情愛經過五年之後是沒有不消滅的了？」

那中國人答道：「也許會不消滅，只是那時必已成爲一種可樂的回憶，不再令人痛苦了。」

張又告訴他說：過了那五年之後，容貌便可不再像一般人那樣地衰弱下去，如果康惠成績良好的話，他也許會年已百齡而貌仍似四十歲的人——四十歲正是人生最好的一段時間，能夠始終像一個四十歲的人實在不壞。

惠康問道：「你個人怎樣呢？你的成績如何呢？」

「呀，我親愛的先生，我的運氣很好，到這里的時候年紀還很靑——還只是二十二歲。我當年是當兵的，這點也許是你所料想不到的罷；一八五五那一年我統率着軍隊與匪徒作戰。若是我回去向上級軍官報告的話，我可以說在幹偵察工作，實則我只是在叢山中迷了路徑，那里的氣候惡劣異常，一百餘人之中只有七個沒有喪命。我終於被救護生，被領到聖格里•勒來，那時我的病勢很是嚴重，幸而因爲年靑力壯，終於沒有死掉。」

康惠計算着說道：「二十二歲。那末你現在是九十七歲了？」

「不錯。不久之後，如果師兄們同意的話，我便將成爲正式喇嘛僧。」

「我懂得了。你是在等待百齡的總數呢。」

「不是，我們是不受嚴格的年齡限制的，不過我們以爲人到了百齡的時候塵世俗念大概總可以消失了。」

「你的話不錯。可是以後又怎樣呢？過此以往還可以有幾年的生命呢？」

「成爲正式的喇嘛之後我便可以享受一切這里可能享受的生活。至於說到壽命，也許可以再活一百歲，或者比一百歲還要多些。」

康惠點着頭說道：「我正該向你道賀呢——你的靑年時期很長很愉快，而未來的老年時期看來也將是同樣的長且愉快，眞是可謂福壽雙全。你的形容是什麼時候開始衰老的呢？」

「過了七十歲之後。那總是這樣的。我的容貌不像九十七歲的人吧？」

「當然不像。如果你離開了這里，那時便將怎樣呢？」

「只是離開一天不妨，若是在外多留幾天便會立即死亡。」

「那末這里的氣氛是很重要的了？」

「世間只有一個藍月谷，如果希望另外再有一個藍月谷，那便是過存奢望了。」

「如果三十年前你還年靑時離開這里，那時便又怎樣呢？」

張答道：「大概也是要死了的。縱令不死，也會立即衰老得像六七十歲的人一樣。從前發生過多次這樣的事，數年前也發生過一次。是我們接得消息，說有一隊旅客也許將行近這里，我們之中有一位便出外去找尋他們。他是俄國人，壯年時來這里，經過成績很是良好，快是八十歲的時候，看去只像三四十歲的人。他留在外邊的時候不該超過一個星期（只是一個星期是不妨事的），可是不幸得很，他被某個遊牧民族擄去，被架到一個離這里相當遠的所在。我們知道他必是出了岔，不會返回的了。可是三個月後他竟然逃回了。回來時他與前判若二人了，在容貌方面以及行動方面完全是個老年人了，過了不久便即逝世，正像平常的老年人一樣。」

康惠靜默了好久。他們二人是在藏書室里談話：在談話的時候，他不時望着窗外那個通外界的峽道看着一朶小雲飛越過山脊。他終於說道：「張，你這一席話正像暮鼓晨鐘，使人覺得時間像是一頭怪獸，在山谷之外守候着準備撲擊那些過份長壽的懶蟲。」

張問道：「懶蟲嗎？」他的英語程度很佳，不過有時不知道某種俗語的意思。

康惠解釋道：「懶蟲是俚語，意即是飽食終日無所用心的人。我用這個字當然只是說笑而已。」

張欠着身施禮，表示感謝。他對於語言很感興趣，每次聽到一個新字總喜歡細細咀嚼一下。她沉思了一忽說道：「英國人把偷懶認作罪惡，這點是很值得注意的。我們却寧願閒散而不喜歡緊張。現在的世界不是已經緊張的夠了嗎？如果世上再多幾個懶蟲不是更好嗎？」

康惠歡然答道：「我的見解與你一樣。」

謁見主持之後的一星期之中，康惠遇見了幾位將來的同志。張老者並不急於爲他介紹，可是沒有不願介紹的意思；康惠察覺得一種雍穆的空氣，在這樣的空氣之中要事似也不怎樣的要緊，早實現或遲實現都沒有關係了。張說道：「有幾位喇嘛僧也許要過了好久也許須在數年之後——才能見你呢，只是你不必詫異。一待時機成熟他們便會來結識你的，這只表示他們不願行事匆忙，絲毫沒有不願見你的意思。」康惠覺得這種態度很是合理，往昔他往領事館去拜訪新上任的官吏時也常常抱着同樣的心境。

只是他與已經遇見過的喇嘛僧談話，經過甚爲圓滿；他與年齡較他要大數倍的人自在地談着話，毫無拘束，要是在倫敦或達利，這恐怕是不可能的了。他遇見的第一個喇嘛僧是一個和善的德國人，名叫美斯透：他是於前世紀的末葉到聖格里．勒的，本是探險隊的隊員。他操英語相當流利，只是略帶德國口音。一二天之後，張又爲他介紹了一人，此人便是主持特別提及的阿爾芳斯．勃拉愛克，他是個矮瘦法國人，看去容貌並不怎樣老，可是他自稱是蕭邦的弟子。康惠心想這二位都是很可與之交談的人。他無時不在估量他們：經過幾次談話之後，他得到了幾個結論；他發現喇嘛僧們雖然個性各各不同，但是有一個相同之點，那便是超脫；實則這二個字不十分切當，只是他想不出其他更適當的字樣。他們都很是顯得閑適，所發議論中庸近情。康惠正也擅長此道，他知道他們都很賞識他的才具。他們正如別的有修養的人們一樣，很是易於相處，只是聽着他們不在意地談着很久以前的往事往往使他心頭起一種奇異之感。例如有一位慈祥的白髮老翁與康惠談了一忽後就問他對於勃朗蒂（Brontlo 英國作家）一家的人是否感覺興趣。康惠答稱不無興趣。那白髮老翁答道：『我所以問這話，那是因爲前世紀中葉我在西賴定地方（West Riding 英國地名）充候補牧師的時候，有一次我到海華斯 （Haworth） 地方去，就住在勃朗蒂牧師的家里。自從來聖格里•勒寺之後我在不斷地研究着勃朗蒂一家人的家世——而且還在寫一本書專談這一家人的事呢。你也許願意爲我審閱一遍吧？』

康惠客氣地回答，思想喇嘛僧們的記憶力眞强；那人去後，康惠悄悄問張老者他們對於來做喇嘛僧前的往事何以能夠記憶得那麼明切。張答稱那是寺里訓練的一部份。他對康惠說道：『我親愛的先生，你知道要使頭腦清楚，第一步便是回憶整個的往事；須知凡事今之視昔，或後之視今，結論總可比較正確。你在我們這里多住一些時後便會發現你的往事很清晰地呈現在你的腦海里，適如調整了望遠鏡觀看遠景一樣。你在當時也許把小事看得很大，或把大事看得很小，可是事後思之便會認識牠正確的意義。就以你的那位新交來說吧，他年青時曾訪謁一位老牧師及其三位千金，今日思之，方才悟到那次的訪問是他一生最重要的關頭。』『人事不易逆料。托爾斯泰著『戰爭與和平』，論拿破崙之攻俄，結果均非雙方所期。亞力山大拚死抵抗拿破崙，初不欲後退，終因不敵而後退，而竟因退而陷拿破崙於絕境；拿破崙奮勇深入，屢獲勝利，惟恐進展不速，而竟因深入而敗。因退獲勝，因進而敗，均出亞力山大與拿破崙之意料。於此可見人事之不可逆料者一。余喜讀舊雜誌之時論；時論對於當時局面作種種預測，事後觀之，十九不中；當時有謂日美不致開戰者，有謂日俄將衝突者，有謂羅斯福不致參加第三任總統競選者，今日讀來有奇趣，流行時論之不值一讀於此亦可想見，且待數年後來再讀吧。於此可見人事之不可逆料者二。』

『那末我得聚精會神地去思索我生平的重要關頭嗎？』

『不必聚精會神。你是會自然而然地想到的。』

『想起這些重要關頭我不免得會欣然呢。』康惠說着不禁黯然神傷。『過去的貪官汚吏軍閥政客自稱爲國爲民，導人們於深淵絕境。深淵絕境中的人們將來思之必也黯然神傷。』

且不管往事如何，反正康惠覺得目前很是快樂。他在藏書室里讀書的時候，或是在音樂廳里彈奏着莫柴所作的曲調的時候，常常覺得有一種莫可名狀的情緒侵入他的心神，好像聖格里•勒眞有一種神祕的魔力似的。那種情緒侵入他的心神的時候他便想到主持的一夕話；無論在讀書的時候或是奏樂的時候，他總覺得有一種寧靜的神力俯視着他，以輕微的聲音安慰着他。他注聽着魯貞奏琴的時候也有同樣的感覺。魯貞微笑的時候，她的砵肩便像是正在開放的花瓣，康惠心想她微笑的時候腦中不知在思量些什麼。此時魯貞雖然已經知道康惠能講中國話，只是仍是不大向康惠說話。馬立森有時也喜歡到音樂廳去；魯貞遇見了他是絕不開口說話的。只是康惠覺得她這種默默無言的態度很是可愛。

有一次他向張老者問起魯貞的身世，張告訴他說：「她本是滿洲皇族之女，話說那時她已與土耳其斯旦（Turkistan 地處中央亞細亞）的一位皇子訂了婚，她在赴喀什噶爾（Kashgar 新疆地名）去會見新郎途中她的護送人迷了路。若是沒有遇到我們這里的知客僧，他們一行人必已喪命無疑。」

「那是在什麼時候呢？」

「是在一八八四年。那時她年才十八。」

「那時是十八歲嗎？」

張老者欠身答道：「正是，她的成績不壞呢，你看不是嗎？」

「她初來這里的時候覺得這里的生活怎樣呢？」

「她起初很不願意過這里的這種生活——她沒有明說，只是我們知道她心里很是懊喪。那當然是件奇事——截斷一個赴新郎家的女子……我們都極力設法使她快樂。」張老者微笑着續說道：「我知道戀愛的事是很難忘情的，只是五年之後便不然了。」

「她大概很是鍾愛她的未婚夫吧？」

「我親愛的先生，不是的，她從來不曾見過新郎的面呢。須知那是一種風俗。她的那種愛情完全是抽象的。」

康惠點了點頭，心里對於魯貞不無哀憐之意。他想像着五十年前的她，端坐在花轎里，由轎夫們抬着辛苦地越過高原；看慣東方的花園與荷花池的她見了那種高原自必覺得荒涼。他想到魯貞在寺里過着凄苦的生活，不禁說道：「可憐的孩子！」康惠知道了她的身世之後愈不以她的靜默爲意；她適如一個可愛的花瓶，沒有別的裝飾，只是偶然發射着寒光而已。

勃拉愛克和他談論着蕭邦或以高超的藝術彈奏着普通的曲調的時候，他也有一種萬事皆足的心情。看來那位法國人知道幾個從來不曾出版過的蕭邦所作的樂譜；康惠便把這些樂譜記錄了下來，欣然把牠們記住了。考托特（Cortot 音樂家）或記契曼（Pachmaun音樂家）都有這樣的幸運，康惠一想到這點，不禁若有所思。勃拉愛克所記得的曲調還不止這一些，他還記得許多蕭邦所擲掉的樂譜，或是偶然乘興而彈奏的調子，其中有幾個調子很是悅耳。張對康惠說：「勃拉愛克正式爲喇嘛僧的時候還不十分長久，所以他還是常常興緻勃勃地談論蕭邦，這點你須原諒他。年紀較青的喇嘛僧們常常關念過去乃是人情之常；要有淸楚的頭腦以瞻望將來必須過經這一步。」〔上次歐戰方了，和約墨跡未乾，世人便卽忘掉了，可見世人記憶力素來不佳，記憶力不佳，故有今日的大戰。〕

「瞻望將來大概是年齡較高的喇嘛僧們的職務吧？」

「不錯。就以主持來說吧，他無時不在運用其神力沉思着將來。」〔世人不忘過去者有幾？詳思未來者有幾？〕

康惠思量了一忽問道：「你看什麼時候我可再會見主持呢？」

「我親愛的先生，過了五年之後你一定可以再會見他。」

張自信這話不會錯，可是事實竟不然，因爲康惠到了聖格里•勒寺還不滿一個月，主持又來召他。命他到高樓上熱悶的房間里去。張曾告訴康惠說：主持是不走出室外來的，他必須在那種溫暖的空氣之中保持他的生命。此次康惠事前已經知道了這點，所以不再覺得像上次那樣的不舒服。他走進室內向主持一鞠躬，後者的眼皮微微閃動。他覺得他的思想與主持的思想很是接近；他雖然知道在這樣短的時期之內能二次謁見主持是向所未有的厚遇，但是他並不覺得慌張，態度也並不過份嚴肅。在他看來，年齡正也和階級或人種的膚色一樣，並並有什麼大不了；你從來不會認爲年齡太青或太大足以構成友誼的阻礙物。他敬愛主持，可是他認爲敬愛儘管恭愛，態度確仍不妨大方。

二人互相寒喧了一下，康惠彬彬地回答着。他告訴主持說他覺得那里的生活很是愉快，而且已經結識了幾位朋友了。

「你不會把祕密告訴你的三位同伴嗎？」

「現在還不會。這事有時很使我爲難，不過若是告訴了他們也許更要令我爲難呢。」

「果不出我所料；你很善於決斷。妙在你的所謂爲難只是暫時的。張告訴我說，三位之中有二位很是安靜。」

「正是。」

「另一位怎樣呢？」

康惠答道：「馬立森是個情感很易衝動的青年——他急於想回去呢。」

「你喜歡他吧？」

「是，我很喜歡他。」

說到此處僕人端進茶來；他們啜着香茗，談話不如先前那麼的嚴肅了。這啜茶的習俗很有用處，使人能夠輕鬆地談話，康惠也就輕鬆地應答主持的問話。主持問他是否覺得聖格里・勒是個獨特的所在，西方是否也有像聖格里・勒那樣的地方。他笑着答道：「老實說吧，是有像這樣的所在的；我覺得牛津便是具體而微的聖格里・勒，我曾在那里講過學。那里的景色沒有像這里秀麗，只是那里所研究的科目與這里同樣的不切實用；雖然那里年紀最大的講師也沒有像這里的喇嘛僧這麼的大，可是他們似乎也同樣的不易衰老。」

主持答道：「我親愛的康惠，你眞善於幽默，在將來的生活中這種幽默感很有用處呢。」

戲文

王廉善

吾鄉爲浙東一小鎭，說大不大，却也有千把門人家。穿鎭一條大河，街市卽在河的兩岸，故可說是標準的水鄉。百十家店舖，京廣雜貨都有得買。每逢單日市集，四鄉的趕脚行販，驃騎山脚下的賣柴樵夫，都紛紛來歸，倒也熙熙攘攘，有大半天熱鬧；因此在數十里周方之中，我們的鄉鎭便隱隱以樞紐之地自居，無論創辦義學，修橋舖路，甚至廟宇開光，添辦洋龍，凡是要出錢出力的事槪由鎭上人居首，幾十年來，一直如此。現在別的不表，單說春秋節日，鄉民聚資演戲一事。

演戲吾鄉俗稱「做戲文」，附近一有做戲文，則必有數天可以熱鬧哄動，無異是沉寂鄉鎭的一種興奮劑。村落人民平日缺少情緒發洩的機會，一旦有戲可看，自然興高采烈。所謂「銅鑼響，脚底癢」，實足描寫出對戲文渴望之忱，無老無幼，無男無女，皆袪服靚粧，傾巷往觀。借酬神爲藉口，實在還是滿足自己的想望，不過如此一來，似乎有所依託，以爲並不是完全是無謂的浪費，且一着一個「神」字，鄉民便更踴躍以赴了。凡事原不離人情二字，從前一羣急進青年拿了短棒專打廟中泥菩薩以自命有科學腦筋，現在思之不免無聊得可笑。一樣的演戲雖以酬神爲前提，但給於民間調劑精神，促進活力的益處，却非開辦一二所有名無實的民敎館之類所能比擬。吾鄉有一年出會，有鎭長等數人竭力阻泥，竟派武裝隊丁把守廟門，不許菩薩出廟，幾成僵局，結果是在夜間由邊門偷偷搬出的，第二天公然行會，阻其事者也莫奈其何，到底還是多此一舉。蓋民衆的事只能誘導不能阻禁，若說演一次戲出一次會省下來的錢可以買幾架飛機了的話，則簡直是迂論，正如說全國停吃香烟一天，可省下若干萬數一般，只是空論家的空話而已。以我個人而言，對戲文是極其愛好的，小時別無娛樂，僅此一端印象最深。關於廟戲和社戲的文章寫過的人已多，但我仍以爲頗有得好說者亦正以此。

做戲文通常總在廟里或是臨時在街頭搭台搬演，在廟里的大概均爲神祇誕期，可統稱爲廟戲，露天的則必是冬至，清明、稻熟等四時節日，這就是社戲了。因我家在街上，故看社戲的機會多於廟戲，便先從此說起。街上搭台的處所並不一定，有時在街道比較空闊之處，但大多還是臨河搭台的，所謂「河台」便是。把椅子打入河中，台便有三分之二突出在河面上，如此三面臨水，此岸的人既可從側面看，對岸又可從正面遙看，河面上可坐在橋欄上看，而河道上又可駕了船看，店家櫃台，人家樓頭，都莫不可以作爲觀看之處；於是上上下下，遠遠近近，遂奇恣紛沓，蔚爲大觀。紀果庵先生「林淵雜記」中云：北方看戲多駕大車，所有車子都須停在戲台前五十公尺遠近，成一半環形，讓中間的空地給直立的觀衆，這與我們以船在核心中者却成爲一有趣的對比。乘車看戲的情形想想也很別致，只是我們南方人自無法得見，幻想起來大概是好萊塢西部片中長途跋踄者在休息時將車作爲護壁以防土人襲擊的這種陣式吧；又容易令人想起水滸傳中「一字兒放出五輛江州大車來」的氣勢，而這種氣勢正是獷率的，驃悍的，厚重的地方精神的代表，與用「船」代表南人一樣可以見出兩地人士的秉性。關於坐船看戲魯迅先生在「社戲」中描寫得最好不過，其情趣正是在於迷朦和飄逸，歌唱鼓吹都帶一點水音，悠揚而流動。船隻，就我所見的各式都有，從夜航船，烏篷船，脚划船以至最普通的坦船，但篷却大半是卸去了的，因不致障礙自己和隣船的視線。船上或舖席，或置凳椅茶几，坐臥都可。一到演至九十點鐘時，河中只是密密排的船隻，也不用纜，也不用篙，只是一隻隻的緊緊挨着，人可以從各船上來去行走，一如陸上。中間也留一條極狹的水道以通行舟，但多數來船，搖近台邊時，若無重要事件，也必停櫓息帆，靠攏來作爲社戲的臨時觀客。那里既不必市劵入座，又無面目可憎的案目招待，遠近皆是可以親近的人物。燈火輝煌，夜色甯沉，看看台上的員外小姐，猛將奸相，與夫河上河下的盛服鄉姑，各色攤販，今夜你不妨讓自己織在一個中古時代的夢中。再不便箕踞橫臥，談古論今，到岸上買幾串火熱的五香豆腐干分而食之，待息鑼後重奔前路，讓空宅的戲台孤寂寂地蹲在明月繁星之下，這豈不也是萍水遊蹤的一個小小星花，給你咀嚼不盡的滋味？

岸上呢，傍河的過街樓下全是預先安置好了的高凳子，也有考究一點特地搭了看台的。歡喜閒散一點的人大概不慣枯坐，便可到橋上去看，居高臨下，船隻俱在脚下。如我家則近水樓臺，高高的在樓窗口便可一覽無餘，疲了時不妨到床上躺躺，聽鑼鼓驟急便穿鞋整衣起而再觀，眞是太「晏如也」了的。這是講的夜間，白天沒有這麼多的船，我們小孩們也常不高興關在樓上，專在台的前後亂闖。有時也到扮房里去玩。扮房借的正是我家沿河的房子，我們有特權可以進去，看他們打臉，換劇裝。高大的行頭箱里有百樣錦繡衣裳，靠牆滿是長槍大刀，馬鞭子上垂下來各色的流蘇。武行們穿了黑底白嵌邊的窄小緊身衣靠，小褂上有數不清的紐攀，腰纏孟字絲帶，兩個三個的在我家空場上摔跟斗。學武生的小徒弟若在台上少打幾個跟斗或旋子了，做師父的便拿起鞭子呼呼的打，因此當夜場小徒弟又上台時我們常替他代爲擔愁。台上我們也去的，用硬毛木板舖成，在那上面摔跌一定很疼，日間船少，望下去是眩眼的水，翻得不當心不是要落下去的嗎？實際眞個掉下河去的雖沒有過，但我有一次確見一頂官帽給打落河心，竟自隨波逐流而去了。李少春演盜魂鈴，常急跑至台的邊緣處故作險仄，固由於有武工根柢，但究屬偶一爲之，而鄉下草台班的戲子却因台小，無時無刻不要留神跌到台外。在有一回廟戲中，一個戲子便不愼衝將下來，在觀衆頭上亂踏，後來不知是大家給捧上台去的還是一逕溜回後台已不能記得，總之是一趟極有趣的笑話就是了。

每次演戲所邀的班子以徽班爲多，越劇絕少見，因無論在場面與熱鬧上都要推徽班占勝。當時較有名氣的班子如宋翔記，老大鴻壽，老大鴻慶，三星大連陞等都不易約，要預先幾月定好，尤其是宋翔記，必要如都神殿等大廟會方有力量約來一唱。班子的好壞也影響廟會的熱鬧與否，如上說的宋翔記一到，則一定會擠得滿是人頭的。江河班以全本戲及武戲爲主，而特別是後者能得大多觀客所愛好。鄉民質樸無華，多少尙帶些尙武精神，平時也在自己練習跟斗刀棒之類，一旦刀槍上台，自然是投其所好，所以各班子中的武生人才常是不會缺少的，如宋翔記中有小毛包，小麒麟，小小毛包等都曾是鄉下人印象中的英雄。老大鴻壽中也有一個叫做六六童的，有一首歌專詠此人的，是：「老大鴻壽徽班，六六兒孫山，汽油燈打破三盞」，孫山是浙東方言，猶努力，用勁之意，這里可作卯上解，從這歌中不難看出六六童是如何勇狠賣力了。武戲中最常演者有鐵公鷄，大鬧嘉興府等，吾鄉有「三本鐵公鷄，鎗刀磨磨其」之語，極可見對此戲嚮往之情，而江河班子在武工方面也的確有其特長，在硬木板的台上連跌幾十跟斗是太平常的事，明亮的朴刀把赤膊的背上打得血血。打旋子總是一來幾十個，行家說起來是不及蓋叫天了了二三個之旣高且邊式，但我們於這點「人不要命」的狠勁也總該致其欽佩之意。鐵公鷄之外給我印象最深的還是一齣「九江口」（？），一個小兵打着盞大燈籠，一個花白鬍子的老頭子，赤着上身，打着油臉，儘把鬍子左右來回的甩，眞有一點英雄末路的感覺。小時不懂什麼叫歌，什麼叫表情，純以刺激的新奇的爲好看，開打，甩鬍子，耍七節棍，舞綴帶，頂銅盤等都是理想中的節目。後二種是旦角玩的，不知是不是連環計中的貂蟬，舞帶是將一條很長的帶子在身的周圍盤旋舞動，帶子雖長却不着地，有時把身子整個捲在帶子的螺旋圈中但又並不着身。頂盤則是將銅盤在食指上旋轉，作出種種花式，有時在背後擲過，有時又用勁一送幾尺高，落下時仍用指尖接住，好像玩扯鈴似的。這類技巧，及今思之在劇藝上固屬末節，但幼時確曾頗感興趣，至少比頭纏黃布的老旦坐在台當中大唱特唱爲高明萬萬也。社戲中有許多冷門戲近時在各地反看不到，如火燒葫蘆谷，獻地圖，渭水河等。渭水河常排在第一齣，姜太公只是坐着唱，又不會摔跟斗，所以也是我所討厭的。葫蘆谷中有大操，疊羅漢，火彩等，是非常精采的。火彩在社戲中很多，現在上海也很難看到了。我又在一次廟戲中看過一次判官的噴火，我們正坐在神龕前供桌上看，桌旁便是面孔猙獰的判官，每一回顧，輒爲之凜然。

看戲的着眼點其實並不在戲的本身上，正如紀果庵先生說的乃是要「嗅一嗅熱鬧喧闐的空氣」也。而我的偏好尤喜夜戲開鑼前和散戲時的一段時間。吃過夜飯，閒溜到台前，人還不多，但也有若干熱中於看戲的太太們趕吃了早夜飯來佔座位，因日間的凳子散場時大家是背了回家去的。街旁剛收拾好飯具的賣水果的，用非常熟練的手法在削勃薺，嗖嗖二刀便削好一個，一會兒便堆起一大堆了。台上剛掛起的汽油燈發出含有無限驚奇與喜悅的哄哄的響聲，照得門簾與桌衣格外鮮紅奪目。台前的支柱上已掛出今晚的劇目，用白粉寫在小方黑板上，有幾個人便聚攏去看。人再多些，賣梨膏糖的便立在一隻凳上唱起「小熱昏」來，唱畢時拿出糖來向台上台下亂拋，好像不要錢似的。待到康湯一聲鑼響，大家方把眼睛轉向台上來了。夜戲散時，在吹完了充滿封建意味的大團圓鼓吹後，炮仗一放，看戲的就背起長凳陸續散去。若是沒有月亮，那便各點起早先備好了的燈籠，像幽冥的鬼魂，踽踽地向四方田野間延長開去，漸至不見。台上只剩了檢場的在摺疊桌衣和椅墊。街角上熱酒攤掛起盞明角風燈，遠看過去昏黃一片，鍋子里冒出如霧的蒸氣，隱約有當爐的老頭子暗紅的臉與烤牛肉的香味可以捉摸得住。河那邊的街盡處敲更的老頭子來了，聽過了剛才喧天的鑼聲再聽那孤單的更鑼聲，似有無限淒涼之意。

說起熱酒攤，又叫人想起演戲時的吃食來。吃也是小時看戲的一樁大事，把平日積聚下來的錢與向父親臨時取來的塞得袋內重重的。麵粉和白糖製的碗脚底（像一個大碗的底，實心的）和夜開花（像一朵夜開花）價廉物美。雪白的海棠糕頂上有一點紅印，頂易引人食慾。賣「露稷粉餅」的用一隻白銅的圓圈子，把粽色的粉切成一片片的在爐上烘，烘熟了便當場買了吃，好處是熱而又香。在夏天則有自製的荷蘭水與冰結利，所謂和蘭水祇是在冷開水中滲些糖和顏色，盛在一只紫銅製的高大的圓筒中，有龍頭可以開關，一個銅板一盃的出賣；也有裝在一個個玻璃葫蘆里的，那便較貴，其實毫無吃頭，只是立在一旁看看紅紅綠綠的顏色，倒也有味而已。冰結利也吃過一次的，一個同學請客，祗覺得很冷。如今這些東西都吃不到了，其滋味也許並非如何了不得，難得的是五光十色的背景。

廟戲和社戲情形略有不同，因廟的周圍常有大塊空地，大門內也有廣庭，格外形成了一個市集的光景。都神殿與靈山廟的演戲是最膾炙人口的。靈山廟在山頂，香期演戲時滿山錦繡，野花與綺裳爭相輝映，可看自多；若論夾雜錯綜，詭異光色，便只得推都神殿。都神殿演戲期每年爲五月廿五，前後凡五六天，所約戲班之佳，攤販行色之夥，甲於附近各廟。廿五正日，各村鎭有獻燭之舉，燭均爲定製者，粗如屋柱，高可及人，每對燭用兩人抬，鳴鑼開道送往都神殿，殿上有大燭台，正配此用。這樣大的燭台初見者若未曾先見過如此大燭，必不知其有何用途也。演戲期內，殿內外添搭許多席棚，有臨時茶館，飯棚子，估衣舖，變戲法，以及星相百家，大雨傘牙醫，舊貨攤等。賣施公案、彭公案等民間小說的地攤兼售孟姜女、十八摸等小唱本與冒牌舒蓮記黑紙摺扇；變大戲法的搭了巨大的篷帳，入口處有一個山東佬高立在凳上敲一面小鑼招客；骰子攤高喊着「紅魚啊」，「黑魚啊」的，骰子在青花大碗里擲得骨洛洛響；諸多奇異景色，叫你目不暇接。演戲的情形則文載道先生在「故鄉的戲文」（中藝二期）中述之綦詳，如鬧頭場，跳加官，煞中臺，大團圓等都是必有節目。我要補充的二點是開演前之祭神，例於台上陳設饅頭糕饎，高大錫製祀器內插以楊枝（？），而最後尙須捉一隻活雞至台上，用手生生的把雞頭摘下來，一面便將血朝台子洒一遍，算是獻與神祗的最厚禮品，但手段不免太殘酷一點了。戲畢時放爆竹，但廟門却並不關的，也許是吾鄉與文君故鄉的習俗不同之故。

除以上所說社戲和廟戲之外，有出會（賽會）時照例也要演一遍，情況亦甚熾熱，但那是屬於出會的，與「林淵雜記」中所云出會附帶於社戲者却好相反。關於出會，我想在有機會時當另叙之。

如今鄉間已有五六年沒演戲了。去歲返里，見石橋且頹，村人們除了大部分仍是束緊了腰帶在苦熬外，不是攜老扶幼的去做單幫，便挾一支土槍幹沒本錢生意去了。一個是在棍子和皮靴下討生活，一個是以强暴刦取他人的口糧，但爲了塞飽肚子則一。故園楊柳今搖落，不論是承平之世或亂離辰光，人們追懷昔日風光的心情總是一致的，不過如現在之刀兵連年，十年前的事便恍同隔世，特別叫人感到人生之無常吧了。時人稱此種懷戀心境爲懷鄉病，但即使是懷鄉病恐亦不自目前始，白頭宮女說開天遺事，遠在唐朝便已有人興感舊之懷，而九斤老太在幾十年前也早就喊出「從前是這樣的嗎？從前是這樣的嗎？」，可見亦不祗是今日爲然也。

歛財記

William Wymark Jacobs

趙而昌 譯

約翰•卜魯西是個天生懶散的人。雖是那天上午十一點鐘他遭了解雇的厄運，然而當他聽得工頭的話時，他的神色仍舊自若而且高傲。工頭先說不要他做工，後來又對他的那副醜面孔加以諷嘲。雖是這諷嘲總和該挨着卜魯西砌磚時，覓他不得而被同伙發現在涼棚下打盹的那會事是風馬牛不相及的。

『快把尊臉離開這兒，』工頭說，『若能把它帶轉府上，埋在地下，人人均願助你一臂。』

卜魯西自然也回駡這個工頭，他詛咒工頭的祖先乃是有養無教的東西，他們之所以會將工頭養得如此茁壯，原是因爲他們自私自利，不惜培植害羣之馬之故。

『呸！還是把頭顱入土了吧！』工頭又說。

『我想，』卜魯西的語氣顯較緩和了些，但其所指仍在對方的祖宗頭上。『我想：你的父母是有養無教的，他們巴巴望你日吹夜大，他們如癡如顚，他們把教誨的事置諸雲外。』

他說完了，鬆過一口氣，目空一切地走了，那些原先停止了工作在靜聆他咆哮的工人們，此時也繼續工作了。他在一家酒吧肆中灌了些酒，慘然踏上歸途。在路上，他還在可惜幾句說了可向工頭出氣的話。但當時可說不說，現在雖想了起來，也屬徒然。他禁不住連呼：可惜，可惜！

他在家門口停住了自己的脚步，門是開着的，狹狹的路口有只水桶放着，樓梯全濕，皂沫污水和敗壞霉腐的氣息充滿了整個空間。孩子的哭喊和母親的惡詈混在廚房中。三歲的小約瑟嚷得透不過氣，全家的人正以驚詫的態度摒息地看他出神入化的表情。這情形直到卜魯西緩緩地走到他們的面前時才止。妻子一見丈夫早歸，眼光中閃出疑惑惶恐的光來。

『我解雇了！』他淡然地說。

『什麼，你又解雇了？』可憐的婦人說。

『是啊，又無工可做了！』他補充一句。

立刻，妻子走了開去，她一倒倒在椅子上把圍裙蒙在頭上大哭。兩個原先已經停止哭泣的小孩，這時也因母親的哭泣而大叫起來。

『不許你們哭！』卜魯西非常不耐煩，『聽見了嗎？不要哭！」

『我懊悔跟你結合在一處，』妻子把頭裹在裙中，『你這嬉遊成性，酗酒無用的啊！……』

『看你再說！』卜魯西說得更冷酷。

『啊，天呀！』女的大哭，『我的孩子們，多看看他，多看看你們的爹爹，切記將來不要成爲像他那種貪吃懶做的不成材！』

那烏溜溜的孩子們的眼光使卜魯西更侷促不安，他一逕踱着，踱着，忽然好像轉變了主意似的，踢倒了水桶，又把所有放在路口的傢具都踢來踢去，直踢到力氣沒有了才止。

他兀立在廚房門口，氣哄哄地哼了一聲，忽地抓一把錢撒在地上，嘩的一聲，就奪門而去。

一瓶啤酒，其力量能決定他今後的動向。他要遠適異方，度新的生活。脚步輕健得很，爽朗的天時，清新的空氣，復使他的內心起着無覊絆的自在。他走着，走着，一忽兒葛氏堡已拖在脚後了，他坐在河邊吸最後的一筒煙，藉此和這個待他酷虐無情的小堡出口氣，作個永訣。

溪水潺潺地流得十分悅耳，蘆草則在輕風中左右顛狂。卜魯西一向是倚在啤酒桶邊也會睡着的人，在這種境界中，他自然想睡一覺的。因之，一忽兒之後，烟斗就不自主地落下來了，他立刻睡着，發着鼾聲了。

一陣呼喊聲，使他由夢中驚醒過來。他站起身找尋這喊聲的所在。當他看見小倍烈溺在河中時，就立刻涉水拉着了孩子的頭髮，把他拖到岸上來。倍烈尖聲疾叫，嘔了好些水出來。之後，才口裏嚷着媽媽，聳着肩奔向歸家的途上而去。

直到孩子的影子看不見了，這才使他戰慄地意識到去自尋己的帽子，但這時這頂數年不離的老友，也因浸飽了水之故，徐徐下沉了，這使他只得擠擠褲上的水，惶惶地越橋而去。

他竟沒有料到這件事和這帽子竟會鬧出以後的許多事來。

『宰相肚裏好撑船』，寬宏大量的丈夫，決不該計較女人的一切，卜魯西想到這點，就在流浪了三月後的某一天，抱着不計細碎的心情重回家來。這是一段三天的行程。第三天晚上，他離家已不過二哩路了，於是趁着月光，懶懶地躺在堤上抽烟，藉以舒展一下疲憊的精神。

一輛貨車推着巍巔巔的稻草轆轆駛來。當卜魯西看見這車夫，這闊別三月的老朋友正在車上酣睡時，眞想哈哈地笑出聲來。他立即起身，放好烟斗，爬上貨車，把面容貼在草上，向下看着車夫。

『我要叫老喬因看見我而出驚，要他做第一個歡迎我回來的人！』他想着，於是輕聲地喊：

『喂！老喬！你怎麽啦？』

老喬從睡夢中聽見有人叫他的名字，就睜開了眼來，但接着又閉上了。

『喂！老喬！我在看你呢！』卜魯西說得很有勁。

這才使老喬抬起頭來，他一看見卜魯西抿着嘴的臉伏在草堆上時，就立卽聳聳肩膀，一聲尖叫滾到路上去，卜魯西正覺得奇怪，只見老喬又發出喊聲，由地上爬起來，一跳一跳地跑去。

『老喬！』卜魯西喊。

但老喬仍掩着耳朶一竄一竄地跳去，卜魯西在草堆上看到這行動，眞有些目瞪口呆，要想大笑。

『不會是做皮匠的吧？那個我欠他錢的！』他想，『我眞想不出他是誰，我壓根兒不會見過這種胆小如鼠的人！』

他這樣想，馬車也仍這樣地繼續前進。行不到半哩路，就跳下車來，向着一條捷徑走去。『老喬自己不願來看這車子和馬匹，與我有什麽關係！』他這樣想。

時候已近暮靄，路人由公墓的樹叢中行走的格外稀少。其中有一個人一見了卜魯西的面就失聲大叫，接着許多的人都聳肩向田中逃去。卜魯西看了這樣子眞彷徨無措，他不知他們着了什麽魔！

『不論抓着誰，我要給他們嘗嘗辣子！』他憤怒地說。

走着，走着，不覺已離家不遠，因之脚步也緩慢了下來。他很內疚，他不知在已往三個月中妻兒賴着什麽過活？他站在門口好一會，然後才開門進去。

只見廚房門的開着，妻子在昏澹的燈下做針黹。當她聽見脚步聲抬頭一瞧時，她也無聲息地由椅上滑倒地上。

『不要分心，你做你的。』卜魯西說得神氣。

他看見她的面龐轉了青，眼睛閉得緊，他這才知道是件什麽事，連忙從自來水上招下一碗水來向妻子的頭上潑去，她漸漸地睜開眼，透過氣，撲在丈夫的懷中。

『別哭！別哭！我已饒恕你了，我已饒恕你了！』

『啊！天啊！』妻子泣着，全身抖着，『我當你已經死了，我們都以爲你已經死了，我們是剛在兩星期前葬了你的。』

『葬我！』卜魯西驚訝得很，『埋葬我嗎？』

『我眞好像做了一個大夢，』卜魯西夫人說，『我在夢中常見你沒有死，前晚上我夢你見還活着，我一醒了禁不住又哭。』

卜魯西想把這件事情的底細問問明白，但他看到門邊擺着一個大木桶時，又把問話停住了。

『啊！一桶啤酒！他一面看着，一面從櫈子上取了隻玻璃杯過去。

『這酒是料理你的葬事時用的，』妻子說，『我們共有兩桶，這已是第二桶了！』

卜魯西由桶中汲取了啤酒出來，但却並不即時去喝，他總覺得這件事是相當的神祕而有趣的。

『喝吧！』夫人說，『你該多喝幾杯，喝完料理你自已後事用的啤酒，該多有意思！』

『我眞不懂你說的話，』他只嘗了一口，『我的身體既然活着，則何來我的葬事？』

『直到現在我才知這是一個錯誤，錯葬了人，』卜魯西夫人說，『這喪事倒弄得十分熱鬧，葛氏堡全堡的人都出來執紼，有幼童樂隊，有駱駝俱樂部的會員，四五人並肩的行列，肅穆得很。假使你自己見了不知該多麼高興！』

卜魯西的臉孔轉向溫文嬌羞，他眞料不到堡上的人會這樣愛他。

『儀仗馬車共有四輛，』妻子又說，『車上都密密的掛着使路人不能看清車身的花圈。有個花圈竟價值兩鎊。』

卜魯西裝作淡然的態度來掩飾他當時內心的愜適，『要他們多化費了！』他一頭說，一頭又向桶邊去要杯酒來喝。

『地方上的紳士也都跟在車後來參與這儀仗。』夫人坐了下來。

『這些人我是一向認識他們的。』卜魯西說這話時，面部不由的通紅起來。

『有誰會料到這事會舛錯到如此！』妻子接口說，『我總以爲這屍體是你。因爲他穿的全和你一樣，並且又有你的帽子。』

『這多糟糕！』他說，『他們只以爲死的是我，這才去買價値兩鎊的花圈，用素車白馬來追悼我，祇因他們認錯了，一切都白費了，眞難爲他們！』

『然而這決不是我的錯呀！』妻子說，『你離家不久，小倍烈就到我們家事來，他說他落了水，而是你救他起來的，這之後，你就一直沒有回來，你一向是不會游水的，我自然以爲你是淹死了。』

卜魯西一面把酒杯擊在燈光前耀着，一面咳嗽一聲，裝出似聽非聽的落落的態度來。

『一在河中打撈，就立即發現你的帽子，』妻子接着說，『至於屍體倒是在九星期後才發現的。全堡的人都以爲你爲救倍烈而捨身致死，是一個蓋世的英雄，非壯嚴的儀式不足以示全堡居民的衷心的哀悼。」

「眞難爲他們這樣待我！」他訥訥地說。

「神父先生祝你昇入天國！」妻子接着說，「那篇祭文眞抑揚動人，要若你能自己聽見，你的心眼該多麽舒服。他先說他驚異你做了這樣毅勇壯烈的事，又說生前的不瞭解你，益增活人的可恥，末了又說：於這件事，可知凡人都有美點，只須我們予他有表現的機會。」

卜魯西不停地瞧着他的妻子。

「現在我該把那筆款子還了他們了。」妻子說。

「款子！」丈夫問，「什麽款子？」

「爲我們募來的撫卹金，」她回答，「一百八十三磅七先令四辨士！」

「多少？一共多少？」他聽了，透過一口氣來問。

「讓我看一看，」他囁嚅地說，「——看一看它，留下一點兒。」

「不，」她說，「俱樂部還特意爲這筆錢組織保管委員會，他們按月爲我支配，替我付房租，給我一週十先令的津貼作家用。現在則勢非退還不可了。」

「誰說退還他們！」卜魯西勃然地說，「你去向這批委員老爺們說，只須說你不要他們管這閑事，你只須向他們取錢，取這整筆的錢，你又可說你要上澳洲去，說這是我臨死的遺言。」

她皺皺眉。

「我如今就躲在樓上，一直等到你領了這整筆的錢我才出來，」他滔滔地說，「今天歸來時，我雖看見兩個人，但他們却都是把我當作靈魂看的，那是決計無礙的。幾個孩子，就權且到你母家去居留幾日吧！」

果然，第二天妻子把孩子送到自己的母親家去，回來時又告訴丈夫，說人們眞的已把卜魯西靈魂的出現嘖嘖於口。全堡的人個個都談虎變色，在討論他的靈魂何以會出現的理由。

這消息傳到駱駝俱樂部的委員老爺們的耳中時，他們都把它看做是白天聽見老鼠叫的無謂的騷擾。卜魯西夫人去領取這筆撫卹金，委員們都覺得詫異，問她何以竟要遠離英雄的墓地？要若黃泉有知，死者當不瞑目！爲欲表示委員們的宅心仁厚起見，每週額外再津貼她一個先令。

躲在樓上的英雄立刻把這一先令丟在地上，罵這些老爺們都要入地獄，落油鍋，他在屋內躱了兩天兩夜，氣悶已極，於是每每趁着黑夜到戶外去溜躂溜躂。

堡上的人民仍在議論這件事，少數的警察竟因此不敢在夜中巡弋。本來對這件事抱着漠然態度的駱駝俱樂部中的委員，在那時也在竊竊地討論這事了，可是他們總究摸不着卜魯西的居心何在。他們都一致說：卜魯西靈魂的所以出現，是由於那塊墓石所致，他們本來是預備去買塊起碼墓石的，現在則索性以巨値去買花崗石！藉使靈魂安甯！全堡安甯!!

這件事使卜魯西聽了很焦急。他對妻子說：『這批老爺們竟似可以自由化費我的錢似的，你快去同他們說，說你不贊成這件買花崗石的事。你再說你現在已打消了遠走澳洲的計劃，只想提取這筆款子，去開一爿店，一爿酒店！』

於是妻子又去了，但是帶來的却是一臉的眼淚和鼻涕，這不得不使她丈夫再想法子，但在左思右想，再也沒有錦囊妙計了。他懊喪已極，只得刻刻向啤酒桶中汲取啤酒澆愁。

這愁悶直到星期六傍晚才消除，而其時桶中的啤酒也快差不多了。他目送她的背影從門外出去，才一面搖頭一面立刻感到：以這種棘手的工作叫厚道的女人去幹其不成功原在意中。對付駱駝俱樂部的老爺，非是一個男子不可，一個能言善辯，舉一反三，並且又懂人情世故的男子去應付不可。想到此地，便從鈎上摘下帽子，毅然奪門而去。

第一個看見卜魯西的是鄰居馬丁太太，她一見他即尖聲怪叫，使一羣人立刻圍聚攏來，爭着前排的地位瞧他。這羣人的無聲的注視，使卜魯斯心中憤怒之極。他這時正在躊躇得想回轉身來，不料却另有一個人已用傘柄在觸他的身子是不是個肉身了。那人觸了一觸，就把自己的身子縮到羣衆裏面去，卜魯西摸摸被觸痛的部分，同時竊竊的聲音也因此而起了。

『這是活的，我保險！』一個人說，『怎麽啦？卜魯西！』

『噯哎！皮爾！』卜魯西調子很緩和。

於是那叫皮爾的走過來了，握了手以後，又擰他踢他，以驗他的身體是否是眞的，皮爾接着又喊：

『大家來摸摸看！』

這一說，就祇少有二十幾雙手，不顧卜魯西的怕癢不怕癢，都加到他的身上來。好容易掙脫掉了，才和皮爾一羣人趕向俱樂部去。

跟在後面瞧熱閙的人是增加了又增加，原先關着窗子的現在又打開了，他們都在窗口或門首高聲向卜魯西道賀。卜魯西在那時眞感動已極，不住地向他們點頭示謝。羣衆們只是跟着他，一齊湧到那俱樂部的門口。

俱樂部的門這時已經關了，他打了一下門，就有一個棕色面孔的人把門微啓了些，問他來幹什麽，他正想回答，那人却已急冲冲地向內跑了，於是一羣人都擁了進去。

俱樂部的主席那時正在和他的屬員們撩天，一見這羣人來了，就立卽立了起來。卜魯西是一向就知道這位主席的尊嚴的，於是就緩緩地走向他們的跟前去。

「卜魯西！」主席的聲音在顫。

「你總料不到今天會碰到我吧！」卜魯西冷笑一聲，然後對他的同夥皮爾說：「他們想騙去我的一筆錢，一筆小款子呢！」

「你有什麼錢呢？」那朋友很疑惑。

卜魯西向皮爾不屑一顧，又把面孔向着主席。

「我得要我的錢，還有一百八十磅！」他鄭重地說。

「可是你要曉得，」皮爾接着說：「你沒有死，沒有死啊！卜魯西！」

「你懂！」他恨極了，「——只有他們自己才明白。我要他們買這捞什子的墓碑作甚？我只要錢！一百八十磅，你聽見嗎？」主席聽了這話，才開始向他懷疑，順手用支假鎗抵在他的身上，證明他的身體確是眞實的，之後，主席顫慄的神情立卽變爲冷酷，叫大家肅靜下來。

「我們很高興，同時也抱歉得很，」主席的神色自若之極，「高興的是：卜魯西先生竟安然地回來，將以自己的勞力來贍養妻子；抱歉的是：我們竟會做下這樣一件不該錯的錯事。所幸承蒙諸位慨助的款子只用了一二磅，其餘的自該奉還給捐款的人。」

「呸，」卜魯西氣吼吼地還想爭辯，「聽我講！」

「把他帶出去！」主席說得很威武，「這裏不准有閒人，凡閒人都得到外邊去。」

立卽有兩個人過來把手搭在卜魯西的肩上請他下去，無數的人仍跟在他的後面。他在向那狹狹的樓梯下去時，口中仍不絕縷地講着主席的鼻子是紅的之類的話。直到到了街頭，要講的已快講完了，並且發覺聽衆對此也不感興趣時，這才使他脫出了那兩個人的手臂，倖倖地歸家去。

蒼蠅之微

楊同芳

十年前有人提倡小品文，說小品文題材的範圍很廣，大至宇宙小至蒼蠅，都可以寫成很好的文章。我不想寫宇宙大事，就拿蒼蠅做題目吧。

蒼蠅是很可怕的東西，一想到夏秋之交致人於死命的霍亂，就覺得牠的兇惡有如猛虎。從春末夏初直到秋盡，人們都受蒼蠅的打擾，縱使不帶來病菌，一聽到嚶嚶的一片飛鳴聲，愈使人感到炎夏的悶熱。假如你在看書或寫字，牠們會不絕地飛來擾人清思。午眠時不放下帳子，牠們準會叮得人怪不耐煩的，而且往往揮之又來甚至揮之不去。歐陽修憎蠅賦說得淋漓盡致：「逐氣尋香，無處不到。」又說：「引類呼朋，搖頭鼓翼，聚散倏忽，往來絡繹。」蒼蠅這東西雖小，而給人的麻煩卻很大。我鄉罵人不識相，常用「不知趣的麻蒼蠅」一語，很有意義。

周作人先生說蒼蠅有一種怪癖氣，喜歡在人家的顏面手足上亂舐。的確，蒼蠅停在我們的手臂上，使人癢得難受，任你手洗得怎樣乾淨，牠們還是要來叮的。蒼蠅是醜陋討厭的害蟲。可是希臘神話卻說牠原來是一個美麗的處女，並且還有個情人呢。周氏似乎很讚美蒼蠅的勇敢，他說訶美洛（Homeros）在史詩中曾把蒼蠅比爲勇士。無論你怎樣要驅牠，牠總要從容不迫地叮你一下才走。「又有詩人云，那小蒼蠅極勇敢地跳在人的肢體上，渴欲飲血，戰士卻躲避敵人的刀鋒，眞可羞了。我們僥倖不大遇見渴血的勇士，但勇敢地攻上來舐我們頭的卻常常遇到。」公認爲醜陋與討厭的蒼蠅，卻還有人能賞識牠，即使牠被蠅拍打死，我想也不致有什麽遺憾了。

蒼蠅喜趨熱，古人稱牠爲附熱之蟲。埤雅云：「蠅喜煖惡寒，故遇冰則側翼而遠引，所謂夏虫不可以語冰也。」又云：「青蠅能敗物，雖玉尤不免，所謂蠅糞點玉也。」足見人對之一向沒有好感。張詠說：「連璧失珍，兼金奪色，」也都是憎蠅之言。詩經云：「匪雞則鳴，蒼蠅之聲，」因牠善亂聲而誤宮中之聽。又云「營營青蠅，止於樊。豈弟君子，無信讒言。」原來牠常汙白爲黑，汙黑使白。元顛亦云：「點緇成素，變白爲黑。」爲此，歐陽修這樣罵牠：「宣唱爾刺讒人之亂國，誠可嫉而可憎。」張詠也跟着說：「觸類冉冉，朋飛甍甍，竊蹯而蠹，芳筵豫登。當是之際，人無不憎，我疑奸人之魂，佞人之魄，湮鬱不散，託蠅寄跡，不然者何以變白爲黑，變黑爲白？所以恣其點汚，所以遂其讒慝。」

別小視了蒼蠅，牠原也是知識分子。晉書上有一個故事：苻堅閉戶草詔，不使人知，一蠅飛繞筆端，少頃化爲黑衣童子，終將祕事洩漏於外。這說明了蒼蠅不僅通文意，且善狡詐。當然我們僅能以神話視之，正如希臘人說蒼蠅是一個美女。

蒼蠅性喜汚穢，殘瀝杯盂是牠們最愛的。歐陽修說「爾形至眇，爾欲易盈，砧凡餘腥，所希杪忽，過則難勝，若何求而不足，乃終日而營營？」不過這句話到也可以移來形容社會上某一種人。我覺得蒼蠅熱中於酒菜而致沒溺喪生，眞替牠們惋惜！蒼蠅營營不休，出入於垢池汚糞，其善鑽營可知。昔人詠蠅詩云：「百年鑽故紙，未見出頭時，」我們常見蒼蠅在窗格內咚咚地亂撞，實在太愚昧了。班固難莊論云：「衆人之逐世利，如青蠅之赴肉汁也；青蠅嗜肉汁而忘溺死，衆人貪世利而陷罪禍。」這很足爲一般人所深戒。

小小的蒼蠅，惹起多少人的厭惡。魏略說王思爲蠅拔劍而怒：「王思性急，執筆作書，蠅集筆端，驅去復來，思恚怒，取筆擲地，拔劍逐之。」爲區區之蠅而如此逞勇，難怪歷史上傳爲佳話。蒼蠅又可預兆人的吉凶禍福。青陽記載：「術士相牛僧孺，若青蠅拜賀，方能及第，公疑之。及登科訖歸家庭有蠅作人行立，約數萬，折躬者三，良久乃去。」這是蒼蠅所示的佳兆。廣五行記：「何晏夢青蠅數千來集鼻上以問管輅，輅曰鼻者天中，青蠅臭惡而集之，位峻者顛，不可不思，明年晏誅。」蒼蠅又能給何晏一個惡兆。傳說如此，今亦姑妄聽之。

前天偶爾翻到好生編，見上面有這樣一段記載：「酒夥見蒼蠅投酒甕，即取出以灰擁之，得活，久之救蠅無數。後爲盜扳，不能白，獄成。主刑者援筆欲判，蠅集筆尖，疑其冤，呼訊得實，遂釋之。」照這樣說來，蒼蠅雖爲疾病的媒介，樂善之士到是以不捕殺爲妙。我想衞生家如果聽到這段救蠅獲福的因果錄，也可以不再提倡什麽「滅蠅運動」了。西洋人知道中國人好生之德能及於蒼蠅，恐怕也要歎服到咋舌吧？

對蒼蠅有好感的不僅小林一茶和聖芳濟一輩人，法儒巴思柯爾（Pascal）說蒼蠅的鳴聲特別悅耳，以其振翅而鳴，故甚清脆。酉陽雜俎中云：「其類有蒼者，聲甚雄，負金者聲清聒」。我平日最討厭夏天傍晚時羣蚊轟鳴，聲喧如雷，蒼蠅的鳴聲我不曾欣賞過，我想卽不如巴氏所說的動聽，但總比蚊蟲要好些。

關於蒼蠅的生活史，中國古代並沒有如現代生物學家研究得這樣精密，可是古籍上亦有關於牠生長情形的記載。如淮南子云：「爛生灰蠅。」埤雅云：「蠅生於灰，蓋蠅値水溺死，置灰中須臾即活，」所以酒夥才以灰救蠅。此說大約不錯，與今人所言常產卵於敗物相同。有人說大麻蠅爲茅根所生，不知有無科學根據。除蠅之法，照物類誌上說：「以稻草索數條懸壁間，則無蠅。」又有人說：「蔥能辟蠅，」不知有沒有人實地試驗過。

盛夏燥秋是蒼蠅猖獗之時，一到寒冬他們便歛跡了。蒼蠅是畏寒的，呂氏春秋謂「以冰致蠅，」凍蠅彷彿是狼狽不堪畏縮不前的人。陸放翁有「今似窗間十月蠅，」是形容人頹喪潦倒的樣子。人有盛時，亦有衰時，盛時應作衰時想，熱時應作冷時想，溽暑的時候嗡嗡地飛舞不息的蒼蠅，好像到處都是牠們的天下，何嘗想到露冷霜降的時候就緊接在後面呢？

現在人撲滅蒼蠅，常用蠅拍和捕蠅的水罩。有錢的人睡在綠色紗櫥裏消暑，可以避免蒼蠅的騷擾，但一般平民無法享這福。無論怎樣，蒼蠅的大本營還在鄉間，那裏是牠們的世界。鄉下人的廚房和露天廁所，一半爲蒼蠅所佔據：飯碗上停了牠們的陸軍部隊，菜湯裏牠們水上的部隊失足溺斃，而大批的空軍嗡嗡地盤旋於其上。衛生家們望見這可怕的場面，不由得不大興「不能下箸」之歎。

然而鄉下人和牠們特別有緣，是滿不在乎的，他們很能容忍，從不把蒼蠅放在心上。他們自信自己的抵抗力足以抵擋蒼蠅而有餘，由於他們多年的經驗，覺得蒼蠅吃過的飲料和飯菜吃下去不一定肚皮就會痛，而且他們的祖先過去也吃過多少死蒼蠅，總沒有發生什麼壞影響，即有少數確是死於蒼蠅的細菌的，在他們看來那也是「該應，」命運做定了的。總之衛生家縱怎樣警告他們，他們還是不相信不駭怕的。

蒼蠅對於有些身體健康的鄉下人，好像眞的不能爲害。鄉下人不少活到八九十歲而吃過不計其數的蒼蠅的。我鄉林梓鎭有某老農，喜食肉，寒暑無間，每於盛夏大嚼其蒼蠅生過卵的醬肉，據說他後來享壽九十餘，這和前年報載廣東某大學生專吃傷寒菌同樣足以驚人。外國人只知說中國人是東亞病夫，不講究健康之道；而不知這些食菌者的身體抵抗力實在「偉大！」

一般人對蒼蠅這東西所以不下撲滅的決心，因爲自知在現實經濟條件所支配的生活中，蒼蠅是無法而且也不會滅絕的。試看大多數貧苦的鄉下人，他們的廚房和糞缸，齷齪得令人不堪想像，他們要改善這不衛生的環境幾乎不可能，因此蒼蠅終無法撲滅了。撲而不能滅，又何貴乎撲？還不如省事的好。況且他們終年爲生活而忙碌，那能把有限的精力分在撲而不能滅的蒼蠅上？由於這原因，蒼蠅也就永遠沒有絕的一日。

把自己的身體抵抗力鍛鍊起來，以抵抗病菌的襲擊，使蒼蠅不能爲害，而不必徒勞作撲滅蒼蠅之想，這是中國一般人的生活哲學。豈獨鄉下人如此？

人類不滅，蒼蠅也不滅。蒼蠅的生命，將與現代文明的歷史同其久長。人類的生活不改善，蒼蠅是不會絕跡的。我們說蒼蠅是古代乃至現代文明的產物，並不爲過。古來的文明產生了過着齷齪汚穢生活的人類，所以產生了蒼蠅，甚至產生了和牠類似的害物。不明瞭蒼蠅的社會根據，不把這根據絕滅了，單單痛惡是無濟於事的。

希臘哲人說：「從一粒沙看到整個的世界。」我說：從一般人對於蒼蠅的態度看到整個的人類生活。蒼蠅是小物，牠們的存生，本不足爲目光遠大者所注意，然而從蒼蠅之小，未嘗不能想到大問題。

（三十三年五月八日脫稿於讚美樓。）

文壇新訊

*上海太平書局改組重張，六月十五日在福州路開幕，業務一切由陶亢德柳雨生兩氏負責。

*太平書局新出新文學叢書，名作家周作人，紀果庵，予且，文載道，陶晶孫，丁諦，楊晉豪，譚正璧等，俱有新書問世，銷行極盛。

*蘇青將創刊『小天地』，並自撰長篇小說『女像陳列室』。

*予且近寫成長篇小説，將由知行出版社出版。太平書局予且小說集聞已三版。

*柳雨生近著中短篇小說甚多，年內將出版一書。

*樊仲雲舉家來滬居住。

*羅明近組織春華職業劇團，趕排包蕾改編的無雙傳。演員吳漾，王琪等。

*風雨談將出印度文學特輯。

*張愛玲著小說集傳奇，將歸雜誌社出版。

*本刊連載長篇小說結婚十年，現由作者蘇青女士趕寫完竣，日內印行。

黃龍寺

四幕劇

羅明

第二幕

這是第二天的下午，在吃午飯以後，拉開布幕，展開在觀衆前的是「大雄寶殿」的左面（以大殿之左右爲標準）之「東廡」，迎着觀衆的後牆，是一排朱紫色的格扇，因天熱的關係都卸下去了，只剩下兩邊的各一扇。因爲沒有格扇，我們可以看見屋外的走廊，幾根黑色的圓柱，在左方（舞台之左右爲準）還吊着一支紅色的木魚，木魚肚子上的魚鱗已看不清楚，且凹進去很多，很明顯的是因年代久了，天天在敲打的緣故。

屋子裏的後方，近格扇門，左右壁各有一門，門上有白竹布的門帘，左廂房是子石與老龔住的，右廂房是姚依萍及桂香住的，外廳是小和尚智清做功課的地方，因之除依萍屋子由桂香照理外，這「東廡」裏一切事務全歸智清一人管理。

廳內的左壁有一張紫檀木做的小形方桌，桌上有一堆線裝經書，紙墨筆硯，還有一個白磁筆筒，及一個銅筆架，壁上掛有一條淡墨畫，兩邊有一副對子，是大和尚悟空寫的，對文是抄金剛經上的四句，上文是：「一切有爲法，如夢幻泡影」，下文是：「如露亦如電，應作如是觀」，方桌的兩邊靠左壁各有一張太師椅，椅上各有大紅色椅墊，右壁有一張紅木大坑床，坑上的茶几上有一個座鐘，鐘的兩旁各有一帽生，茶几兩邊也各有一個很厚的大紅坐墊，坑下置一對「脚踏」，中間置一個很高大的銅痰盂。壁上有兩幅紅木掛屏，舞台的中間有一張大理石面圓桌，上置一白磁花瓶，瓶裏插一把鮮花，就是第一幕裏依萍所採的，圓桌週圍散放着幾個紅木圓橙，左廂房門與格扇之間置一個畫架，上置一幅第一幕裏子石畫的桂香肖像，右廂房門與格扇之間，置一個面盆架，盆內有半盆水，架上掛着一條半舊的毛巾。

天氣還是與昨天一樣的悶熱，但沒有太陽，滿天是黑雲，熱得人連氣也透不出來，再加上蒼蠅嗡嗡的擾在人的耳邊，更使人發生疲倦，每個人滿身都是汗，連桌子柱子上也似乎都在冒水珠，天，是快落雨了。

黃龍寺還是靜靜的，照平常一樣，毫無生氣，每個人都在想着每個人的心事，各人作各人的打算，一羣和尚好比一羣小動物，都關在這個大籠子黃龍寺裏，有的已經關慣了順服了，也不再想別的，天天只顧着吃吃睡睡，但有的是吃不下，睡不着，關不慣，不順服的，天天還在忙着找出路，看有逃脫的機會沒有，雖然是逃出以後並不一定會比籠子裏好，但他總以爲，外面究竟是外面，總比裏面好。

開窗時智淸坐在方桌的右面椅上，面對着觀衆在念「金剛經」，正念到最後一段「往生咒」，像有心思似的，心神不定，且有蒼蠅在擾亂，所以口裏雖在念經，但心不知何處去，時念時頓，聲音也很小。

智：（唸金剛經）南無阿彌多婆夜，哆他伽哆夜，哆地夜他，阿彌利，都婆毘，阿彌利哆，悉耽婆毘，——阿彌利哆，吡迦蘭諦——阿彌利哆，毘迦蘭哆——伽伽那，枳多迦隸，莎婆訶——（不耐煩地打個哈欠）媽的！眞熱！（他拿起一個白摺扇，恨命的在搧，他忽然的走到門口，對天看一看，嘆了一口氣，又至左角注視着桂香的畫像，他想起了蘇曼殊一句詩）遺珠有恨終歸海，覩物思人更可悲！

（此時桂春由左面走廊走上，看見智情馬上收了她的面容，像是受了委屈似的，不抬頭的直向右廂房走，但智淸馬上叫住她）

智：桂香！（她未理他）桂香！（她站定在右廂房門口）你，你今天怎麼啦！——臉子老是板板的——你要知道我見了你受了委屈，我是多麼地難受！趁現在沒有人，（他向外看看）我們可以談談了！（桂香哭了）怎麼？你，你哭了！我知道你昨天一定是受了不少的委屈了，我看到你這種樣子，像害大病似的，昨天一夜沒有睡覺，今天飯也吃不下，經也唸不進！桂香！你告訴我究竟是怎麼一回事吧！

桂：（半天地）你！你以後別跟我說話吧！

智：（驚異地）這！爲什麼啊？

桂：因爲——因爲你是一個出家人！

智：（悔恨地）是的！我是一個出家人！這是我生平一件最大的恨事！可是我——

桂：而且我！我的命運已經屬於禿子了！（她幾乎哭出聲音來）

智：（很慢地）這我早知道了！

桂：我們談話要是給人家看見了——

智：是的，我知道！我自己明白，照我的地位，我是不應接近你的，我是一個出家人，我是一個和尚，和尚，（用力地）和尚，（不平地）和尚不是人嗎？和尚不是跟一般男人一樣嗎？爲什麼一般人不拿和尚當人，我不懂，像楊先生可以公開的跟姚小姐在一起，小禿子也可以公開的來找你，可我？我爲什麼只跟你說一句話，就有人說閒話，就有人來干涉呢？我不懂！我恨和尚！

桂：（很慢的）智清！（安慰他地）過去的，都讓它過去吧！就全當它是一場夢！好夢總是不長久的，現在我們也可以醒醒了！我的命運全操在禿子媽手裏，她有權利叫我嫁給禿子，而且楊先生跟姚小姐也快回上海了，趁我們的事還沒有人知道的時候，我們也可以告一個結束了，因爲——

智：因爲什麼？

桂：因爲我們兩個人，總歸是不能在一起的！

智：（情感地）我們爲什麼不能夠在一起？

桂：因爲你是一個和尚！（半天的，非常的情感地）你爲什麼是一個和尚！

智：（不懂地）我！我爲什麼是一個和尚？

桂：爲什麼你不是禿子？

智：（摸自己的頭）我！我爲什麼不是禿子？（忽然地）你愛禿子？你喜歡他？

桂：不！可我沒有辦法？

智：（抓住她）桂香！我問你，和尚與禿子有什麼兩樣？我不明白，我覺得我比禿子强，禿子不如我，我的頭髮只要不剃，可以留起來，跟別人一樣，可他——

桂：（接着說）可他生了一頭瘡，一輩是這樣，永遠也不會生頭髮，永遠也留不起來，能跟別人一樣，他樣樣不如你，他楞，他傻，他醜，他不識字，沒有學問，可他有一樣比你强——！

智：（很快地）什麼？什麼？

桂：他不是和尚！

智：（楞了半天）他——他不是和尚！

（智清痛苦的坐到木坑上）

桂：昨天禿子媽來叫我回去，禿子叔叔回來了，他們說我年齡不小了，要給我成親——

智：跟禿子？

桂：是的！跟禿子成親！

智：不！不能！你不能！你不能嫁給禿子，跟禿子成親！他不配，他不配來娶你！

桂：可我又有什麼辦法哪！我在七歲時候就死了媽！爸爸就把我寄在禿子家，他一個人到外面去混，混不到兩年，就死在外面了，我一直就在禿子家長大，替他們當了頭，給他們使喚，做他們的奴隸，現在他們又要替我成親，我這一輩子是跑不了，走不掉了。

智：那你爲什麼來愛我？

桂：因爲我喜歡你，你比禿子好，在我們鎭上只有你我看得中，可你偏偏又是和尙！

智：桂香！只要你能眞喜歡我，我可以不當和尙。

桂：你想還俗？

智：是的！我不想再當和尙了，我當夠了！我討厭和尙，我好比一支小鳥，被困在這個籠子裏，一點也不能自由，白天黑夜，我就祇知道唸經，坐禪，燒香拜佛，一年到頭的在修行，一年過去又是一年，一年一年的過了這麼多年，我每天還是在做這些刻板事，一點變化也沒有，一點生趣也沒有，我天天的在唸經，越唸越不明白，我有點懷疑了，我懷疑着我自己，我懷疑着一切，我不懂，我永遠的不懂，爲什麼把我關在這廟裏頭，所以我想飛，飛到遠遠的地方，我可以自由自在的看看，看看廟門外究竟有些什麼？我說不出，我就知道我好像是需要你，只有你在我的身邊，我才快活，我才感到人生的樂趣！

桂：眞的嗎？

智：一點也不假，我想跟楊先生商議商議，因爲只有他很明白我的心理，祇有他是同情我的，最近因爲楊先生跟姚小姐來山上避暑，給我的益處不少，楊先生借了不少書給我看，據他說都是世界上名著，什麼易卜生，屠格涅夫，托爾斯泰，書上說的都是做人的道理，都是佛經上所沒有的！我還有最大的收獲就是你！

桂：是我？

智：要不是別人介紹你來侍候姚小姐！我怎麼能夠認識你呢？

桂：可我總有點怕！

智：怕什麼？人生最大的事就是死，在我們佛家來說越是早死越好！我們只要不怕死，其他的事就什麼也不怕了！

桂：聽！好像有人來！

（遠遠的傳來走路聲，桂香出來看看）

桂：是禿子！

智：禿子！我看你快藏起來！也許他來找你的！

桂：不！我看還是你藏起來，因爲他已經看到我了，恐怕他萬一發現你跟我在一起——

智：也好！我到房裏去！

（智淸入左廂房，桂香入右廂房，不久小禿子上，手裏還提着那個大籃子，他進來看沒有人，就自動的掀起右面門帘，桂香馬上出來）

桂：幹嗎？

禿：我來找你！

桂：找我幹嗎？
禿：看你在不在！
桂：你怕我跑了！
禿：不是——
桂：是你媽叫你釘着我，看着我，怕我跟——
禿；不是不是！是因爲我看楊先生跟姚小姐都在後院子大湖邊，可你不在，我想——
桂：你想什麽？
禿：我想你一定在屋子裏！所以——
桂？所以你來探探！
禿：不！所以我來看看想——
桂：想幹什麽？
禿：想——想找你談談！
桂：找我談談？
禿：是的！你有空嗎？
桂：我沒有空！
禿：桂香！你幹嗎這樣的不高興睬我？（忽然想起）今天我籃子裏還有新炒的花生，特地送來給你吃一點！
桂：不！我不希罕！
禿；桂香妹妹！你生我氣了！昨天媽不是說要給我們成親了嗎？你，怎麽，你不喜歡我？
桂：我喜歡你！我喜歡你個屁！
禿：（抱歉地）桂香！我知道我長的不好看，我是禿子，可是我心好！我會永遠的喜歡你，好好的待你！跟你過一輩子，我們又是從小夫妻，媽也說我人老實，心地忠厚！
桂：（很簡地）可是我不希罕！
禿：你不喜歡我？
桂：（恨他）我討厭你！
禿：那你喜歡誰？
桂：（怕失口）我——我喜歡死！
禿：那你又何必呐！加果你有意中人的話——
桂：（强硬地）我有我有！你說我有我就有，你把我怎麽樣？
禿：那我——
桂：那你怎麽樣？
禿：那我情願把你讓給他！
桂：（有點可憐他）你忍心？
禿：不忍心也只好忍心！
桂：那你呐！
禿：我！（幾乎哭出來）我當和尙！
桂：（奇怪地）你也肯來當和尙？到黃龍寺裏來當和尙？你媽

願意？

禿：她不願意我也要來當！

桂：你爲我當和尚，你爲什麽不另外找一個媳婦？

禿：因爲我祇喜歡你！

桂：（更可憐他）禿子！我是跟你鬧着玩的，你回去可別跟媽說！

禿：我知道你是跟我鬧着玩的，因爲你會喜歡我的！

桂：快別多說了，你快去做生意吧！我還有事吶！我還要替「卡羅」洗澡！

禿：（不明白地）替人洗澡？

桂：不是人，是狗！就是姚小姐的小狗，它的名字叫「卡羅」。你快去吧！

禿：（很滿意的）桂香，你吃把花生！

桂：不！我不愛吃！你留着賣吧！

禿：不！你一定得吃一把！

桂：等會少了媽會罵的！

禿：不要緊！我會說我自己吃的！

桂：賣不着錢媽會打你！

禿：我情願，只要是爲你的！打死我也情願！

（禿子抓了一大把花生給她）

桂：（感動地）禿子（音雜）！你眞可憐！

禿：我可憐？

桂：（改口地）不！我說你眞是個好人！

禿：你！你不怪我來找你嗎？

桂：不！一點也不！

禿：桂香！我離不開你！也不知道爲的什麽，自從你到這廟裏來侍候姚小姐，已經有一個多月了，我們也很久沒有在一起了！我像是少了什麽似的，天天心裏難過！

桂：眞的嗎？

禿：（天眞地）你不覺得？

桂：我！我還好！

禿：還好？那你比我强！

桂：姚小姐快要走了！

禿：我也聽媽說過，以後我們又可以在一起了！

桂：不！（騙他地）我要跟姚小姐上上海去！

禿：（失望地）眞的？

桂：一點也不騙你！你覺得難過嗎？

禿：我想，我一定會難過的！桂香！眞的嗎？

（禿子幾乎要哭出來）

桂：（同情地）別難過！我騙你的跟你鬧着玩的！禿子！我有

事，你可以去了！這花生你帶去賣吧！

禿：不！你一定得吃一點！我去了你去替卡——

桂：卡羅！

禿：對啦！去替卡羅洗澡去吧！

（禿子很滿意的自右邊走廊下，桂香嘆了一口氣，呆望着禿子的背影，她手裏的花生不自主的洒了滿地，後來智清自左廂房出來叫她一聲，她才轉過頭來）

智：桂——香！

桂：（很慢地）他走了！

智：你在看他！

桂：（滿眶子眼淚）我在可憐他！

智：我也在可憐他！

桂：我覺得我有點對不起他！

智：可這不能怪你！

桂：（反問地）怪你？

智：也不！怪我們三個人，論起罪來我們三個人都有！他爲什麼會長得這樣醜，這樣楞，這樣的不懂得人情事故；你又爲什麼會長得這樣美麗，這樣聰明，這樣地討人喜歡，你們兩個人好好的一對，我爲什麼會加在裏邊，愛上了你，你也愛上了我，會叫你厭惡他，要丟了他！

桂：咳！我眞不知道菩薩爲什麼這樣的不公平！

智：照我看菩薩根本不靈！

桂：什麼？你敢——

智：不！我雖然不敢說菩薩根本不靈，但我是對菩薩懷疑了！我下了這麼多年的功夫，天天燒香拜佛，可是菩薩給我的是些什麼？我所感覺到的，只有痛苦！煩悶！苦惱！

桂：也許你功夫沒有到家！

智：我起先也是這想！可是我現在不相信了！我想一切全是假的，只有我自己，才是眞的，快樂，是自己的；痛苦也是我自己的，各人受各人的罪，誰也替不了！誰也減不掉！我不懂！我們爲什麼應該把一輩的光陰都葬送在泥像前面！

桂：（忽然想起）你不要說了！我想起來了！姚小姐是叫我來拿毛巾的！

（她走向左廂房裏去，智清無聊的收拾收拾屋子，打一個哈欠，又坐到方桌前，此時老龔自外門出來，臉子很憔悴，一點精神也沒有，垂頭喪氣，愁容滿面）

智：龔先生！你回來了！

龔：我根本沒有出去！

智：你要吃茶嗎？

龔：不！我在老張那兒吃過了！

智：給你搬張椅子來？

龔：不！不用了！（看到桌上經）你眞用功！

智：反正是沒有事！

（老龔呆看着對聯，桂香自內出，拿着一條白色大毛巾與智清對視了一下，自右面走廊下）

龔：（讀對聯）「一切有爲法，如夢幻泡影，如露亦如電，應作如是觀」這是大和尚寫的？

智：是的！這四句句子是「金剛經」上的！

龔：（重讀下文）「如露亦如電，應作如是觀」，四大皆空，什麼都是空的！（忽然地）智清！你覺得當和尚怎麼樣？

智：龔先生！我不懂你是什麼意思？

龔：我是說，你覺得做和尙的生活還好嗎？

智：這我眞不知道是應該怎麼樣說的好！

龔：這你也難怪！因爲你是自小出家的，你沒有在社會上混過，你還不知道「社會」究竟是怎樣一個東西，你沒有體驗過人生，你沒有嘗試過人生的滋味！你住在空門裏，你決不會知道廟門以外的事情，自私自利，明爭暗鬥，互相利用，興風作浪，挑撥離間，自相殘殺，吹牛拍馬，男盜女娼，這一些人事上的糾紛你是不會知道的！

智：照您看我們廟裏是最安樂的地方了？

龔：廟裏至少不會有這麼多的糾紛！

智：您看得這樣準？

龔：我覺得當和尙是世界上最清靜的人，自由自在，各人管各人的事，沒有鬥爭沒有糾紛，白天可以安心唸經，晚上可以安心睡覺，一點憂慮也沒有，高興的時候，還可以寫寫字畫畫畫，看破了一切，什麼都不想，什麼都不貪，天天遊遊山，看看景過着安靜的日子，如果在這個廟裏住膩了，還可以再到那個廟裏去，只要帶了一張「度牒」到處可以「掛褡」，四海爲家過着流浪的生活！

智：龔先生！您來了還不到十天，就對我們出家人發生這麼大的興趣！

龔：智清！你看像我這樣人可以當和尙嗎？

智：龔先生！您在開玩笑！

龔：不！我實在是羨慕出家人的生活！

智：（驚奇地）您想出家當和尙？

龔：（嚴肅地）是的，我已經看破了紅塵，想到這兒出家爲僧！

智：龔先生！您把我們的生活看得太簡單了！只要您到我們廟裏來頂多過上一兩月，你就膩了！

龔：（不服地）可我不是已經過了八九天了嗎？我相信再叫我

過下去，我還是有興趣的！

智：龔先生！您所以有興趣，原因就是您不是和尚，等到您當了和尚以後，那就不同了！

龔：這爲什麼？

智：因爲你的「塵緣」未滿，你不會耐住心的！

龔：我不懂！

智：龔先生！你每天早上看見我們坐禪嗎？

龔：看見的！在大殿上，幾百個和尚靜坐在一起！

智：您還看見每天有一個值日的和尚拿着戒尺在打人嗎？

龔：看見的！每天總有二三百個和尚挨打！那是因爲他們不安靜，有的是睡着了！

智：您知道他們爲什麼不安靜，爲什麼不能半閉着眼睛看着三塊羅底磚，會打瞌睡？

龔：因爲他們功夫不好！

智：龔先生！這不是要把戲要功夫，這是因爲他們塵緣未滿！你不要笑他們天天挨打，恐怕您連挨打的資格還夠不上吶！龔先生，你想人究竟是人，人有人的需要，誰家沒有妻子老小的，就在「坐禪」那一兩個鐘頭裏，他們就會都來了！

龔：（不明白地）來廟裏找和尚？

智：不！能夠來廟找，倒好了！可是他們都在腦子裏打轉轉！這叫啞把吃黃連，苦在肚裏邊！憑這些事，您會想得到嗎？

龔：我不相信！

智：龔先生！您到這廟裏的第二天，不是有個和尚撞鐘嗎？

龔：（想了半天）不錯有的，用頭在鐵鐘上碰，流了一臉都是血！他叫——

智：他叫勤修，您知道這是爲什麼？

龔：這是在作法，修行！

智：不，您誤了！您不會知道，他又不是傻子！

龔：你說是爲什麼？

智：因爲他心裏苦悶！

龔：你怎麼知道？

智：因爲我是和尚！

龔：那你爲什麼不去碰鐘吶？

智：（有點笑他傻）我——我忍着了，我還沒有到時候！

龔：照你說起來每一個和尚都得用頭撞鐘了！

智：雖然不每一個和尚都得撞鐘，但是我敢說每一個和尚都在想撞鐘！

龔：這爲什麼？

智：這得等你當和尚就知道！

龔：眞是神祕得很！智淸！我看你和尚有點當膩了！

智：（把手合實）阿彌陀佛，請您快別這麼說！

龔：還有，在後山上有一個和尙被砌在一間房子裏，只留着一個小窗留遞東西，據說他已經砌在裏面有兩年多了，這是幹什麼的？

智：這叫做「坐關」！

龔：他叫什麼名字？

智：他叫法祥！

龔：活活的一個人爲什麼被砌在一間房子裏，跟坐牢一樣！

智：他在修行他的道業！

龔：修好了怎麼樣？

智：修好了就可以成佛！

龔：眞能成佛嗎？

智：我不知道，這你得去問他了！

龔：我有點不懂！

智：我也不懂！

（此時吳大先生自右面走廊走進，他帶着黃銅邊子眼鏡，穿着黃色麻布坎肩，頭後披着一把蒼白的頭髮，手裏拿着一把芭蕉扇子，活像一個老古董，又像一個丑角）

吳：這兒有風嗎？

智：哦！大先生！

龔：老先生，這麼早就放學了？

吳：因爲天氣熱，下半天只溫書習字，所以早點放小孩子回去！你們談些什麼？

龔：我們在談佛學！

吳：龔先生是洋學堂出來的，居然也歡喜談佛？

智：（對龔）要談佛最好的請教大先生，因他老人家是城裏佛委員會的委員吶！

龔：我倒想討教一點！（智淸暗下）

吳：不敢！我是讀儒書的，龔先生要聽「佛」最好是找悟空老法師！

龔：今天先聽聽您的！

吳：（像對小學生講書似地）要明白佛法之道，先須明白因果之理，所謂因果者就是「善」「惡」之分，善因結善果，惡因則結惡果，善卽是樂，惡卽是苦，種苦因卽得苦果，因而佛家常云：「諸惡莫作，衆善奉行」，易經上也云：「積善之家，必有餘慶，積不善之家，必有餘殃」，書經上亦有：「作善，降之百祥，作不善，降之百殃」，這與佛家因果之義相同，天下同理！

龔：這就是善惡相報之義！

吳：對對對！明白這一點，卽明白「報通三世」了，所謂「報通三世」者即是現生作善作惡，現生獲福獲殃者，此謂之「現報」，然如今生作善作惡來生獲福獲殃者，謂之「生報」，再如今生作善作惡而至第三生或者第四生第五生方受福殃者，謂之「後報」，後報則遲早不定。總之人之一切作爲，均有一個報應！

龔：怎樣報法？

吳：報應有四，即是報恩，報怨，償債，討債！因之世人欲免惡報之苦，必需先斷惡因，如能常修善因，即必能獲得善果！欲行善因先須有「五戒」。

龔：那五戒？（此時智清送兩碗茶上）

龔：五戒者即一不殺生，即是仁，二不盜，即是義，三不邪淫，即是禮，四不妄言，即是信，五不飲酒則心清而志凝，神清而理現，即是智！五戒全持即可立地成佛！

龔：和尚爲什麼要吃素？

吳：吃素即可戒葷，戒葷即可戒殺！戒殺乃五戒之第一要意，因食葷能增人殺機，一切動物生於天地之間，與吾輩人類心性原屬相等，但因前生之因緣不同，故而體態各不相同，今世你如吃他，來世他則吃你，怨怨相報，則世世相殺無已，現今世風不古，人心日非，均因此所致，今人人如能茹素，則可能養成慈悲之心，所存之殺機亦可廢除矣！

龔：那麼和尚爲什麼不能討老婆？

吳：這個——

（此時汪太太自右方走廊上，面色又比前一幕憔悴，因爲她尋不到她的丈夫，故已走上消極之路，舉止動態已與前幕不同，她走上來並不說話，祇對着裏面呆看，像癡子一般）

智：你太太是找誰？

龔：（自語地）又是她！

汪：請問您師父！我的丈夫在這兒嗎？

智：你的丈夫？是誰？

（吳大先生亦起立走上前去看）

汪：我的丈夫是汪企塵？

智：我們這廟裏沒有叫汪企塵的？

汪：有的！他在這兒當和尚，有人在這廟裏看見他的！

龔：（上前）您太太還沒有找到您的丈夫？

汪：沒有？我眞不知道怎樣是好？

吳：龔先生！你認識她？

龔：不！因爲她昨天來過一次了！

汪：沒——有？

智：（搖搖頭）沒——有！

汪：師父您發點慈悲心吧！菩薩保佑您，請您替我尋一尋，我求求您！

智：（對吳龔）可是我們這兒從來沒有聽過有什麼人叫做汪企塵的！

龔：我們應該替她找一找！

智：可是廟裏這麼多人，馬上叫我上那兒去找吶？他有法名嗎？

汪：沒有。

智：那您是找錯了！

汪：可是有人看見過他——

智：對不起！我們這兒沒有。

汪：沒——有？

智：（搖搖頭）沒——有？

汪：（非常的失望地）沒——有！

（她很慢地，嘴裏唸唸有詞的向右邊走廊走去）

吳：像這種女人，就是因爲她種下了惡因，所以不能得到善果，就要受苦！

龔，照這樣說來，人人都是有罪的？

吳：所以要信佛，修行，懺悔！

（此時楊子石自右面走廊上，穿着一件用毛巾做成的香港衫，臉色又紅又黑，非常的富有健康美，走起路來也非常的有精神）

吳：楊先生！從那兒來？

楊：在後湖裏游泳！

吳：姚小姐吶？（智清暗下）

楊：跟桂香在替卡羅洗澡！你們在談些什麼？

龔：無聊得很，我請吳大先生在談佛學！

楊：大先生是儒教，倒談起佛學了！

吳：我肚裏是個拉圾筒，樣樣有！

（智清送一杯茶上，左手還提一把銅水壺替吳龔茶碗裏加上）

楊：智清替我打盆水來！

智：盆裏剛有半盆冷水，給您調點熱的。

楊：冷的行！

（子石說着走向右角去洗臉，一面與別人說話）

楊：（一面洗臉一面說話）老龔啊！今天沒有出去走走？

龔：沒有！就在這廟裏轉轉！本想去爬山，到黃龍峯上去看看，可是沒有氣力！

楊：（轉臉一面在擰手巾）老龔啊！你覺得嗎？你老了！那兒像個年青人，你應該拿點朝氣出來，不要老那樣暮氣沉沉的，因爲年青人究竟是年青人，大先生您說是嗎？

吳：我早就說啦！龔先生跟你是兩路，你是武的，他是文的！

（到方桌前翻翻經書）

楊：老龔，你看我，自從上山以來，在這一個多月中，我做了少事，寫了一本詩集，畫了二十多張畫，我總覺得我們年青人應該會利用自己，會利用時間，因爲時間是最寶貴的，尤其在我們這種時期，過去了就不會再來，所以我們應該「幹」，實「幹」，苦「幹」，拿工作當作自己的享受，（對智清）智清！把臉水倒了！（對老龔）烟捲有吧？

（智清把臉水及水壺拿下，老龔從懷中取出烟捲分送給吳楊）

龔：（噴了一口濃煙）煙！屠格涅夫把人生比作一團煙，即使是一陣再濃的煙也不會立住脚，也得隨風飄動，到東到西，自己連一點主意也沒有，完全是被動的，經過一霎那時間就完全消失了，連一點影子也沒有，我覺得這個比方很對！譬如我的事很多，欲望很大，可是連一件如願的事也沒有，心比天還高，命比紙還薄，所以我只有走上消極的路，像一團煙一樣隨風飄動，到處徬徨！（智清暗上）

楊：我覺得無需徬徨，這是因爲你太機會主義了！你的毛病就是只等待機會來找你，而你不去找機會，我覺得儘管你的抱負再大，如果你不去找機會，去創造機會，只是等待，等待等待，永遠的等待，我想，恐怕你一輩子也不會碰上機會的！譬如你是學文學的，你就應該努力創作！努力從事文化事業才對！

龔：——

楊：（吸了兩口煙）你說屠格涅夫把人生比作一陣煙。也還有人把人生比作一場夢，現在我們都不去管它，煙也好，夢也好！我覺得我們現在應該注意的，倒不是烟與夢的問題，而是「當前」，也就是你剛才所說的「一霎那」，我們不需要顧前顧後，也用不着徬徨，我們應該把握住當前，把握住這一霎那，在這「當前的」「一霎那」裏，我們應該創造出我們新的生命來！這就是我一向的主張，也就是我的人生哲學！（看見吳大先生無聊的在翻經書，就敷衍他一句）大先生，你老人家對我們的談話，不感興趣吧？

吳：（一知半解地）好好好！楊先生說的對，我懂！我懂！天下反正一個理！你所說的與佛經上講的差不多！

楊：不不！我的意思與佛家主張完全是兩樣，因爲佛家是消極的人生觀，而我的主張是積極的！不是理想地，而是現實的！不是逃避的！而是迎上去衝上去的！

吳：（更莫明其妙地）哦！是迎上去衝上去的！不錯！

（此時昧齋和尚自右走廊上）

祥：楊先生！龔先生！看樣子要下雨了，所以很熱燥！（對智清）智清！你到南院子去一趟，前天「藏經樓」漏雨，你去叫幾個瓦匠趕快來修一修！

楊：坐一會！（智清下）

祥：不坐了！我還有別的事！楊先生今天沒有畫畫？

吳：沒有！（指右角畫）這一張還沒有完工。

祥：（看畫）好！好！跟眞人一樣！（忽然想起）姚小姐要吃素鷄跟素火腿，我已經關照厨房做了！

楊：謝謝你！（此時老龔暗自左廂房下）

祥：三位談一會！我還有事失陪了！

吳：你眞是個忙人！

祥：沒有事沒有事！（很快的走下）

楊：（諷刺地）他眞是一個忙人，白天忙，晚上也忙，公事忙，私事也忙！

吳：他苦也眞苦，成天的沒有空！

楊：可是苦雖苦，苦中有樂！（半自語地）我還是來畫畫吧！（他開始作畫）

（此時依萍上，手裏用着雪白的一塊大毛巾，包着「卡羅」，頭髮未加整理，弄得很零亂，雖然是很零亂，但看上仍很美麗，桂香跟在後面）

姚：子石！我不來了！你下次不可以這樣的！把人家一個人丢在後湖邊！

楊：不是桂香去了嗎？

姚：可她總是一個女人啊！後湖那麼荒！

楊：不要緊！放心好了！小姐！

吳：（羨慕他）這個狗福氣倒不小！

楊：跟人一樣，一天一把澡！眞莫明其妙！把時間化在狗身上！

姚：你管（重讀）我！你要把時間化在那上？我們本來是到山上來玩的！我早知道你不喜歡我的小卡羅！（她說着就疼疼小狗，像母親對她孩子一樣）

楊：你應該也看看書，前天我交給你那個歌詞都譜了嗎？

姚：只譜好一個「晚鐘」，我已經教會桂香了！

楊：多餘的時間，也把你的頭髮梳梳好！我覺得女人最要緊的就是頭髮，我看女人總是先看她們的頭髮，（依萍用手指理着她的頭髮）頭髮就是女人的第一生命，一個女人如果是一個禿子，或者是頭髮稀少，就是她一生最大的不幸，如果她有了一頭的好頭髮而不去整理它，又非常的可惜，（對小孩子似地）去！快去！梳好了頭髮我就告訴你一個好消息！

姚：什麼好消息？

楊：你是最愛聽的！
姚：什麽？你非先說！不說我不椃！
楊：眞是小孩子！我告訴你，就是你要吃的素鷄跟素火腿！祥
　齋和尙已經叫廚房給你做了！等會就有得吃了！
姚：我以爲什麽吶！原來是這個！
楊：去吧！快到你房裏去梳頭換衣服吧！
姚：老龔吶？
楊：在我房裏！
　（依萍把卡羅交給桂香，天眞地哼着「晚鐘」的調子，將
　預備到右廂房去，老張送一包鮮牛肉上）
張：姚小姐！你要牛肉買來了，是周老三打東市場給帶來的！
　這是找頭。（送幾張單元票）
姚：牛肉擱桌上，找頭你拿去吧！
張：謝謝你！
楊：又買牛肉給狗吃了！
吳：給狗吃！狗要吃牛肉？
姚：（又接過小狗對吳）老伯伯你覺得希奇嗎？我們這條「卡
　羅」到山上來眞是受了委屈不少，它在上海的時候每天總是
　一磅生牛肉，桂香！你去給弄一弄！不！你不會，還是我自
　己去！（她把小狗交給桂香拿着肉跑下，老張看書畫）
楊：人居然爲狗服務！
張：這也是狗的福氣！
　（此時忽然的傳來一陣很緊張的鐘聲，依萍大叫着自外跑
　上，面色蒼白，楊子石馬上丟下畫筆上前扶住依萍，老龔也
　自左廂房裏出來，舞台上頓時的緊張起來，大家都在亂叫着
　，獨老張一人下場）
楊：什麽事？什麽事？
姚：吓死我了！
楊：什麽事？什麽事？
姚：那個和尙又用頭在撞大鐘了！
　（大家都向外看，不久老張扶着勤修上，勤修是一個三十
　多歲的和尙，人不高，面部很仄，老張扶着他出來，他閉上
　眼睛，頭已撞破了，滿臉全流着血，大家圍住他看，依萍靠
　着子石，老龔看了直搖頭）
張：唉！眞是的！還是到這兒歇會吧！
楊：把他扶到坑上！
　（老張把勤修扶到坑上躺下）
老：他自從到廟裏以來，已經撞過七次了！今天不知從怎麽老
　脾氣又發了！
龔：他竟究是爲的什麽？

吳：他是在做佛法！

張：不！我看他是塵緣未滿！

（大家很自然的散開，外面傳來一陣雷聲，按着下了傾盆大雨，大家又無心地向外看看）

姚：（很慢地）下——雨了！

（老龔嘆口氣，子石搖搖頭，幕布徐徐的拉起來了）

（幕）

鬼目

何若

深夜聞警，再睡不着，忽然想起「齊民要術」中的「鬼目」來。本年四月，讀完這書，寫了一篇讀書錄，送給風雨談編者；寫時未能深思，不知「鬼目」是什麼果子，以爲或者就是黃皮。這是大錯了，文已付印，不能修改，惶愧無及。「鬼目」當是現在廣東叫作「貴目」或「桂木」的。查「植物名實圖考」，沒有「鬼目」，而有「麂目」，謂即是一物。我姑且斷定「鬼目」即「桂木」。由此想及我國文字的音義問題。當初我惑於「鬼目」的義，想了兩天，總想不出是什麼東西；兩個月後，夜深清醒，才從字音上想通了。假如我國文字是用字母表音的，敢許我一見便想出「似梅，色黃味酸，以蜜浸食之佳」這一種果子了。我從四五歲起，吃過不少糖煮的「鬼目」，但是問過許多人，他們都說不出這東西的名稱應該是那兩個字，祇知道音如「桂木」。這裏又發生四聲問題。「鬼」是上聲「桂」是去聲，何以「鬼目」讀作「桂木」？或者「鬼」字不雅聽，廣東人又最忌不吉利的字樣，故稍改其音。像這樣的事是常有的。所以即使用字母表音，四聲清濁似乎之可廢，否則會令人想到「龜目」，「櫃木」上去，而「鬼目」又的確使我的思想混亂過。一字之微，弄錯了也是一種過失，合亟修正並說明如上。

鼻

許季木

他最愛她的是那一根很精緻的挺直的鼻子。自然，她的水汪汪的眼珠也是動人的，嵌在雙眼皮的眼眶內，襯着不染一縷紅絲的眼白。無論正眼或向人斜睨時，是具有無窮的魅力。他第一次會見時，便是給這一對眼珠吸住的。後來，却發現她的鼻子更美，因爲在他一切相識的女人中，簡直找不出第二人來了。

在這一篇故事之中，我們的男主角喚做盧煒之。我想用不到勞叨，所指的就是上文的他。而她叫做郭英英，是一個女人中很普遍採用的名字。

說起他們的相遇，倒是一件頗巧的事。那是三月中的一天，暖洋洋的使人懶得只想睡，便是最重要的事，也可擱在一旁了。盧煒之爲了接一個熟人從遼遠的P城回來，排起輩份來，却是父執的流亞，非去不可，因此，他勉强振起精神，換了一套八成新的西服，匆匆的從家中出來，結果，他樸了一個空，因爲據他在下一天接到的一封快信中所說，他的父執因事不來了。當天，他等得好不厭煩，擠在一堆人羣中，更高大的人阻隔了他的視線。他不得不伸長頸項向車站內望過去，他的脚從來沒有站得這麼久，瘦瘦的頗覺難受，一直等到下午四時的時候，他知道不會來了。因爲他揣測起來以他父執的身份，準不會坐三等車或慢車的。於是他沒精打彩的，踱出車站，繞過一片方場，乘了電車回去，更不幸的是在他到達須要換車的那一個站上的時候，天落起濛濛的細雨了。他不能老是躲在車廂內，他的目的地不是已到了嗎？他所能做的，只是聳聳肩，用無可奈何的心境，踏上人行道。他的心中，有一股說不出的沉悶與懊惱。他不想直接雇街車回去，只想找一個淸靜的又是溫暖的所在，讓他的心靈得到一個寄託之所。

他冒着雨，掠過一條街角，看着雨滴掉在他身上，留下濕轆轆的斑點，他偶然一抬起頭來，發現橫亙在他面前的，是一家裝璜得很刺目的咖啡館，用着大紅大紫的顏色，彫刻一些在他們自以爲富有故宮色彩的圖案。他下意識的走了進去，順着樓梯將他帶上了三樓，因爲樓梯祇通一處，並不及唐人筆記中所寫隋煬帝迷樓的那樣複雜的萬分或千分之一，樓梯轉了幾個灣後，他的視線所接觸的，便是這家咖啡館的茶座了。

茶座的營業僅有七成的光景。擴音機轉播的旋律緩慢的西洋樂曲，很有纏綿抑鬱的情調。盧煒之獨自據了一桌，他才一接觸厚絲絨的彈簧的靠背椅，一個穿着闊肩胛的紅色制服的女侍生姍姍地走了過來。

他說：「給我一杯咖啡。」說時，懶得連眼皮也沒有抬起來，可是却發現了桌旁一對裹在精緻的，也許是用橫机及直机交織的「凱撒」牌絲襪內的同樣精緻的足。齊膝蓋的短裙，同時也展露了她豐腴的小腿，而短裙內的飽滿的下半截體軀，更有撩動年輕人冥想的誘惑力。他驀地抬起頭來，却被那一對前文所描寫的出衆的眼珠所吸住了。半晌，他沒有說一句話。

女人的聲音，却在他的耳畔嚶嚶響了：「先生，再要一些別的什麼嗎？」

從半呆定的狀態中，恢復到平時的神情，在盧煒之是略覺窘迫的。接着他鎮定了一下，聽他自己在說：「再給我一碟叉燒包或者別的什麼的。」

女人對於他的不肯定的「別的什麼的」一句話，覺得有向他追詢的必要。「那末，就是叉燒包吧。」

盧煒之仍舊不作聲，只點點頭。等到咖啡和點心送來的時候，他很仔細地欣賞這個女人的一舉一動，怎樣用熟練的手法將杯盤等物，放得很整齊。他的塗着腥紅的指甲油的細膩潔白的手，接連在他的眼睛前面移動了半分鐘。他發現她的手背的偏中央處，有一粒纖小的、紫色的、美麗的，他很想在那裏吻一下的痣。同時又察覺她整個身材中最美的所在——那一根——如果不嫌重複的話——精緻的挺直的鼻子。

將「第一眼便生愛」（Love at first sight 或者用我國慣用的成語，「一見生情」吧）的字樣，來形容盧煒之當時的感覺，是很恰如其分的。其實，他不想吃什麼東西，他將咖啡淺淺的呷了小半杯，包子咬了一口，就擱着不吃了。他做了一個手勢，女人會意地趕過來替他開帳單。他禁不住在他的心中又贊美了一番她的美麗，一面留下了一筆豐厚的小賬，臨走的時候，他轉過樓梯，回頭一看，女人正對着他頗表好意地在微笑。盧煒之想：我明天再來。

下一天，他穿得很講究，特地換了一套淺灰色的雙排鈕的新西服，連他一向在保管箱中的男子用的首飾也取出了。他的領帶上的鑽別針，和他小手指上的獨粒鑽戒，互相在比賽閃耀的光澤。他與匆匆地一早就趕到咖啡館去，在他以前坐的桌子坐下。

仍舊是那對動人的眼珠在對他看，她的臉上，仍舊驕傲地突出那根挺直的鼻子。你不問什麼時候去，她終是在那裏的。

盧煒之像買到了一樣心愛的東西，滿意的舒了一口氣。他心裏很想說：「你在我旁邊坐一會好嗎？」然而他所說出來的仍舊是：「給我一杯咖啡」。

這一次付帳的時候，他在鈔票中夾了一張預先寫就的紙條子。

「今天下午八時，在彼得遜咖啡館等你。」

晚上，白天在侍候人家的，却在被人侍候了。兩人用不到介紹，同在一張玻璃面的圓桌子坐下。起先，盧煒之裝着一本正經的模樣問道：「請教你的尊姓大名？」

女人格格地笑起來：「我叫郭英英。」

「我叫盧煒之。俗語說，一朝生，兩朝熟，這是第三度的會面了，是不是？」說時，他把椅子向後推了一下，和她並排坐在一起。他伸手摸着郭英英的手背，她並不拒絕，只是有意無意的向他手上的鑽戒看了一眼。

盧煒之却抽空在注意她的服飾。她穿得並不像一個闊小姐，然而穿得很聰明。黑色的短外套內襯着一件紅色的絨線衫。衣領前綴着一枚水鑽的別針。頭髮的式樣，梳得很悅目，並沒有新從理髮店做過的那樣太惹眼。

盧煒之要求她下池伴舞，她說：「我只怕踩痛你的脚呢？」可是她跳很得好，輕得像一根羽毛，左旋右轉，一些不也費力。兩人跳的次數很多，差不多每隔一支歌，便跳一次。最後，郭英英說一定要走了，否則明天來不及上咖啡館了。

以後，盧煒之便成爲郭英英那家咖啡館的長期的座上客。逢到有空，便約她出去遊玩或吃飯。她並不拒絕他。不過，在盧煒之迫着她締結進一步的關係時，她掀着眉毛推却的說：「我的年齡還輕呢？你再等我幾時行不行？」說時的語氣，有着孩子般的氣惱，使人無法不答應她。盧煒之使盡各種辦法，他終探不出她的眞意所在。

有一天，盧煒之對於她的若即若離的態度，惱恨了。他迫着她問道：「你究竟肯不肯嫁給我？」他提出這問題時，兩人正從一家歐式的餐館出來，餐館中的軟綿的音樂，依然留在他們的耳際。吃下去的精美的食物，在胃中微微發脹，然而很舒服。兩人方一跨出飯店的轉動門。盧煒之望着郭英英的濃黑的睫毛，小巧的撅出的嘴，還有無可比擬的胸脯。禁不住直捷問她切身的答案。郭英英一聽這話，臉上便現出痛苦的神情，她說：「你不要這樣追問我，好嗎？我現在又沒有別的朋友呢。」接着，替代她的柔軟的言語的，是緊緊的用手揑了他一下。

他的心上交織着甜密與痛苦的感覺。

以後的約會，郭英英待盧煒之依然很親熱。突然，一天，她推故不來了。第二日，盧煒之匆匆地趕到咖啡館去，沒有見她的蹤跡。盧煒之若有所失地倚在椅上。一圈圈的噴出來的煙霧迷住他的眼睛。讓煙捲來替代女人的空虛吧。後來他發現一個熟識的郭英英的同事，胸前標着第十六號的西文紅字。使他連想到寫字間中雇用的第一號僕歐，却是一個本來唱文明戲的老茶房。其矛盾的情狀是頗可笑的。他問第十六號說：

「郭英英呢？」

「不知道，這兩天正請假呢，聽說她鄉間有親戚出來。」

可是在盧煒之和她結識的時期中，從來沒有聽見她提起過鄉間有什麼親戚。「嗯，那末過幾天再來看她吧。」

接連一星期，他探聽不出郭英英的消息，週末，像奇蹟般地給他發現了。星期六的晚上，他逗留在一家夜總會裏。獨自躲在寬大的舞池的一角。聽着一個青年女郎握住麥格風在唱歌。假使把這歌辭譯成中文則是這樣的：

「沒有你，這是一個煩惱的世界。
獨個兒的，這是一個煩惱的世界。
一度充滿了天堂的我的白晝與黑夜啊，
自從你走了以後，變得如何的空虛呀……」

（原句為：
It's a blue world without you,
It's a blue world alone,
My days and nights that once were filled with
heaven,
With you away how empty have grown - - - -）

「如何的空虛呀」是多麼的道出年輕人的寂寞呢，又是如何地投合盧煒之的心境呀。歌曲換了一枝更悒鬱的調子，傳進你的耳鼓的是這兩句：

「某處地方有音樂，聲調是多麼的弱啊！
某處地方有天堂，月亮是多麼的高啊！」

（原句為：
Somewhere there's music, how faint the tune!
Somewhere there's heaven, how high the moon!）

一種可望而不可接的悲哀，襲上他的心頭，一切的一切，都引起他對郭英英的懷念，他的藍底白斑的領帶，不是引起她的感喟嗎？說她也有這種花紋的旗袍，不是穿在身上，太嫌過時了。他的雙排鈕西服的當胸處，不是摩娑過她的頭髮嗎？至今還隱約留着一陣淡淡的香味。他的皮鞋、手錶、襪子、別針，還有沉默的天性，不是都受過她的讚美或批評嗎？突然，他的眼前，掠過一個蠕動的胴體。僅僅是一秒鐘，然而看得很分明，那一根漂亮的鼻子，不會生在第二人身上的。

她是郭英英。盧煒之却不能走過去和她說話，因爲陪他在一起的，另有一個身材頗高的繫着一根領結（Bow-tie）的男子，他祇能用桌上壓在玻璃杯下的飲料賬單，在它反面，寫了幾行：

「英英：

如果願意的話，請在明天下午七時到甜甜斯來看我。

盧煒之」

寫畢，他示意要僕歐過來，覷便將這短札遞給坐在舞池對過的那一個髮際綴着一圈黛黛花的女人。（現在盧煒之更看清楚了頭上的裝飾。）

盧煒之以爲郭英英不會來的，她却如約到甜甜斯來了。他氣惱地坐着，郭英英也默默不語的在一旁。他勉强鎮壓自己的感情，問道：

「我們吃些什麼吧？」

「隨便揀一些你所歡喜的東西。」

於是盧煒之胡亂的點了幾道菜，一面吃時，一面追問郭英英那個男子是誰。

郭英英微笑了一下說：「我和你只是普通的朋友呢，再說，個人的事，用不到你如此的關切吧。」

嫉妒使盧煒之覺得難受，胸中泛起說不出的懊惱第一流。廚師烹調合度的雞腿、和烤豬排，嚼在口中，一些沒有滋味，心噁的只想吐。最後，盧煒之說：「我仍舊可以來看你嗎？」

「假使你高興的話，爲什麼不來呢？」

以後，盧煒之仍舊上咖啡館去，有時，郭英英待他很熱絡，有時很冷淡。他從別的女侍那裏，察知她所認識的那一個男子是一家保險公司的經理，修潔的服飾，溫文的談吐，博得了她的大部份的愛意，留下來給盧煒之的，只有那麼的一小塊。有一天，這一小塊愛意化大了，她躲在盧煒之的懷中說：

「我受騙了。那個男子是一個壞蛋。他已經是三個孩子的父親了，却還花言巧語的向我說沒有結過婚。」說時，她睜大了眼睛，眼淚撲簌簌的掉下來。盧煒之心一軟，覺得她以前的過失，都可原諒了。

這一次事件以後，他覺得她待他很親近。有說有笑地，彷彿換了一個人。約有兩個月的光景，她又變了。一次，盧煒之從寫字間回來，蹺到永安公司中，想買一些領帶之類。瞥見郭英英倚住一個修長的男子同行。那個男子穿了一件深藍色的法蘭絨上襖，淺灰的長褲。唇上留着狹狹的一條短鬚，正是像在電影中見到的那種扮演風流小生的脚色。她那種過分隨便的樣子，盧煒之看在眼中很傷心。片刻，他覺得她看見了。他故意閃避她，從眼角中覷見她彷彿向他，微笑了一下。

這一夜，郭英英闖到盧煒之的寓所來看他，劈頭就說：

「煒之，不要以爲我會愛上那個『衣裳架子』。他才是個沒腦子的呢！煒之，你得明白我的處境，我不得不敷衍我的顧客。」

經她這麼一說，他心上釋然了。

另一日，盧煒之撞見她挽着一個中年的漢子從一家舞廳出來。他的模樣很有錢。敞開的啥味呢的西服內，露出沉重的金錶鍊。他們正劈面而過。在一邊裝着鐵欄杆的狹仄的人行道上，彼此無法讓開。盧煒之擦過他們的時候，鼻中嗅到一股雪茄烟味，正從那個男子的口中噴出來。香氣很文雅，那一定是一種講究的名煙，譬如在哈伐那出產的那一種。他心中想：英英，這一次你再如何解釋哪？

郭英英的解釋是怎樣的呢？喏！便在下一天的下午，二人在咖啡館會面了。她看着盧煒之陰鬱的臉，爽朗的笑着說：「盧—你太簡單了，你太質朴了，你太老實了。偶然和一個男子在一起，不會有深切的關係的。」

「英英，我想你嫌我太簡單了，是不是？我們的一切都完了，是不是？」

「不要說這種孩子話。我歡喜你的：就是你的簡單，質朴與誠實，不過，我得告訴你，我的性情變了，一月之前是一種樣子，現在又是另一種樣子。」

「可是，英英，我却禁不起你的性情變更的打擊，這樣一變再變的，眞有些受不住呢！一個人祇能受騙一次，然而不能受第二次騙的。」

「那末爲什麼你不去再結交一些別的女朋友呢？」

「是的。我爲什麼不呢？我可以在各個女朋友之間，選擇一個最滿意的對象，可是，我眞愚蠢。我眞想不通。你的美麗，使我不想進行其他的戀愛了。當然，世界上也許有更美的女人，但是我就不愛她。你究竟對我抱着什麼態度，可以告訴我嗎？」

「我究竟歡喜不歡喜你，事實會證明的。我變了，我是一個熱情的女人。我每天晚上一定要和一個不同的男子出去，否則太寂寞了。」

郭英英所說的不同的男子，有這幾等人物：一個著名劇團的男演員，康尼大樂隊的音樂領班，一家百貨公司的漂亮的售貨員，和一個剛從內地出來的飛機師。現在，她當然無須再做女侍了，她早已住在一家公寓中。

事實的證明，終於來了，盧煒之忽然在報上發現郭英英和一個叫做阮泰初的男子結婚的告白。廣告登得挺大，每個鉛字像在嘲笑他的戀愛的悲劇。接着，在當天下午，收到了阮郭兩人一同具名的印刷精美的請帖。

盧煒之決定不去，可是到了舉行婚禮的那天，一種矛盾的心情，迫着他去看一看究竟是怎麽一會事。在華特大飯店的十二層樓舉行，室中佈置得很華麗。賀喜的客人，穿了整齊的服裝，擠滿了一屋子。盧煒之從他們的口中知道阮泰初的父親，是前任的政府重要官員。他本人利用父親的關係，在政治舞台上活動得頗厲害。他又是一個著名的玩女人的能手。

樂隊奏起結婚進行曲的緩慢的調子，新郎新娘在人叢中出現了。郭英英穿了白緞子的禮服，捧了一束花，出現得更動人。新郎則是一個中等身材略嫌瘦削的男子。他的模樣很有一些男子的漂亮，靈活的眼珠，抿緊的嘴唇，修長的眉毛，那麽一型的男子。在牧師用莊重的聲調問他們願意結婚與否的時候，盧煒之的心中像刀割的難熬。假使心眞有碎的一會事，大約這就迫近心碎的境地了。他最不能忘情於郭英英的，是她那根惟一的修美的鼻子。

故事到這裏還沒有完。我們的男主角盧煒之如何收場呢。正像我們所想像得到的一樣，一個失戀的年輕人會追尋一切可能的享受，痲醉他的神經。他上酒排間中去灌黃湯，睜大了佈滿紅絲的眼球，拉住一個在他身旁的、穿着嫌緊的衣服的，塗滿脂粉與唇膏的女人，在她臉上亂吻。他所須要的，是有着美麗的大腿的漂亮的異性呢！

每一夜，他的臥室內散滿了煙蒂頭。東西四處的亂丟。他不再想過嚴肅的，向上的生活了。他慣常自言自語的說：「在一個心愛的女人走了以後，世上還有什麽呢？」接着他在報上讀到阮泰初偕他的新妻，用考察工商業的名義出國的消息。

他們臨走的一天，碼頭上聚集了許多送行的人。巨人似的龐大的輪船停泊在江中。白布的旗幟上，寫着歡送他們出國的字樣。一輛簇新的八汽缸的轎車，在輪渡相近的地方停下，郭英英挽住阮泰初的手臂從汽車中跨下。他穿了一套淺灰色的進口貨的凡力丁的西服。胸前左襟的衣孔上，綴着一朶紅花。他的臉上，是那樣的年輕，快樂與得意，偎住他的郭英英是同樣的愉快。她無須爲任何世間事而煩惱了。她也穿了西服，敞開的西式的花呢上襖，露出了一塊雪白的胸脯。她的苗條的腿在短裙下充分現出它的吸引力，而引起每一個女人的妒嫉。

突然，人羣中擠出一個穿着短袖旗袍的女子，拎着一只嫌大的白色手提皮包，在一秒鐘之間，她在皮包中摸出一件黑色的東西。在另一秒鐘間，發生了砰砰的兩響。圍住他們的人，發出了一片吽嚣聲，有的散了開來。本來預備替他們拍照的攝影記者另攝本埠新聞中的特寫鏡頭了。

當天，盧煒之在晚上讀到了這一段意外的消息。阮泰初只受了些驚，並沒有受傷。開槍的是一個姓樊的在大學唸過一年書的女人。一度被阮泰初愛過而後來被他遺棄的。當時因為神經太緊張，暈過去了。現在正在醫院診治中。誤發的子彈，擊中了郭英英，可是並沒有一絲生命的危險，因為據報上所說，同時也正像老天故意安排似的，不偏不倚的，擦去了她的一小塊鼻尖。

盧煒之冥想她在痊癒之後，即使請教美容醫生塡補的話，不再有那一根天然的，完美無缺的鼻子。他的某一根緊張的神經，突然鬆弛下來。又像積壓在心頭的一塊石頭，忽然移去了。這一夜他睡得很早，同時最近數月來沒有睡得那樣酣暢過，甚至很難得的沒有做一個夢。

瑪理諾佛

屠格涅夫
楊絢霄譯

在俄國當八月初旬的時候，天氣熱得幾乎難受。在一年當中的這個時節，自中午以迄三時，即使是最最耐苦而堅忍的人，也不得不放棄行獵的雅興。同時，最最勇猛的獵狗，誠爲俗語所說，也開始舐吮着牠主人的靴距，或者，換句話說，在他的後面疾馳着，牠的眼睛半閉，帶着一副疲憊的神色，伸出了牠的舌頭；最嚴厲的命令對牠不會發生効力；牠用一種卑賤的態度搖着牠的尾巴，牠的容貌顯示出最最完全的服從，但牠總是緊隨着你飛跑。

在幾年以前，我恰巧是在這樣的一天出去行獵的。我抵抗着在樹蔭下躺臥——即使是一刹那——底誘惑已經很久。我的獵狗，眞的，以最大的熱忱搜索着叢藪，但是或許並不希望找到什麼東西，暑熱是愈來愈悶了。最後我才決定找個躲避陽光的場所，于是我就向着我所知道到伊斯泰地方之最近的路徑獨自慢慢地前進。我從坡上走下來，循着潮濕的沙堤，在那條聞名四鄉號稱「瑪理諾佛」底泉水的旁邊踱着。這股泉水從山崖裏迸出來，沿着深狹的峽谷，然後注在那條離水源最多二十步路的小河裏，形成了一個飛瀑；牠那潺湲的聲息使人聯想到熱鬧譚話時之喧雜的嘈音。峽谷的兩旁遍長着槲叢；泉水周遭的野草短矮而翠綠；至于這條寒冷而銀色的小水線，因爲是沿着峽谷的底部蜿蜒着，所以幾乎總能夠躲開太陽的强光。我走到泉水那裏。野草上放着一個樺皮製成的水杓，這是某一農夫遺在那裏預備那些來到這裏的人們，像他自己，去消解他們的口渴的。我利用了牠；于是便直躺在陰蔭之下，開始端詳着我的四周。在小河某處的近傍——飛瀑在那裏造成了一個渦流不息的波唯——望着兩個老頭兒；他們的背部朝着我。他們當中的一個巍梧而結實，他戴着一頂絲絨的有邊帽子，而且他的大掛也是九成新的。他正在釣魚。另一個矮小而瘦削；他穿了一件補過了的粗布外套，並且不時地用手撫摸他那蒼白的腦袋，像在遮避陽光似的——因爲他沒有帽子。他的膝土放着一隻滿盛蚯蚓的泥鉢。我認識他纔不久：他的名字叫做斯蒂波基卡，是仲密吉娜村人。在我沒有繼續我的故事以前，我得先把我所搜集之關于這位奇男子底一切消息告訴讀者。

仲密吉娜村的範圍很大；在那條直貫鄉村的大街底一端，屹立着一座小型的石砌教堂，牠是獻給聖・科瑪和聖・台密耳的。這教堂的對面是座龐大的地主邸宅，具有全部的附屬建設，例如田產辦事室，工場，馬廐，馬車房，披屋，浴室，廚房，過路客人及管家的宿所，橘舍，農人用的蹺蹺板並其他類似而有幾分用處的東西。在那裏，每件事情都像人們所希望着的樣樣進行着。後來，在某天早上，這座宏偉的地主邸宅竟然被火燒得精光。邸宅裏的主人們都遷到了別的巢窟，而這個地方，以前是那樣地繁榮，不久也就成了一塊荒地，或者是近乎一塊荒地。現在人們已經不復能夠看到什末東西，祇有一個菜圃，中央盡是一些瓦礫堆兒——曩昔奠基的遺蹟。離這不遠，乃是一間利用幾枝從火裏搶救出來的橫樑草率搭成的小舍，上面蓋着一些十年前買來建造哥德式涼棚——這棚始終沒有完成——的頂蓋底木板，這個樸實的場所就作爲園丁密屈羅芬，他的妻子奄卡西娜以及他們七個兒女的住屋。密屈羅芬的職務便是把蔬菜供給他的地主，這位地主乃是住在離此一百五十「美斯脫」（註一）的一個莊園裏。奄卡西娜是被囑付照料着一匹剛用巨款往莫斯科買來的提羅爾種乳牛；這條乳牛，正因爲是在「不產」期內，所以就從不曾提供過一滴乳汁。此外，還有一隻雄鴨——一隻具有冠毛並混身棕赤的美麗家禽，牠是地主家禽飼育場之唯一的代表。至于密屈羅芬的兒女，因爲他們都還年輕，因而也就沒有課他們以任何的職務；不過他們却早就被認爲是些懶虫了。我在這個園丁的家裏住過好幾次，並且當我順便經過的時候，我還向他買過胡瓜；這些胡瓜，就是在中夏，也已經長得很大，而且特別是以牠的那種淡味以及牠的那種堅厚的黃色外皮著稱。就是在這些訪問中的某一次，我初次會見了斯蒂波基卡。在仲密吉娜——當這個村莊還是一個地主田園底時候——所有的家奴（註二）中，現在剩下來的就祇有密屈羅芬以及他的家庭，一個全聾的老頭兒和葛拉斯梅英，她是某個軍人的妻子，（註三）一位不很嫵媚的人兒，並且還瞎了一個眼睛，慘悽地住在她那小屋的角落裏。至于斯蒂波基卡，你却不能把他歸在家奴一類裏，甚至也不能納在一般的人類裏；他，正如我們後面所說的，乃是一個屬于特殊階層的人物。

每一個人，姑不論他怎樣，在社會上是都有他一定的地位的；在世界上，是沒有一個和別人處在一起的人不要憑藉着某些聯繫而結成一個共通的中心的。就是家奴也是這樣；他們往他們的地主那裏領取一些薪水或者是一種多少足夠他們需要的食糧津貼。不過，對于這個規則，斯蒂波基卡却是一個例外：他受不到任何的補助；他沒有任何的親戚，並且也沒有一個人惦記他。這個奇怪的人甚至沒有一個來歷，或許還從不曾被錄在戶口冊上。曾經一度傳說他是某家的一個僕役；但却沒有人知道他的籍貫，他怎會成爲仲密吉娜莊園裏的一個農奴，基于什麽原因而使他成爲一個粗布外套的所有者（自太古以來他就穿着這襲外套的），他睡在那裏，或者他怎樣過活。沒有一個人能夠答復這些問題當中的任何一個；並且，說老實話，這地方也沒有一個居民注意到這些問題。脫拉法恩老伯，他對于一切家奴自先祖以迄第四代孫的宗譜都極熟識，曾經聽到他說過斯蒂波基卡以前在那裏也有一個母親；她是，憑他所能追憶的，那位已故的本村地主阿力塞斯•羅曼尼基旅團長在某次戰役結束時用護送車載回來的一個土耳其婦人。新蒂波基卡從不會被許參預過節期內所張設的任何酒筵；那時，按照古代的慣例，全家是都得享受麵製的食品和白蘭地酒的。他不像其餘的人們那樣地吻着他主人的手，然後又向他作個深揖。他不能當着他主人的面一口氣喝完一整杯白蘭地酒以祝他的主人並他的健康。有時，也有一二個人本諸惻隱之心而遞給他一塊吃過了的糕餅：這是祝宴時落在他名下之唯一的意外收獲。眞的，在耶穌復活節，他們向他致賀；但他並不捲起他那外套底骯髒的袖子，他也不會從他後面的口袋裏掏出一個紅蛋，他也不會眯着眼睛並且帶着一種笨拙而胆怯的神氣把牠獻給他主人的女兒或者是他們那尊貴的主母。他在鷄塒後面的一間小披屋裏過夏，而在冬天，他就藏身在那間通到浴室的小房裏；而當天氣嚴寒，他便躲在乾草棚裏。人們可以看見他一會兒來一會兒去；有時僕役們會用拳頭搥他一下，但他們却從不會和他談過話；他甚至從來不會，就我所知道的，對于他身受的惡劣底待遇，開過一次口。

在房子以及地主的附屬建設遭受回祿後的不久，這位孤苦無依的人兒便在園丁密屈羅芬的家裏找尋一個安身之處。密屈羅芬讓他獨自一個兒在那裏；他既不急切于把他趕走，也不要求他逗留。所以這就不能說斯蒂波基卡乃是住在園丁的家裏：他是在園圃裏虛度着光陰。他在走路和動作時沒有一些兒聲息；他在咳嗽或打噎時老是掩着他的嘴巴，同時他的臉容上也就浮起一種不安的神色。他總是動着，並且像一個螞蟻那樣匆忙而悄悄地從一個角落走到另一角落；不過他的那種反複不斷的來去却祇有一個目的——食粮。要不是他經常地留意着他的生計，這可憐的斯蒂波基卡無疑地早就餓死了。從早上起來而却不知道晚上能否獲得一些可吃的東西，這是一種多末悲慘的命運！不過，斯蒂波基卡對于他所吃的東西却並不十分講究：一會兒我們可以看見他座在園籬下，嚼着蘿蔔或者是表面盡是泥土之枯萎了的椰菜莖；一會兒他就上氣不接下氣地走去，上帝才知道他在什麽地方，提了一桶冷水回來；不然，我們就會驚奇于他在鍋子下點着了火，把小片的黑色物體——這是他巧妙地裹在他外套的襞襇裏帶回來的——

投在鍋裏；有時，我們也可以聽到他用一根木頭在角落裏輕擊着，敲着釘子，並且裝置一塊安放麵包的木板。不過，按照他的習性，他總是不作一聲並且帶着一種猜疑的態度去完遂這些不同的工作；而在人們幾乎不會瞥見他之前他就已經把自己躲藏起來。他常常會走失幾天；但是沒有一個人，自然囉，會注意到他的失蹤，後來，他又突然地回到他的老家，在某些晴朗的早晨，我們可以在園籬的近傍找到他在那裏把柴薪放進鍋子底下去。他長着一副瘦削的臉龐，小小的黃色眼睛，頭髮垂到他的眉際，一條尖尖的鼻子，硬大而漏明的耳朵。他從不修剃他的鬍鬚，但也絕不會長得超過某一長度。這是我剛才在伊斯泰河岸所看到的那位和另一老頭兒在一起的人物底肖像。

我走近了這兩位釣魚的人，向他們道了安，便坐在他們的旁邊，我也知道斯蒂波基卡的同伴底一切事情：他是彼得・意理基伯爵家裏底一個解放了的農奴；他的名字叫做密卡耳・薩芙理基，不過他們却送給他一個「吐曼」（註四）的綽號。他和波爾科甫地方的一個布爾喬亞住在一起，這布爾喬亞是我常常投宿底那家客棧的主人。

年輕的省府書記以及那些爲取樂而旅行的人們（那些藏在他們被褥裏的商人，在他的腦海裏是有別的念頭的），或許會注意到在奧萊爾的大路上——離德羅斯喀鎭沒有多遠——有座挺大的兩層樓底房子，牠是全然地荒棄了，牠的屋頂已經內陷，而牠的窗戶也都圍着木板；牠幾乎是孤獨地屹立在大路上。在光天化日之下，沒有一種東西是要比這個舊蹟更要來得慘憺。彼得・意理基伯爵，是位老派的多金地主，向以他的好客以及他的富貴而出名，也曾一度住在那裏。省裏的一切地主也會習于聚在他的家裏，跳着舞並且沈醉于各式各樣的戲樂裏，家庭樂隊之震耳欲聾的喧鬧聲裏以及烟火和羅馬臘燭的光芒裏。不知有多少的老婦人在經過這座被遺棄了的房屋底當兒因憶起她們年青時的歡樂以及一去不再的時光而發生歎息。帶着一種欣然的臉容，脣際浮起一種莞爾的微笑，他繼續很久地款待着那些附在他身上底阿諛的羣衆。可是，不幸地，他的家當不久就化得精光。在他全部破產之後，他便動身到彼得堡去謀求一個安身之棲，但在沒有找到職位之前，他就死在一家客棧裏。吐曼曾在伯爵的家裏當過一名管理伙食的僕役；但在伯爵逝世之前，他就釋放了這個年老的僕人。吐曼現今已是一個年近七旬的人了。他的容貌端正而和靄，當他微笑——他正是時常微笑的——的時候，他的笑顏正和喀德隣時代的人們所特有的那種高貴而親摯底表情相同。他用一種帶有幾分鼻音的聲調慢慢地說着，而每當他擤鼻涕或者是嗅鼻烟的辰光，他總用着一種岸然的神氣，彷彿他是正在幹着什末重要的工作似的。

「好呀，密卡耳•薩芙理基，」我向他問，「你釣得了魚嗎？」

「是的，請你瞧瞧這籃子。我已經釣得了兩條鱸魚和五六條鯔魚。把牠們遞給他瞧，斯蒂伯」。

斯蒂波基卡把籃子拿出來給我看。

「你是怎末過活的，斯蒂芬？」（註五）我說。

「不過——不過——不過還不壞，老爺，」他十分費力地回答道。

「那末，密屈羅芬的身子可好？」

「很好，的確——的確地，老爺。」

這可憐的人兒掉轉了頭。

「牠們都不肯吞餌，」吐曼說，「天氣太暖，魚兒躲在樹蔭下，牠們正睡着。穿好蚯蚓，斯蒂伯。」

斯蒂波基卡應從着。他拿起了一條蚯蚓，把牠放在他的手掌裏，拍了三兩下，又把牠放在鈎上，把牠穿好，于是把牠遞給吐曼。

「謝謝，斯蒂伯。那末，你，老爺，」他朝着我說，「你可是出來行獵的？」

「正是。」

「呀！眞的？這隻小狗是英吉利種還是福蘭苦斯種？」

這老頭兒時時喜歡顯示出他，原也是洞悉世情的。

「我不知道牠是什末種，不過牠總不失是隻優秀的四足動物。」

「呀！眞的？你總是帶着獵狗吧？」

「是的，我自己有一小羣獵狗哩！」

吐曼微笑着，搖着他的腦袋。「是的，眞的，」他說，「有些人喜歡獵狗，但有些却不知道牠們的用處。我，以我的愚見，總以爲養狗主要牠還是在于裝場面。可是那時就得把每樣事物放在同一的尺度上：你該有優良的馬匹，老練的馬夫以及其他等等，那位伯爵——願上帝保佑他！——却不是，說老實話，一個卓越的獵人，雖然他也豢養着一羣獵狗，但一年却祇帶牠們出去兩三次。當其時，獵奴們總是聚在天井裏，穿着紅邊的外衣，並且開始吹着號角；伯爵閣下駕到，于是就將馬兒牽到他的面前；當他跨上了馬，那個第一號獵奴便把他的雙脚插進踏蹬，然後脫下了他的帽子，把韁繩的末梢放在帽上，于是遞給伯爵閣下。這些手續完畢之後，伯爵閣下便高興地用他的舌頭發出咯咯的聲音；獵奴們也就立時呼嘯一聲，向前疾犇：他們是動身了。其中有一個獵奴是絕不離開伯爵的；他用一條絹帶縛着他的兩頭愛犬，他十分留心地照料着牠們，這是我敢向你保證的。這個獵奴兀坐在科薩克式的高鞍上；他是個紅臉的漢子，他會用那雙不斷轉動着的大眼睛望着你。此外，當然囉，還有那些跟在獵狗後面的賓客。他們得意忘形，而且每樣事情都愉快地過去，于是——呀！牠是消失了，這亞細亞人！」（註六）他說着，曳起了他的釣絲。

「他們都說伯爵過着一種安適的生活。這可是眞的？」我向這老頭兒問。

「他是一個喜歡裝腔作勢的人；這是每個人都知道的，」吐曼回答道，于是就把蚯蚓穿在鈎上，將鈎子投在河裏。「彼得堡之最最重要的人物也得晉謁他。他們坐在他那鋪着藍色緞帶的桌旁邊。啊！但却沒有一個人喜歡他竭盡主人之誼。他有一種將我喚去並且對我說「吐曼，明天你得捉幾條活的小鰈鮫；不要誤事」的習慣。「遵命，閣下」。他備有繡花的大掛，假髮，手杖，香精，第一流的 Zeu de Cologne （註七）鼻烟盒，每你身子大上兩倍的圖畫——每樣東西都是直接來自巴黎。他所張設的宴會——全能的上帝，我生命的主宰！烟火，他們騎着馬兒，比着車子——簡直是像遊行！甚至還要放炮呢。在家裏，老是僱着一個具有四十位樂師的管弦樂隊。這樂隊的領班是個外國人；但後來他却變得太過苛求：他斬截地要求和他的主人同桌吃飯，可是伯爵並沒有聽從他。「我的樂師們也熟諳他們的本業，所以沒有他也行。」把他趕出去，上帝保佑他。」我們應該服從他；他是主人。有時他們舞着，一直會繼續到破曉的時光，牠是叫做「伊科塞斯瑪德萊台耳」舞。喂！喂！喂！有一條魚兒上鈎了，兄弟！」這個老頭兒說着，縮短了他所說的故事；當他曳起了他的釣絲，在鈎上竟掛着一條鯔魚。「這裏，斯蒂伯，」于是他就把魚兒遞給他。

「他是一個恰當的主人，」他繼續說道，再度投下了他的釣絲，「所以他有一顆善良的心。他不時地答責我們；但不消一會兒功夫他就全部忘掉了。在他的身上祇能找出一個缺點來：他有許多女人。啊！這許多女人！那樣——願上帝宥我！——他就毀滅了。他一般地從我們當中選出她們來。她們眞不該苛求太甚。啊！是的，眞的！相反地，她們還想要全歐洲所有的最上乘底東西呢。你或許會說他是隨心所欲地自由生活着。是的，無疑地，一個主人要想怎樣就可以怎樣；但他總不該毀滅他自己。其中有一個特別使他受到深重的痛苦；她的名字叫做奄庫理娜；但是——願上帝憐佑她——她現在已經死了。她是一個平民的女兒；她的父親是薩杜斐地方的一個甲長；（註八）但她却和其他的女人一樣壞。人們或許以爲她迷住了伯爵。她把我的姪兒送去當兵，爲的是因爲他在她的衣服上倒了一杯巧古力茶。但受苦的却不止他一個呢。啊，好啦！且不管那些吧，那全是些過去得很久的事情了。」說到這裏，這老頭兒作了一個深長的歎息；隨卽沉下了他的腦袋，靜默着。

雖然我們是在陰蔭之下，但是依然熱得厲害，人們不論轉到那個方向都受不到一些兒風。大氣是全然地靜止着；太陽射出了牠那如熾的光芒；天際清朗，不過帶着深藍的色彩。正對着我們，在小河的彼岸，展開着一片燕麥田，燕麥的上梢，正開始變成黃色，却和幾簇苦艾混雜在一起：我們看不見牠們底極微的擺動。稍下一些，有條耕馬停立在河水的中央——河水淹到了牠的膝際，慢吞吞地左右揮動着牠那濕透了的尾巴。在屹立于河心的蘆葦傍邊，陡然浮起了一條碩大的魚兒，牠在迸出了幾個水泡之後，遲緩地回到水底，祇剩下了一個由漣漪造成的水唵，但不久也就消失。蟋蟀在褐色的牧草裏到處彈奏着。鵪鶉的叫聲比較往常更要來得沒勁些。鷂鷹在麥田的上面凜然地翺翔着，並且不時地停了下來，展開了牠們的羽尾，輕鼓着牠們的翼膀。被暑熱所征服，我們兀然不動地坐着。驀地，我們的後面，在泉水的旁邊，起了一陣脚步聲。掉轉了頭，我看見一個年近五旬的農夫走下了峽谷。他混身佈着灰塵，穿了一雙樺皮製成的鞋子，在他的肩上揹着一件長布大掛以及一袋樹皮。他走近泉水，急切地止住了他的口渴；于是站起身來。

「喂！萬拉斯！」叶曼嚷道，望着他，「好啊，兄弟；究竟，你是從那裏來的？」

「好啊，密卡耳·薩芙理基」，這農人回答，走到了我的面前，「我是從遠處來的。

「那末，從那裏來的呢？」叶曼向他追問着。

「我已經到莫斯科去看過我的主人」。

「爲了什末事？」

「我是去向他請求一個恩典的。」

「什末恩典？」

「我前去請求他減輕我的租金，或者叫我做工，或是就把我調到別個莊園裏去。我的兒子已經死了；我是，現在我是一個人了，再也不能活下去。」

「你的兒子死了？」

「他死了，」這農人回答，他說到這裏就停了一下。「我那死了的兒子是莫斯科的一個車夫，並且就是他，我得供認，替我付了年租。」

「那末，你現在還是按年納租的？」

「是的。」

「那末，你的主人怎樣回答你呢？」

「我的主人？他是非常的惱恨，並且對我說，『在沒有徵得許可之前怎末你就胆敢跑到我的面前？這些事情全是由管家處理的。你得先向』他對我說，『管家陳說。而你願意把你調到什末地方呢？首先，』他說，『就得淸償你欠我的款子。』」

「那末，你就這樣回來了？」

「是的。不過在離開之前，我就想去看看我那死了的兒子可會遺下什末東西；但我却找不出一些眉目。當我走到他主人的家裏，我就對他說，『我是菲理浦的父親』。『誰能保證你？』他回答。『並且，』他說，『你的兒子並不曾留下什麼東西；相反地，他還欠我的錢呢。』所以我就走了。」

當農夫說這些話的時候，他微笑着。人們或許會以爲他是正在談那些對他無關的某些事情。不過，一顆小小的淚珠却在他的眼眶裏閃耀着，並且他的嘴唇也不時地搐搦着。

「你現在可是回家去？」

「我該到那裏去呢？我當然是回家去囉。這時我的妻子一定已經十分飢餓了。」

「你該——那末？」斯蒂波基卡突然地嚷着。但他馬上惶惑起來，而且開始默然地在那個放在他膝上的泥鉢裏亂摸。

「你可曾去看看那個管家？」吐曼問道，驚奇地望着斯蒂波基卡。

「那有什末用？我還拖欠着該繳的租金呢。我的兒子在未死之前病了一年，他甚至不能清償他自己的年租。啊！那時我倒沒有關係！但他要是在我這裏拿去什末東西，那纔奇怪哩。啊！我辜負了他！至于保人，」他笑着說，「我一些也不會連累金蒂西尼•薩米尼基；聽他去吧。」當萬拉斯說這話的時候，他開始比先前笑得更厲害。

「凡此種種，萬拉斯兄弟，」吐曼吞吞地說，「都是對你不利的！」

「怎末呢？不——」可是說到這裏，這農夫的聲音突然中斷。「天氣多熱！」他添上了一句，用他的衣袖拭着他的前額。

「你的主人叫什末名字？」我問他。

「華萊恩•柏屈羅維基伯爵。」

「彼得•意理基的兒子？」

「是的，」吐曼回答道，「故彼得•意理基生前曾把他所住的那個莊園給了華萊恩。」

「他可好？」

「他好，謝謝上帝，」萬拉斯回答，「現在他的臉兒紅闊，並且他還十分肥胖。他是非常康健的。」

「那很好；老爺，」吐曼繼續道，「要是村莊和莫斯科相近，那末，年租是不會太重的。」

「那末，『德爾哥』（註九）應該繳納多少呢？」

「九十五個盧布，」萬拉斯喋囁着。

「你看；那幾乎沒有一點田地！祇有地主的森林。」

「據他們說，就連這些都已經賣掉了。」

「你瞧！斯蒂伯，給我一條蚯蚓。來呀！你睡着了嗎？」

斯蒂波基卡嚇了一跳。

這農夫就打從我們身傍坐下來。我們靜默着。突然，從河的對面傳來了一陣歌曲的餘音；牠是憂悒的，並且是沮喪的。可憐的萬拉斯用他的手掩住他的腦袋，沉思着。

在半個鐘頭之後，我們就分散了。

（註一）（註六）請見拙譯「俾魯克」一文的附註，文載本刊第十期。（註二）家奴（Dvorovi）是俄國的賤民，他們替地主作工，由地主供給膳宿，並得支取低廉的工資，但是他們却不能像農夫那樣地可以擁置田產，所以他們是自成一階層的。（註三）當時，祇要農婦的丈夫當了兵，她們就成了自由人，不過她們一般地還是住在她們家庭所在的那個村莊裏。（註四）「吐曼」像Toumane一字的音譯，意思就是「霧」。（註五）斯蒂波基卡或斯蒂伯，都是斯蒂芬的「小稱」（Diminutive）。（註七）cau de cologne 是德國科崙（cologne）地方所製的香水名。（註八）甲長（deciatski）管理十家的事務，受村佐（Starosta）的指揮。（註九）「德爾哥」像telgo一字的音譯，乃是指定居于某一部份土地裏的勞働者。

心理學家

Benedict Thielen著
麥耶譯

她聽見霍華在門廳裏搖抖着雨傘把外衣掛在小衣室裏，然後他走進房中來。

「哦，這是十分意外，」她說，放下她正在讀的雜誌。「勃立琪戲發生什麼事了？」

「我不能夠去。我一直在公事房裏。」他嘆一口氣，他的手在眼前劃過。「我有點厭惡在那個地方的工作了。」

「我應該想你會這樣的，」她說。「但這也不壞，星期六下午有你在這裏這樣改變一下。」

「你會想我是那個代替夥伴的一個練習生了。」他走到她坐的地方。「是的，這是的。但我想你一定是放棄一次消遣了。」

「天呀，我已長久沒有到戲院裏去了，」她笑道。

「沒有？唉，我想你實際上是每星期六都去的呢。」

她搖搖她底頭。

「你沒有嗎？」他說。「我想你去的呢。自然，今天是可厭的日子，這是眞的。」

「那末，卽使天沒有——你的脚弄濕了嗎？」

「沒有，雨實在沒有下得這麼大。但天氣是寒濕的。它侵進你身子。」

她側過臉去，看向窗畔，外邊是灰暗的天。

「但別怕。我們立刻會好的。」他摸進上衣袋中去，掏出一捲紙頭。「我在回家路上在考克處停一停，帶來所有的傳單了。」

「哦，是麼？我正讀到一篇關於那些地方的論文。有一點是關於在多明尼加的黑女侍。你知道，紫羅蘭。那是個大地方，不是嗎？」

他靠她身旁坐在睡椅上。

「記得那次我們去的跳舞嗎？」她問。

「哦，那——是的。我記得你和李斯德——」

她笑道：「李斯德！我已長久沒有想起他了。」

他抬頭看她一秒鐘，又低頭看手中的旅行傳單。

「那時候我們很有趣，我們可不是麼？」她說。

「是的──雖然，我實在是從不能十分知道你怎麼看待李斯德的。當然我喜歡他──當作一個男子──他是好的式樣，但我絲毫看不出他有什麼誘人之處。對於女人，那是──」

她微笑着，但沒有說什麼。

「眞的，」他說。「他有個健胃，還有」──他低頭看他底手──「還有他的手指甲總是黑的。我不知道，我能懂得大部事物，特別是人們──但我從來沒有能夠懂得這個。」

「不過，」她說，仍有點微笑，「是愉快的。而且他有一種好聽的聲音。這聲音中有些什麼──」

「哦，現在注意！」他掏袋中的香烟。「你不是想說你只是傾倒於他的聲音罷，你是麼？」他拿出一支香烟，然後把匣子送到她前面，「吸烟麼？」

「不，謝謝。我並沒有說我爲此而傾倒，霍華。我只說他聲音中有些什麼。」

「有些什麼──那麼，是什麼呢？」

「哦，我不知道──」

她拿起雜誌來，開始一頁一頁翻過去看過去。

「我不在意這個，」他說。「他引起我興趣。心理學上的，我的意思，正如一種教訓──像每個人所做一般。總之，在我們事務裏，戰鬥了一半正教訓了人們，顯出他們會怎樣反應。但是實在──」

他看她數秒鐘。她沒有從雜誌中抬起目光來，他站起來走到窗畔去。一隻絞絃琴正被街中兩個翻起外衣領的人在慢慢地旋轉着。它正在他站的地方下面停下來。一個人開始轉搖曲柄，那時另一個脫下帽子向前伸出手，抬頭看着他前面的窗，在寒冷的微雨中赤裸着頭。

「『紐約的人行道』，」霍華說，聽着音樂。「這是合宜的。他們從沒有停在很遠，他們是麼？」

「不。我有點快樂，雖然。這歌老是對我提起了紐約，它對你也這麼嗎？」

「是的。」他又向街中的兩個人和那絞絃琴看下去。「紐約眞的不錯。但如果離開一會也很好，不是麼？」

「哦，是的。」

「去躺在太陽之下──呵！」他突然笑起來，向街中看下去，然後回頭對她說，「有人給他一分錢，它却滾到轉角的溝中去了。他實際上不得不自己到溝上去拾。」

「天呀，在雨中！」

「哦，雨並不怎麼大。」

他從窗口轉過身來，走回到房間中。

「在這兒過周末眞不錯，」她說，當他又在她身旁坐下時。「你從來沒有聽過那今天早晨來的德國樂隊。這眞不好。」

「眞的？我從來沒有聽過。」

「哦，是的，他們奏『O Tannenbaum』和『靜靜的夜』等等。但牠們是這麼辛澀的！」

「我仍歡喜那種 oom-pah 音樂，」他說。「記得西非爾的村鎮樂隊麼？他們穿的服裝？這麼長的黑上衣白長襪……」

「還有那些女孩子戴着獺皮大帽，帶着小酒桶——」

「那是個偉大的地方。」

他們相互看着，微笑着，有好幾分鐘沒有說什麼話。他向前一些，把手放在她的手上面。

「我們總是設法有一個好時候，我們不是麼？」他說。「我們無論到那裏去——」

「哦，是的。而且這是這麼 gemiitlich。記得小客棧裏的跳舞麼？」

「你們在那裏當然是風行的。我決不會忘記你玩 Steyrer 跟那個——他叫什麼名字來着，那個彈絃琴的？」

「哦，你是說漢斯爾。」

「是的，正是這個。漢斯爾。」

「漢斯爾是這麼伶俐。」

「是的，他或許可以很漂亮的，要是沒有滿口金牙，」他說。

在外面，絞絃琴已下街遠去了，但琴聲仍傳到他們耳中來，雖然現在聲音逐漸輕微，抑制在潮濕的空氣中了。

「那末，你發現了什麼地方沒有？」她說，在一會兒後。「關於今年冬天去的地方。」

「哦，是的。」他向桌子靠近一些，移過來一堆各色的旅行傳單。「當然，我們已到過大部分地方了，所以這祇是一個問題，便是我們打算上那兒再去一次。」

「除了巴巴陀以外，我什麼地方都願意去，」她說。

「那裏是沒有什麼可以多辯論的，」他說。「或者隨便那個殖民地。」

「是的，他們是這麼多烟。不過達令尼大是不錯的。」

「你喜歡達令尼大嗎？」他說。「我倒沒有這麼喜歡。」

「我並不想它是不好的。」

「眞的？」他拿起一張傳單翻開它。「不，我看不出你喜歡達令尼大的是什麼，我必須說。」

「哦，我到不留心，」她說。「我只說它比巴巴陀好一些。那可惡的哈斯丁！」

「哈斯丁！你想想把一個地方叫西印度哈斯丁。」

「這不是可怕的嗎，如果我們之間有一個只是堅持着浪費我們全部時間於哈斯丁上面？」她說，他們倆全笑了。

「謝謝上帝，我們喜歡同樣的事情，」他說。「問題是：我們要停留在某個地方呢，還是只是巡遊各處？」

「我不知道，」她說。「你想怎樣？我眞的沒留心。而且無論怎樣你辦事總是這麼好的。」

他向她微笑，然後忽然看向窗畔，蹙眉道，「那是什麼可惡的鬧聲？」

「哦，那是另一個，」她說。「另一個音樂家。他幾乎每星期六下午來的。」

「你想他唱的是什麼呀？」他說。

「你聽得出麼？」

他傾側一點聽着。

「好晚上！『當愛爾蘭眼睛在笑的時候！』」他站起來走向窗畔。「他看去是愛爾蘭人。」

「是的，他是的，」她說。

他轉過身向她看了幾秒鐘，然後走回來坐在睡椅上。他又拿起旅行傳單來。

「現在我想或許我們第一次去——這眞是可惡。我應該想你會參加交誼會，祇爲了避開他。」

「這眞壞，不是麼？」她說。「但我想他不賣唱也已活得很久了。」

「他一定的，如果你說他在過去每一星期六都來。這正可表明。我是說，他們一定收集了一筆比我們想像的還要多的錢。」

「我想是的。」

「你從沒有給過他什麼，你是麼？」她沒有立刻回答，他重覆道，「你是麼，法蘭？」

「這個——」她開始道。

「你沒有看出：當你這麼做時，這祇不過鼓勵他們？這是爲什麼他每星期六下午來的緣故。這是爲什麼——」

「好了，我祇給他一次，」她說。「我想——我想或許以後他會走開的。」

「現在這正是邏輯，這不是麼？」

「這個，這是——我是說這似乎是一種憐憫，他不得不這麼做。而且他這麼年輕——我不知道——」

他翻開一頁摺着的報紙。

「聖湯麥斯怎麼樣？」她說。「你想那會好的麼？」

「這個，我不知道，」他慢慢地說。「我喜歡那次我們停在那裏所看見的東西，但我怕它已毀壞了。我聽說政府曾經爲那地方的居民建築一些新屋——你知道，一種現代三和土的東西——而一切眞正古老傾頹的房屋已被拆毁了。那麼便一定消滅一個地方的特性。」

「哦，是的。雖然我猜想有一種——」

「哦，這或許是件好事情。但我奇怪如果那些居民現在眞的是比他們祖傳住在他們的飄逸的老屋中更快活。人們喜歡不尊重那種風雅。正像人們住在這裏陋巷中——你在他們房屋中放了浴缸，他們却把它當作貯煤用。他們以他們自己的方式生活着。」

「那些小屋一定還是不衞生的，」她說。「特別在雨季裏。記得雨怎樣在那裏落的麼？」

「哦，他們是習慣了。在那種氣候中，太陽只出來幾分鐘，他們剛出去便給淋濕了。但我記得在那些小屋上的樹木的美麗的銀色，還有那 Bougainvilleas 樹和——」他又看向窗畔。「那是什麼？好上帝，『到孟德里去的大道』！」

「他每星期唱同樣的歌。」

他點點頭，低頭看一張旅行傳單，然後把它放開，又拾起另外一張。在他看時，他隨外面那人唱的歌聲咿哦。

「『還有那飛魚之戲。』記得我們在巴巴陀吃的飛魚嗎？」他開始說。「哦，這是一隻晦澀的歌。他常常唱這隻歌麼？」

「不，他正走下街去了。我想他現在是去了。」

她起身走到窗畔。

「嗯——嗯——。」他仍在看傳單。「唉，他或許比我還賺得多呢。這裏一角錢，那裏幾分錢，一整天——對孤獨的女人是無話可說的，她們一定要引他來，因爲他是個年輕的愛爾蘭人。這裏說聖湯麥斯那里乘汽車不用十五分鐘有一處好的游泳的地方。那沒有什麼好。我們正要到水上去。」

他抬頭注視着站在窗畔的她。

「法蘭，」他說。「你是這麼想嗎？」

「是的，」她說。「是的，我是這麼想的。」

他對着窗外來的光綫斜視一些他的眼睛。

「我敢打賭你並沒有在聽我說話，」他說。

「是的，」她說。「我是在聽你的說話的。」

他坐在那裏好一會閱讀着，那時她站在窗畔，看望着那灰濛濛的雨，灰色的冬天的天空開始在朦朧中黑下來了。最後他把傳單都擲在桌上，站起身來。

「唔，我不知道。」他開始來回在房中蹓躂，手反叉在背後，低頭看着地毡，按着它面上的圖案走着。「這是很難選揀。」他在她站着地方的近處停步。「你想怎樣？」

「唔，我不知道——如果我們要游泳，我們可以試試那些近於西班牙港口的地方，那個你船經過的地方。我們在那裏也許可以租到一所茅屋。」

他在回答之前好奇地看着她。

「你對達令尼大熱望些什麼？」

她笑道，「我並沒有特別熱望達令尼大。這只是我第一個想起的地方。」

「不，但眞的，」他說，向前稍傾側一些去看清她的臉，「我不懂這突然定着於達令尼大。一定有些緣故，但我似乎不能想出它。這引起我的興趣。」

「沒有什麼可想出來的，霍華，」她說。「我對你說過，我不在乎我們到那裏去。」

「哦，你不在乎！那末——」

「我是說，有許多好的地方可去——」

「不，」他慢慢地說，搖着頭，仍近近的看着她，「有點緣故。」他伸直身子笑一聲。「不是我反對到達令尼大去。這似乎不是我的最有興趣去的地方，但或許它是的。我不知道。我是肯接受別人意見的——事實上，這便是爲什麼我喜歡知道你爲什麼如此熱望達令尼大的緣故。」

「請你，霍華，」她說，從窗口轉身過來。「請你——我並不熱望達令尼大。我只是——」

「我一分鐘也不懷疑你是對的，」他說。「爲什麼，因爲我所知道的是，這或許正是我們曾希望去的地方。我們夢之島，」他附加說，笑了。

她繼續看外面雨中的街道。

「這不是這麼嗎？」他說。「法蘭？」

她點點頭沒有回答他。

「你不是極端的，法蘭，你是麼？」他短短地笑一聲。「哦，爲了上帝的緣故！」他把手放在她的下巴下，想把她的臉轉過來。「法蘭，別把事情看得這般嚴重。我只說我奇怪你爲什麼——」

「哦，瞧，」她說，「又有一個我們的音樂家來了。」她指着街中。「瞧，那個拿着提琴的老人。」

他從她的肩上向前俯出看去。在下面街中，那老人正把提琴擱在他底肩上。

「我看他在雨中怎麼能拉提琴，」她說。「我想雨會毀壞這提琴的。」

「唔，這或許不是一隻史屈狄佛里斯貨，」他說。

老人把弓拉在提琴上，第一聲粗糙生硬的音符傳上他們耳中來，切割着像一把銼，銼過潮濕的空氣。

霍華裝出一種難聽的臉色把手掩了耳朵。

老人把弓挾在腋下，開始調整一下提琴。他們看見他的手指在絃上拉動着，雖然沒有聲音傳來。現在他又開始拉了。現在音符響得比較清楚，而不大粗糙了，但仍是不合調子。

他們站在那裏聽他一會；然後他說，「他拉的是什麼東西——我知道，但——」

「『但尼孩子』，」她說，同時他說「『倫敦之霧』。」

他們倆轉身，相互看着，半微笑着，於是他說，「那末，究竟是什麼？」

「我想牠們是一樣的東西，」她說。「不是有兩個名字嗎？」

「我不知道，」他說。「有的嗎？」

「是的，」她說，「我曾經聽到過。」她看下街去。「我想這眞是可怕地多情，但我總是喜歡它。雖然它常使我感到悲哀。愚蠢的，不是麼？」

他微笑着拍拍她的肩。

「你是這麼軟心腸。」

「不，」她說，「這不是。這只是——哦，我不知道，它常使我感到悲哀，全是這麼。」

他們站在那裏聽着，他背着窗，看着房間的四周，她向下看着黑了的街道。

突然他雙手一拍，轉身向她，「我知道了！我現在知道你爲什麼這是喜歡達令尼大了。你記得麼？法蘭？但尼孩子？」

她搖搖頭。

「眞的，」他說，笑了。「你記得上次我們在達令尼大嗎，那是國王——你知道親愛的——的遜位的日子，在外邊校場上，當他們讀到遜位佈告時，樂隊奏起『倫敦之霧』，或『但尼孩子』，你和那個姓什麼的太太——那個竇拉太太，船上來的——你們倆都聽得滿眼是淚——竇拉太太還說，這是特別悲哀，因爲『倫敦之霧』是他愛喜歡的調子而且——你記得麼？」

她看他幾秒鐘，說「哦，是的，是的，當然。我現在記起來了。但是——」

「這便是你爲什麼這樣熱望達令尼大的緣故，」他說，拿出一支烟，燃了，看去很快活。

「唉，我不是——」她開口說，但他打斷了她。

「或許你沒有發覺，但眞的是這感情，你曾經有過而現在要重溫的。所以這就是你爲什麼要再到那裏去的緣故，——」

「哦，這是言過其實了，霍華，」她說。「這只是一隻悲哀的調子，就是這樣。」

「這並沒有使我悲哀。」他向下看着街道，微笑着。「這一點也沒有感動我。所以那表明——哦，又是一隻辛澀的曲子！」

他又開始在房中來回躑躅了。然後停在桌旁，開了燈。他又低頭看着旅行傳單，牠們是放在那裏。他拾起了一張，有一陣子在燈旁看着一張輪船的五彩照片，船被棕櫚樹遮着。

法蘭仍站在窗畔，她背向房間。

突然他抬起頭，有一種困惑的表情在他臉上，這臉在他看她時變爲微驚了，然後是一種半喜半疑的瞭解。

他把傳單拍着手說，說得非常慢，「那一點也不是。——不，先生。我知道另外一個緣故爲什麼你這麼喜歡達令尼大。法蘭！但尼孩子——」

她注視了他一會沒有說什麼。

「你不記得在達令尼大有一個名叫但尼的人麼？你不記得那個人到船上來，當我們下船時，那個從凡尼齊拉來的人？」他向她走前一步，微笑着，更近地看她。「你不記得但尼孩子嗎？」他的手放在她的臂上。「當然你忘記但尼了，那個漂亮的人了，你忘了嗎？」

「哦，天呀！」她向窗側過去，笑着。「你是說那個使旅行多了阻礙帶破尖帽的惡漢嗎？」

「正不錯，」他說。「那朶勃洛克林的鮮花——女士們的喜悅——」

「女士們的喜悅？」

「唉，當然囉。你們都給他迷上了。你和那個姓什麼的太太，竇拉太太，和那個年青的亞博姑娘和——你想他是多麼伶俐，多麼難以形容，當他那天早晨到吸烟室來時，正喝了一杯黑麥酒說，『哦，我能找到我的頭頂了，』唉，你想他是你所見到過的人中最甜蜜的一個麼？」

「霍華，我已完全忘記他了，」她說。

他看着她沒有說什麼，等着她。

「你眞的沒有想到——」她開始說，然後咬一咬嘴唇，停頓。

「什麼？」他說，抬起眉毛。

「你沒有想到——哦，這多蠢——」

「達令尼大，」他慢慢地說，看出窗外去。「啊，克雷司辣終於去了。這是一種緩和。」他向她微笑。「別看得這麼嚴重，法蘭。我想這眞是非常有興趣，你不麼？客觀地，我是說——思想的一種方式——人類思想工作的一種方式。」他把手放在她臂上，仍微笑着。「你想這是有興趣的麼？」

「是的，」她說。「非常。」

她轉身開始走出房外去。

「你到哪兒去？」他在她背後叫她。

「只是去收拾一下臥室。皮屈莉絲今天不能來了。」

「她的所謂受寒難道還沒有好嗎？那些母熊們當她們身體眞的跟馬一樣強壯時老是說有不舒服。唉，如果她們——」

「她走進另一間去了。他站在她隨手就關的門前看着。他燃了一支烟，然後轉向窗畔。外邊，街道現在幾乎全黑了。在他看着時，街燈亮了，照着潮濕的人行道。橫過那邊的公寓房子中有幾盞燈。牠們與夜相反，看去很溫暖愉快。在路角處紅綠交通燈開着又關着，駛過的汽車慢慢地跟着牠們頭前燈的長粉線似的潮濕的光。

他站在那裏好一會，然後回身到桌邊，注視着放在那裏的摺疊的旅行傳單，有着藍色的海，棕櫚樹和甘蔗田的發光五彩照片，還有一些照片是快樂的黑小孩潛水拾取從輪船甲板上旅客們投下的銅幣，健康的黑色身體相互爲了銅幣而掙扎着，當牠們無規則地閃光滑過，在水中時。

這時他走到另外一間房中去。法蘭正坐在梳裝檯前，看着鏡子，她的手勾住膝頭。

「哈囉，」在他向她走來時說。「這是個快工。」他站在她身後，在她肩上看着鏡中的她底臉。「你沒有生氣，你是麼？」他說，把手放在她肩上，俯下一點，看着他們倆個在鏡中的反照。「我是說我剛才說你和達令尼大的事。我想這只是一種興趣，就是這樣。這種事情老是引起我興趣。你知道：什麼使輪子轉動。人們並沒有發現——」

「哦，是的，」她說。「當然。雖然我並不想——」

「無論如何，」他說，「我已想過這了，我不應該奇怪。如果你是對的。我是說達令尼大。不在那裏找間小屋住，這或許不是件壞主意。」

「哦，但是還有許多別的地方。我眞的不——」

他笑道，「好了，不管我們最後決定到哪兒去，我們將有一個好的時間這是無疑的。我們不能好好地避免——在這奇怪的氣候裏，我們能夠麼？」

她點點她的頭。

「總之，」他說，「我最近已經工作得很吃力了——而這對你也是很好的，當然。一個完全的改變——再也沒有其他東西像這一樣給你以一個生命的新鮮眺望了。就是離開一切——這一切。」

他向窗畔走去，外面正在下着雨。

託爾斯泰及其作品

Aylmer Maude著
李霽野譯

第六章　城市的貧窮。——我們應當怎麽辦呢？——二十三篇故事。達衞司和拉撒路。——託爾斯泰主義殖民團。——一個預言。——稱讚子女多的婦女。

從宗教的研究，託爾斯泰爲自己的生活發現了一種滿意的目的，這時候他的家庭已經在鄉間住了多年，在一八八四年却要到莫斯科去，因爲到了長子入大學，長女入社交場的時候了。

在莫斯科託爾斯泰遇到城市的貧窮，這是一種新經驗，他于是用一向常有的熱切態度，專心研究貧窮問題來。結果便是那本極有趣的令人讚嘆的書，「我們應當怎麽辦呢」？不過我應當先提到他的「二十三篇故事」，這是他在一八七二到一九〇三年之間寫作的。這些故事的目的，是要對農民們供給他們能夠買得起，並能欣賞的讀物。託爾斯泰所吃的麵包，是用農民所種的麥作成的，他覺得爲報答從他們得到的養身體的食物，他應當爲他們準備養心的食物，這要他們能夠消化，並不要他們花費比不起的金錢和時間。所以故事必須簡短，明白，有益，便宜，並且有趣。只有舊約的故事可以和這些故事相比。牠們不僅應了俄國農民的需要，並銷行了幾百萬份，也到處受成人和兒童熱烈的歡迎，並且譯成了各種的語言。這些故事在一九〇六年列爲「世界名著叢書」之一，光是這種版本便銷了七萬册，不過這並不是惟一的英譯版本。

故去的羅馬尼亞女王加爾曼西愛發（Carmen Sylva），自己也是知名的女作家，寫道：

「在這個偉大的人和藝術家所寫的一切著作中，這些短篇故事給了我最有力的印象。我認爲這些是寫最完全的故事。……若是託爾斯泰除了這些短篇故事之外沒有寫其他作品，他，仍然會被列在世界上最偉大的人中。在寫作這些故事的時候，他一定不能有一點卑下的思想，却必是受苦的人類之友，並且是一個眞正的基督徒。』

近在去年，一個倫敦的新聞記者渥爾福得（Walford）女士寫信給我說：

『約在一年前，因爲向諾陝白頓郡（ Northampton Shire）一個鄉村星期學校班，讀了託爾斯泰的「二十三篇故事」中的三篇，發生了一件小事，你也許會覺得有趣吧。

『一班年約十二歲的男女孩子，因爲他們平常的教師病了，我被請去代課，我便爲他們讀了三篇託爾斯泰的故事，其中有「愛之所在，即上帝之所在」和「人憑什麼生活」。他們聽時不僅很有興趣，發出許多批評和問題，並且熱切的詢問下星期是否能爲他們再讀幾篇。這是不可能的，因爲他們平常的教師要回來了，他們便要借這本書，我留給他們了。約一月後問起來，我得知這本書經過了多人的手，從外表看來，自頭至尾都被閱讀了。他們問我可否把這本書在村裏再留些時，因爲還有許多男女孩子要讀是些故事。六個月後這本書終于回到我手頭的時候，我知道牠傳遍了全村，每家的父母和孩子都讀過了，並且成爲許多談論的題目。』

在「藝術論」中，託爾斯泰關於這種文學的寫道：『將來的藝術家要明白：作一篇童話，一首小歌，使十幾代人或幾百萬成人和兒童受感動，寫一個催眠歌或謎語供他們娛樂，一個笑話給他們開心，或畫一張速寫使他們喜悅，較比作一部小說，一個交響曲，或畫一張畫，只供有錢階級的少數人消遣一個短時期，便永遠被忘却，要無可比較的更爲重要，更爲有效果。這種描寫最簡單感情的藝術，是一切人都可以接受的，牠的領域廣大，幾乎還沒有人觸到。』

託爾斯泰一面寫作偉大的小說，宗教的作品，社會研究，戲劇，散文，和論哲學同藝術的文章，一面努力喚醒人類的良心，作爲偉大的和平運動的先聲（在此死後，這種運動很有力的現爲許多形式，如克勞基和平公約和海軍公約）：這些大堪注意的故事，是在這些活動之間寫成的。無怪在他降生一個多世紀之後，我們在遠遠的西方還談到並想起這個俄國的貴族，他直到三十三歲都是農奴的主人，我們在薩瓦斯甸坡還想使他陣亡呢。

託爾斯泰要使廣大羣衆容易得到可消化的精神食糧這種願望，不僅限于他自己作品的轉播。他也常常幫助其他俄國作家使他們得人承認，對于許多法英德和其他非俄籍的作家，他也是同樣。他論莫泊桑的名文，是誠懇不偏的批評的模範，他改作一篇莫泊桑的短篇小說，他所歡喜的簡單的作風，下面這改作的譯文可以作一個很好的例證。

太貴了！

（自莫泊桑的一篇小說改作。）

靠近法意的邊境，在地中海岸上，有一個小小的王國叫作莫拿珂（Monaco）。許多鄉村的小市鎮都可以自豪比這個國王國的居民多，因爲這王國的人口不過約有七千人，而且若將國土均分，每個居民得地還不到一畝。但是在這個玩具似的王國裏，却有一個眞正的小王；他有一所宮殿，一個主教，有侍臣和大臣，還有將軍和軍隊。

軍隊並不大，一共只有六十人，但依然是軍隊呵。在這個王國裏也像在別處一樣有稅：煙酒稅，人頭稅，但在這裏的人雖然像別國人一樣抽煙喝酒，可是人數很少，國王若不找到一個特殊的新來源增加收入，他要養活朝臣官吏和自己，一定很艱窘，這種特殊的來源便是抽頭的賭場。人們聚賭，他們無論輸贏，開賭場的人總要抽成，他又從所抽的頭中付一大筆錢給國王。他所以付這許多錢，是因爲這是歐洲剩下來的惟一賭場。有幾個德國的小君主原也開同樣的賭場，但是幾年前不准他們開了。停閉的原因是這些賭場遺害太大。一個人會來到這裏試試運氣，拿他所有的錢冒險。賭掉了，又拿不屬他所有的錢冒險，也賭掉了，于是絕了望，他便投水或用手槍自殺。所以德國人禁止他們的統治者這樣賺錢，但是沒有但人阻止莫拿珂國王，他便壟斷了這樁事。

所以現在賭的人都到莫拿珂去。他們無論是輸是贏，國王都一樣得利。俗語說得好，『誠實的勞力掙不出石建的宮殿。』莫拿珂的國王也知道這是一件醜事，不過他有什麽辦法呢？他要得活着呀；何況從煙酒得稅收也不算一件美事。所以他活着，爲王，括錢，並且擺出一切眞王的儀式坐朝。

他舉行加冕禮。受朝拜，他賞賜，判刑，赦免；他也有檢閱，諮議會，法律，法庭：一切和其他的國王一樣，只是規模較小罷了。

幾年以前，在這個小小的國王的領土內發生了一件殺人案，這個王國人民是和平的，這樣的事情以前就沒有發生過。審判官們儀式隆重的聚會起來，並用最合法的方式審判這個案子。有審判官，檢查官，陪審員，和辯護律師。他們辯論審判，最後按法律規定，判決將罪人斬首。到這里爲止是很順利的。他們將判決呈請國王批准。國王看了判決之後批准了，『若是必須將執行死刑，就將他處死。』

在這件事上只有一點不順：他們既然沒有斷頭台，也沒劊子手。朝臣們考慮這件事，決定問問法國政府，是否可以借給一架機器，一個專家，將罪人斬首；若是可以這樣的話，請告訴要多少錢。信送去了。一星期後回信來到了：可以供給一架機器，一個專家，費用是一萬六千佛郎。呈報到國王跟前了。他考慮一番。一萬六千佛郎！『這東西不値這些錢，』他說。『便宜些辦不到嗎？一萬六千佛郎就是全人口每人要出二佛郎以上。人民不願受，可以引起叛亂的！』

所以召集會議，考慮可以怎麽辦；決定同樣去問問意大利國王。法國政府是民主政體，對國王沒有適當的敬重，但是意大利國王是同輩的君主，也許可以取價廉些作這件事。

意大利政府回答，他們樂意供給一架機器，一個專家；全部費用是一萬二千佛郎，旅費在內。這比較便宜了，可是錢似乎還太多。這個壞東西實在値不了這樣多的錢。仍然要差不多每人出二佛郎的稅。又召集了會議。他們討論考慮怎樣可以用費更少作了這件事。不能從兵士中找一個人，用家常的方式粗粗作了完事嗎？於是請了將軍來問：『你能替我們找一個兵士將人頭斬掉嗎？打仗時他們殺人是滿不在乎的。事實上訓練他們也就是爲作這樣事。』所以將軍就和兵士們談論，看他們是否有人願作。但是沒有一個兵士願作的，『不成』他們說，『我們不知道怎樣作法；沒有教過我們這樣事。』

怎麽辦呢？朝臣們又一再考慮。他們召開了委員會，分組委員會，最後決定了最好是將死刑改爲終身徒刑。這既可以使國王表示憐憫，也可以少費錢。

國王同意，事情就這樣辦了。現在惟一不順的事，便是對于處終身徒刑的人沒有適當的監獄。固然有一個小看守所，可以將人暫時拘留，但却沒有堅固的牢獄供永久使用，不過他們想法找到一個可以用的地方，便把青年放在那里，並派一個看守去視管他。看守一面要看管罪人，一面要到御廚房去給他拿食物。

囚人一月又一月的一直在那里呆了一年。但是一年過去之後，國王有一天看看自己的收支帳目，有看出一項新的消費。這是爲看罪人用的；這筆消費也不算小。有一個特殊的看守，還有犯人的食物。一年要費六百多佛郎。最糟的是這個人還是年青健壯，滿可以再活五十年。計算起來，事情可就嚴重了。這不成。所以國王召集了朝臣向他們說：

『你們得找個更便宜的方法處理這個壞東西。現在的計劃太費錢了。」朝臣們便會議，一再的考慮，最後其中有一個人說道：「諸位，依我的意見，我們要把看守開除。」另外一個朝臣反駁說：「可是犯人要逃跑呀。」第一個發言的人又說：「讓他逃跑，滾他的去罷！」他們將討論的結果報告國王，國王和他們一樣意見。看守被辭退了，他們等着看結果。結果在吃飯時犯人走出來，沒有找到看守，他便到御廚房自己去取飯。他就給他的東西拿着，回到監獄，關起門來，呆在裏面。第二天又發生同樣的事。他在適當的時間去拿食物，至于逃跑，他連一點表示也沒有！怎麼辦呢？他們又考慮起這件事來。

「我們得乾脆告訴他，」他們說，「我們不願收留他了。」所以司法大臣把他叫去。

「你爲什麼不逃跑呢？」大臣說。「沒有看守人看管着你了。你高興那里去，便可以去罷，國王是不會介意的。」

「我敢說國王不會介意，」那人回答說，「不過我沒有地方可去。我有什麼辦法呢？你們的判决將我的聲名敗壞了，一般人都會轉過臉去不理我。而且，我也久不工作了。你們對待我很不好。這是不公平的。第一，你們判我死刑，就應該將我處死；但是你們不這樣作。這是一件。我並沒有對這抱怨。以後你們判我終身徒刑，並派一個看守給我拿食物來；但是過了一時，你們又讓他走開，我不得不自己去拿食物。我又沒有抱怨。但是現在你們却當眞要我走開了！這我可不能同意。你們可以高興怎麼便怎麼辦，但是我却不願走開！」

怎麼辦呢？又召開會議。他們能採取什麼辦法呢？犯人不願走。他們思想並考慮。惟一擺脫他的方法便是給他卹金。他們便這樣報告了國王。「再沒有其他辦法了，」他們說；「無論怎樣我們得把他打發走。」定的卹金數目是六百佛郎，把這向犯人宣布了。

「只要你們按規矩給卹金，我倒也沒有什麼，」他說：「照這這樣條件我願意走。」

事情就這樣規定了。他預領三分之一的年金，離開了國王的領土。坐火車只消走一刻鐘；他移到邊界那面住下，買了一塊地，開始種菜，舒舒服服的過活。他總在適當的時候去取他的年金。得到以後，他到賭桌跟前下二三佛郎的注，時輸時贏，以後便回家去。他安安靜靜，好好的過活。

有的國家不惜用費斬一個人的首，或將他終身監禁：他沒有在這樣的國家犯罪，是件很好的事。（一八九七年）

回到貧窮問題和「我們應當怎麼辦呢」：這部書的自傳部份是非常有趣味的，而且對于要了解託爾斯泰的人格的人，是少不了的事。其中的經濟學有許多是有問題的，甚至確是錯誤的，例如他以爲使用金錢便是有害的意見。託爾斯泰大半從屠拉農民的觀點來看這種問題，而且他對于使國家變成烏黑，吸引農民進工廠的工業發展，並沒有什麼同情。

託爾斯泰說，只要人不得不工作過度，並得不到應有的報酬，奴隸制度便依然存在。他總是站在下層階級方面的，因爲沒有篇幅爲這本書作個提要，我只好引一個英國人所寫三段詩，他讀過這本書，歡喜書中的觀點，並簡潔的將牠表現出來。

寫這三段詩的人是一個畢爾頓（Belton）君，我相信他是在密得蘭區什麼地方開酒館的，詩是從紹爾特（Salt）所編的「自由之歌」中選出。我聽人說，一個隣近的市吏在公共宴會的演說中，提到富人豪奢的消費予窮人的好處。畢爾頓並不同意，既沒有機會公開講演作爲回答，便寫了這些詩。

達衛司和拉撒路

你聽說過達衛司嗎，他住巴勒斯坦？
他穿得闊綽，是一個了不起的富人：
他的食物推得桌子呻吟，他的酒成加侖外流
無怪他正像一個市吏——長得又肥又潤！
另外一個人叫作拉撒路，又弱又窮又病，
他希望吃點富人的殘剩，躺在富人門前。
他聽到裏面歡天喜地，但是他却沒有一個朋友，
只有幾匹狗默然同情的祇着他的創眼。
你一定以爲這很奇怪，
不過你當然知道
這事發生在遠遠的異地，
而且在好久以前了。
達衛司天天宴會，穿得闊闊氣氣——
不是因爲他歡喜這樣，却是因爲對商業有益！
要使人家能穿棉布，他自己穿綢擺綫，
要使人家有去乳皮的奶喝，他自己用奶油飽餐。
他養五百僕人，使得窮人不缺吃飯，
他用黃金製造用具，使得窮人多有鉛使。
要向窮人表示同情，她自己不作
什麼有用的工作，可以使他們作得更多。

你一定以爲這很奇怪，
　不過你當然知道
　這事發生遠遠的異地！
　　而且在好久以前了。
拉撒路最後變得太弱，不能和死亡格鬥。
（適者生存：他顯然沒有希望。）
一天平靜的夜裏，十一點約過一刻，
他向上看看光明朗的天空，死去了，並走進天堂。
達衛司也越來越老，不久就一病不起，
請了律師，立了遺囑，
子女來和他訣別，他吩咐他們隨他同去，
他死去了，地獄是他的去處。
　我想現在對待富人
　　上帝不敢如此，
　不過這是遠在異地，
　　而且是好久以前的事！

託爾斯泰暗示要有一個人記載人間事的天使記一部賬，將我們所消費的一切東西，和使別人爲我們的工作的工作記成我們的債，將我們所生產的東西，和個人所作由有用事務記成我們的貸款。這樣一部賬的影響會使現在最不受人敬重的人得榮耀，現在爲人羨慕和尊視的人蒙恥辱。

多半因爲「我們應當怎麼辦呢」，和託爾斯泰堅持人有體力勞動（或「麵色勞動」）的義務，在俄國和他處，在不同的時間和地方，發起了許多託爾斯泰主義殖民團。託爾斯泰自己從沒有參加過這樣的殖民團，而且除了甘地在特南斯瓦（Transvaal）設立的「託爾斯泰居地」之外，沒有一個似乎成功了，或經過很長的時間。有時有些舊農的團體自稱爲「託爾斯泰殖民團」，但是除了名稱之外，同託爾斯泰或他的思想都沒有什麼關係。

這本書中最可注意的書，便是在俄國革命發生三十年之前，他便有準確的預言。託爾斯泰斥責當時的現狀，爲有產階級的自私的淡漠責難他們，並以未來的刑罰警告他們。他一向都不對革命者表示同情，也並不以爲推翻政府，和奪得權力，他們便能將事改進；但是他預料到有洪水，並力勸他的同時代人建造方舟。挪亞在落洪水時也許有許多人責難他引起洪水，有些特別愚鈍的保皇黨也同樣責難託爾斯泰引起革命。

近代文學中沒有什麼預言，比託爾斯泰的這預言更爲被事件明確的證實。聽着這個預言：

『我們在悶殺的人們已經要忍無可忍了，這種很簡單明瞭的危險，無論我們怎樣對自己隱藏；無論我們怎樣盡力用各種的欺騙，暴力，和花言巧語來應付這種危險——牠已經每天並每時在增加，牠久已威嚇着我們，可是現在已經成熟到了這種地步：在浪已經濺到我們頭上，怒潮威嚇着要吞食我們的海洋上面，我們在小舟中幾乎不能維持自己了。具有毀滅和殺害恐怖的勞動者的革命，不僅威嚇着我們，我們在其中生活着已經約有三十年，而且只用了各種暫時的方法，勉强拖延了牠的暴發罷了。歐洲的情形是這樣的；我們的情形也是這樣，不過我們更糟，因爲我們沒有安全機紐。除了沙皇之外，壓迫大衆的各階級，在民衆眼光中都沒有理由；只是用暴力，詭詐，投機，這就是說，用伶俐的手腕，把大衆壓到低下的地位罷了；但是民衆中最壞的分子對我們所懷的憎恨，最好的分子對我們所懷的輕視，每一小時都在增加着。……被壓迫大衆的憎恨和輕視漸漸增加，富有階級的各方面力量却漸漸減弱；一切所抑仗的欺騙越來越沒有勁，富有階級在這種致命的危險中，再沒有什麼可以自慰的東西了。……對于不願改變自已生活式的人，只有一件事可作，就是：希望在我活着時維持現狀，在這以後，任他發生什麼事情。

『盲目的富人們正作着這樣的事，但是危險逐漸增加，可怕的大災難越來越近了。』

這些話是一八八六年發表的，涉及三十一年之後一九一七年的革命。這本値人注意的書，在結尾盛讚生產許多孩子，盡了自己的責任的母親，這種稱讚，和不幾年以後同一作者對婚姻的意見，成爲鮮明的反照：

『一個眞正的母親，在養育子女中看出她的自我犧牲的職務，看出她遵行上帝的意旨。……她知道和小孩子——下一代人——是使人可以看到的最偉大，最神聖的事物，用全生命爲這神聖事物服務便是她的生活。……若是在男人和沒有孩子的婦女，關于遵行上帝意旨的方法也許可有疑向，在一個母親，道路却是淸楚明確的劃出來了，若是她懷着單純的心，謙卑的作這件事，她算達到了人類所能達到的最高的完全地步，而且一切人所希望的充分遵行上帝的意旨，她也可以算爲模範了。』

玉官

（五）

落華生

第三天新婚夫婦要學人到盧山去度蜜月，安妮勉强出來與玉官辭行。玉官昨天沒把她看得眞，這次出門，她雖鼓着膽，眼睛却釘在安妮臉上。她覺得安妮有許多地方與雅言相彷彿，可是打扮得比誰都妖艷得多。在他們出門以後，老太太的氣也漸漸平了。她想兒子和媳婦到底是自己的孩子們，意見不一致，也犯不上與他們賭氣。她怎樣想，立時從心裏高興喜容浮露出來。她把自己的臥房讓出來。叫匠人來，把門窗牆壁修飾得儼然像一間新房。屋裏底傢私，她也爲他們辦妥。她完全是照着老辦法，除去新房以外，別的屋子都是照舊，一滴灰水也沒加上。

九

半個月以後，一對新夫婦回來了。安妮一進屋裏，便嫌傢俱村氣太重；牆壁底顏色也不對；走到客廳，說客廳不時髦；走到廚房，嫌廚房不乾淨；走到那裏挑剔到那裏。玉官祇想望好裏做，可是越做越討嫌，至終决意不管，讓安妮自己去佈置。安妮把玉官安置在近廚房小房間，建德覺得過意不去，但也沒法教安妮不這樣辦，因爲原來說定婚後是要分居底。

安妮不但不喜歡玉官，並也不喜歡天錫。玉官在幾個月來仔細地打聽安妮底來歷，懷疑她便是那年被她小叔子抱走底雅麗，屢次要告訴她，那是她底骨肉，至終沒有勇氣說出來。婆媳底感情一向不會有過，有時兩人一天而對面坐着，彼此不說話。安妮對建德老是說洋話，玉官一句也聽不懂。玉官對建德說底是家鄉話，安妮也是一竅不通。兩人底互相猜疑從這事由可以想像得出來。最使玉官不高興底是安妮管家。爲這事情，安妮常用那副像掛在孝陵裏底明太祖御容向着玉官。建德底進款以前是交給太太底，自從結婚以後，依老太太的意見仍以由她管理爲是。她以爲別的都可退讓，惟獨叫她不理家事做閒人，她就斷斷不依。安妮只許給她每月幾塊錢零用，使她覺得這是大逆不道。她心想縱然兒子因她底關係做了「黨戚」，也不該這樣待遇家長。

安妮越來越感覺到不能與老太太同住，時時催建德搬家。她常對丈夫罵老太太這「老蟑螂」，耗費食物討人嫌。老太太在一個人地生疏底地方，縱然要把委曲訴給人聽也沒有可訴底。她到教堂去，教友不懂她底話；找牧師，牧師也不能爲她出什麼主意，只勸她順應時代的潮流，將就一點。她氣得連教堂都不去了。她想她所信底神也許是睡着了，不然爲什麼容孩子們這麼猖狂。

還有一件事使玉官不愉快底，她要建得同政府請求一個好像「懷清望峻」一類底扁額，用來旌表寡婦底。建德在衙門，才幹雖然平常，辦事却很穩健。他想旌表節婦底時代已經過去了，玉官屢次對他要求找一個門徑，他總說不行。無論他怎麼解釋，玉官都覺得兒子沒盡心去辦。這樣使她對於建德也不喜歡。但是建德以爲他父親是爲國捐軀，再也沒有更光榮的，母親實在也沒有完全盡了撫孤成人底任務。因此母子底意見越來越相左。

安妮每天出去找房子，玉官只坐在屋裏出神。他回想自守寡以來，所有的行爲雖是爲兒子底成功，歸根，還是自私的。她幾十年底傳教生活一向都如「賣瓷器底用破碗」一般，自己沒享受過教訓底利益。在這時候，她忽然覺悟到這一點，立刻站起來，像在她生活裏找出一件無價寶一般。她覺得在初寡時，她小叔子對她說底話對的。她覺得從前的守節是爲虛榮，從前的傳教是近於虛僞，目前的痛苦是以前種種底自然結果。她要回鄉眞正做底傳教生活。不過她先要懺悔。她最少要爲人做一件好事。在她心裏打定了一個主意。

她要離開她兒子那一天，沒有別的話，只對他說她沒對不住他。以後她所做底一切還是要爲他底福利着想。兒子不知道她是什麼意思，漫敷衍她幾句便到衙門去了。兒媳婦是忙着找房子，一早便出門。她把幾座神主包裹停留，放在桌上，留下一封信，便帶着天錫，悄悄地到下關車站去。

十

同到家鄉，教會仍然派她到錦鯉去。這次她可不做傳教工作了，因爲上了年紀底人，不能多走路，所以教會就派她做那裏底小學校長。天錫與她住在一起，她很注意教育他，杏官在城裏住，反感覺到孤寂，每常寫信要天錫去住幾天。

玉官每把她對於安妮便是雅麗底懷疑說給杏官知道，却又妨着萬一不對，倒要惹出是非來。她想好在她底小叔子也死掉了，若她不說，再也沒有知道這事底人，於是索性把話擱住。她覺得年來底工作非常有興趣，不像從前那麼多罣慮。教會雖然不理會這個，她心却很明白現在是爲事情而做事情，並不要求什麼。建德間中也有信寄回來，有時還給她梢錢來。這個使她更喜歡。她把財物都放在發展學校底事業上頭。認識她底都非常地誇讚她，但她每說這是她底懺悔行爲。

兩三年底時間就在忙中消失了。玉官辦底學校越法發達，致她累得舊病不時發作，不得不求杏官來幫助她。杏官本也感覺非常寂寞，老親家同在一起倒可以解除煩悶，她把城裏底房子連同玉官底都交給教會管理，所得底租金也充做學校經費。那錦鯉小學簡直就是她們辦底。

地方漸次平靜，村裏也恢復了像從前一般底景況，只是短了一個陳廉。一想起他，玉官也是要對杏官說底，可是他現在在南洋什麼地方，她也不知道。她只記着時他是往婆羅洲去底，就是說出來也未必有用。在朝雲初散或晚煙纔濃底時候，她有時會到社外底大王廟那被她常坐底樹根上少坐，憶想當年與陳廉談話底情景。衰年人底心增仍是少年，一點也沒改變，仍然可以在回憶中感到愉悅。

錦鯉幾個鄉人偶然談起玉官底工作，其中有人想起她在那裏底年數不少，在變亂底時候，她又護衛了許多婦女，便要湊分子給她做生日，藉此感謝她。這意思不到幾天，連鄰鄉都知道了。教會看見大家那麼誠意，不便不理會，於是也發起給她舉行一個服務滿四十年底紀念會。村莊底人本是愛熱鬧底，一聽要給玉官做壽，開紀念會，大家都很興奮。在很短的期間已湊合了好幾百元。玉官這是無心無意地，反勸大家不要爲她破費精神和金錢。她說她底工作是應當做底，從前的她底錯誤就是在貪求報酬，而所得底只是失望和苦惱。她現在纔知道不求報酬底工作，纔是有價值的，大衆若是得着利益就是他底榮耀了。話雖如此說，大家都不聽她底，一時把全個村莊佈置起來。

傳道先生，對大衆說既然有那麼些錢，可以預備一件比較永久留念底東西。有些人提議在社外給她立一座碑，有些說牌坊比較堂皇。玉官自己底意思是用來發展學校。杏官知道她近年對於名譽也不介意，沒十分慫恿她。她只寫信給建德，說他母親在鄉間如何受人愛戴，要給一點東西來紀念她。建德接信以後，立刻寄上五千元，還說到時候他必與安妮回來參加那盛典。

玉官知道建德要回來，心裏底愉快比受那五千元還要多萬萬倍。紀念大會在分頭進行着。大衆商議底結果，是用二千元在社外建築一道橋。這因爲跨在溪上底原來只有一道木橋，村人早應募緣改建，又因大王廟口是玉官常到那裏徘徊底地方，還有對岸底樹林，政府已撥給學校經營，所以橋是必要修築底。

動了四五個月底工程，橋已修好了。大王廟也修得煥然一新，村人把它改做公所，雖然神像還是供着，却已沒有供香火底廟祝。橋是丈五寬，三丈長，裏面是水泥石子底混凝體，表面是用花剛石堆砌起來底。過了橋，一條大道直穿入樹林裏頭，更顯出風景比前優秀得多。

紀念會底日期就要到了，建德果然同安妮一起回來。玉官是喜歡得心跳不堪。她知道又是病發了。但不願告訴人。安妮算是給她很大的面子，所以肯來赴會。當時也與杏官見過面，安妮却很傲慢，好像不大愛理那村婆子似地。她住了一兩天就催着建德回南京去，最大的原因大概是在水廁底缺乏。

建德在鄉人底眼光中已是個大得很底京官，因爲太太說要早日回京，便不得不提早舉行這個紀念典禮。玉官在那天因爲喜歡過度，倒是暈過幾次，杏官見這情形不便教她到教堂去，只由她歇着。行過禮以後，建德領着大衆行獻橋禮。大衆擬了許多名字，最後決定名爲「玉澤橋」。當時底鼓樂炮仗，喧鬧得難以形容，加以演了好幾台戲，更使鄉人感覺得這典禮底嚴重。

第二天，建德要同安妮回到城裏，來與玉官告辭。杏官在身邊，很羨慕這對夫婦，不覺想起她底亡女，直向建德流淚。玉官待要把眞情說出來時，又怕安妮不承認破口罵人，反討沒趣。她又想縱然安妮承認了，她也未必能與他們住在一起。她也含着眼淚送他們過了那新成的玉澤橋。

回到學校裏，左思右想，又後悔沒當着安妮說明情由。等杏官來，她便笑着問她假如現在她能找着她底丈夫或她底丢了底女兒，她願意先見誰。杏官不介意地回答說那是做夢。如果她能見女兒一面，她已很滿足；至於丈夫恐怕是絕無希望底了。說過許多話，玉官忽然對杏官說她要回城裏去送兒子和兒媳婦上船去，杏官因爲她精神像很疲乏，不很放心，爭執了半天，她才教杏官陪着她去。

她們二人趕到城裏，建德與安妮已經到口岸去了。幸而船期未到，玉官與杏官還可以趕到。她們到教會打聽，知道建德二人住在洋牧師家裏。見面時，安妮非常感動。她纔起頭覺得玉官愛她底兒子建德是很可欽佩的。玉官對他們說她底病是一天一天地加重了，這次相見，又不知甚麼時候再有機會，希望他有工夫回來。說得建德也哭起來了。他應許一年要回來探望她一次。

玉官在那晚上回到杏官底藥局，對杏官說她還有一件未了的事要趕着去辦完。杏官不瞭解她底意思，問了幾遍，她才把要到婆羅洲找陳廉底說話說出來，她說自然她當了洋教士底女傭以來，一切一切的都是受着杏官底恩惠。原先她還沒理會到這層，自從南京回來以後，日日思維，越覺得此恩非報不可。杏官既知道陳廉底下落，心裏自然高興萬分，但願她自己去。玉官從懷裏取出船票來，說她日間已打聽到明天有船往南去，立即買了一個艙位。只有她知道怎樣去找，希望杏官在家裏照顧天錫料理學校，她也可以藉此吸吸海風，養養病。

第二天一早，杏官跑去告訴建德說他母親要到南洋去休息休息，當天就要動身。他也不以爲然，說他母親底心臟病，怕受不了海浪底顛播，還是勸她莫去爲是。來到藥局，玉官已上了船，於是又同杏官和安妮到船上去。建德見她在三等艙裏，擠在一班華工當中，直勸她說如果要走，可以改到頭等艙去，何必省到這步田地。她說在三等艙裏有伴，可以談話，同時她平日所見底也都是這類底人，所以不覺得有什麼難處之處。安妮是站都站不住，探一探頭便到頭等艙底起坐間去了。杏官看看她底行李非常簡單，只有一個鋪蓋，和一個小提箱。她笑問玉官說那小的箱子裝些什麼。玉官也笑着回答說那還是幾十年隨身帶着底老骨董：一本白話聖經，一本天路歷程，一本看不懂底易經。玉官勸他們不必爲她擔憂，她知道一切都無妨礙，終要平安和圓滿地回來。她指着建德回過頭來對杏官說他還是她的女婿，希望她不要覺得生疏起來。她此行必要把事情辦妥纔回來，請她回錦鯉靜候消息。又復勸勉了建德一番，船上催客的鑼才響起來。

杏官們下了艙板，還見玉官含淚在舷邊用手帕底向着他們搖晃，幾根灰白的頭髮也隨着海風飄揚。到了岸邊，船已鼓着輪，向海外開去。他們直望到船影越過港外底燈臺，纔各含着眼淚回去。

（完）

編後小記

這一期的風雨談，雖然不是小說特輯，却登載了三篇創作，三篇翻譯，『玉官』及『世外桃源』還不算在內。何心女士是女作家中以寫中短篇見長的，『殺嬰』和其他的近作，讀者們想早已見到。本期的『回子』又是一篇饒有社會意義的佳構。楊保義先生這個筆名，讀者們想恐怕不無生疏之感罷，其實，他是一位名字最爲人所熟知的作家，這裏雖然用了個新筆名，聰明的讀者們看到過去本刊的預告及大衆，雜誌等刊物發表的小說，一定可以猜測得出來的。我們這裏所能夠推薦的只是『霧』這一篇的確可以認爲是有意味的力作。

散文之中，紀果庵文載道先生都是我們的老朋友了，而何若先生在百忙之中又以『鬼目』見惠，藉補上期『讀齊民要術』之不足，俱見愛護本刊的盛意。紀先生的『篁軒記』，載道先生的『甲申志感』，讀過的人們想來都要讚上一句『好』，說它不比敷衍塞責之作罷！果庵固向以沖淡風雅見長，『篁軒記』尤見獨到的風致。關於明思宗殉國的故實，古今半月刊登過許多，本期這篇『甲申志感』，也絕不是無病呻吟的高調文字。

翻譯小說的刊載，我們是願意重質不重量，寧可以少許勝人之多許的。屠格涅夫的『瑪理諾佛』，由楊絢霄女士譯出，可以說是很理想的了，而『斂財記』，『心理學家』二篇，也的確各有新穎的風格，絕非率爾的譯作。不久我們還要發刊一次『印度文學特輯』，願讀者們多多賜稿幫助。

許地山先生的遺作中篇小說『玉官』，本期全文都載完了。李霽野先生譯的『託爾斯泰及其作品』，也在本期告一段落。下一期的『風雨談』，我們更將以新的姿態和讀者們見面。有許多有價值有內容的佳作，我們預告了許多次，爲了篇幅或時間性的關係，竟只好割愛了，這是我們向讀者們十二分抱歉的事情。不過，同樣的我們也有許多篇作品，未曾預告，却出讀者意料之外的儘先刊登出來，例如上期的『東西文化思想異同特輯』，因爲內容的充實，打破了過去本刊銷售的最高紀錄。對於愛讀本刊的讀者們的鼓勵，我們願意表示最大的感激。

本期每册國幣陸拾圓

風雨談月刊

第十三期　中華民國三十三年七月

編輯兼發行者　風雨談社　上海福州路三四二號太平書局轉

印刷　太平出版印刷公司　上海西康路四八九號

中央書報發行所及全國各大書店報攤俱有經售

漢口　漢口圖書文具社
蘇州　中央書報發行所
南京　聚珍書局南京新國民書店
南京　新中國圖書文具公司
無錫　日升山房書店
常州　世界文具社
揚州　陳恆和書林
泰縣　新泰書店
嘉興　元大書店
松江　標新書店
寧波　開明書店
濟南　藝雲書局
煙台　鼎隆文具社
天津　金剛新書業發行所
北平　國民雜誌社
崑山　玉山書店
衢州　新中國圖書公司
紹興　華華商行
鎮江　開通書局
太倉　文明書室
南通　新生書店
徐州　大華書局
杭州　西蒙書店
平湖　大業書局
蚌埠　新新書店
蕪湖　勵學書店
天津　金剛公司影刊部
廣州　文化書局
青島　文源新店
如皋　如皋書店

國民政府宣傳部登記證誌字第一三二號
上海市第一區警察署登記證C字第一一三四號

本期售價每冊六十元

風雨談

第十四期

火・夜闌人靜
受了洗禮的人們
紀果庵論・夏夜小草
毒草園・世外桃源

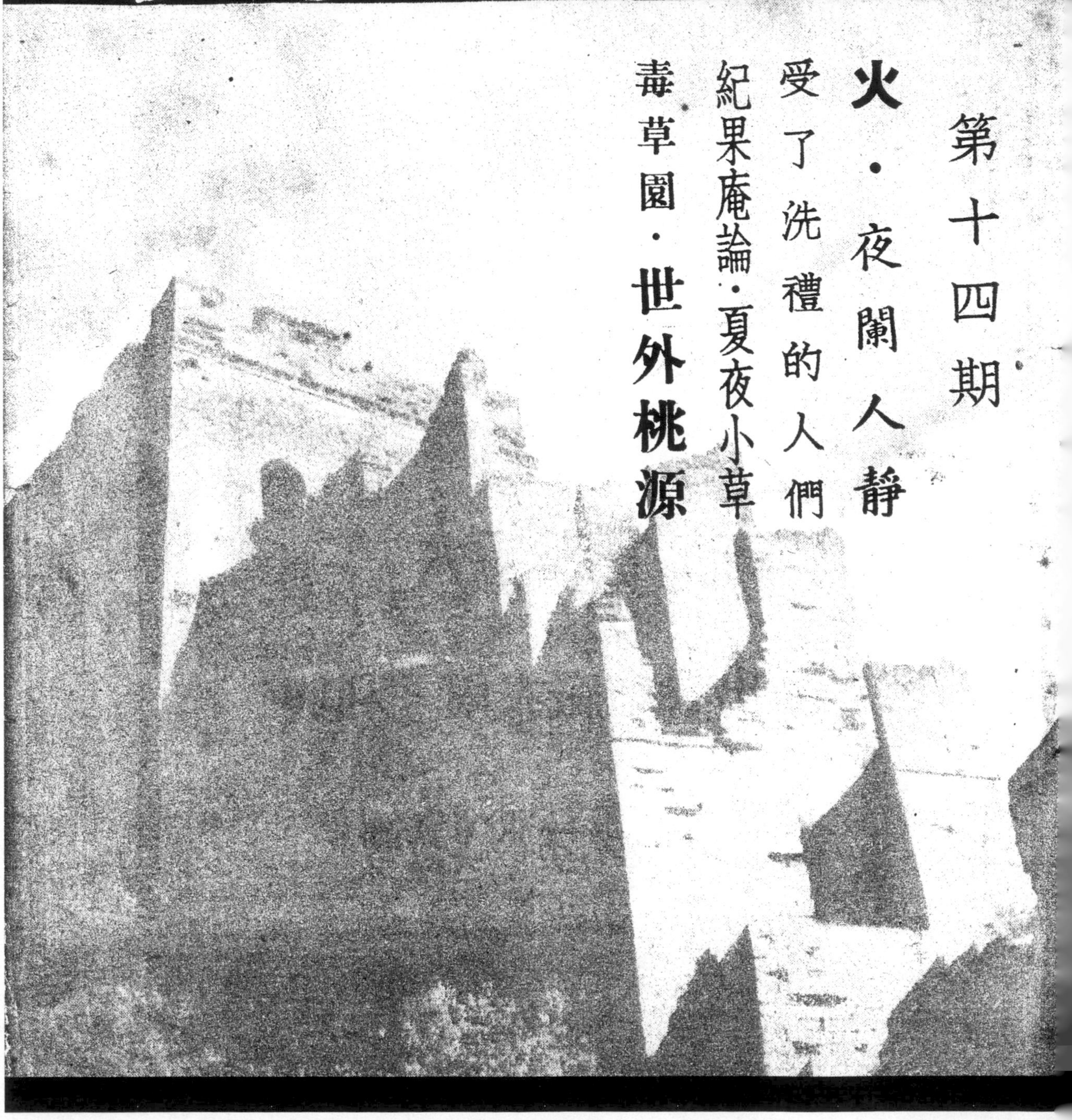

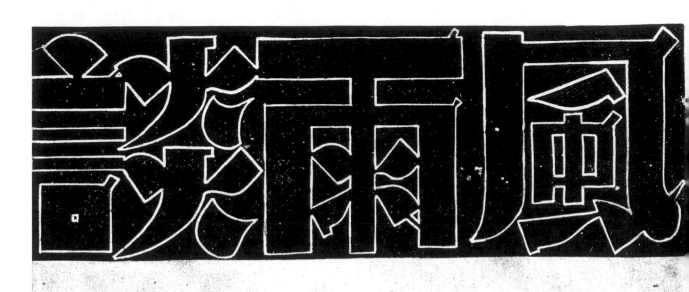

双馬牌
雨衣
各大公司 均有出售
B.H.B.
BHB双马牌雨衣
质料第一
式様第一
祥生雨衣廠榮譽出品

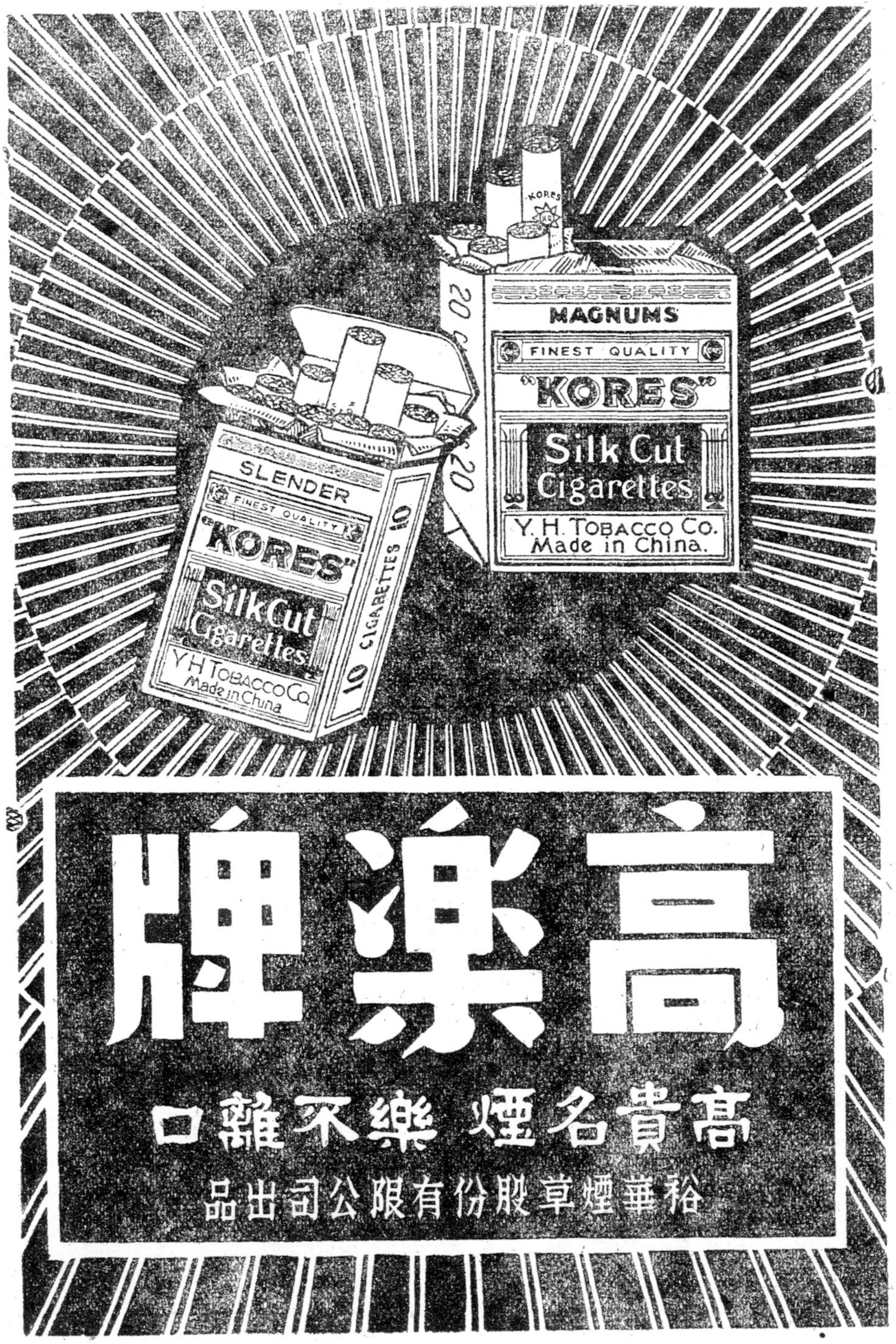
MAGNUMS
FINEST QUALITY
"KORES"
Silk Cut Cigarettes
Y. H. TOBACCO CO.
Made in China.
20
SLENDER
FINEST QUALITY
"KORES"
Silk Cut Cigarettes
Y. H. TOBACCO CO.
Made in China
10 CIGARETTES 10
高樂牌
高貴名煙 樂不離口
裕華煙草股份有限公司出品

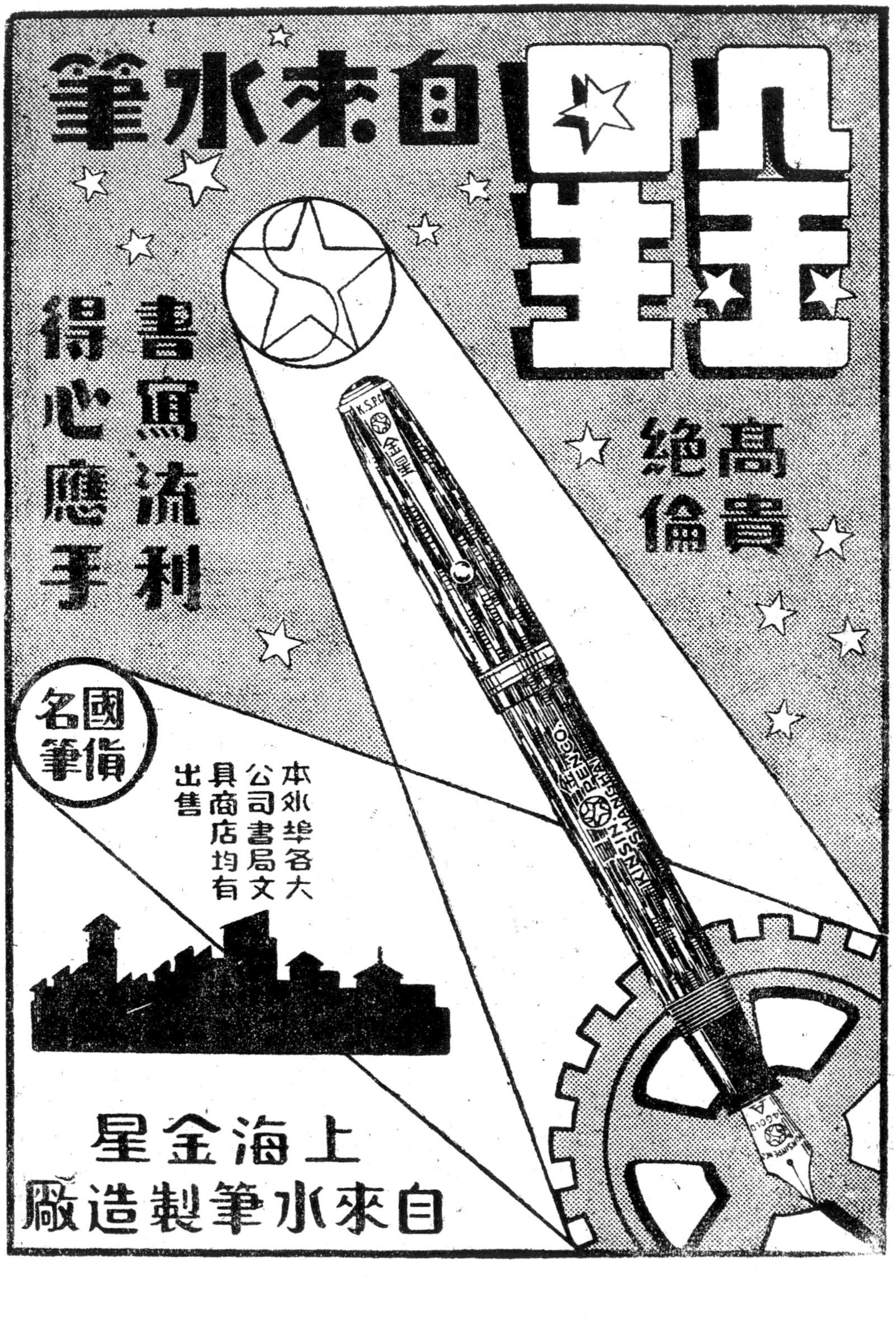
金星
自來水筆
高貴絕倫
書寫流利
得心應手
國貨名筆
本外埠各大公司書局文具商店均有出售
K.S.P.C.
金星
上海金星
自來水筆製造廠

多福多利

福利多酒

氣派富麗
滴滴蒸溜
原料高貴

當代洋酒爲之黯然失色！

宜於送禮
宜於久藏

暢銷全國各埠

名酒當前

各大公司各大酒家均售

甜蜜蜜

葡萄美酒

香噴噴

男女青年舉盃歡飲

精神煥發朝氣勃勃

冷飲，冰飲，鮮美無比！

上海福利農場製酒工場

榮譽姊妹貢獻

長壽路一四四八號

電話購酒：六一四四七

皮膚病特效藥
光化藥膏
主治
腳濕氣，凍瘡，熱癤，面皰，痔瘡，急慢性濕疹，水火燙傷，及一切因葡萄狀球菌，及淋性雙球菌等所侵入而引起之皮膚病。
SYNTEKO'S OINTMENT
AN IDEAL OINTMENT FOR SKIN DISEASES
光化製藥廠出品
虎邱路（博物院路）一二八號
電話一八二一三一

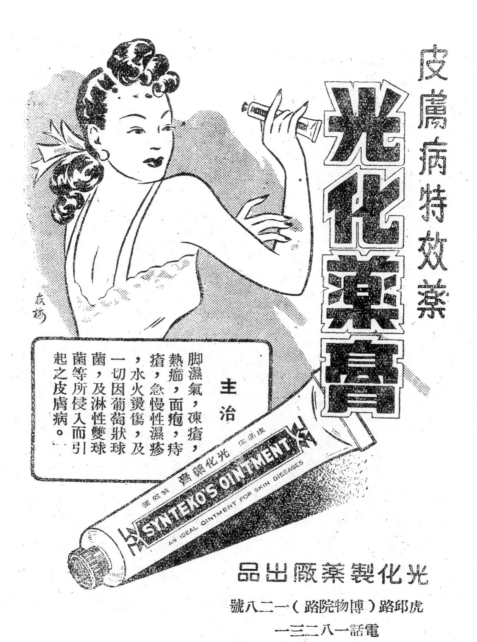

各大公司商店均售
ADK
雨衣
總發行所成都路靜安寺路口四六四號

風雨談　第十四期　目次

世外桃源（連載）……實齋譯評　J・希爾頓

藍月谷的空氣使他心醉。四週是潔白的高山，下望但見一片綠色的山谷，這幅圖畫的美麗眞可以說是無與倫比。他遇見那纖小的中國姑娘的時候，終於泰然自得有心情去享受戀愛的至樂了。

紀果庵論……陳塵

他的散文氣象萬千，富藏如海，令人目不暇給，得此失彼，所以細心研讀而取法於其中和自己趨向相近的某一點或幾點最好。比如這一篇小文即僅僅取材於他的千萬篇散文中的冶城隨筆，林淵雜記，書的故事，緣法等四五篇，給我們的東西已經這樣多。

黃龍寺（四幕劇）……羅明

中國第一部寫僧寺生活做背景的劇本。

寄花溪（散文）……果庵

沒有痕迹的歲月，無聲的千言萬語。——這是我也有而說不出來的一種感想。在『寄花溪』中溫習着過去的日子，這裏雖然沒有我，可是都是我所熟知的時間，人物，我於是也好像變做這些幽美的詞句裏之一字一音。

木偶奇遇記（木偶劇本）……譚惟翰

這一個有價值的木偶劇本，不僅給兒童們欣賞，也是社會教育的利器。

夏夜小草（散文）……趙而昌

毒草園

（小說）……石川達三　楊黎明譯

我的一生就爲藝術的慾望之神而犧牲，給妻子的愛情和向藝術精進不能兩立時，我是不能保證妻子一生的幸福和生活的。很殘酷的鞭子加在自己的背上。現實的愛慾之路，是有毒的花，一觸着它，幾乎都感着身子痛苦，然而又不能不再接觸。

關於新曲苑

……葉德均

新曲苑十二册三十五種，任訥輯。他以往校勘輯佚兩方面的成就最大，然而在讀畢全書以後，便感覺理想與事實未必完全符合。

約

（小說）……斯陀格登　雷秀嵐譯

返浙書簡

……張葉舟

草野心平詩鈔……路易士譯

書評

遠人集……曹原

……趙而昌

火

魯大英

送一個抱病去鄉的朋友，是在鄉下剛吃了晌午飯有兩袋煙的時候。

天氣很晴朗，春季裏的豔陽很溫柔地倚在人們的身上，全身都那麼酥輭輭地，像是一隻晒倦了陽光的小貓，伸伸懶腰打打哈吸一樣地全身沒有一點力氣。路上很寂寞的，除了車輪子因為道不平而工東工東地響着，和趕車的小伙子，故意地把幾個鞭在抖的挺脆挺響亮以外，只有隔着大車的藍布棚子可以聽見熙來攘往的路人，不絕地讚嘆着，自從進入了綠肥紅瘦的季節裏以來，這第一個晴明的春日。

騾馬頸下的一串大銅鈴，似乎是很驕傲於「叮鈴」「叮鈴」的響聲中，蕩漾着上古樸厚的遺風，而一路上，綿長地，一東二冬地，響着，那拍節是規依了車輪子的工東和騾馬所踹蹦的步調而奏出的。車上一共是四個人，除了我和一個行動不甚自由的朋友以外，還有一個趕車的粗粗魯魯二十來往歲的小伙子，還有一個就是年過花甲，銀髯飄洒的佃戶家的老伙計。算起來大大小小都是正在好說好笑的年紀，可是，很奇怪地在這一段不算很短的路途上，大家都好像心和嘴上鎖了一把緘默的牢不可破的大鐵鎖，誰也沒言語過。所以，突的車廂裏顯得非常的寂寥。雖然，有的會了趕車的小伙子下去解解手，或是老伙計到莊裏弄點茶水呀甚麼的。然而車子在雨天春泥一踩下去便半腳深的土道上，雖然停了好幾次，可是，始終誰也沒講過一言半語，都是不做聲的上去，下來，躺着，歪着。只有每次趕車的小伙子解手回來，左手一按車板熟練地坐在車上，右手一揚鞭，流利地嚷着，讓騾子開步走的口令以後，回首殷勤的一笑，算是給車棚子裏打開了兩扇無形的大窗子，調換了一些新鮮的空氣進來，我們也彷彿血液渙然一新，心頭也頓覺輕鬆了四兩半斤似的。雖然，過後我們到底不解這沒有聲音的微笑，究意是為了甚麼？當他每次上得車來的時候，便這麼毫不在地亂拋着。

「對面的大車駐一駐啊！前面又有了走水的地方了！」

天已是落日正黃昏的時刻了。前些會兒路上的冷落，已經早已給了我們一個路上不再會有第二輛車通過的印象。可是，當我們猛古丁地體味到前半截的話語時，心上忽地湧上來一羣驚喜的粗波細浪，心裏想：天這麼晚啦；眞想不到還要磋轍的呢！然而，倏忽之間的變幻是同秋天的白雲一樣神怪莫測的。等到後半截的話語拖着驚慌的尾巴鑽進了七八個耳洞的時候，驚喜的浪潮立刻「涮」的一聲落了下去，遺留下一些恐懼不安的小東西在心葉上蠕動着。於是大家都不約而同地把腦袋伸到柵子外邊來，想探個究竟。

不料前面的車子跑得是飛快，而且是盲目狼狽得連方向都不變地衝過來。一直等到雙方兩條魁偉的大騾馬，突然，把車子掀起來，昂首嘶叫的時候，對方才發覺了兩輛大車險些碰了關，於是，極忙之間，而把方向一調就很快的站住了，這時嚇得震耳的踏雜的車輪子的工東聲停止住，只有兩條亂躁脚的騾馬驚叫着，像是正在互相訴說着危險的剛才的過去。

對方也是一輛藍布棚的騾馬大車，裏邊有着一盞沒有被顛沒熄滅的暗明的燈火，這使我們清楚地知道了，除了一條俊俏而且健壯的漢子趕車之外，再就是一個年青的媳婦和一個正在怕神怕鬼的年紀的小姑娘，像很膽怯的臉朝裏倒在娘的懷裏，兩隻手插在娘的裌襖裏，像是正在怔忡地玩着兩個什麼好玩的東西。

「想是誰家的姑太太回寧吧？」——我看那也說不定呢！眞是，這夠多倒霉啊：要不，嗆！讓騾馬把步子放得慢騰騰地，在這平靜的夜路上，趕着月光望着一個不懂事而愛嬌的小姑娘，小兩口甜甜蜜蜜地談一談只有兩口人才能講的事情，我看，恐怕要比在一個熱被窩裏摟着睡大覺還要夠趣吧！荷荷！哈哈哈……

「喂！我說二哥；前面又出了差錯了嗎？」

「可不！你看多麼凶的火！」好幾條驚訝奔奔的眼光，隨着一隻粗黑的大手瀉到南方的邊山上。可不，多麼嚇人啊；一座不大的矮山口，千千萬萬的又長又腥紅的火舌，貪婪的舔着。我們都楞住了，看着明天就要變成禿光光的雙猴荒山，怦怦的心音，像是很急速地而且又是不慌不亂地數着每一條跳動着的大舌。

「我說，二哥！咱還是找個牢穩的地方躲一躲吧？我看說不定會有什麼歹人來趁火打刧呢！」

「嗯……」我們的老伙計很鎭靜的點了點頭，把語尾引伸的老長老長，彷彿是要讓他伸到四週替我們尋找一處避難所似的。

「那裡！」又是那隻粗黑的大手。

於是，我們便把騾馬一調，風馳電掣般地跑過去了。這是一片很茂密深邃的松林，爲了要減少每一個人心裏的恐懼，對面車上的人都擠到我們的車子裏來。老伙計却很機靈地將身子探過去，把棚子裏那盞燈火止熄了。他說：

「爲的是不要給敵人留一個顯明的目標。」

「眞是，這種年頭走個三里二里的路也要出個十次八次的差錯的。」那個年青的媳婦接着孩子在黑暗里嬌嗔地說着。也不知道是向他女壻撒嬌？還是來了個地地道的怨天尤人，我們也沒留心把竹竽子插到水裏試試底。

「可不！這種年頭，活了今天誰能知道明天怎麼樣呢；」我們的白鬍子老伙計這麼很世故的隨和着。

「說起來就又會把到迷信上去了！可是，這幾天發生那的些古怪事兒，也不能不讓你疑神疑鬼！」

一個故事要神不知鬼覺地展開了，大家都屛息的靜下來，彷彿是要使故事的源流在安靜中流個痛快，也彷彿是大家都雷同的用沉默來回答了老伙計。

「怎麼？」

「又有什麼新聞？」

老伙計這時很從容地在比較粗糙一點的木板子上，擦着了一根火柴，火光一閃，大家都發現在他那張沒有多大些牙齒的老嘴裏，早已很牢穩的含着一桿尺八長的旱烟袋。烟點着了。他說：這些日子，鄰近的幾個莊裏，每天從掌燈的時分起一直到第二天的破曉，總會有個十家人家的人家鬧着失火的事情。而這種火可不是什麼尋常的，任甚麼東西都可以不點而自燃起來，也不管你是乾的或是濕的，一到了掌燈的時候，便都會偷偷摸摸地做了滔天大火的種籽。最初發見這樣事情的是小張家莊的張百忍家裏，据說，是在人們都睡得和豬一樣的深更半夜裏，忽然，他老婆迷迷瞪瞪地覺着懷裏那個三四個月的小厮，吱呀怪叫地哭起來，先會，她還以爲是孩子尿炕了，於是，待了一會便坐起來想伸手試一試是不是孩子眞的撒尿了。喂：你說這可怪了，等她坐起來定睛一看，眞是叫你喜不的哭不的，一顆豆粒一樣大的小火苗，在濕漉漉的尿布中心，很安穩地着，正好烤着了孩子的小鷄兒。她不由地「咦」了這麼一聲，可是，說也怪，接着屋裏便噗，噗，噗地添了一些豆粒大的小火苗，也是一樣很安穩地長在桌子上，條几上，水缸裏，樑頭上；一個，兩個，三個，四……倨傲地，挺沉住氣地。於是，她又好奇而驚慌地朝着尿布口那個火苗兩手哆哆嗦嗦地一捂，火苗眞個的死了。可是，同時又在其他的地方生長了一個，簡直好像誰把它從這裏連根移植過去的。她就這樣撲一個死一個而又生一個的在屋裏鬧了好半天，以後覺得頗有點兒纏手；於是，便朝着院子裏：「來個人兒啊！」這麼大聲的嚷了幾句，大概院子裏也沒有人應聲。好！這可了不得了！只聽見屋裏哄的一聲便放了明火了，她也顧不了誰，便一躍從窗戶裏蹦出來。就這麼眼睜睜地看着一座，兩座，三座四座的紅綠房子都燒成了一堆狼藉的瓦礫了。

老伙計咳嗽了兩聲：「你說信呢？你說？看樣子這絕不是瞎話，因爲張百忍的媳婦平素裏是很安敦的。」他又擦看了一根火柴，點上第二根烟。「啊！到了晌午聽說四週鄰莊裏都有這種類似的神火發生。唉！你說，信不信呢？」

「那麼爲啥不求求火神老爺呢？」

「我說，你聽着我說啊！」

老伙計又咳嗽了一兩聲，似乎很得意的又開始了他的講話。『過了晌午大家便聯合起七八個大莊子來，到火神老爺那裏去禱告，許願，以爲是晚上會沒有事的了，可是沒有料想到反倒更利害起來，幾天的工夫莊裏差不多誰家都輪了一次。而最可笑的是有一天夜裏，劉家扛活的劉俊從南窪裏推了一車子黃土，吱油吱油地從小道上回來，正在「八虬廟，好熱鬧，也有老來也有少……」地唱着挺帶勁地時候，猛抬頭看見莊裏又着起觸天觸地的大火來，媽的！燒吧，反正燒不了我這車子濕黃土！」他這麼不三不四地說了這麼一句半吊子話，可是說你也許不相信，一車子黃土便呼嚕呼嚕地燒起來了。一直燒得剩了兩條短短地車把。唉！你說信不信呢？這是我親自聽見劉俊嚇得愣愣怔怔地在家裏說的。」

他又擦着了一根火柴，點上那袋還沒有燒透的旱烟。又接着說下去：「可是這樣過了幾天以後，人們根据了幾天的經驗而發現了一點辦法。就是如果屋裏再有火苗發生，只要不做聲的去撲滅就行，要是人不夠用的話，可以打手勢招呼，千萬不可出聲，要不哄的一聲着起來便是觸天觸地的大火。」說到這裡，老伙計掀起大車的藍布棉簾子，探頭望了望遠遠的變猴山，火勢仍然是不見減少。

「可是這種事情，確乎也難說，」那個行動不甚自由的朋友，用了那種被病磨練久了的聲音開口說：在從前我家有一個了頭，出嫁給一個有錢的鄉下土財主，那眞是吃個十輩子也不會窮了的。可是，忽然隔了三四年的光景，她很落魄地進城來到我們家裏，向着我媽媽說是現在窮的沒法了，再請太太賞碗飯吃。當時我們都非常的納悶，大家便你一言我一語地向她問個七開加一開。才知道她家裏已經遭了十幾次之多的火災。眞是，說起來也很怪，最先幾次也是神不知鬼不覺地屋裏呼嚕呼嚕的着起來，可是後來這幾次就更古怪了，只要晚上你這裏一點燈，那邊樑上就出火，這就嗚嗚地着起來，又是觸天觸地的大火。最先他家還做些善事，可是到後來簡直弄得也沒有錢來請道士做道場或是請和尚尼姑的來誦經了，那麼，晚上也不敢點燈，便整天一擦黑就在屋子裏呆呆的苦坐着。你說這個不也是很讓人奇怪嗎？這齣事情是發生在清末民初的時候，有的人就說這是國家興亡的兆頭。可不，天下的事簡直是無奇不有，誰敢決斷地說，事情就是怎麼樣呢？」

大家都接二連三地在黑暗裏打着哈吸。老伙計和剛才說話的朋友又分別講了一些什麼齊田單的火牛陣呀！宣王烽火戲諸侯啦！赤壁的火燒戰船，陸遜的火燒連營七百里等關於火的故事。過了會，老伙計又掀大車的藍布棉簾子，伸出頭去望了望。雙猴山的大火也不知道早已在什麼時候熄滅了，四週都陷在夜色的漆黑裏。依着那個趕車的小伙子便要前行趕路，可是，老伙計却阻攔住說，「先別忙，到天亮聽個究竟再說，免得芥芥撞撞地再出了差錯」。於是，我們便又聽老伙解講了些清末的紅燈照，燒洋樓等火的故事，敷衍了一些時候，一直到了天亮，聽得大道上已經有走路的了，頭頂上也有出巢的野鳥，翅膀拍得樹枝子劈拍亂響。老伙計便走下去，問了問上坡的農夫，說是「沒事了趕路吧！」於是，便和昨夜那個險些和我們碰了頭的騾馬大車的主人，說了些應當有的客套，便各再分道揚鑣的飛奔了。

只是，今天車棚子裏的空氣，却比昨天活潑熱鬧了許多。一路上老伙計很興匆匆地又給我們講了一些有趣味的火。

海的呼喚

沈寶基

霧迷欲行又止
夢無幸福的啟示
清醒裏徒然地裝癡

你來了
我不禁哭了又微笑
你帶來海的神祕
海上的孤帆
載來我遙遠的懷思
(到那一個地方那一個地方)
縱使覆我舟隻
亦愛你狂濤

碧玉墓裏
你的髮
世外之夜永
你寶眼
不滅的星夢

碧玉墓裏
滿珍奇的寶物
如古今的神話
晨光裏聽魚躍
月夜的弄眞珠

願永沈於你海底

若有苦慕的少年
跋涉長途來尋覓
你告他
沈落影子的
到處有他的影子
你與宇宙
乃成我的鏡子
而海的呼喚
是我生命的鑰匙
是我生命的終結

夜闌人靜

譚惟翰

二十二

呂楓一肚子的氣憤，加上一向對孔玉山不滿意，所以沒理睬。他一儘回到亭子間裏去了。

沒料到孔玉山却跟了進來。

「呂少爺，今天怎麼這樣不高興呀？」

呂楓仍舊不理他。隔了一會，突然問道：

「竹貞在外面做事是你跟她介紹的嗎？」

「是呀！」孔玉山以爲呂楓並不知道竹貞是在當舞女，還眞的當了她是在戲院子裏做記帳員，便掛着不自然的笑說，「你們應該感謝我不是？」

那知呂楓給了他一個非常難堪的臉色，也冷笑一聲：

「哼哼！感謝你出賣了一個女子！」

「什麼話？」孔玉山收住了笑，厲聲地。

「你爲什麼要叫她去，去當舞女？」

「這……這……」孔玉山不曾想到呂楓會問這句話，看情形事是被拆穿了，便說，「我替她介紹職業總不能認爲我不對，再說，再說……這也是她自己的意思，我不致於硬把她拖去……」

呂楓不信任地橫了她一眼，沒來得及說話，祇見孔玉山從內衣袋裏摸出一張紙來遞給他：

「你拿去看吧！」

把信接在手裏，一張薄薄的紙却像有幾十斤的重量，他的手給壓得有點兒抖索了。他帶着惶恐的心讀着信裏的字句：

「呂楓：

爲了生活，我自願押給馬賽舞廳充當舞女，你不必干涉我的行動……」

「她……她會說出這樣的話？」呂楓問自己。

「嗯，你覺得奇怪不是？」孔玉山說。

「啊，不！這不會是眞的……」

孔玉山又將信紙搶過去，指着上面的字說：

「這總不見得有誰假造吧？她的親筆簽字我想你該認識。」

呂楓看看「薛竹貞」三個字——明明是她的筆跡。

孔玉山把信紙往桌上一扔，一面對呂楓說：

「呂少爺，想穿點兒吧。一個人的身體也許可以被你捉住，但一個人的心是沒法捉住的。我知道你平日很信任薛小姐，不過一個最使人信任的人一旦做出最不能使人信任的事，也沒什麽希奇。這封信就是我親眼看她寫的。」

「她寫了就交給你？」

「一點也不錯。」

呂楓心裏有說不出的難過，他順手抓起桌上的一個像框，那裏面有一張竹貞的半身照片，他悲痛地對它說：

「難道你……完全不想到我嗎？」

「自然是想到的……」孔玉山摸摸下巴說，「她想到你不能養活她！」

呂楓把鏡框往桌上用力地一擲，玻璃框給碰破了，他瞪着眼問孔玉山：

「你說什麽？」

「她知道跟你這麽下去準會餓死！」

「因此她就請你替她介紹職業？」

「你猜得對。」

「你就答應了她？」

「她的父親是我從前的同事，而且我們還是同鄉，我祗好盡力幫一點忙。」

呂楓心裏充滿了怨恨，然而他還設法控制自己的情緒，說：

「介紹這樣的事就算你跟她幫了忙？」

「呂少爺，一個人不要不知足，」孔玉山拍拍他的肩膀，「這也是一樣可以混飯吃的！」

「你可知道：人活着不一定是爲了吃飯？」

「你可曉得：人不吃飯壓根兒就不能活着。」

呂楓不能勉作鎭靜了，他的聲音近乎吼叫：

「無論如何我們不該出賣人格來換飯吃！」

「人格！哈哈哈……人格！……」孔玉山奸滑地笑，對着呂楓滿佈着油汗的臉說，「人格祗是一個抽象的名詞。看不見也摸不着。有了它不會有多大的用處，丢了它自然也不會感覺可惜。」

「但你記得人格是我們的第二生命！」

「假定你第一生命都不能顧全的話，你就別再談那第二生命！」

呂楓對這種卑鄙無恥的人，眞沒話可說，他靜了一會，抓住孔玉山的袖子。在無可奈何中，含着懇求的口吻說道：

「快把竹貞弄回來！你……憑一點良心……」

孔玉山把他的手捽開：

「你的女人，你自己都管不了，叫我有什麽方法去弄她回來。再說——合同旣已簽定，就不能隨她高興地要走就走，想來就來……」

呂楓莫明其妙。

「什麼合同？」他問。

「你還不明白？」孔玉山大聲沉重地說，「她已經押給舞廳了！」

呂楓的腦袋上有一層重壓，如果不是手扶着桌子，身體也許會摔倒。他的喉管有些作梗，斷斷續續地說，聲調是堅定的：

「沒有得到我……我的允許，事情決沒這麼簡單！你等着瞧！」

「人家祇認識她，可是並不認識你啊。」孔玉山斜視着他。

「無論如何她是我的未婚妻……」

「是正式的妻子又怎麼樣！跟你說，一個做丈夫的不能養活他妻子的時候，女人自己去謀出路總不是壞事。」

「不過她不應該去幹這種不正當的職業。」

孔玉山的鼻孔裏又哼了兩聲，接着說：

「舞女是不正當的職業？法律上似乎還沒有這種規定。——你不見成千上萬的女人都把這當做一件正常的出路？」

呂楓的心緒實在不寧，本不願多與孔玉山爭辯。他沉靜了片刻，但總按不住自已的氣火，於是又衝着孔玉山責問：

「難道這樣便算完事？你全然就不肯負一點兒責任？」

「誰說我不負責任！」孔玉山又露出笑意，「我已經跟她負了兩重的責任了！」

呂楓不明白。

「第一……」孔玉山伸出一個右手的食指，在呂楓眼前晃兩下，「我負責跟你的未婚妻做了保人，第二……我負責將全部押款在兩天之內交給了她，一個錢也不少，總算是我孔玉山對得起朋友……」

「你說押款？」呂楓的神經顯得錯亂了，他的情態近乎瘋癲。

「剛才不是對你說過麼？她已經自動地押給舞廳去了，合同是半年……」

「半年！」呂楓咬着牙齒，向桌上躺着的竹貞的照片說，「——你怎麼會這樣胡塗！」

孔玉山譏笑地在一旁說話：

「她比你聰明得多！」

呂楓恨不得給面前這惡魔一拳，可是他忍住了，祇吼着：

「你……你別開口！跟我滾出去！」

「滾出去？」孔玉山索性取下了假面具，兇惡地逼近呂楓，手指點着呂楓的臉，說道，「……你沒講這話的資格，祇有聽這話的義務！這屋子根本就是別人的，你說不是嗎？……」

「……」呂楓茫然。

二十三

孔玉山下樓不久，竹貞回來了。

她無力地走上樓梯，那遲緩的脚步聲，像是她發出的疲乏的呻吟。她垂着頭，左手拎着錢袋，右手提着袍角，走到轉灣的地方，她歇了歇氣……亭子間裏有一絲燈光從門縫裏洩露出來，她知道呂楓是在家，而且還不曾睡着。

她輕輕地敲了一下門，沒人應；可是門一推就開了。

她把一路計畫好了的話預備講給他聽：她將要告訴他，在戲院子裏服務多有趣，事情極輕鬆，把帳登完了，還可以抽空上場子裏去看看戲，調劑調劑自己的精神。她極力想法將自個兒的生活描畫得盡善盡美，使呂楓也會爲她而感覺興奮。

但是，呂楓見她進來，並不理她。竹貞望到他那不會有過的可怕的面色，她的心急得亂跳，驚嚇與羞愧把她蒼白的臉燒得火熱。然而她還是裝着若無其事的，把錢袋往桌上一放，走過去對呂楓說：

「你還沒睡……」

他不應。

「我本來想趕早點兒回家的，祇是戲園子裏不會散場……」

「哼！」呂楓冷笑着，「那一定是戲演得太好了！」

竹貞覺得他的話裏有刺，但也不敢說什麼。呂楓朝她身上打量了一番，又說：

「我……我不是告訴過你嗎？」

「我的記憶力不大好，我又担心我的耳朶在欺騙我……傳達給我的不是實話。」

「……」竹貞低下頭。

呂楓走近一步，問她：

「你說……你們的經理派你做什麼事？」

「記……帳員。」

「記帳員！」呂楓不顧一切地說，「記你一共給人家擁抱了多少次，記你一夜在舞場裏繞了多少圈子？記你對我說了多少句謊話？……記你……」

竹貞的嘴脣發白，身體在顫抖。

呂楓更逼近她：

「你瞞着我，把我當作傻瓜！……」

竹貞落下了眼淚。

「楓！」她拉住他的手，「請你原諒我……」

「原諒？——你說得出口！」他摔開她的手，自己伏在桌前，說不出的苦痛。

竹貞背着身子，哀傷地說：

「你知道……我……爲什麼……要……這樣做？」

「我知道，」呂楓抬起腦袋，「你已經告訴我了！」

「我完全是……是爲了你……」

「不！你不用再這麼說。你的意思我明白，你是爲了生活……」

呂楓將桌上的那張信紙朝她身邊一推，她看見它，顫慄地說：

「這是，孔玉山逼着我寫的，其實……」

「其實你心裏正是這樣想：男人無法養活女人，女人自然可以憑她的姿色去謀出路！」呂楓恨恨地，用諷刺的口吻說。

「請你別誤會我的意思！」她仍在啜泣。

半晌，呂楓拿起信，說：

「……你的信我看得很清楚，你說你自願去當舞女，你叫我不必干涉你的行動，這些話難道不是你寫的？」

「是我寫的。」

「信後面的簽字會有人假造？」

「也是我親手簽的。」

「既然你都承認，那就不能說這完全不是你自己的意思。」

竹貞挨到他身邊：

「可是你還不會明瞭我眞正的用意。你聽我說——」

「一個人做錯了事，總要想出點兒理由來搪塞自己的行爲，你不必說了！」呂楓不屑理她，頭偏在一旁。

「我想……我們兩人中間不應當有……有這樣大的隔膜。」

「你已經忘了我們兩人的關係。」

「楓！」

「人的心變起來本是很快的，尤其是像你們這般年輕的女子……」

「楓！」

「你不用再叫我的名字，從今以後我們再沒什麽可說的！」

竹貞哭聲裏帶着懇求：

「難道你一點也不記得我們以往的感情？」

「這話要叫你自己去回答。」

竹貞抓住呂楓的衣服，悲戚而又溫柔地說：

「你祇要想想我們以前是怎麽樣的——」

呂楓咆哮地回答：

「我不要想，想起來會使我格外痛心！」

「我們自從認識以來，沒有一回爭執或是口角，在和愛的空氣中我們渡過了許多值得紀念的日子……」

「那樣的日子早已過去了，現在不是從前了……」

「不！」竹貞把他的衣服抓得更緊，哭得也更傷心，「我覺得我和從前一樣地……一樣地愛着你……」

呂楓毫不信任地撇開她的手：

「你愛我，所以你才做出這種事來！」

「要是我不愛你，我決不會這麽做了……」

這確實是她心裏最忠懇的話，祇是呂楓一時給卑弱與疑慮的心境所壓服了，他絲毫不能體會竹貞的眞意。他說：

「這話你祇能拿去哄哄孩子！」

眼看着兩人中間用愛築成的長堤，已將近崩潰了，竹貞在無可奈何之中還竭力想做一個搶險的人！

「楓，你……你怎麽這樣不相信我？」她的聲音裏充滿着悲哀。

「我相信你，」呂楓望着那張會經偎在別人肩上的蒼白的臉說，「我相信從今天起你變了！」

「我希望你不要這麽想……」

「可是你做的事，不能叫我不這麼想。」

竹貞被逼得無法，打算將她的意思和盤托出，她說：

「你可知道我做這事的動機？那完全是因爲我時常想着你……」

「不錯！」呂楓冷笑，「你想着我如今是窮了！」

「楓……」

「以後我們可以各走各的路，到死我們再碰頭。」

呂楓拿起了一件舊大衣，挾在手裏，預備下樓。

竹貞追過來：

「難道你不能讓我有個解釋的機會麼？」

呂楓的頭也不回。

「你不必解釋，我早已明白了！」

這時他已跨出房門，匆匆地奔下樓梯。竹貞趕到梯口，連聲地喚着他的名字，他什麼也不理。竹貞望見他望後門跑出，聽見砰的一聲門響，簡直震動了她的神經。她還想再追下去，但兩腿已覺得痠輭，一不留神，摔倒在梯板上。她淒哀地痛喊了一聲，把廚房裏正在偷食的一隻野貓都驚動了；它回頭連聲地叫着，目光裏含有無限的詫異，似乎期待着有誰將她扶起……

受了洗禮的人們

長風

誰得罪我，我就從我的册上塗抹誰的名。現在你領他們往我所告訴你的地方去，我的使者必在你前面引路，只是到我追討的日子，我必追討他們的罪。

—舊約出埃及記第三十二章

不可背誓，所起的誓，總要向主謹守。

—新約馬太福音第五章

只是我告訴你們，要愛你們的仇敵，爲那逼害你們的禱告，這樣就可以作你們天父的兒子。因爲他叫日頭照好人，也照歹人，降雨給義人，也給不義的人。

—新約馬太福音第五章

一

暗紅色的禮拜堂，當紫葡萄藤爬滿屋簷牆壁，任憑在盛夏熱氣迫人時，禮拜堂內的禮廳中，老是飾上了一層陰沉沉的感覺。

這禮拜堂的歷史，是可以稱一聲相當的悠久了，由也歷年不變的修葺，使它沒有負上一點頹廢，破舊的樣子，它還像過去新建時一般。它沒有轉變過，它也沒有一點損毀。與禮拜堂同年建築的房屋有好幾十幢，中間因爲經過了無數內亂兵燹，依舊能保持不變的祇剩下寥寥的幾幢了。

禮拜堂所以會不變的原因，第一是由於時加修理的關係，第二是因爲禮拜堂由洋人建造的，就是在變亂時，也決沒有人敢搗毀它，所以這二點使禮拜堂的威信一天盛似一天，牧師尋得了這機會，向那人民羣中傳佈着教義。

牧師時常向人們游說着：「倘使各位皈依了上帝，上帝會永遠跟隨在你們底後首，遇有苦痛時候，上帝會使你們底苦痛變了快樂。遇有生命危險時，上帝會趕來救助你們……」

許多的人，被言語引誘着，被幸福的火花播弄着，他們都進了禮拜堂，受牧師的洗禮，做了上帝的信徒。

每逢禮拜天，當禮拜堂內的鐘聲，悠悠地擴散着向外的時候，禮拜堂前總是等候着許多正待洗禮的人們。

年青的孩子們，在洗禮完畢後，牧師時常撫摸着他們底頭顱，而且祝福地對孩子底家長說：「受了洗禮的孩子，上帝會保祐他們底身體永遠康健。」

洗禮的人們漸次變多了，甚至教會學校中的大學生們，也多半信起教來了。據說大學生信教有二大權利可享。第一，凡成績優良的學生得免去學雜費；第二，畢業後成績超特的學生，得由教會津貼留學費用。

馮敏容，他是S大學裏的工學院三年級學生，身材魁偉，富有刻苦剛毅的精神，家境頗爲清寒，爲了自己底讀書機遇不使中輟，他入了教，受那牧師的洗禮。

洗禮過後，他從此變了一個上帝的信徒，在每逢一個禮拜天到來時，馮敏容總是最先在禮拜堂裏禱告着。

時間消隱在無聲中，時間的累積，使馮敏容在教會中熟認了無數意志相似的教徒。

在這許多熟認的教徒中，他與S大學文學院三年級的女同學沈淑萍最接近，自從他們認識了後，差不多沒有一個禮拜天他們不是同來這裏的。

禮拜天的禮節終結後，他們並肩地走出了禮拜堂，就在門外一塊草坪上憩息着，偎依着，他們娓娓地談着衷曲。他們也橫臥在草坪上，頭仰向天，望着天空裏的白鴿在翺翔，在來回追逐。

有時候，他們也靜心細聽着禮拜堂內傳出悠悠的鋼鍵聲，那聲響是彷彿淒哀的旋律，纏上了他們底心頭，歡悅的心，慢慢地轉變了鬱悒，淒愁。

也有些時候，跟着鋼鍵聲唱出幾曲悵綿綿的悲歌，這是禮拜堂內傳教女底歌音。她高興時，無厭倦地彈着許多悲多汶底名曲。有時掃了興，她會在歌曲彈得正逗人注意時，疾然停止了。

當鋼鍵突然停止跳躍，她必定又回憶起過去了的幻影。在她底腦袋中，是烙上了很深刻的印痕，它不能使她忘懷，她在寂寞思索時，她沉默了，她喜歡單獨斜依在窗檽邊，癡癡地望着窗外自然的景物出神。

出神的原因，是她瞧見了草坪上的一對常在一起徘徊，喊喊耳語的人。

她有些羨慕了，然而羨慕使她底心變了更恍惚，空寂。空寂恍惚的心，她不能再按下去，她有些懷恨他們，她底腦海裏盤旋着一個想像：他們在譏笑我是一個可憐的失戀者。

呆望了長久之後，被草坪上的馮敏容與沈淑萍發見了，她又羞慚地避開了去。煩惱的心不能使她安寧下來，她又回到鋼琴邊，手指按上了鋼鍵，提高了嗓音，唱着一曲「藍空的秋雲」——

「藍空的秋雲，

我看不見你的逝去，

我摸不着你變幻的心理！

……………

你竟忍心別我而去，

親愛的，如今歡樂已遁走！

啊！給我留下的——

祇是些宇宙間的暗澹與淒涼！……」

二

每一個禮拜天的到來，馮敏容與沈淑萍總是在禮拜堂四週逗留了很長的時間。

所以，在多次的接觸中，他們與彈琴的傳教女認識了。從她底談吐裏簡單地知道她加入教會做傳教女是爲了她曾經受過了無限的創痛。然而她底苦痛，他底鬱悶，她自始至終沒有向他們坦白地訴說過。

不過，她底身世，她確是很清晰地向他們說過的。她是生長在一個極富有的家庭裏，她有着慈愛的父母，而且她也曾在大學校裏肄業過。

至於她怎樣離開了家庭，走出了學校來這裏度着那種寂寞無聊的生活，却沒有一個人能推測到。

從她美麗的顏面上望去，她該是活潑可愛的，然而並不，她無處不顯現着憂悒，她有些近於感傷者，她講的是低微的話語，他唱的是靜寂的悲歌。

她叫吳稺英，她自從認識了馮敏容與沈淑萍後，她底心似乎又起了微弱的波動，她底個性漸漸地起了轉變，鬱結的心，彷彿慢慢地鬆散了。

她與沈淑萍在一起時，地老是歡喜說些羨慕和理智的話：「你們多幸福，但是在幸福時可不要太瘋狂。愛情本是人生中的一杯甘露，它有時會滋潤你乾涸的心田，嚐得多了，它會轉變了成一杯苦液。」

沈淑萍碰到她說類似這種話時，她祇報以嫣然一笑，在她以爲：「愛是維護人類永久生存的，愛是不能一刻離開人間。所以愛愈深，快樂也愈多。」

吳稺英有些以爲不然，她現在是一個理智重於情感的人。她過去因爲泛用情感，結果纏上了無數苦痛。她又說：「愛固是宇宙間偉大的產物，但人們往往誤認了它，許多人在愛情上獲得了勝利，安慰，新生，但更多的人却因盲用愛情而致毀滅，頹廢，徬徨，所以眞正的愛是應該以事業作爲前提。」

她們一忽兒談這，一忽兒又談到那，沈淑萍是將大學畢業了，所以她們又把話頭轉到畢業後的準備是如何？

「畢業後，我或許可以向教會請求到一項款子，到外國留學去。」

沈淑萍畢業後的憧憬是這樣，她知道自己底學業與品性是比一般同學爲佳。

吳穉英同意着她底話：「是的，你可以享受一筆巨款，不過你應該向着你光明的憧憬邁進，你不能讓你自己停留在一個湍急的水流上，」

「畢業了後，我不擬馬上結婚，因爲女子一結了婚，就像有什麽繩子繫牢似的一點兒沒有自由。有許多人誤解爲愛情的頂點就是結婚，其實事業的成功才是眞正的愛。」

「淑萍，你將來一定會比我快樂。現在你得對上帝祈禱，因爲這些都是上帝所賜給你的。」

吳穉英在傳教似地對她說。

三

依據上年級會每年選派留×的名額，現已由教會中決定。沈淑萍是被選者之一，馮敏容却落選了，這消息是由牧師透露出來的。

馮敏容得了這消息，他覺得一則是慚愧，一則是憂鬱。他慚愧的是自己爲什麽不能同沈淑萍被選出國留學？他憂鬱的是假若淑萍出國留學了，他將在不久的將來失去一個愛人。他墮在苦痛之中，他憂鬱，他沮喪。

他那變態的心理，被沈淑萍漸漸的發覺了，然而她想不出一個方法來幫助他，她爲了想解除敏容底苦悶，她自己又無意落進苦悶的深淵裏去。

吳穉英也感覺他們之間，似乎起了一層隔膜似的，她感到納悶，暗地裏她向淑萍探問：「近來你變了，你爲什麽會變得這樣快？依理你是將出國了，你底未來正滿佈蓬勃的氣象，你應該快樂，你應比過去更快樂。但是你却變了這樣，難道你尙有無限的苦衷嗎？」

「是的，我有着難言的隱痛……」沈淑萍把雙手蒙住了臉，低沉地說。

「淑萍，在可能協助時，我一定不計一切來幫助你，請你告訴我，關於你底……」吳穉英帶着同情的口吻，握住了她底右臂。

「他近來變了，我知道他，他爲的是那留學額沒有被選入。然而這事我們又怎能挽回呢！」她放下了雙手，兩眼失望地瞧着稺英。

「的確，這是極難解決的事……」稺英沉吟了一會，微笑地說：「我想得了一個辦法……這辦法不知你以爲怎樣？」

「請告訴我！」

「淑萍，我首先問你，敏容底苦痛，是不是就是你底苦悶？你坦白的告訴我。」

「假如我不是爲了這，我也不再煩惱了。」淑萍直率地說了出來。

「那末你眞愛着他！」

「是的，我愛着他！」

「事情就好辦了，你倘能犧牲自己，爲着你所愛的人。淑萍，現在我替你向牧師轉言，請他向教會要求，把你底留學名額取消，塡補上他底姓名。這樣成全了他，却拋棄了你，你願意這樣做嗎？」

「稺英，就這樣去做罷，我是萬分願意的。」淑萍期期艾艾地。

「他出國了，這勢必要就誤你了。他出國的時間，是相當長久的，在這個時間中，你等待呢？還是你們先訂婚呢？」

稺英彷彿有些在替她担憂，然而淑萍却滿不在乎，她說：「出國，至多四年罷！四年，這並不能算一個漫長的日子。但在四年裏，我却可以自由地做一些事了。」

「淑萍，結婚是可以稍緩的，但是你們底訂婚，我以爲最好能在他出國以前。」

「這是不生問題的，反正我們受過洗禮的人，祇要在教堂中有一個牧師證婚就是了。」淑萍主張訂婚是應該簡單而不必誇張。

「那我等待着喝你們底訂婚酒了！」

稺英笑着說，但是這笑却很有些含着寂寞似的苦笑在裏面呢！

四

馮敏容在出國前的一星期裏，他與沈淑萍訂婚了。

訂婚的儀式是非常簡單的，爲着他們兩人都是聖教徒，所以祇由牧師和律師二人出席證婚。律師的證婚是法律上的關係，牧師却是代表了上帝爲他們宣誓。

馮敏容底臉上常露着微笑，他知道這一次的出國，責任是非常重大的。他不能辜負淑萍愛他底一片至誠心理，他也不能輕易忘掉教會撥款給留學的學生是希望他們回國後有所造福人羣。他底心被激動了，他想到這次的徼倖出國，全是淑萍與稺英所給他幫助的，他對淑萍更愛戀了。同時他對稺英底不幸遭遇，在教堂裏度着那枯寂的生活，也有些悵悵的愛憐着！

時間慢慢地從間隙中爬走，離開馮敏容出國的日子，祇剩一天了。淑萍在替他收拾行李，稺英也在旁邊幫湊，他們底心緒亂極了，收拾了這件東西，又遺忘了那件東西，匆忙的整理，使他們底汗液流下了背浹。

晚上，教會中又有那餞行留×學生的筵席，席間，牧師又說了些祝福他們此去鵬程萬里的話，他們感激地領受了。

過後，大家告辭地走出了教堂，馮敏容與沈淑萍踏上了寂寞的樹蔭道，躑躅地，在向歸途走着，走着。

心，有些兒煩躁，夜的風，帶着一些薰熱，飄拂到臉龐上，他們感到一些煩悶的舒暢。

該說些什麼呢？敏容和淑萍相互靠近了，淑萍底頭低垂着，鬢髮上的油香，飄進了敏容底鼻孔，他被逗弄得沉醉了。

「淑萍，明天這時候，我已乘了海輪在大洋中飄航了。」敏容伸過手，輕輕地按在淑萍底腰部，言語很有些落漠的樣子。

「別記掛我，敏容，別離時，你應該沒有一些兒留戀。」淑萍微仰着頭，低聲地。

「我出國了，我一定時常來信給你，請你放心罷，我決不會辜負你對我一番的愛戀。」

「但願你能這樣……我想上帝一定也會祝福你成功的。」

燈光從窗戶中漏出來，照着擊動的桐葉，照着他倆寞寂的陰影，照着漆黑的柏油路……燈光是澹淡的，昏黃的。

夜漸漸地深了，敏容和淑萍迂緩地走向回家的路上。那路更變了冷穆無聲，偶爾也有一輛汽車帶着輕快的摩擦聲滑過，留下一些開胃的汽油味兒。

跟着這味兒消失時，突然傳來了縷縷歌音。粗聽上去，似乎熟稔；仔細再聽，却顯了悽惻，悲愴！

「啊！這是『藍空的秋雲』！」淑萍驚訝地呼喊了出來。

「也許又是稺英在彈唱了！」

「她太寂寞了，年紀青青的遭到了這無情的磨折。」淑萍悲歎着稺英底處境。

他們轉過灣，離敏容底家更近了，歌音也更清晰。淑萍調頭向敏容說：「稺英等待着送你遠行了。」

「哦！」

跟着這聲音飄出後，他倆底背影也消失在夜色裏了。

五

第一函

「……我已平安抵達×國，請你別再懸念。……海輪離碼頭駛行時，我站在甲板上，向着糢糊的一條祖國海岸悵悵地望着，我瞧不見你和耀英，我知道從這時候起，我們遠離了，我開始領略到一些人生中別離的况味。……」

第二函

「……出國才三月，我底心却無時無刻不在鬱結煩悶中，心緒太錯亂了，主要的原因，還是我沒有習慣生活在這環境裏……」

第五函

「……你體貼，你又溫淑，你愛我如許深，我了解你，我認識你，唯有熱誠的愛你，才是我眞正的幸福……」

第八函

「……每次收到你底來信，時間總是隔了長長的；時間是我們間的枷鎖，時間使我們相互苦悶繚亂，然而長遠的時間，我們還得耐守。……」

第十四函

「……近二月多沒接到你底信，那時候我眞望眼欲穿，你是也知道等信的滋味是那麼的無聊苦惱，然而你底來信却是一分一分的遲緩，我不知道幾時快樂的情緒，溶去了鬱惱。……」

第十六函

「……出國一年餘，遙遠的空間把我們分隔了，但我們間的愛情，是沒有一分一秒隔掉。你那聖潔的心，摯熱的靈魂，上帝創造得你這般活潑美慧。我愛你，我永久的愛着你！……」

第十七函

「……我們團聚的日子近了，淑萍，你等待着罷。長長的時間在縮短了。遙遠的空間彷彿也在接近了；眞的，到那時，我們一定要高呼：『從今以後我們不再分離，不再離散！』……」

第十九函

「……美麗的憧憬使我們隔得遠遙的，然而現在這憧憬已將變爲現實了，淑萍，你知道了你那時候的心理是應該怎樣？……」

第廿一函

「……信收到了，你責備我爲什麼遲遲的給你覆信。是的，我最近很少給你信，但是我告訴你，我現在的功課，眞忙着呢！淑萍，請你原諒我。……」

第廿四函

「……淑萍，你來信又怪我最近的幾封信寫了太潦草，太簡短。你疑心我在外患着病不告訴你嗎？不，我沒有患病，我是好好地在這兒，請你放心。上次信中，我似曾告訴過你說：這裏現在很忙碌。……」

第廿六函

「……淑萍，離開晤面的日期更接近了，到現在爲止，祇有半年了。半年，這日子並不能算悠長，祇要轉眼間，那日子就馬上到來了。淑萍，我附帶的告訴你一件可喜的事：我在這裏生活得很快樂，半年之後我或許就是一個博士了。……」

第廿九函

「……這封信是我上M輪前一星期發的，也許在你接到這封信時，我可以回到祖國的懷抱裏了。我愛祖國，我愛祖國的人民一種淳樸的習氣，我愛祖國的土地沒有一些誨淫的腥羶氣，我願意永遠不離開她，我更願意在她那一片廣漠的土地上，用鮮紅的血，灌溉孕育出美麗的果實來。……」

一連串從×國寄來的信，沈淑萍反覆地在瞧着。她底臉色忽兒呈現了灰白，忽兒又變了憤怒，她底內心，滿是蘊藏了那些鬱悶，煩惱。一封封的信，彷彿等於一枝枝的箭刺痛着她，鞭擊着她。她暗地裏偷泣着，她底內心，漸次由溫淑而轉變了暴躁。

她斜躺在沙發上，蒙住了臉在追憶：看她底樣子，似乎很願意重返到那過去了的境地生活着。那消逝了的事雖然很有些充滿了美韻歡樂，但是在最近馮敏容返國後的一月以來，她底生活，却洋溢着一種失戀者的感傷的悲哀。

她似乎把自己底整個前途，看了極渺小，極輕淡，她記起了吳穉英對她啟示的許多話，她現在才覺到她底話是準確的。

用一杯過甜的咖啡，來比喻那愛的濃度，是最適合不過的，人們嚐了太多，它會變成了苦液；嚐了較少，它會使人變了興奮。

人生中的一切情事，總是相對地在進行着，歡樂的時候，已潛伏了悲哀的因子，所以沈淑萍底悒鬱，苦痛，也就是自然的賦予。

鬱悒，窒息的空氣使使她忍受不下去，她須要高度的刺激，她須要復仇般的憤怒來洗去她內心的創傷。

她不需要什麽來安慰了，她以爲在這世界上，她已消失了那火花般的希望。她願意一輩子過些清冷的生活，祇要她那仇視的人跟着她一般的生活在沒有春天的角落裏。

心已堅決，她把馮敏容所寫給她底信，一封封燃點着，燃點着……她更無情地望着這許多將毀滅了的信件，讓它變了灰燼。

「以前我是愛他的，現在我是變爲恨他了。」寂寞的時候，她想着，想着這些話。

「然而爲什麽要恨他呢？」她也時常這般幻想着。「凡被我愛着的人，我不應再恨他。我是一個聖教徒，我應該遵守上帝底約言，爲那對我不仁的人禱告。」然而這些思潮，却不能掀去她懷恨的心理。

矛盾的心理起伏在她底腦海裏，她被感情播弄着，她失去了內心的主宰。

每逢矛盾的心理苦惱着她底時候，沈淑萍總是到教堂裏去找吳穉英談話。在這幾年來，吳穉英確是她唯一的良伴，吳穉英也需要她，因爲在她那寂寞的人生中，她迫切地也需要着安慰。

「淑萍，你得原諒他，這是你底寬懷高超的人格的表現。至於馮敏容，他背了誓，在國外愛上了一個女留×生，上帝一定會給他處罰。我們是聖教徒，我們不能仇視他人。淑萍，你還記得嗎？馬太福音有過這樣一段啓示：『只是我告訴你們，要愛你們底仇敵，爲那逼害你們的禱告，這樣就可作你們天父的兒子。因爲他叫日頭照好人，也照歹人，降雨給義人，也給不義的人。』你用你自己底理智抑止住情感再思索一會罷！」

淑萍與穉英商談着，穉英總是這般勸解着她。

然而勸解並沒有效力，淑萍老是不甚同意着她底話。

過後，淑萍想出了一個辦法，她要求教會對馮敏容的背誓，有一個適當的制裁。

六

教會爲了維持固有的尊嚴，同時亦爲了不使一般教徒對教會失却信仰。教會中的負責人向馮敏容作警告了。

警告是這樣的：「馮敏容拋棄了吳淑萍小姐，沒有一些悔悟，又熱戀上蔣女士，教會將撤消其學成後之資格，並且聲明他背叛了上帝。」

馮敏容知道了教會對他將採取這種步驟，他感到萬分的惶恐。因爲這次他返國後，職業的介紹是由教會替他設法的，教會一旦撤消了他底資格及職業，他將被生活煎迫着，他那理想中的生活，將趨於幻滅。

他也知道教會有了這表示後，是決不肯輕易收回成命的，除非沈淑萍能夠有原諒他底時候，他才能恢復了過去的地位和事業。

馮敏容自己在想，到淑萍那兒去請求她饒恕他底罪過罷！淑萍決不會答應，就算她答應了，她也決不會同他結婚。

他思索不出一個妥善的辦法來，他這時候的心矛盾極了。被他愛戀上的蔣女士，她引誘着他，使他不能離開她。

另一個矛盾的心理在躍起了，他不能沒有良心，他現在所有的地位，都是淑萍讓給他的，良心在譴責着他，他對蔣女士底愛似乎又有些動搖了。

然而擯棄了蔣女士而再把愛移向淑萍，淑萍必定不會接受他底愛了。他有些絕望，他懊悔當初愛了淑萍後不應再愛蔣女士，可是這懊悟似乎太遲了些時候，他墮進了苦痛的陷阱裏。

環境迫了他沒有路可走，他硬着頭皮，去向淑萍要求原諒他。

馮敏容去淑萍家裏的時候，淑萍和穉英正彈唱着一支三年前常常聽到的「藍空的秋雲」。

馮敏容聽了這歌聲時，他有些欲言又止，躊躇不前的樣子。他底心緒紊亂已極，他對淑萍懷着一些懺悔的心理，他更記起了馬太福音裏的幾句話：「不可背誓，所起的誓．總要向主謹守。」，他底身體漸漸地像在癱軟下去。

他現在懺悔了，他明知道懺悔了也不可挽回這僵局，然而他內心却起了自譴的波動，他在默禱，他希望他與淑萍間的裂痕，不再分裂開來。

理想與事情却很多相背而馳。馮敏容向沈淑萍請求原宥的事，是被拒絕了。

當馮敏容輕聲地走進她們彈琴的屋子時，他突然痛苦地出聲喊着：「淑萍，你能饒恕我嗎？」

「你還會來這裏嗎？哦！過去就算它一場夢罷，現在是夢醒了，我已不願意重復再扮那悲歡的夢了。……」淑萍迴避了敏容底視線，低垂下頭，鬱結地說。

「淑萍，我懺悔了，一個受了良心責備而懺悔的人，需要的是能夠贖去他的罪愆。淑萍，你不能饒恕我嗎？」敏容重復懇切地要求着。

穉英在旁邊看不過，也插了一句：「過去的事，讓它死了罷！淑萍，你接受了他底懇求罷！」

「噢！穉英，我不願我自己再墮入那苦痛的深淵中。」淑萍止住了自己底悲哀在說着。

「那末淑萍，你是不能寬恕我了。」馮敏容底聲音，有些近於顫抖了。

「你是向上帝起誓的，所以你背了誓，你也得向上帝請求饒恕你。」

「是的，我須要上帝饒恕我，但是我也需要你來饒恕我，因為教會對我底制裁，是你不能饒恕我才這樣的。」

靜默了半嚮，淑萍又啓口了：「我可以要求教會撤除制裁，我也可以答應你同蔣女士結婚，但附帶有一個條件，這是你必須向我主謹守。」

「請說罷……」

「我要求你明天在上帝面前起誓，誓言是：『在沈淑萍沒有找到適當的對象結婚時，馮敏容不得與他人結婚！』你倘能這樣做，我什麼都依你。」當沈淑萍說完這話的時候，馮敏容鬱結的心似又開張了。

「就這樣決定了吧！」

「好！你記住──明天，明天九時是你同我和牧師在禮拜堂內向上帝起誓的辰光！」

七

距離馮敏容在禮拜堂中起誓的那一天，已整整有二十年了。

禮拜堂雄偉的氣概，仍沒有一些轉變，爬滿在禮拜堂牆外的紫葡萄籐，也綠油油地滋長着，表面上它是沒有變，然而多年生草本的植物，由枯落而到新綠，由新綠而到枯落，中間確也有着無數滄桑的變幻。

人在這二十年中，老的謝落了，年青的變成了半老，壯年的代替了老年的。……禮拜堂裏的傳教者也是這般的在演變。

吳穉英本來是一個年青而美麗的傳教者，現在變了很有些蒼老了；沈淑萍本來是一個純潔的聖教徒，二十年後，她也變了一個蒼老的傳教者。

沈淑萍在這漫長的二十年中，她沒有結婚，她也沒有找到相當的對象。不，這樣說她還不大適當，她自始至終，保持了緘默，她沒有走進戀愛的圈子裏去。

有人常這樣問她：「你不能不結婚，不結婚你連累了馮敏容。」

「我須要找到像馮敏容那樣的對象，我才結婚。」沈淑萍總是諷刺的回答着詢問的人。

吳穉英也深深地同情着沈淑萍底遭遇，因為她過去也是同樣地受到他人底拋棄，她們是一對同病的失戀者。吳穉英在沈淑萍憂愁交加時，她方始坦白地訴出了她以前的鬱悒，安慰着她：「淑萍，你安靜一些罷，從前我也是這般的，苦惱不能使我發泄，我聽信牧師底勸告，我洗禮後做了一個聖教徒，那時候，我底內心充滿了憤怒與愁恨，然而過了相當時日，自受上帝底啓示後，漸漸的我沒有了恨，我也沒有了眼淚。現在我平庸的心中，祇剩了淡漠和冷靜！」

「穉英，我依你底話，從現在起，我不再流眼淚，不再有恨……然而在我與馮敏容起誓時，我不能沒有恨，我不能沒有眼淚。過去的事，我有着那錯誤的觀念，現在我明白了，我是一個聖徒，我決不能用報復的手段施於那逼害我的人，使他遭類似到我的處罰，我願受上帝底處分。……」

沈淑萍底情感漸漸冷靜了後，她懺悔了，然而懺悔已太遲了，她已漸漸地變了衰老了。

循着時間在慢步的走，禮拜堂裏的晨鐘又在響了。聲音像淒怨，哀愁，落漠……自遠飄來，近了，近了，忽兒又消失得無影無蹤。

它似乎啟示人們——偉大的愛決不是偏狹的。愛你們底仇敵，要像愛你們底戀人一般。

廢名詩抄

廢名

偶成

行樹之影，
古今之身，
又是小孩子的塗鴉，
又是女子的夢幻，
却在明月之下，
却是傷感的顏色，
聲音也不落在畫以外了。

亞當

亞當驚見人的影子，
於是他就悲哀了。
人之母道：
「這還不是人類，
是你自己的影子。」

柳雨生論

譚雯

散文向來是中國文學的正統文體，古代如此，現代仍舊如此，將來或許還是如此。這裏所謂散文，當然是除開了小說說的。小說雖然也是散文的一體，但牠到了近代，早已脫離了散文的系屬地位而獨立。所以現在論散文，可以不必說明小說必須除外，望文生義，便知所謂散文也者，只是一種和小說站在並列地位的文體。

人類對於一切事物，都有不相同的主見，文學亦然，於是產生了許多殊異的論爭，紛歧的系派，但是說來說去總不容易跳出兩個大圈子，就是「爲人生」和「爲藝術」；前者在中國稱爲「載道」派，後者稱爲「言志」派。這兩派在過去文學史上各有其成功，在現在文壇上也各佔着勢力。但我以爲在「載道」「言志」之外，中國文學還有一種從作者秉質上產生的極端歧異。不問是載道的或言志的散文，牠們還可分爲學問的和天才的兩種；前者是學者的文章，但不是學術文章，後者是天才的創作，但不指小說和劇本；前者多分由修養上得來，後者多分靠着自己的天才；前者富於國家觀念，民族意識，後者却反對因襲而富於創造精神。

近幾年來，爲了時代和環境的轉變，文學又走上了荒蕪衰落的路，如果嚴格一些說，在我們這裏，簡直不曾產生過一篇有着久遠的生命的文藝創作，文體無論其爲小說或劇本，內容無論其爲「爲人生」或「爲藝術」。這句話在某一些人看見了必定要認爲是過苛的武斷，但在我却可以不必另外再作解釋，只要加上一句這樣的答話：「你說有，請你舉出來！」因爲一篇被稱爲有着久遠的生命的作品，牠的內容不是言之有物（載道），便須言之有情（言志），牠的技巧必須相當熟練，自成一種獨特的風格。總之，無論內容方面和技巧方面，都必須有作者自己的個性。否則如學生作文，即使怎樣有刺激，有趣味，不過是好的作文而已，有什麽文藝價值可以稱道？

但是在散文方面，却並不如是。這是一個很顯明的事實，在目前，幾乎不會有過一種值得一讀的純文藝刊物，但却有好幾種受到多量讀者歡迎的散文雜誌。在這裏面，言志的散文却高過於載道的散文，而學者的言志的散文也比天才的言志的散文爲成功；前者可以以本文所要論的柳雨生和紀果庵、班公、實齋諸君爲代表，他們的作品都名重一時，後者除了蘇青女士之外幾乎沒有第二個人有値得一提的資格。然而蘇青的文章，却在載道和言志之間，也還不是一個純粹的天才的言志的散文作家。

第一次看見柳雨生君，便使我像讀了他的文章就會聯想到周作人先生一樣，頓時腦中便立刻浮起李小峯君的影像來。這兩位我早知道他們是北京大學的先後同學，而且都和周作人先生有着師生的關係，只不知道在他們之間有沒有發生過什麼關係。我的所以看見了柳雨生君便會想起李小峯君，完全由於兩位對人和談話的態度十分相像這一點上。和靄的神情，懇摯的禮貌，遲緩而眞誠的談吐，使人對着，即使你是初次相見，便好像面對着一個已有多年交誼而極親切的知交一樣。雖然李小峯君不是一個散文作家，但他那寫給朋友們的信，詞句冲淡而熱情，文體整齊而不草率，正和柳雨生君有着相同的風格。還有一點，李小峯君在事變後由北新書局的協理升爲經理，而柳雨生君現在也是太平書局的一個重要負責人，由於地位的相同，更不由我不把他們倆聯繫起來了。

柳雨生君的散文，很受周作人先生的影響，這話似乎早已有人說過。但我以爲，除了天才的言志派的散文作家之外，現代的多數的散文作家都是和周作人先生有些關係的，尤其是北大出身像柳雨生君那樣的人。但他們究竟也有着不相似的地方，筆調同樣富於情致，但是周文冲淡而柳文溫厚，周文蘊藏而柳文顯露；這大概是因爲年齡的關係，周先生現在已到了心平氣靜的老年，而柳雨生君還沒到「摒除絲竹」的中年呢！

我好久神往於柳君的第一個散文結集「西星集」，可是在最近才開始讀到；同時又讀了他的最近的結集「懷鄉記」，和好幾篇散登在各種期刊上而沒有正式結集（但集名已見之廣告）的短篇小說。在這兩者之間，我嗜讀他的散文愈於他的小說，雖然我知道作者自己却頗「愜心」於後者的；同是散文集，我愛「西星集」却愈於「懷鄉記」，這自然是爲了他那「封神演義的作者」一文，對於我這個愛好研究通俗文學的人，感着別人所感不到的親切有味的緣故。

「封神演義」的作者向來不知爲誰，自從孫楷第先生到日本東京去在內閣文庫看到了明末舒文淵刊刻的鍾伯敬（這自然是假托的）的評本，在卷二第一頁上發現了「鍾山逸叟許仲琳編輯」的一行題署後，從此大家都認爲是許仲琳所作。約在事變之前不久，孫楷第胡適兩先生在「傳奇彙考」裏「順天時」的解題中，發現稱封神傳係道士陸長庚所作，再由柳君爲之考證，陸長庚（名西星）作封神傳一事，遂大白於世，而前年拙作「小說作者的雙包案」一文中，也將此說採入。此外，趙景深先生等也屢有文章討論，可見這件事的發現，在治文學史的人看來，是件近年來怎樣難得的重大的發現了。可是如果沒有柳君那篇考證文章，恐怕我們對于這事至今還是茫然呢！

同是散文集，西星集所收，比了懷鄉記爲複雜，除了我們所謂散文之外，有學術文章，有翻譯文章，還有一篇小說，懷鄉記那麼純粹是散文。西星集中我所愛讀的文章，還有關於「老殘遊記」的兩篇（一譯一作），雖然三篇教書術也不壞，因爲全是作者自己親身體驗有得之言，可以供給教育家做參考。懷鄉記作於西星集之後，篇幅較多，內容也更充實，不能不說是後來居上；所以就文論文，我們也不能不以懷鄉記做他散文的代表。

在懷鄉記裏，作者自己却頗重視那題作「懷鄉記」的幾篇。在序文裏他這樣說：

> 「懷鄉記」共包三個短篇的散文，因爲三十一年冬天和去歲八月，我曾兩次之東，所見所聞，都順手記下了不少，故而把它們輯錄在一起，且以之名書。我深信除了作者本身，別人是不會明白此中有眞意，欲辨已忘言的。愛讀它的人們可以觸摸到它蔭翳的清處，可以熟諳了作者的寂寞和心苦。…………

照通常的慣例來說，作者既以「懷鄉記」爲其集名，那麼當然自己是歡喜那幾篇東西的。吉川幸次郎氏以「細膩親切」評其「異國心影錄」（懷鄉記三篇之一），我以爲這就是作者所特有的風格，不僅是一兩篇文字這樣。我個人所最愛讀的，倒是那幾篇懷念他母校「北大」的「漢園夢」和「再遊漢園」，讀了這幾篇文章，使足跡從來不曾踏到過北平的我對於這所全國聞名的最高學府也不禁悠然神往。作者寫來除了充滿毫不見世故的人情味外，還極多別人文章裏少有的眞切感。下面便是一段使我讀了感到十分舒服的文章：

> 在這個大學裏面，這幾十年來所產生的特出的人才——如果也像其他各校標榜的所謂人才的話，——那麼，它所已經產生的能夠獨當一面的「要人」，也決計不僅僅限於區區的古語所常說的車載斗量。其中，有的已經是官高極品的長官，雖然在校內大約最少得人崇頌，也已列爲黨國名人。有的也是大學校長，駐外使節，實業巨擘，文壇名流，列爲一二三流的知名人物。又有的竟然因着事業的不幸，羅網的

株連，熱血的沸騰，成了著名的烈士；或環境的惡劣，人事的蹉跎，變爲落伍的蠹蟲；甚或時移歲改，不知所終的，詳細的統計雖然不易獲得，想來也不止三萬五萬，這些人也都曾經在報紙的要電欄裏，排過或消失或大或小的鉛字，記載過多少的新聞。然而奇特的是，在這個俯拾卽是「要人」，同學多半不「賤」的古城老學府裏面，很少——我甚至於想說沒有——人會引以爲榮的提起上述的任何一班人的「光榮」的或「偉人」的史跡。就是在學校裏，當着胡適之或顧頡剛的面前，也不會有一個學生走上前去，說上幾句應酬恭維他們的客套話，更從來沒有聽見過張口「院長」閉口「主任」的稱呼，雖然他們的名字在別處也許會令人心醉。……（二一三頁古城古學府）

夠了，夠了，再鈔下去太佔篇幅了。可惜時光不能倒流，青春不可復駐，否則我倒很想也「負笈」前往，和這個超然物外的最高學府發生一度因緣，爲我個人的歷史添加光澤。我們再來看看他筆下的北大教授和「黌舍」：

北京大學的教授們的生活，也不莊嚴，也不枯燥，只是一種合理的修養和不斷的增加學問的總成績。近年以來，雖然劉半農，黃節，錢玄同先後都相繼逝世了，可是沈兼士先生的文字學，唐蘭先生的甲骨金石，羅常培，魏建功先生的語音聲韻，余嘉錫，趙萬里先生的目錄版本，胡適、鄭奠、羅庸先生的文學史，孫楷第先生的小說史，顧隨先生的戲曲，如果不能夠被認爲是代表中國的最高的權威，那麼，你應該告訴我誰是比他們更好的。這單是指的中國文學系。史學系呢，近年逝去的孟森，不但他的常州官話永遠的嵌在我們的腦裏，他的清史考據的偉大成就，他的道德信仰，正氣磅礴，又誰不感到欽仰，興奮。除了孟心史先生外，史學系還有陳援菴，錢穆、毛準、鄭天挺、蒙文通、姚士鰲；哲學系呢，湯用彤，熊十力，周叔迦，……；如其不是在「此地空餘文化城」的北平，如其不是在絕對自由絕對幽靜的北大，這許多實大聲宏的學者又怎樣能夠緊壓着各人的心情，在同樣的一間客廳裏面靜聽學術論文的宣讀報告。……（一九頁古城古學府）

如果你是懷着一顆遠道「慕名」而來的誠心，已經在廣州的嶺南大學，武昌的武漢大學，或杭州的之江大學住了一年，負笈遠來投奔各校轉學的話，那我眞不敢想像漢花園——北京大學第一院（文法學院）——給予你的第一個印象或打擊，將是怎樣的慘酷，無情和冷淡。漢花園的建築，外表是堅實的，不過也已經滲染着一種風吹雨打的色彩，很容易叫你引起和陋舊，保守，陳腐，甚至於齷齪……想像的聯念。盤花色式的舊鐵門常開着，門上並無可以使你認明不誤的招牌。那一塊棕黑色硬木白字直書的長條匾額：「國立北京大學第一院」是掛在順着水泥從走進去的紅樓廊下的圓石柱上面的，字跡很是黯淡，好像同仁堂樂家老藥舖的仿單一樣，外行的人絕難認識明白。……（二一三頁漢花園的冷靜）

此外他還詳細的寫出一般的學生生活，以至學校的一切動態。我從來沒有看見過一篇追寫關於一個學校的種種方面的文章，像這樣深刻有致，而感人這樣有力的，這座大學府和寫大學府的人都將因是而永垂不朽。

在懷鄉記裏，還有許多簡短隨筆式的文章，寫來也不壞，但我却最歡喜「表哥書」（作者時常歡喜用「令人意想不到」的突兀的題目，這便是一個最好的例），作者在序文裏說：

> 止於「表哥書」那樣，則是有一點兒骨梗在咽，不吐固然不快，吐了知道又有別人感到頭痛，偶把宋代的留聲機片開唱一番，反覆重迴，那是因爲它尙不爲人注意，因而要求警醒的緣故。不過這也許無用，並且我怕也太遲了，唯之與阿亦如後之視今，雖然這裏仍舊不妨略加一點說明。

凡是「吐骨梗」的文章，在一般人（我自己也在內）的筆下，多少總含着一些火氣，或者索性出之以幽默的口吻，然而在作者，却和他寫其他的文章一樣，仍是一味冲淡得很。他這種態度，正和從前人頌贊作三百篇的詩人們的態度一樣，通體是「溫柔敦厚」，而一部分却是「怨而不怒」。我很希望作者能夠多寫這種「溫柔敦厚」「怨而不怒」的文章，如果有着好材料的話。

浮誇在某種社會的人事上有着廣大的用處，甚至可以用來達到個人理想的收穫，但是在文章裏却不許你這樣。而且在文章裏單是消極的戒除浮誇還不就算數，尤須積極的出之以眞誠的態度。凡是感人最深最有刺激力的文章，作者的態度一定是挺誠摯挺眞實的。我爲什麼會對於作者所寫的「北大」那樣神往，最大原因就是由於「眞實」，他不是專誠放在嘴裏說說，或只是在字面上寫寫的，就在作者自己不注意的瑣小的場角上，也可以體味出來，例如：

> 我在鼎鼎大名的文字學專門權威沈兼士先生的課上，連睡了三星期的覺，因爲他也用了同樣多的時間繼續了他的，連說話的層次程度語句都並不更易，做學問功夫首重「因知勉行」的訓辭。（二五頁漢花園的冷靜）

他對於自己既不諱言到這樣子，那他寫別人別事當然更無用其諱言與虛飾了。

因爲作者不是一個「載道」的散文作家，所以在他的文章裏發現不出他的有系統的或是比較近于完整的思想來。只是偶然的在「風雨初談」一文裏，發現了一些作者對於「人生」的非抽象的看法：

> 在陰雨濛濛的季節裏，悶坐在市樓的一角，看完了自己愛讀的幾部書籍，正待蘇散一下精神的時候，忽然你的太太端上一碗熱氣騰騰

的魚片粥來，這個大概是沒有方法拒絕的罷！許多人侈談精神，不重物質，有的人却又相反，菲薄精神。這原是一柄兩面鋒的利刃，自古迄今，原有許多場官司。不過我的意思，則以爲此種爭端大可免掉。精神的飢餓和物質的需求，本來並不會衝突的，他們祇是相利的，一貫的。不過每一方面，都不必太苛責就是。一位普羅列塔利亞渴望吃得一碗好粥，吃到之後就歡喜贊歎，這就叫人生。（五八頁廣州的吃）

這不脫是調和論者，中庸主義者的人生觀，但却是眞正的道地的中國學者的人生觀。但決不是像那些固執的腐化的，而沒有一些世界觀的自以爲是儒家的繼承者們所說。（我常以爲如果這些盲從迷信，實際上毫沒有學識的僞儒教徒不打倒，眞正的中國文化有將被他們牽累到完全消亡的可能）這種人生觀在一般有修養的中國學者和文人中是很普遍的。

在最近，作者似乎已不大寫散文，而很努力於小說的創作。已發表的有「排雲殿」「日麗天和」「鬼吃記」「栗子書」「髮神記」「人懷記」「霧」「撻妻記」諸篇，其中我最歡喜讀的是「排雲殿」。這篇小說大概還是作者在香港時所作，他在一篇旅行隨感的文字（此文沒有收入他的散文集，見「雜誌」復刊第十號）中曾提到過牠：

回到珠的寓所，已午後四時了。這是惆悵離別的時季，心裏的難過，非常難排遣。我告訴她，我在香港「大風」半月刊曾作中篇小說「排雲殿」，其主角就是你。

在這篇文章的全篇裏，作者公開地告訴我們：他在某城有一位他的心裏所時常懷念的「善女人」，他稱她做「珠」，不幸她已做了未亡人，膝下僅有一個十齡的孤兒，在他們中間，有着崇高聖潔的感情。在下面一段文字裏，作者更坦白地寫着：

我永遠的愛慕着珠，她是我的複雜的腦海中永遠牽掛着記憶着的一部分。雖然這天我總共沒有和她單獨談話超過一點鐘，可是這一點鐘，不能夠不認爲是我一年來比較很愉快很安慰的許多一點鐘裏的一次了。我想起了李易安，我面前幻現着那位風華絕世的女詞人。我想起了沈從文的小說「綠的夢」，那裏面的情境，正和我這時的心靈彷彿。

這位絕世風華的女子，不正同「排雲殿」的女主角居佩青的遭遇一樣嗎？「排雲殿」裏的阮鳳書，那就不用說，當然是作者「夫子自道」了。但是小說總是小說，小說中的人物雖有模特兒，但決不能「膠樹鼓瑟」，一樣一樣去「按圖索驥」。我相信「排雲殿」的女主角，果然如作者所說，「就是你，」但是事實却不一定全是事實。不過因爲這是一篇作者寄寓他眞情實感的作品，所以在我所讀到的他的全部小說中，不能不推爲「白眉」。就是他後來所寫的各篇，其風格，其技巧，甚至其思想，總不能超過這一篇所寫。他寫創作小說，心理描寫是他最所擅長，尤其是寫女子，有別位男性作家所沒有的體會。我們看他寫居佩青寡居在母家時的一段：

院子裏沒有旁人時，她不免輕輕的歎起氣來，沒有回聲，更無人答應，倒是天空時常發現一羣一羣隔壁人家喂養的白鴿，在空際飛翔時，鴿翼飄飄的閃着一片銀光，又帶着音樂的哨子，一會兒翻高，一會兒落低，慢慢的就飛遠了。對着這一羣鴿子，佩青倒也歡喜看，覺得總比空望着單調的白雲藍空要好一點，她也說不出什麼原因，只是儘對着它們悵望。

空虛，寂寞，孤獨，絕望，……的情緒，像蛛絲樣的在作者筆尖下綿延地吐了出來，但在文字上沒有着下一絲痕跡，這是作者獨有的風格，也是他在創作上的成功。

寫到這裏，忽然使我想起「髮神記」裏一段，也是作者的自白。「髮神記」的女主人公之娟，她的性格，她的言論，都是非常的眞率自由的。你看，之娟是一個新近和她丈夫離了婚的女子，而且很懷念她和他所生的孩子，她又在火車裏直言談相地對她的朋友京生說：

「我現在又要說老實話了。女人實在是歡喜壞男人的。聽說某人的私生活很浪漫，某人有許多女朋友，總比說是去會晤一個道學家來得動人得多呀！」

這還用得到什麼「考證」和「索隱」嗎？一位豪放不羈的智識女性的輪廓，不已刻劃得不必再加什麼渲染已經夠明白了嗎？爲了她和他談到他婚前有沒有跟別人戀愛，於是乎京生自述道：

「………我返到北方進了大學，因爲學校的宿舍太陰黯了，就寄住在胡同的小公寓裏。公寓的主人有一位小姐，年紀不過二十多歲光景，出嫁後不到一年，忽然丈夫死了。新寡之後，她又返到公寓裏去獨住，鬱鬱寡歡，眞是最難排遣的了。她曾受過舊式的高等教育，當然不會有什麼越禮的舉動，不過大家相處得久了，自然而然的也有一種親切的感情。我在當時是時常以愛護她的人的地位自居的，結婚？不要說她的舊禮教的環境是不可能，就是我自己的環境也不允許。那麼怎麼辦呢？當我想到我怎樣遏制自己感情衝動的時候，我就要咒罵所謂精神戀愛的無聊和痛苦了。精神根本就是肉體的。直到現在，我們分別也快十年了，雖然大家不能夠時常聚晤，我的心裏却時常覺得，她一定是懂得我瞭解我的人。」

這，我想不多囉嗦了，關於「排雲殿」的主角的「考證」和「索隱」，就此一馬帶住吧！在「髮神記」裏，作者還曾吐露他的戀愛觀，就在上引一段文字之後，京生在火車中繼續對之娟說：

「我漸漸的明白，漸漸的才相信，一個男子的愛人如果說只有一個，並且只可以有一個，那就是他的妻，那是假的，並且是虛僞的，也不合理。……我跟金蓉的結婚，不也是經過一番長長的奮鬥的歷史才獲得圓滿的麼？我相信她純潔的愛我，我純潔的愛她，從開始戀愛的時候起直到今天，我們的熱情還始終是活活潑潑的熱烈奔湃的。可是，我在認識她以前，我們都有過旁的愛人。如果我們眞是愛過他們的話，我們怎麼能說，我們現在不在愛他們了呢？又譬如我，結婚之後已經五年了。我再遇見旁的女人，我還是要愛她的，並且如果我曾經愛上了她，我也會永遠愛她的。實際上我已發現了好幾個這樣可愛的女性了。她們認爲可以信賴，可以託付的時候，我覺得我又多了一個親近的瞭解的人。」

僅僅讀過作者的散文而沒有見過他本人的讀者，誰都以爲他一定是位處世非常拘謹的已經入了中年的人，誰能料到一個未滿三十歲的青年，會寫出這樣平淡和易的文章來呢？可是在讀他的小說的時候，會發現他突然地又回復了他的青春。有奔放的熱情，有不羈的胸懷，有赤裸裸無避忌的描寫，也有海闊天空無所不有的傾吐，正像讀了歐陽修的古文再讀他的「小詞」一樣，他那種少年特有的心情，幾乎使人不信會是出於同一作者的筆下的。但不是奇蹟，這是生命的騰躍，也是人性的顯露，他本是個言志派的散文作家，直敍體的散文既限止他的暢所欲言，於是只有利用客觀的小說體來把牠無所避忌地發揮出來。他這種「泛愛」的主張，在他的「鬼吃記」和「栗子書」裏，以至在最近發表的「霧」裏，都坦白地鄭重地一再表示。「鬼吃記」和「栗子書」實在只是一篇小說的兩半截，但不知作者是不是還有意再來第三篇以完成他的「三部曲」，否則我以爲還是併做一篇的好。這兩篇小說裏寫的是一個在香港政府的某一機關裏服務的中國青年，在他妻子懷了孕送她到上海去生產後，他和一個外國女子愛麗斯的一段羅曼司。雖然他在作品裏把故事發生的時代提早了十多年，但作者自己在「談自傳」一文後所附「作者略傳」裏，却曾這裏說出：

民國二十九年夏，在滬，與上海姜小姐結婚，愛情彌篤，遂赴香港，任前香港政府文化檢察官。………（「懷鄉記」八八頁）

那麼，縱然要我不相信寫的是他自己的，或至少和他自己有關的事，也因爲他的小說幾乎篇篇都是寫他自己或和他自己有關而使我有所不能。我本來不預備替作者的文章下「考證」和「索隱」的工作，然而順手牽來的材料却又那樣的多而又那樣的「顯」而不「隱」，又使我欲罷不能。我曾經這樣想過，作者與其把這些材料用來寫成小說，不如索性除去非事實的想像部分，而用白描的手法，寫成一篇篇的自叙傳，像魯迅的「朝華夕拾」，似乎比較合式，這樣，那篇「日麗天和」或許應該例外。我也這樣猜想過，作者已把他的小說集題名「日麗天和」想來因在他全部創作中，要以這篇所寫才算是純客觀的創作的緣故。

没頭没腦寫到這裏，不由地又要回過頭來。寫言志的小說，這是很平凡的發展。可是在我這篇「論」裏，却似乎在極端地推重學者的言志的散文，那麼在把學者的言志的散文和小說看得分文不值的另一園地裏，不免要被視爲反動。學者的文章所以給他們無視的原因，罪狀不外乎是思想中庸而不澈底，行文都和古書有關，不能大衆化，所以算陳舊的，腐朽的，不是現代所需要的。如果確實全如所說　那我倒也無話可駁，因爲時代究竟已到了現代，世界不容後退只許前進。可是他們所謂陳舊和腐朽，澈底和不澈底，大衆化和非大衆化，不據實際而全以籠統的空論爲標準，在他們的口裏或是筆下，只知道推重「今」和「外」，而排斥「古」和「中」；凡是今的外的都是新的，古的中的都是舊的，舊的應該淘汰，新的才容存在。這理論已只有一半是對的，加之他們對於一般作家的批判，完全拿這樣來做標準，用譬如來說，假如有一個某甲讀了十本線裝書（姑以代表所謂古的中的），和十本洋裝書（姑以代表所謂今的外的），而另外一個某乙只讀了五本洋裝書，他們就說某乙是新的，某甲是舊的。另外在一般國粹學者（？）的眼光裏，也以爲只讀了五本線裝書的某丙比某甲高明得多。所以在現代，一個純正的學者或作家，他對學問和藝術抱着只問是非好壞，而不問古今中外的態度的，却常常置身在雙重夾攻中，無論在那偏頗的方面，都視之爲非我族類，而加以排斥鄙棄。因此又受到一般社會盲從無識的人的蔑視，而只讓他們默默以終。此所以現代一個只會寫寫「小貓三只四只」的人反能一躍而爲當代成名作家，而一班有學問，有修養的人反而被人踏在脚底下也。

寫到這裏，不知不覺似乎又寫到了題外去，其實還是不會離開題目的。我寫這篇文章，爲了我和柳雨生君是朋友，同時又是同志，所以不免有「阿好」「祖私」之嫌。而且，在有些人的口碑中，他們對於柳君文章的看法，剛巧和我相反的。爲了堅持我個人的意見，也爲了文人應持的正義，我是始終鄙視那些從來没有下過一些修養功夫，全靠生來的小聰明，搬弄一些實在自己也莫名其妙在別人又不熟悉的新名詞，就居之不疑，自以爲是一個不可一世的了不得的新進作家的那一種人！

這篇文章的題目是「柳雨生論」，實際上不過是寫出我讀了柳君文章後的一點感想，而且有時還聯想到其他的。但是題目不大，不能表示自己的闊氣，所以竟不揣配和不配，而寫上這個最冠冕的題目，曰：「柳雨生論」。

一九四四，七，二一，下午寫。

世外桃源

希爾頓著
實齋譯評

第十章

張老者聽到了康惠第二次謁見主持的消息，對後者說道：『眞是從未不曾有過的事。』張老者是不喜歡用極級形容字的(Superlatives)，他現在這麼說自是殊足重視。他說在五年之期未滿學道者的俗念未除之前，主持是從來不與後者作第二次的會見的。『須知主持與新來的人談話是很覺吃力的，而且他已是那麼年紀的人了，那種談話使他覺得非常的不愉快。這不是說我不贊成他第二次接見你。我們可以從這件事獲得一個很有價值的教訓——於此可見我們這裏的定規也只是適可而止地固定。只是這畢竟是件向所未有的事。』

在康惠看來，那事當然也和先前的事一樣；他和主持作第三次第四次的謁見之後，覺得實在毫無不平常之處。他們二人的性情思想是那麼的相近，看來他們之間有一種前定的因緣；在主持之前康惠的一切愛慮都消失了，走出室外的時候他甯靜愈恆，心裏有說不出的愉快。有時候他覺得他是完全被主持的大智大慧迷住了，那時節他覺得他的淸楚活躍的思想似乎已經融化爲一首小詩。

主持和他二人無所不談；有時談哲理，有時談歷史。這樣的談話使康惠心喜欲狂，只是他並不拋棄他的批評態度，有一次他與主持辯論一個問題，主持答道：『我的兒，你的年紀還靑，可是我覺得你的聰明不亞於老年人。大概你曾有過不平常的經歷吧？』

康惠微笑着答道：『沒有什麼不平常，只是許多屬於我一代的人也遭遇過的事而已。』

『我從前不曾見過像你這樣的人。』

康惠靜默了一忽，答道：『沒有什麼足怪的。一部份的我因爲遭遇過劇烈的經歷衰疲了，所以在你看來是志成了。在我十九歲至二十二歲那一段時間內所遭遇的事不啻是種非常有價值的教育，只是太使人疲乏了。』

『你在歐戰時候的生活很不快樂吧？』

『並不怎樣的不快樂。那時我的情緒很是激昂，有時頗不畏死，有時惴惴恐懼，有時做事任性，有時怒不可抑——正如千萬的他人一樣。我喝酒喝酩酊大醉了去英勇地殺人。那是一種任意發洩情感的事，若是經過這一切而不死的話，事後便會悶悶不樂，覺得一切事情都討厭。其後使我苦惱的便是這個。請你別以爲我在扮作悲劇的主角——以大體言，我的運氣不壞呢。只是那事適如在一個脾氣惡劣的教師之下讀書——如果你喜歡那種生活的話，你也會覺得很是有趣，只是會使你的神經一忽弛一忽張，叫人煩惱異常，實在不十分能使人覺得高興。我以爲我比他人更能體驗到這一點。』

『以後呢？』

康惠肅然答道：『俗諺道：「智竭則動情感。」我們不妨把這話改變一下，說：情感枯竭則見智。』

『我的兒，這正是聖格里·勒所信奉的主義呢。』

『是。是以我覺得這裏的生活很是適合我的情性。』

他說的是眞話，日子一天一天的過去，寺裏的生活使他感覺得萬事皆足；正像配拉爾持，漢斯契爾諸人一樣，他也爲聖格里·勒迷住了。藍月谷的空氣使他心醉。四週是潔白的高山，下望但見一片綠色的山谷；這幅圖畫的美麗眞可以說是無與倫比，再加上美妙的琴聲越過荷池傳來，康惠覺得那時的景色非但悅目，抑且悅耳。

他自知心的深處已經愛上那位纖小的中國姑娘了。他雖愛她，可是並不要求她有所反應；那只是一種心嚮往之的心境而已。在他的心目中她是一切纖弱的東西的代表；她那種刻板的禮貌，她的纖手所彈奏的琴聲，康惠覺得已經很是親切有味了。有時他也與她說些知心話，如果她有意的話，也許會稍稍破除她那種嚴肅的儀態；可是她從未對康惠說過知心話；在某方面言，康惠似也不願意她說知心話。他陡然悟到主持所說的那種未來生活的可寶貴的一面：他有的是時間；他有充份的時間去實現他所希望實現的一切事；因爲心知只要有充份的時候天下沒有不可實現的事，所以他並不急於使希望中的事立即實現了。一年以後，十年以後，他仍將活在世界上。他愈想愈覺未來生活之可愛。

可是有時他得跨入另外一種的世界裏去，在這另一世界裏他所遇到的是馬立森的焦燥，伯納的歡樂，以及勃林克魯小姐的堅決態度，康惠心想如果他們也知道個中眞相那將是何等的佳事；他的意見和張老者一樣，認爲那位女教士與美國人是不爲成什麼大問題的。伯納曾說：『隱慝在這裏以終世，委實不壞呢。初到這裏的時候我以爲這裏不能讀報，沒有電影會使人很覺不便，可是人們大概是能習慣於任何的環境的。』

康惠聽了覺得那話甚妙，當表同意道，『大概是能夠的吧。』

後來他知道張老者曾領伯納到山谷裏去儘情地享樂過一晚，這事是出於伯納自己的請求的。馬立森知道了這事不屑地對康惠說道：『大概是去縱酒吧。』他又曾當面對伯納說道：『那當然不干我的事，只是別忘了我們不久將動身回去，你得善視你的身體才是呢。二星期後夫役便可到達這裏了，而據我個人的看法，回去的旅程不見得會像駕着汽車去兜風呢。』

伯納和藹地點着頭答道：『我也是這麼想。致於說到身體，我現在覺得很是健康的，數年以來沒有這樣健康過呢。我每天在運動着，我又是沒有什麼牽掛的；至於說到山谷裏的酒店，那裏的掌櫃是不許客人儘量大喝的。那又是所謂中庸之道了——這是那裏的口號。』

馬立森譏刺他道：『是呀，大概你在那裏適可而止地享受一下了。』

『正是呀。在這裏我們人人可以各得所需呢——例如有的人喜歡結交會彈奏調琴的中國姑娘，不是嗎？與趣人人不同，誰也不能怪誰。』

康惠聽了倒也不以爲意，可是馬立森的臉已紅得像一個小學生了，他心裏一氣，計上心來，答道：『只是對於人家的財產感覺興趣的人是要坐牢的。』

那位美國人和藹地答道：『當然囉，如果你能捉住他的話。我們既然在談論這事，我就不妨老實對你們說了吧，這次夫役到來，我已決定不隨他們去了。好在他們是常常到這裏來的，我決定於他們下次來這裏的時候隨他們回去，也許再下一次也說不定，假定和尚們相信我還付得起這所旅館裏的膳宿費的話。』

『你是否說不和我們一同回去了嗎？』

『對了。我已決定在這裏躭擱一下。你們當然很可樂觀囉——回到本國會有軍樂隊來歡迎你們，可是來歡迎我的只是些警察罷了。我愈想愈覺不妥。』

『換句話說，你是怕聽音樂了？』【afraid to face music，意即沒有『一人做事一身當』的勇氣，此處係雙關語。】

『哈哈，我素來是不愛聽音樂的。』

馬立森冷冷地說道：『那是你自己的事。你既然喜歡留在這裏，即使你在這裏過一世人家也管不着。』他嘴裏雖是這麼說，可是心裏却也着急。他又說道：『志趣各人不同，你愛在這裏過一世，人家可不一定和你一樣呢。康惠，你怎麼說？』

『你的話不錯。志趣確是因人而異的。』

馬立森又以目視勃林克魯小姐，後者突然把書放下說道：

「我也想留在這裏呢。」

三人齊聲說道：「什麼？」

勃林克魯小姐微笑着，她的微笑像是一種臉上的附着物而不是發自內心的表現。她又說道：「我在想呢，我們被飛到這裏來究竟是怎麼一回事？我只有一個結論，那便是：冥冥之中有一種神祕的力量在指使着。康惠先生，你以為我的話對嗎？」

康惠覺得這話不易置答，可是勃林克魯小姐沒有等他回答就說道：「我是誰，敢不遵重天意？天意命我來這裏傳教，我便不得不居留在這裏。」

馬立森問道：「你希望在這裏組織一個教會嗎？」

「不只是希望呢，我已是下了決心了。我知道怎樣去應付這裏的人們——我必能達到目的，不必為我担心。他們沒有什麼難對付的。」

「你想用強硬手段去對付他們嗎？」

「正是呢，馬立森先生。我們屢次聽到的那種中庸之道我是極對不贊成的。那種所說的中庸之道也許是胸襟寬大的結果，可是據我看來這種思想只能導人走上浮泛的一途。這裏的人們唯一的毛病便是胸襟寬大，我決意將用全力和這毛病作殊死戰。」

康惠微笑着說道：「如果他們胸襟寬大得甘願讓你去作殊死戰，那時你又怎樣呢？」

伯納插嘴道：「還是說她的意志是那麼的堅決使他們沒法阻止她吧。」他又啞笑着說道：「我已說了，這裏人人可以可取所需呢。」

馬立森反脣相譏道：「是吧，如果你喜歡監牢的話。這裏可很像監牢呢。」

「這個嗎，我以為這也有二種看法。天呀，世界上有許多的人寧願傾其所有以換取這裏的這種生活呢，只是辦不到！是我們在牢監裏呢，抑是他們在牢監裏？」

馬立森怒氣未消，答道：「這問題讓關在籠子裏的猴子去解答吧。」

後來沒有他人的時候他又對康惠說道：「我見了那人還是心慌得很。」他是在天井裏悶悶地踱着。「他不和我們一同回去我並不覺得可惜。你也許以為我的脾氣不好，可是他故意說起那位中國姑娘諷刺我，我可並不覺得幽默。」

康惠握住了馬立森的手臂，他雖然有時認為後者的言行令人煩惱，可是覺得這青年畢竟很是可愛。他答道：「我以為他是在取笑我，不是取笑你呢。」

「不，他是在取笑我。他知道我很關切那位中國姑娘。康惠，我眞是很關切她呢。我不懂她何以會到這裏來的，不知道她是否喜歡居留在這種地方。天呀，如果我會講中國話，早已問她一個水落石出了。」

「不見得會有什麼結果的吧。你知道她是不向任何人多說話的。」

「你不想逼着問她一個明白我眞不解。」

「我不喜歡逼着問人。」

他眞想把眞相告訴馬立森，只是不能。他覺得這個熱切認眞的青年很是可憐。所以他又說道：「如果我處於你的地位，我是不去爲魯貞的事煩心的。她在這裏很是快樂呢。」

康惠覺得伯納與勃林克魯小姐決定暫不回去實是件佳事，只是這麼一來，他與馬立森二人便要處於敵對地位了。這個局面實在特別得很，他不知道如何去解決才好。

幸而事實上沒有去解決牠的必要。在二個月之內夫役是不會到來的，二個月之後總是要發生糾紛的，雖事前憂慮也沒有用處。爲了這個緣故，所以他雅不願爲不可避免的事而煩心了；只是他會對張說道：「張，那年青的馬立森委實使我担心。他發現了眞相時恐難免要大發脾氣呢。」

張點着頭，表示亦以爲然；他答道：「正是，使他明瞭他的運氣很好不是一件容易的事。可是這個困難畢竟只是暫時的。二十年後他便會很安靜的了。」

康惠覺得這樣的說法實在太飄逸了。他說道：「我眞不知道我們將怎樣把眞相告訴他知道。他天天在算着夫役何時可到來呢，如果他們不到來的話——」

「可是他們是會到來的。」

「什麼？我以爲你只是在哄我們叫我們不要過份失望呢。」

「不是哄你們。我們雖然並不極對主張說眞話，可是適可而止地說眞話是聖格里•勒的規矩；我敢說我的關於夫役的預測是很準確的。他們會在我所說的日期或這個日期的前後到來。」

「那麼你便很難阻止他隨同夫役回去了。」

「可是我們是主張阻止他的。屆時他與夫役們自己接洽之下便會知道他不能帶同任何人回去。」

「我懂得了。原來那是你們的計策。你以爲以後將是怎樣呢？」

「我親愛的先生，他還年青，自然凡事樂觀，失望了一時之後他會希望下一次到來的，夫役們會順從他的要求，下一次的夫役可於九十個月之後到達這裏，如果我們聰明的話開頭便不澆他的冷水。」

康惠斷然說道：「我以爲他不會期待第二次夫役的到來的。他會獨自脫逃呢。」

「脫逃嗎？我們該用脫逃這二個字嗎？峽谷畢竟是無人看守的，任何人在任何時候可以走出峽谷。那裏並沒有看守者，只是些造物自己所設置的看守者而已。」

康惠微笑着道：「可是你不得不承認造物的看守者很機警呢。只是我以爲你們不能老是依賴造物。不然的話，事實上屢有探險隊到達這裏，那又怎麼說呢？他們要想離開這裏的時候，峽谷是否也是同樣的開放着可以自己出去的呢？」

這次是張微笑了。他說道：「我親愛的先生，特別的情形有時需要特別的辦法。」

「說得好。原來你們明知他們沒有脫逃的可能，所以才讓他們脫逃的，是不是？只是我們以爲有的人會想嘗試一下的。」

「以往嘗試的人少得很，縱然去嘗試，可是在外面高原上夜宿了一次之後大都是很願意回來的了。」

「沒有穿足以禦寒的衣服在外面露宿嗎？如果是那樣的話，你們當然不妨任他們逃脫了，因爲溫和的對策可與嚴厲的對策收同樣的效果的。只是那少數不返回的人怎樣呢？」

張答道：「你這問話已由自己回答了。他們不再返回來了。」可是他又立即解釋道：「不過我可以很確切地告訴你，這類不幸的人是很少的，我深信你的朋友不會任性得去增加這些不幸之人的數目的。」

張的話仍不足使康惠放心，他還是爲着馬立森的將來而煩惱。他希望寺方允許馬立森回去，塔魯不是經寺方的同意之後到外界去的嗎？張承認只要寺方認爲可取的事無不允許。「只是，我親愛的先生，放棄了我們的前途以博得你的朋友的歡心是可取的事嗎？」

康惠覺得這話很中竅要，因爲他從馬立森的態度觀察，深知後者回到印度之後將幹出何種的事來。馬立森曾屢次談及他的志願。〔雖不明言馬立森將幹何種事，讀者却都明白，這便是不把讀者當傻瓜的筆法。〕

可是這些都是塵世上的事，聖格里•勒的空氣足以滌除他的憂慮。只要不想到馬立森他便覺得萬事皆足。日子愈久，他愈覺得那裏的新環境很是適合他的個性需要。

有一次他對張道：「我且問你，你們這裏對於戀愛是怎麼處置的呢？這裏的人有時難免要動心吧？」

張笑容可掬地答道：「正是呢。喇嘛僧是不會的，我們年紀較大的大都也是不會的，可是我們年青的時候也和常人一樣，只是我們的行動較是中庸而已。康惠先生，我就乘此機會告訴你吧，聖格里•勒招待客人是很週到的。你的朋友伯納先生已經到山谷裏去享受過我們的盛情了。」【盛情何指，作者又不明言，而讀者又自明白。】

康森也笑着回答道：「謝謝你的好意，我知道伯納的事，只是我個人的需要此刻還不十分迫切。我所想知道的是戀愛的精神方面，不是肉體方面。」

「你能把這二方面分開嗎？你也許已經愛上了魯貞了罷？」

康惠不禁愕然，只是力持鎮靜地問道：「你何以問這話呢？」

「我親愛的先生，那正也是情理中事，只是你須適可而止罷了。魯貞是不會報你以熱情的——如果你期望她對你熱情，你未免過存奢望了——只是那總不失是件可樂的事。你很可以相信我的話，因爲我年青的時候也會愛過她呢。」

「是嗎？那時她對你有什麼表示嗎？」

「她只是對我的好意表示感激，並願意和我交友；年歲愈久，這種友誼愈可寶貴。」

「換句話說，她沒有什麼表示，是不是？」

「如果你願意那樣說，那也未始不可。她從來不會讓她的情人達到目的致令他們痛苦。」

康惠大笑道：「這在你是沒有問題的，在我也許也不會成問題——只是像馬立森那樣血氣方剛的青年怎麼辦呢？」

「我親愛的先生，那便最好沒有了！來這裏的人常因不能回去而絕望，魯貞便會去安慰他們，經她安慰過的人已不止一個呢。」

「安慰嗎？」

「正是，只是別誤會我的意思。魯貞會從精神去安慰他，可是絕不會以肉體去撫慰他的。貴國的沙士比亞是怎樣描寫克里奧佩特拉（Cleopatra 埃及皇后，生於紀元前之十九年，死於紀元後三十年）的？嗄，是了：『她愈是予人以滿足，人愈是渴念她。』在人慾橫流的人們之中她無疑地是最受人歡迎的女子，可是我可以確切地告訴你，在聖格里•勒這樣的女子是很不調協的。如果你許我把那句子更改一下的話，我就不妨說：魯貞愈是不許人們滿足其慾望，人們便愈不動慾念。這樣的關係較爲高雅，較爲可以永久。」

「她大概精於此道吧？」

「正是。前例很多呢。她能使人的慾念靜止；這樣也很足使人愉快呢。」

「那麼說來，她是寺裏訓練人們情感的技術人員之一呢。

」

『你如果願意那麼說，那也由你罷。』張還是很和氣，只是語氣之間微有不以爲然的意思。『只是我們不妨把魯貞比作懷中的虹影，或是果樹花上的露珠，這麼似乎比較有雅趣。』

『我完全和你同意。確乎比較有雅趣的多呢。』康惠常常取笑那中國人，後者也就常常針鋒相對地回答；康惠很是喜歡這樣的談話。

後來他遇見那纖小的姑娘的時候，他發現張的話很是正確。她見了他的神彩但覺其可愛而不覺其可欲。以往多年之中他過着心神不安的生活，現在終於泰然自得有心情去享受戀愛的至樂了。他晚上走過荷花池的時候他意想着魯貞是躺在他的懷裏，可是又思他有的是悠長的時日，何必急急乎呢。

他心想他從來不曾這麼快樂過，甚至在歐戰之前他的生活也沒有像現在這麼愉快。他喜歡聖格里·勒的靜穆空氣。在這樣的空氣中他的心境和諧異常，情感變成了思想。思想變成了可喜的文字。聖格里·勒的人們無時不顯着甯靜，可是無時不在閑適地幹着種種的工作；喇嘛僧的生活雖然空閑，可是並不無聊。康惠沒有遇見別的喇嘛僧，可是他漸知道他們所做的是那一類的工作：他們除懂得各種的語言之外，同時還從事着種種的學問，他們從事學問的方法必會叫西方人士大爲詫異。有許多喇嘛僧在從事著作，著作的類別不一而足；張告訴他說有一位在研究着高等數學；又有一位在研究吉旁（Gibbon 史家）和史班格勒(Spengler 史家)的歐洲文化史。只是這並非說人人在幹着那類的工作，也並非他們無時不在幹着那類的工作。此外他們同時在隨興之所至做些不急之務，像勃拉愛克，他是在回憶蕭邦的音樂，又像那位從前在做副牧師的英國人，他是在研究 Wuthering Heights (Bronte 所著小說，攝有電影)。此外他們在做着比這些更不切實用的事呢。有一次康惠和主持談及這點，主持就爲他述說一個故事，是關於紀元前三世紀的一本中國藝術學的。這位藝術家花了幾年的工夫在一個櫻核上面彫刻着龍馬鳥等等的動物，完成之後他便獻給一個皇太子。皇太子初看時只當是一個平常的櫻核，那位藝術家便請皇太子造一垛牆，牆上造一個窗戶，請皇太子在清晨陽光之下從這窗戶望去觀着那個櫻核。皇太子准其所請；自窗戶看去，那個櫻核眞是美麗可愛之至。主持問康惠道：『我親愛的康惠，這個故事不是很動人嗎？我們從這個故事裏不是可以得到一個很可寶貴的教訓嗎？』〔張潮著幽夢影，有名句曰：『忙他人之所閑，閑他人之所忙。』在世人看來和尚是在忙他人之所閑，未來的世人從窗戶望去必悟那正是世人所該忙的。〕

康惠當表同意；他知道聖格里·勒的靜穆空氣適宜於做各

種的瑣事；他心裏頗爲欣然，因爲他是素來喜歡做那類的瑣事的。他回想過去，發現他曾想做許多的事，只是當時或是因爲覺得那些事太無聊，或是因爲太艱難，致多未能實現；可是現在都可悠閑地做去了。他一想到這種未來的生活，心裏眞是喜歡非凡。有一天伯納偷偷的告訴康惠說：他也認爲聖格里．勒的未來生活很是有趣，康惠覺得這話沒有什麼可笑。

在過去幾年中伯納常常到山谷中去；看來他的目的不只是爲去喝酒或是追求女人。他說道：『康惠，我不妨告訴你一件事，因爲你的爲人與馬立森不同——你大概知道他很恨我呢。我覺得你比較的懂事。你們這般英國官吏眞有趣——起初總是那麼的拘謹守禮，可是你們畢竟是可以信任的人。』

康惠笑着說道：『不見得吧。須知馬立森和我一樣也是英國的官吏呢。』

『不錯，可是他還只是一個孩子。他的論事很是不合情理。你和我二人世故已深，遇事不會再大驚小怪的了。就以這個舖子來說吧，我們至今還不知道其中的內幕究竟怎樣，還不知道我們何以會被飛到這裏來的，可是天下的事不也都是這樣的嗎？譬如說我們何以會到世界上來的？我們知道嗎？』

『有人也許不知道，只是你究竟想告訴我什麼事呀？』

伯納放低了聲音緊張地答道：『這裏有金礦呢！我要告訴你的就是這個。山谷裏有無數噸的金子可供開採呢。我年青的時候做過開礦工程師，現在還沒有忘掉金礦的礦苗是什麼樣子的。這裏的金礦和蘭德地方的金礦同樣的豐富，而且比後者容易開採得多，我說的是眞話，沒有騙你。我每次坐了轎子到山谷裏去，我猜你們必以爲我是享樂去的吧。實則不是的。我是另有目的去呢。須知自外面運來的這麼許多貨物寺方自得付重大的代價才能得到，他們若不是以金銀或是金鋼鑽什麼的支付那末又用什麼去支付呢？我早就這麼想。這是很合乎邏輯的。我去偵查了沒有多少時候便發現果眞是這末回事。』

康惠問道：『是你一人發現的嗎？』

『我不敢那麼說，不過我是這麼猜想，後來就老實不客氣的去問張老者我的猜測是否正確。康惠，說眞的，那位中國人並不如我們所想像的那麼邪惡呢。』

『我個人從未把他當壞人看。』

『正是，我知道你自始就很喜歡他，是以現在我和他相交你是不會覺得詫異的。我們談得很投機呢。他曾領導着我到各處的金礦去參觀，當局已允許我儘量去開採。康惠，你說怎麼着？他們似乎很願意得到專家的協助；我對他們說我知道種種增加產量的祕訣，他們聽了尤爲高興。』

康惠說道：『我猜你對於這裏的生活不會覺得不慣呢。』

『總之我是找得一個職業了，這總不失是一種小小的成就。凡事很難預料。故國的人們聽見了我已尋得金礦也許會不再急於要我坐牢呢。只是所困難的是——他們會相信我的話嗎？』

『他們也許會相信。人們是什麽事都會相信的。』

伯納點着頭，很是高興。他說道：『康惠，你了解我，我眞是很歡喜。所以我說我們二人不妨合作呢。所得利益當然平分。你但須於我的報告書上簽上一個字就得——須知你是英國的領事呀。你簽上一個字便可以取信於人。』

康惠大笑道：『這個且再說吧。你先去作報告書就是。』

他見伯納興緻勃勃地談着那顯然不可能的事心裏暗暗覺得好笑，只是見他又找到使他感覺興趣的事心裏又覺欣慰。

主持聽了也覺欣慰。康惠去見主持的次數愈加頻繁了。他常常於傍晚去見主持，與後者作數小時的長談；有時茶具已撤去，主持已命僕人去就寢的時候他還是和主持談着。主持見他時總問及他的同伴的起居以及他們的進展；有一次他問康惠道：『你們若是不到聖格里•勒來你們將從事何種的事業呢？』

康惠沉思着答道：『若是不來這裏，馬立森的前途也許很有希望——須知他是個奮發有爲的青年。至於其餘二位，他們很願意居留在這裏呢——至少很願意在這裏作暫時的居留。』

此時他見窗幔上似乎有閃光的反射；方才走過天井時已隱隱聽得雷聲的了。在室內聽不見雷聲；因爲四週懸有厚幔，所以電閃也只是幽淡的白光。

主持說道：『不錯，我們已盡招待的能事了。勃林克魯小姐想感化我們，伯納也想感化我們——叫我們變成股份有限公司。這些計劃都是無害的——他們藉此可以消磨光陰。可是你的那位青年友人，黃金和宗教都不能安慰他，將是怎麽辦呢？』

『正是，他倒是個不易解決的問題。』

『這個問題恐怕須由你一人去解決呢。』

『何以須我一人去解決呢？』

主持沒有立即回答，因爲此時僕役端進茶來；主持一邊啜着茶，一邊另談他事；他說道：『每年這個時候卡拉克爾山上便風雨大作。藍谷月裡的居民以爲這只表示外界的魔鬼在發怒。他們的所謂外界——這是他們的方言，是指這裏以外的整個的世界。他們當然不知道世界上有英法諸國，甚至也不知道有印度——他們以爲這種暴風雨是遍及於全世界的。他們居在山谷裏溫暖舒服，沒有風雨的打擊，是以以爲決不會有人想離開這裏的；他們却以爲「外界」那些不幸的人們急於想到這裏來呢。人們的看法不同，不是嗎？」

康惠想起了伯納所說的意義與此近似的話，他便把那話轉告主持。主持聽了答道：「那話何等的近情！他還是這裏第一個的美國人呢——眞是可慶得很。」

伯納是十數個國家的警察局所想逮捕的人，而主持以爲寺裏得到了他是件可慶的事，康惠聽了這話覺得殊値回味，他當下頗想把伯納的身世告知主持，可是繼而思量道：「還是到了時機成熟的時候讓伯納自己告知主持吧。」所以他只說：「伯納的話很是，今日的世界上確乎有許多人想到這裏來呢。」

「我親愛的康惠，想到這裏的人太多呢。我們像是暴風雨中的一隻救生艇，只可偶而收納幾位遇難的人，若是破舟上的人們都攀上我們的船上來，我們的船也是要沉失的……只是我們現在暫且不要談及這點。聽說你近來常常與勃拉愛克會談。他和我一樣，也是德國人，他是個很是知趣的人呢。只是我的意見與他不儘相同；他以爲蕭邦是世界上最偉大的作曲家，我個人却喜歡莫柴……」

說到這裏，僕人進來撤去茶具，他離去後，康惠才又問道：「我們方才是在談論馬立森呢；你說他的事將由我個人去解決。這話怎講呢？」

主持直截地答道：「我的兒，因爲我快將死了。」

康惠聽了這話半晌說不出話來。過了一忽主持又說道：「這話使你詫異吧？可是，我的朋友，我們都是凡人——聖格里·勒的人也不是例外。我也許可以再活幾分鐘——只是也許可以再活幾年。我只是說我的末日快到了。你這樣關切，我很是感激。不瞞你說，我雖年紀已是這麽大了，可是一想到死，總不無疑懼之意。幸而我的軀殼已只剩了這麽一點點，雖死亦不足惜了，至於非肉體部份，依照宗教上的說法，殊足令人樂觀呢。我委實沒有什麽遺憾，只是還有一個心願未了。你知道這個心願是什麽嗎？」

康惠沒有作聲。

「我的兒，那是與你有關的。」

「不勝榮幸之至。」

「不只是榮幸而已呢。」

康惠欠着身子，可是沒有回答。過了一忽，主持又說道：「你也許知道我們的屢次敘談是件不平常的事。只是說來請你不要見笑，我們是以不做信條的奴隸爲信條的。我們這裏並沒有一成不變的規則。我們只是見機行事，依據情理做去；有時參照向例，可是我們更重視當前的處境，尤其重視將來的情勢。我所以要了這最後一筆的心願便是這個緣故。」

康惠還是沒有作聲。

『我的兒，我現在把聖格里•勒的傳統與命運交給了你。』

此時康惠的情緒終於鬆弛了，他爲慈祥的主持所感化了；室內靜寂無聲，他只聽得自己心臟的跳動聲，其響如鑼。過了一忽，主持又說道：『我的兒，我等待你的到來已有好久了。我坐在這個房間裏所見過的人已是不少了，我察觀他們的言色，無時不在希望遇見一個像你這樣的人。我的同事們年齡大了，人也聰明了，可是你還年青，而已和他同樣的聰明。我的朋友，我託付你的工作並不繁重，須知我們這裏的宗教信條既不太寬也不太嚴。外面的暴風雨大作的時候，你但須靜心等待着，看顧精神上的寶藏——你一定會覺得那是很簡單的事，一定會在那種工作中找到很大的樂趣。』

康惠想說話，只是覺得無話可說：此時窗外電光一閃，室內陡然一亮，康惠乘機緊張地說道：『這暴風雨……你所說的暴風雨……』

『我的兒，這次暴風雨將是恆古未有的暴風雨。世上將不能只憑武器以取得安全，當局不能保護你，更不能從科學上獲得解答。牠將毀滅一切文化的花果，世人將陷於大混亂中。世人還不知道有拿破崙其人的時候，我就預見到這點；時間漸漸過去，我愈看得眞切了。你以爲我的話不對嗎？』

康惠答道：『你的話很是。從前有過一次這樣的事變，其後便是繼續了五百年之久的黑暗時代。』〔或即指十一世紀的十字軍宗教戰爭。〕

『這個比喻不十分確切。須知中古時期的黑暗時代事實上並不十分黑暗——那時仍有許多文化之燈放着光明，縱令歐洲的燈光都滅熄了，別處仍是有光明的——像中國以及秘魯等地是。只是未來的黑暗時代將籠罩全世界；除幾處祕密得叫人們難以尋到，或是偏僻得不足引起人們的注意的地方之外，整個地球上將別無避難之所。聖格里•勒既祕密又偏僻，也許可以成爲避難之所。載着死神到大都市去的飛機是不會飛過我們這裏的，縱令飛過，他們也許會認爲我們這種地方不值得轟炸。』

『你以爲我們這一代的人還能親見這事的發生嗎？』

『我相信你能安然渡過這次暴風雨。這之後便將是長時期的荒寞時代，你將還是活着在這樣的時代中，年紀漸漸的大起來，人也變到愈聽明愈有耐心。你將保全我們這裏的精神。你也將收納外人，把智慧傳受給他們；當你年紀也是很大的時候，你也許也會遇到一個可以繼任你的人。過此以往我便不能預見了，不過我見遠處有一個新世界正在廢墟之中醞釀着，尋求着往昔的已經失去了的寶藏，其形成雖然滯慢，只是很有希望。我的兒，失去的寶藏都保存在這裏的，爲那新時代保存在叢山之中的藍月谷裏……」

主持說到這裏便戛然而止，滿臉放着紅光，接着紅光隱去，看去便只像是一方朽木了。他端坐在那裏毫無動靜，眼睛閉着。康惠注視了一忽，發現主持已經仙逝了；康惠覺得像是在做夢。

康惠看了看手錶。那時是子夜十二點過一刻鐘。他走向門外去的時候，突然覺得不知如何是好，因爲他不知道如何去把消息傳出去，也不知道把消息傳給何人。西藏僕役都已各自去就寢，康惠又不知道何處去找張老者或別位。他在黑暗的走廊中猶豫不決地站着；向窗外望去，他見天際清明，只是叢山之上仍是雷電交作，看去像是一幅銀色的壁畫。他在夢一般的情調之中恍惚意識到他是聖格里•勒的主持了。四週都是可愛的事物，精神方面的事物；他在這樣的環境之中不再有塵世的煩惱。他向黑越越的影子望去，見那裏的寶物在漆器之中發射着寶光；月下香花的幽香引誘着他把他自這個房間導入另一個房間，終於走到了天井，走到了荷花池；他往天際看去，見一輪明月正在卡拉克爾峯的後面航駛着。那時是二時廿分。

過了好久之後，他意識到馬立森在他的身旁，握住了他的手臂，荒荒張張地把他拖去。他不懂是爲了什麼事，只是他聽得那孩子在緊張地談着話。

文壇消息

△孟優編劇，羅明導演之唐代古裝傳奇劇『無雙傳』，在滬九星戲院上演，演員梅眞等，成績頗爲圓滿。

△予且著『霊華集』，係其近年所作隨筆結集者，日內由知行出版社印行。

△張愛玲女士近作『詩與胡說』文刊八月號『雜誌』，對路易士的詩，大加贊美。

△丁諦著『人生悲喜劇』（小說集），楊光政著『入獄記』，譚正璧編『當代女作家小說選』，俱在太平書局排印中，即將出版。

△周作人近著『書房一角』出版，上海太平書局經售，內收近著讀書筆記百餘篇。

△實齋所譯希爾頓名著『世外桃源』聞將出單行本。

紀果庵論

陳塵

近來有時候翻翻流行雜誌，裏面散文似乎比其他文藝部門的作品爲多，這實在是一種好現象，因爲小說需要故事，詩歌需要情緒的昇華，論文不能越出一定的界限，都是比較狹小的，只有散文包羅萬象，宇宙和蒼蠅在散文家筆下所受待遇正復相同，格調可莊可諧，篇幅長短聽便，能供給讀者人生無數方面的智慧，啓示。然而最奇偉的散文家老柴斯特登先生有云：

「散文如蛇，光滑，文雅，行動自如，又是搖擺的或者說遊蕩的。……按本性說它就不必確當地解釋它所試做的是甚麼，因而逃避了它是否眞做了那件事的決定的判斷。」

也許就是因爲這個緣故近來散文家才多如過江之鯽的吧，人性喜歡避難就易，他們之中總有許多發現了寫散文是一件易事因而悔恨過去疏忽了自己的散文天才並決心此後要讓它極端發展的吧。我所看到的流行雜誌上的散文確如前面所說蛇一般地隨意亂爬，而已經開始造成了我們的散文的兩個新趨勢，嶄新的，十年前一點沒有的趨勢，一是支離破碎，一是小丑登台。由看電影而談到演員的頭髮，接着是理髮館和理髮匠的睡眠不足，然後任意聯想下去，天知道這一篇散文在甚麼地方結束。寫這一類東西的原因極簡單，無非是想寫，想做一個散文家，卻忘記了自己既沒有訓練又沒有天才。這事實，更壞的是，他們似乎根本不知道散文的精髓何在，覺得凡沒有組織結構可以把自己的「一切」想頭胡亂塞進去的便是散文。同時他們也總知道一點「那些」想頭不一定令人讀了津津有味，於是求助於一件五顏六色的炫目的外衣——幽默。其實幽默本來是散文要素之一，也是一種健全的生活態度，不過我們的一些散文家把幽默給改裝了，謀殺了，他們是中國舊劇的小丑上了舞台，盡量使下級觀衆露齒而笑，他們滿心裏覺得那些觀衆是欣賞力極高的批評家，而自己所表演的大足以證明他們是幽默之神的寵兒。這裏本來可以舉很多例的，不過還是節省一些篇幅吧，那麼一些散文家看到這篇小文總會自己解嘲曰：「這當然不是說我的。」於是便太平無事，任憑他們的讀者大衆去享受好了。說起來讀者大衆這東西是最靠不住的，誰也不知道都是由甚麼人物組成的，而一些雜誌覺得理由十分充足地以其流行爲驕傲，同時，當然，其中刊載的作品，散文在內，也是無疑地既可藏又可傳了。把那些支離破碎小丑登台的東西給饑渴的沒有書可讀的讀者大衆，對於有頭腦的讀者是一種吐瀉劑，對於幼稚的讀者是一種慢性毒劑。製劑者是流行雜誌的責任過重的編輯人，他們有的是得不到合乎理想的稿件，也有的是自己便是爛汙之流，也有的是專爲謀利，去迎合低級讀者的趣味而不去設法提高他們的趣味。

因此，現在來談一談散文的要素究竟是甚麼似乎並不是陳腐多餘的問題。

二

關於這一點早已有許多人說過十分中肯的話了，所以只要抄下一兩段來看看便可幫助我們的觀察。波里查德先生說：

「散文既不誇張又不虛偽，只去耕種一小塊田地，也沒有一定的方法。不過比這些更要緊的是散文本來是個性的表現，如蒙丹所說，它必須和作者同體。人藉着散文和作者有了親密的友誼，不是受講台上的教訓，而是到爐邊去聽他談話。散文的筆調也要與此相合，如葛斯先生所說，應該是『推心置腹的』，又是『有修養的從容的表現和最好的談話的模範。』」

渥德霍斯先生說：

「一個散文家把他自己的世界給我們看並沒有甚麼好處，除非他的世界是值得觀覽的。這就是說，他得完全佔有那個世界，他會對它加以詳密的探查，他在裏面十分活躍，他若引領着我們去周遊一下，他得知道把我們引領到甚麼地方去而且對一路的景物得非常熟習。」

這說明了散文的內容和散文家的態度，如果連這一點也毫無了解便胡亂執筆爲文，那便是一個大悲哀，因爲一個散文家無論談天也好，說地也好，必須讓有頭腦的讀者們深深地覺得：他說得對。這不是容易事，這證明了那個散文家對他同時代的人和人生有眞切的了解，他比我們敏感得多，他的接受力和領悟力比我們大得多，他替我們說出我們久存在心裏而不覺的話來，他讓我們的眼睛明亮，隨着他的指引看見我們從前不曾留心的和應該留心的事物，讓我們對這現代的新世界有了新的認識，新的趣味，甚至由此重新確定了我們的生活態度。

同時，我們讀散文時必有一種愉快之感，這是作者給我們的又一種贈予。若流行刊物上的語調低劣粗俗，氣味中人欲嘔的東西無非給自己出醜。愉快感不但由於作者給我們的啓示，也由於作者的獨特的人格。即使觀點有和別人相同之處，他有他自己的思想途徑，有他自己的談話方法和聲調，他不能造作，不能瞞哄，必須許我們和他結爲親近的朋友。等到我們專愛聽「他」談話的時候，那就是深嘗了他的人格給我們的愉快了。

由上述的觀點來讀散文，我所看見的眞正代表現代散文精神足以爲我們的模範的散文家是紀果庵先生。

三

作爲一個散文家，紀果庵先生的基本態度是怎樣的呢？

第一，我們看見一些寫散文的人覺得讀者都是十分生疏的客人，他們對這些客人談話時當然裝出來親切，和藹，毫無拘束的態度，而心裏却十分害怕，唯恐客人由談話中聽出來他們的祕密，他們認爲不可告人的，認爲有失自尊的祕密，祕密的種類極多，遮掩的方法大半是自我稱讚，看過其某書見過某某人去過某某地之類，東拉西扯，妄徵亂引，在語調上則力求「幽默」，以爲一則是修辭方法，二則證明自己心情歡暢，只能狂呼大笑，甚至「淡淡的哀愁」也是永遠沒有的，有了則近乎抒情，抒情則爲身邊文學而非標準散文，或竟有非現實的詩人的氣味，那還了得。另外在辭句方面也必用些風馬牛的成語，可以應用在任何事物上，以示自己的散文家的風度，而在一旁傾聽的客人是否頭疼則是既不必過問也不必負責的。

紀果庵先生正和這一些人相反。他不但以讀者爲客人，也以讀者爲朋友，爲家人，爲「他自己」。他對你毫無猜疑，完全信任，他可以把書信日記都公開給「你」看，因爲他覺得自己絕無不可告人之處，並不預先猜疑哪幾句話如果說出來必爲人所笑這種鬼祟的畏縮的態度。他重視讀者，也重視自己，才會把心思見解毫無顧忌地說出來，無論你是否完全接受他的話，這種極端的誠懇讓你讀其文如見其人，讓你走入他的領土，窺看他的世界，如此才能眞正愉快地領受他給你的許多東西。

正是因爲他的誠懇，無論談起甚麽來我們都覺得可愛，我們都喜歡聽，我們覺得和他十分親近，他和我們談話的時候，也許坐在客廳裏，也許躺在他的寢室裏的牀上，伸直了脚，他也許穿好了外袍，也許還沒有洗臉，也許微笑，也許縐眉，也許提高了聲音，也許低低地訴說，夾雜着歎息。這都沒有甚麽，這都不但不減少而且會增加我們對他的談話興趣，而我們呢，有時候可以舒舒服服地坐在陽光下的草地上或者臥在罩着烟霧的河水旁聽他講說：

「家裏是住房客廳書齋三位一體的，書架往往無有，桌頭放不下，也許就置在牆角，偶爾咬咬牙置辦一二只籐製的小書架，也放不了多少東西，有時便叠床架屋的攏上去，使這種先天不足的家具大有不勝負荷之勢。而且古舊的房子，沒有水泥地，沒有好的天花板，老鼠以書籍爲溷廁，天雨更是淋淋漓漓，……」

記得有人寫「售書記」，把他根本沒有的珍本書籍在文章裏都不勝惆悵地售了出去，好在已經售出，無從查考，反而證明從前確是寶貴的庋藏，不幸文章中處處露出虛僞的破綻，因爲他所談的書的內容及其價值等等充滿夢幻的氣味。這只是許多例中之一，若關於自己的一切更是彩飾之不暇，何能像紀果庵先生寫着——

「今春果然父親又來信說，因爲家中不能安居，只好到舅父所辦的小學裏去教點書，錢掙不了多少，爲的是有了職業可以免去許多麻煩，但因所授爲歷史地理等科，一本參考書也沒有，實在困難，要我趕快寄去幾册。六十歲老人還要去就業爲小學教師，我的心裏已竟相當苦痛，……」

這似乎不如寫自己的得意事較爲高興，然而我們讀這幾行時覺到多少濃重的摯情。

不錯，他無論甚麽話都對我們說，說道：

「晚間剛好有北方的朋友來，大家在餐館吃了一點酒，拚着羞澀的錢袋，我們吃一回酒罷，希望換出來一些溫情和安慰，但臉上雖是熱着，而憂鬱的雰圍好像愈擴大，人人日子都不好，……」

說道：

「秋蟲之夜鳴使人憶遠，而小偷所引起的犬吠聲更不減於佐藤君鄉居的經驗，這時你靜靜聽了屋瓦的悉索，不禁又想起在三千里外作旅人之孤單。」

說道：

「我住的院子幾乎有十家左右隣居，有避亂的鄉人，有煤商，有運牛的畜販，你想不到我是出房租最低的一個，於是我最招房東白眼。」

說道：

「白天是我們的世界，夜間十點鐘以後，變成老鼠的世界，牠們用種種方式向睡眠的人揶揄，甚至咬孩子的耳朵。當我捻亮了燈去尋覓時，永遠沒有看見過牠們的影子，……」

說道：

「我的孩子是在北京長大的，故鄉的影子也許在他心中慢慢淡了，然而因爲現實的痲煩也常常發幼稚的牢騷，今晚吃飯時，因爲看到上海有木偶戲在演着水簾洞而大不快樂，向我說，『爸爸，南京眞不好，什麼都沒有，也沒有木偶戲，我們走吧。』」

我們也坐在他的飯桌前面了，我們聽見那童稚的語聲說，「我們走吧。」我們不禁隨着說，「我們走吧。」因爲我們也早已感到了在心裏顫動着的無名的思慕。

我們是他的最親密的朋友，誰問我們關於他的事，甚至於過去生活上的瑣事，我們也都知道得十分淸楚，而且非常高興地對人講說他的行旅，他的奇遇，他的朋友們許多年前的V女校的故事和他衣袋裏二十塊錢的響亮的聲音，以及那個把糖果點心偷偷放在他的牀下的女孩子……

因爲他的誠懇眞摯，我們讀他們的散文時才深深地感到自身的生活的擴大，而這正是人生的最大要求之一。

四

旣然他和讀者之間有了深厚的友誼，他對於一般寫文章的人所漠視，所嘲笑，所厭惡的人們有豐富的同情，他處處替他們設想，了解他們，寬恕他們，甚至由生物推及於無生物。在這一點上他是頗與現代散文家林德先生相似的。

林德先生從常賣給他報的賣報童子身旁走過而不買報便有犯罪之感，覺得人們的種種知識的缺乏是一種樂趣，說人下了決心做一件事却總不能實行是最自然的弱點。而紀果庵先生呢，總是忘掉了自己，把心思放在別人的靈魂裏去：

「我們願意爲人家的分離落淚，我們更高興爲別人的聚合歡舞。」

所以——

「就在門檻或泥地上靜聽江南女子的淪落之聲，……也不知唱一晚可以賺幾何錢，畢竟不曾且不忍長久聽下去。」

「想想一個流落無歸的五十老人，天天在小客店裏生了小炭爐子煑些稀飯充飢，連燒餅都買不起，其可憐與黯淡，也就很可以下淚了。」

然後我們隨着他去散步，走過陰陽營：

「有賣粽子的女人，越在雨天調子越悠長而帶些憂鬱。」

又走到燕子磯：

「照像機剛剛舉起，那個倔强的老農夫忽然罵我們說，『你媽，不要照，』這種原始的固執使我呆住了，我只好低頭向前行去。」

再走到雞鳴寺：

「一個半盲的人，不是和尚而穿着藍士林布紅滾邊衣服的人，又不向你要錢，只是憑你布施，那便不能不俯首被他敲一下了。……你又何忍獨責寺僧。」

不用說，換了別人，對於這些人物大半會毫不原諒地以油滑之筆加以嘲罵的。至於非人類的動物和無生物呢，更是絕無感情地大加鄙視了。紀果庵先生則不但

「爲繫在屋角樹上的水牛祝福。」

而且——

「路邊生着高粱和玉蜀黍的田一直擴展開去，忽然有炸破的高樓矗立在裏邊，也不知主人今日何似，我爲房宇而惆悵」

。

而他對於書籍是那樣癡心地愛好着，他却並不希望都據爲己有，只願意它們各得其所：

「所以在散釋翁以僅此一書得歸故主爲悵，而我則以居然有一書逢着故主爲欣然。……一種書在幾十年光陰之內，逢到不少刀兵水火之厄，又不知轉移了多少主人，有的主人對牠是寵愛，有的則是冷淡不措意，也許因此就終身淪喪了。……」

這和吉辛翁得到了好書放在書架上說道，「站在那兒吧，我還有眼能看你。」於是一種快樂的顫動通過了全身，比較起來一則是樂享自己的世界，一則是樂享一切人一切物的世界。

五

一個毫無遮飾，極端誠懇的人，一個對生物和無生物充滿同情和諒解的人，對人間的事物有如何的看法呢？因爲他的眼睛是永遠張大着的，觀察外在的一切甚至忘了自己的，所以他有「銳敏的時代感」，動亂的時代，矛盾的時代，舊的倒塌新的未建的時代，一個社會裏存在着許多社會的時代。人類除了受戰爭飢饉的迫害之外，內心裏是思想的衝突，苦悶和憂鬱。如何從這衝激的漩渦裏振拔出來，需要耐心，毅力，和明確的認識，同時，一些抽象的理論又是不能生效的，冷嘲熱罵更是不負責任的沒有辦法的表現，所以紀果庵先生以最大的同情爲出發點，替人設身處地，給人以健康的生活上的啓示，也犀利地指出來病態的缺點。

「現在更惹人注目的是電杆上園林管理處的標語，禁止貪污廣行善舉等等，中國人的道德作用大約全從這些方面發洩了，一遇正當機會，反不見有道德之存在。」

「夜的秦淮總該是大多數人類的要求吧？雖說沒有天涯女人唱孟姜女，但却有十二三歲賣花的小姑娘唱賣糖歌何日君再來等，在你懷抱中要求給他以相當的鈔票。高貴女子與所謂貧賤女子在今晚是沒有分異的，或者在明晚仍是沒有。許多有權有勢的人甯願對一個女侍獻媚，譬如强迫自己喝酒也要求女侍同吃等等。這種地方我以爲不止女人被玩弄，男人也未嘗不輕瀆自己。」

這一類事正是都市所造成的罪惡，甚至船女們來到都市也改變了：

「一出玄武門剛看見城市中極少遇見的垂柳蔭便被她們包圍了，先生，兜兜圈子吧，一點鐘三塊錢，爭吵，攘奪，她們喪失了鄉下人的誠質與溫厚了。」

至於「夜半分明聽見隣居的哭打聲，次日又聽說一個女人上了弔」的事更是到處皆是，而且「在這非常時期，就應時來了非常的英雄豪傑，乘着烟硝彈雨，搜括天下銅鈿。」因而人類的悲劇一天一天地加多。

「所以我們便希望這個非常快快的過去，恢復了我們能應付的『常』。……我們沒有一份力量，可以旋轉乾坤，化戾氣爲祥和，飛機炸彈潛艇之工作，我們委實是沒有力量制止的，我們所要求的，只是非常狀態中的寄生蟲們，也稍微恢復一些常態。」

生長在有山有高粱有秋天的柿子也有牧羊人的野火的北方原野的紀果庵先生自己，永遠沒有失掉健康的泥土氣息，也願意別人都鄉野人一般地在心思和生活上都健康起來。

「如今在城市中每天所見的總是俗惡的洋裝和市儈式的短打，一件衣服上增加若干不必要的鈕釦，說話烏烟瘴氣，朋友長，朋友短，轉憶那許多篤厚的面孔與裝束，眞好似不易再覩了。」

而鄉下的人們呢，則

「頑强的與生活奮鬥之餘，還保留着一點孩子好勝與稚氣的心理。」

我們應該回到鄉下去，我們對於刺激過多的病態的生活實在厭倦了，紀果庵先生在這一方面給我們的啟示很多很多，別人不肯注意的事他都愉快地記錄了下來：

「我經過小河與菜圃，蒹葭與衰柳，鄉下人担了柴，健康的走在石子路上。……我看見一個赤脚的女人担起柴担要走了，剛從茶館買了香烟的漢子追上去，把担繩一拉，女人倒下來了，我想一定是打鬧吧，但女的却荷荷的笑着，罵他是『小鬼，龜孫，』重新打打身上土，挑起担子去了，活潑而康健，眞誠而多趣。」

「許多小孩都集攏來了，用食指放在嘴邊，注視着我們，問他這個村莊叫什麼名字，一句話也不敢說，忸怩的走開了，問老婆婆，『我也不曉得，胡亂住下去算了。』」

這絕不是逃避現實，而是要脫離一切汙穢，醜惡，虛僞，重新堅强地生活起來，而且在健康的狀態下發榮滋長：

「我們正是盛讚松柏的民族，宜乎其生活長久在冰雪中，而仍舊不斷生機，不知道你怎麼樣，若我則還是有點期望暖和的。」

六

此外，做爲他的散文的主要特色之一的是詩的情調。

周作人先生寫着到了蘇州不知不覺地動了鄉思，寫着讀阿左林的散文時對那些古城小市感到一種牽引，像是夢裏的故鄉；文泉子先生寫着他隨了一對戀人默默地走着，走着，在他的孩子的心裏也感到了秋夜的哀愁。這才是眞正詩人的情懷。

極端沖淡自然的現代散文家露加斯先生寫着他去失去的手杖喃喃自語：

「我會預期着將來有一個時候，我的主人的手壓在我的頭上一天比一天重，我扶持着他是一種特權，因服役而强壯。以後……唉，以後無論誰都可以要我了，因爲那時候我眞是被遺失了。」

這才是不自禁的感情的流露。

而我們的流行刊物上的一些散文作者們永遠夢不見這種感覺，他們沾沾自喜，裝腔作勢，他們沒有想像力，沒有敏感，沒有惆悵，和那些認爲他們的作品才是散文的編輯一樣。

紀果庵先生雖然寫詩不多，他的散文裏却充滿了詩，惆悵而美麗。人生不正是惆悵而美麗的麼？散文裏如果毫無這種成分，便是缺陷的，不完全的。這是感情的自然表現，與健康的思想並不衝突。

在這兒我且試把他的散文分行寫出來，當然，這無非是表示應該照詩的讀法去讀而已。

「在這麼一個零亂的古舊的房子裏
存在着充滿世紀末憂鬱的我，

當秋風吹落院中梧葉的時節……」

他這樣地寫着他自己，而他經過的路旁，

「有野花斕漫的開在田塍上，

西風裏枯寂的石碑像歎息。」

他在雨絲中和臨別的朋友吃了酒：

「古仕女的華燈熄滅了，

侍者勉强的收拾了煙草缸與火柴盒，

我們只好走了，

彼此道了珍重，

因爲這兩位朋友明天就在長江以北了。」

他「悵然於都市中的曠野」：

「那眞是可以懷念的輕愁的日子啊。

……………………

還有敲着鐵板算命的盲者，

也偏在這種天氣

撑着半舊的油紙雨傘滿處踅，

青衫已破，

鞋上塗滿泥濘，

他是什麽地方的人呢？

是不是我的同鄉呢？

我應當問訊他，
但我却沒有。」

他顯然是陷入詩人的癡思了。所以他在瓜棚下聽歌之後，

「就也不好意思
從口袋裏掏出錢來給他，
我好像怕他羞澀，
更怕我自己羞澀。」

而他懷念着他失去的書的時候用何等哀愁的語聲低吟道：

「但是我希望着，
希望着，
直到現在
還希望有一天
我的書
會碰見它的舊主人，
如我曾把所收的書
還給別人一樣。」

苦想着朋友的時候他用顫動的筆這樣寫：

「他的夢想
也任天外飛來的聲音震毀，
…………………………

任我們爲他臨風惆悵，
永久的，永久的，
直到他回來那麼永久的。……」

這樣的散文才能不但訴之於理智而且訴之於感情，讓我們讀後輕輕抬起頭來望着天空，覺得心思寧靜而柔和，可以開始秘密地默想了。

七

在風格上，他有豐富的姿態，正如他的散文的內容。

他的嫻雅的幽默常常讓我們微笑或苦笑或沈思，這才是眞正的幽默，那些咬文嚼字不倫不類的幽默，自以爲可供人茶餘酒後的消遣，所以銷路不成問題的東西，實在只令人作三日嘔，而且終於會被投入茅廁裏去的。

現代最幽默的散文家密爾諾寫道：

「現在她在哪兒呢？嫁了——嫁給別人了。」

寫道：

「我祝他幸運。他果然幸運，他失掉了一條腿。」

紀果庵先生也是如此，不是故意幽默，他的筆只輕輕一轉，便讓你無可奈何地笑一笑。

「我因說，你看夠了麼？他道，夠了，夠了，快回去吧。我說：這正是板橋雜記所記的大中橋到文德橋之一段呢。」

「當二十六年我們天天聚首的時節，他還是 handsome 的大學生，如今則左看也是皺紋，右看也是皺紋。」

「後來會聽到從塞外古城來的人說，學校的書都被本地人搶光了，在某街中擺了地攤出賣，一角錢一堆，這位朋友並親見一個人從學校裏出來，脚踏車後座上綑了許多本萬有文庫，這自然也是要打入地攤的了，我很癡心的問他會看見我的書嗎？他笑着說，那麼多的書，誰記得你的我的呢？」

「晚上懸着五彩琉璃燈的畫舫把外面的白布篷都拿掉了，船主太太在船頭梳油膩的頭髮，隔夜的美麗之夢，這時充分醒覺了。」

「問侍者『有坐位嗎？』自己看好了，你若一賭氣便不吃，那就永遠也不要吃。」

也許一些小丑作家認爲這不算幽默，那就是他們和我的看法不同，我總覺得幽默的緊隣是憐憫和憂愁，即使有諷刺性的幽默也是如此。紀果菴先生對人和物有廣大的同情，而對那些實在該諷刺的少數人也有溫和的諷刺：

「兩扇鐵門終日緊閉就是一種威脅，雖然有很好的薔薇與竹樹，也是要從敷有電網的籬上探出頭來。」

「所以李香君董小宛顧橫波恐怕也無非如是，若說是文人渲染得好，那到底還是有某種狂在作祟罷。」

「北京的富人們把心又收回腔子裏，重新在跳通宵舞了。」

在辭藻方面呢，總是美麗而質樸，清新而親切，最動人的是他所用的適切的比喻：

「好像巴黎人攻打巴士底監獄一樣，我居然帶了幾十人，浩浩蕩蕩，到校長公館去了。」

「不能不從荷包中擠出點油水滋養我這瘠牛一下。」

「南星與PH間和我與PH間是等邊形，而PH是頂點，若是女人，PH正該是其中心。」

「我是一頭被拖到泥塘裏的鴨子，混濁，凌雜，想抬起頭來也無從，任羽毛被泥濘塗遍吧。」

像這類的妙喻在他的文字裏極多，它們的效果是只用很少很少的幾個字引起你的想像，便可以代替幾大段文章。

在筆調方面，他的散文瀟灑起而澄澈，雄壯而深沈，像滔滔滾滾一瀉千里的江河，兩岸却又處處是芳草鮮美，落英繽紛的。我沒有法子舉例，除非整篇整段地抄下來，好在這一點是讀者易於欣賞的，恐怕早已有和我相同的感覺了。

八

柳雨生先生說：

「因爲文壇上曾經有過一個很長的時期，老作家們擱筆了，新作家沒有產生，於是作品裏有許多光怪陸離的東西出現了。這些東西，在形式上當然也是是用各種文藝作品的形式出現的，或小說，或戲劇，以至散文，詩歌。可是從內容看起來，不但沒有藝術的價值，就是連最低限度的文學作品的條件，也還沒有能夠達到。所以，我們在現在文壇現狀比較好轉的時候，願意提出這一點，希望從事文學愛好文學的朋友們特別的努力，特別的警醒。」

這種現象在散文方面尤其顯著，而且那些低劣的用某種方法抓住了一個刊物的散文作者絲毫不知道反省，居然以自己的『光怪陸離』的東西爲得意，搖搖擺擺，躊躇滿志，因爲，如前所說，他們以爲散文是最容易寫的，不知散文才是最難寫的。

紀果庵先生的散文近年發表極多，對散文的發展旺盛上有絕大幫動，和那些風格不同內容不同的假散文立在一起，自有崢嶸獨立之態。而他的散文因爲氣象萬千，富藏如海，令人目不暇給，得此失彼，所以細心研讀而取法於其中和自己趨向相近的某一點或幾點最好。比如這一篇小文卽僅僅取材於他的千萬篇散文中的「冶城隨筆」，「林淵雜記」，「書的故事」，「緣法」等四五篇，給我們的東西已經這樣多，其深厚廣大概可想見，這裏所談的實在是滄海一粟，而且只是淺薄的個人的分析，紀果庵先生若讀了此文，大半會皺一皺眉說，「說的一點也不對」。

一九四四年六月

黃龍寺

四幕劇

羅明

第三幕

展開布景以後，是一個外景，在黃龍山的下坡，滿山長着綠油油的野草，左右兩邊各有些柳柏樹木，在左面高處有一個碑亭，裏個樹着一塊碑，這是乾隆遊江南的時候，留下來的御字，因年代久遠，字跡已看不清，亭子上的裝璜，花牙子均已脫落，亭後有幾棵柏樹，亭旁有一個長石橙。在左山下有一株兩人合抱之大樹，樹葉茂盛，樹椏伸得很遠，把山上的亭子掩住一半，樹下有兩個被鋸樹人遺留下來的兩個大樹根，上面可以坐人，在右山上，有一個「高」字形的舍利塔（和尚死後葬身之處），塔作灰白色，塔下有用石磚砌成的高台，觀衆的眼綫穿過了舍利塔，隱隱的可以看見黃龍寺的一片瓦舍，在右山下地上，有一個八角形的古井，井口並不大，井後有一塊石碑，上面刻着「天泉」兩個大字，井口長些尺餘長的青草，舞台的前額，是一條大路，舞台的右方有一條碎石舖成的山路，向右上方灣曲着，直通黃龍寺。

離第二幕時間已經三天了，子石與依萍打算明天早上回上海，老龔因受子石及老張的勸解，又於智清的口中得悉和尚生活的痛苦，又目睹勤修撞鐘的慘情，故已打消做和尚的念頭，也決計於明晨跟子石等一同返滬，現在所剩的祗有智清與桂香的問題了，因爲子石的返滬，智清的問題更嚴重起來，因爲以後桂香不便朝廟裏來，將來見面的機會更難，所以打算偕逃，正在他們商議之際恰巧又被禿子媽——劉嫂聽見，因而開始演成一幕悲劇。

這是一個夜晚，月光特別的皎白（但燈光不須太明），天氣還有點悶熱，子石與依萍兩人因爲在臨行前再作一次晚遊，一面看看月亮，一面乘乘風涼，智清與桂香抽着空也來一次幽會，當拉開布幕以後，舞台的右上方掛着一支滿月，智清坐在樹根上，倚在大樹旁，面部表情非常的憂愁，看出心事很大，手裏無聊的在玩弄着一個樹枝，桂香坐在離智清不遠的一個矮樹根上，雙手抱着左膝，也作非常無聊的表情，舞台空氣一直的很寂靜，祗有自黃龍寺裏傳來的晚鐘，鐘聲很沉，音波送的很遠，自開幕打起，一直打了七八下，此時音樂起，桂香接唱「晚鐘」歌。

桂：（唱）一陣陣的淸風，
帶來這古廟的晚鐘，
月光照滿了園外，
更顯得分外的幽靜。

你別那樣的憂慮，
你別那樣的彷徨，
不管恁般的風浪，
我都願依戀在你的身旁，

雖然這兒有良辰美景，
雖然這兒有古廟鐘聲，
但不是我們存身的地方
恁海角天涯——
也得去找個安樂的天堂。

（桂香唱罷俯首暗泣，智淸起立至桂香前）

智：怎麼？你哭啦！

桂：我一想起我們的將來，我就害怕！

智：怕——怕什麼？

桂：你知道楊先生跟姚小姐明天早上就要走了，我們——我們以後——

智：我們——我們以後——（他嘆了一口氣半嚮地他又想起蘇曼殊一句詩）這眞是「玉砌孤行夜有聲，美人淚眼尙分明」，這一陣晚鐘引起了你的悲歌，由這首悲歌又想到我們的將來！

（桂香很情感的站起來拉住他）

桂：你說！你說！我們將來怎麼辦？

智：我們將來——我們將來祇有走！

桂：走？

智：走！離開這兒！我也知道這兒不是我們存身的地方，我們不管是海角天涯，也得去找我們安樂的天堂！

桂：走！你帶我走？

智：是的，我帶你走！

桂：走到那兒去？

智：走到老遠老遠的地方！

桂：我們可以到上海去！

智：上海？

桂：去找楊先生去！

智：我們要走的話祇有先去找楊先生！

桂：剛才這個歌是楊先生作的詞，是姚小姐譜的調子，自從姚小姐教會了我以後，我天天的在唱，我每一次唱每一次就想到我們的將來！你究竟打算怎麼辦？我們的事你跟楊先生說了沒有？

智：今天早上我曾跟楊先生說過！

桂：（搶着說）他知道了？

智：他知道了！我全告訴他了！

桂：他怎麼說？

智：他說這裏所遺憾的——

桂：什麼？

智：我是和尚——

桂：（嘆了一口氣）那祇有——

智：不！他說有用着他的時候——

桂：怎麼辦？

智：他一定可以幫忙！

桂：（鬆了一口氣）那就好辦了！

智：不過——

桂：不過什麼？

智：不過我們走出去之後，將來怎麼過活吶？

桂：你可以去找事情做！

智：可是找什麼事吶？我什麼也不能，什麼也不會！我會的只有唸經坐禪，燒香拜佛！吃慣現成的飯，做慣現成的事！你叫我好幹什麼吶？

桂：（不高興地）那你就等於一隻飯桶！

智：飯桶？是的！我承認我是飯桶，十幾年來我住在廟裏，把我養成一個飯桶，祇有消費沒有生產，什麼都不會，什麼都不能，全靠別人來養活我！不，不僅是我，凡是當和尚的全是飯桶，你看我們這廟裏幾百個和尚，那一個是做點人事的，連自己的事也得別人來管，假如有一天別人不管了，我們這羣和尚祇有餓死，連對我們可憐的人都沒有！

桂：（失望地）照這樣說算啦？

智：不！我們得從長計議！

桂：計議到什麼時候？

智：桂香！你不要急！光是急是沒有用地，我起先也是跟你一樣，把走看得很簡單，可是到走的時候了，就什麼問題都來了，我們如其將來走出沒有辦法，倒不如於未走之前先作一個準備！

桂：什麼準備？

智：就是準備着走出以後的問題，第一要緊的就是往那裏走，第二要緊的就是走出以後的生活問題！我想——

桂：你想怎麼？

智：我想首先得與楊先生商議定了，請他幫助我們，因爲我們倆都是沒有親戚，沒有朋友的人，只有請求楊先生！第二就是費用問題，路上的盤費不去說他，還有我們的服裝費，尤其是我，總不能穿着這種衣裳（指自己的僧袍）帶着你走！第三是時間問題，什麼時候走是値得我們考慮的，因爲我們是——私奔，與楊先生跟姚小姐不同，如果走的不是時候叫人發現了，那又怎麼辦？再有就是我的頭髮，總得讓它長長一點，不要叫人看出我是一個和尚！

桂：在走前的問題，我也相信得事先想好了，免得出岔子，可是在走後的問題，我想是不會成問題的！我想我們只要有這個（舉出雙手來）——

智：手？

桂：對啦！手！你有嗎？

智：我也有！（舉出兩手）

桂：我有手你也有手，我們兩個人一共有四支手，我們只要有手就可以做工，只要我們四隻手不閒着就會有飯吃！

智：對！我們有手！我們可以做工！天不會餓死我們的，麼什事情都是手做成的！只要我們有手！

桂：我想世界這麼大，不會多餘我們兩個人吧！

智：我想決不會沒有我們存身的地方！

桂：（忽然的跑到「天泉」旁邊）這是什麼？

智：這是天泉！當心別掉下去！（他忙去扶住她）你知道這是很深的！

桂：如果要是有人掉下去吶！

智：掉下去一定是淹死！

桂：沒有法救？

智：簡直沒有辦法！你看這井口離水面還有兩三丈，你聽！

（他檢起一磈小磚抛下去，半天才聽到聲音）

桂：（忽然地）你看你看？

智：什麼？

桂：裏面還有一個月亮吶！

智：當心點！這個井裏有鬼！

桂：有鬼？

智：是的！過去有很多人跳在裏邊淹死了！

桂：是男人是女人？

智：男女都有！前年還有一個女人跳進去淹死了！

桂：誰？

智：就是前村上李家小姐！

桂：爲什麼？

智：因爲她愛上了周大爺的少爺，但周大爺不答應，所以她就跳井自盡了！

桂：智淸！

智：什麼？

桂：假如我也跳下去吶？

智：別瞎說了，

桂：譬如的話！

智：不會的！

桂：譬如我有一天跳下去吶？

智：那——那我一定想法子救你！

桂：假如救不上來吶？

智：不會有的事！

桂：不！我一定要你說，假如你救不上來，我已經淹死了，那你——

智：那我——那我一定也跳下去！

桂：與我一塊死？

智：你——你想到那兒去啦？

桂：我想，假如我們走不了，我們不如一起跳井，死在一塊！

智：你怎麼想到這上啦！（習慣地）阿彌陀佛！

桂：因爲生着不如死的好！

智：不！我們還是談點別的吧！你知道今天是我們最後的一個晚上，明天楊先生跟姚小姐就走了，他們走了，你也不能來了，我們還是好好的在一起看看月亮吧！

桂：你知道楊先生跟姚小姐忙着回上海幹什麼？

智：不知道？

桂：姚小姐跟我說他們回去結婚的！

智：結婚？

桂：對啦！楊先生跟姚小姐是同學，楊先生是學畫畫的，姚小姐是學音樂的，所以——

智：所以他們就愛上了！

桂：對啦！因爲他們快結婚了，所以借着放暑假的機會到這山上來避暑！

智：那麼龔先生也要跟他們一塊兒回去了！

桂：這我可不知道！

智：桂香！你知道龔先生來山上幹什麼的？

桂：他是來找楊先生的！

智：不是！他是來當和尙的！

桂：當和尚？

智：對啦！前天他都跟我說了！他還問我當和尚究竟怎麽樣？我眞不懂，他是一個堂堂的大學生，有家有口的幹嗎要來當和尚？我眞奇怪——

桂：奇怪什麽？

智：奇怪究竟還是廟裏好還是廟外好！

桂：你看吶？

智：我看當然是廟外好！可是爲什麽偏偏又有許多人偏又要來出家當和尚吶！我今天早上會問過楊先生——

桂：他怎麽說？

智：他說他們都是神經病！

桂：神經病？

智：是啊！越說我就越不懂了，廟裏人想還俗，廟外人想出家！我眞不知道那樣是好！你在想什麽？

桂：我在想——我不想什麽？

智：你不在想什麽？幹嗎兩隻眼睛老瞪着月亮？

桂：我在怕——

智：怕什麽？

桂：如果我們走不成了！

智：你又想到我們的問題了，不會的！拿點勇氣出來！天不早了，我們回去吧？

桂：不！我還想再坐一會！你看今天的月亮多好啊！智淸！明天我們就要分別了！

智：明天？是的！明天起我們就不能夠天天在一起了！在這一個多月中，我們過的生活眞跟做夢一樣！菩薩沒有引誘到我，你到把我引誘去了！所以我說你比菩薩强，我信你，我崇拜你！

桂：你眞的不想當和尚了？

智：我前天不是跟你說過了嗎？我不想當和尚了，我當夠了！和尚的信念是四大皆空，看破了紅塵，忘了自己，可是我並沒有看破了紅塵，不但沒有看破了紅塵，而且自從我見了楊先生，後來又遇着你以後，我發現世界上的一切並不都是空的，一切都很實在，同時我因爲有了你，我也發現了我，我知道「人」生在世界上是有意義的，所以我決定不當和尚了，即使不爲了你，我也決心不當了！

桂：那麽我們快點吧！

智：你的意思是我們快走！離開這兒？

桂：智淸！你知道我們以後的日子多難過啊！而且說不定秃子媽正在預備着給我成親！

智：所好我們的事還沒有人知道，以後你只要有功夫，還可以時常到廟裏來，或者我們在這個山上檢個地方，一有機會我們就可以幽會，手續辦好了——

桂：我們就可以走，離開這兒！

智：對啦！桂香！我眞感激你，能有勇氣跟我在一起，跟我走，跟我去受苦，你眞是「前夜」裏的愛倫娜！

桂：愛倫娜！誰？

智：這是我今天才看完一本書，叫「前夜」，是楊先生借給我的，愛倫娜是這書裏的女主角，她是一個貴族小姐，她什麼人都不愛，偏偏愛上了窮光蛋，一個保加利亞的亡命徒英莎羅夫，後來他們兩個人就暗地裏偕逃了！

桂：這位愛倫娜小姐眞有勇氣！

智：可是不幸得很，後來英莎羅夫死了！

桂：眞的？

智：咳！天底下的事情眞是變化莫測！我讀了這本書很受感動！桂香，我們回去吧！

桂：不！還早吶！大和尙還沒有唸經吶！

智：要麼趁現在沒有人！我們起來走走！

桂：也好！我們到黃龍洞去！

（他們兩人說着卽自左下方向左走去，此時舞台上又靜下來了，祗有單調的蛙鳴，不久，子石與依萍自右上方很慢的走下來，子石穿着白色短衣，依萍穿着藍色外套，頭上又扎着一根大紅色髮帶，在月光之下看上去非常的美麗，她的右手叉在子石的左臂裏，子石的態度亦很自然，嘴邊咬着一支黑色烟斗）

楊：依萍！你看這兒風景多美啊！眞好像一幅畫一樣，在這靜悄悄的月夜裏，跟着情人在一起散步，看月亮，聽着自然界的音樂，呼着新鮮空氣，眞是人生的快事，都是在都市裏所享受不到的，依萍！你對這座黃龍山有留戀嗎？

姚：我可住膩了！幸而明天我們要離開這兒，不然我眞可要悶壞了！一點意思也沒有，無聊得很！還是上海好玩！有電影看有音樂聽！

楊：從你的話裏，就可知道都市的引誘多强啊！依萍！你是自小在都市裏長大，怎麼你還要留戀都市，還沒有住膩吶？

姚：因爲我覺得生活在都市裏才能感到生活上的趣味，精神才有寄託。

楊：我早跟你說了，你的貴族性太重，因爲貴族性重，就會有虛榮心，虛榮心太大就會失掉靈魂，你說生活在都市裏才感到生活上的趣味，是問生活在鄉村裏，就沒有生活趣味啦嗎？你看我們在這大自然的懷抱裏，只有你跟我在一起，不是一樣的有趣味嗎？我覺得比在舞場裏兩個人摟在一起跳舞，還有意思得多！

姚：這是因爲你過得不長久，如果叫你天天地永遠地過着鄉村生活你也會膩的，我剛來的時候也覺得田野比都市好玩！

楊：這當然！今天早上我還跟老龔說過，一個人生活在世界上，自從出了娘胎起，可以分出許多的階層，越是一個有能力有材能的人，他的一生的階層也越多，階層越多，每個階層間的距離也越短！

姚：我不懂你的意思！

楊：我的意思是非常的簡單，譬是你剛出了娘胎，是一個無知無識的小貝貝，在這一個時候，你的一切完全是由你父母操縱，他們可以決定了你的一生的命運，等到到了第二個階層，就是求學，小學，中學，一直到大學，在這個時期裏就全在乎你自己了，你將來的一切事業全在這個時候決定，以後就戀愛，結婚，創辦事業，踏入社會，就越來越複雜了！

姚：這誰也知道！

楊：不！我的學理還沒有講完，我的意思是每一個階層都很短，我們如果不願辜負我們這一生，就得在每一個階層裏自己會利用會享受，譬如在貝貝時期不去說他，在求學時期就得努力讀書，盡量的享受着學生的生活，在戀愛時期，就得盡量的享受着戀愛的甜密，在結婚時期，就得盡量的享受着家庭的溫存，在入社會幹事業時，就得努力工作，鞭策自己，拿工作當作自己的享受，同樣我們在都市裏要盡量享受都市，在鄉村要盡量享受鄉村，因爲每一個階層，每一個環境都是很短促，老龔的失敗，就是不會利用時間，不會利用自己！

姚：我看當和尚才夠可憐吶！一點生趣也沒有！

楊：所以我生平最反對當和尚，因爲凡是當和尚的都是社會上的一般失敗者，沒落的人，完全是消極主義者，他們想逃避現實，名之曰「看破紅塵」，「把人間」比作「紅塵」，這是他們最大的錯誤，我覺得祇要你是一個「人」，你就應該做點「人」的事情，明白「人」的生存意義，失敗了再來，如果你想逃避，除非你跑到荒山野島上去，與飛禽走獸同居，不然，你還是在「紅塵」裏，因爲廟宇裏的生活還是「人間」！

姚：不過像有一般自小當和尚的人，豈不是寃枉嗎？因爲他們並沒有失敗，也沒有看破「紅塵」，完全是因爲貧窮關係硬被送到裏來！

：這些一般和尚，是最值得我們同情的，這是中國宗教上的一個最大的失敗，他們簡直拿和尚當作職業，吃「教」，養成社會上一般寄生蟲，無用的人！不過一般僧僮是值得我們可憐的！譬如黃龍寺裏的智清，實在是一個很純潔很有思想的青年，可惜他——

（此時祥齊提着一個紙燈籠自右山上下來）

祥：（有點窘態）是楊先生姚小姐啊！還沒睡？

姚：我們在看月亮乘乘風涼！

楊：這麼晚還下山啊？

祥：（陪着笑）有點事！有點事！嘿嘿！明天早上要趁火車，也可以早點睡了！

姚：謝謝你，你請便吧！

祥：好好，您二位坐着！明早上給您送行，這一個月來小廟眞是招待不週，還得請楊先生跟姚小姐多多的包涵點！待會見！

（他說着就下山向右方走去）

楊：像這種和尚就不能跟智清比了！依萍！

姚：嗯！

楊：你猜他上那兒去了？

姚：他不是說他下山有事！

楊：有屁事！他裝滿了鈔票下山找女人去了！

姚：你怎麼能知道？

楊：不然他鬼鬼祟祟的，都半夜了還不下山幹嗎？而且老張也跟我說過！山下他的姘婦很多！

姚：眞該死！

楊：你眞以爲當和尚的都是好人？

姚：不過大和尚悟空法師還好！

楊：那當然，像大和尚那樣眞是千不抽一萬不抽一，不過其餘的和尚差不多全有偷香竊玉的事！

姚：你怎麼知道！

楊：因爲他們全都是人！（忽然地）噯！你知道智清跟桂香的事嗎？

姚：怎麼？

楊：他們兩個人愛上了！

姚：（驚奇地）眞的？

楊：我早就看出來了！

姚：我還不知道吶！

楊：今天早上智清還跟我商量吶！

姚：他怎麼跟你說？

楊：他說他不想當和尚了，他很坦白的承認愛桂香，他想請我幫忙！他們想離開這兒！

姚：那你怎麼幫他忙的！

楊：我說這裏所遺憾的，就是他是和尚，而且桂香已經有了婆家了！

姚：你不想幫他忙！

楊：我說在必要的時候我一定幫他們忙！

姚：（同情地）本來末，小禿子的長相也太難了，那如小和尚智清生得漂亮！

楊：你也看上小和尚了？

姚：（輕輕地打子石一下）滾你的！

楊：我很喜歡智清，老實說他受了我的教育不少！我這次帶出來的書，很介紹幾本給他看過，前天我又借一本「前夜」給他，你想他們這般人那兒見過這些書！

姚：桂香這孩子長的也不錯！我也挺喜歡她，我想帶她到上海去！

楊：禿子媽不會肯的！

姚：禿子人雖長得醜，我看人還好，心地倒很忠厚！

楊：忠厚就是無用！大概他送花生米給你吃的！

姚：去你的！

楊：不然你爲什麼——禿子媽來了——你看！

姚：手裏還提着兩包東西呢。

（禿子媽——劉嫂自右下方來，手裏提着兩包東西，用蒲包包着，她沒有看見子石跟依萍，正欲上山之際，依萍叫住她）

姚：劉嫂！這麼晚還上山！

劉：姚小姐！（又發現子石）哦！楊先生你們還沒有睡都在這兒！我還正預備上山到廟裏去瞧你們吶！

姚：那可不敢當！

劉：我特別來跟您送行的！

姚：你幹嗎化錢買這麼多東西？

劉：沒有什麼好東西，都是我們黃龍鎭上的土產！

楊：劉嫂你太客氣了！

劉：那兒話！應該孝敬的！

姚：我們東西太多了！還愁着不好帶吶！你帶回去吧！

劉：這可不能！這些東西都是你們上海沒有的！楊先生！您瞧着我們禿子沒有？

楊：大概總在廟裏！

姚：桂香也在上邊！

劉：姚小姐！謝謝您還給桂香這麼多錢！

姚：桂香這孩子我很喜歡她！人很聰明！做事也很勤快！

劉：這都是您調理得好！有什麼侍候不到的地方還得求您包涵着點！

楊：（指依涞）她很想帶桂香上上海！她走得開嗎？

劉：這——

姚：不行嗎？

劉：不是不行！桂香這孩子有點不老實，離開我遠了，我有點不放心！而且我想馬上替他們成親！

姚：成親？

劉：是的！跟我們的禿子成親！因爲他們兩個人年齡都不小了！平時我對桂香一步也不許她出去，這次要不是因爲來侍候您姚小姐，我才不許她到廟裏來吶！

姚：那怕什麼？

劉：姚小姐！您看黃龍寺裏有些什麼好和尙，都是餓狼神（色鬼之意）！見到女人就跟着蠅見到糖一樣！死釘住不放！

姚：劉嫂！我早知道你這樣寶貝桂香，我就不敢使用了！

劉：（嘴裏嘖嘖有聲地）這是那兒話！還寶貝吶！您姚小姐肯使用她是瞧得起她！我也不是寶貝她！實在是因爲女孩子究竟是女孩子，大啦還是給點規矩好！

姚：你眞會教訓兒女。

劉：姚小姐！您眞會說話！不過桂香這孩子人還老實，諒她也不敢在外面胡作非爲！她還有點怕我！

姚：（看看子石）如果她要避着你，跟別的男人要好吶！

劉：（馬上變臉睜兩個大眼睛）啊！什麼？眞的嗎？有這回事！

楊：（看空氣緊張）劉嫂！別信她的！她跟你鬧着玩的！

劉：我說吶！她眞才不敢吶！她要是眞有點什麼——

姚：你把她怎麼樣？

劉：那我——

姚：那你——

劉：那我就叫她死給我看！

姚：劉嫂！你這麼利害！（她與子石又對視一下伸伸舌頭）

劉：我知道她不喜歡我們禿子，其實我們禿子那樣配不上她！我這樣管教她不是利害，我們人雖窮，可是總不能叫人家說閒話啊！而且我對她並不壞！供她吃供她喝把她養得這麼大，她要是眞的沒有良心，您想！我能放過她麼？

楊！（討厭她地）對對！你說得對！天不早了，你可以回去啦！

劉：（又換了一副笑臉）不！我得把這東西給您送上去！

姚：我們實在是用不着，你還是帶回去吧！

劉：不！我還得上去找我們家禿子！姚小姐您眞好，眞討人家喜歡，楊先生眞有福氣，攤到您這位又漂亮又能幹小姐。我們這座黃龍山年年熱天都有很多客人來過夏，可是從來沒有像您這兩位受人歡喜！

姚：好啦！夠啦！別說啦！

劉：天也不早了，您兩位也該上去睡啦！

楊：（不耐煩地）我們還得等一會！

劉：好！那麼我先上去啦！

（她說着卽提着兩包東西向右上方走！依萍嘆氣，子石搖搖頭，遠處傳來幾聲狗叫）

姚：這個女人眞利害！

楊：假如桂香跟智清的事給她知道了，她一定不肯干休！

姚：我想那事情一定能鬧大了！我看你還是叫智清當心點好！

楊：用不着關照，反正我們明天走了！桂香也不會再來的了！只剩今天晚上總不會鬧出什麼事來！

姚：咳！我們女人生在世界上眞可憐，受你們男人罪不算，還得受女人罪，像桂香多可憐啊！

楊：別想這個吧！反正明天我們就走了，不去管它，現在我們還是談點我們自己的事吧！

姚：我們的事，有什麼要談的？

楊：就是我們結婚問題！

姚：那有什麼可談的！

楊：你看還是青年會好？還是國際飯店好？

姚：這得到上海再說！（她用手理着她的長髮，背朝子石）你看我今天的頭髮弄得好看嗎？

楊：（看一看）好！越自然越好！

姚：你喜歡嗎？

楊：怎麼會不喜歡呐？

（子石想去摸她的頭髮，她一轉身過去了，理着她的衣裳）

姚：我這樣打扮你中意嗎？

楊：簡直是太中意了！

姚：（非常誘惑地）我美麗嗎？

楊：簡直跟天仙一樣！尤其是在這月光之下！

姚：你會永遠的愛我嗎？

楊：（經不起她的誘惑）依萍！你又要來跟我開玩笑了！

姚：你願意來親一親我這可愛的頭髮嗎

楊：當然願意！

（依萍仰着頭，她美麗的長髮散飄在她的背後，月亮照在上面發出金色的光芒，她的態度非常的誘惑，等待子石去吻她的髮，可是等到子石跑到她跟前想抱住她的時候，她忽然的笑着閃開向左面山上跑去，子石也很快活的跟着後面追去了，此時傳來幾聲狗叫，在右方山上老張提着一個

油紙燈籠引着老龔下來，他們是來找子石跟依萍的，老張舉起了燈四處照照）

張：咦！說是在（重讀）這兒的末！怎麼沒有（沒有二字快讀成爲「梅」音）啦？

龔：你問淸楚啦？

張：剛剛劉嫂明明說的，楊先生跟姚小姐都在這兒！

龔：他們大概又上那兒玩去啦？其實明天早上要走了，今天就該早點休息才是！

張：所以我說楊先生眞快活！龔先生不怕您見怪，楊先生實在是您的好榜樣！

龔：這我早就承認了！

張：我年紀是大了，經過事情可也眞多，所以我勸您把事情看開了，就什麼事情都好辦啦！日子也好過啦！

龔：謝謝您老人家！

張：我雖然在廟裏當香火，可是我從來不勸人家當和尚！因爲一當了和尚，就什麼都完了，我見的太多了！在這個世道裏有幾個是眞和尚？除非是我們的老方丈悟空法師，可是能做到這樣，眞不是容易事啊！

龔：——

張：我活了這五十多歲，到過多少地方啊！打過戰，殺過人，玩過女人，發過財，可是到了現在，我老張還是我老張，可惜年紀大了，不能再幹了！但是像你們年青正是有爲的時候，又是大學畢業生，很可以幹點事情，爲什麼要嚷着來當和尚吶！也眞太不値得了，當和尚是一件最沒有出息的事情，不是你們年青人來幹的！

龔：老張！我眞感激您！

張：我勸你明天早上跟楊先生一塊回去，也找個像姚小姐那樣一位媳婦，在你旁邊侍候你！

龔：我可沒有這麼大福氣！我恐怕——

張：那有什麼難！我告訴你吧！你別看我老張啊！從前還弄過三個媳婦吶！

龔：您弄過三個？

張：你瞧不出吧？一個是正式媳婦，兩個是姨太太，可是現在一個也沒有了！

龔：她們吶！

張：死的死了，改嫁的改嫁了！

龔：（忽然地）老張！今天那位汪太太又來找她的丈夫了！

張：別去理她！我看她總有點神精病！不過受罪也不屈，世界上的女人好的總少，不過你將來不要也丟了你的夫人再來要出家當和尚啊！

（此時傳來依萍的笑聲，老張與老龔都在注視着左方的山上，不久子石擁着依萍自左方走出來，依萍見山下有兩個人，有點怕，緊靠着子石）

楊：是誰？

張：是楊先生嗎？

楊：（對依萍）別怕！是老張！

龔：子石！

楊：是老龔嗎？

龔：你們到那兒去的？

楊：我們在這裏看月亮，作一次臨別的眺望，老龔明天跟我回去吧！

張：龔先生的行李都打好了！

楊：那好極了！

姚：怎麼？龔先生（開玩笑地）還沒有出家，就想還俗了！

龔：姚小姐！別開玩笑啦！

張：夜飯都預備好了！大和尚在等着你們吶。我特地拿着燈籠來接你們的！

楊：我們快回去吧！大和尚吃過夜飯還要唸夜經吶！這是他每天的按排規矩！

張：我頭裏走，給你們照亮！

楊：（用手拍老龔肩一下）老龔啊！拿點精神出來！

張：（轉過頭對龔）龔先生！您跟着楊先生學就不錯！

（他們說着大家一同向右山上走去了，雖然觀衆已經看不見他們了，但仍聽到子石與依萍隱隱的笑說聲，可是不久以後，舞台上又靜下來，只有蟲鳴及遠處傳來的狗叫，夜，是已經深了，不久之後，忽然的傳來大和尚——悟空的唸經聲，聲浪非常的宏大，令人聽了不覺得俗氣，聽出是有修養有道業的和尚，但在此時此地聽了，又覺得可怕，恐怖，威嚴，如果我們看見了他，他那打坐的樣子，一定是神聖得不可侵犯，而且夜又靜，好像舞台上的空間，有一尊菩薩似的。

月光不如以前光明，有點暗淡了，在遠遠的地方傳來打更的聲音，小狗還是繼續的在狂狺，不久左方傳來女人咿咿的哭聲，忽然的桂香自左方跑上來，她的頭髮散亂不堪，滿臉淚痕，是她在哭，智清在後面追着，並且嘴裏叫着桂香的名字，聲音很可憐！桂香坐在大樹根上，還在哭）

智：桂香！桂香！我求你，我給你跪下！（說着他跪在桂香前面）你不要再哭了！我對不起你！當心給別人家聽見了！我心都碎了！請你原諒我吧！——我知道是我錯了——可這不能怪我！實在是因爲我太喜歡你了！而且也是你願意的！（此時小禿子跟禿子媽自左上方見桂香與智清在下面，忙避開在樹後，禿子欲出來說話，被他媽一把拉進去了，但智清與桂香還不知道，智清仍跪在桂香旁，繼續的對桂香說着話）反正我們將來要做夫妻的，不過遲早的問題，你又何必這樣難過吶？我求求你，我給你磕頭！（他說着就對桂香磕了三個頭）你聽！大和尚都唸夜經了！天不早了！我答應你！走！明天我們就走！離開這兒！到上海去！

（此時小禿子再也忍不住了，他就叫了一聲）

禿：桂香！你——

（智清與桂香很快的站起來，轉臉向後山上望）

桂：誰？

智：（同時地）誰？

（他們兩個人看見了禿子與禿子媽一怔，禿子媽——劉嫂慢慢的冷笑着走下來，但禿子站在上面嚇得兩腿發抖）

劉：（兩隻眼直瞪着桂香）是我！是我！（又冷笑兩聲，一步一步的逼着桂香）好狠心！想走！到上海去！你竟敢做出這事來！好大的胆子！我有什麼地方待虧了你！說！

桂：（恐怖地大叫一聲）媽！

劉：（毒辣的）我非打死你這個了頭不可！

（她狠命打桂香兩下耳光，又繼之亂拳，禿子看見難過，忙跑下來拉住他媽的手，跪在他媽的身旁）

禿：媽！您不要——

劉：（對禿子）你這個死不長進的東西！你還有臉來求情！給我滾開！

（她一腳踢開小禿子，但禿子又跪走來）

禿：（可憐地）媽！您打我吧！都是我不好！都是我不好！不怪桂香！

（禿子說着也哭了，此時智清痛苦極了，像一個癡子樣的走向劉嫂前面）

智：劉大媽！您別生氣，不怪桂香！全怪我！請您（他跪下來）殺了我吧！我給您磕頭（他磕了一個響頭）劉大媽！您——您殺了我吧！

劉：去去去！現在我不來管你！明天到你廟裏去算賬！有的給你瞧！（對禿子）禿子（音雜）把桂香拉起來回家！

（禿子走到桂香前很溫和的，並帶指責的意思叫她一聲）

禿：桂——香——起來吧！你又叫媽生氣了！你知道——我心裏是多麼的難過啊！我到廟裏等你這半天，想不到你會跟——（他揩揩自己的眼淚）我們回家吧！廟裏都不是好人，還是我待你好！走吧！回去吧！等會到家給媽陪個不是！

桂：（瘋狂地）不不！我不回家，我不回家！

劉：（兇惡地）走！

禿：（溫柔地）走吧！我以後還會好好的待你的！（禿子硬拉着桂香向右方走去）

劉：（對智清）哼！明天見！

（她轉過臉想走，智清拉住她）

智：（乞憐地）劉——劉大媽！

劉！去你的！

（她用力的一推，把智清推倒在地上，等到智清起來再想拉她的時候，她已經很快的向右方走下去了）

智：天啊！

（智清倒在地上，舞台空氣又冷靜下來，大和尚的唸經聲音格外的宏亮，月亮已經被烏雲擋住，一點無光，整個的舞台變成黑暗境界，但野蟲仍在不住的鳴叫，遠遠的還傳來狗吠，但舞台前面的布幕已經徐徐的拉起來了，觀衆在靜坐着，等看下一幕的悲劇收場）

——幕——

四月十一日於寂靜的深夜

寄花溪

果庵

「沒有痕迹的歲月，無聲的千言萬語。」這是我也有而說不出來的一種感想。在「寄花溪」中溫習着過去的日子，這裏雖然沒有我，可是都是我所熟知的時間，人物，我於是也好像變做這些幽美的詞句裏之一字一音。花溪在那裏呢？離我們多少遠呢？千里，萬里，乃至不可想像，千里萬里也不妨走到，乃不意橫互着不可逾越的崎嶇。於是只有看着這些詩篇遐想，遐想。這所懷念的朋友，不但是我和南星的朋友，而且應當是所有人的朋友，不過我們有機會接近了他，而別人不見得有罷了，就是這樣一個人，只要和他接近的，一定會和他成爲密切的友人，這個人具有一種attraction，使你不由自己的親近他。可是他走了，遠在千萬里外，還讓我們與日俱增的思念着，這簡直是殘酷。去年，我重回到住過十五年的古城裏去，憑弔了舊日的遺痕，特別是自己和友人常常聚首的地方，從各種角度觀察，高牆隔住了溫暖的燈火，如「北辰宮」詩中所云：「一幅汙穢窗帘拉起來，不相識的人，不相識的人。」不必北辰宮感覺到，隨處都是可以感覺到的，所以我垂頭喪氣的回來了。

我看見這被思念的友人的七十歲老父，他來寓所特別看我，又和從先一樣，——那時是剛剛離別呀。——從厚重的棉衣袋中，戰顫着掏出花溪的信，字句雖不多，這應當永遠是孩子的詩人心情老了，在誡斥着自己的弟妹如何立身處世，這很潛伏着不少的悲哀，而且又說自己也作了兩個孩子的父親，幾乎不是我們所能信，因爲他對於人生原是看得那麼嚴重而又冷淡的。當我生第二個孩子的時候，他一步跨進那淩亂的家，立刻有不愉快的意思，他說，像這樣的家，我是不想有的，我看了你們的生活眞怕。他用理智拒絕了少女的溫情，他好像頑皮而其實是正經，我們也眞的在懊悔，爲什麼要有這樣一個家，不可以更近乎理想一點嗎？然而他却也會成了兩個小孩的父親，連南星也爲第二個小孩出世奔走了，他給我的信正如此說。在花溪的信中必提到我，我的家庭以及小孩，譬如給老人的信就說夢見我有第三個小孩了，而在給南星的寫得更稚氣更熱烈的信中說到的尤其多，雖則我是至少三年未曾寫過一個字。「我的庭院中遺留下了什麼呢？風携帶了雪呼嘯地奔馳，而我在陰暗的黃昏的窗前，停立了一點鐘，兩點鐘，三點鐘，覺得五十多年沒有人來過了。」（烏鴉）我深吟着這幾句話，覺得日子過的並不算快，在感情上以爲有五十年的而眞的却尙不到十年，正不知將怎麽度這再來的十年之月日。

南星與PH和我是中學的同學，但友情乃有超乎同學以上的存在。在古城的時候南星與PH間我與PH間是等邊形，而PH是頂點，若是女人，PH正該是其中心。我是有了家過着拖冗的日子，而南星與PH正是飄飄盪盪的神仙。他們是Freshman，有世人不能有的傲視，我是一頭被拖到泥塘的鴨子，混濁，淩雜，想抬起頭來也無從，任羽毛被泥濘塗遍罷，我有什麽胆量去看這些無邪又天眞的朋友呢，沉默，掙扎，在電車上過日子，東城又西城，看看PH飄然來了又走去，夏天就帶孩子楠楠去買汽水，冬天肩上有冰鞋，進房長往床上一倒，皮鞋底的泥水儘管汚了床毯，他管也不管，然而我們愛這天鵝，潔白，自由，來去無牽掛。他叫我太太做芝姐，吵着，要她作飯給他吃，而也許又嫌不好吃，可是吃得還是多。南星有一時期住在馬神廟的中老胡同，一個人一個房間，我以爲很明朗，他們大約正寫了不少與他們的生活相一致的散文和詩，我幾乎連看都沒有看過，因爲沒有閒錢也沒有閒暇。南星住到北辰宮，我也只知有這麽一回事而已，不曾去晤談，那時眞是充滿了憂鬱與陰暗。後來南星移居廿雨胡同一寺院，乃是「心遠地自偏」的境界，離鬧市甚近而頗靜寂，詩人正應有如此的居宅，最近南星有散文曰故居，曾加描寫云：

「後來，我忽然變作一個廟宇裏的住客了，那小小的隱祕的庭院有比廟宇應有更多的安靜，坐在終日關閉着的大殿裏的佛像永遠沒有聲音，有人從院中走過，脚步也是輕俏可聽的，YC也住在那兒（比我更淸楚地記得那院子和他的魔力的人恐怕只有他了，而他又早已遷居到難以想像的生疏的遙遠的地方，年年沒有信來，而且似乎沒有再回來的可能，……）我們念書，閒談，想各人的心思，再閒談，我們守着院裏的丁香，看着他們生芽，開花，然後葉子一天比一天豐潤。我們也沒有疏忽了刺柏和棗樹，和我們自己種植的叢花。和他們一起分享淸涼的雨和美好的陽光，若夜間有月光，我們就在無數柔和的柔和影子中間靜坐，祈禱，作夢，枝葉上的水滴或熟透了的棗有時候從夢中飄落在地上，我們的夢却做得長，沒有盡頭的長，直到月亮輕輕隱沒下去的時候，或者說，一直到那一天，許多人都經歷過那一天有兩輛車停在你們的門外，然後你和他們一起走了，對門裏的人說了再見，好像你還有回來的日子」……

我也曾親自到這美麗的一隅去過，的確如文中所說，有意外的安靜。而詩裏所稱讚的海棠，丁香，雨滴，影子，是不是就是這裏呢？YC一定就是PH，那是我可以證明的了，那個靠在佛殿西首獨成院落的小房子有多好的陽光，冬天也是可愛，我看牆上的畫像，看那些被排列得很整齊的書，聽着PH琅琅的笑，南星的尖聲而柔和的話，或者，也許是眞的，那時的日子竟是最可懷戀的了。

在這以前，南星還有一時期住在AC學校，一個天眞貴族的私立學校，我也在那裏作過三年事。南星的宿舍是比較陰沉的，而外面有一架很好的紫藤，他正適宜與那一羣小孩子活在一起，我知道PH是時時去，也替南星改作文，於是南星的學生也變成他的學生一樣，叫出一個名字，他總是很清楚的知道。我的生活在展轉着，我們有了距離，我不大到南星房裏去，恰好分在兩個部分，竟是不大碰頭。我忘記了PH是否已走入大學，好像還沒有似的，於是覺得他們的日子比我更無愁。他還幾乎是小孩子，有時吵着我請他看電影等等，沒有這麼遠的別離，這些日子與事情眞要忘記了，如今正連帶着助人惆悵。PH的大學乃是適合着他的個性的大學，不像我們的學校，老舊，困窮，連一點絢爛的色彩都沒有。他高興於他的際遇，他幸福着，跑到許多地方去旅行，我到現在還有一幀他的像片，是攝於一塞外古城之車站的，而我正在那古城教書。在一種叫做「綠洲」的小刊物上他發表着旅途中寫給妹妹敬子的信，譬如我還記得在雲崗，說是洞裏太黑，一定要帶電筒，就用電筒來量石佛吧，那隻脚一共是二十六電筒呢。他自然寫得比我風趣的多，我從心裏羡慕而傾佩他，因爲在這種逸致之外，他未嘗不寫信給我討論着嚴肅的人生問題，討論職業，討論婚姻，也很有見識的批評那時的學生運動。他有夢想，有美麗的誘惑，不像我這樣未老先衰，拘泥胆小，可是，我想，也是這樣一點動力，使得他不能不飄然遠去，任母親爲思念他而死，葬在永遠連月光都沒有的荒原；任父親佝僂着奔走衣食，自已認着是命運；任弟弟娶了親，雖然他離家時還是剛進初中的小孩子；任妹妹嫁了，而且漸漸要做孩子的每親。更有，他的夢想也任天外飛來的聲音震毀，他有了不見得十分舒適但一定是滿意的家，更一定有了新的朋友，於是任我們爲他臨風惆悵，永久的，永久的，直到他回來那麼永久的。

每一天多少次說着，
那個最親切的名字，
來了，來了，近在門外的，
熟習的聲音像往日一樣。
因爲在這兒看守着我，
過了多年如同一日的
是負載着那個名字的
紙頁，書籍，和不退色的圖畫。……

——失落（寄花溪之一）

相去日以遠，事情已竟夠人流一點眼淚，更不用說讀着這些幽憂的詩篇，而詩篇之中又似處處都爲我所了解。所以我現在不必說南星的詩作得如何好，而只是把我讀過以後的感想寫出來已竟夠了。

三十三年春，又是丁香欲放時。

木偶奇遇記（木偶劇本）

譚惟翰

第五幕

佈景 同第一幕

人物 老蓋 小秋兒 藍海仙子

開幕時，老蓋高興的在室內踱來踱去。隔一會，他走到房門口。

蓋 （敲門）喂，小秋兒，你衣服換好了沒有呀？

秋 （在內）褲子已經換好了，我在穿褂子。

蓋 快一點！當心着了涼。

秋 是的，爸爸。

（蓋至桌邊，坐在椅上。）

蓋 這孩子可眞把我弄苦了。爲了你，我這條老命差點兒都要給送掉！……不，話該得說回來，要是沒有他，我也不會快活。他差不多成了我唯一的安慰者，不是靠着他的勇敢，我恐怕也要給海水淹死了……

秋 （跳出房門）爸爸，你一個子在這兒叨嘮些什麼呀？

蓋 我說多虧了你冒險把我從海水裏救了出來！想想眞可怕：那麼大的風，那麼大的浪……我跳到海裏人事都不醒，別說找你了！

秋 爸爸，別再提這件事了。我眞後悔！

蓋 秋兒，你現在可以把你今日一大早出門所經過的事情從頭到尾都講給我聽聽嗎？

秋 不要說，我……我越想越慚愧。

蓋 人知道慚愧總還不是壞事。——我問你，你早晨拿着書包上那兒去的？

秋 我本來預備上學校去，在路上碰見了做木頭人戲的，我就坐在那兒看劇，誰知那唱小花臉的木頭人是我的親兄弟，，他原來是同我坐在一棵樹上的。因此那個木頭人連戲也不肯演了，跑下台來同我撩天！

蓋 你說得新鮮極了。

秋 可是這麼一來，戲班子裏的老板大大的生了氣，他喊人用鞭抽打我，又把我扔到海邊……你瞧，我這傷口！

蓋　眞是不幸得很！

秋　不幸的事還在後頭咧。來了兩個强盜，向我要錢，我沒有，就把我吊在樹上，幾乎送掉了我的命，要不是藍海仙子來救我……

藍　藍海仙子待人眞不錯。

秋　可不是！她勸導我，鼓勵我，並且答允幫助我，使我做一個眞正的活人。

蓋　如果你能夠變成一個眞正的活人，那我心裏的快樂一定勝過現在百倍。

秋　仙子說，要做一個眞正的活人並不難，祇要自已肯努力，肯認眞學習，肯幫助人做事，自然就會達到目的的。我聽了仙子的一番話，決心要學做人，我打算從明天起開始用功唸書了。

蓋　你知道用功，我眞高興。

秋　不料那時又來了兩個壞蛋，一定要我陪他們去看什麼海鯊魚，我不聽他們的話，他們就來打我，我趕緊逃走，一不小心，就掉到海裏去了……

蓋　於是你就給那大魚吞到肚裏去？

秋　是的。我到了魚肚裏，兩隻脚就彷彿站在水溝裏一般，我怕極了，因爲裏面全是黑漆漆的，什麼也瞧不見。我摸了好一會，才發現一點亮光，我便順着那亮光走，不一會，我瞧見了一張小桌子，上面還放着蠟燭，蠟燭插在綠色的玻璃瓶裏，我眞覺得奇怪；可是更使我吃驚的是那小桌子的後面躺着一位白髮的老頭兒，我仔細一看，原來就是爸爸，那時候我喜歡得眞要發狂了！

蓋　我看見了你也有點兒疑惑。難道是我的眼睛發花嗎？我站起身來往近處一瞧，眞的是我的小秋兒……

秋　嘻嘻……

蓋　你還笑呢？可不是太危險了？

秋　爸爸，現在我已經明白了，我不該不聽你老人家的教訓。希望你能原諒我，從今以後，我要學做一個有用的人了。

蓋　你能悔悟，並且你用你的聰明使我從魚肚子脫出危險，又把我背上海岸，帶到家裏，這種奮勇的精神，已經夠得上稱做好兒童！

秋　爸爸，你不計我的過失，反而這樣誇獎我，我實在說不出的感激。今後我要用我的力量來報答你。

蓋　別說這些個了！我看你已很疲倦了，還是早點去休息。

秋　我這就要睡的，——爸爸，你也請到房裏去歇了吧。

蓋　好。（向房門口走去，半路上又回頭說）小秋兒，你今晚

秋　可以做一個好夢了！哈哈哈……（下）今日的事做得太胡塗，可也好像挺有意思的！（呵欠）我眞要睡覺了。

（秋至桌邊，躺下。）

仙　小秋兒！小秋兒！

（舞台全暗，隔半分鐘，燈光復明。屋內陳設大變，四壁輝煌。原來掛廣告畫的地位成了一長方洞，洞四周全是燈光，美麗的藍海仙子立在洞口，輕呼小秋兒。）

秋　嗯！嗯！你們不要打我呀！

仙　小秋兒！

秋　我再不貪玩了！我要用心唸書了。

仙　小秋兒，你醒一醒！

秋　（坐起）你不是藍海仙子嗎？

仙　正是。

秋　你怎麼會到這兒來的？

仙　我特地來幫助你的。

秋　你，你來幫助我？

仙　我要把你變成一個眞正的活人，你不是說過，你做木偶早已做厭倦了麼？

秋　是，我不想再做木偶。

仙　那麼，我告訴你，從明天起，你便可以成爲一個活人了。

秋　你說的是眞話？

仙　我怎麼會騙你！你瞧，我已經使這屋子統統改了樣兒了！

秋　（看四周）眞的！這是怎麼回事？我該不是在做夢？

仙　孩子，這不是夢。你千萬不要看見這屋子變成了富麗堂皇就覺得驚奇，其實這是一切善心人應有的報酬。

秋　哦！

仙　你的爸爸辛苦一生，到了老年也該享受一點安樂。你從今以後懂得了做人的意義，知道努力，知道向上，知道在危難中鼓起勇敢的精神……尤其是從壞孩子變成了好兒童，誰都願意給你一種幫助的。你們全家的幸福也可以說是由於你的行爲改移而得來的。

秋　仙子，你這樣幫助我，我眞不知道怎樣報答你的大恩。

仙　我不希望你說報答我，你應該說你要怎樣去報答人家。好孩子，再見，我祝你前程遠大。

秋　再見，仙子！

（燈光全滅，半響，再亮。）

（仙子已不見，她所立的洞口又成了牆壁，壁上的畫片已變華麗，正如這屋子本身一樣。）

(小秋兒仍臥牀上。)

(窗外陽光射進屋子，晨鷄叫唱。)

蓋　(在室內)小秋兒，快起來呀！你要上學去了！

(秋不應。)

蓋　別睡忘了，小秋兒，八點鐘你要上學去了。

(秋仍不應。)

蓋　(出房門)這是怎麼啦？唉，昨日他太累了。怪不得今天爬不起來。(至牀邊)小秋兒！小秋兒！

(小秋仍不應。)

蓋　呀！(以手撫秋)，身體怎會這樣冰涼的？該不會是……小秋兒！小秋兒！……這孩子一點兒熱氣也沒了。他是死了！他一定是死了！……(哭聲)小秋兒，你不能死！你不能死啊！你拋開了我，我這條老命也活不成了！小秋兒！你怎麼不說話？你爲什麼不再叫一聲爸爸！——(停)啊，我明白了，一定是昨天你受了驚！淋了雨，着了涼！……這祇怪爸爸太不謹愼了！我爲什麼要放你一個跑出去呢！小秋兒！！小秋兒！

秋　(在戶外)親愛的爸爸！

蓋　(驚)我的天，誰在叫我？

秋　(推門進)是我，爸爸。……

(進來的是一個華服的少年，美麗，活潑，十分可愛。)

蓋　你這位小先生是誰呀？

秋　爸爸，你不認識我了？我就是你的小秋兒！

蓋　小秋兒？你是小秋兒？(指牀上的木偶)我那可憐的小秋兒……他已經死了。

秋　不錯，他是死了。可是你知道那死去的是個木頭做的小秋兒！如今站在你面前的却是個活生生的人！

蓋　眞有這麼回事？

秋　這是仙子的意思。她說：一個人能從壞變好，就可以使一家得着幸福，爸爸，你瞧這屋子跟從前已大不相同了。

蓋　(望四周)怎麼剛才我一點也沒注意到？——哦，小秋兒，你過來，讓我仔細的看看。我現在更能體會做人的意味啦。(指牀上)這死了的就讓它死去吧！(再指少年)活着的該讓他好好兒生長起來。小秋兒，你再叫我一聲！

秋　我的好爸爸！

蓋　我的好寶貝！哈哈哈哈……(抱小秋兒)

幕落(完)

夏夜小草

趙而昌

蚱嘮嗐嗐嘂，
船板兩頭骯，
嬾惰女客困盱覺。

這民歌刊在范嘯風的越諺上。用俚語方言寫風土歌謠是嘯風的可稱處，但也就因爲這個緣故，很難爲外鄉人瞭解。這一節如直譯出來該是：知了喳喳𠮩，船板也曬得不平了，因之嬾惰女客就打中覺。俗又有打油詩譏嬾學生云：夏日炎炎正好眠。兩相印證，似乎夏日打盹，惟嬾人才可爲之，實則誠如放翁詩云：苦愛幽窗午夢長，此中與世暫相忘，華山處士與容見，不覓仙方覓睡方。夏季人們的愛打中覺固無分於嬾儉惰勤也。但看都市中的芸芸衆生，雖在鴿子式的房屋中亦必在此時讓四肢平躺着舒展一番。有些在公司行號中的，或竟令雙脚擱在寫字檯上擺起大八字，那剛才睡醒的經理先生見了自然也不好意思說他。若在鄉間，則困盱覺的風氣尤盛。赤日施虐，正該是老農田作最忙的時候吧！然而就是最忙，他們也得抽出二三十分鐘在茅棚中吸筒旱煙，把紫醬色的肢體橫躺下來。小城鎭中，日長夜短，正是中流之家雇泥水百工興土木的好時候，然而到了這個慵倦的午后，主人也得把這辰光散給工人們，爲他們自己受用。小學徒不要打盹，就趁此時機，搭些粗糙的小椅小几之類和小主人結歡。漫漫夏日，也厥惟這個時候顯得最最冷寂。

這冷靜寂寞的周遭，只有樹椏上的知了與夫長巷中一聲聲賣涼粉的聲音來劃破它。賣涼粉的常喊：要吃話來者，好個頭裏來帶者！其意即爲：要吃涼粉快來說，現在正是好時候。戛然一聲，頗不亞於天津舘中的堂倌。『頭裏』爲辰光之意，『來者』『帶者』則俱爲助語詞，外鄉人揶揄越地方言，即用這種助語詞做倣效。越言說起來比較麤濁些，頗使人有入耳異樣之感。只是積習如是，改亦大難耳！涼粉多用木蓮子浸汁使其凝凍而成，鄉間又稱木蓮頭，或木蓮荳腐。按木蓮即薜荔，係常綠蔓生灌木，本草謂是草科，實誤。其實頗類無花果，故滬人又以無花果名之。名實圖考謂：木蓮即薜荔，自江而下皆曰木蓮頭，俗以其實中子浸汁爲涼粉以解暑。可見製木蓮頭解暑實匪止蠡城一隅。周知翁『書房一角』紹興城門條下，謂黃昏時入城來，城樓半廢，牆上滿生薜荔。可見薜荔在鄉間原是俯手可得的賤物。又有一種叫『石花』，用石花菜煞成，也是袪暑的妙品，本草載：石花菜生南海沙石間，高二三寸，狀如珊瑚，有紅白兩色，枝上有細齒，一種稍粗似鷄爪者，謂之鷄脚菜，兩物久熬皆化成膠凍。和百糖，醋，薄荷拌食，俱不下於冰淇淋汽水與北平的酸梅湯也。這種一邊是盛涼粉的紅桶，一邊安置碗盞盆崙的担子通常一到上午十點模樣即會在街頭出現。夏日的巷衢若無這種擔子來點綴，則販夫走卒與夫鄉姑村童眞不知要寂寞至於胡底！

此外自然也還有瓜果。南北統稱的香瓜，唯越人稱爲黃金瓜，此蓋以色澤名之。滬人所說的菜瓜則叫蒲瓜，尚有一種冷飯頭瓜，具黃金瓜的香味而色則拏白，質糯味美，恐是香瓜的變種耳。凡此種瓜價鈿都甚廉，銅元兩枚，即可易得一大個，惟做父母的倒也不肯因此多給子女吃，蓋恐噎喉傷胃，如上述冷飯頭瓜的另一個名稱在越諺即叫呃殺瓜云。價鈿較貴的是西瓜，但銀餅一枚亦可買得擔餘。纍纍然放在地上十餘個，足供半月剖食。紀果庵氏在兩都集中說北方種瓜人自四月至八月例須到瓜舍中去度日子，瓜市一起，又可在百支的燈光下領孩子上街看西瓜攤，看老板扇着芭蕉扇，搭着白毛巾大喊的情景，吾鄉亦俱有之。夏夜談又說：我鄉另有一種較西瓜小而品質較遜的瓜，叫做打瓜，鄉人將牠種在田邊近路處，專門預備過路人隨意摘食。這瓜的種子特大而肥，路人吃完，只將瓜子留下，就很好了，有時到瓜田結束打瓜還不曾吃完，反要找許多人，幫忙吃下去云云。因吃不完而要找許多人幫忙吃下去，讀之眞有不勝自己之感。然此也只不過是樸實淳厚的表現，與鄞人臨海的勇敢，越人靠山的保守同是由於環境氣候之造成。舍下世居城東廣陵橋，每逢瓜市一起，橋下菜蔬行除蒲子，葫蘆蒲，茄子之類外，復多一擔擔比人頭還大的西瓜。瓜船入城，通常都在下午三四點鐘，船老大來不及等船落撐，就早把預選的好瓜向岸邊的販客丟去，有時故意丟得離岸遠些，使受瓜的人帶瓜連人都仆到河裏，如是則似是打趣的成分佔多了。滿場的人雖都因此鬨然，然落河者倒却毫不以此爲意。待到瓜一到手，大都立刻用拳頭打開了，如味道不正，則又撲通一聲，請它入河。河面上因此也堆了許多瓜殼，雖不衛生，但要亦是太平光景的點綴乎！亦惟此種情形稍稍能和倩人代吃打瓜的趣味相埒吧！夫吃瓜亦爲至平常的事情耳，但一聞到今年一枚較好的瓜要三百元方可到手時，則緬懷往事，壓抑之外豈尚能無濃重的哀感乎？

這嘵嘆頗有給人以多此一舉之誚吧！然而『著威風，吃受用』，丁茲離亂，威風固可省省，而作爲受用的一粥一飯要亦該是小民最低生活的需要吧！不佞總不能忘記龔定庵的詩：紅日柴門一丈開，不須踰濟與踰淮，家家飯熟書還熟，羨煞承平好秀才！這境地多少也總使人低徊：蓋以現今正是萬方多難的空前時代，一個人既已有可戀的歲月在自己的生命頁上劃過，則在憂患之後的不能遏止念舊似乎也大可恕宥了。沈宸桂鞍村雜詠云：老妻扶杖念彌陀，稚子划船唱棹歌；村店滿缸新酒賤，俞公塘上醉人多！滿缸新酒賤，塘上醉人多，閉目一想這該是一幅多麼凝鍊，穩重，安閒而又豪華無邪的畫幅！按沈君是會稽馬鞍人，所詠當是故鄉的景物。夫故鄉的越醪本是著稱全國的，鄉村人家不論近山靠水都得乘嚴冬臘月的餘閒做缸把新釀備用，並且俗又有釀酒的好歹可以占知一家的興衰。這所說雖未必準確，但「人勤則儉」「家儉則興」，一粒沙尚且可看出世界，則黃酒的優劣醇薄豈不能牽連操作者的麤忽和勤慎乎？如是則興衰之說似又具有深意了！越人大都善飲，外鄉人來不會喝的或竟是嫉酒若仇的，但祇要一至越地，過不了二三十天也都同化了。大街小巷有的也儘是那些小酒肆，誠如迅翁在孔乙己中說的，祇要工人一散工，摸摸袋中有五七個餘錢就都會投向它的懷抱中去而喝上滿滿的一大碗的。有些顧客拮据的，等到酒來，會順手向櫃上的粗花盆盎中抓上六七粒茴香荳，掌櫃看你取得還少也只朝你看看罷了，而你那一大碗黃湯自也可骨咕咕地落肚。夏日傍晚，酒肆中就儘有這種很饒趣味的顧客，他們都光赤着上身，有的甚至把臍眼也露了出來，一手揮舞着芭蕉扇，一手儘取酒喝，一面則還和鄰居的什麼太娘互相兜搭打趣。這自然也是承平時代的氣象，到了近年，酒舖關門的也已很多了，即或仍有苦撐門面的，也已勢非兼營別的賣買不可。例如寒家附近的那爿大興全也早在門前擺起羅漢豆攤來，那老板娘親口對我說：昌少爺！生意不好做，賒賬的實在太多，分把鈿也打不到，存貨賣光，拉倒！

至於中上一些的，夏日晚飯時例必有碗楊梅燒吃，說是吃了可以舒氣云。楊梅燒常是隔年浸就，本身已呈香灰色，燒酒也毫無撲鼻的氣息，這倒很爲不會喝酒的婦女們所喜愛的。據越諺所載，楊梅以蕭山紫塘塢，山陰漓渚鎭所產的最爲紅紫碩大，而用來浸酒的却只須選得勻稱就是。『過酒胚』總不外雞肫豆或回淘燒餅之類，小孩子若能在餐桌上獲得一分，必賞玩至再，然後舐嘴咂舌地吃了下去，其時之心境的愜適自是不可言狀的。雞肫豆製法和烘青豆如出一轍，只不過色澤較黃，蓋是用上好醬油烘焙之故。回淘燒餅實卽燒餅油煎，吃起來倒也酥脆得很。『回淘』意卽重複，如鄉諺有『回淘豆腐干』卽是用來諷嘲那些學不滿三年生意的學徒云。夏令小菜都以清淡不膩者爲主。肉未嘗不吃，但往往和別的東西搭配起來。例如南瓜藏肉，粉蒸肉，乾菜蒸肉之類。肉類一經和他物配搭，厚膩膩的油質也滲到別物上去，這也未始不是合於衞生原則的一法吧！南瓜藏肉統稱『藏瓜』，擇子瓜去柄實千刀肉蒸成；粉蒸肉用炒米粉拌肋條肉包荷葉，蒸熟後，色香味三者俱佳，確是夏令佐餐的雋品。水族方面，故鄉雖沒有如文載道君所云的『大篰船貨』，但每當烈日西奄，隔街有羣孩嬉水的河上也會撩起『賣魚吓！賣蝦吓』的帶着水音的清新的叫聲。若能化一枚單毫買一大碗活蝦，或醉吃或炒食都是最肥腴不過的。『醉蝦』是擇鮮蝦剪去鬚爪用適量的醬油麻油及胡椒葱末活宰而成，據說會爲某種人反對，說是忍心云云。蔬菜在夏季登市的原多，但厥味最佳者仍得推莧菜梗，徽豆腐。據越諺莧菜梗條下載：其梗如蔗，段之醃之，氣臭味佳，最下飯。讀之不禁神往久久。徽豆腐卽乳腐，但滋味與滬地糟坊出售者大異。紹興人愛吃徽醃之物，往往使外鄉人認爲不衞生，不佞不欲阿私，但總覺得飲食的事與風土習俗的本身大有關繫，雖是遠適他鄉二三十年的游子也更改不得。俗言湖南人之好勇善鬥與其嗜辣有關，誠如是，則浙東人民非鹹徽之物不能『煞口』者，或亦與保守、堅苦、耐勞之本性有關耳。時髦人士每說鹹鮝魚之類的不雅觀，而近時飲食家則謂內中多酵素，有裨於胃腸消化，而斯則不啻服酵母製劑矣。昔聞魯迅大師亦酷愛家鄉土味，而宋景女士後亦嗜焉。可見湯類中不佞最喜白鮝湯，蓋不但肉細抑且耐嚼，越諺謂白鮝湯卽石首魚乾，切塊，煠湯與鹽鴨子同爲病者開胃，此外也還有乾菜湯，而此兩者，也似俱爲知堂老人所愛好的，如『日本之再認識』一文中卽云：『我所想吃的如奢侈一點還是白鮝湯一類，其次是鰲魚鮝湯，還有一種用擠了蝦仁的大蝦殼砸碎了的鞭筍的不能吃的老頭，再加干菜而蒸成的不知叫什麼的湯，這實在是窮乞相極了，但越人喝得滋滋有味，而其味也就在這窮乞卽清淡之中』。夫飲食原是小事，但一地方的風土人情，生活特色類多寓繫焉，前引所謂『其味就在這窮乞卽清淡之中』，大概就是這種意思。關於此點，老人在『賣糖』一文的附記裏，說得更直白：

『看一地方的生活特色，食品很是重要，不但是日常飯粥，卽點心以至閒食，亦均有意義，只可惜少有人注意。本鄉文人以爲瑣屑不足道，外路人又多輕飲食而着眼於男女，往往鬧出閒話揚州似的事體。其實男女之事大同小異，不值得那麼用心，倒還不如各種喫食儘有滋味，大可談談也。』

晚飯以後，通常就在堂下互話家常。知了照例還在樹梢嘰呀嘰呀地喘氣，長巷中則有算命瞎子叮叮的聲音來近了又遠去。日頭漸漸低下，夜幕罩了上來，蚊蟲上了市，蚊蟲樂猩紅的火熖看來更加瑰麗。四方的隣舍也有趁偷閒到某家去納涼閒話的，大男小女去了一大羣，各找各的對手尋話頭。大人們在白日是謹嚴慣了的，此時爲了要排遣鬱熱，也不好意思再擺出冷森森的面空來。有些心地年輕些的，或竟就此加入了孩子們的隊伍。夏夜孩子們最欣喜的自然莫過於講故事，而所講的又以鬼氣濃郁的更興奮。我父親在白天本不喜多說話，但在夏天的晚上倒不失爲是我們孩子羣的可親的對象，推究其故，蓋亦不過是因爲他的牀頭多堆了幾本鬼書若紀的閱微草堂筆記之類耳！我舅父也愛講鬼怪，然以揑造的居多，有時逢着講上句接不着下句時，則又頻頻地以呼水烟管噴白烟頭以掩其惶急與空虛。雖是空等着眞是性急得要冒火，但爲了要聽故事也叫沒可奈何。某年好像有個族兄患脚爛去世，柩是放在大廳上的，每日上學放學不知要看見多少次，而他那『花脚膀』故事也不知講了十幾百遍！然也總是每聽不厭。每當說到：『爛脚的把花脚膀蹺在棺材外面，低低喊：給我抓抓呀！給我抓抓呀』時，大家的身子不由的都會向他身邊移去，並更頻頻地向後回顧以驗爛脚鬼到底在否。舅父也喜人替他敲背，他向甥輩說：敲得重一些，一百記一個銅板喲！於是拳頭密如雨下。至今舅父的墓木已拱，但他却還欠我九個銅板的敲背錙。若說他身後有債，那末這該是僅有的一筆吧！

其次或許就是猜謎，只是猜謎的興趣遠不及談鬼之能令人神志恍惚。此其理由第一自然是由於要動腦筋，而動腦筋實是大苦的事；第二就是猜個正着也遠不若談狐說鬼的有餘音嫋嫋的佳境。好的謎面雖然也有，只是尠得很。我只紀得燒飯娘姨給我猜過一條似是很好的，謎面是：天有多少高？答云：小孩子兩屁股的高。蓋鄉間形容小女孩撒野尿有『屁股蹺得半天高』之語，一屁股可得半，兩屁股豈非就是一『天』高乎？這謎語就好在一問一答的簡單，而簡單中却不但具着科學的意識並把濃郁的酈然的鄉土色彩也和盤托了出來。幾年前偶然翻翻西文閒書，見其補白處也有相似的一則，謎面云：什麼字最長？答云：Smile，蓋S之後足有一哩(Mile)之遙云云。這似乎也是爲熟讀化學名詞默誦韋勃脫大字典的所不知的吧！大可爲今之研究『深入民間學』者的探討也。

照例晚間也不做游戲，卽使做也不外斯文一脈的一類，不及今日滬上小孩『官兵捉强盜』，或『來來白相相呀！叉叉小麻將呀』的海派遠甚。有時心中未嘗不想來次把捉迷藏，但以格於母親慈祥的禁令而不敢下手。我母親原是個怕熱的人，一至夏晚非在堂屋內舖張白被單供坐臥不可。她唱兒歌，但順口唱完的很尠，不大好聽；也會唸詩，好像是『雲淡風輕近午天，傍花隨柳過前川』的一類，但那時實在也不懂。

大地爲牀，白雲做我的羅帳，而星星則伴我入夢！孩子們很尠有知道自己是什麼時候被誰抱上床去的。待到醒來，又例必是紅日滿窗，叫賣炙糕蔬菜的聲響鬧成一片的時候，此情此景，至今猶覺縈繞腦際不止也。　卅三年七月於二金蛈堂。

毒草園

石川達三
楊黎明譯

有一天早上，接到一封女子招待的信，信上只寫着她想請我吃晚飯的意思，並不是這個女子將要對我怎樣，也不過是她給我一種好意罷了，這一種好意，結局將會怎樣，這是不難推測的，然而也沒有別的，只是一到晚上，使我想去這個酒館子裏而已。

她穿着像喪服一樣的黑西裝，她說：「我們吃酒罷！」但是男子說：「今晚我有事，不能奉陪。」

晚餐是這酒館中最上等的，她借這些菜來表明她的意思。她同她的朋友兩個人低聲的說話，常常很疲倦的倒在椅背上，流出歎息的神情，不久自己起來去取威司忌。

「你眞太冷淡了！」剩下的女子說：「你也得看看她的神色，她眞可憐！你不是穿黑衣服戴黑帽子嗎？因此她近來做的衣服全是黑的。」

「是這樣嗎？」男子答應她。

這兒有一個女性，是一個求男子的愛的女性，但是女子彷彿是專爲使男子疲倦而存在似的。

「眞是困難。」他冷淡的回答。

他身邊有幾個女子團坐着，有的是來同他求愛情不遂而去的，有的是不顧他的愛情而去的，這樣一個一個的女子們，結果彷彿是爲使他一個人疲倦似的，這兒還有一個女性，也不是使我倦疲而來觀察我的生活？

女子拿威司忌來，歎了一口氣，眼睛閉起來，把臉靠在朋友的肩上，後來拿手巾把臉朦起來，沒有說一句求愛的話，也不問男子的心事，似乎暗暗的在哭的樣子。這時候有一個女子睜大了眼睛，凝視着男子的表情。

「我回去了！」女子囁嚅的說。又有一個女子的眼瞳上忽然浮着淚。

「好，你回去罷！以後的事，我們會給你招呼。」

「拜託！拜託！」的說着，站起來到後面去了。

「用車送她去。」剩下的一個女子在說。

「不去。」男子很明白的說。

女子就很嚴厲的罵他無情的舉動，甚麼欺騙她！色鬼！用社會新聞的語調罵了以後，就起來去給他叫車。他在取帽子出去的時候，女子回來嘮叨的對他說：「她在街角的車上等你，你快去送她去！」男子向着被紅霓虹燈反映着並已化裝過的女子說：「今晚我決不送她，你送她去！」說着就背向她忽然的向着很光耀的街上去了。

他爲衝破寂寞，唱着很低的歌，（要能丟開紅顏女，才不愧是好男兒）想成一個强硬冷淡的男子，但是在街角上的汽車中，想起爲埋怨他而哭的穿黑衣服的女子，心裏又覺得難過。

回家以後，知道共同生活的男子，出去玩了。家裏是很黑的，由後門進去，用手摸緊着桌子上的蠟燭，把牠點起來，因爲沒有繳付電費，兩三天前電火就被剪斷了，煤氣也停止了。他走到廚房裏去喝了一口冷水，就走到樓上，向着書桌，在搖動的燭光下，拿起鋼筆，把長篇小說的最後一段寫完了。

但是把鋼筆放下，吸着紙烟的時候，又想起穿黑衣服的那個女子的情形，她由很少的收入中，自己拿出錢來請男子吃飯，結果很悲傷的回到公寓去，想起來眞是可憐！我不是不愛她，但在過去，我已丟了好幾個女子，她們像流水中飄浮的葉子，他像流水中立着的杭一樣，似乎將要接近了的時候，女子們又走開了，有時難以離開，緊緊的吸着杭的肌膚，但一切任憑流水，到現在擾亂我的女子，一個也不留在心裏了。因此，現在雖然她走來接近我或拉她到身邊來看，也恐怕是如流去的一片葉子似的女子罷了。

我已疲倦了，只用眼睛送她們背後的樣子，後來恐怕連面孔都忘掉了。女性這樣的飄流過去，而我的一生也埋沒在被我丟棄的女子的印象中而老了。

再拿起鋼筆，用無限的愉快，寫我已經每夜深更的繼續寫了三個月的長篇小說的最後一段，把這篇作品公表於世，以顯明我自身的存在，對於結構都再三的探討，筆不停的寫到深更的三點鐘，把最後的一行寫完了，年月日也記完了以後，把鋼筆放下來，三番兩次的返覆讀這一節文章，扒搭的把稿子合起來，大大的伸了一個懶腰，可以同他講話的朋友沒有回來，這屋裏就沒一個人，搖蕩的蠟燭也剩得不多了。

寫了一個明信片，給住在靜岡的朋友，再等兩個月，一定把這長篇小說發表出來，我非常的喜歡。

燭已熄了，很寂寞的只得就寢，但是因爲精神興奮，就睡不着覺。本來到深更睡覺，已成了數年來的習慣。在夜深人靜的時候，一個人聚精會神嘔着心血，把紙打開，拿出筆來，這種貧苦之中的苦悶，好容易繼續到現在，自己也不禁爲之悲歎！

爲藝術把一切的安逸拋棄了，寫了一千頁的長篇，對於這一種努力，假設是社會上把牠抹煞了，那這是社會的罪惡，而不是我的罪惡，一面傷感自己的疲倦而流淚，同時又想着明天把稿子送到報社裏去，一定送去。

都市已迎着秋天，濠溝邊上有兩列街道樹，一列百合，已經乾枯死了，飄散在鋪道上，一列鈴木，還剩着美麗和很繁茂的翠綠色。

他站在報社會客室的窗前，昨夜喜歡的情緒，又再在心裏顫動着。但不安的心同時來眺望着眼前接着濠溝和樹木的風景。

「對不住，我們不收一切沒有特約的稿子。」被他這樣拒絕了，只有答他一句「是這樣嗎？」以外，還有甚麼辦法呢？

又走到另外的一家報社去，也說他們在一年以後都有了契約了，也只有出去以外，還有甚麼辦法呢？他想一種藝術作品從起稿到問世，中間不知道要經過多少不可思議的麻煩手續，再也不說一句話。

又到一家名譽既不好，外形又冷落，聽說經濟也難以支持的報社去。

「只要能登載出來，報酬多少，都無所謂的，總之請看一看。」

由家裏出去的時候，還沒有想到會說這樣的話，和低頭到這樣的程度，把很重的原稿放了下去出來，連受秋天午後正面射來的陽光都沒有氣力了，寄給靜岡的友人的明信片，還忘却在口袋裏，現在連丟在郵筒裏的自信也失了，把牠撕壞了，丟撒在路旁百合樹的紅葉中。

回來看見昨晚請吃飯的女子，來了一封信，我讀了她用鉛筆亂寫的字跡，內容是這樣的：

「我今晚醉了，一個人被車搖着，一面哭，一面回到家裏，我決不抱怨你，你有你的自由，深深的祝你的健康，若是可能，請你現在來我這兒一次，只要一次就行了。」

要說是好奇也不適當，就是追求，戀愛也不成理由，只是感着對於接近的女性，容不住的心裏很悲傷的事。不可思議的在胸裏痛起來了！但是我想不至亂我的心，也不至因爲這個女子，把嚴正的對於藝術努力的態度崩壞了，結果若是把她當做不過如同飄流去了的木葉一樣的異性，因此我想就不會亂了生活的正道，不過爲安慰她的心，我只想現在去會她一次。

一個禮拜之後，溝邊排列着的鈴木也枯槁了，赤枯葉的顏色圍着像滅息的火災，最後的回光反照似的。這是在最明亮美麗的一個午後，他再到報社的會客室裏去，不久出來一個年青的社員，慢慢的把很重的新聞包放在桌上說：「部長沒有在，不過他說把這包交給你。」

這個很新鮮的拒絕，使人不知怎樣辦才好。又隔了一星期，再把重的稿子抱起上街，報社若不成功，只有出單行本了，又去問了芝公園附近的一個出版社，這個會客室裏，貼着最近刊及新刊的很美麗的宣傳廣告。

被資本力愛着的時候，作家變成了顏色的廣告，張遍了全國。

我要顯出媚笑的樣子，在資本之下低頭嗎？照約束拜見編輯部的社員一次以後，把原稿收去了，有三分的希望，七分的悲觀，也只有三分的希望。

出了大門，就很快的跑到銀座的菜館裏去，約好的女子，照例穿着黑洋服，被窗子的陽光晒着，在那兒一面吃着秋天的冰淇淋，一面等着。

她住在上野森林附近的寄宿舍裏，把鎖打開進去之後，全室充滿了婦人的香氣，不像她住的屋子，窗外是黃昏的上野風景。她把茶泡好了，再爲他剝蘋果，關於他們兩個人的事，一句話也不說。

「買了一個領帶。」她說着，於是由她的抽屜內拿出一個盒子給他看，配上她出身的高等女學校的領子，她把領帶取出來，好好的結給他看。

「不要用這個勒我的頸喲！」男子說。

「不！不勒你的頸，你的頸可以自由轉動，轉到那一方都行。」她低低的笑着說，打動了他的憐恤之心，他在無意之間抱着她的頭接吻了。

「我的頭轉在那邊好？」她閉着眼睛說。

「轉過這邊來。」他說着，又再接了一次吻。

這應當是最後一次的會合，他自己這樣想了好幾次，但這樣的已經到了深更了，他和女子住在鎖起門的屋子裏，她身體的煩悶和自嘲，與着心裏的苦悶，混雜在一塊。她紅着臉穿着睡衣，男子的心亂着，一面吸着烟，一面想着這個女子也是被流去的葉子呢？還是不？

她在枕上很低聲的說：「你惡作劇喲！」

「你呢？」

「我是冒險，你呢？」

「我不很明白，」女子冷冷的笑着，這好似嘲笑男子，又好似嘲笑她自身。

在歸途的電車中，靠着窗子，我口袋裏的鑰匙，是冰冷而堅固的，牠也是把她的屋子和外面世界嚴重的隔離開的兩個人的意志，也是她的體溫，她像送他丈夫似的把他送到門口，於是不出聲的把紙包的鑰匙交給他。男子出了公寓，馬上把紙包打開，冷的鑰匙感觸彈動了她的心胸。弱者！心裏歎息了。兩個人明天的事，也沒有說一句，完全是無條件的。一切聽其自然，女子把鑰匙交給他，他的那種很穩靜的態度，如炎一般燃燒着的肉體，更使他想念着她。她爲甚麽不提出任何的要求？如像愛的誓詞，明白的約束。

「你惡作劇！」這句話釘通了男子的心，但是交給惡作劇者鑰匙的女子，如果不有娼婦那樣的心景，那不是跌在愛慾裏的一個女性的現實形態嗎？

新出版的他們的同人雜誌登載着他的短篇作品，在朋友的口中議論着。有一個人說：「作品的構成，沒有什麽疑義。」又有一個人說：「這篇作品中沒有生活，又說得太過好了。」他的作品，在同人雜誌間的作品月評上，常常得到好評，大家都說這個月也可以得到好評。

「James Joyce的作品讀過了嗎？」一個人說了他還沒有讀過，「試讀讀看，開人心思的。」一個男子說了。

想讀Joyce，他是日本近來介紹的大作家，如同颶風一樣的起了很大的反響，聽說以他爲中心，將誕生爲文藝上的一派。

「你有的書，請借來讀一讀！」他說了，但是友人也是借來讀的，這本書要賣兩塊錢，他們貧窮的青年朋友中，沒有一個人有Joyce 這本書的。

就電燈停了，也要把同人費繳了，但是把牠繳了以後，這五角錢的雜誌，都不能不費躊躇想讀Joyce，因爲要知道，文藝界的重大動向，又是啓發自己的才能的一個因緣，無論怎樣都想買一本，書店裏的很多雜誌中，有 Joyce 的評論，Joyce 的研究，Joyce 的介紹等等，都集中在他一個人，成了很大的問題，只有他個人不知道 Joyce。

他由書店的書架上取了一本很厚的J氏譯本，抱着，想着明天的吃飯問題，蠟燭費問題，再等一等，寫一點稿子到雜誌裏去，多少可以得到點稿費。J氏傳到文藝界的一種熱病，他也是一個患者，他想要一本 Joyce，他在灰暗的蠟燭火影之前，靠着肱，怨他的貧窮，更怨J氏。

賣書罷！他忽然想起來，於是拿起蠟燭在書架前坐着，書架上很多的書籍，有很美麗的黃金色的裝訂本，有很舊的連書皮上的字也看不清楚的，是前輩作成的偉大的金字塔，在這些作品中，倒底要買那一本呢？拿到手裏來看，看見那些畫的無數的黑線和紅線，讀牠時候的驚異的感動，又再在心裏湧起來，把眼睛閉起來，在這些很心愛的捨不得離開的書中，選出四五本來，堆在燭光搖動着的桌子上，想像着寫這些書的前輩尊容，那種很激烈很殘酷的對自己的刻苦，那些用血汚記錄下來的最後作品，有些類似藝術是苦悶之象徵的咀咒的語調，我打算再讀牠一遍後才買，要想尊重自己是藝術的人，不能不尊重他人的藝術，使他這樣受苦的Joyce，雖然是可怨實在是很優美的作家，完全像希臘詩人沙浮（Sopplia）得了光華燦爛的榮冠一樣的。

第二天早上，他不眠不休的大作長篇小說，用黃茶褐色紙的小包送回來了。

因爲殺風景的生活，也因爲心裏寂寞，也因爲現在裝在口袋裏的冷鑰匙上還剩得她的體溫的誘惑，上野森林裏黃色的銀杏葉，繼續的亂落着，她添上火盆裏的木炭，買來他喜歡吃的蘋果，酒館裏請了假等着他，屋子是溫煖的，瓶裏插着菊花，迎接了他，拿出新墊子給他坐着，雖是狹小的屋子，晚飯是親自在裏面做的，一面看看她穿上白圍子站着做事的姿勢，一面慢慢的吃着烟，看看窗外黃昏的景象，想着有家庭的丈夫的生活，是怎樣的幸福？很大方的，把家裏很瑣碎的事，一件一件成了他兩個人的平和的交涉材料，爲家事平穩而累了的妻子，和爲職業快樂而疲倦了的丈夫，很穩靜的相互照顧着的時候，超越了一切條件，相互抱着，得到了無上的安慰，在這無限的平和裏，好像有一件甚麼似的，這恐怕就是藝術，也就是潛伏在我們生活當中的最尊嚴的藝術的一種形態也未可知。

在她做飯時，他看着晚報，又有J氏。說他是Homer以後，打破了小說傳統的東西，像這樣的宣傳文字，如用金針刺着胸一樣殘酷的光線，透入了眼簾。

「啊！又要想出去。」他這樣說了。

「怎麽了？」女子把魚燒在火盆上，回轉頭來問他。

「沒有甚麽，是書的廣告。」若無其事的說了。

「廣告怎樣了？」

「因爲買不起，所以一見了廣告令人生氣。」

「這樣貴嗎？」

「只要兩塊錢，不過有兩塊，可以吃兩三天了。」他說了，女子由那邊伸着頭看了報紙，但是對於Joyce沒有趣味的人，眞是幸福，她仍是繼續燒她的魚。

到晚上，風把窗子吹搖了，女子一面把墊子折着，捲上手巾，一面轉回來說着。

「想買一個枕頭，但無論如何總有點羞恥，沒有進店去。」她冷冷的笑了，床是一個人睡的狹床，她擠在牆邊睡着。

「昨晚眞駭着了，一條很長的蛇繞着我的脚，怎樣都把牠丟不開，眼睛張開一看，才知是夢，渾身都是汗，流了淚哭着。」

好像埃及女王克來泡特爾似的，男子這樣想着，於是他的脚……。女子的兩隻手緊緊的……。夜氣把屋子內部也凍冷了，秋天的女子肌肉，是冷靜而滑麗，女子因爲興奮把頭彎過去，把他……，在背……了。這個…因爲要逃，輕輕的在她的脊下一摩，她羞癢了，一面笑着，一面把身子靠過去逃了，但是疲倦了靜靜的睡着，她的抑壓不住的和寂寞擾亂着的心，把頭靠在男子胸上，歎息的說着：

「我怎樣才是好？」

回答是很明暸的，如果男子的心裏有很深的愛情和有將來的確信，那馬上應當是這樣的答應。

「你跟着我，無論到甚麼地方都跟着我。」

這個話在他心裏想着，但是把這個話對她說的確信還沒有，她因爲沒有回答，更把身子擠過來，返覆的說了。

「你教教我應當走的路。」

「我想教你，可是——」男子流着冷汗說了：「連我自己應走的路，我還不明白。」

女子以爲這是說假話，這是毫無意義的回答，可是這是男子的眞實的話，我有事做，我想終身向藝術精進猶恐不及。我的一生就爲藝術的慾望之神而犧牲，給妻子的愛情和向藝術精進不能兩立時，我是不能保證妻子一生的幸福和生活的，很殘酷的鞭子加在自己的背上，紅血泥濘的樣子，向着藝術的殿堂，取很窄狹的道路前進，現實的愛慾之路，是禁戒的美果，是有毒的花，我們的身體爲這些誘惑的色彩埋葬了，由我們站在裏面覺得很苦，看起來我們生活，不是彷彿幽禁在有毒的花園裏的囚人嗎？一觸着牠的，幾乎都感着身子痛苦，然而又不能不再接觸，這些很美的花，就是現在抱着我的頭歎息的女子，也是很新鮮而有毒的花，雖是這樣她仍是流着淚，出聲的哭並反覆的說。

「請你教教我應當走的路，我一定照你所說的做。」

「啊！連我自己應走的路，我還不明白，所以我不能說叫你跟着我一路走的話。」男子反覆的說。

她靜靜的把背向着他，把她的額靠在冷的牆壁上，抖着她的肩哭了。

他沒有安慰她的話，也沒有辯解的方法，只有抱着她的背，把臉靠在她的襟上，在他的心裏，這個女子，也是現出了像流去的木葉的相貌似的。

第二天早上，女子把肱靠在窗上，送他回去，天高氣爽的秋天陽光，晒着他的全身，他順着鋪道走着，上野的森林裏，黃色的銀杏葬子，被陽光晒着，閃閃的繼續落下來。

回到家見有匯票來了，是前三四個月在某娛樂雜誌投的雜文，送來的稿費五圓。

他把長篇小說的小包，寄給一面不相識的某雜誌編輯長，加上一封很懇切的信，好像送情書似的心裏有點跳，稿子有三分的希望，七分的絕望——也只有三分的希望，一面把匯票取出來換成紙幣，一面到米店裏買了五升米，到市場去買了秋刀魚回來，同住的朋友把火爐裏的火燒好了等着。

「買了五升米來了。」他說着。

「五升！」他的朋友叫着：「淒愴！淒愴！總之只要有了米，就不會死了。」

「看看那四野間的鳥。」他說了。

米一到就趕快拿鍋放在火爐上做飯，把鍋放在中間有相當時間了。

「沒有電燈，晚上早點睡，朝上同雀一齊起來用功。」他說了。

「那邊園裏有很大的蘿蔔，對不起，今晚上拿他幾個來，放一點鹽在上面，那是很好的鹹菜，」他的友人說。

飯好了，把窗子打開了，把秋刀魚燒上，白烟把屋裏籠罩着，在烟中坐着，一面在那兒吹着火，一面深深的感到季節的滋味。「傳來秋風若有心……」想起這句名詩來了。

雖然不好吃，但是充滿了快樂的早飯以後，他向着桌子，把他讀舊了的大作家的作品打開了，雖然是很心愛的東西，也只有讀完了以後，就把牠拿到舊書店裏賣了，這樣弄兩塊錢來，買一本Joyce的大作，他這樣一面拿手指指着舊書，一面只管讀着。

第二天早上，他天還不亮就起來創作，正在疲倦的時候，有一個扁平的小包寄來了，要是原稿呢，未免太小了。

一面推測着，一面把牠打開了來看，是一點不錯的Joyce。這幾天爲Joyce而苦悶了。他在喜歡和不可解的煩悶中，急着找這個寄書的人，知道這個書是由銀座的書店寄來的，此外就無可推測，大概信是在後寄來的，雖然這樣，倒底是甚麼人寄來的，正迷惑間，趕快向着桌子把很白的一頁打開來，在開頭一頁上，用鋼筆寫着很小的「贈——N」的字樣，一發現了字跡以後，不覺眼淚就流出來了，這是從來就有的技術，這是舊式求愛的手段，雖是這樣想着，但被這個女子的專一的心打動了，拿兩手朦着眼睛，明白了，她這種誘惑的心是很明白的，但是請你不要再比這樣更厲害的使我痛苦了，把淚拭了以後，把第一頁打開了驚異的文字，驚異的心境，在紙面上活潑潑的表現出來，他所不知道的世界，他還沒有試過的表現，都在各處表現出來，使他驚異了，他現在用不着賣他所愛讀的書，把這些書都由桌子上收拾起來，再坐好了來開始讀Joyce。

這晚上他想安慰女子眞實的心起見，到她那兒去找她，她還沒有由酒館裏回來，但是看看房裏，有鋪好了給他坐的墊子，桌子上擺着水果，火盒裏埋着火，儼然如同妻子等丈夫回來一樣的苦心，是處處可以看得出來，他靠在床上，想着女性不可思議的心，只爲一個愛情，把一切生活都變了，完全墮入對手的生活當中發見她如同一顆尖銳的釘子一樣。

到深更她回來了，就把身子滾在先睡在床上的他的胸上說着：

「我想你一定會來的。」

「爲甚麼？」

「沒有甚麼理由，只是這樣想。」

「我知道有理由的。」

「你眞知道？」

這時候女子充滿了幸福，她想着她的愛情和一本Joyce同時都接受了似的，她的臉上抖着短髮，一面頰同頰緊緊的偎着，一面在男子的耳邊喘着熱氣的說：

「我就這樣在你……」

男子不出聲的用力拿兩隻手緊緊的揿住她的頸，女子把眼睛閉起了，他看見她的面部都充滿了血，女子的身子不動了，一點兒也不動了，男子把手放了，女子很疲乏的倒在男子的身上，臉變成了蒼白色。「喂！怎麼啦？」男子搖搖她說了。女子很憂慮的低聲的說：「把我放下來，想靜靜的。」

到早上，她爲他熱了洗面水，準備了新的牙刷，新的手巾，沖好茶在很好看的茶壺裏，像這種細小的用心，想來就在他不來的時候，她都在非常的用心，當他這樣想的時候，他心裏很苦痛。

「今天晚上來嗎？」女子問了。

「不來。」他冷酷的答。

要換衣服，有新的襪子，新的手帕，由抽屜裏拿出來，男子沒有話可說了，在他不住的屋子裏，只爲他夜裏來訪問的關係，就這樣的很周到預備等待着的女子的心，彷彿像很尖銳的釘子刺了他的心，他被這個疼痛踉蹌了。要照這樣下去，不久這個女子將要完全突破了我的胸，我或者一輩子不能不認着這個痛苦生存着，也不一定我不能不更加冷酷了。——女子雖不求一言的盟誓，也不要愛的約束，但她只要有隙可乘，她就以翩翩的容貌向他的懷裏傾倒，男子不想使她看見他的空隙，只要有機會務求後退，他兩個人用反對的力量，使不可思議的天秤，保持着極不安定的平衡狀態。這種均衡的一方的力量生出變化的時候，他兩個人的事件，恐怕就可以得到解決了。

「這樣，你今晚不來嗎？」女子反覆的說。

「不來。」他再冷酷的說了。

女子由後面把外套給他穿了以後，就把頭靠在男子的肩上，於是向下給他拭靴子，男子一面向下看她的這種姿態，一面想着這樣我是已經失敗了。

三分的希望又失敗了，有一天早上，長篇小說的原稿，再用褐色紙的小包送回來了，再加上編輯長的書信，信上說：

「大作已經拜見了，取材甚有興趣，又有異彩，行文極流暢，是很好的長篇小說，但是不宜分載在雜誌上，以出單行本爲上策……」

他再把原稿抱起，走到街上去，是很晴的晚秋的午後，都會的天空裏，有褐色的輕氣球，像海帶一樣的蕩蕩漾漾搖動着，百合樹已經枯了，楓楊樹也枯了，楊柳的葉子繼續落在水溝裏，彷彿小魚飄在裏面一樣。公共汽車的車身後面貼着紅色的成了電影的一篇有名作家的長篇小說的題名，氣球上又另有一個題名，高高的飄着。

藝術的商品化，受着雜誌新聞業者的支配，容易動搖出版資本，志不堅定的批評家，加上志不堅定的讀者，在這種重壓之下，就是旣成作家，想保持現有地位，也很困難，以一個新進作家要想登場的希望，恐怕是近於奇跡的希望也不一定，把長篇小說寫完了的一夜的感激和意氣，現在已經成了泛影幻夢，他把某一出版社的門慢慢的開了，他想如果這裏也拒絕了，他決定不到別的社裏去了。

回來順路到郊外去拜訪年青的先輩作家，他在簡樸的洋式會客室裏，穿着寬大的外衣，很安適的坐在安樂椅子上，他的後面，放着五六本他自己著的書，這些書皮上的字，使他眼花了。

「你以爲作家的經濟生活是怎樣的？」他這樣說了，他自身是一個是受經濟的恩惠的一個作家。

「究竟是作家，恐怕也是和金錢無緣的職業罷了。」他答了。

「今後更困難了，一定的，恐怕吃飯不能吃了，作家多起來，稿費減低了，作家同志的競爭很激烈，就像被新聞雜誌業者最優待的橫山歸一，平均一個月也不過收入一百五十元，一百五十元的收入，像他那樣的大作家，不知是怎樣生活的，眞是不可思議，何況伊吹金雄，前川一郎們，你試訪問訪問他們，生活困難極了。」

後來他很自然的把烟草的火燃起來。

「今後的青年作家，不知道有沒有這樣很堅强的決心，要在這樣貧乏生活中生活下去？」

男子在胸中這樣的問自己，問自命爲藝術的使徒，藝術的永遠犧牲者的自己。在學生的時代，同學的幾十個人，都希望做作家，到了將近畢業，有做教師的，有做記者的，有做學者的，漸漸的沒落了。到現在恐怕沒有剩五個人是作家，這還是聰明的。又據我所知道同人雜誌把他們拉起來，有一二次在大雜誌上發表過文章，也出過叢書的人們，都漸漸的避開了賤賣文字，手急眼快的來走了翻譯者的近路，這樣一來，自然他們的作家生命就漸漸的稀薄了。然而另一方面在議論着藝術滅亡，電影萬能的時代快將來臨了。

辭出了這個作家以後，一面在薄暮的郊外走着，一面想着（到了這樣——）「只有不可靠的天分，使所謂滅亡的藝術小說，發揚牠最後光芒而已。」

這夜裏他點着灰暗的蠟燭，直到了深更，寫了一篇「爲文壇再興」的感想文章，把牠登在他們的同人雜誌上，表揚出很高的意氣，當然這一篇文章，是使他自己的心來縛在文藝道上也未可知。

被很難抑壓的心誘惑，現在誰都不知道又可以被甜蜜快樂的夜所纏着，來到了女子的屋子裏，但來到這裏，還是痛心的事多。

她叫他換衣服以後，由紙盒裏拿出一件寬大的睡衣。

「我起初是買了一件裀袍，不過我怕不方便，又另買了，但是沒有好的，跑了四個公司才買着。」

於是剝蘋果給他吃，他披起很舒適的睡衣，像轉回頭來看妻子似的看着她，她在燈下換了和服，擺着一個火盒，剝着水果，女子很沈靜的態度，我反覆的感到太平無事的景象。

男性和女性由幾千年以前，像這樣平和的人繼續維持到現在，假使是道德和經濟是寬大的話，那麼我們兩個人現在的苦悶，可以完全的解消了。恐怕可以由心裏很平安的享受這種愛情，但是男子不絕的逃避女子襲來的銳鋒，女子不絕的向男子進攻。

「很久沒有來，已經有十天了。」她在枕上這樣地說。

「是的，因爲事情很忙。」

「事情忙的時候，就把我忘却了嗎？」

「不要說這樣譏諷的話。」男子彷彿困難似的答了。

「恐怕是竭力的想把我忘却了罷？」

「痴子！」他說了。「你寂寞的事情，沒有一夜會忘却了睡着的。」

「何必說這樣不中人聽的話。」這樣說着，她就背轉過去了。一面看着女子的頸背，一面想着自身的卑陋，那怕就使喜歡片刻，說些心裏沒有的虛僞話，在這個時候，發現了自己雖然一面知道女子是毒花，自己是好人，一面還是和女子保持着虛僞的關係。

不久女子又轉身過來，把頭樸在男子的枕上說了：

「你放心，我決不使你爲難，你要怎樣都任你自由，我決不妨礙你，只要在很遠的地方愛着就夠了，只有這一點是請你不要忘却。」

「不會忘却。」他說了。

她爲悲痛她自己很苦的立場，同時又爲她的愛情所激發，她哭了，在這時候男子覺着他自己已經敗了，女性是眞實的，她不知道遊戲的法術，因此所以女性是可怕的，比起他動不動躊躇不前的愛情，她的愛情是專一的，是正直的，這種很有生氣的生活，是值得尊敬的，任何人也不得侵犯的，男子被她狂熱的心所感動，同時想起 Frailty, The name is "Woman"! 這句話，被無限的可憐女性的心情所打動，女子容許他的一切，許可他一切的自由，同時女子的存在，更鮮明的使他傷心了，現在幾乎成了束在他頸上的車軛一樣了。

男子想着，這是「毒花」，對這「毒花」歡樂過度了，想不到受這樣深的傷痕，再這樣下去，怕要到中毒很深不能自拔的境地，也未可知。

「啊！啊！」男子深深的歎了一口氣說：「我很明白你這顆心，——但是我的苦悶你是不明白的。」

「我明白，我很明白。」

「不，我想你不明白的。」

「我明白，你是兒戲的，是的，開始你就是兒戲的，可是也沒有關係的。」

「所以我說你不明白，」男子說了，於是女子更把她的頸深深的撲在他的胸上，嘮嘮叨叨的說：「我要怎樣才好，就怎樣。」

在三天以後，出版社來了一個明信片，上面寫着：「有事和你商量，請迅卽來社。」三分的希望，已經成了七分的希望了，第二天，他一面在他的胸中預想着一切，一面到了出版社，算是把長篇小說出版的事情預定了，一直到現在無目的的創作所受到的苦楚，今後將成爲有趣的事業了，這也不過是一種希望而已。

「看過一遍了，但是——」由編輯部的招待室出來一個中年男子這樣說了。

「趣材很新奇而有趣，文章也很好，我想是很好的作品，但是——」

「是，」他低聲的答了。

「由明年正月起，本社決定出一種月刊雜誌，在這個上把牠分載出來，你以爲怎樣？」

出版社眞使我有點捉摸不定了，一家說是不適於分載，把牠送回來，一家又特別的說是分載。

「是的，我想一定請你這樣辦好了。」

「是，這樣可以的，但是太長了，就一年也登不完，把牠縮成現在的一半樣子，想請你改寫如何？」

「是，他不知道怎樣辦才是好的答應。

「不是這樣，無論如何都難接受。」

「是的，這樣到甚麼時候停止呢？」

「到下月十號，寫好了，再拜見後，再作切實的答覆，而且不能不在編輯會議中提出的。」

「是的，」他又不知道怎樣的答應了。

「那麼就照這樣辦，總之請你再想一想，照你方便的——」他說了以後，很冷淡的站起來去了。

這也是一種拒絕的手段，縮成一半，這種無理的難題，這不是叫人自動的原稿退回去嗎？出版資本家的橫暴，若是被這種無理的難題壓倒的才可以給他作家的地位的話，倒底作家的本職是幹甚麼呢？

又把重的原稿包，抱起出來在街上走着，這個長篇小說被社會埋葬了，就把牠悄悄的放在我心中算了，一連幾個月的深更半夜的，一個人靜靜的做了的事，這種苦心和努力，都像泡影空花的消滅了，在這種消滅的幻影以後起來的幻影，就是今後的幾年，也照過去一樣的過吃苦生活下去，照過去一樣的沒有人知道的努力下去，他自己幾乎要流淚的樣子。他的屋子裏，甚麼時候才把蠟燭熄了，點很亮的電燈，想買的書就可以買，又不知道是甚麼時候的事，轉業嗎？年齡已將近三十歲了，不知道有甚麼好事等着他，現在除了成作家以外，沒有其他的路可使我走的，只有一條細細的彎彎曲曲的，而且是很遠的繼續着，是一條孤獨的道路，實在是一條孤獨的道路，現在只有靠不可靠的天分，一直的來走這條孤獨的道路以外，別的沒有路可走了。

他自己想吃酒罷！現在才眞是吃酒的夜了，街上已經有了黃昏色，霓虹燈的光已照出來了，散步的羣衆也很活潑了，他把灰暗色的小酒館的門推開，化裝的女子像鳥似的在暗室裏睜着眼睛。

「唉！」他說了，這是被有毒藥的氣味的强酒弄醉了，他想只願這躊躇不前的苦悶步法，更加强調起來。

「這是甚麼東西？是包行李？」女子指着他的原稿說。

「是書嗎？」他不出聲的拿了酒杯。

「給我看一看！」女子說着要拿他的包裹。

「不行！」他捽着包裹。

「啊！連動都動不得嗎？」

「不行！」他再說了。

「是毒藥嗎？」女子笑着說了。

「是的，是毒藥，」他說了。

「要自殺嗎？」

這時候他才發現要想自殺了，這眞是一點不錯的毒藥，過去的很多女子，我想世上享樂的只是毒的花，但是眞毒的花是藝術自身，這種曖昧模糊的不易捕捉他的正體的藝術這種東西，爲牠的妖艷美麗所誘惑，割斷了世間一切的聲望，只一個人在寂寥的曠野中求永遠孤獨的道路，藝術這東西，誠然是毒花，我若想起來，眞是深深的如醉痴似的，現在，雖是病入膏肓，失了逃避的道路，這眞是如同女子所說的向自殺的道路走也未可知。

「唉！」他再說了，就這樣好了，就這樣好了，我醉心在所謂文藝這妖艷的毒花上，眞的自殺來看，現在犧牲着生命，因此對一切的環境，非常的冷酷，女子們！小毒花的女子們！你們已經不能再使我苦悶了，我一生輕視你們，蹂躪你們，踢開你們的生存着，女子們！再見！

抱着重的原稿的包裹——毒藥的包裹——走到夜裏的街上，不知在甚麽時候，濃霧把這都會很希奇的罩滿了，很冷的流動着的燈火上似有霞彩似的，走路的人只見影子，只有聽見行駛着的車聲，在這霧中找着公共汽車把外套的衣襟提起了乘上去，到了上野，是想去離別女子，他想着女子的表情，他在微醉的頭腦中有些悲感，但是現在呢，把毫無虛僞的冷酷的男性相貌表現了出來，把這個女子很明顯的丟棄了，因此使這一類的毒花枯槁了！啊！啊！女子們！女子們！女子們！雖明知道一觸到你們，就要受傷，但還是要接觸你們，你們只知道怨恨咀呪這冷酷的男子，你們只是不能決定我一個人眞正的姿式，我已經受了幾處的傷，成了鮮血淋漓的了，應受的罪都受盡了，不要再深責我了，恐怕社會上任何人都不能容許我，全知全能的神喲！只有你可以容許我。

車前面的玻璃一面受着濃霧，淋漓的滴了下來，一面叫着警笛，蹌踉蹌踉的走着，霧越來越濃，把街也罩白了，他下車的時候，已經連方向都認不出了。

他在公寓的廊下站着，在他的口袋裏找鑰匙，女子還沒有回來，屋子裏燈還點着了，充滿了女子的溫暖氣味，現在都覺得女子彷彿由床上起來似的，恐怕不能再在這張很狹的床上很齷齪的相抱着睡覺了，在這枕上她說過的（一個人睡總覺得冷，男子的身體很暖，）此後女子每夜怕要一個人睡冷床了，他就穿着外套，找了信箋，開始寫一封分別的信，信上寫着：「我自從同你在一塊生活以來，非常的苦痛，到現在已不能再苦痛下去了。」這樣使女子難受，是給她將來忍不住的大絕望，像她說的我有我的自由的道路，我又寫着「你也選擇你更新更幸福的將來。」我這樣做不是有了愛人也不是要結婚，我是要永遠的走着我的孤獨的道路，走孤獨的道路，不是不應當不許可有同伴的嗎？

回想起來，開始就只有那短短的約束而已，就是如她說的「她是很大的冒險，她是抱着犧牲她一生的冒險，或者是很蠢的冒險也不一定。」至於男子呢？也如她所說的：「你恐怕是兒戲也不一定。」其實對於他也是很痛心的一場惡戲喲！

結局，兩個人都是受了傷的，所消失的是你的幸福和我的不幸，罪是我的，我不是逃避，如果到現在你還眞正的愛着我的話，那麽請你原諒我的冷酷。這樣寫完了以後，把紙摺起來，放在枕上，把鑰匙壓在上面，這個鑰匙，我希望再給一個有更深的愛情，更蠢的更忠實的男子，至於我呢，在世界中，我決不再受任何女子的鑰匙了。

把門打開，走到廊下，好像有很可怕的孤獨來襲擊，但是我已覺悟了，看喲！神是孤獨的，我也要保持着神聖的孤獨的生活，於是把生命竭力的陶醉在所謂藝術的妖艷的很香的毒花上。街上有如同白壁一樣的濃霧，衣襟上都結有很冷的霧塊，他在這很白的激流似的霧中，一面行着，悲苦的呼吸，一面挾着很重的長篇小說，逆流似的走着，走到十字街頭的時候，覺得很疲倦了，也不知應到那兒去，只有漠然的站着，圍繞着他一個人的霧彷彿很白的激流直向後方流着，他想他自身，如同被水濡濕了，立在逆流上的很可憐的一根杌似的，這又不是把另一片葉子流去了嗎？

關於新曲苑

葉德均

中華書局所刊新曲苑十二冊，三十五種，任訥輯。任氏以校輯散曲叢刊一書爲世所知，其校勘陽春白雪，樂府羣玉，及輯錄東籬樂府，酸甜樂府，唾窗絨等書，用力頗劬，而與讀者的便利也極大。他是以清代漢學家治經史的方法應用到散曲上面，所以校勘，輯佚兩方面的成就最大。以任氏以往的聲譽及治學的成績來輯新曲苑，當然沒有什麼問題。然而在讀畢全書以後，便感覺理想與事實未必完全符合。

新曲苑所收計有下列各種，這裏將任氏所改書名及原書名(任氏未指出)同列於下：—

(一)元芝菴：唱論(附陽春白雪卷首，及輟耕錄卷二十七)

(二)元卓從之：中州樂府音韻類編(附明刊活字本太平樂府，他本不載。)

(三)元陶宗儀：輟耕曲論(輟耕錄)

(四)明朱權：丹邱先生曲論(太和正音譜)

(五)明何良俊：四友齋曲說(四友齋叢說卷卅七)

(六)明王世貞：曲藻(即藝苑巵言附錄，但文稍異。)

(七)明徐復祚：三家村老曲談(三家村老委談附花當閣叢談。)

(八)明胡應麟：少室山房曲考(少室山房筆叢。)

(九)明蔣一葵：堯山堂曲紀(堯山堂外紀。)

(一〇)明周　暉：周氏曲品(金陵瑣事及續書。)

(一一)明張大復：梅花草堂曲談(梅花草堂筆談。明

(一二)明顧起元：客座曲語(客座贅語)

(一三)明程羽文：曲藻

(一四)明東山釣史：九宮譜定總論(附九宮譜定卷首)

(一五)明顧曲散人：太霞曲語(輯太霞新奏論曲語。

(一六)清黃周星：製曲枝語

(一七)清李漁：笠翁劇論(閒情偶寄卷一、二)

(一八)清毛先舒：南曲入聲客問

(一九)清劉廷璣：在園曲志(在園雜志)

(二〇)清周祥鈺：大成曲譜論例(附九宮大成譜卷首

（二一）清焦　循：易餘曲錄（易餘籥錄）
（二二）清徐大椿：樂府傳聲
（二三）清李調元：雨村劇話
（二四）清李　斗：艾塘曲錄（揚州畫舫錄）
（二五）清袁　楝：書隱曲說（書隱叢說）
（二六）梁紹壬：兩般秋雨菴曲談（兩般秋雨菴隨筆）
（二七）清陳　棟：北涇草堂曲論（北涇草堂外集）
（二八）清楊掌生：京塵劇錄（京塵雜錄即長安看花記，丁年玉筍志，夢華瑣簿）
（二九）清劉熙載：曲概（藝概卷四）
（三〇）清劉延禧：中州切音譜贅論（劉氏遺著）
（三一）姚　華：曲海一勺
（三二）清徐　珂：曲稗（清稗類鈔）
（三三）姚　華：菉猗室曲話四卷
（三四）吳　梅：霜厓曲跋三卷（輯自諸書）
（三五）附任二北：曲海揚波六卷

這三十五種，就其來源，可分爲五類：

（一）本身獨立成書或成篇者，如：六，一三，一六，一八，二二，二三，三〇。三一，三二，九種；

（二）輯自書中整卷者，如：五，一七，二九三種；

（三）輯自曲譜，曲選之附載者如：一，二，四，一四，一五，二〇，六種；

（四）從全書諸卷中輯出論曲一部份者如：三，七，八，九，一〇，一一，一二，一九，二一，二四，二五，二六，二七，二八，三三，十五種；

（五）雜輯諸書者，如：三四，三五，二種。

第一類都是習見之書，其中若干種收入叢書中，均易得。僅程羽文曲藻一種無他種版本（新曲苑三十五種中僅此種稀見；但全爲品藻，殊少史料價值）。第二類中閒情偶寄，坊刊本極多；藝概前雖不易見，今亦有開明書店排印本。第三類中除明活字本太平樂府不易見（但卓從之中州樂府音韻類編已有飲虹簃叢書本），而曲譜、曲選均有通行本，如太和正音譜，九宮大成譜等書，治曲者幾乎人各一篇，此類實無輯出單刊的必要。第四類共十五種，多輯自筆記，雜著，諸書，全書中以此類爲最多。其體例蓋倣自顧曲雜言（沈德符野獲編輯出）。其中如輟耕錄，揚州畫舫錄等，爲治曲者案頭必備之書，也沒有輯出的必要；而兩般秋雨菴隨筆，清稗類鈔等，也不是稀見的書。第五類霜厓曲跋多輯自吳編曲選（商務）及奢摩他室曲叢等，也非全是未刊稿（曲海揚波下有專論）。總之，全書所錄雖有三十五種之多，稀見者極少，（多爲通行本），而珍異史料則更少；其中且有若干種殊無輯錄必要者。

彙刻戲曲，散曲之史料，品藻等文獻者，前有董氏誦芬室讀曲叢刊（民國九年刊）及古書流通處編印的曲苑。曲苑所收之一種中如錄鬼簿，南詞敍錄，曲品，新傳奇品，曲錄諸書，全是治曲者不可少的文獻，而全書所收史料多於品藻，取捨頗有見地。而新曲苑所收，除論度曲，作曲，曲韻，品藻，（這幾類對於治曲史及戲曲史者，殊無用處）外，僅輟耕錄，堯山堂外紀，金陵瑣事三數種，有散曲或戲曲的史料，其他輯自筆記，雜著者，殊少史料價值，故對於治曲者（尤其是治戲曲史者）的用處，反不及曲苑。新曲苑的選擇取捨標準，任氏於全書既無序跋，又無例言，僅曲海揚波序略一敘及：『今猶市菜，菜盡而菜根菜葉傾倒筐篋而出之。』則新曲苑所收是任氏平日所輯各書的全部，毫無選擇取捨可說。這種「傾倒筐篋而出」的東西，自然難免於蕪雜了。

從諸書中輯出論曲諸篇彙刻在一起，其最大的目的在於便宜讀者，免得他們東尋西覓之勞，因爲這些材料向來是散見各書或雖在一書而散見各卷中。現在有人能爲讀者打算，彙刻爲一書，這種學術上和他的精神，是頗可稱讚的。但必要的條件是要一一註明所引書的卷帙，然後讀者在引用的時候，才可不必再檢原書；否則爲徵信起見，仍要檢尋原書的卷帙。而新曲苑所收各種一律都沒有註明卷數，這樣僅給讀者以一個索引而已，檢閱原書仍是不可免的，本爲便利讀者而設的彙刻，而結果仍是不便。這編輯和引用書不註明卷帙是一切傳統文人共有的習慣，而他們在事實上也很少認爲註明卷帙是必要的，然在今日這已是行不通的辦法了。又這些輯本中若干種以前已有人輯出，如以太和正音譜輯出的涵虛子詞品（說郛），以四友齋叢說輯出的何良俊曲論，以三家村老委談輯出的徐復祚的曲論（上二種均有古學彙刊本），以閒情偶寄輯出李笠翁曲話（啟智書局輯本），任氏的重輯或轉載之，也可不必。

新曲苑不僅沒有註明卷帙，而且也沒有註明版本，如王世貞曲藻一書，即藝苑巵言的改題，但文字稍有節略，這與其用曲藻本，不如用巵言原本。又這書有明刊足本弇州山人四部稿本，明刊欣賞編本，廣百川學海本（後二種題曲藻）中國書店印本等，其中當以四部稿本爲最可靠。又如太和正音譜，有明刊北雅本，嘯餘譜本，涵芬樓祕笈景洪武本，中國書店景印本。又如輟耕錄有元刊本，明萬曆刊本，汲古閣本，陶氏景元刊本，國學扶輪社排印本，四部叢刊景元本，其中當以最後一種爲最好。而新曲苑所收却是通行本，如卷二十五院本名目條，以景元刊本校勘，便頗有差異，且足正其錯誤處，玆舉其重要者如次，如：「拴搐艷段」，據景元刊本可增拋綉球，眼藥里二本；又如「打略拴搐」總類「賭撲名」以下照天紅至握龜六本，景元刊本列入「賭撲名」項中而「樂人名」則列入「打略拴搐」總類中（此均景元刊本可正坊本之誤）。凡此諸點，新曲苑不但版本上沒有選擇，而且沒有用古本校勘，（僅芝菴唱論一種曾校勘，但這是任氏以其所校陽春白雪中抽出，並非爲輯新曲苑而校勘。）甚至連所據的本子也未註明。雖然其中若干種可以推想出所用的本子（如製曲校語有昭代叢書，美術叢書二本，南曲入聲客問有昭代叢書本，樂府傳聲有正覺樓叢書本，雨村劇話有原刊函海本），但仍以註明爲妥。在現在編印古書，最低限度是必要舉出所據的版本，幷以古本爲主，可惜編者都沒有做到。至少輟耕錄，正音譜二種重要文獻，是應有以古本校勘的必要。或者以爲任氏輯書時在若干年前，其時景元本輟耕錄尚未刊行，無法校勘；然而新曲苑的刊行却在近數年，而景元本早經刊出，當有校勘的必要，以省讀者重校的精力。

至於所輯錄的，也非完全無遺，如輟耕錄敘高則誠及其所作烏寶傳的一則，金陵瑣事敘徐霖的又一則，任氏都沒有輯出。至如兩般秋雨菴隨筆等通行書，其中並無可貴的史料，與其全部收入，不如作一索引。像這樣通行的書可輯者也不祇兩般秋雨菴隨筆一種，如堅瓠集，其材料的重要及豐富或許超過梁氏之書。甚至還有中間節略不註明的，如梅花草堂筆談五怡菴度曲條（面二）兩般秋雨菴曲談飲酒讀騷圖條（面二）與原本對照；中間都割去若干字句；更有割裂兩條原文湊成一則又不註明的，如兩般秋雨菴曲談對月曲條（面九下）自首句「仁和趙秋舲」至「惜哉」見原書卷二，以下則見原書卷四，這樣湊合更是無理取鬧。

又書中所收作曲，度曲，曲韻諸種，對於治曲史者，可說是一無用處。其中僅曲韻一類，可供治音韻學者之用，但對於治曲史者也殊少可用之處。而作曲，度曲之類，祇有抱殘守闕者纔需要這類東西，去做假古董的「作曲」，或頑票友的「度曲」，然在文學史，散曲史，戲曲史的研究者的立場上，這些完全不必要的，對於以往的一切文學作品，祇應抱着「述而不作」的態度，而在今日也根本不必再去「作」或「度」了。新曲苑所以收這類東西，其目的蓋如編者在另一書序文所說：「其業則有：作，唱，譜，演，考據，整理六事。」（見湯顯祖及其牡丹亭任序）但我們今日所需要的也祇有考據，整理二事，其他都非現在學人所應從事的。

書末附曲海揚波六卷，計三册，佔全書四分之一，有單獨提出一敘的必要。

卷一至卷三爲曲談，是輯自元、明、清及近人的筆記，雜著中零星論曲的諸種材料而成，共輯書一百四十餘種。任氏序中說：『凡此材料，由散而使之聚，良非易易！憶昔寶昌寓廬，日坐書城，專一致曲，往往竭一日之力，檢書數十卷，才得一條，旣沾沾以喜。』又謂：『若就其一二則審之，了無意趣；若比附以觀，多足供考據家之採擇。』可見任氏輯書時用力頗劬，而此中甘苦，也唯有致力於此者纔能說得出。這書內容大約如蔣瑞藻小說考證等書，而雜蕪也相類；且有若干與史料無關的材料，如（十六）歌唱，（十七）搬演等，可以不輯。編者倘以全力搜羅曲家的史料，其價值當較此書爲更大。又其中若干則已見任氏所著的曲諧（散曲叢刊）中，雖其體例不同（一是輯錄，一是徵引），也使人有重複之感。這部份所引書也和全書一樣不註明版本及卷帙，頗不便讀者；但每條都註明作者，較之小說考證等不註出的總算略勝一籌。又所引近人筆記如然脂餘韻，能靜居筆記，眉廬叢話，花簾塵影，綠天清話，爨裏慵談等，我在編小說考證引書索引時，遍查這幾書的作者，都毫無所得，不意在曲海揚波中找到，這也可補小說考證之失。

又所引書一百四十一種，這裏列一索引，或可供讀者的參考；唯原書未註明卷帙，此間又無書可檢，也未能一一註明，祇好聽其不備了。這索引的次序是以朝代先後爲次，但同一時作者，則不能一一依其著作先後爲序，僅以曲海揚波先後爲準。至同一作者的數書，則不論揚波的次序，一律聚在一起，又專著及單篇，都移在最後。括弧內所註數字爲曲海揚波之卷數及頁數。引書目如下：——

西湖老人：繁勝錄【一：16】
元好問（原失註）：續夷堅志【三：13】——以上宋金
楊　瑀：山居新語【三：5】
徐樹丕：識小錄【一：1—2　4—5】
祝允明：猥談【一：5—6】
文　林：瑯琊漫鈔【一：17】
洪文科：語窺今古【二：8】
錢希言：戲瑕【二：28—29】
陸　深：谿山餘話【二：14】
曹　安：讕言長語【二：15】
單　宇：菊坡叢話【二：15】
江盈科：雪濤詩話（二：一六）
朱孟震：玉笥詩談【二：19—20】
金盈之：醉翁錄談【三：9】
徐　𤊹：紅雨樓題跋【三：6】
仇　仁：稗史【三：5】——以上元

姚範：援鶉堂筆記〔三：4〕
陳鱣：新坂土風〔三：6〕
尤侗：西堂雜俎〔三：14—17〕
錢大昕：恆言錄〔三：17〕
沈起鳳：諧鐸〔三：28〕
錢泳：藝能篇（履園叢話）〔三：31—32〕
宋犖：筠廊偶筆〔三：33〕
陸次雲：湖壖雜記〔三：33—34〕
吳陳琰（原失註）：曠園雜志〔三：34〕
呂種玉：言鯖〔35—37〕
〔失註〕春暉草堂叢書〔三：17〕
蔣光煦：茗齋詩餘跋〔二：19〕
黃周星；秋波六義序〔三：14〕—以上清
王蘊章：蓴廬雜綴〔一：25〕
孫毓修：綠天清話〔一：34—35〕
王西神：然脂餘韻〔二：1—2〕
陳衍：感舊集小傳拾遺〔三：3〕
吳梅：元戲方言釋略〔三：19—20〕
况周儀：餐櫻廡隨筆〔三：22—23〕
李詳：藥裏慵談〔三：27〕

小說月報補白〔一：35—36〕
阮亨：瀛洲筆談〔三：17—18〕
朱彝尊：靜志居詩話〔三：28—29〕
王崇簡：冬夜箋記〔三：32〕
高士奇：天祿識餘〔三：33〕
李玉浦：蜩菴瑣語〔三：34〕
勞大輿：甌江逸志〔三：35〕
吳德旋：初月樓集〔三：6〕
〔失註〕亭聞閣詞選〔三：18—19〕
潘浚：劉氏遺著跋〔二：21〕
况槑：花庥塵影〔一：27—29〕
懺綺主人：風月閑情〔一：36〕
趙惠甫：能靜居筆記〔二：2〕
醉醒生：莊諧選錄〔三：3—4〕
〔失註〕蘿芬館詩話〔三：20—21〕
况周儀：眉廬叢話〔三：24—26〕
張行：小說閒話〔三：36—37〕
紫蘭花片〔三：26〕
民權素十一集〔三：23〕
解脫者語〔一：14〕

梁啓超語（一：6—10）

渴睡漢語（一：29—30）

浴血生語（一：10—14）

缺名語（一：15）

缺名筆記（一：25—27，28，30）—以上近人

又曲海揚波所引資料有與小說考證等相同的：

卷一　二頁　牡丹亭（識小錄）　五四二頁

卷一七—九頁　桃花扇（梁啓超語）　枝譚下五九—六〇頁（題飲冰室叢話）

卷一一五頁　湯若士（銷夏閑記）　五四三

卷一一五—一六頁　徐文長（銷夏閑記）　四二二

卷一一六—一七頁　湯若士（閑餘筆話）　五四三

卷一一九頁　西廂（南濠詩話）　六

卷一二六頁　玉尺樓（秋燈叢話）　一七八

卷一二七頁　查潘鬥勝（缺名筆記）　二八〇—二八一

卷一二八—二九頁　桃花曲（清波小志）　枝譚下七七—七八

卷一三四—三五頁　臨川夢（花簾塵影）　一四八

卷一三四—三五頁　碧桃花（綠天清話）　一九二—一九三

卷一三五頁　帝女花（綠天清話）　五六九—五七〇

卷一三六頁　綠牡丹（小說月報補白）　二三（題缺名筆記，文字雖同互有詳略。）

卷二　一頁　鵑紅記（然脂餘韻）　枝譚下八六—八七（文較詳。）

卷二一—二頁　紫芝記（然脂餘韻，引陽秋賸筆）　一四八（引陽秋賸筆）

卷二　四頁　揚州夢（蓮坡詩話）　四〇八

卷二　五頁　長生殿（同上）　一三六

卷二五—六頁　桃花扇（同上）　一二二

卷二　六頁　蔣培傳奇（搏沙錄）　枝譚下七三—七四

卷二　六頁　不如亭（同上）　枝譚下七四

卷二　六頁　沈起鳳（同上）　枝譚下八八

卷二一三—一四頁　一片石（粟香隨筆）　三〇五

卷二一五—一六頁　琵琶記（閑中今古錄）　二二

卷二　三二頁　裝旦去鬚（柳南隨筆）　枝譚上八一—八二

卷三　二二頁　桂林雪（鬢櫻廡隨筆）　三〇五

卷三　二五頁　四聲猿（眉廬叢話）　六四—六五

卷三三五—三六頁　折齣考（同上）　五八八

卷三　二六頁　四　夢（同上）　五八八

卷三三七—三八頁　白練裙（藥裏慵談）　七三—七四（題拭瓢，文字大致相同。）

卷三三四—三五頁　荊釵記（甌江逸志）　二

這三卷書所註的作者及來源，也頗多可議處。

附記：重讀曲海揚波，又發現若干大小錯誤，補記於此。（一）目錄錯誤與遺漏：（甲）誤標頁數，如目錄八面下古今樂較條原註「二：三五」，實則此條見原書卷二，三三面，非三五面。（乙）目錄已有其目僅失載一條者，如面三下飲酒讀騷圖目，除四：三〇外，卷一面二五下尚有缺各筆記一條，面九下演長生殿之禍目，除二：七，三：二〇外，卷二面五亦有蓮坡詩話一則。（丙）目錄失載者，有下列諸目：投筆記（五：二二）【明傳奇類】，音韻難知（二：二七）【音韻類】，潭宗初（一：二三），商盤（二：四）【以上歌戲類】，戲文（二：二二）【雜考類】曲與詩（二：一七）【雜論類】，作家戲子（二：三〇）【雜談類】——以上諸目均本原書所題。（乙）重複，卷二面三三引吳喬圍爐詩話，論字緊慢，卷三面九上又引同書一次，這兩條文字重複。又如卷二面二一引有不爲齋隨筆譏時四劇一則，實爲小說非戲劇，有茶餘客話卷一嘲謔學差條可證。

又以太霞新奏與新曲苑輯本太霞曲語相校，發現下列四事：（一）刪節及改易字句計有十四處之多。（二）以原書眉批語誤爲正文引入者，如五頁卜大荒書眉序條，即太霞新奏卷八面一的眉批。（三）以原書兩則合而爲一又不註明的，如三頁秦復菴條，是合原書卷一面十八及卷八面八兩則而成。（四）原書發凡十三則，曲語摘錄三，四，十三則。又曲語所引之第一則散套之難，與今景印本不同，未知何故。

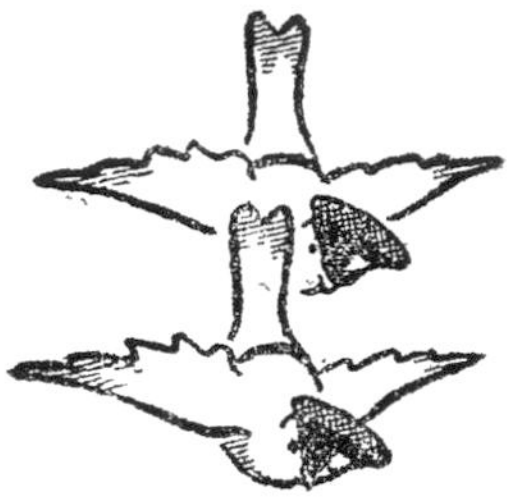

約

F. R. Stockton 著
雷秀嵐 譯

「我對你說，威廉，」湯姆斯・布勒對他的朋友波丁登說道，「我眞正爲此抱歉，但是我今年不能夠準備來。而，至於『我的』邀請——那是大大不同的。」

「當然它是不同的，」是回答，「然而我不得不說，像我以前所說的一樣，我實在難於接受它。」

類此的話語，被湯姆斯・布勒和威廉・布丁登每年說一次，至少也有過五年了。他們是老朋友；他們在一起做小學生，他們自從是青年人後，事業上又結合在一起。現在他們已經到達强壯的中年時代了；他們各自結了婚，各自有一所屋子在每年要在那邊住上一個時期的鄉間。他們互相親熱地接觸着，誰都是另一個的這世界上最親熱的朋友。但是在所有這些年歲里，誰都不會去拜訪過誰的鄉居。

這相互逃避到他們各自的鄉居的緣故，可以簡略地敘述一下。布勒的鄉間的家坐落在海邊，他是極喜歡水的。他有一艘很好的單帆船，他以極高的把持力和技能親自來駛它，而且，帶他的朋友們和客人們到海灣上去作小小的漫遊是他最大的喜悅。但波丁登却致命地怕水，尤其怕任何被業餘運動家駛動的船舶；如果他的朋友布勒僱用着一個有經驗的職業的水手，由他來駕駛和管理他的帆船，波丁登或許早已願意作一次偶然的航行了，但正因爲布勒始終堅持着要親自行駛他自己的船，而且厭惡任何來客懷疑他的處置得當的才能，所以波丁登不願損傷他的朋友的自愛，也不願意被溺死。結果，他不能夠答應到布勒的靠海的家去。

接他的好朋友布勒到他住着的美麗的高地上的家來，對波丁登是極大的喜悅；但不能夠引誘布勒去拜訪他。波丁登極喜歡馬，而且時常親自駕御了出去，同時布勒的怕馬比了怕象怕獅子還厲害；駕一匹或幾匹由一個有經驗的馬車夫駕御的馬，他不絕對反對，但是由波丁登——他有不少關於貿易事業的經驗和知識，但只是一個業餘的御者——來駕馭，他一定得堅决地强硬地拒絕。他不願意以拒絕同他出去駕馬來傷害他朋友的感覺，但他也不想同他作伴而破壞自己的神經組織。

最後，這種情態愈形難堪了。布勒夫人和波丁登夫人時常帶了她們的孩子們互相拜訪她們的鄉間的居所，但是在這種情形下，她們從來不伴着她們的丈夫，這事實在高地上同海邊雙方的鄰人之間，引起了許多許多的閒話。

春季里的一天，兩個人坐在他們的城市的辦公室里，波丁登剛巧重複說過他的一年一度的邀請，他的朋友這樣的回答他：

「威廉，如果我今年夏天來看你，那麼你來看我不？看起來事情正開始有些可笑了，人們也都在講起這個。」

波丁登把他的手放在眉毛上，閉了一歇眼睛。在他的意識里他看見一艘側翻的單帆船，帆蓬張開在海面上，兩個幾乎完全沉沒在浪里的人正在努力想達到帆船的邊沿。他們之間的一個很有成就——那是布勒。另一個似乎快沉下去了，他的手臂在空中徒然地舞動——那是他自己。但是他張開他的眼睛，勇敢地從窗子里望出去；這是征服這一切景象的時機。眞是愈來愈可笑了，布勒已駕駛了許多年，也從來沒有打翻過。

「是啦，」他說，「我一定來，我預備你指定任何時候。」

布勒站起來伸出了他的手。

「好！」他說，「這是一個約！」

布勒是作約定的鄉居之訪問的首者。他還不會向他的朋友提起馬的問題，但是他從布勒夫人處知道波丁登仍舊繼續在做他自己的御者。然而，她知照他，近來他慣常駕一匹黑色的大馬，以她的鑑定，這匹黑色大馬是溫和得可靠得像這些動物從來就變得那樣的，而且她不能想像有人會怎樣的怕牠。因此，他到達之後的第二天早晨，布勒被他的主人詢問是否他歡喜作一次駕車的時候，他抑壓住某些正在升起來的情緒，說這使他非常高興。

這匹好黑馬沿了一條舒服的大道緩緩行過半小時的時候，布勒開始感覺到：或許，這些年來他是一直在誤解之下工作。這似乎是可能的：有些馬，四周的景物與聲音對牠們那麼不相干，以致牠們在某一種程度，是完全安全的，即使由一個業餘運動家的手來指揮和統馭。當他們經過某個草場的時候，有人在籬笆後面開鎗；布勒受了驚，但那匹馬倒並不。

「威廉，」布勒道，愉快地望望他的四周，「我意想不到你住在這樣可愛的鄉村里。事實上，我差不多可以說它美麗。你沒有我那麼喜歡的寬廣的水，但這兒是一條可愛的小河，那些滾滾的山峯也非常迷人，此外，你有那山脈的藍色。」

「它是美麗的，」他的朋友道，「在這種鄉下驅車我從來不會感到厭煩。當然海邊也很優美，但這兒我們有那麼多種類的景色。」

布勒不禁想到有時候海邊嫌單調一點，想到他是因了不會上來同波丁登消磨一兩個星期以改變他的夏季生活，已經喪失不少樂趣。

「威廉呵，」他道，「你有這匹馬多久了？」

「大約兩年，」波丁登說，「在我有牠之前，我慣常駕一對。」

「天哪！」布勒想，「多麼幸運我沒有在兩年前來！」於是他對於不會早日來拜候他的朋友的懊悔大大的減低了。

現在他們來到了一個地方，那邊，大路傍着它伸展的河流被一座製造廠阻塞了，却放寬成一個美麗的池塘。

「這兒呵！」布勒叫道。「那就是我所愛好的。威廉，你好像什麼東西都有！這是實實在在的一片極悅意的水，塘上的樹木的倒影構成一幅迷人的圖畫；你知道，那個在海邊你是得不到的。」

波丁登很高興，他的臉發着光彩；他是因了他的朋友的愉快而愉快了。「我告訴你，湯姆斯，」他道，「那倆——」

「威廉！」布勒驚叫起來，突然在他的坐位上蠕動了一下。「我聽見的是什麼？是火車嗎？」

「是的，」波丁登道，「那是十點四十分的一班，上行車。」

「它駛近這兒嗎？」布勒問，神經質地。「它過那座橋嗎？」

「是的，」波丁登道，「但它不會損傷我們，因爲我們的路是在橋的下面；我們絕對安全，沒有意外的危險的。」

「但是你的馬！你的馬哪！」布勒呼喊着，當火車逐漸行近的時候。「牠會做什麼來？」

「做什麼？」波丁登道；「牠將做現在正在做的事情呵；火車不在牠心上。」

「但看這兒，威廉，」布勒喊道，「我們到那兒，正巧它也到那兒；沒有一匹馬忍得住那樣的空中的怒吼的呵！」

波丁登大笑起來。「牠一些些也不把它放在心上，」他道。

「來，那麼來，」布勒叫着。「眞的，我不能忍受這個啦！只要停一分鐘，威廉呵，讓我出去罷。它使我的全部神經都震顫啦。」

波丁登作了一個矯飾的笑。「唔，你不必出去，」他說，「世界上連絲毫的危險都沒有。但我也不想使你神經失常，我要轉個灣行另一條路。」

「但是你不要！」布勒尖叫起來。「這條路不怎麼寬敞，可是火車近這兒啦。請你停止！」

說那條路不怎麼寬敞，不夠他轉灣的推諉，在波丁登眞是太過份了。他非常驕傲他的在一個狹窄的地方把一輛車轉灣的技能。

「轉灣！」他道；「那是世界上最最容易的事情。看着：向右一點兒，然後一個後退，然後向左邊一掃，於是我們將走着另一條路啦。」他立刻開始演習，在這演習里他是那麼的一個熟手。

「呵，湯姆斯！」布勒叫喊着，在他的坐位上站起了一半，「那輛火車差不多到這兒啦！」

『而我們也差不多——』波丁登大約想說，「轉了灣啦，」但他止住了。布勒的驚喊使他的神經受了一點刺激，而且，在他的迅速轉灣的渴望里，他把他的馬比實在所需要的多用了一點力氣地拉了一下，於是他的神經失常傳遞給了馬，那匹動物以那麼異乎尋常的力向後一退，以致那輛車子的後輪行到路旁的一塊草地上，而且進入水里了。這驟然的震動給布勒的刺激帶來了一個新的刺激。

『你要傾翻啦！』他喊着，沒有想到他的四周是什麼，他只是握着他的朋友的臂膀。那匹馬被牠的馬勒突然的一拉一嚇，那一拉，再加上現在正在橋上的火車的隆隆聲，使牠想大約某種非凡的事情要發生了，於是向後作一個突然的猛烈的驚跳，以致不單那輛車的後輪，連前輪以及牠自己的後腿也到了水里。這塊地方，河堤過份的斜傾，那輛車繼續後退着，不管那匹激動的馬是怎樣用着力想在河堤的崩塌的邊沿上找一個立足點。

「霍！立定！」布勒叫着。

「起來！」波丁登喊着，把他的鞭子打在那頭陷在水里的野獸的身上。

但呼喊與鞭撻對那匹馬不生效果。河流的原本的河牀緊靠着大路展伸，而堤岸是那麼的傾峻，泥土是那麼的鬆疏，以致要那頭馬向前或即是支持牠的脚頭都不可能。後退着，牠後退着，直到全部行裝到了水里，馬車浮了起來。

這輛車是街車，沒有頂的，車箱的接合處也嚴緊得足夠阻止水立刻進來；因此，沉得稍深一點，它就靜止在水面上了。池的這一部份有一股急流，它帶着車子順流而下了。現在那馬已完全沉沒在水里，除了牠的頭和牠的頸的上部；牠不能把脚踏着河底，於是用極猛的力游泳。

波丁登，韁和鞭在他手里，恐懼地坐着，面色也灰了；這事是那麼突然，他是那麼的驚，那麼的嚇，使他半晌說不出一句話來。布勒呢，正相反，現在是活潑而且機警了。車子剛蕩離開岸，他立刻感到自在。他到了他的愛好的本所；水對他是沒有恐懼的。他看見他的朋友害怕得近乎失了理智，他又覺得，說得多詞藻些，他必須要站到舵輪前，負責來駕駛這艘船。他站起來，望望他的四周。

「使她（指船）橫過川流！」他高聲喊；「她不能抵着這股急流向前哪。把她駛向對岸的樹叢去；那邊的岸低一點，我們可以使她擱淺。現在，拉你的右舷的韁繩。」

波丁登服從着，馬稍改變了牠的方向些。

「你看，」布勒道，「它不能直線地橫駛過去的，因為那川流會帶我們向下去，帶我們在那個地點的下流一點上陸。」

波丁登不說一句話；他每分鐘等待着看那匹馬沉到水的坟墓里去。

「可是這也並不怎樣壞呵，是不是，波丁登？如果我們有一把舵同一張帆，對那匹馬將有極大的幫助。這輛車不是一艘有缺點的船哪。」

無望的波丁登望着他的雙足。「它在進來，」他沙聲地說。「湯姆斯，水浸過我的靴子啦！」

「是這樣子的，」布勒道。「我是很熟悉水性的，我不去注意它。她漏啦，……你帶着什麼可以把她釋放出來的東西嗎？」

「釋放！」波丁登叫起來，現在發覺了他的聲音了。「呵，湯姆斯，我你要沉啦！」

「是這樣子的，」布勒道，「她像篩子那麼發漏的。」

奔走的馬具和兩個人的重量對車身的浮泛力太過了份，水迅速地直向車的四壁的頂部上升。

「我們快溺死啦！」波丁登喊着，倏地站起來。

「鞭牠！鞭牠！」布勒呼喊道。「叫牠游得快一點！」

「沒有東西來鞭牠呵，」波丁登喊道，徒然鞭擊着水，因為他打不着馬的頭部。這可憐人劇烈地受驚了；他從來也沒有想像到他會得淹死在自己的車子里。

「霍！」布勒叫着，當水沿着車廂邊側上升的時候。「穩定你自己，老孩子，否則你會落水的！」接着，車廂沉得看不見了。

但它並不沉落得太深，川流的河床的最深的部份已行過了，車輪一撞，碰着了河底。

「天呵！」布勒呼喊道，「我們着地啦。」

「着地啦！」波丁登呼喊道，「贊美蒼天！」

當兩人在沈沒的車輛里站起來的時候，水高出他們的膝蓋；而當波丁登向池潭面上望出去時，現在那麼接近他的臉，好像這是一片他以前從未見過的水。它是有幾分可怖的，像要漲高起來把他包蔽的樣子。他顫抖着，使他幾乎站不住足頭。

「威廉，」他的同伴說，「你必須坐下來，如果你不，你將顫動得跌出去而且淹死。沒有什麼東西給你把握。」

「坐下，」波丁登說，茫然凝視着他四圍的水，「我不能那麼做！」

那時馬些微動了一下。牠拖了一輛飄浮的車子作游過川流的主道的努力之後，已觸着了河底，牠站了一會兒，牠的頭和頸安然露在水面之上，而牠的背在水面下却好看得見。回復了牠的呼吸，現在牠想是行動的時候了。

那匹馬舉了第一步，波丁登開始搖搖欲跌。他本能地抓住布勒。

「坐下！」後者叫道，「不然你就叫我們一起跌出去。」但沒有用；波丁登坐下去，當他以一個極大的潑濺聲重重坐到位置上時，水升到他的腰際。

「阿唷！」他道。「湯姆斯，呼救吧。」

「那樣做沒有用，」布勒回答，堅定地站着他的船員的雙腿；「我看不見什麼人，我也看不見什麼船。我們會平安出去的。你好好的依扶牢那坐板吧。」

「那什麼？」另一個猶豫地問。

「唔，那坐位。我意思是說，我們是能夠平安到岸上的，只要你直線駕御馬。領牠更進一步地越過池潭。」

「我不能駕駛牠，」波丁登叫起來，「我把韁繩丟啦！」

「啊唷！」布勒叫道，「那眞壞啦。你不能用喊着『嘰』——和『嚇——』來駕駛嗎？」（嘰解釋向右轉，嚇解釋向左轉，驅牛馬所用語。）

「不能，」波丁登說，「牠不是一頭牛；但或許我能叫牠停止。」於是他用起他能呼喚的聲音來，他喊道：「霍！」（解釋站住）馬停住了。

「如果你不能用任何別的方法駕馭牠，」布勒道，「我們一定得有韁繩。把你的鞭給我。」

「我也把那個丟啦，」波丁登道；「它浮在那邊。」

「阿，親愛的，」布勒道，「我想起來，我不能不潛一次水去取它們啦；如果它逃開了，那麼我們便到了一個可怖的困境之中。」

「別出去！別出去！」波丁登驚叫起來。「你在車前的遮泥板上能伸手得到的。」

「因為那個是在水下面哪，」布勒道，「同潛水是一樣的呀；可是又不得不做，我來試試看。現在你別動；我是比你多識一點水性的。」

布勒取去了他的帽子，要求他的朋友拿着它。他也想到他的錶同他衣袋里的其他的東西，但沒有地方安置它們了，因此他不再考慮到它們。那時他勇敢地跪在水里，斜倚在車前的遮泥板上，幾乎看不見人。波丁登用他的空着的手緊握着他朋友的沉在水中的衣尾。

幾秒鐘後，布勒的上半身從水里伸了起來。他滴着水，吹着噴着；波丁登不得不想，他的朋友的容貌，在他的頭髮緊緊黏着他的頭顱時，是多麼的不同啊。

「我揑着了其中的一樣，」水沫四濺的布勒說，「像是它扭牢着什麼東西，我不能把它弄鬆。」

「它是厚而且闊的嗎？」波丁登問。

「對，」是回答；「它好像是這樣的。」

「哦，那是挽革，」波丁登道；「我不要那個；韁繩是薄而且輕的呵。」

「現在我記得它們的樣子啦，」布勒道。「我再來下去。」

布勒重新斜倚在遮泥板上，這次他下去得長久些，而他起來的時候，吹吹噴噴得比以前更厲害。

「這個是吧？」他說着，提起一條濕漉漉的皮革。

「是啦，」波丁登說道，「你拿到了韁繩啦。」

「很好，拿着它。再駕駛吧。如果不是牠的尾巴弄進我的眼睛，我早就找着它啦。那條長尾巴正在那邊下面流動，而且像一把扇子那麼散開着；它還在我頭的四周圍自相糾纏着呢。假如牠是匹短尾巴馬，那才便當得多。」

「那末如今，」波丁登道，「拿着你的帽子，湯姆斯，我試着來趕趕看！」

布勒戴上他的帽子，它是他身上唯一的乾燥東西；而神經質的波丁登特然地驅着馬，甚至使布勒的海員的腿也受了驚，險些兒倒退到水里。但恢復自己之後，他坐了下來。

「你不喜歡玩這個，我不驚奇啦，威廉，」他說，「像我那麼濕，眞是見鬼！」

被牠主人的聲音和扣着馬勒的熟悉的手的感覺所鼓動，馬匹邁然向前移動。

但是河底凸凹不平。有時車輪撞着一塊大石，嚇壞了布勒，他想他們快要傾覆了；有時它們陷進疏鬆的沙泥，嚇壞了波丁登，他想他們快要沉溺了。

這樣前行着，他們呈現了一個奇怪的現象。最先，驅車的時候，波丁登是把他的手伸出水面的，但他立即發覺這樣太蠢笨，於是把它們落到原來的地位，這樣子水面上就什麼也看不到，除了一匹馬的頭和頸，以及兩個人的頭顱和肩胛之外。

現在這水底的行裝來到無底的低陷處了，即是布勒也戰慄起來了，當水升到他的面頰的時候。波丁登發出一聲驚怖的咆哮；那匹馬呢，高高舉起着頭，被迫游泳着。正在那時候，一個孩子帶了一枝鎗沿着大路遨遊，一聽見波丁登的叫聲，他就把眼光擲到水面上。他本能地把他的武器舉上肩頭，然而一剎間，覺察他所看見的目標並非是水鳥，他才沉下槍來，呼喊着一路跑進製造廠去了。

然而河底的窟窿只是一個狹窄的，一經過它，水道的深度便逐漸減低了。馬背開始發現了，車前遮泥板也看得見了，兩個人的肉體與精神急速地升了起來。現在有極大潑濺聲和拖曳聲，於是一頭黑玉色的像新塗了油漆似地閃爍着的馬，把一輛滴水的載着兩個濕透了的人的車子拖上了斜傾的岸。

「哦，我冷到了骨頭里啦！」波丁登說。

「我想是這樣吧，」他的朋友回答，「如果你不顧到被打濕，在水底下還要有味得多呢。」

池潭的這邊，有一條波丁登非常熟悉的田徑，沿這條田徑前行，他們來到了那座橋，於是走到正路。

「現在我們必需儘快地趕到家，」波丁登叫道，「否則我們兩人全部要受寒的。我希望我沒有失落我的鞭子。嗨，現在，向前走！」

如今波丁登充滿着生命與精力，他的車輪一到硬地上，他依舊是自己了。

那匹馬呢，當牠發覺牠的頭朝向牠的家時，以大速率動身前進起來。

「嗨，這邊哪！」波丁登叫着。「我眞抱歉我失落了我的馬鞭。」

「馬鞭！」布勒道，緊緊拉着坐位的邊緣；「眞的，你不要牠行得比這樣再快一些些吧。且看這兒呀，威廉，」他附加着說，「在我覺得，如果我們這樣子在空氣里直衝，我們在我們的濕衣服里更可能着涼的。實在的呵，我覺得，那匹馬正在逃遁。」

「一點也不，」波丁登叫着。「牠要回家，牠要牠的午飯了哪。牠不是匹好馬嗎？看着牠怎樣放步！」

「放步！」布勒道，「我想我倒看要親自來放步啦。你不想想，步行到家里，在我會是更聰明的嗎？那樣將使我的身體暖起來。」

「這要費去你一個鐘頭，」他的朋友說。「停留在你現在的地方吧，不到十五分鐘，我就給你穿一身乾衣服。」

「我告訴你，」當兩人午餐後坐着吸煙的時候，布勒說，「你應該做些什麼：沒有一件救生衣和一對槳你就別出去趕車；我一直帶着它們的。這會使你覺得更安全。」

下一天布勒回家了，因爲波丁登的衣服不適配他的身體，而且他自己的戶外服裝也皺縮得太不舒服了。此外，有個另外的理由，那是同馬匹的趕回家的慾望有關係的，這理由提醒了他的歸去。但他並未忘掉同他朋友下的約言；此後的一星期間，他寫信給波丁登，請他陪他消磨幾天。波丁登是個光榮的人，不管他將來不幸的水的經驗，他將不破壞他的諾言。他在指定的時日到了布勒的海邊的家。

在他來到之後的早晨的一早，家里的人們還沒有起身，波丁登就跑出去，漫遊着向海灣附近去了。他去望望布勒的小船。他很明白他是會被請求作一次航行的，而且正因爲布勒同他駕過馬，他就不能拒絕同布勒駛船；但他必須看見那條小船。在七點一刻有一班車到他的家；假使他不到屋子里，他是不能被請求作航行的。假如布勒的船是小而脆弱的東西，他就乘那班火車——但他還得等着看看。

只有一只小船停泊在沙灘附近，一個男子——顯然是個漁夫——告訴波丁登：它就是屬於布勒先生的。波丁登急切地凝視着它；它並不太小，也不脆弱。

「你以爲那是條安全的船嗎？」他問漁人。

「安全？」那人回答道，「你要弄翻她也弄不翻呢。你看看她的船幅的闊度看！你正在打算買她吧？」

他會打算買一條小船的想像使波丁登大笑了。可是要打翻這只小船是不可能的這一個通知使他大大地愉快，他也確能大笑了呵。

早點後不久，布勒像一個拿着一服藥的護士似地，以切盼的作航行的請求走向波丁登。

「現在，威廉，」他的主人說，「我完全明瞭你的對於船舶的感覺，而我所願於向你證明的是，這是一個毫無根據的感覺。我並不要使你激動或是使你神經失常，因此我今天不想在我船里把你帶出到海灣上去。你在海灣上是同在陸地上同樣安全——或許，在某些情形之下還更安全些，這種情形我也不必指明了——但到底有時候是粗暴一點，這個，最初或許使你稍感不安，所以，我想在水面絕對平靜的航行線里給你開始你的學習。在我們背後大約三哩路，有一個幾哩長的極美麗的湖泊，它是連接這市鎮同火車路的運河系統的一部份。我已把我的船送到鎮上去，我們可以步行到那兒，再由運河到那湖泊；這大約是只有三哩路。」

如果他終於不得不航行，那麼這樣子的航行是合適波丁登的。一條運河，一個靜靜的湖泊，以及一條打不翻的舟船。他們到達鎮上的時候，船在運河里，給他們預備好了。

「現在，」布勒道，「你進去坐舒服吧。我的意思是去絆縛在一艘運河船舶上，讓它拖到湖里去。那些船舶尋常大約在早晨這個時候開出，我要爲此跑去看看。」

波丁登，在他朋友的指揮下，取了一個在帆船的尾部的坐位，那時他突然說：

「湯姆斯，船上你有一身救生衣嗎？你知道我是對任何種類的船舶都不習慣的，我又是笨拙的。沒有什麼事情可能會發生到船身上，可是我可能會失錯和跌出船外的呵，我又不會得游泳。」

「是啦，」布勒說，「這兒是一身救生衣喏，你可以穿上它。我要你感覺到絕對地安全。現在我去瞧瞧拖船的事情。」

但是布勒發覺了那運河船舶不能在它們尋常的時間開船；它們之中的一艘的裝載還不會完畢；人家通知他說，他也許需要等上一個鐘頭或更多一點。這個太使布勒不愉快了，他却又並不躊躇着顯出他的煩惱。

「我來告訴你，先生，你能做些什麼，」那些看管船舶的男子中的一個說，「假使你不想等到我們準備出發，那麼我們願意給你一個孩子同一匹馬，把你拖向那湖泊去。那樣子不會多破費你，他們也將會在我們需要他們之前回來。」

那交易就作成了，布勒愉悅地帶着他們不必去等待運河船舶的消息回到了他的船上。一條長索，它的另一頭縛着一匹馬，很快地繫牢在船上，一個孩子在馬面前，他們便向運河上流出發了。

「現在，這是我歡喜的一種航行法，」波丁登說。「如果我住近一條運河，我相信我會買一條小船和訓練我的馬來拖的。我可以備一對長長的繩索，由我自己來駕馬；於是當道路麤轆不平的時候，運河却終歸是平滑的。」

「這樣是挺妙的，」布勒說，他坐在舵杠旁邊，把那條船駛離開岸，「而且我很高興看見你在一條在任何環境下的小船里。你知道嗎，威廉，雖則我沒有計劃過這，但對於開始你的航行教育，沒有比這更好的方法了。這兒我們向前滑去，徐徐地，柔和地，沒有可能的危險的思想，因爲，假使船突然漏了洞，像那馬車箱那樣地，我們必需要做的一切便是走上岸去；而一到你到了運河盡頭的時候，你會那麼地喜歡這種柔和的動作，以致你將完全地準備開始你的航海教育的第二課了。」

「是的，」波丁登說。「你剛才說這條運河是多少長？」

「大約三哩，」他的朋友回答。「如今我們快進水閘了，幾分鐘後，我們卽將在湖上。」

「我竟關心到如此地步，」波丁登說道，「我但願那運河是十二哩長。我想像不出什麼比這個更愉快的東西了。假使我住在一個靠近運河的地方——一條遙長的運河，我以爲，這條是太短了——我便得——」

「來，現在來，」布勒打斷了他。「不要因爲它容易，便滿足於停留在這種小學校功課。我們一到湖上，我將給你證明，在一只小船里，有一些溫柔的微風，那是我們正巧今天有的，你會發覺那動作同樣的有趣，而更是提神的。我一點也不會驚奇，威廉呵，假使你到湖上去了二次三次之後，這將請求我——是的，確然是請求我——把你帶出到海灣上去！」

波丁登莞爾了，向後一靠，他凝望着美麗的藍色的天空。

「你不能給我比這更好的東西啦，湯姆斯，」他道，「但你毋須想我是正在疲倦；你同我駕過馬，我也同你一淘行過船。」

他會同波丁登做了這兩件事的思想跑到了布勒的腦筋里，但他不願意喚起不愉悅的記憶，所以不說什麼了。

出了鎭大約半哩路，前面直立着一個正在進行大掃除的小茅屋，在離開運河不遠的一道籬笆上，掛着一塊燦爛地飾着紅色黃色的條紋和斑點的毛毯。

當那頭昏昏欲睡的拖船的馬來到與屋子並肩，而那毛毯到了牠眼里的時候，牠突然停頓而且向運河作一個急衝。那時，被那虎視眈眈的妖怪一驚，牠聚起自己的力量，帶跳帶蹦地沿着道路衝去了。驚異的孩子大叫了一聲，但很快地被丟在後邊了。布勒的小船向前直射出去，好似被狂風暴雨打擊了的樣子。

受驚的馬急急奔跑着，好像有一個紅色和黃色的惡魔在牠的背後。小船跳動着，突進着，不時撞擊着運河的青綠色的邊岸，一似它存心要把它自己裂成粉碎的樣子。波丁登緊抓着帆杠，使自己不要被擲了出去，同時，布勒雙手把着舵杠，狂妄地努力着使船離開岸。

「威廉！」他尖叫着，「牠在帶了我們奔逃呵；我們要被擊成碎片啦！你能不能到前面去脫開那條繩索？」

「你是什麼意思呵？」波丁登叫道，當時帆杠發出一陣劇烈的痙攣，好像它會裂開它所繫牢的東西，而且把他拖到船外去。

「我意思是解開那條拖船的繩。我們快被搗爛啦，如果你不！我不能離開這舵杠呵。別想站起來；揑牢了帆杠爬着向前去。現在鎭靜一點，否則你會落水的哪！」

波丁登抖動着到了船首，他的奮力被那重大的繫在他臂下的軟木救生衣大大地妨礙着，那艘船的行動是那麼的狂暴和不規則，使他不得不用一只手握住桅桿，而用另一只手去企圖解鬆那繩結；但是繩上有着一股極大的張力，他單憑一只手做不出什麼事情來。

「割斷它！割斷它呀！」布勒叫着。

「我沒有刀子哪！」波丁登答道。

布勒極端地受驚了；他的船正在水中駛過，自從帆船發明以來，從沒有一條與她同類的船有過那樣的速度，他的船碰撞着邊岸，一似一顆從桌邊上彈回來的彈子一般。他忘了他在船里；他只知道是他有生來第一次在一個賽跑之中。他放棄了舵杠。它是對他沒有用了。

「威廉，」他叫道，「我們再靠近河岸時，讓我們跳出去吧！」

「別那麼做！別那麼做！」波丁登答道。「別在奔跑的時候跳出去，那是要遭受損傷的行動。坐牢在你的位置上吧，我的孩子；牠這樣子下去不會多麼久的。牠也要失風的哪！」

波丁登很興奮，不像布勒那樣的受驚。以前他也曾這樣子奔跑過一次的，而且他忍不住要想，在這種情形下，一輛馬車比一艘船要好上多少。

「假如牠被縛得短一點，而且我有着一副輕勒同一對結實的韁繩，」他想，「我能夠立即把牠管教起來」。

可是布勒很快地喪失了他的理智。那匹馬好像比剛才更跑得快了。船狠命地撞擊着河岸，有一個時候，布勒想他們要翻掉了。

突然一個思想打動了他。

「威廉，」他大叫起來，「把錨子拋到旁邊去！拋它下去，隨便怎樣拋！」

波丁登望望他的四周圍，差不多在他的脚下看見了那個錨子，他沒有立即領悟布勒為什麼要把它擲到水裏去，但這不是問問題的時候。被救生衣引起的困難和一只手把握的需要，很妨礙他取到那個錨子，也妨礙他把它從船邊上擲出去，但最後他成功了；正巧那只船抬起她的頭部，好像打算跳上岸去似的時候，鐵錨擲了出去，它的索子在它後邊急速投射下去。錨子在運河的河底一路掙扎着時，船是一陣不規則的顫抖；接着一陣劇烈的搖撼；船跑到了岸上停止了，拖船的繩扳緊着像一條吉他的弦，那匹馬呢，用極大的力量急跳回來，在地上滾成了一堆。

波丁登立刻到了岸上，以他最大的速力跑向那馬去。當波丁登衝到牠身上，把牠的頭壓到地面上而且坐在它上面的時候，那頭驚異的動物幾乎並不開始掙扎着站起來。

「嚇哈！」他叫起來，在他的頭上面揮動他的帽子。「出來吧，布勒，牠如今是什麼都對啦！」

不久布勒跑近了，很震顫的樣子。

「什麼都對啦？」他說。「一匹馬俯伏在路上，一個人坐在牠頭上，我不叫這為什麼都對啦；除了把牠拖下來，直到我們把牠從我的船上解脫。那才是做的事情。威廉呵，在你讓牠站起來之前，把牠從那船上解下來吧！牠站了起來，牠會作些什麼哪？」

「哦，牠站了起來，牠會靜靜的，」波丁登道。「但是如果你有一把刀子，你可以割斷牠的挽革——我意思是說那條繩索——但是不，你不必啦。現在那孩子在來啦。我們來用極簡短的命令安排這件工作。」

當馬在他的足下，而一切獸與船之間的關係已被分離的時候，波丁登望望他的朋友。

「湯姆斯，」他說，「你似乎過了一段很困難的時間。你失落了你的帽子，而且看上去好像你剛經過一場角力賽似的。」

「我是呵，」另一個回答；「我同那舵杠角力呵，我奇怪它怎麼不把我擲出去。」

現在那孩子跑近來。「我將重新拴上牠嗎，先生？」他說，「現在牠是夠平靜啦。」

「不，」布勒叫起來，「我不再要跟着一匹馬航行了，而且，此外，我們不能趁那條船到湖上去啦；她已經被打得那麼粉碎，一定有了許多傷痕了。我們能夠做的最好的事情還是走到家里去。」

波丁登與他的朋友同意了，以爲走到家去是他們能夠做的最好的事情。那條船調查下來發覺是穿漏了，但不太厲害，當她的桅桿卸了下來，每樣東西都在船上繫牢放妥之後，她被拖出了拖船以及船舶們的路線，又繫好了纜索，直到她能夠被送到鎮上去。

布勒同波丁登朝鎮上走回去。他們走不多遠，遇着一羣孩童，他們一看見他們兩人，突然不自然地大笑起來。

「先生，」其中一個叫道，「你不必害怕掉到運河里去的。你爲什麼不脫下你的救生衣來，讓那另一位來把它頂在頭上呢？」

兩位朋友互相望了望，禁不住參加那些孩子的大笑了。

「天知道！關於這些我都忘啦，」波丁登說道，當時他解下了那身軟木的護衣。「看起來眞是胆怯得有些過份的，他穿了救生衣正巧因爲傍着運河的邊岸走路。」

布勒在他頭上縛了塊手帕，波丁登則捲攏了他的救生衣，把它挾在腋下。他們便這樣子抵達到鎮上，在那邊布勒買了一頂帽子，波丁登放掉了他的一束東西；把船帶回來的處理也作成了。

「在一條帆船里賽跑哪！」運河船夫們中的一個喊着，當他聽到了那件不測之事的時候。「據我說！那件事是勝過能夠給一個人碰到的任何事情啦！」

「不，這不哪，」布勒回答道，靜靜地。「我曾經在一輛沉沒的街車里跑到河底。」

那個人堅定地望着他。

「是不是你是在一個深入到泥污里的氣球里？」他問。

「然而不，」布勒答道。

把布勒的帆船處於正常狀態，需要十天，所以波丁登也在他的朋友處躭擱了十天，很好地享受了他的這次拜謁。他們在海灘邊漫遊，他們在後邊的鄉間作漫長的散步，他們在河堤的盡頭釣魚，他們吸烟，他們談話，他們快活而又滿意。

「湯姆斯，」波丁登在他逗留的末一晚上說，自從我來到這里之後，我讓自己享受得很夠啦，而現在，湯姆斯呵，如果我明年夏天再到這里來，你再要——你再要，不——」

「我一點也不再要這個啦，」布勒回答，迅速地。「我將永不再想起這；所以你來時可以沒有一絲關於這個的想頭。而你一提起這題目，威廉呵，」他繼續道，「我倒很高興再來看看你；你知道我今年的拜訪眞是一個太短的拜訪。你住着的是個很美麗的鄉村。那麼多種類的景色，那麼的一個散步同漫遊的機會呵！但是，威廉，如果只要你能使你決定不——」

「唔，那是當然啦！」波丁登叫起來。「我毋需決定，你來到我家里，你將永遠不聽到這個啦。爲此，這兒是我的手！」

「那麼，這兒是我的！」布勒說。

於是他們拉拉手作成了一個新的約。

返浙書簡

張葉舟

一

淑英：車途的勞頓，你是可以想象的，總之我直到斜橋下車，沒有得到半個座位。不過，心境是愉快的，一站一站的奔去，距離家鄉是一步一步的近了；車從松江開出，田野的景色漸漸的抹上了濃重的「鄉味」啦！這鄉味，在一個流浪在外十年未歸的遊子嗅來，是多麼的親切可戀哪！

硤石從黃昏暗影中掠過，東山依然，西山無恙，我們的詩人徐志摩，而今還是長埋於地下；公元七七〇年詩人杜甫死了，公元七七二年詩人白居易，却又呱呱墜地；杜甫雖然換了白居易，然而布局謹嚴的諷刺詩，依然是連續地存在。只有志摩死了，像他那麼清麗的詩，流暢的散文，就此絕響了啊！

八點四十分鐘安抵斜橋，要想飽看一下家鄉景色，失望了，黑夜已是降臨；這對我也不無好處，依然是這樣衣着鞋破的歸去，被那些關懷我「前程」的父老們瞧見，至少感覺有一點汗顏；現在是好啦，我高一脚低一脚的踏着闊別十年的鄉土，奔到了家中，暗自呼喚一聲慚愧，總算沒有碰見一個熟人！

家園還不能說是怎樣的蕭條，家事的歷盡滄桑就有些不忍卒聽；父親鬢髮已蒼白，母親體態早龍鍾，暮景如此悽涼，為子的怎不黯然於心？弟妹的幼稚天眞消失了，變得深曉世故的成年慨了，這使我不感興趣，反覺得骨肉之情被一層虛僞的薄膜隔離啦！鄉鄰泰半均屬陌生，年老的已凋謝，年幼的已成長，聞我歸來，羣集圍觀，竊竊私語，頻頻笑嘩，弟弟偷偷地告訴我，言談之中不可洩露在外顚沛的眞情，免被他們譏諷？唉，人情如此，世態如彼，蘇季子淪落，有家歸不得；自古已然，而今爲烈，欲哭無淚，代以苦笑。

我本來不願返浙，今已回來，且暫住十天半月再說，人已倦極，心已煩煞，寄語珍重，切莫疏忽了兩個孩子；遙祝你平安。

葉舟，四月二十五日，斜橋鄉下。

二

英英我妻：鄉居無聊，採桑果，啖青梅，划小舟，網魚蝦，變成了我日常的功課啦！採桑果是我鄉一帶特有的風趣，紫紅色像棗子般大小的果子，任憑你免費採摘，甘甜可口不減於楊梅，兩個孩子誕生在一顆桑樹也沒有的崐鄉，瞧見了桑果定會不識哩！農婦女們採了一籃籃提到鎮上去售賣，價格也不見得怎樣便宜，這是我初次聽聞的事，足證生活指數高漲以後，掙錢的方法也是無孔不鑽啦！這一帶有的是梅林，可是，青梅却不容許你隨便多啖，聽說市售要一元一個，我記得十年前是一個銅板五個，所以從前鄉鄰們會將青梅一籃籃奉送，現在客氣一些只許你採摘數個嚐嚐了！划小舟，也得出租金，鄉鄰家的小舟出借半天要收取租金十五元，這眞是一個「錢的世界」，「人情」兩個字是談不到了！網魚蝦，不再是消閑，却變了「生產工作」，因爲化費數小時，假使能網到一尾鯽魚，或是一條鯉魚，那就合算極了，午膳增多一味美肴，到鎮上購買的話，至少須破費五六十金呢！！你以爲我是正過的「自然生活」嗎？瞧了這周遭的見聞，比較在崐鄉更是充滿了「銅臭」的魔力啊！採菊東籬下，悠然見南山，陶淵明生在此鄉，也得頭痛腦脹，喝酒飲茶，在在都得用錢去換哪！

農忙開始了，雇工的代價眞夠嚇人，聽見過嗎？每工二百元，文化人整日夜搖動筆桿，月入能有超出六千元嗎？何況雇工們還得待以豐酒美食，士農工商的階級早該倒換過來，而今是「秀才」趕不及「黃泥腿」了！

最可惜的，我的數千册藏書都完了，事變初，父親將牠們裝箱埋在地窖裏，霉壞了十之三四；接着，謠傳藏書將被清查，父親胆小又燒燬了泰半；剩下的被戚友借閱遺失，被鄉鄰竊取當作廢紙售掉，還有什麼話可講？父親却坦白地說：「這年兒，什麼東西都完了，一些舊書可惜牠做甚？」可是，我的滿心失望，你是想象得到的。

笑話，家鄉的郵局連寄信要加徵一倍手續費，倔强不付的話，信會失蹤了的！據說，這是浙西一帶普遍現象；你和我每月耗費的郵費相當可觀，要是長住此鄉，這可觀的數字又得加增一倍呵！

刺耳的事太多，牢騷還是少發的好，在異鄉眷戀着家鄉，到了家鄉又緬懷起異鄉來了！請稍待，我就歸，願你及孩子們安健！

葉舟，四月二十九日，斜橋鄉下。

三

親愛的英：靜極思動，我想找尋新的刺激，到達了鄷墅廟鎮。這雖是一個小過斜橋的鎮集，却有一座建築宏麗的大廟，歷史悠遠，還是宋代古剎，香煙繚繞，並有鉅額廟產，不過在北伐時代，已被沒收學產爲，遞補教育經費的不足；這是鄮墅廟的第一變。

後來，鄮墅廟小學喬遷到廟內授課，神殿佛室，皆被佔作課室，晨禱夜懺，梵音禪聲，替代了朝操晚會，書聲朗朗。僅留數個偏殿，讓和尚們權爲藏身之處；這是鄮墅廟的第二變。

民十七，湘鄂難民大批過浙，騷擾搶刼，殺人縱火，有司爲難，派兵彈壓，難民拒捕，時釀兇鬥；地方當局，均抱不澈底政策，只顧轄境安甯，不問其他，是故難民到境，但求出境了事，以致養虎成患，流民地痞，紛紛加入難民隊中，助紂爲虐，荼毒地方，糜爛良民，星火燎原，撲救已遲。鄮墅廟首當其衝，殿廊樓閣，竟被毀拆烹火煮飯，臨去又是縱火，將廟中燒個七零八落，精華喪失殆盡，這是鄮墅廟的第三變。

此次事變，鄮墅廟有了一個澈底解決，變爲平地一方，連片瓦殘椽，也不再存留；據說是火焚以後，剩下的也全拆除啦！這是鄮墅廟的最後一變，從此鄮墅廟只成爲歷史名字，永遠不會再有變動啦！

以我個人來說，孫傳芳兵敗遁走時，我曾在鄮墅廟避難三日夜，談虎色變，迄今尚有餘恐。淸黨之役，我的啓蒙導師黃君，正執教在鄮墅廟小學，被逮者於深夜從此廟中捕去，禁錮達一年零六月之久，給予我的印象殊深。廿一年秋，旱災爲烈，哀鴻遍野，農民羣集鄮墅廟報荒，被警彈壓，險釀慘劇，我親眼目睹，敢怒而不敢言，中心鬱鬱良久。廿四年春，我受縣教育局督學沈君邀請，參與輔導會議講演，重游鄮墅廟，並團聚共餐，時隔十載，依稀如昨。

英啊，鄮墅廟的毀滅，勾引起了我一連串的記憶，我原是富有情感的人，怎能夠阻住我滿腔的憑弔和意念啊！

順便告訴你，我初中時代的一位導師朱君，十年來他已拋棄了粉筆生涯，「無師傳授」的掛起中西醫室的牌子，並且交進鴻運，生意興隆，無不藥到病除，已成暴富。人事的不可逆料，從此又多了一個佐證哩！

今夜，我就將離開這裏，因爲睹物傷心的事太多，神經衰弱的我，再能多受無謂的刺激嗎？祝你午安，順祝兩個孩子們康泰！

葉舟，五月二日，午後，鄮墅廟。

四

江南的英：連夢裏也惦記着的海甯古城，總算是重到了！你曾住過數月的宣德門外矗立着的高樓，現在已傾圮七載，野草沒膝；我倆的心愛小房，憑靠一泓淸水的綠窗，都掉落在「記憶之國」中了。杭平路上的客車停駛已久，高聳在城巔的翼然亭不知何往，兩年前我憶念翼然亭的那篇文字，變成爲類乎古蹟憑弔的東西了。最近我替「新地」寫過一篇「過塘行」，但這種畸形的商業也衰落了，只有少數幾家尙在殘喘裏支撐着。富家橋也去過，創造「海甯名點」的黝黑的燒賣店不再存留了。市場集中在北門一帶，以前南門汽車站爲中心的繁榮荒寂啦！那水流急喘的下塘河，從城北到郭店鎭，從城東到諸橋鎭，都被沙泥淤塞，不通舟楫已久；這使我連帶的要報告你，蜿蜒曲折的魚鱗大石塘，關係浙西七縣生靈的歷史建築物，又是千孔百瘡，時被潮水冲毀數十丈，搶修了一段，坍壞了好幾段，眞是不勝防堵，實堪隱憂，我想另撰專文，呼籲當局，注意這絕大的危機，予以澈底的重修，列入浙省建設預算，要知道這麼偉大的工程，決非彈丸小縣的經濟力所能勝任呵！

有名的浙江潮，到了這兒總得看看，浪濤洶湧，雪花飛濺，依然如昔；不過江畔遊人極少，有些悽涼意味。徑來江中的大帆船，一個也沒有，這是運輸路線轉變所致，蕭山紹興一帶的客商，均從杭州方面渡江了。這，又是「過塘行業」所以沒落的一個註解。

錢塘江的懷戀，十年來時入夢裏；今朝重逢，默默良久，不知是喜是愁，此別以後，未卜何日再來？

海神潮，北亣，時間上不容許我去了；陳閣老第，打從門前走過，頽毀更甚，再隔十年，定將變了瓦礫場哩！

別了，古城！別了，英英！別了，我的孩子們！

浙西的葉舟，五月六日，海甯

五

英妹：前昨兩天，我跑遍了靑春時代的福地：塔山塘，南北湖，鷹窩山，及下馬三姓兩村。這一帶地方，是徐蔡南先生一再稱頌過的風景最美麗之區，位於黃灣與澉浦之間，距離乍浦平湖不過數十里路啦！

記得，廿四年的中秋夜，我曾伴同朋友踏着月色，醉遊塔山塘，對海潮狂歌，聽海風伴唱，年靑時候的一副傻勁，回想起來是幼稚可笑的。晚天，到達尖山廟已是大雨，雨過天晴，塔山塘另具一番景色，不願意用什麼庸俗的比喩如「浴後少婦」之類來描摹，總之使我們嗅到一種淸新氣息是眞的。這裏，有一個歷史陳跡，當「東方大港」的建築高唱入雲時，測量的大員們在完成他們的「任務」以後，在這塔山塘上豎立了一個水泥小碑，作爲紀念。現在，碑是斷毀了半截，字跡早已糢糊，因爲我是當年的熟客，所以還能像白頭宮女般對你講述這個小小典故哪！

在海潮的神話中，相傳有十八隻鐵牛，從江南偷渡過海，十六隻被海神拖拉到了海底，只有兩隻逃登北岸，一隻在海甯三到亭畔（註：三到亭，是當年大賢屈映光氏三次到達海甯祭潮，邑人建亭用以紀念，故名。）後來移置到中山亭畔；另一隻就在尖山麓的塔山塘畔。可是，這次重履，兩個數百斤重的鐵牛，皆已杳然無蹤；偕去的朋友說笑着：「牠們又渡海回到江南去了——」

尖山古卉，依然矗立山腰，但香火已遠不如從前，這是交通阻隔，各地朝山的善男信女「來不得也」的緣故。

南北湖，又稱永安湖，這次重蒞其地，正逢水漲泛濫的季節；無邊無際，一片汪洋，紫紅色的槳，襯伴着湖畔的綠楊，半空裏飛翔的白鷗，和隨波逐流的蒼翠浮萍，眞美哪，大自然彩色彙集的一幅妙圖啊！我們雇用了一葉扁舟，在湖心盪漾了約摸一小時，終於因爲時間關係，捨舟登岸，我們還得爬上鷹窩嶺去逛哪。

鷹窩嶺，是觀日出的勝地，不亞於泰山的日觀峯；每逢「十月朝」那天，遊客絡續，一年一度的興緻，誰也不肯落後的。嶺有尼庵，春秋兩季，香火鼎盛；尼皆妙齡居多，遠近艷名素著，十三年前我曾在庵中休養過，「新都週刊」發表過「憶靜安」一文，便是懷念此庵中的一個尼姑。然而，此次重遊，庵已被焚，衆尼皆散，山徑草沒，寂然無人行走可證：唯有萬千翠竹，隨風搖曳，百鳥爭鳴，因無獵戶登山狩獵，鳥子鳥孫自然繁衍，眞是「處處聞啼鳥」，連生人也不怕，撲撲落落的振翅從我們頭頂飛過了。

下馬村，在鷹窩山麓，從角里堰到鷹窩山，本有闊廣大路，可供馳馬，可供抬轎，但轎馬必須在此小村口停住，由此村後越登曲折小徑，方上嶺巔；所以有「下馬村」之稱。村人以牧馬抬轎爲副業，春秋兩季香汎，收入相當可觀。現在呢，隨着鷹窩嶺的衰落，村人也都改了行啦！

三姓村，在鷹窩山後，村中唯三姓，長壽者居多；五年前我發表過「新源桃行」，介紹過此村。昨夜重在該村過宿相識的幾位壽翁均已先後謝世，不勝唏噓嘆喟。年來匪盜出沒，三姓村不復再爲「新桃源」了。

歸途徑過袁花鎭，這是海甯四大鎭之一，戰後却倍覺蕭條，趕不上長安硤石的繁榮，這或許是地處較偏僻的關係吧！此鎭別無可遊，唯有城隍山，著名的毛筍產地，下午天氣放晴，預備一登此山。

再見，我的英英！孩子們好吧！

葉舟發於芳花鎭，五月十日午。

六

無時不眷念着的英及我的孩子們：今晨我路過長安鎭，到了偏僻的小城崇德啦！第一件值得報告的事，往日的親友，現在都很「發跡」了！縣長張志樑氏，是我摯友莊有鉞的暨南時同學；鎭長鍾志華氏，是我的堂舅父；團部副官許乃璋氏，又是我的表叔；這次承他們殷勤招待，受寵若驚，英英，像我這麼不善「鑽營」的傻貨，只知道搖動筆桿博取那每千字××的稿費，米價暴漲到五千元一石了，喝粥湯也將沒有我倆的份，還談得到什麼發跡嗎？但是，好消息畢竟要報告的，瞧見人家爬登名利的高峯，間接也是自己的光榮哪！

在小城中住了數天，據說淸鄉已到了最高階段，所以市容就比海甯繁榮得多，西弄，東寺，文廟，屈指可數的幾處可玩的地方，都算去過了，沒有什麼感想，很少「改善」和「變化」，這是和崇德人的民性有關，他們是習慣於墨守繩法的！只有魁星閣，已是坍毀不堪，我怕，連最上層也不敢爬；這也不打緊，倒是給我一個美好的題材，我將要撰作一篇散文，發洩我的靈感？篇名就預備題牠作「魁星閣」，你等着瞧吧！

十年未歸，和淸弄直對，增闢了一座城門，據說，這是事變前年建造的，本來題作「中正門」，現在改稱什麼，我不知道；不過，與崇城中心區域春峯頭，北大街，西大街相密接，增闢了這座門，便利交通不少。

崇德的划船，依然似戰前一般的活躍，年青的船孃到處嬌滴滴的賣弄風騷，這幾天，白草帽藍色字林布短衫，黑短褲，赤裸了粉腿，拖着繡花的緞鞋，多漂亮，多惹人憐惜？不過，船價較老頭兒老太婆昂貴數倍，我太寒酸氣，其實也是年來缺乏這種心情，所以是不敢領教她們。寫多了，再會！

葉舟，五月十九日，崇德。

七

英英，我像遊魂一般的又在西子湖畔彳亍着了！這封信裏不想多寫重遊西湖的話，因爲西湖是你熟悉的，閉起眼睛來就可以想象的；你知道，我這次來的最大期望，是想在湖畔找尋一所幽靜的房子，好讓我倆及兩個孩子離開混濁得惹人憎厭的崐山，換取一些淸新有意味的生活。但是，我失望了，杭州已不再是「天堂的杭州」，淸靜的氣氛被近年來市民的驟增破壞了，房子也就像上海一般地客滿難找啦！

昨夜，我經過俞樓，一個刺激，使我鬱鬱不歡良久，告訴了你要笑吧，但我本是神經特別敏銳啊！原來，我想起了十五年前逝世了的青年藝術家陶元慶氏，他當初住在這俞樓的二樓，本還安適，嗣因別的關係搬上三樓，後又因西湖博覽會須讓出，因爲找不到相當的地方，擔憂了許多時候，也奔走了許久；好容易搬上了葛嶺，正想好好的過一個暑假，因爲同住的已先搬走，獨租爲難，不得已轉到廣化寺；爲着房子找不到，使他擔憂，找房子奔走，搬房子費勞費力，最後搬的房子房間太小，又熱又氣悶；這樣損害他的身上過烈，終於病倒，病重，犧牲了他的生命。——唉，英英，我倆結婚以來，南京搬過兩次家，上海搬過八次家，兩年來方在崐山安居，現在又計劃搬來杭州，生活如此不安定，我又是這樣的孱弱瘦削，想來非常的不歡，你能原諒我吧！

從杭州聽到消息，今年繭價較廉，鄉民虧本居多，又使人竊然憂之；江南農民全仗稻麥豐收，浙西農民却賴蠶繭値價；他們眼巴巴的望着，失望了，也便是一年的失望呵！繭價怎會低廉呢？據說今歲蠶荒居多，繭皆薄皮，自然賣不起高價了。

離家已過一月，這幾天在採辦你們需要的土產品，儘我的兩個手提袋，替你們多帶一些來吧！我將歸來，或許不再有機會替你們寄信了。

天時乍冷乍熱，最易患病，飲食注意，兩孩當心，遙祝你們平順！

葉舟，五月二十八日，杭州。

後註：最近赴浙一行，往返月餘，途中連發七封信給妻，報導浙行情況；這雖是「家書」，然亦不妨「公開」，爰仿當年徐蔚南先先將「寄雲的信」，發表於報紙副刊，將這一疊信也發表在「風雨談」上。三十三年六月九日附誌於江蘇崑山縣馬鞍山下。

草野心平詩鈔

草野心平
路易士譯

關於

在天空之上，
在天之奧的，
在比玻璃還冷的無人的不可住的極熱的眞空如果可能的話，在那裏，打算把你殺掉。
不，想和你談談，靜靜地，
和不上監獄的大強盜的你談談。——
關於人類。
關於歷史。
關於桃太郎生自桃實的善良的童話。
而且，
關於青色的淋漓的流血。……

睡着

山上雪降着。
海帶，鹿尾菜和石花菜們。
在海底下搖搖擺擺長出新芽來。
於是我睡着。
寒冷和紙屑的夜深的街上，
折線式地我搖晃着回來了。
於是現在睡着。
在蓆子上。
在被窩中，
睡着。
山上雪降着。海裏長出新芽來。
石榴的腦袋睡着。

遠人集

曹原

林榕著　北平新民印書館版

一

六七年來，古城文壇上，寫散文的人，在「量」上較比小說及其他，似乎顯得冷落許多。同時很少有一個雜誌長期刊載這種文章，類如「中國文藝」「藝術與生活」「中國新論」「新進」等刊物中，還時常見到幾篇，而在「質」上，那又是個令人失望的問題了。尤以散文專集，好像更為少見。根據筆者所知道的有秦佩珩的「椰子集」何漫的「山中雜記」，由「藝生」社出版的，有狂夢的「童年彩色版」謝溥謙的「十九年集」和劉榮恩等氏的「友情」中也收有幾家散文，直到去年秦佩珩又在天津印了「埋劍集」，相繼地，就是林榕的「遠人集」了。所以在當地出版界中，要想得到一本完整的散文集，是不大容易的。這種情形，首先就要論到寫散文的人，本身常患着「懷鄉病」，或是「追憶往事」，否則就是通篇「寂寥」，「憂鬱」，「淒涼」，「黯然」等等的灰色調子，那些個人好像總在過着自己的憂鬱的日子了。其次就是出版者的眼睛，多以貨色的銷路為主，對於輔助建設文運，只不過是招牌而已，甚至「置若罔聞」。

的確，寫散文的人，在素養上患着貧瘠症，產生出來的東西，不是「粗製濫造」，就是「空虛無物」。前有人所論散文患在「枝節龐雜」，「凌亂無章」，事實也不盡然，一般的作品却多是「無病呻吟」了。拈手可得一些「寄××」「憶××」，再不然就是些「星星」「月亮」的故事，暮年老人對孩子們講說昔日的戀愛事蹟。我們的散文裏時常可以聽到一些多愁善感的人，在過着「深沉的太息」的日子。尤其有個時期，每篇必須有「夢」，一個綺麗的「夢」，又畫在一把「團扇上」了。

凡是寫散文的人，當他們執筆為文的時候，必有一種特殊的「心境」，這個境界無形無影，所謂只可「體會」，不可「言傳」，或者與詩人的「靈感」相同，有了這種「心境」才可

「得心」而「應手」，所以這種作品的產生，與一般寫小說或是論著，非出於一轍。尼采的巨著「查拉杜斯屈拉如是說」，說是一部史詩也可，但也正是他的人生哲學，或者也正是在建設一個「烏托邦」，雖然他的厭世主義氣氛過盛，可是他有個中心意識，有個極堅强的信仰，使我們感到他的諷刺現實，又何嘗不是針對黑暗社會來做反抗呢？所以最主要的還是在「言之有物」，如果不注重內容，而一味着筆在表現華表，那和一個死尸穿上一身華麗的服裝，又有甚麽分別？表面上看他穿得很華麗，實際死尸只能埋在地下，永沒有機會站起來的。

二

何其芳的「畫夢錄」給現代中國散文打出一條路，這條路有如他所說「我驚訝，玩味，而且沉迷於文字的彩色圖案，典故的組織，含意的幽深與豐富」，正是一條「夢中道路」。後來他也說過「我並不打算在這裏解釋過去的自己，尤其對於那些微妙的也就是纖弱的情感，思想，和感覺。因爲現在我已有了這樣一種心境，不知應該說是荒涼還是壯健，雖有舊夢，不願重溫。」「我再也不憂鬱的偏起頸子望着天空或者牆壁做夢。現在我最關心的是人間的事情」。「因爲看着無數的人都輾轉於飢寒死亡之中，我忘記了個人的哀樂」。這樣他一掃從前那種悲涼的調子，而說「活着終歸是可讚美的，因爲可以工作。」這是到了「還鄉雜記」，作者爲了「眞正的藝術家的條件在於能夠自覺的創造」而轉變了。

可是他的「畫夢錄」對於古城文壇的影響，已是人所共知的事實，直待作者的轉變之後，輿論界也大聲疾呼文化人應着眼在「宇宙之大」而拋棄了「蒼蠅之微」。歐陽竟的「談何其芳的散文」，最後說：

「所以我們的散文，和所有其他國家最好的散文傳統一樣，應該自然，簡單，有力，直接，一句話，就是有生命。即使在赤裸，坦白裏，我們也能找到美麗，這才是眞正的美，因爲這是生命的美。」（二十九年十一月二十日燕京文學一卷一期）

其次歐陽方明的「何其芳的散文之路」指出作者「如若像一條小河流錯了方向」，他也終於會察出他的失敗或偏傾，有以糾正和遏止，那種波流乃能找到大海，暢達闊大起來。」（藝文一卷三期）

這條散文之路是「流錯了方向」，而在「糾正和遏止」後，乃能「找到大海」，林榕的現代散文談之二「簡樸與綺麗」中說：

「在一部份人看來，也許說這是故意求艱深和晦澀，故意離開大衆？其實，這正是散文向上的發展，由簡樸到綺麗——

「我的意思是在前面說過的由簡樸趨於綺麗後的另一種簡樸。這所謂簡樸不同於流俗，也不是有意的裝腔做勢。——

「所以，『畫夢錄』的產生也正是散文可走的道路，不能以其表面的美麗的彩色而輕視它，雖然我也不希望每個人，都走那條路。」（風雨談第五期）

「不可輕視它」，是「毋庸置議」的。而「不希望每個人都走那條路」，就有些模糊不清了，我們可以說這是一條散文之路，希望每個人都要清楚找到大海的「那條路」。

三

林榕過去對於散文是致力很久的，有個「慕容慧文」的名字，也是他的一個筆名。

「中國文藝」七卷五期中的「散文閒談」中說：

慕容慧文，他整個散文的氣息多少接近一點詩的境界，這境界像由古典的詩詞得來。

「他初寫散文的時候，是綣戀詞曲的時代，那時的短文，自然間流露出詩的意境；但後來他覺得這一傳統的範圍畢竟狹小，因此內容也漸擴大，他所企圖闡發的是一點人生的眞理，透過一個簡短的事實本身，描畫這事件以新穎彩色，所以散文外表有清淡的形體，就內容看有深穎意見。不過，因爲文字上的技術和造詣，思想的傳達是否能完全恰當，就是可考慮的了。」

借用這個介紹，再來讀作者的作品，就很方便了。

「遠人集」是作者第一部散文集，也可以說是幾年來古城文壇的一個不小收獲。這個集子中，據作者說在他所發表的作品「所未收集的也不過三分之一」。全書共三十篇，以前散見於「朔風」「中國文藝」「輔仁文苑」「藝術與生活」等雜誌中，在篇幅上，恰好正是「春夏秋冬」，在「紀遊」「懷鄉」外，大概要以「懷友」佔最多了。正如作者所說：

「我有着對無數遠方友人思念的心情，所以常有所感，在寂寞歲月中，遂記下當時的感觸。」

四

「天上銀河裏落一葉孤舟，
微嘆遙遙的長途。
我看清那隻人間寂寞的手。」

作者以詩代序來開始。首先見到作者對於人生的認識是「人間長久的寂寞，是誰料想得到的呢？」這個解答使他想到「幹麼這樣多感呢？宇宙的聲色原是人類自己安排的。」他絕不相信命運，唯有人類自己的手，才是一切的主宰，然而這個人類的世界，只是滿目荒涼，所以「至少傷感佔了我生活的一半」，但是「眞實是世界上的眞理，我愛好眞理，因此也就歡喜荒野了。」他眼望這個多變的人間，自己嘆傷着「年代不同了」。所以「我高興一片無語的寂寞」，這是爲了甚麼呢？「乃是在一切已無可言說的時候，我才沉默下來。」但「季節的變換眞快，時代的更易尤其怕人了」，從這裏作者又「窺到一點人生的祕密」，却「多用驚疑的目色去觀望」，這個祕密使他愈洞悉得清楚，愈「驚訝於潛伏的力量了」。這個原因就在「我一個人雖在溫煦的陽光裏，在愛情的撫育下活過多少日子，現在却多少有一點不自然的辛酸感覺。」所以「我過的是寂寥的日子」，「怕的是見到過去事物，因而引起懷念之情，那是最難以忍耐的悲哀」，而「這寂寥的道路如長江一樣長，我是怎樣又害怕又懷疑呢」，於是他說「生命多的是難言的哀感。拋掉現世，把思想寄託給另一世界的人是有福了。」作者想拋掉現世，可是「而我，畢竟還不能投身於外；於是一點感觸增長自身的苦悶。」雖然他說「水是生命，船是生命的目的，掌舵的還是我們自己。」

「三千年前的普洛米修士在盜火給人類的時候，就說過『前定的命運是不容抗拒的。』這話正該是我的注腳。」可是他感到這生之路上的生死存亡雖不可避免常被「命運原有主宰」的支配，而這條路也使他寂寥，沉默。但這種纖弱的思想，終究他說「這並不是我自己的悲觀，實在過於急切的期待常會使一個人心灰意懶，何時是幻夢中日子的實現，我不禁茫然若失了；而同時又眞如一隻囚籠裏的小鳥，在自己的狹小天地中，靠着別人的滋養，把生命延長下去。」同時他又說「我喜歡無盡頭的路，它是生命的象徵，也是宇宙的步伐。生命靠這延展繼續下去，宇宙也在自己的道路上轉動。」

他一面嘆傷着現實，另一面却熱烈地追求着「生」，但是始終總是恐懼跟着喜悅，表裏似乎是矛盾的，他說：

「人生實在如冬春，一面寒冷，一面溫暖。我過的是春的日子，然而我惦記的却是冬天。想起朋友的面孔，他們憂愁痛苦，流淚，痛哭，我有了無窮的惆悵。」

這些個面孔對於我們該是何等親切，所以「我想從此以後不該再去憑弔那些荒塚，而我的悲哀却因『生』而減少以至於無了。」作者爲了珍惜着生，而「在惆悵裏我憶念着江南的春天，期待一聲雁叫，等到看過雁飛，又給我心中一片淡漠，我的靈魂欲探險而不能，幻想中我是那『人』字陣裏的一員戰士。」

五

「誰都承認宇宙的遼闊和偉大，只是每個人的看法不同；有的把自己的胸懷和自然連結在一起，有的却束縛住個人的身體在狹小的樊籠裏。」

「寄居草」的「窗」開始有這麽幾句，作者自己很坦白地承認「在我，缺少那一點粗獷的天性」，於是感到「我們來到世間還不是生命上的一個泡沫嗎？」

這個窗子「能滲透人生的祕密」，於是「我愛好窗子了」。「從一方小玻璃窗所望到的大空」，使他有遐思和幻想，愈使他有偏愛，但是窗外發生了變故——汽車輾死一個孩子——於是使他感到「美麗之中原孕育着無窮的殘忍。」而「不再喜歡那一隻小窗子」，離開了那角樓，永不再找「有開向街市的窗子」的住居了。

「我喜愛的就是這一點靜謐。」，凡是刺耳的，喧囂的，都市的吵嚷，我就想逃避開。」雖然總想「逃避」，「去一個孤島上過日子」，但這畢竟是不可能的，於是減輕，以「從接近移向遙遠」爲解脫，從遙遠傳來的聲音，就「比在耳畔的幽美」，「也可以伴我過許多寂寥的日子了」。

「我喜的是這幽靜。」他遐想着把自己「在一個遠遠的大曠野裏，或在一個深山中的古寺裏，却彷彿又聽到原野的呼嘯有如「鬼嚎」了。但是他在安靜裏面所找到唯一的一片「動」，也有着偏好，這個「動」是「伴隨着靜而來的動。」「我更愛好這種潛伏在動之下的沉默」，這原是根據「對於還沒有開始自己的說話的人呢——對於他們，沉默是簡單的，輕鬆的……
……」

他喜愛「有適宜的天時，永遠在溫暖之中；周圍一切全是幽靜，誰說不是幸福呢？」

可是他承認「是一個慣養的孩子，活在優越的環境裏，也嘗盡了心的鬥爭，因此我企盼簡單的生活。我有嗜好，却無遠大理想。」

六

沒有比在患難中回憶幸福的時光更爲苦痛了。

——但丁

他說「我有憶念，這憶念實即想像，因想像是一座空中樓閣，我也長久過空虛的歲月。」

在那篇「失」裏又說「幸福本身不是一種耀人的顏色，在哀悼的回憶反映中才現出它的五彩繽紛。」所以這回憶原是具有悲喜兩面。當他欲逃避現世而不可能的時候，只好寄託在回憶的生活中了。他懷想江南綺麗的故鄉，又懷想闊別多年的老友，更幻想着理想中未來的快活日子，這些東西，在他的眼前都很茫然，「現在覺得童年堪憶，而江南的春，更是我永生的憶念」。

多增一次回憶，在他心靈上就重渲染了一層悲哀。「在一段日子上是美麗和鮮艷」，「然而記憶是永存的，誰不戀愛着那一陣的鮮麗呢？」「戀愛變爲懷想時是多大的悲戚呢」？

他說「我的思想走的却是極曲折的道路」，唯有記憶却是永存，「想起過去日子的可愛，益珍重我現在的記憶了。」「記憶眞像蝴蝶，本身充滿耀人的色彩，在人的面前却又不過是閃耀的一瞬，立刻就展翅飛去了。」

「溫習着舊日的夢，使我回到過去，而過去的歲月在回憶中永遠是甜蜜的」。他那「可留戀的歲月：幼年時留戀父母，成年時留戀癡情，現在又留戀於子女。」只有這些可留戀的都是溫暖。但是這些記憶是不能丟失的，「失去了記憶，加入了悲哀」，於是寂寥起來。

可是「記憶是一種不甚可靠的東西」，那是隨着年齡增長，記憶力就逐漸減退。他說「幼年對我已成過去了，而老年對我却還是未來。但也因此懼怕起那將到來的年日。」這是因爲「年老時的忘掉一切」，所以要「盡力去撈起記憶的網，將那些恍惚的事物化爲具體的東西。」他說：

「那回憶是幸福的，然而靠它來溫暖我現在的生活，則還缺少一點力量。我感到過去對於現在的助力，並不如未來的鼓舞，然而我還不能忘掉，我還要在痛苦時想想已往。」

七

「合作的力量大過一切的單獨，更何況相愛的互助呢」？「春吟四章」的「海」中，他不再「管中窺豹」，他說：「但願我們永遠在海中過活，因爲幸福與愉快，理想和奮鬥，都是從這裏面產生的。」

這樣才感覺「人生的歲月遂更值得珍惜，夢中的時光畢竟是短促的」。他是愛月的，因爲「月亮代表和平」，而「純眞，溫柔，靜謐，都比强烈的日光叫人愛」。「日光照射着我的身心，我不再過黑暗裏摸索的日子了。」

作者想不再做「寂寞的吟咏」和淒涼的情調，他需要愛，而這個愛是很廣泛的，愛月，愛水，「更愛山」，可是他說：

「我生命中缺乏一些高山峻嶺」，這也是他愛山的原因，「我想像高山的嶺頂一定更接近天國；接近了美麗和眞理。」他愛水，「愛深水的藍」，「尤愛淺水的綠」，「有些人是靠水生活的」，雨是水而也「是愛情」，「不僅是愛情，凡是懂得愛情的人，更該把愛情如雨的注到一般人的工作裏去。」

八

「旅程四題」中的「車」，作者看到山洪暴發，城池變爲澤國。「落雨篇」中的「生死」，在一座偉峨的教堂旁設立的墳墓，「裏面休息着許多著名的傳教士。另外有一個院落，「埋葬着不少的修女」，使他發現「生死之間」的距離。「寄居草」中的「灰」，使他感到「創造那平凡的該是俯身去檢拾煤球的一羣人」。

「冬景」的第一篇「粥廠」，較全集中的各篇，都是迥不相同的，使我們覺得這些個面孔，雖然醜陋，畢竟還親近的。第二篇是「拉冰」，這與前篇的筆調相同，而所寫出的人物也是一羣窮苦的人。

另一方面作者也借用了幾個歷史上故事，「寄居草」中的「井」寫出了「費宮人」。「夏蟲」中的「蟬」寫出了「齊后變蟬」的故事，在「螢」中寫出「車胤借螢光讀書」的故事。

九

「遠人集」中，每篇文字都是「簡樸」，讀起來都使人有「淸淡」之感，這種文字的造詣，可以說是作者筆法的熟鍊。尤以「夏色二題」中的「景色」，那實在是一幅畫面的絕美構圖，經作者寫了出來，使我們眞有些神往。「初春散記」不只是「美」，而在作者的寫作過程中，顯見得也是一個轉變的樞紐。「水的夢」更可以見到作者的理想的境地。而「驟軍」却是顯露出作者安排故事的能力。至於「海棠」「秋果小集」，更可以看到作者的心靈，對於那些纖細的素材，如何去發揮他筆下的力量了。讀起來，全無晦澀與艱辛之感，這是作者的特長，也正是他的成功。

可是正如他所說「缺少那一點粗獷的天性」，使人因作品內在情緒的怯弱而感到寂寥。雖然他在「槐香」中說：

「『青鳥』裏的兩個孩子爲甚麼失掉光明就不能活？」

「因爲，因爲，因爲人要陽光，花要水，鳥要香。這一切都是生命裏的光和熱。沒有它們，萬物都要枯乾了。」

而他又說「太陽代表光明」，「沒有太陽我能活下去」，因爲夜裏却照舊有月亮」。可是他是何等狂戀着「純眞，溫柔，靜謐」了。也許那就是「純粹的柔和，純粹的美麗」，使我感到作者接受了那「夢中道路的影響，像是「從陳舊的詩文裏選擇一些可以重新燃燒的字，使用着一些可以引起新的聯想的典故。」

「我們都有一種建築空中樓閣的癖好」，在遐想中去建築那夢幻中的理想日子的實現。「從此始感到成人的寂寞，更喜歡夢中道路的迷離」，「因想像是一座空中樓閣，我也長久過空虛的歲月。」這都是很吻合的思想，作者時常寄戀着已往的日子，在他那寂寥的日子裏，唯有回憶可以使他博得一些喜悅，因此喜悅始能求生。但這種生之珍惜，並無可貴的地方，乃是在作者由「蒼蠅之微」而注意到「宇宙之大」。我們希望作者此後不再說：

「我走到路上，却遇着這樣一個炎熱的日午，乃感到頗爲恐怖了。」

這一個希冀，作者在「後記」中給我們的解答說：

「他現在我却不能再寫，同時也不想再寫這類文字了。」

作者在「雷雨箋」中還說：

「人生坎坷，世事輪轉，不願再多回想已往，却難忘雷雨的日子，風風雨雨正是我們的歲月，我們相遇於雨中，濛濛中也度過兩個無名的長夏，熱誠期待我們所希冀的展開。」

所以我們對於這個散文集子，雖然感到淸淡，深邃，詩意，但這只是文字的美，境界的美，而更主要的是缺乏着生命的美，作者應該使他的思想健壯起來，在他的作品才充滿着「熱」和「力」。不要拘守於「故居」的「小公園」裏，給自己建築幸福的日子，或是在狹小天地中，去「懷鄉」「懷友」在那回憶中沈醉在個人的寂寥日子裏去。

但是作者的表現和態度，使我們對於他的寫作前程是頗可期待的。最後我想還是借用原作者的話作結：

「因爲人要陽光，花要水，鳥要香。這一切都是生命裏的光和熱。沒有它們，萬物都要枯乾了。」

一九四四年三月二十四日，古城

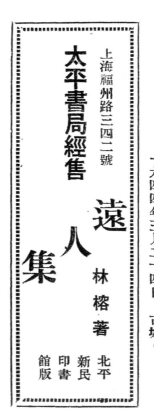

編後小記

本期發刊的時候，已經是入秋了。天氣涼爽了許多，作家們的新作品就也跟着紛至沓來。我們先向讀者們預告一篇周豈明（作人）先生的特稿，是周先生最近寫成的『燈下讀書論』。我們但看題目，就覺得周先生散文所獨有的清新沖淡的意境，又縈現在我們的眼前了。稿子已經寄出，下期準可登載，同時周先生新近結集的散文，不久也將由太平書局出版。這是好消息之外的又一個好消息。

本期的創作小說，我們特別推薦譚大英先生的『火』。他的作品是首次在這裏出現的，我們看他描寫春東風光，漠漠風塵中行旅的側影，豪邁而深沉的格調，實非泛泛樣藝者所能望其項背。翻譯的小說裏，石川達三作的『毒草園』，初讀的時候是未免有些陰鬱的，局勢展開之後，肉體的愛慾和藝術的追求纏結在一塊兒，實在能夠抓住讀者們悲哀苦寂的心境。它的意境和上期楊保義先生創作的『霧』，頗多相近的地方，但楊先生的寫法，顯得太輕鬆了，不像我們讀『毒草園』那樣有着緊壓着的心情。

近來各雜誌裏，談到作家的文字頗多。書評也慢慢多起來了。本期我們先發表譚雯先生的『柳雨生論』，陳慶先生的『紀果庵論』，下一期還有譚正璧先生的『蘇青・張愛玲合論』（或是當代女作家論）發表，希望讀者們注意。翻譯方面，不久將刊出川端康成作的『日本老作家論』，及另一文『戰時的蘇聯作家』。丁諦先生的短篇小說集『人生悲喜劇』現在排印中，不久也將出版了，下期我們或者先刊出他的自序，同時丁諦先生新的創作，也已答應爲我們動筆了。

本期每册國幣壹百圓

風雨談月刊

第十四期　中華民國三十三年八月九月

編輯兼發行者　風雨談社　上海福州路三四二號太平書局轉

印刷　太平出版印刷公司　上海西康（小沙渡）路四八九號

全國各大書店報攤俱有經售

漢口　漢口圖書文具社
蘇州　中央書報發行所
南京　黎珍書局
南京　新中國圖書文具公司
無錫　日升山房書店
常州　世界文具社
揚州　陳恒和書林
泰縣　新泰書店
嘉興　元大書店
松江　標新書店
寧波　開明書店
濟南　藝雲書局
煙台　鼎隆文具社
天津　金剛新書業發行所
北平　國民雜誌社
昆山　玉山書店
衢州　新中國圖書公司
紹興　華華商行
南京　新國民書店
鎮江　開通書局
太倉　文明書窯
南匯　新生書店
徐州　大華書局
杭州　西豪書店
平湖　大業書局
蚌埠　新新書店
蕪湖　勵學書店
天津　金剛公司影刊部
廣州　文化書局
青島　文源新店
如皋　如皋書店

國民政府宣傳部登記證誌字第一三二號
上海市警察局登記證C字第一一三四號

風雨談

第十五期 要目

雙馬牌
雨衣
各大公司 均有出售
B.H.B.
BHE双馬牌雨衣
質料第一
式樣第一
祥生雨衣廠榮譽出品

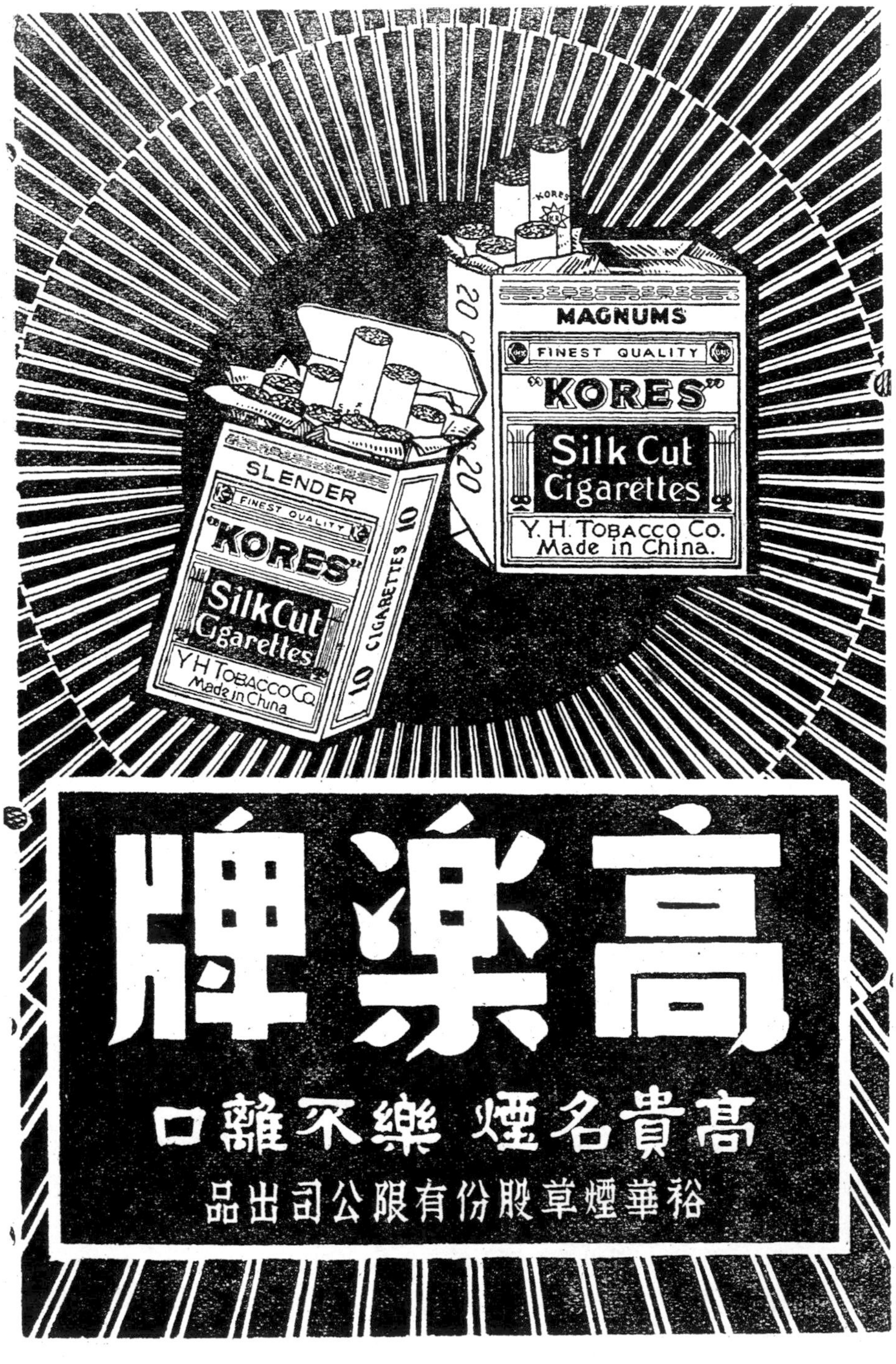
MAGNUMS
FINEST QUALITY
"KORES"
Silk Cut Cigarettes
Y. H. TOBACCO CO.
Made in China.
20
SLENDER
FINEST QUALITY
"KORES"
Silk Cut Cigarettes
Y.H TOBACCO Co.
Made in China
10 CIGARETTES 10
高樂牌
高貴名煙 樂不離口
裕華煙草股份有限公司出品

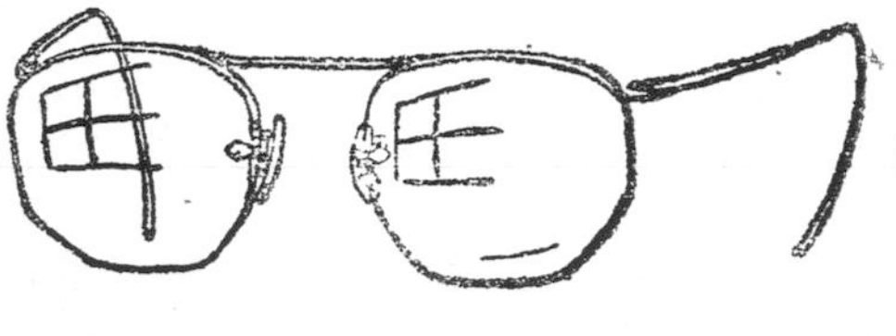

金星自來水筆
高貴絕倫
書寫流利
得心應手
國貨名筆
本外埠各大公司書局文具商店均有出售
上海金星
自來水筆製造廠

皮膚病特效藥
光化藥膏
主治
脚濕氣，凍瘡，熱癤，面疱，痔瘡，急慢性濕疹，水火燙傷，及一切因葡萄狀球菌，及淋性雙球菌等所侵入而引起之皮膚病。
光化藥膏
SYNTEKO'S OINTMENT
AN IDEAL OINTMENT FOR SKIN DISEASES
光化製藥廠出品
虎邱路（博物院路）一二八號
電話一八二三一

風雨談

第十五期　目次

紙片

風雨談 第十五期
中華民國三十三年十月出版
編輯兼發行：上海福州路三四二號轉風雨談社

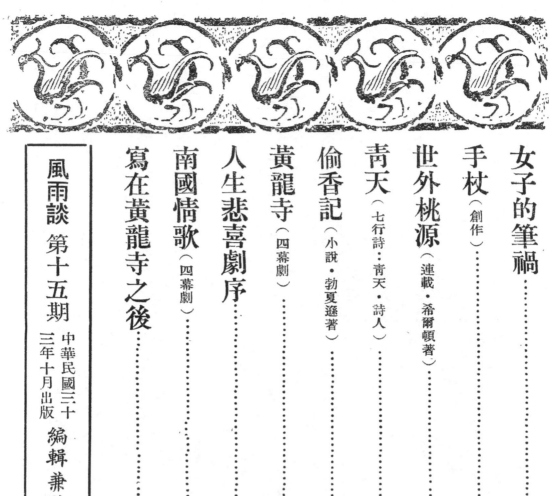

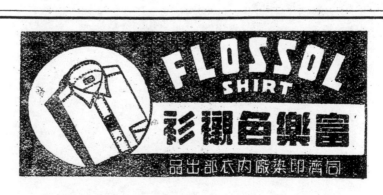

一週紀念
特價
二星期
十十至月(十)日
月日十二(四)止
標準現成西裝
大衣西裝 式樣齊備
貨色繁多 定價劃一
成都路靜安寺路口464號 電話62693番

憐貧記

予且

「投機的商人是要有胆量的。」

老鮑笑着這樣說，老鮑就是因爲有胆量，他做投機的生意做發了財了。實際說，他的胆量是他的環境造成的。他的一個妻子和一個女兒，都因爲避難而受了炸彈的碎片襲擊致死的。他只賸下孤單單的一個人。他怎會沒有胆量？

老鮑雖然是個有胆量的，却不是一個貪得無厭的人。他發財之後就停止投機。人家問：

「你爲什麼不再做呢？」

「我一個人到底要用多少錢？」

「一個人，立刻就會變成一家人的。像你這樣的人，要娶一房太太，無論你要甚等樣人，都不是難事。」

「難事就是在我沒有這樣的心。」

那問的人一聽，也就無話可說了。

老鮑原是住在公寓裏的。如今經朋友的介紹，他也租着房屋了。朋友以爲他需要一個美貌淸潔的娘姨，他說他不要。又以爲他喜歡有一個美貌淸潔的大姐。他說他也不要。他只有一個男僕，替他收拾房屋兼做簡單的菜餚。

老鮑孤另另的住着，不覺已到中秋。當那十三的夜裏月光太明的時候，僕人就問他這中秋節要點什麼好菜。

「中秋節？」

老鮑想了半天。說道：

「過節，是要家裏有人纔會熱鬧的。只有我們兩個人……」

他忽然地轉了一個念頭，問那僕人道：

「你家裏還有什麼人？」

「我家不在此地，家裏有一個妻子一個女兒。妻子已經去世，只有女兒……」

他不說下去。

「女兒怎麽樣？」老鮑懷疑的問着他。他停了一刻，說道：

「她在外婆家。」

「這是一件平常的事，你爲什麽遲遲不說。」

「她外婆眼花耳聾已經快要死了。前天她寫信給我，問她以後怎麽樣辦？這對於我，是件極難的事，我叫她到什麽地方去？她還沒有婆家。」

老鮑笑道：

「不礙事。叫她到我這裏來好了。」

「先生，你是一位沒有太太的人。」

僕人無心的這樣說着。老鮑不禁深深地感到僕人原是好的。他不忍叫女兒在我家裏白吃不做事。但是服務又沒有對象。

他無聊地看着報，却被他看出一條路來了。報上的廣告是個徵求義父母的廣告。看那廣告的意思，這位小姐纔十九歲，因爲父母雙亡，寄居在一個朋友家，不想這個朋友家境也是困難，她又不願隨便的嫁一個人，所以就登載出這幅廣告了。

老鮑將這廣告看了半天，就把僕人叫來向他說：

「我想你不願叫你姑娘來，是因爲我家沒有女人。我家並不是沒有女人。我的一位太太和一位小姐，不幸都遭了難。我又不願意再討一個。」

他看着僕人，僕人也看着他，大家相對沒有一句話。老鮑又道：

「你的姑娘今年多大？」

「十九歲。」

「好，如今我找一個十九歲的姑娘來陪她，好不好？」

「大概是你的姪小姐？」

「也可以算。」

× × ×

我們把長話往短裏說，這兩位小姐都先後的住在老鮑的家裏了。她們住在一個房間裏。老鮑替她們做了一般樣的衣服，買了一般的化裝品，睡了一般樣的牀，用一般樣的東西。

她們究竟是不是有一般樣的心境呢？，那是沒有的。僕人的女兒覺得和爸爸在人家吃着飯，生活一點不要憂愁，她對爸爸的情感越來越濃厚，那收來的養女呢？她却感到無限的痛苦了，她覺得自己沒有爸爸的人。她以先只是獨自憂愁悲傷着。後來不對了。她把老鮑看作是她的爸爸。把自己所有的愛心，都向老鮑身上發揮了。

在先老鮑不過是使這兩個女孩子有個吃飯的地方而已。如今覺得那個情形不對了。吃飯之外，還有所謂感情。他應付不了這種感情。他覺得人事不像做生意那樣，有利的就留，無利的就劃。他可以將僕人和他女兒一道辭去，多給他們幾個錢，但是他不願。他也可以把收來的養女和僕人的女兒一樣的看待，但是他又覺得一個有爸爸，一個沒有爸爸，未免太可憐了。

老鮑就向這方面想，他對於這個問題不能解決。原是一個無憂無慮而且有錢的人，現在反而終日的不快起來了。

這樣一直到過年的時節。凡是知道這件事的人都說他是「一箭雙鵰」。他們不相信這兩個女孩子和他沒有什麼關係。他們都說：「既是要女兒，爲什麼要兩個？」「要說這兩個女孩子是主僕關係，爲什麼穿一樣的衣服，睡一樣的牀呢？」「有錢的人花樣是眞多的，既不續絃，又不納妾。認識的也可以拉了來，不認識的也能拉了來。」

這些話全不是老鮑願聽的。但是常常有這些話傳到他耳中來。後來，他的僕人對他也沒有以前好了。他怪他不該想出這個主意，叫他把女兒叫了來。他常自己的想着；

「這完全是上了主人的當了。女兒在鄉下的時節，找個人家還不是十分難的。如今被他這樣一裝束，反而定不着人家了。窮人家娶不起，而且女兒也不願意嫁。富人，又有誰願認自己作丈人呢？」

他研究的結果，放在面前的只有三條路，三條路可走的却只有一條。三條路的第一條，就是女兒只好嫁給富人家作妾。第二條就是跟了主人。第三條就是不嫁。不嫁是不可能的，跟了主人，又放着一個養女在面前，那怎麼辦得到。所以只想自己雖然窮，這種對不起女兒的事是做不到的。他想來想去，只是恨主人。他問他女兒提出離開主人家的意見，女兒不覺一楞。她說：

「爸爸，你得好事了嗎？」

「沒有。」

「沒有？爲什麼要離開？我們的家早已沒有了。又沒有錢，以後怎樣生活？」

「生活總是有的，憑着我們父女兩個人做。」

「那又到什麼地方可以能找像這裏的生活。」

接着她就悲慘起來了。爸爸道：

「我是想着我們的將來。」

「我也是在想着我們的將來呵！」

「將來你給一個什麼人家？有誰要你？」

女兒不說話，她儘哭。大概她是想着不能捨去目前實際的幸福來換上一個虛空的祈求罷。

老鮑仍舊是兼愛着她們。有時在人面前託人替他養女做個媒，人家都笑着說不容易，他說幾次之後，自己連說的勇氣都沒有了。養女也仍舊是孝順他，生怕僕人的女兒奪了她一分的光。就是遇到老鮑偶然和她提到婚姻的時節，她說聽憑爸爸怎麼辦。可憐爸爸並沒有一毫辦法，他只有一種無名的悵惘罷了。

他們四個人就像這樣過着苦悶生活，沒有一個人心裏是快活的，他們又誰也不怪誰，誰也沒有看出自己有什麼錯。這是萬惡的金錢害了他們，似乎也還說不到。到底是什麼東西，把他們快樂的靈魂全行奪去了呢？

燈下讀書論

十堂

以前所做的打油詩裏邊，有這樣的兩首是說讀書的，今併錄於後。其辭曰，

飲酒損神茶損氣，讀書應是最相宜，
聖賢已死言空在，手把遺編未忍披。
未必花錢逾黑飯，依然有味是青燈，
偶逢一冊長恩閣，把卷沈吟過二更。

這是打油詩，本來嚴格的計較不得。我曾說以看書代吸紙烟，那原是事實，至於茶與酒也還是使用，並未眞正戒除。書價現在已經很貴，但比起土膏來當然還便宜得不少。這里稍有問題的，只是青燈之味到底是怎麼樣。古人詩云，青燈有味似兒時。出典是在這里了，但青燈究竟是怎麼一回事呢？同類的字句有紅燈，不過那是說紅紗燈之流，是用紅東西糊的燈，點起火來整個是紅色的，青燈則並不如此，普通的說法總是指那燈火的光。蘇東坡曾云，紙窗竹屋，燈火青熒，時於此間，得少佳趣。這樣情景實在是很有意思的，大抵這燈當是讀書燈，用清油注瓦盞中令滿，燈芯作炷，點之光甚清寒，有青熒之意，宜於讀書，消遣世慮，其次是說鬼，鬼來則燈光綠，亦甚相近也。若蠟燭的火便不相宜，又燈火亦不宜有蔽障，光須裸露，相傳東坡夜讀佛書，燈花落書上燒却一僧字，可知古來本亦如是也。至於用的是什麼油大概也很有關係，平常多用香油即菜子油，如用別的植物油則光色亦當有殊異，不過這些迂論現在也可以不必多談了。總之這青燈的趣味在我們曾在菜油燈下看過書的人是頗能了解的，現今改用了電燈，自然便利得多了，可是這味道却全不相同，雖然也可以裝上青藍的磁罩，使燈光變成青色，結果總不是一樣。所以青燈這字面在現代的詞章裏，無論是眞詩或是諧詩，都要打個折扣，減去幾分顏色，這

是無可如何的事，好在我這里只是要說明燈右觀書的趣味，那些小問題都沒有什麼關係，無妨暫且按下不表。

聖賢的遺編自然以孔孟的書爲代表，在這上邊或者可以加上老莊吧。長恩閣是大興傅節子的書齋名，他的藏書散出，我也收得了幾本，這原是很平常的事，不值得怎麼吹聽，不過這里有一點特別理由，我有的一種是兩小册抄本，題曰明季雜志。傅氏很留心明末史事，看華延年室題跋兩卷中所記，多是這一類書，可以知道，今此册只是隨手抄錄，並未成書，沒有多大價值，但是我看了頗有所感。明季的事去今已三百年，併雅片洪楊義和團諸事變觀之，我輩即使不是能懼思之人，亦自不免沈吟，初雖把卷終亦掩卷，所謂過二更者乃是詩文裝點語耳。那兩首詩說的都是關於讀書的事，雖然不是鼓吹讀書樂，也總覺得消遣世慮大概以讀書爲最適宜，可是結果還是不大好，大有越讀越懊惱之概。蓋據我多年雜覽的經驗，從書裏看出來編結論只是這兩句話，好思想寫在書本上，一點兒都未實現過，壞事情在人間全已做了，書本上記着一小部分。昔者印度賢人不惜種種布施，求得半偈，今我因此而成二偈，則所得不已多乎，至於意思或近於負的地方，既是從眞實出來，亦自有理存乎其中，或當再作計較罷。

聖賢教訓之無用無力，這是無可如何的事，古今中外無不如此。英國陀生在講希臘的古代宗教與現代民俗的書中曾這樣的說過：

「希臘國民看到許多哲學家的升降，但總是只抓住他們世襲的宗教。柏拉圖與亞利士多德，什諾與伊壁鳩魯的學說，在希臘人民上面，正如沒有這一回事一般。但是荷馬與以前時代的多神教却是活着。」斯賓塞在寄給友人的信札裏，也說到現代歐洲的情狀：

「在宣傳了愛之宗教將近二千年之後，憎之宗教還是很佔勢力，歐洲住着二萬萬的外道，假裝着基督教徒，如有人願望他們照着他們的教旨行事，反要被他們所辱駡。」上邊所說是關於希臘哲學家與基督教的，都是人家的事，若是講到孔孟與老莊，以至佛教，其實也正是一樣。在二十年以前寫過一篇小文，對於教訓之無用深致感慨，末後這樣的解說道：

「這實在都是眞的。希臘有過梭格拉底，印度有過釋迦牟尼，中國有過孔子老子，他們都被尊崇爲聖人。但是在現今的本國人民中間他們可以說是等於不會有過。我想這原是當然的，正不必代爲無謂的悼歎。這些偉人倘若眞是不會存在，我們現在當不知怎麼的更爲寂寞，但是如今既有言行流傳，足供有知識與趣味的人的欣賞，那也就儘夠好了。」這里所說本是聊以解嘲的話，現今又已過了二十春秋，經歷增加了不少，却是終未能就此滿足，固然也未必眞是牀頭摸索好夢似的，希望這些思想都能實現，總之在濁世中展對遺教，不知怎的很替聖賢感覺得很寂寞似的，此或者亦未免是多事，在我自己却不無珍重之意。前致廢名書中曾經說及，以有此種悵惘，故對於人間世未能恝置，此雖亦是一種苦，目下却尚不忍即捨去也。

閉戶讀書論是民國十七年冬所寫的文章，寫的很有點別扭，不過自己覺得喜歡，因爲裏邊主要的意思是眞實的，就是現在也還是這樣。這篇論是勸人讀史的。要旨云：

「我始終相信二十四史是一部好書，他很誠懇地告訴我們過去曾如此，現在是如此，將來要如此。歷史所告訴我們的表面的確只是過去，但現在與將來就在這裏面了。正史好似人家祖先的神像，畫得特別莊嚴點，從這上面却總還看得出子孫的面影，至於野史等更有意思，那是行樂圖小照之流，更充足的保存眞相，往往令觀者拍案叫絕，歎遺傳之神妙。」這不知道算是什麼史觀，叫我自己說明，此中實只有暗黑的新宿命觀，想得透徹時亦可得悟，在我却還只是悵惘，即使不眞至於懊惱。我們說明季的事，總令人最先想起魏忠賢客氏，想起張獻忠李自成，不過那也罷了，反正那些是太監是流寇而已。使人更不能忘記的是國子監生而請以魏忠賢配享孔廟的陸萬齡，東林而爲奄黨，又引淸兵入閩的阮大鋮，特別是記起詠懷堂詩與百子山樵傳奇，更覺得這事的可怕。史書有如醫案，歷歷記着證候與結果，我們看了未必找得出方劑，可以去病除根，但至少總可以自肅自戒，不要犯這種的病，再好一點或者可以從這里看出些衞生保健的方法來也說不定。我自己還說不出讀史書有何所得，消極的警戒，人不可化爲狼，當然是其一，積極的方面也有一二，如政府不可使民不聊生，如士人不可結社，不可講學，這後邊都有過很大的不幸做實證，但是正面說來只是老生常談，而且也就容易歸入聖賢的說話一類裏去，永遠是空言而已。說到這里，兩頭的話又碰在一起，所以就算完了，讀史與讀經子那麼便可以一以貫之，這也是一個很好的讀書方法罷。

古人勸人讀書，常說他的樂趣，如四時讀書樂所廣說，讀書之樂樂陶陶，至今暗誦起幾句來，也還覺得有意思。此外的一派是說讀書有利益。如云書中自有黃金屋，書中自有顏如玉，是陞官發財主義的代表，便是唐朝做原道的韓文公教訓兒子，也說的這一派話，在世間勢力之大可想而知。我所談的對於這兩派都夠不上，如要說明一句，或者可以說是爲自己的教養而讀書吧。旣無什麼利益，也沒有多大快樂，所得到的只是一點知識也，而智識就是苦，至少知識總是有點苦味的。古希伯來的傳道者說，「我又專心察明智慧狂妄和愚昧，乃知這也是捕風，因爲多有智慧就多有愁煩，加增知識就加增憂傷。」這所說的話是很有道理的。但是苦與憂傷何嘗不是教養之一種，就是捕風也並不是沒有意思的事。我曾這樣的說：「察明同類之狂妄和愚昧，與思索個人的老死病苦，一樣是偉大的事業。虛空儘由他虛空，知道他是虛空，而又偏去追跡，去察明，那麼這是很有意義的，這實在可以當得起說是偉大的捕風。」這樣說來，我的讀書論也還並不眞是如詩的表面上所顯示的那麼消極。可是無論如何，寂寞總是難免的，唯有能耐寂寞者乃能率由此道耳。民國甲申，八月二日。

執鞭記

丁諦

一

何玉文一回家就提高嗓子對他的妹妹何玉秀叫：

「你有辦法了！你有辦法了！」

「什麼？我的事有辦法了嗎？何玉芳歡喜得跳起來，她牽住哥哥的衣裳興奮地問：「你的事成功了嗎？蔣成答應介紹你到銀行你一定去了嗎？你會過經理了嗎？」

「怎麼沒有會過呢？」何玉文笑着說：「事體成功了。我這份事就一定讓給你。我們今天就會李校長去。我給你介紹。」

何玉芳起初是興奮快樂，但是忽然又變成猶疑，她顯得一臉少女的嬌羞，問她的哥哥，說她的程度是不是夠教五年級，她教得不好會不會受學生的攻擊，督學的指摘，她眞有點怕。

她笑得彎下身來，一隻手摸住胸口，又是得意又是煩惱的樣子，說：

「我一想不過進過初中二年級。我怎麼能教五年級呢？你不能騙我，尋我的開心，你要說老實話！我將來教不下去，丟臉，也就是丟你的臉啦！」

「沒有問題。包沒有問題。現在教育界程度一律降低了。」何玉文躺在小籐椅上抽着枝香烟，舒舒徐徐地說：「學生的程度降低，先生的程度也降低。以前一班做中學教員的人都改了行，做官或是經商了，現在的一批中學教員是以前的小學教員，現在的小學教員差不多完全換了你們女人來幹了。——這原因很簡單，生活不夠混。小學教員的待遇太菲造成了師資逃避的現象。……怪麼？師資逃避！……就如我，就是逃避的一個。不逃避不行。你們女人可不同。你們不用担負家庭經濟，隨便混幾個錢都行。做自己的糖果錢或是化粧費。」

聽她哥哥的話支開去，她不耐煩起來，撒賴的拖住哥哥的汗衫背心，搖搖他的身體，問這件事是不是可以做，可以做的話他們就一齊去會校長。她聽他一句話。

「沒有問題！我保險！」

說過了這話何玉文帶着何玉芳就走出門。他們到了白雲街小學。

會過校長以後的結果很圓滿，校長一口答應了何玉文的請求。他說何玉文介紹來的人自然不會錯的，更何況是他的姊妹。

出于何小姐的意外，校長幷沒有盤問她的履歷或是考試她的學問。校長也談到師資逃避的話，當和哥哥談話時。校長的意見似乎對於教員的程度並不苛求。他的見解很妙，他認爲有一個好教員也是個站不長的。他說他們學校裏過去就有一個程度很好的男先生，他教了一個月便要辭職，他加這教員的薪水，但是到第三個月教員又要辭職了，他不能再加，他只能讓他走。

「我問他爲什麼要辭職，他回答得也妙。一家要吃飯！話確是乾脆！」校長苦笑地說：「師資逃避有什麼辦法呢？在師資逃避未得到解決以前，我也不想求得好的師資，乾脆說一句，就只能媽虎下去。」

一席話談過以後，何玉芳本來要跟何玉文一齊走的，李校長留住何玉芳，要她在此地便飯，他說他們今天下午有一個小學教師座談會，就在本校擧行，到的教師數目不過少，他預備介紹她同各人會會。

「藉這個機會你同一班同志會會也好。」

何玉芳聽哥哥一說，坐了下來，她祇是謙虛的說：「我粗淺得很，什麼貢獻也沒有。」她起初是呆呆地坐着，一句話沒有，等她哥哥走了以後。後來，她忽然想起一件事來，五年級級任好像有點太吃重，她須要請校長更掉一下。

當她把這個話向校長說明以後，校長無可無不可的說，有一位陳先生等會來，他可以介紹他們談談也許陳先生可以給她對掉。

未吃飯時，陳先生來了。陳先生是一位男先生，年紀二十外歲，平頂頭，黝黑的臉龐，相當微醜但是不叫人討厭，給人的印象祇是質樸，活潑，沉舊。據李校長介紹他是新來的一位教員，但談論之中何玉芳曉得他是一個有多年經驗而又負責的教師。

當校長把何玉芳要掉級的事跟他說明以後，他一口答應下來。他不說謙辭的客套的話，他祇是這樣表示：

「果然何先生不願意教五年級的話，那麼就讓何先生担任三年級，我來教五年級，也沒有什麼。」

何玉芳覺得這人很爽氣。她同他不知不覺攀談起來。在這個室中她倒不覺得寂寞了。漸漸的，她忘記室中還有另一個人——校長——她同陳先生談的話比同校長談的多。

吃過飯，他們改坐到會議室去。人到齊後，開始座談會。

「你也來了！」跟何玉芳招呼的是大巷小學的趙開泰，她哥哥的同學，說話是以粗魯出名的。何玉芳看他這樣的問話眞有點討厭，她含含糊糊的答應一聲又把臉別開去。

「呵！呵！呵！……」趙開泰曉得自己失了言，連忙扯淡：「你來開會麼？現在在那個學校教書？」

「就在這裏。」何玉芳簡單的說。

「現在小學教員的飯眞沒有意思。」無意中引起趙開泰的牢騷來，他環顧四座，說道：「女教員還比較好辦些，她們沒有家累。何小姐，你說吧！是不是？我們男人可不同。不能不顧到家庭生活；就說你家老兄吧！他就是一個例子，他不能不辭職。自然囉！有了比小學教員好的位置。」

聽見趙開泰說這話，坐在靠近主席位置的一個四十左右的憔悴男子忙問道：

「誰？誰辭了職？」

「何玉文。」李校長指指何玉芳：「何小姐的老兄，你的老友，他最近到銀行裏當出納去了。辭掉這邊的職務，就由何小姐來担任。」

何玉芳立刻站起來，微微向大家點點頭，在場的人目光都落到何玉芳身上，好奇的。男教員的意思一律是這樣想：

「又添了一個女教員。小學校簡直成了陰盛陽衰的世界了！」

由何玉文的辭職引起在場人的感慨。他們似乎都有一種不可言說的辛酸。他們覺得小學教員是最沒有出息的。只要他們有一個更好的機會，絕對將小學教員放棄。目前的廁身在小學教員界祇是暫避風雨。

這種見解，把握了在場全部小學教員的精神，使他們羨慕，使他們頹喪。因此，在趙開泰一提起師資逃避問題後，全部教員都附和起來。他們要熱烈地討論這一個問題。他們承認這一個問題是整個小學教員問題的癥結。只有少數的幾個小學校長是例外，他們顯見對這個問題不熱烈。

討論的結果還是歸結到小學教員待遇的問題，趙開泰的話尤其鋒芒畢露，他的話大部分是對校長而發的。

「我的意思是，要解決小學教員的待遇問題固然不是一個簡單問題。這要國家來根本解決。但是在未得到澈底解決之前，我最急迫的希望是希望小學校長能密切的同小學教員携起手來。……我知道，小學校長是不大關心到教師的經濟問題的，因爲……」

趙開泰說到這裏頓了一頓，坐在何玉芳旁邊的陳先生望他眨眨眼，做了個臉色，意思是叫他說話顧忌點。趙開泰却一點沒有注意，他還是繼續的說下去，說校長大都是有辦法而教員是無辦法的，他主張校長應該顧全到教員的生活，單是校長有辦法而教員沒有辦法，則教員唯一的辦法，還是只有「逃避」。

這番話引起大多數校長的不快。他們在會場上不發一言，表現消極的抵抗。很有意義的小教座談會便提早結束。

二

對於這些爭端何玉芳還不大明瞭。可是等到學期開始後他時常和陳先生談談，她漸漸明瞭小學教員的處境了。小學教育界整個說來是清苦的，但是指的祇是教員階級，校長階級另外有他們的辦法。

「你爲什麼不爭執呢？這次孫先生約你聯合起來跟李校長交涉，你爲什麼還要推辭呢？……你被人家罵，說你拍校長的馬屁。」

何玉芳直率的說。因爲，近來她同陳先生友誼已經很深了。

「我不願意爲了金錢的事跟人家爭執。」陳先生還是一副溫文爾雅的態度，望着何玉芳微笑。但是，在這一刹那間，何玉芳覺得這人可憐而卑微。一身舊藍布長衫下發出輕微的汗味，衣裳的正面遺留着洗不乾淨的粉筆灰，多天不剪的頭髮壓覆在并不寬的額角。何玉芳看了一眼連忙把頭掉開去，他望望辦公室外是不是有人。一個人沒有！她才低低向陳先生說道：

「你說你不願爲金錢跟人家爭，可是我們的校長却明明的賺飽了金錢，他們校長的生活太富裕，而我們教員却是連一點起碼的飯也沒有吃，這種不平的現象太可恨了，我們還能不爭嗎？……上課一個月了，八九兩月份的薪水還沒有發，我們難道餓着肚子教書嗎？」

「經費的確是沒有發。」陳先生還是不氣。

「可以墊喲！請李校長墊！許多小學都是這樣的。校長墊得起墊不起，大家有數！用不着瞞人！」何玉芳嘟起一張嘴在辦公室中來回的散步，用勁的踏着地板作響。

「話是不錯。」陳先生尷尬的笑笑；「可是我們的校長不墊有什麼辦法呢？」

「同他交涉喲！他再不墊，限他一個期限！我們就罷課！課沒有白教的。」

「不過，……」陳先生吞吞吐吐的，最後才說：「望着小孩子沒有課上總有點……有點那個……」

看陳先生這樣子更激起何玉芳的反感。她覺得這話完全是唱高調，裝飾門面。什麼教育神聖，國家未來的主人翁……等等，她是聽也不要聽的。

她看陳先生既然不聽她勸，這種懦怯的精神證明這人太沒有出息了。她也不高興再談下去，急急的走出辦公室來。

下午第一堂課的鈴聲響了。她走到五年級教室上常識課。一陣學生站在教室外面低低的嘰咕。她不明瞭是什麼意思。望她走過，有一個年長的學生帶着神祕的笑走上前。

「何先生還不曉得麼？先生們今天不上課了。罷課！孫先生尤先生來通知過我們。」

「不上課！」何玉芳吃了一驚。她事先一點也不知道這一個消息：她再看看這一班的大部分學生都伏在課桌上讀書寫字，秩序異常良好，她更不信這一個嚴重的事態竟然降臨。

「我們幾時才可以上課呢？」五六個學生一齊圍着問，何玉芳望他們搖搖頭，她走到辦公室的路上，看見陳先生走來，她還暗暗的跟他走回五年級教室。五年級學生看見陳先生來一致立起，態度特別的恭敬。

「怎麼他們對他特別有禮貌！」她站在走廊上，不禁又對陳先生欽佩起來。聯帶的想起陳先生教的這班五年級學生時事測驗的優秀和她歷次聽到的陳先生輿論的優美，她打破了最近的偏見。

「暫時要躭誤你們幾天學業……這是沒有辦法的事。你們大概已經曉得了。……我一個人自然沒有用。……這是全體的事。」

陳先生的聲音帶點咽哽，他的兩隻手撐住檯子，眼睛呆呆地望在學生身上，一會兒，他又低下頭來，一刻不停的看着地——沉默默有兩分鐘才又繼續說下去：

「在這幾天沒曾上課以前，你們千萬不能把光陰荒廢！你們是有前途的，你們是國家民族最最光明的人。……你們最有希望！」

「好不好請陳先生給我們做一點自修？」年長的級長站起來請求，全班學生一致的附和。

陳先生自然答應他們，他在黑板上畫了一大陣，教學生翻出書籍來對照一遍，又教學生將黑板上寫的字抄到簿子上。他抬起頭，用被悲哀的情緒籠罩的嗓子對着大衆說道：

「今天我難過得很！我不願意看見，不願意親身遇到這一個最最不幸的事，……尤其是，叫你們，天眞的孩子因爲這無辜的原因受到停學的處分！停學！是多麼痛心的事！但是，這不是你們的罪惡。自然也不是我的罪惡。這個……是最最悲慘的事！」

全班的學生立刻靜下來。靜寂的空氣中聽到哭聲隱約的，……漸漸，哭聲多了起來。幾十對小眼睛呆呆地望着陳先生。陳先生的臉罩上一層灰色，絕望的，憂鬱的，他緩緩的走出教室來。站在教室門口，他又掉過頭望望全班學生，堅決地！

「你們放心！無論怎樣我校是要想法早點復課的。」

站在走廊上，何玉芳被這一個突然的現象怔住了。她不相信世上竟會有這感人的一幕！她以前還不知道陳先生服務教育有如此的毅力。

陳先生從對面走過來，迎着她，陳先生立刻換了笑容向她寒喧：

「你在這裏。……今天沒有課了。」

何芳玉跟他才走進辦公室，孫先生早已坐在裏面的一張椅上等陳先生了，他看見陳先生一進去，怒衝衝的說：

「我們一致行動，暫時停課了。你不能破壞我們！」

「我沒有。我祇是叫學生的一點自修功課。」

「也不能。你這個是破壞。」

一個說是破壞，一個說不是，孫先生的語調使陳先生難堪。還是何玉芳看不過去勸開了兩個人。孫先生在怏怏的氣着走了出去。

陳先生坐在椅上，眼睛死盯着面前的一張報紙，只是沒有心腸看，坐着祇管發呆。原來歡喜同何玉芳扯談的，現在倒一句口不開了。

「陳先生，這點小事用不着生氣。」

說這話時的用意何玉芳自己也不明瞭是什麼。她并且加上一句安慰的話，這明明是同情陳先生的。

「你從事教育的精神實在偉大！」

她滿想減去對方的煩悶。

「談不到精神偉大，我祇是做我的本身應做的職務。」陳先生還是和藹可親的樣子。

三

陳先生對何玉芳眞是特別的好。何玉芳遇到書上有難講的字句或是不懂的地方總是找陳先生，陳先生都不厭求詳的給她指導。

她感激陳先生；因此跟陳先生談話時間特別加多。

復課以後。何玉芳遇到一次困難的事，那便是：督學的來校視察。

督學視察是預先知道的。校長得到這一個消息，叫各個教員多多的預備，尤其是幾個學力較淺的教員。

何玉芳的老師是陳先生。預備好的一天應教的教材，先由陳先生預教何玉芳一遍，再由何玉芳試教了幾次。經過陳先生細密的校正。視察的一天，成績很好，何玉芳感激陳先生。因此，在她的哥哥面前時常提起陳先生。她覺得有許多話要對哥哥說，然而才一提起陳先生人好，她便又沒有勇氣可說了。

尤其是何玉文！亦不贊成陳先生，他說做小學教師的總沒有意義，有出息的男子是不願做小學教師的，像他就是一個。

聽了這話，何玉芳祇是默默，好半天才說：「過去你也還做小學教師的喲！」

「我現在脫離了。」

「也不過三個月的事啦，」何玉芳眨一眨眼睛，羞他的哥哥。

對於哥哥的這淺薄見解，她覺得是可笑之極。她想發斥他，可是她又怕疑心自己是過分袒護陳先生。

何玉芳已經不開口了，何玉文却還要囉哩囉嗦的說出小學教師的無前途理由來，他說，初中程度的女子千萬不可嫁個小學教師，小學教師嫁小學教師，那是嫁蝕了本的。現今擇夫的最好標準，最好還是一個商人。他的意思是暗示玉芳。他是怕玉芳暗中了陳先生的魔。

這作用玉芳自然也明瞭。她心裏暗暗的好笑：「你完全猜錯了！我們實在是談不到戀愛的。」

何小姐同陳先生確沒有戀愛的心，但是，她也決不同意於玉文的這種拜金主義的論調，投入商界才三個月就已經歌頌起商人來。

所以，她今天爲了這個事同哥哥的朋友蔣成大大的辯論。

蔣成給她的印象太壞，而且，簡直是重大的侮蔑，他說起一個小學女教員改到他們那銀行經理公館做女傭的一回事，說是，一個教員還遠不如闊人家裏的女傭。這個經理家裏新來的女傭感覺得很大的滿足，她自己說過，一切的油水合併起來，一個月的所得已遠勝於小學一學期。

「我說，什麼都比小學教員好。女工，奶媽，……舞場裏的舞女，唱戲唱紅了的角兒，坤伶，……是更不用說了。」

蔣成竟說出這許多許多狂妄的話來。連市儈思想的何玉文也攔斷了他的話：

「喂，你比的太不像話兒了。」

何玉芳自然是更氣。睡在牀上想了一晚，越想越覺得小學教師的不可爲。她連帶的想起做小學教師以來的種種遭遇，她都是被人輕視。她爲什麼要做小學教師呢？也可以改變一個職業。

最好是商人！……模模糊糊的她想起白天哥哥說的話來。她的心理開始浮漾着一種思想，像蛛絲，像烟影……

由哥哥所服務的職業，她又想起一件榮耀的職業來……最好是銀行！………

四

陳先生和何先生却坐在辦公室裏。辦公室裏就是他們兩個人。外面吵鬧的聲音。沸沸揚揚的人羣。

「現在的學生太不像話了，竟然毆打起師長來。」何玉芳氣憤憤的說着，陳先生却一句不開口。好半天才慢騰騰地逼出一句話來：

「現在的師道本就不尊了！」

「那麼，這種教師還有什麼意思呢？既沒有多錢，又不被人瞧得起。」

「我說——只是盡我們的本份，我們爲了後一代的孩子。」陳先生說話的時候臉上充滿笑，聖潔，榮譽。黑臉上，異樣的光彩：「看下一代孩子的份上。」頓了頓，有力的，站了起來，眼睛突然的望着何玉芳，出神地：「孩子們是太可愛了！」

「可是那一套教育神聖的老話！」何玉芳心裏充滿兩種矛盾的思想：又欽佩又討厭的兩種感覺。她的意思是：安於這種無聊的環境，陳先生這個人是太沒有出息了。

「眞有出息的人是不會長久做小學教師的。」她哥哥的這句話又在把腦中浮現起來。她想起暑假中哥哥跟她說過的話，「做小學教師祇是暫避風雨，」她看着陳先生的襤褸的長衫，落魄的樣子，比銀行裏一個茶房還不如，她覺得哥哥說的話也有幾分理由。她很想勸說勸說陳先生，她叫他可以改換職業。但是，才要開口，門外湧進幾個人來。一個是孫先生，一個是黃先生，還有低中級的幾個女教師。

黃先生一進來就跳脚，嘴裏說道：「我教師再也不做了。學生竟然打起先生來。」

「孫先生！你剛才找秦正滋的家長的呢？」一個女教員問。

「我去過喲！那個値崗的看着我這件灰布長衫不放我進去。我遞名片進去，又回我不在家。」

「秦正滋是誰？」又是一個女教員問：「是不是常常穿一件漂亮西裝的那個？」

「對，對。」孫先生點頭，連連地：「派頭是挺大。什麼教員也不放在他眼裏。」

「你們說秦正滋？」剛跨進門來的戴眼鏡的一個女教員岔上來：「我上過六年級地理課，曉得他。他還說過這樣荒唐的話。他說小學教書的先生全是些窮鬼！最最沒有出息的。我聽他跟幾個學生背地裏談論。」

「我們是沒有出息的！」孫先生苦笑着，帶點無可奈何的滑稽。

校長也走進來了。被學生打過的黃先生堅執着要校長責罰秦正滋，校長一臉爲難的臉色，祇是說：「慢慢的我來想法。」

秦正滋家裏派了人來，那人穿一件挺漂亮的西裝，遞出一張名片來。他們曉得他是光中銀行的經理秦正滋的娘舅。

校長看了他，沒有話說。雖然黃先生怒目而視。一羣老師也都現着不快的臉色。

秦正滋走了。跟着娘舅走的時候，還是旁看無人的神氣，沒有畏懼，也沒有懺悔。

娘舅沒有責備他。

秦正滋走出門，教師們又紛紛議論起來。

「就這樣了結嗎？不行！」

「秦正滋一定要開除！」

但是，秦正滋沒有開除。

校長看了秦正滋，反現出特別客氣的模樣。

五

最近，蔣和常常到何玉芳的家裏。

蔣和升了副理的缺。何玉文是更巴結他。

他勸妹妹玉芳也多跟他週旋。

「因爲……」

他說這話的時候顯見得不好意思，有很多話要說但是又不好說。

他批評一大陣陳先生的話，意思是不願意他接近陳先生。他說男人長久做小學教員是最沒有出息的，無論如何，一個女子現在擇婿的目光是再也不應該嫁一個男小學教員。

「你的意思我懂得。」何玉芳笑了笑，說：「其實這種話是不用你說的。我懂得。」

「你懂得？」何玉文還有點半信半疑。

「我早不和陳先生接觸了。雖然他對我……很……」不說下去，一個神祕的笑結束。

正在這笑的時候，蔣成來了。

蔣成今天來是代何玉文談媒的。他介紹的對象是一個女小學教師。

「周絢華小姐！曉得不曉得？挺漂亮的一位！在她服務的小學校中要算她最出色了。」

蔣成才說完這話何玉文就跳起來，說：

「周絢華！我曉得！我曉得！……不用談！不用談！……以前老早談過了。……」

「怎麽？」蔣成笑得望他翻翻眼。

「他要嫁一個達官貴人呢！我高攀不上。」

「不是這說法。」蔣成悟解過來，拍一拍頭，「我懂了，以前她是反對過的。她確是不同意。那是因爲你做小學教員的緣故。現在可不同了。你已經進了銀行界。她知道了你的新職業，她已經不再反對了。」

「不再反對了。」重復了一句，悠悠地，何玉文不知道是什麽滋味。

就在這天——蔣和走後，何玉文兄妹又談起小學教員的事來。

由周小姐的擇偶標準更增加何玉文的信念。何玉文要他的妹妹也要學周絢華小姐。何玉芳點點頭，很同意。沒有比今天她再馴服了。

他完全贊同哥哥的意思。她并且把學校裏黃先生受學生侮辱的事告訴玉文，玉文歎了口氣，點點頭，說：「做小學教員還不如在人家做傭人。」

受了種種刺激的何玉芳同蔣和有了進一步的接近。蔣和時常到她家裏來；她也時常到他家裏玩，她常常看到的是一些穿得極其漂亮的年青男女，他們都是蔣和的同事，舉動豪奢，一點也不像她學校同事的寒酸。

在蔣和面前何玉芳露出羨慕銀行員的意思，蔣和自告奮勇地說是願意給她介紹，她表示謝謝他。她說一定要脫離那個討厭的職業了。

職業成功！他們倆愛情成熟的時節。何玉芳接到蔣和的通知。

第二天，她便到小學辭職去。

時候是隆冬，灰而濃重的雲籠罩行人道上的枯樹。路上的冰屑，被踏得軋軋有聲。走在緊密黃萎的泥土上，向着陽光，何玉芳感到異樣的欣悅。

她還沒有起過這樣早，像今天。

一進學校第一個撞見的就是陳先生。

「你今天……怎麽……來得這樣早！」

何玉芳每天到校都是在上課以後。

「我……我有點事。……」她，像一頭得意的小鳥，跳跳躍躍的。

跟着陳先生無意的走到五年級教室，出人意外的是教室裏坐滿一班學生。他們看見陳先生來表示無限的歡喜，一個個人拿着書本跑到他的面前，提出許多問題。

「你來得這樣的早！」何玉芳望望他。一身灰布臃腫的衣服，有一塊棉花已經從裏面鑽出頭來。凍得通紅的鼻頭，飄拂着口裏呵出來的蒸氣，顯得更凄清，更寒傖……

望着這沒有陽光，陰風慘淒的屋子，何玉芳有一種感覺；她不知道是同情還是厭棄這一個屋子。

走廊上！皮鞋咯咯的聲音……

秦正滋走過去了。

他在經過五年級教室門的時候，望望這減少自己睡眠時間來給學生加授早課的陳先生露出鄙夷的臉色。伸伸舌頭，對他做了一個鬼臉。

「怎麼他還沒有被開除？」何玉芳看不慣這樣子問陳先生，陳先生不開口，沉穆的說：「沒有。」何玉芳表示很大的憤慨，可是陳先生却還是心平氣和的，他說：「我們的本心是服務教育。對於人家的尊敬不尊敬我們是不計較的。」

「你不計較，我却受不下去！」何玉芳氣鼓着一張嘴走向校長室。

她預備辭職去！

紙片

何若

清史稿

二年前偶入書肆，見清史稿一書堆積甚多，且類新貨，時余到滬未久，戒慎恐懼，不敢妄議外事，以是書既可公開發售，實爲合法無疑，蓋禁書多矣，非毀滅卽祕藏耳。後見文載道先生論清史稿文，始慨然生疑；近復於張詠霓先生史學大綱中發見『清史稿又在禁列』一語，然後確知是書固未經解禁也。然歷時二年，流通必廣，禁猶不禁；余家中無書，欲知清代事，其嘗置諸案頭，且取書中材料以入文，初未知爲違禁，緣見聞太狹耳，錄此以誌吾過。

言語

廚川白村於其所著出了象牙之塔中有云，『日本語這東西就先不發達，不適於作爲公開演說的言語了。』又云，『日本少有雄辯家。』又云，『日本語這東西，卽此一點，就須改造了。』余初讀此數語在一九二六年，因循未習日本語，至今不解實意。近在詩領土第四號讀荻原朔太郎饒舌之詩與沈默之詩譯文，謂『日本語之顯著的缺點是在言語之中沒有抑揚，旋律與節奏，呆呆板板的，離離拉拉的，平坦而缺少着曲折，一句話，它沒有眞正的鮮明的韻律，從而缺少着美的音樂。』余不知詩，更不知音樂，益不敢妄附一語。出了象牙之塔之譯者魯迅云：『我譯這書，也並非想揭鄰人的缺失。』然鄰人既自揭其缺失，余亦頗欲一聞詳也。且天下事物無絕無缺失者，又自恨不識日語也。

不執室雜記

果庵

憶大乘起信論有云，無遣曰眞，無住曰如，無遣則不被執於人無住則不被執於己，人己兩忘，斯得自在。青年好奇，嘗以無遣名齋，貪嗔癡念，一未革除，何有於此，今日思之，殆等夢囈。中歲哀樂，所更已多，刼火不息，此生轉煩，欲其無遣無住，更焉可得？特無眼耳鼻舌身意，無色聲香味觸法。其柄仍操之自我，昔人詩云：「柴米油鹽醬醋茶，般般皆在別人家，我也一些愁不得，且鋤明月種梅花，」蓋有所執而不執，則亦不足爲我煩矣。余性卞急，輒大憤怒，而又善忘，旋得愉樂，妄念悔念，展轉環生，無所斷制，一至於此，雖然，喜怒不形於外者，其必有所攖於中，歐陽子曰：「百憂感其心，萬時勞其形，宜其渥然丹者爲槁木，黟然黑者爲星星，」是感心之苦，不更甚邪？若余之茹吐自如，不以停滯，事過境遷，如無此事此境，無憶無夢，亦無思無患，雖不得上，可稱得中。是余豈唯不執於物，又不執於心，自謂不失爲消遣世慮之一法。室人謫余欠涵養，則笑而不應，蓋有由矣。心固不執，身役乎人，衣食所需，欲遯不得。所賴以養志者，偶有一錢，便以貨書，未必盡讀，乃以得之爲樂，嗚乎，此詎非一執邪？他執可斷，此獨不能，道力不堅，識者所哂，抑又進者，讀書所見，或喜或惡，竟又筆之爲文。供於衆覽，己之所執，更以執人，此執中生執，毋乃不可。然不吐不快，必將苦我，信華雌黃，過則忘之，又破執之一道。所企讀吾記者，亦閱而付諸一笑，勿爲所執，而生忿厲，則反復之間，化有執爲不執，神而明之，存乎人焉。是爲前記。

一　唐土名勝圖繪

掌故風土之書，夙所喜悅。去年曾托人買唐土名勝圖繪。遲遲未果。歲尾於役北中，估人告余已有，卒卒鮮暇，竟不遑取，返京後，保文堂彭君送來此書，價殆三百餘元，憶二年前有人買之，已百元許，由米價推論，値良不昂。中土此等書如都門紀略宸垣志略等皆極簡陋，又無圖繪，不能引人入勝，此書圖刻頗精，不能以其爲「指南案內」之類而少之。尤可愛者，城郭滄桑，早非昔覩，欲覘往境，此稱翔實。如前門大街，荷包巷，東華門，西牌樓，金魚池等，所繪景物，今日久不可見，而廣和查樓，今之偈促於千闌萬闠中者，彼時竟如鄉間社戲，廣場中列一台，下則植足而觀，更有婦女，列車爲屏，遠方食肆茶坊，歷落可數。考此書刊於同治四年乙丑，至六年而明治維新，距今甫逾六十年，世變之亟，可抵數千年矣，是後人之幸歟，抑其不幸邪？其稱唐土，殆猶有尊視之意。閱朝覲儀式，皇帝大駕鹵簿，皇帝大閱，八旗操演諸圖，威儀繁密。想見帝制之崇隆，民物之康阜，蓋專制之威，尙須建築於民生問題之上焉。凡東土所稱曰唐，舉有大意，唐爲「大言」是乃古訓，引而申之，良有以也。若謂唐代文物獨盛，形嚮最深，固亦未爲不可。此書六册，僅及京師直隸而止，京師所繪，多據會典圖，南巡萬壽諸盛典圖等，故能得其眞象，若各府縣名勝，或仿之於志書，或逕出臆度，不能與原景吻合，殆無容疑，書後附有聲明，中土各省之圖將次第發刊，不知後均成書否，謭陋如余，未之敢知，然以此估計，若全部書成，卷帙大可觀矣。東洋舊書，皆用皮紙，韌而白，唯徵嫌粗，刻字淸晰，遠勝我國，此書說明，皆用行體，有小如蠅者，更附假名，然皆可辨。又偶取前人詠名蹟詩句，書家繕錄，匡以圖案，附刊圖後，彌益興會。去年會買指南錄及備論各一部，亦日本刊，紙墨相仿，而刊刻不如，偶閱知堂先生苦竹雜記，其記廖柴舟二十七松堂集云：「文飯小品第六期，上有施蟄存先生無相庵斷殘錄，第五則談及廖燕文章，云二十七松堂集已有鉛印本，遂以銀六元買了來。其實那日本文久二年的相悅堂刊本還不至於絕無僅有，我就有一部，是以日金三元買得的。名古屋的中堂書店舊書目幾乎每年都有此書，可知並不難得，大抵售價也總是日金二圓，計書十册，木板皮紙印，有九成新。」是可知中土居爲奇貨之書，東瀛往往而有，近日舊書論斤出售，其禍何減於焚坑，聞日本書價皆公定，其價頗廉於中土，不肖之徒，且施伎倆以漁其利，可嘆可嘆。三月七日。

梁貞端公遺書

桂林梁貞端公濟，梁漱溟先生之父，於民國七年十月初七投故都積水潭自裁。後人輯其遺文，爲梁貞端公遺書，計分遺墨，年譜，感劬山房日記抄，別竹辭花記等數十卷。余去冬北行，寓所門外即爲廠甸，獻歲以來，書商麕集。雖心緒未佳，積習所至，仍抽暇往觀，凋零破敗，殆不成書，大抵破爛雜誌及佛經殘本之類而已，欲求披沙之獲，戛戛乎難。且價値奇昂，尤不免拒人千里之外。唯此書竟多有，一種黃毛邊印，一種白連史印，價不過北幣五六元，遂買其一。公私蝟集，每至夜分，體疲神煩，廢讀久矣，此亦不快，臨睡之頃，偶加翻檢，迄未卒業，及匆匆南返，又遺於友家，未之取攜，字句卷數，都不復憶，唯意象中知此翁亦一畸人而已。按翁於清末官內閣中書，浮沉十餘年不遷，癸卯詔舉經濟特科，被荐未赴，民政部初設稱巡警部，奏調爲部員，充京師教養局總辦，局初創，親爲規畫，總局容罪犯，分局容貧民，使分科學藝，更立小學教貧兒，纖細畢舉，而所費甚少，然勞資並著，竟不補官，亦不更得差，以迄清亡，蓋性端謹，不善趨應，亦以親貴用事，朝政日非，知天下將亂，私爲奏議，分爲民德，君德，官紀，諸項，及財政實業教育諸大端，都爲十類，彙記於册，比次既定，將請代奏，辭官乞老，值武昌革命軍興，清廷退位，不果，民國成立，屢加徵聘，皆不赴，仍官冷曹。適政府議爲官吏加薪，而不及民生事，上書辭不受，其詞深痛，因而去職，漸有殉國之意，蓋其初方望屬於民國之圖治，迄失望而出此，戊午爲公六十誕辰，子女謀爲祝，乃決心自裁焉。其遺筆告世人書，首即曰，吾今竭誠致敬以告世人曰：梁濟之死，係殉清朝而死也，又曰：「吾因身值清朝之末，故云殉清，其實非以清朝爲本位，而以幼年所學爲本位，吾國數千年先聖之詩禮綱常吾家先祖先父先母之遺傳，深印於吾腦中，即以此主意爲本位，故不容不殉」可證。公少孤寒，寄居戚家，賴母氏教讀爲生，其感劬山房之命名，即含報親之意。文字多拖累，因無所取，然末世得此，亦復不惡，若吳柳堂，王國維等不猶愈於全軀保妻孥者萬萬耶？別竹辭花記多有意致，寫舊京齊民生活大好。其思想深受儒家影響，而能言行合一，不似色厲內荏者之矯作，又不學僞名士之作態，（樊樊山李越漫皆所誹議）可以生則生，不可生則死，獨往獨來，余故曰亦畸士也。

藥堂雜文

知堂先生見貽藥堂雜文一書，先生最近之文字結集也。新民印書館刊，白道林紙印一六〇頁，雖是片楮，在物力維艱之今日，亦足珍矣。共收文字二十七篇，蓋繼藥味集之後者。序言一則，多有妙語，外間未見，（編者按：上海太平書局有售）不妨擇要抄出，以公同好。「本集所收文共二十七篇，最初擬名一蕢軒筆記，今改定爲藥堂雜文，編好重讀一過，覺得這些雜文有什麼新的傾向嗎？簡單的回答一個字；不。……寫的文章似乎有點改變，彷彿文言的分子比較多了些。其實我的文章寫法並沒有變，其方法是：意思怎麼樣寫得好就怎麼寫，其分子句子都所不論。假如這裏有些古文的成分出現，便是這樣來的。與有時有些粗話俗字出現正是同一情形，並不是我忽然想作起古文來了。說到古文，這本來並不是全要不得的東西，正如前清的一套衣冠，自小衫袴以至袍褂大帽，有許多原是可用的材料，只是不能再那樣的穿戴，而且還穿到汗污油膩，新文學運動的時候，雖然有人嚷嚷，把這衣冠撕碎了扔到茅廁裏完事，可是大家也不這樣作，只是脫光了衣服，像我也是其一，赤條條的先在浴堂裏洗一個澡，再來挑揀小衣襯衫等洗過了重新穿上，開衩袍也縫合了可以重新應用，只是白細布裌襪大抵換了黑洋襪了罷？頭上說不定加上一頂深茶色的洋氈帽。中華民國成立後的服色改變，原來也便是這樣，似乎沒有什麼可以奇怪的地方。朝服的猞猁猻成爲很好的冬大衣，藍色實地紗也何嘗不是民國的合式的常禮服呢？不但如此，孔雀補服作成椅套，圓珊瑚頂拿來鑲在手杖上，是再好也沒有了，問題只是不要再把補服綴在胸前，珊瑚頂裝在頭上，用在別處是無所不可的。我們的語體文大概就是這樣的一副樣子，實在是怪寒傖的。洋貨未嘗不想多用，就生活狀況看來，還只得利用舊物，頂漂亮的裝飾大約也單是一根珊瑚杖之類罷了。假如這樣便以爲是復古，未免所見太淺，殆猶未曾見過整的古文，有如鄉下人見手杖以爲是在戴紅頂了。……我看人家的文章有一種偏見，留意其思想的分子，自己寫時也是如此。在人家也不打誑話。這些文章雖然寫得不好，都是經過考慮的，即使形式上有近似古文處，其內容却不是普通古文中所有。……」語體文與古文之別，不過如此，是丹非素或是素非丹者豈非多事。邇日另有一種人，專以攻擊老輩爲事，甚至文中之「之乎者也」亦成罪狀，寫文之難蓋如是，先生斤斤以此爲言，或不無所感乎？三月十一日忽攖小病，無以爲文，抄此塞責，乃大可愧耳。

梁巨川論李越縵

余前記梁貞端遺書事，此書頃由友人代爲寄到，亟檢其論李君一條，在感劬山房日記抄中，文曰：「我嘗博徵細訪，留心揆察，積日既久，乃知李蒓客先生的的確確是一謬品，而其勢傾動衆人，至恐爲人心風俗之害。輓近讀書人不務根本，偏尚詞章考據一面，淵博能文者，便享大名，爲士林之所宗仰，士風盡入於浮僞之途，皆由此種人爲之厲階！蒓客行事，吾不能盡知，知亦不能盡數，伊爲部曹，投書朝邑相國（指閻敬銘）大肆謾罵，謂朝邑小人陋劣，烏足爲政，此在彼則自矜傲吏，而一般文人名士亦相與津津稱道氣節不凡，其實全是讀書人門面習氣，豈有當於氣節哉！朝邑局量褊小，才短識拘，不無可議，然斷未有因其一短，而遂沒其老成宿望清樸公忠者。至於以司員而有意在長官，矯激刻薄，不獨士風盡變爲浮僞，恐流弊影響將在國家治亂上耳。又蒓客以爲天下無足爲彼師者，故在彼無所謂師長，一切以平等行之，公然相爭吵辱詈，如其謁庚辰會試房師林侍御事，已遍傳，庚午鄉試主考爲李若農，因若翁學問素著，得彼此友善，有時議論不合，則當面大斥，經人勸散者屢。又潘文勤待以上賓，友契極矣，而亦或當筵謾罵，夫此似不過脾氣乖張，舉動踞妄，無足深論，然我所憂者，則以其人如此，固又未嘗不談忠孝品節學問經濟，斯其害不可勝言耳。蓋一切俱將入於浮僞迷謬，而無復忠孝品節學問經濟之眞也。夫忠孝品節原是實理實事，卽在尋常日用之間，有些一段平平無奇之誠心，豈爲幾個好名色供標榜做文章用者？況一涉矜心慕名，立意卽爲不是，又幷不見諸行事徒托空言邪？至於學問經濟更非文人名士所知，如治國，治民，治兵，河務，鹽務，漕務，交鄰，互市，籌邊等，要在切實事，有眞本領，豈窗下用功，誦得幾本書，於世事全未諳曉所能坐論者？聞蒓客家政不肅，權操僕媼之手，似此天生無用之人，而談經濟，其迷謬當何如也！」其下尚有反對俞曲園之論，不具引，按梁氏所云，乃是正統的載道派看法，若其人無以自明，必有以爲矯情之見者，但所說欲明經濟，必曉世事事理，乃誠篤實不破之論，文章詞采亦無可非，然思想究竟不能置之不論。蔡元培先生極稱李君詞采，而未嘗稱其思想可以宗風，知堂老人亦云然，如讀「列女傳」一文說俞理初對婦女問題之可佩，引越縵堂日記，補辛集上云：「俞君好爲婦人出脫，其節婦說言，禮云，一與之齊，終身不改，男子亦不當再娶，貞女說言後世女子不肯再受聘者謂之貞女，乃賢者未思之過，未同衾而同穴，則又何必親迎，何必廟見？妬非女人惡德論言夫買妾而妻不妬，是恝也，恝則家道壞矣。……語皆偏譎，似謝夫人所謂出於周姥者。」評之曰：「越縵俗儒，滿腹都是男子中心的思想，其以俞君語爲偏譎本不足異，惟比擬爲出於周姥則極有意思，木是排調却轉成賞譽矣。」觀此可證。（周老制禮故事見世說）關於李君與會試房官林紹年意見不投事，查越縵堂日記，光緒六年庚辰四月十三日云：「晨，敦夫出闈，知余卷在林編修紹年房，初不知所謂，以問其鄉人陳編修琇瑩，陳君力贊之，猶不信，更質之錢辛伯，辛伯謂通場無此卷也，始請君代擬評語，呈荐於翁尚書，尚書大喜，二十五六日卽以次三藝發刻，本中高魁，後以景尚書取本房一卷作元，乃置第十九名，既翁尚書欲以余卷束榜，始置一百名，而仍刻入闈墨，意別有在也。……下午謁房師，送贄銀八兩，門茶九千，入城，至東華門外燒酒胡同，謁翁叔平師，送贄銀四兩。門茶九千，相見殷然，極致謙挹。」慈銘失意場屋卅年，至是始得通籍，而其卷又非房師所賞，故積不能平。徐一士先生筆記云：「聞慈銘謁房師林紹年，語頗不投機，出告人曰：頃所見非人也。然說者謂紹年後在言路有聲。慈銘爲御史時非能逮也。」與梁文可相參閱。李在戶部爲郎中，閻丹初爲尚書，力求振作，定每日接見司官，京曹冷寞，多終年不入衙署，李乃致書論其非是。（待續）

夜闌人靜

譚惟翰

二十四

薛老頭從醫院裏探望他的老妻回來，發現女兒躺在牀上不住地哽咽。

「爲了什麼事哪？孩子！」

竹貞經父親這樣一問，像孩子受到委曲般的，越想越傷心，忍不住，竟抱着薛老頭不斷地哭喊了起來：

「爸爸……爸……爸……」

爸爸給弄得莫明其妙，問她，她好歹不說一句話；最後，薛老頭似乎變聰明了，他溜下樓偷偷地去問阿銀：

「阿銀，我出去之後，家中發生過什麼事？」

「可了不得！」房東的這位娘姨說話總愛伸舌頭，說人家倒楣的事他挺起勁，「您出去了大約三四個鐘頭，呂少爺回來了，不久您家小姐也回來了，兩人關在屋子裏不知咕嚕了些什麼，接着越鬧越厲害，後來呂少爺下樓從後門口跑了，像生了很大的氣似的！您家小姐暈倒在扶梯上，還虧得我看見了，是我把她扶進房裏去的……」

「啊，眞是難爲了你！」

薛老頭連聲地說着感激的話，重行回到樓上。

關於這件事，他感到有些兒蹩扭，因爲呂楓從來不會同他的女兒竹貞爭吵過，這裏面也許還有別的原因。當他經過亭子間的時候，他扭開房門走了進去，想看看這屋子裏有沒有什麼可以幫他推考的東西。

頭一件使他注意的東西就是他女兒的錢夾，在糾紛中她忘了將它帶走。薛老頭忙把它打開，在裏面找到了一大疊鈔票，這數目是可以使他覺得欣慰的，但驚嚇立刻壓制了他。從這大堆的鈔票中，他似乎瞧見了他女兒一顆失掉幸福的心和她所遭受的凄傷的命運。

這樣設想原是不應當有的，他素來十二分地信任他的女兒。然而他的設想並沒錯，立卽被另一疊花花綠綠的紙片所證明了！那是貴客賞給她的，那是她用笑臉換來的，它們中間隱藏着她的淚和血，無形的。薛老頭檢點這些於他素來是陌生的東西，他不難想像這末必對於一個少女有利，雖然他也渴望着有點意外的收穫，但他的手指終於顫抖了。下意識地又一樣樣地替她放還了原處。

這時他的心亂跳，兩眼癡呆地瞪着地板，他不知把自己如何安排。突然，他見到了落在地上的一張信紙，他彎腰害怕地拾起它，湊着燈光，尚能辨識信中的詞句。而每一句話都像一個長釘旋進了他的腦裏，幸虧幾十年來人世的折磨早把他的神經弄朽了，否則，對於這樣意外的刺激眞可以使他馬上摔倒。現在他竭力保持鎭靜，恍恍惚惚地懷着那美麗而經汚濁的錢夾，踱進了自己的臥室。

老頭兒的心起了一陣劇痛，他需要一個親人來給他一點安慰，可是這時做不到，倒是他抱着一顆創痛的心來撫慰她的女兒：

「孩子，我全都明……明白了……這怪不了你，祇怪……」

祇怪誰呢？

始終還是說不出什麼，話給他嚥下去了。然而他心中在自語着：我的女兒我是信任得過的，她一心一意地想向上爬，並無絲毫輕浮的氣息或是她自甘墮落。老頭兒拍拍女兒的肩：

「別傷心了！祇要爸爸懂得你的苦衷，祇要你於心無愧就好了。不過，幹這一門職業，說起來總不……總不大好聽！」

竹貞仍沒止住淚流，她抓住爸爸的枯手，說：

「是我錯了！請你別再提它，是我錯了！……從明天起我，我決不再去做舞女！我再不會去受人家的侮辱了！」

她說得很響，很暢快，似乎吐出了滿腹的怨恨與憂傷。說完了她就倒在爸爸身上哭，恨不得拿眼淚去洗淸她一夜的恥辱。

二十五

呂楓離開了竹貞，憒憒地溜到馬路上，天已經很晚，他沒有什麼地方好去，徬徨了許久，忽然記起徐媽的家離這兒不算遠，便決定了他行路的方向。

在黑暗中他摸進了弄堂，究竟進去還是不進去呢？他的手觸着門環又有點猶豫了。本來的，時間已很晚，家家戶戶多已入睡，這時去找人，未免有些兒唐突。加之他的服裝欠整齊，髮絲弄得十分紊亂，這一定會給人一種不可避免的驚訝。因此，他躊躇了半晌，仍舊離開了那所敗屋，打算走出弄堂。

碰巧這時有個黑影移來，兩人面對面碰着了。在燈光下他看出是愛蘭，想不招呼，但愛蘭已在喊他：

「呂少爺，您怎麼啦？你是找我媽來的嗎？」

「不，不是的。」他慌張的神氣完全露在他的臉上。

「您家中出了什麼亂子？」愛蘭爽直地問，「我們到屋子裏去談吧！」

愛蘭拖着他的一隻手，一面敲着門。一會兒，兩人就走上了樓。

徐媽見呂楓坐在那兒半天不說話，也用試探的口氣問。

「是不是房東眞的趕你們搬家？」

「呃，呃，」呂楓支吾着，「我們實在待不下去！」

「你不能再回去住？」愛蘭也担心的問。

「是的。」

「那麼還有你的——」

「她，她們暫時搬到她們的同鄉家裏去了。」呂楓不好意思把他的未婚妻當舞女，以及他和她們鬥嘴的事告訴愛蘭。

徐媽把呂楓的托詞當了眞情，她說：

「……既是這樣，呂少爺就在這兒暫住幾天吧。」

呂楓本來無路可走，他想徐媽不是外人，在這裏暫住幾天也無妨。而且愛蘭也在留他：

「呂少爺，在我們這裏住再好也沒有。我有不識的字也可以順便請教請教。」

她笑了笑，又望着她的母親，「我的房讓給呂少爺好了，我跟你睡在一起……」

徐媽說：

「這樣也好。」

於是呂楓就在徐媽家中住下來。他並無回到竹貞那裏去的意思。

竹貞此刻是怎樣呢？……

她是寂寞的，不僅寂寞，而且痛心。她失去了她的愛人，她的愛人不能諒解她。她在那裏忍受苦痛，別人却道她是存心在追永幸福。這種委曲叫她向誰去申訴？

竹貞受了氣之後，她就對父親表示過以後決不再幹這種丟臉的事。但這表示似乎已嫌過遲，因爲要她做不做舞女的權柄不是握在她自己手裏，而是由另一個人所操縱了。

第二天晚上，孔玉山在舞廳裏沒找到竹貞，便氣衝衝地跑到她家裏去。

「薛小姐，做了一天爲什麼就不去了？」

「我做不來……」竹貞想不出別的話來應付孔玉山。

「做不來？」孔玉山的面色不大好看，「做不來也得做啊！一個人不能不講信用。你看，我那一點對不住你們？你要找職業，我跟你找到了；你沒錢用，我兩天之內就替你弄來了；朱砂頸要趕你們搬家，憑着我的情面，代你們說下來了！還要怎麼樣，你說？你說！」

「我把錢還給你！」

「還錢？也好！」孔玉山冷笑一聲，「要還現在就還！不僅是我的，連三個月的房錢一道還！」

竹貞的口塞住了。別說房錢，就是才接到手的押款已經給她用掉了一部分，要還全數無論怎樣也辦不到。孔玉山多精明，看到她那爲難的神氣忙搶着說：

「再說，卽使我肯答應你不做，舞廳裏的老板也不會答應。簽一張合同不比小孩子在黑板上畫一匹狗、一隻貓的隨便可以抹掉。跟你說，我孔叔叔好說話，別人却不全是好惹的！……」

給孔玉山幾句話一講，竹貞又立刻變得輭弱起來：

她眞好不去嗎？眞能毀約嗎？萬一……而且母親睡在病房裏處處需要錢用，她能將押款退還麽？

竹貞急得抓自己的衣衫。她恨不得痛痛快快地呼叫兩聲，或者哭一個暢快，然而這些她都無法做到。祇聽見孔玉山又在她耳邊催逼：

「快跟我一道去吧！有好些客人都在等着喊你坐檯子呢！」

竹貞心裏一陣陣的刺痛，她的眼睛還顯得紅腫。她需要靜靜地休息，可是，她到底還是任命運差遣，悶聲不響地拎起手提夾，隨孔玉山坐車又趕到了馬賽舞廳。

二十六

呂楓在徐媽家裏住了四五天。在愛蘭看，能同這樣男子在一塊起居，她是非常幸福的。呂楓的一言一語，一擧一動，她全感到新鮮。有了他，使她重行恢復了她的青春；有了他，才叫她體會到人生的樂趣。他像一道采虹，在她寂寞的靈魂外鍍上了一層光輝；他像一溝清泉，在她枯渴的心田中，得到了灌漑。

對待他，她不是用僕人待主人的心，也不是用妓女對狎客的心。她崇奉他，如同一個忠誠的基督徒崇奉着上帝一般。

人們在追求精神生活的時候，很容易將物質生活看得十分漠淡。有好些天，愛蘭不曾出外度她那神女的生涯。在金錢上講，她確實受到了相當的損失，然而從生活的意義上看，她比較以前變得多麽地富裕！

每天大部分的時間，她都是同呂楓登在一處。兩個人常常談些有趣味的問題，呂楓盡力地開導她，使她增强了不少做人的勇氣。

母親總是愛女兒的，她不能强逼女兒去做她不情願幹的事。看到女兒臉上泛起從來沒有過的喜色，她的心也感到有不能形容的愉快。

也正因爲這個緣故，這一天午飯過後，愛蘭跑來對她的媽說：——「媽，我想陪呂少爺出去走走！」徐媽毫無疑義的就讓她去了。

下午，徐媽一人關在屋子裏想着女兒的終身大事。她問自己：難道叫她這樣一個如花似玉的少女就任環境無情地摧毀下去？徐媽是吃過苦來的，她總巴望女兒不致於和她一般地在陰暗的生活裏葬埋了一生。但事實上，愛蘭的外表雖較徐媽年青的時候來得富麗，而生活所給予的苦痛却超過徐媽所受過的百倍！這一層徐媽是明白的。在憐惜女兒的時節，她不自覺地又落下了眼淚。

房門呀的一聲響，徐媽將垂着的腦袋

抬起一望：門口站着一個矮胖的中年男子，棕黑的臉皮上冒出一彎短鬚，宛如印度人。厚嘴一張開，老遠的都能聞到酒臭。這人的服裝也頗爲奇特：黃色的制服外面罩着一件灰布棉袍，袍面滿沾着油汙。一頂破舊的呢帽斜放在腦後，帽沿下露出一雙佈着血絲的紅眼球。

這不是旁人，就是這屋子裏的主人，愛蘭的父親——徐阿奎。

他跨進房門，便將帽子取下往徐媽身上一扔，一面仰着頭說：

「跟我泡碗茶來！」

「哼！你不要老是在我面前搭這種臭架子！」徐媽不服氣地說。

阿奎歪歪倒倒地走過來，瞪着眼問：

「不在你面前搭架子，叫我在什麼人面前搭架子？」

「老實說，我看不慣。」

「看不慣？」阿奎伸出了一隻手放在徐媽的面前，「你看見了沒有？」

徐媽知道他的老脾氣一個星期不回來，回來準是要錢！她故意不理睬。

「不要裝傻，快給我。」阿奎的手還是伸着。

「上禮拜你拿去的錢呢？」徐媽不高興地問。

「花了！」甘脆地。

「怎麼用得那樣快？」

「其實我沒用兩個錢……」

「錢呢？」

「輸，輸了！不是我用了！」阿奎嘻皮笑臉地，「憑良心說，這也怪不了我……」

「不怪你，怪誰？」

「怪運氣。」

徐媽咒怨他：

「自己不想一想，誰叫你去賭錢的？」

「這我倒不大淸楚……」阿奎回想剛才的情境，「我祇知學校裏的雜事弄完了，學生們全散了，我就跑到幾個要好的朋友那裏去，他們見了我，就拖我上牌桌……誰敢看不起我阿奎！」

他把大姆指點點自己的胸口，很傲慢的樣子。徐媽又在旁邊譏諷他：

「那你爲什麼不去找你那幾個好朋友幫忙呀？……」

「祇有你說得出口！」

「這又不是丟臉的事，你快把錢給我。」

「我沒錢。」

「用不着騙我——蘭姑這一個星期一定有錢交給你。」

徐媽一見他提到女兒，心裏頓時就會發生兩種感覺：一方面是對女兒的憐愛，一方面是對丈夫的抱怨。她說：

「蘭姑的錢不是拿來讓你去賭博的！」

「她是我的女兒，——做女兒的總該孝敬孝敬她的爸爸！」

「爸爸，哼！爸爸！——」徐媽帶着冷笑。

「這也不是假的，誰不知道蘭姑是我親生的女兒。」

「可是，你像不像她的爸爸，你盡了一點做爸爸的責任沒有？」徐媽衝到阿奎跟前，有一肚子的怨言好像來不及往下說，「你祗知喝酒，祗知鬥牌，自己賺來的錢，祗顧你一個人花了，不但不肯拿一個錢回來，反而還要向家裏討……」

「學校裏給我的工錢不夠花，不向家裏討，難道叫我去搶人家的不成？」

「銀行裏我可沒存款。」

「這幾天我女兒做生意賺來的錢呢」

「和你一樣地全花了。」

「我知道你用不了那麼多，你還敢騙我？」

「我不會說謊，因爲家裏這兩天有客人。」

「客人？……」他想有客人便是有財氣，怎麼倒說錢用光了，他問，「什麼客人？」

以前我們東家的大少爺呂先生逃難到上海來，錢用完了，住的地方也沒有，所以我就請他在我們這裏待幾天……」

「你在見鬼！」阿奎眼睜得大大的，「自個兒都沒辦法，還想幫助別人……」

「可是，以前我們曾經受過人家不少的好處……」

「你想報他們的恩？」阿奎譏笑的口氣。

「那倒說不上，」徐媽也扳着臉孔說，「不過我以爲一個人在爲難的時候，是需要別人幫助的！」

「好極了！」阿奎笑着，「我現在正是十分爲難的時候，就請您老太太趕快幫助我一點吧！」

說着，阿奎又伸出了一隻粗黑的手。

紙片

何若

粵江自肇慶以上多筏，筏或作簰，均讀爲牌。論語乘桴浮於海，桴，編竹木而成，大者曰栰，小者曰桴。爾雅，舫，泭也；孫炎云，舫，水中爲泭筏也；方言，泭謂之簰，簰謂之筏。然則編竹或木浮於水曰簰，粵桂人不知其字，則直書筏字，義同卽讀筏爲簰矣。其地簰之小者誠編竹木而成；稍大者以木製，狀如一般浮埠頭，更大者以數十小舟爲浮體，上鋪厚板，釘固於小舟，於其上架木屋。簰均以鐵索繫引於高岸，水漲則曳簰近岸，水落則引長其索。簰之尤大者，木屋且作兩層，旅店，茶家，酒館，貨棧在焉，而均有泊船之用。梧州多大簰，或數簰集中，鐵索繫聯，通以木橋，安穩如平地，誠浮市也。梧州以上，凡船過江濱都市，視簰之多寡大小而知其繁榮與否。今戰火延及是區，不知簰之存者幾何。

黃龍寺

四幕劇

羅明

第四幕

是第二天的晚上，子石與依萍都回上海了，老龔也跟着子石走了，智清與桂香的事不幸又被劉嫂發現，已經打破了他們的美夢，現在我們借着這黃龍寺裏最莊嚴的地方「大雄寶殿」來結束這一場悲劇。

「大雄寶殿」是黃龍寺裏的正殿，建築得非常古雅，華麗，莊嚴，偉大，由着這座寶殿，可看出佛教自傳入中國後，勢力之龐大，年代之久遠，從這個建築式樣看來，便象徵着中國之文化，實足的代表封建時代的餘跡，但，建築得儘管富麗堂皇，在這雄偉的「大雄寶殿」裏，却隱藏着許多令人髮指的人生悲劇，尤其近年來，和尚廟尼姑庵給了我們許多的傳聞，供給我們不少的資料，都是在現時代裏所不應該有的，也都是外人所不能相信的。

因爲是「大雄寶殿」，所以在我們這個小小的舞台上是無法將它全部的佈置出來，因之只有採取它的左方三分之二來，爲着象徵着這座殿房的高大，我們只有借用着暗朱色的大明柱來表現，最明顯的象徵物就是石柱礎的高大，約有半人多高，兩人圍圓，柱礎上彫着凹凸的雲龍，作灰白色，我們看到這幾個巨大的柱礎，就可推想出它們所負的重量。

右方是一座高大的神龕，但我們只能看到一半（右台口用黃襠布）龕裏是一座黃金色的彌陀佛，佛前還有一座靈牌，這是「黃龍眞人」的靈位，因爲掛着黃色綢帳，所以我們除下很顯明的看到靈位之外，只可以影影的看到佛身，龕前，是一個彫刻很精細的貢案上有燭台香爐等，案左地上又立着一支一人多高的燭台，上面插着半人高的假蠟燭，（右面當然也有，可是我們看不見了），大燭台的下首有一架大木魚，殿內散放着幾支橢圓形的拜墊，一切佈置均很簡單，神龕的後面是一個出入道，台前左右兩方亦能出入，神龕前近台額吊着一個玻璃的圓形長明燈，繩子拉扣在右前方的柱子上。

開幕以後，舞台上光線很暗，只有長明燈上發出點微光，在左方有點月光，是自前方射過來的，還射出一個「武將」的神影，照在右方的後牆上光，但光線亦很模糊，然自神龕後出入的人，還可以看到相當清楚的面影，展幕時滿台全是香煙，眞是所謂「烏煙瘴氣」，舞台上的一切什物更加模糊起來，一點聲音也沒有，只有半天地傳出老張的咳嗽聲音，等到香煙走散了，使每個觀衆聞到檀香味，舞台上也比較明朗了，我們看到老張坐在右前方的明柱下，打磕睡，勤修跪在神龕前合手打坐，天氣仍然悶熱，老張老是睡不着，蚊子也在搗亂，隔一會咳嗽兩聲，不久周老三自右方入，他穿得很隨便，短褲坎肩，襪子亦未穿，拖着一雙破鞋，手裏拿着一把芭蕉扇，因爲蚊子碰到他的臉，所以他用扇子向空中搧了一下，又用手抓一抓他的腿，此時老張已醒。

張：是老三嗎？

周：這兒蚊子可眞多，你在這兒喂蚊子的？

張：（伸個懶腰）前面（指台口）的格扇全都去了，還有點風，你也坐下吧！

周：趕緊（當然的意思）！你望這大殿多高啊！陰氣沉沉，待不慣的眞還有點害怕吶！

張：可是像我們活到這麼大的年紀人，什麼都不怕了，天不怕地不怕！人不怕鬼不怕！怕的（叭一聲拍死一個蚊子）就是這個蚊子！

周：蚊子可眞討厭！

張：（轉變話頭）這時候楊先生恐怕已經到南京了！

周：早到南京了！現在又搭上車向上海開了！

張：爲人都要能像楊先生樣的人！世界就太平了！楊先生眞是個好人！有作爲，能幹！肯吃苦，也會享樂！

周：楊先生人眞痛快，我今天早上送他們上火車，他——他還給我兩百塊錢吶！

張：自從他們走後，我們廟裏清靜得多了！連一點生氣也沒有了！唉！可惜楊先生走的太早了！晚走一步就有辦法了！

周：你說的……

張：我說的是智清與桂香的事，如果給楊先生知道，他一定有辦法！可惜……唉！這一下子，智清可眞不能了！

周：智清這孩子也是自作自受，明知道自己是個出家人，幹嗎還想這些心事？再說像劉嫂那樣一個潑女人，也是好惹的嗎？

張：這也難怪！年輕人時常在一起，怎麼不會引起胡塗心事吶！智清雖然是出家人！可是究竟也是一個人啊！而且這年頭又改了良了！從前的規矩早不興了！

周：這要是給大和尙知道，事情可就要鬧大了！

張：這不過遲早問題，還怕大和尙不知道嗎？今天下半天劉嫂要來稟告大和尙，請大和尙下個決斷，被我好言好語給擋回去了！

周：她那張嘴可眞不容易堵得住啊！

張：她說壞了她劉家的門風了！

周：（不服氣地）得了吧！還劉家門風吶；她吶！自己丈夫死了跟小叔子睏覺！這好！

張：可她要這樣說！

周：智清是不得了！可桂香的罪也夠受的！昨天夜裏回去，要不被一頓結結實實的苦打！才怪吶！

張：唉！我現在看穿了！人與人就是那麼一回事！

周：智清吶？

張：一直睡到現在還沒有起，一天也沒有吃點！

周：我們得勸他吃點才是！

張：那誰能勸他！你別瞧他，他才有志氣吶？我看——

周：你看什麼？

張：我看智清是待不住了！祇有兩條路！

周：那兩條路？

張：一條是走！再一條是死！

周：死？

（此時勤修口中咕嚕咕嚕地唸唸有詞的，唸得非常之快，漸漸我們可以聽得清楚了，是「誰在唸阿彌陀佛」七字，這是空門中常用「忘我」之法）

勤：（代表勤修）誰在唸阿彌陀佛！誰在唸阿彌陀佛！誰在唸阿彌陀佛！）勤修唸得越來越高，聲音也越來越大，老張與周老三都在注視着他，他每一句都重在「誰」字，令人聽了很淒慘，很悲壯，到後來他又祇唸第一個字）誰！誰！誰！（他忽然的站起來面對着老張與周老三）我！我！我！是我！是（重讀）我！我姓汪！我叫汪企塵！我自從到廟裏來，天天在唸佛打坐，可是我越來越不懂，我是幹什麼？我是爲什麼？我就感覺到痛苦，難過，我撞鐘，我想死！家庭不容我，社會不容我，菩薩也不容我，我祇有死，世界上就多餘我一個人，沒有我一個人安身之處，我只說出家爲僧可以忘記了一切，過點安靜的日子，可是不行，忘不了，忘不掉，我的心境沒有一時一刻是安靜的，過去的一切，現在的一切，將來的一切，全在我腦子裏轉，轉，轉，永遠的轉，一直到死，我才可以忘掉，我才可以脫身，我才可以自由！你們看我是多麼可憐！多麼痛苦啊！智清與桂香通姦是犯罪的，爲什麼一個女人背着她丈夫跟人通姦，逼得她丈夫來當和尙沒有罪，我不懂！這個世界太可怕了！太可怕了！哦！（他非常痛苦的自右方跑下去）

張：老三！你快跟去，別他再去撞鐘了！唉！

（周老三也跟着勤修自右方跑下）

張：原來他姓汪！他就是汪企塵！

（此時忽然地傳來一陣鐘聲，又是勤修在撞鐘了，聲音比前一次更爲響亮，像是拼命似的用頭在鐵鐘上撞，老張聞之很快的自右方走下，此時汪太太又走上來，她更憔悴了，頭髮弄得很亂，面色很黃，像凝子一樣自神龕後面走上，她拖着她那一雙沉重的脚，很慢的走到台前，用她那一雙無神的眼睛四處望望）

汪：沒——有人！

（此時鐘聲忽然的止住，她走向神龕前跪下，對神龕像拜了幾拜，老張自右方上，看見汪太太跪在那裏非常的驚異）

張：您是——

汪：（不睬他）——

張：太太！

汪：（起來注視着老張）企塵！是你！你回來了！

（她把老張當作她自已的丈夫）你能原諒我了！

（她誘惑地微笑着）你答應我跟我回去了！（她情感地）企塵！過去的全是我不好，都是我的錯，可你千不該萬不該跑來當和尙，叫我四下八處的去找你，家裏的孩子向我要爸爸！老太太向我要兒子，我受不了，我對不起你，我知過改過！求求你！（她跪下）請你跟我回去吧！

張：（很和藹地）汪太太！您起來！我同情你！你弄錯了我不是你的丈夫，我姓張！我是這廟裏的香火！我叫老張！

汪：你——你不原諒我！

張：不！你是弄錯人了！我不是你的丈夫！

汪：（明白地）那麼你——

張：我是廟裏的香火——我姓張！

汪：那麼我的丈夫吶（她拉住他）沒有？

張：有！剛才我才知道，你的丈夫就是勤修！你快去吧！他現在正要人扶侍，他的頭傷得很利害！

汪：什麼？他在這廟裏？

張：他在這廟裏！

汪：他死了？

張：不！他——他受傷了！

（汪太太直向左面走去，老張忙把她拉回來，把她送到右面）

汪：你——你不讓我去？

張：不！走這面！（指給他看）到前面有燈的地方轉灣就到了！

（老張走回至神龕前又加上了三根大香，打了一個呵欠，又走到左方解了繩子把長明燈放下了，用油壺加點油，重將長明燈拉起，此時智清自右方慢慢的走上，因心緒不良，睡眠不足的關係，眼睛凹進去很深，臉色灰黃，精神萎謝，說起話來沒有氣力，懶洋洋的拖着沉重的步伐，走到神龕前）

張：（非常溫和地）起來了！

智：剛起來！

張：要吃點什麼？
智：一點也不想吃！
張：那怎麼成！我替你熱點粥去！
智：不，謝謝你！我心裏難過得很！
張：（嘆口氣）唉！
智：天不早了！
張：快打二更了！
智：你也可以睡了！
張：我還得侍候大和尙唸夜經！
智：（想起昨夜的事）又到唸夜經的時候了！
張：是的！天天夜裏都這樣！
智：（回憶地）昨天也是這個時候！
張：你又想到昨天了！
智：是的！我永遠的忘不了！
張：智清！不是我在說你！昨天的事，實在是你的荒唐！
智：是的！我太荒唐了！
張：我知道！我難過得很！
張：可是智清；你也不必難過！年青人做了幾件錯事算不得什麼！我是一個過來人，我明白年青人的心境，智清！我同情你！你聽我話，我看你還是走吧！
智：走？
張：是的！離開這兒！到很遠很遠的地方去，把這些都給忘了吧！
智：忘了這些？
張：是的！因爲這兒你不能再待下去了！
智：可是你叫我到那兒去吶？
張：什麼地方都可以去！因爲你還年青，你還有氣力，到處可以混飯吃！
智：不，我不能丟下她不管啊！
張：你還是這樣糊塗！桂香究竟是人家人，劉嫂的爲人你也是知道的，你想，你能纏得過她嗎？我看你還是死了這一條心吧！再不然你可以到上海去，去找楊先生去！
智：老張！請你原諒我！我的心早碎了！現在連一點主張也沒有！我知道我錯了，我不應該，我是一個出家人，可是我——
（他非常的痛苦的扶着柱子上）
張：這些都不必去講他了！智清！我是最明白你的人！我希望你能聽我的話！走吧！明天就走！一切用費我都有，我可以供給你！智清！我們都是可憐人，無依無靠，孤孤零零的！外人是不會同情我們的！祇有我們自己來可憐自己，愛護自己，智清！不客氣的話在這廟裏四五百個和尙當中，我祇看上了你，覺得你是個有出息的人，關於我的事，你是知道的，我什麼事情都經過，什麼一回事！你要是件件頂眞的話，那可多啦！
智：老張！我眞謝謝你！你這一番愛護我的話眞跟我爸爸一樣！老張您可以做我的爸爸嗎？
張：我那兒子要是不離開我，恐怕也有你這麼大了！
智：老張！爲什麼一個人，在艱難困苦九死一生的時候，會想起自己的父母來！總覺得在這個時候需要跪到父親的膝前痛哭一場，或者跑到母親的懷裏享受點溫存，去向他們懺悔，向他們贖罪，可是我一樣也辦到！一樣也辦不到！
張：天底下做父母的沒有不痛兒女的！
智：可是我的父母也太狠心了，爲什麼他們會忍心丟棄我，把他們的兒子送到廟裏來當和尙，叫人家不齒，受人家奚落呢？（拉住老張）老張！我是一個苦命人，我十三歲死了父親，因爲我活上的逼迫，生的母親就改了嫁了，我還記得很清楚，我是第二年的秋天被送到這廟裏來，那時候我母親抱住我直哭，她說她對不起我，可是沒有辦法，總不能把我餓死了！可憐！一個十三四歲孩子，從那以後就永遠的活葬在這個古廟裏了！母親走後，我一連哭了幾天，我想媽，我可憐媽，媽的命比我還苦，在三年前，媽還來過信，說她還在想我，可是這又長久沒有聽到她老人家的消息了！媽錯了，媽爲什麼要改嫁！爲什麼要送我出家，她爲什麼不帶着我去討飯，我寧願做一個乞丐，也不願意當一個和尙，和尙！這個害人的名子！哦！

（他哭了，老張也被感動得流淚了，他走過去，撲着智清的頭）

張：智清！這些別去想它了，你旣然知道令堂的苦處，你就得原諒她老人家才是！

智：老張！我雖然才將近二十歲的人，可是我活夠了！我想死！

張：想死！

智：是的！一個人，生在世界上，連一點生趣也沒有，一點留戀也沒有，還有什麼過頭，尤其像我這樣人，犯了這麼大的罪孽！

張：智清！好孩子！別再胡思亂想了！還是回到房裏去睡會吧！

智：不！我還想在這兒坐一會！你去有事吧！

張：回頭我熱碗粥給你！

智：不！不用了！

張：那麼你坐會吧！我得到後面去看看！回頭我再來陪你！

（他說完了話，嘆了一口氣自右面走下，此時台上一點聲音也沒有，不久傳來打更的聲音，靜了一會智清慢慢的站起來，四面的看一看，顯得自已非常的孤獨，他搖搖頭，嘆了一口氣，說出下面的獨白）

智：二更了！夜是多麼的寂靜啊！
一點聲音都沒有，大家都睡了！
這個古老的黃龍寺，眞跟一座
墳墓一樣！太悽涼太可怕了！
今天我的心是怎麼啦？
爲什麼這樣地不安靜！
爲什麼老是這樣七上八下的！
難道——難道我快死了嗎？
昨天！那美麗的昨天！
眞跟做夢一樣，當我親到
她那甜蜜的嘴唇的時候，
我眞有說不出的愉快，她！
她太可愛了！桂香！桂香！
你現在在那兒啦！難道——
難道你眞永遠的不來了嗎？
哦！我難過極了！我知道！
我是對不起你！可是——
可是那不能怪我啊！誰叫
我會那樣的愛你呢？桂香！
我眞不知道你現在是怎麼樣地
一個心境，是在想我吶還是在恨我！
桂香！我們倆都是可憐地
孩子！我們的命運也同樣地悲慘！
爲什麼我們這兩個苦命人會
碰在一塊吶！這是天老爺的作弄，它——
它太不公平了！旣然使得我們
相愛，爲什麼又不能夠滿足我們吶！
我不懂，我實在的不懂，我
永遠的不懂，人與人之間，
究竟是「愛」還是「恨」！
要說是「愛」爲什麼我們倆
會被人家遺棄！爲什麼
我們倆人不能夠自由地在一塊？
要說是「恨」爲什麼我們倆
還能夠相愛吶？旣然相愛了，
又不能在一塊，眞是一個矛盾！
難怪龔先生跟一般人要來
當和尙了！「一切有爲法，如夢幻
泡影」「如露亦如電，應作
如是觀」，四大皆空，難道這世界
上的一切眞的全是空的嗎？
桂香！我們死吧！我們一塊
到「天泉」去！如其歹活不如
一死，桂香！我是決定了
假如你不在我的身邊，我
祇有一死，因爲我不甘心，我
不願意見到，你跟禿子
永遠的在一起，桂香！現在

我的心是碎了！因爲它受到一次劇烈地創傷，這個創傷是永遠的不能彌補起來的，在沒有受過創傷的人，都會笑着那個受創傷的人，可是到了自己的身上，當他也受到創傷以後他才會同情那些受創傷的人，桂香！桂香！

（此時桂香自神龕後出來，頭髮很亂，她用很輕的步伐走上，她的面色很黃，臉上還有幾塊很深的傷痕）

桂：智清！

（智清並未見着桂香，所以他很懷疑着他的耳朶，此時桂香漸漸的走上，智清又試了一句）

智：桂香！

桂：智清！

智：（看見她了）桂香！

桂：（跑到他的懷抱裏）智清！

（智清緊緊的擁抱着她，他非常的快樂，跟做夢一樣，他喜歡得滿臉都是淚）

智：我——我是在做夢吧！

桂：不！我不是在你的身邊嗎？

（智清用雙手捧着桂香的臉，看到她滿臉也全是淚，他注視着她，二人相對作一個慘笑，又合抱在一起）

智：桂香！你不要離開我！你永遠的不要離開我！

桂：是的！我們倆人應該永遠的在一起！

智：桂香！

桂：智清！

智：你想我嗎？

桂：想！你呐？

智：我也是一樣，自從我們倆兒昨天分手以後，我跟害大病一樣，睡了一天，剛剛才起來，我祇說我是永遠的見不到你了，可是現在——現在你又在我的眼前了！桂香！你是怎麼會出來！

桂：我乘他們都睡着了，從窗子爬出來的！

智：在這樣的黑夜裏你一個人上山，你不怕？

桂：不，一點也不，祇要能見到你，我什麼都不怕了！

智：桂香！昨天的事，我實在是對不起你！你可以原諒我嗎？

桂：昨天的事？我們不要再提起昨天了！我們有的，祇有現在！

智：（不放心）你沒有挨打！

桂：爲了你！卽使是挨打也不怕痛！

智：桂香！你說！你說！他們一定要很毒的打了你一頓的！（桂香哭了）你哭了！桂香！這都是我害了你的！苦了你了！

桂：不要緊，雖然她用棍子打我，駡我，我不過暫時的肉痛，心裏難過，可是過了一會就好了！只要能見到你，卽使是天天挨打挨駡，我也情願，我怕的是見不到你，我把打駡，算作我見你的代價，智清，你心裏難過嗎？

智：我——我難過極了！

桂：你心痛我嗎？

智：我非常心痛你，可是我只恨我不能夠替你挨打挨駡？你的苦處我沒有分到一點！

桂：智清！你還喜歡我嗎？

智：喜歡！

桂：跟往天一樣？

智：一樣！

桂：你不會恨我吧！

智：恨你？

桂：因爲你昨天也受了委屈了！

智：那你呐！

桂：我是受慣了的！

智：桂香！你太感動我了！

桂：這是什麼地方？

智：黃龍寺！

桂：黃龍寺！爲什麼我們不離開這兒？爲什麼我們繞來繞去還在這個黃龍寺裏！

智：你的意思是——

桂：走！走！爲什麼我們不走！

智：走！我們現在就走！

（此時劉嫂自神龕後帶禿子出，劉嫂面色很兇，滿臉橫肉，兩目發紅）

劉：就走！沒有這樣便當！哼哼！又在一起了！（桂香吓得要命，離開智清，劉嫂扳着鐵青色的面孔，注視着桂香）過來！（桂香不動）聽見了沒有！我叫你過來！

（桂香仍不動，智清不平的出來）

智：你預備把她怎麼樣！

劉：你管我！你是什麼東西！

（此時老張自右方上，手裏端着一碗粥，他上來見到劉嫂跟桂香等一驚）

張：什麼？劉嫂！

劉：（對桂香）好大的胆子！居然又出來了！我那樣的打你一頓還不怕，我把門鎖起來你會從窗子爬！瞧着吧！看究竟誰強過誰！

禿：媽！你要把她怎麼樣？

劉：我非治死她不可，打斷了她那兩條腿，看她還跑不跑，還走不走！挖掉她兩隻眼看她還作怪不作怪！

禿：那——那怎麼行！

劉：（對禿子）少說話！叫她過來！

（禿子走過去拉着桂香）

禿：桂香！你你——你怎麼又出來了！今天早上媽那樣的打你，連我都害怕，你——你怎麼還要出來呐！

劉：（對桂香命令地）過來！（但桂香仍不動）這個死丫頭！我強不過你才怪呐！

（劉嫂過去扭住桂香的臂，桂香大叫一聲）

（老張過去拉劉嫂）

（智清呆立在旁邊，急得滿頭大汗）

張：劉嫂！算了吧！

劉：（咬着牙）算了！沒有那樣容易！我非強過她不行！

桂：（大叫）啊！

桂香大叫一聲後卽奔向神龕後去，大家都很驚惶）

劉：禿子（音雜）追着她！別讓她跑了！

禿：（大叫着）桂香！桂香！

智：桂香！桂香！

（禿子叫着追下去，智清猜想桂香出去一定是沒有好事，故亦想追出去，可是被劉嫂叫住）

劉：（對智清）站住！（陰險地）你也想走？到上海去，沒有這麼容易！我們桂香本來是個滿好的孩子，全是你帶壞了的，你無個禿驢，你這個野種！你明知道桂香是禿子的妻婦，你倒想吃口巧食！哼！桂香找着還好！如果要是走了，或者有什麼三長兩短，我非要你的命不可！

智：（實在忍不住了）劉大嫂！你你——你不要逼人太甚！你的心也太毒辣了！桂香自從到你家來，過過一天好日子沒有，朝打日駡，狗急還要跳牆，桂香如果有了三長二短！你不要我的命我還要你的命！你這個潑婦！

劉：（氣得臉發青）什麼！你敢——

（此時禿子由神龕後跑上，渾身發抖，非常的驚慌的樣子）

禿：不好了！不好了！

劉：（拉住禿子）怎麼？

禿：桂，香，死啦！

衆：啊！

（此時舞台上立刻的嚴肅起來，大家的表情異常的張惶，禿子擦着眼淚，智清呆若木鷄，老張也摇着頭嘆惜，半天以後，禿子才繼續的說）

禿：（很慢地）死了！她是永遠的不會再活了！死得太慘了，我們連她的屍首也看不見了！

智：（拉住他）禿子！她是怎麼死的？

禿：她下山的時候，跑得非常的快，我一面叫她，一面追她，可是她不睬我，頭也不轉的直向南面跑！我也一直的追着她，等到了大路邊，她！她！

智：她怎麼樣？

禿：她就跳了「天泉」死——啦！

智：（向前凝望着）天——泉！

禿：（拉住劉嫂）媽！這都是你！都是你！是你把桂香逼死的！

劉：（推開禿子）滾開！

智：（回憶着前一幕在「天泉」旁的話）天——泉！

劉：（很兇的向着智清）我得跟你拼命！小和尚！走！去見你的師父去！

張：劉嫂！劉嫂！

（老張拉住劉嫂，她又哭又鬧的與智清撕纏）

劉：不能不能！我非跟他拼命不可！他害死了我桂香！我那可慘的孩子！我非拉他去見方丈不可！

禿：（哭着）媽！

（老張拉住了劉嫂，智清忽然的狂笑一陣）

智：天泉！哈哈哈！天泉！

（他很快的由神龕後跑下去）

劉：什麼他他——他想跑！我非跟他拼了不可！

張：（知智清有異）智清！智清！

（劉嫂追着出去，老張也從後面拿着一個紙燈籠跟出去）

（此時舞台上又靜下來，只剩禿子一個人，他凝視着神龕裏的菩薩，他走至神龕前磕了三個頭，將預備出去，周老三自右方走上，看樣子很驚慌）

周：大哥！大哥！（看見小禿子）小禿子！怎麼這時你來幹什麼的？你張大爺吶？

禿：他出去了！

周：他上那兒去啦！

禿：下山去了！

周：糟糕！這時候下山幹嗎？

禿：去追智清去了！

周：追智清！智清那兒去啦！

禿：您有什麼事嗎？

周：勤修和尚撞鐘把頭撞開了，一直昏迷不醒！他太太叫他他不應，現在臉色發白，看樣子有點不對啦！

禿：那怎麼辦呢？

周：我去替他們找大夫去！

（他說着卽向神龕後出去，舞台上又靜下來，禿子想出去，剛才走到明柱旁，老張慢慢的自後面走出來，禿子迎上去，拉住他）

禿：張大爺！他們吶？

張：（用手摸着禿子頭流着淚）孩子，你眞可慘！

禿：張大爺！他們吶？

張：他們都完了！

禿：什麼？我媽吶？

張：（流着淚）孩子！你沒有媽了！從此以後，你是一個孤兒了，祇有在廟裏當和尚！

禿：您說什麼？

張：祇怪我這腿脚不靈，僅僅晚到了一步，就眼看着送了兩條命！

禿：您說的是——

張：剛才你媽追着智清，跑得非常的快，我連一步也跟不上，後來在天泉邊智清被你媽追住了！

禿：她爲什麼不把他拉回來？

張：你媽雖然拉住了他，可是她總沒有智清的力氣大，所以——所以他們就在「天泉」邊打起來了，等到我走到山下，我就看到他們兩個人影子全都跳下井了！我到井邊口用燈籠照一照，一點聲音也沒有了！

禿：是智清把我媽推下去的？

張：不知道！

禿：是我媽把智清推下去，智清拉住我媽，使
她也一塊兒跳下去的？

張：不知道！

禿：是我媽見了桂香跟智清都跳下井了，心裏
難過也跳井自盡了？

張：不知道？

禿：這究竟是爲什麼？

張：這祇有他們自己明白！

禿：媽！

（禿子哭了，老張也很難過，陪着流淚）

張：孩子！別哭了！你生來也是個和尙命，以後你就跟着我吧！我會跟你媽一樣的待你！可憐！

（此時右方傳來汪太太的哭聲）

禿：這是什麼聲音？

（他們叫了一會，因爲夜靜，哭聲甚慘）

張：大概是汪太太在哭！

禿：他的丈夫死了？

張：不知道！

（此時左面傳來大和尙又開始唸夜經了，聲音非常的宏亮，比第三幕近得多，與汪太太的哭聲相混！但舞台上還是非常的寂靜）

禿：大和尙又在唸夜經了！

張：天——快亮了！

（老張與禿子都在凝視着前面，幕布很慢的拉起來了，不消說小禿子自今以後又是「黃龍寺」裏的和尙了，這一場風波算是告一個結束，明天起在這「黃龍寺」裏又不知道出了什麼新事件了。）

——幕——

三三，四，二二於赴江都前。

（全劇完）

偷香記

挪威B·勃夏遜作
趙而昌譯

當阿素長大到爲一個亭亭玉立的少女時，胡氏堡上就休想再有安寧靜謐的日子可過。村裏最最出色的美男子都在爲她的秀色憔悴，往往一到夜晚這些富農子弟就非在村前哭嚷呼號，打架作樂不可。要若到了週末，則情勢更加壞透。往往到了那一天，胡老頭子總是穿好了皮上襖，準備了楊木杖之後才上床的。

『阿囡的相貌實在生得不差，所以我得化些心力照顧她。』那老頭子這樣說。

倪阿嘉只不過是個種田人家的兒子，可是據一般人說，他倒才是到胡氏堡去看阿素看得次數最多的一個呢！胡老頭子挺不愛聽這些話，他聲言這話絕對不確，因爲他說：『他徐不會看見過倪阿嘉的影子在村上出現過呀！』這自然使聽的人都在暗暗地忍俊不禁，私底下忖度：要若老頭子不和那些門外的紈袴子弟多爭執，而以省下來的時間常常到草舍中去轉轉身的話，那就準可發現阿嘉是在草舍中和女兒幽聚，而不以人家所說的爲無的放矢了。

大地春回的時節，阿素帶着她的牧羣住到山上的牧屋中去。那時節，低地的平原上雖已春意盎然，而峻巃的山峯上則仍在嬝嬝寒霧的包圍中。這時每當山上牛鈴作響，牧羊犬狂吠，阿素在山坳高歌的瞬那，田間忙于農事的年少輒興心旌神蕩的感覺。於是他們相約好在第一個週末的晚上登山造訪。他們在上去的時候固是我爭你先地惟恐落人之後，而出奇的是下來的剎那更來得急迫而不容間髮！原來當他們上山的時候，就早有一個小伙子恭候在那小牧屋的門後請他們吃閉門羹了。他個別地給予每個光顧的客人以一個結結實實的老拳，並且立刻警告他們：

『若說是拳頭味美，下次不妨再來嚐嚐！』

吃了老拳的少年們肚裏明白得很，因爲根據他們往日的經驗，村裏人會使用這種拳頭的，只有一個人，而這人就是阿嘉！那些富農的兒子們想：倪阿嘉只不過是個田仜罷了，但他做出來的事却竟要叫所有的人吃閉門羹，『是可忍，孰不可忍？』這難道還不是件丟臉的事！

當這件事情傳入了胡老頭子的耳中時他倒也有同樣的感想。他並且說：『要若沒有一個人敢出來收拾倪阿嘉的話，那末他和他的兒子們倒要一獻身手呢！』胡老頭子誠然已經老了，已經是靠近花甲之年的人了，只不過他在興到之時，他倒還要和他的兒子們在宴席上以摔角爲嬉呢！

通到山上牧屋的路徑大家都知道是只有那直穿田坂的一條可走的。於是就在這條路上，正當第二個星期六的晚上倪阿嘉躡手躡脚地想上山去正好穿到穀庫的那一段時，就被迎面突來的人擋住了。

『你來做什麼？』阿嘉這樣詰問着，就一拳把來者擊倒在地上。

『且看我的厲害！』這是剛才那個打手的兄弟。他猛的從背後竄了出來，向阿嘉的背頸敲了一拳。

『老夫來也！』胡老頭子一面吶喊，一面加入了鬥爭的羣中。

局面愈是危險，愈加顯示出阿嘉不愧是個個中翹楚！他的身子不啻就是一根輭枝條，而拳頭則從不會落過一次空。他蹤跳自如，躲閃得宜，往往他們的拳頭落下來時打他不着，而他們想不到他有拳頭會來的時候，他們却都偏偏吃着了。在衆寡的情勢下，倪阿嘉到了最後畢竟仍是輸了的，只是自這件事情以後，胡老頭子常常逢人便說：像阿嘉那種結實的打手，實在是千中逢不到一個的。

這場惡鬥一直到了流血才止，老頭子喊着說：

『停下來！』接着又說：

『你要若能在下個週末的晚上逃過咱們胡家的父子狼，那末這個俏姑娘就註定該由你得的了！』

無何，阿嘉支持了他氣息奄奄的身子回去，好容易才一到家就一倒倒在牀上。

於是，胡氏堡的人們對於這件事情就人言嘖嘖了！他們差不多個個人都在這樣說：

『倪阿嘉這眞是何苦來呢！』

然而不管是怎樣的人言鼎沸，終究有一個人是不肯這樣說的，那人就是阿素！那個週末的晚上，她正盼望着她的情郎來呢！然而當她在事後聽到了他和她父親之間已鬧了這樣的一件惡事時，她立刻就一倒倒在地上，大哭大嚷地向自己說：

『今生今世我若沒有阿嘉陪伴，則活一天就要吃一天苦了！』

星期日的整天，阿嘉是睡在牀上的，到了星期一，他自忖也有同樣臥床的必要；星期二的那天，正是一個非常之好的日麗天和的日子，晚夜下了一場春雨，愈使遠山冲刷得滋潤而且黛綠。野花的芳香被輭風從開着的窗口那面襲了進來，同時還傳來了山邊叮叮的牛鈴聲，與夫一絲絲起自山坳的悅耳的歌聲。要若室中沒有母親陪伴在側，阿嘉倒眞的要由內心的凄苦一發而爲盡情的痛哭了。

星期三的那天，阿嘉也是仍舊睡在牀上的，但是到了星期四，他就決不相信星期六的週末是仍會臥床不起的。因之就在禮拜五的那天他起了床。他記起阿素的父親對他說過的話來：『要若下個週末的晚上你能逃過咱家胡氏的父子狼，則我的女兒就是你的了。』他牢記着這句話，不由的向山頂的牧屋瞧了又瞧，他想：『只是我的身體已不能再上陣角力了，啊！啊！』

誠如前文所述，要上山頂的胡家牧屋是只有一條路可以通的，但要若一個人必欲到達那裏而又肯冒着危險的話，則尚有一條不被人知的岔路可走，只要他划着船子由山下的灣口搖出去，行經一個缺口，他就可以到達山的後面並可爬上山去了，雖是這山的傾斜面是陡絕得連一匹山羊也不大敢去上去一試的。——你總知道羊羣在上山的時候是毫無恐怖心作祟的囉！

接着星期六就來了，那天阿嘉是整日閒散在外面的，陽光逗弄着木葉發着熠熠的光，山上牧屋裏的歌聲則絲絲忽忽地悅耳可聞。夜色悄悄來近，炊烟冉冉地撩向山頂而升，阿嘉則仍坐在門外躊躇。他遠遠地望望山上的牧屋，一切都和剛才一樣無變，他凝神向胡家的田舍看了一眼，隨即就推出他的小舟，向着河缺口搖向山後面去了。

山頂牧屋中的阿素，那時正巧坐着。她已做好了一天的工作在暗暗地自忖了：阿嘉今天是不會來的了，然而代他而來的正有無數的浪蕩子呢！她這想擔心着，就放脫了狗，逕自無目的地的走去了，她在一個可以下矚田原的地方坐了下來。夜霧籠了上來，所見的使她有撲朔迷離之感，一事一物又在在能勾起她的往事，惹起她的舊情，她就不自主地起身走到山頂的後面，並且坐了下來，注視這個釅釅的海面。在這眼簾的所觸處，四週竟是這樣的寂靜安寧哪！

於是阿素想唱歌解悶，她揀了一隻徐緩而高吭的調子來唱，歌聲劃破了黃昏的謐靜！她爲它而激越鼓舞，因之就再選一首來唱。但在唱第二隻的時候，她開始覺得有人在遠遠的山谷下作着回聲。『啊！啊！這究竟是怎末一會事啊！』阿素暗暗地這樣想着時，就走向絕壁的那面去了，她一把抱住了一枝向絕壁外伸展開去的細輭的柳樹，向下探望，但卻看不見什麼。海水是坦蕩蕩地舖着，連一只鷗鳥也不曾在它的如鏡的面上掠過呢！她這樣想着，就依然坐下來唱歌了，然而這次她卻確實聽到一種回音了，而且比第一次聽到的還要來得淸晰。『這一定是有人來了！』她這樣地說着時，就一躍而起，俯身在岩石上向下注視。只見山脚邊裏停着一只小船，再凝神細看一下，她就落眼在一頂紅帽子上，以及藏在那紅帽子下面的少年。那個年青人正在攀荆披棘地，幾成垂直線地爬向山上而來啊！『啊！啊！這是誰呀？這是誰呀？』她自己問着自己。

其實她是用不着把這個問題向自己問的，因爲事實上這個年輕人究竟是誰她自己是早明白了的。她一倒就倒在草地上，雙手扳住了一把靑草，一似她非如此不足以支援她自己似的，只是青草却被她連根扳起來了。

她大聲呼喊，向上帝祈禱，要上帝來拯救她的阿嘉，使他安全！但是她再想，阿嘉的這件事情，事實上已是干動了上帝了的。『啊！啊！上帝是決不會援助他的了呀！』

『就僅僅饒了他這一次，這最後的一次吧！』她虔誠地求懇。

倏地她一把拖住了那條狗，仰身在草地上打滾，一若不失去這條狗兒就是不失去她的阿嘉似的。啊！一秒一瞬猶似過了半載一年！狗從她的臂中掙脫出來，向靠近岩壁的那面搖晃着尾巴『汪汪』叫幾聲；又把前爪撲在阿素的身上『汪汪』叫幾聲。牠這樣的叫了好幾遍，一頂紅色的小帽子就在山的凹處出現了！阿嘉是偎依在她的懷中了！

現在末，當胡老頭子得知了這件事時就下了一個肯定的結語。他說：

『我的女兒分該嫁給他的，因爲他是夠得上有接受的資格呀！』

說張愛玲

柳雨生

寫一篇短的文字去衡量一位作家千錘百練下來的作品，在我看來是認爲有點兒傲慢的，即使我們不說是瀆褻的意思。然而因此也可以看出我們怎樣去說張愛玲先生之作品的困難。我不喜歡說是批評，不是的，我決沒有批評它的意思，更不會用文藝理論或什麼主張去征服它。在我個人只是讀，讀完之後或則沉思默想，或與友輩讀過它的人們偶談，在其間我們說出過一點意思來，一點好的意思。此即是我所謂『說』的意思。蓋我們的批評或許是用口耳的，無庸寫出，或則連亦口不用，充耳亦不聞，就是自己去讀它並且聯想到其餘的心頭情景而已。此外的意思一點兒都沒有。

我讀張先生寫的小說集『傳奇』，而我第一次看到張先生的大著沉香屑，第一爐香或第二爐香，則是在一個名稱有花香氣氛的流行雜志上面的也，因此亦連想到其內容的庸俗，不高興去讀去說了。現在說來，這又是何等的無聊或且有閒之事乎？我反省我是什麼人呢，我並非生活與王爾德或法蘭克。赫里斯同時世的高鼻闊步的外國人，亦不是沉醉於浮世繪裏面的的市井風味的『東洋人』，而是以我們所有的自然環境及其周圍的人類們的生活爲生活的，我又有什麼不愉快去讀那些有花香脂粉或蘇州氣的雜志呢。遂亦於某一天的下午，在自已沉悶而外面霪雨的天氣中拜讀了，感到它的特點，咀嚼它的字句，還是後來的事。讀到非小說的燼餘錄，及是小說體裁的花凋，年青的時候，以及傾城之戀，金鎖記，乃不覺的悵然了。尋思我國有過什麼時代出產過這樣的一位不庸俗的文士呢？在近年不是久矣沒有看到的麼？其作品所描寫的人們之生活，如以香港的華洋雜處的婦女們之私生活爲背景的，其錦繡古玩，服裝華飾，一隻玉鐲，一瓶鼻烟，何一非承繼盛伯熙或潘伯瀛們的時代之所謂盛世的氛圍而來的呢？其言語，其舉止，笑貌，嗚咽，以及其淒麗的沒落的環境，有什麼不可以爲我們興悲或哀鬱的對象的呢？我非在『萬象』上或爲『雜誌』寫批評的人，然而我竟特別於此發生感動了。

我想起『傳奇』的封面來了。那藍色決不是海，不爲象徵着汪洋，而是象徵着陳腐的寶石藍，我們的老祖母或其友人們所服御過，而今日尚保留在香港的門閥裏面的衣服。

女子的筆禍

譚雯

「筆禍」就是「文字獄」。不曰「文字獄」而曰「筆禍」者，因為自己也是一個靠着文字喫飯的人，看到「文字獄」三個字，同時就會聯想到那兩句可怕的古諺：「瓦罐不離井上破，將軍難免陣中亡」，不覺已觸目驚心，再要談他，更不免要談虎色變，因此易稱為「筆禍」。實在「筆禍」之與「文字獄」，在字義上仍不啻半斤之與八兩，五十步之與百步，所以然者。也不過自己騙騙自己，免得拿起筆來發抖而已！

專談「筆禍」的文章，已經有過不少，尤其是關於明清兩朝的，差不多都已經人家談完。可見雖然談虎色變，畢竟還有許多不怕虎的人存在。就是我自己，在前年也寫過一篇「蘇東坡的文字獄」，去年又寫過一篇「讀西征隨筆」，在下筆時固然不免胆戰心驚，在寫好後又引起了「狐兎」之悲。平時曾經偶然地這樣想：全部「二十五史」上，筆禍之多，怕也不下於兵禍，為何不索性來一部詳細而又完備的「筆禍全史」，倒也別開生面，既不必愁沒有讀者，也可以為古時人雪雪怨氣？

可是想儘管這樣想，在目前要動筆，眞不是容易的事。一則已經刻刻担心着終有一天要喫不起飯（實際上現在已經只喫粥不喫飯了），那有胆是做這種不是幾天就寫得成功的曠日靡時的工作，等到寫成而換到稿費，恐怕早已一家都成了「涸轍之魚」；二則書價已漲到凡是眞正需要書的人幾乎都望而却步，加之書商也已和其他商人通了家，除了擺出的書外，儘管圖書目錄上載着你所需要的書，他們不肯從棧房裏拿出來賣給你，所以即使你買得起也買不到。有人說：他們也有他們的苦衷，因為恐怕有人囤書。但是我却大不為然，因為他們無論如何，沒有理由把我們和囤貨的人一視同仁呀！如果因為有人囤書就不肯賣書，那不書等於因為恐怕有人囤米就不肯賣米一樣嗎？那何怪現在配給米要遙遙無期了。可是這是合理的辦法嗎？這事正同我過去教過二十多年的書而現在自己的孩子反而進不起學校一樣，每每一想到，恨不得永遠丟掉我的筆，燒掉我的書，讓世界上沒有了我這個人存在的好。在這樣的心情和環境之下，那裏再會寫得出比較像樣的成部的書來呢！

可是事實儘管這樣，人總是「貪生」

的，我也是人，所以也只有紅着臉，借了「螻蟻尙且貪生」一句冠冕堂皇的話，担熬着一切活下去。「筆禍全史」一類「藏之名山，傳之萬世」的大文章固然寫不成，但是寫些「談談筆禍」的小文章，換些稿費來度過眼前再說，却也未始不是計之所得。於是不管暑氣蒸騰，汗流浹背，寒暑表已經超過了華氏九十度，翻些家裏現成的書籍，寫成這一篇閒談文章。

爲了要換換讀者的口味，在我這篇文章裏，是談談「女子的筆禍」。凡是稱爲「筆禍」，多少總和政治發生關係，而女子在中國歷史上，除了極少數的幾個人——像呂雉、武曌一類的皇后之流——外，她們幾乎都和政治絕緣。而且一個做到皇后的女子，總不會遭到什麼「筆禍」吧，因爲「筆禍」只有在朝者加給在野者，沒有在野者去加給在朝者的，而皇后正是「正儀天下」的人。但是我要談的正是一個做了皇后的女子遭到的「筆禍」，而這「筆禍」又是一個慘絕人寰的大寃獄。單說「筆禍」已是「談虎色變」，又是「寃獄」，更使人不由的「義憤塡膺」了。

這個「筆禍」，在有些文學史上也提到過牠，可是他們是拿文學史的立場來敘述牠的，而且因爲主人翁不是一個重要的作家，所以只是些極簡單的「人云亦云」。就是在拙徧的「中國女性文學史」裏，雖然已有一篇專記這事，然而也全憑舊籍所載，平鋪直敘，不曾加以一些考據，而說出牠的前因後果來。現在所談，不獨材料比那時爲多，而且主旨也不同，所以有許多從前的人都沒有說過的新的發現，供我筆下調遣。

這個「筆禍」發生在公元一〇五六年，地點是在現在的北京，主人公是遼國道宗皇帝的皇后蕭觀音，誣陷她的人是他們的臣下耶律乙辛，事迹經過的大略是：有着政治野心的耶律乙辛因爲新總領朝政的太子不利於他，於是他叫人做了十首，叫做十香詞的豔體詩，差一個和皇后有着怨隙的宮女懇請皇后代爲書寫。皇后是個善做詩賦的人，很贊美十香詞，不但替他書寫一通，而且還題上了一首詩。不料這首詩裏恰恰嵌着一個人的姓名。這人是一個御用的音樂師。耶律乙辛就叫這個和皇后有怨隙的宮女和宮女的妹夫朱損鵠向皇帝出首，說皇后和這音樂師私通，證據就是十香詞和那首題詩。道宗就教耶律乙辛審訊，也就以爲證據確實，音樂師滿門抄斬，皇后賜她自盡，裸屍送回母家。明年，耶律乙辛又僞造了太子因抱怨而造反的罪狀，道宗當然相信了，把他廢爲庶人，監禁在上京，也給耶律乙辛害死。此後，他把自己的兒媳斡特懶送給皇帝，希望另生太子，可是不能如願。後來道宗知道了他的奸壯，立定了皇太孫，把他不停地降官，到最後也借罪把他賜死。再後皇太孫卽位，他是被害皇后的嫡親孫子，被害太子的嫡子，耶律乙辛也想除掉他而沒有可顧，這時雖然已不及爲他父親和祖母報仇，但是立刻追尊父親爲皇帝，祖母爲皇太后，把耶律乙辛和一般陷害他父親和祖母的人，死的從棺材裏掘出來「碎屍萬段」，活的通通殺掉。我們讀歷史的人讀到這裏，忍不住要暗聲呼快！這雖然有些類似阿Q式的精神勝利，但是在人情，除了這樣之外還有什麼辦法呢！

照上述看來，蕭皇后的被害，以當時所定罪狀言，是「筆禍」，然而原因却是爲了政爭。所以要明白這次「筆禍」的所以起來，我們必須先來研究一下當時的歷史背景，和她的政治關係。遼代的后妃，有一奇特情形，就是除了太祖耶律阿保機的皇后述律氏和世宗兀欲的妃子甄氏外，其餘歷代的后妃都姓蕭氏。所以在她們之間，彼此都有着內親的關係。照行輩講，道宗查刺和皇后蕭觀音有着表姪和表姑和姨甥和姨母的兩種關係，因爲蕭觀音是道宗祖母欽哀皇后蕭耨斤的姪女，又是道宗母親仁懿皇后蕭撻里的堂妹。所以初時我頗懷疑到他們的年齡的問題，因爲過於相差的年齡會影響到夫婦的感情，尤其是女的長於男的。但是查考結果，蕭觀音的輩分雖長道宗一輩，而年齡却比道宗小着九歲，而且她的父親蕭惠又是一位前朝勳戚，有功老將，只知從事厮殺，不參加政治鬬爭的人。不過道宗是個武夫，遼國的皇帝沒有一個不是習武的，既不懂得憐香惜玉，又不歡喜吟風弄月，所以他對於他這位「姿容冠絕，工詩，善談論，自制歌詞，尤善琵琶」（遼史后妃傳語）的絕代佳人，並不知道去十分珍惜。遼史記她爲太子妃時，是在道宗封燕趙國王那年；可是道宗本地封燕趙國王爲重熙十二年（公元一〇四三），那時她只有四歲，這是不合情理的；王鼎焚椒錄以爲二十二年（公元一〇五三），那時她已十四歲，比較合理。焚椒錄又說她：「婉順善承上意，復能歌詩，而彈箏琵琶尤爲當時第一，由是愛幸，遂傾後宮，」后妃傳也說她：「有嬸房寵，」可見他們的初婚生活和普通人同樣很甜蜜的。過了二年，道宗卽皇帝位，就册立她爲皇后，再過二年（公元一〇五八）又生太子耶魯斡。這是她一生中的黃金時代。焚椒錄記她立爲皇后的後一年：

二年八月，上獵秋山，后率妃嬪從行在所，至伏虎林，上命后賦詩，后應聲曰：

威風萬里壓南邦，東去能翻鴨綠江。靈怪大千都破膽，那教猛虎不投降！

上大喜，出示羣臣曰：「皇后可謂女中才子。」

次日，上親御弓矢射獵，有虎突林而出，上曰：「朕射得此虎，可謂不媿后詩！」一登而殪，羣臣皆呼萬歲。

這時的她，眞顯赫一時，她的詩才既敏捷，風格又雄壯，和平時所作截然不同，可見她是確能「婉順善承上意」的。這次的狩獵，在遼史道宗本紀裏有着記載；遊幸表裏也這樣說：「道宗清寧二年九月，獵，射虎，獲之。」有了這，很可證明焚椒錄這一部書的可靠性。（有許多人因爲錄中耶律乙辛的密奏裏，記載着皇后與音樂師私通時的猥褻語，所以認爲不是王鼎所作，而爲他人僞托，實在這理由是不成立的。因爲王鼎固然是位正人君子，可是密奏原文如是，而且删去了又無以顯耶律乙辛之奸毒，和作者人格全無關係，所以在沒有其他的確證之前，我不承認牠是僞作的。）

但是在生太子的那年，她在無意中得罪了皇太叔孛吉只，因此惹起了一場兵禍，給予有着野心的平民出身的耶律乙辛一個更抬頭的機會，而因此送了她的性命。此事后妃傳也有記載，但不及焚椒錄所記爲詳：

明年，后生皇子濬（即耶魯斡），皇太叔重元（即孛吉只）妃入賀，每顧影自矜，流目送媚，后語之曰：「貴家婦宜以莊臨下，何心如此！」

妃銜之，歸駡重元曰：「汝是聖宗兒，堂虎斯不若，使教坊奴得以可敦（遼語，意譯爲突厥皇后）加吾！汝若有功，當除此幔，答撻此婢！」

於是重元父子合定叛謀，於九年七月駕幸灤水，聚兵作逆。須庚軍潰，父子伏誅。而討平此亂，則知北樞密院子趙王耶律乙辛亟有功焉。

關於孛吉只（也就是重元）叛變一事，據遼史道宗紀及后妃傳所載，本來也是一樁疑案。因爲孛吉只雖是一位皇太叔，容易發生野心，但他早曾有過做皇帝的機位，而他自己不願做，而當時他已做了八年的天下兵馬大元帥，兵權在手，要反早就反而且成功了。我看了後來皇后和太子被誣，道宗竟十分深信，所以我疑心孛吉只的事，也是耶律乙辛的陰謀促成功的。遼史逆臣傳云：

重元小字孛吉，聖宗次子，材勇絕人，眉目秀朗，寡言笑，人望而畏。太平三年，封秦國王。聖宗崩，欽哀皇后稱制，密謀立重元。重元以所謀白於上，上益重之，封爲皇太弟，歷北院樞密使，南京留守，知元帥府事。……賜以金券誓書。

這樣的「上」，是指興宗只骨，他和孛吉只是同母兄弟，但是不爲他母親所喜，以致他不得不做出「不孝」的行爲來。興宗的母親就是欽哀皇后，不喜興宗的原因，據后妃傳是：

已而生興宗，仁德皇后無子，取而養之如己出。后以興宗侍仁德皇后謹，不悅。聖宗崩，令馮家奴等誣仁德皇后與蕭浞卜、蕭匹敵等謀亂，從上京害之，自立爲皇太后，攝政，以生辰爲應聖節。重熙……三年，后陰召諸弟議，欲立少子重元。重元以所謀白帝。帝收太后符璽，遷於慶州七括宮。六年秋，帝悔之，親馭奉迎侍養。

照這樣看來，欽哀皇后有似春秋時候鄭國的武姜，興宗有似莊公，但重元却不是共叔。重元既已深明大義於前，何以會有後來之變呢？他叛變的經過，據逆臣傳是：

道宗卽位，册爲皇太叔，免拜而不名，爲天下兵馬大元帥，復賜金券、四頂帽、二色袍，尊寵所未有。淸寧九年，車駕獵灤水，以其子涅古魯素謀，與同黨陳國王陳六知、北院樞密事蕭胡覩等，凡四百餘人，誘脅弩手軍，陣於帷宮外，將戰，其黨多悔過効順，各自奔潰。重元既知失計，北走大漠，歎曰：「涅古魯使我至此！」遂自殺。

看了「涅古魯使我至此！」一語，可見孛吉只始終是沒有反意的。但這個禍根，到底還是欽哀皇后種下來，所以道宗對於自己的皇后，不免懷着戒心，而對於外戚尤不敢信任。這樣，正在靑雲直上的耶律乙辛，以同姓關係，就得以乘間而入，而成爲道宗的親信。我們先來看看他的出身。遼史奸臣傳云：

耶律乙辛胡覩袞，五院部人。父迭刺，家貧，服用不給，部人號窮迭刺。初、乙辛母方娠，夜夢手搏羖羊，拔其角尾，既寤，占之術者，曰：「此吉兆也，羊去角尾爲王字，汝後有子，當王。」及乙辛生，適在路，無水以浴，迴車破轍，忽見湧泉。迭刺自以得子，欲酒以慶，聞酒香，於草棘間得二榼，因祭口馬。乙辛幼慧黠，嘗牧羊至日昃，迭刺視之，乙辛熟睡。迭刺觸之覺，乙辛怒曰：「何遽驚我！適夢人執日月以食我，我已食月，啗日方半而覺，惜不盡食之！」迭刺自是不令牧羊。及長，美風儀，外和內狡。

這一段記載，充滿迷信色彩，全不像歷史而像小說。但是遼國本是一個不十分開化的民族，有着這種神話，也屬事理之常。但這個神話却造成了乙辛後來的政治野心。他在興宗時由文班小吏歷升護衛太保。道宗卽位，以先朝舊臣，歷知南北院樞密使，封趙王。孛吉只亂平，又晉封魏王，他的勢力遂高漲到了極度。奸臣傳云：

進王魏，賜匡時翊聖竭忠平亂功臣。咸雍五年，加守太師，詔四方有軍旅，許以便宜行事。勢震中外，門下饋賂不絕。凡阿順者蒙荐擢，忠直者被斥竄。

又據遊幸表：「咸雍三年六月，幸魏王乙辛第。」又：「四年四月，射柳，幸魏王乙辛第。」由此可覩道宗對他寵信的程度。至於他要害皇后的原因，奸臣傳說是：

太康元年，皇太子始預朝政，法度修明，乙辛不得逞謀，以事誣皇后。

焚椒錄則說是：

威權震灼，傾動一時，惟后家不肯

相下，乙辛每爲怏怏。及咸雍初，皇子濬册爲皇太子，益復蓄奸爲圖后計矣。

可見乙辛的要害皇后，完全爲了顧忌太子的握得政權，因此行使這釜底抽薪的惡辣計劃。他爲什麽要顧忌太子呢？那麽因爲太子不是平常的人，如果繼位之後，他的野心就要失敗。宗室傳云：

順宗名濬，小字耶魯斡，道宗長子，母宣懿皇后蕭氏，幼而能言，好學知書。……六歲，封梁王。明年從上獵，矢連發三中，上顧左右曰：「朕祖宗以來，騎射絕人，威震天下，是兒雖幼「不隳其風。」後遇十鹿，射獲其九。帝喜，設宴。八歲，立爲皇太子。太康元年，兼領北南樞密院事。

這位太子是秉有父親的勇武母親的文雅的遺傳的「文武雙全」的人，自不得不招奸臣的嫉忌。剛巧那時因皇后看見道宗常常出去射獵，往往一個人先驅遠馳，跟從他的人常常找不到他。她恐怕他遭到意外，上疏勸諫。而道宗天性好武，不但不很理會，反而因之不大到她的宮裏去。她於是做了十首詞，叫做回心院，首首非常纏綿悱惻，以寄托她的深情和希望。詞云：

掃深殿，閉久金鋪暗。游絲絡網塵作堆，積歲靑苔厚堦面。掃深殿，待君宴。

拂象牀，憑夢借高唐。敲壞半邊知妾臥，恰當天處少輝光。拂象牀，待君王。

換香枕，一半無雲錦。爲是秋來展轉多，更有雙雙淚痕滲。換香枕，待君寢。

鋪翠被，羞殺鴛鴦對。猶憶當時叫合歡，而今獨覆相思塊。鋪翠被，待君睡。

裝繡帳，金鉤未敢上。解却四角夜光珠，不教照見愁模樣。裝繡幔，待君睨。

疊錦茵，重重空自陳。只願身當白玉體，不願伊當薄命人。疊錦茵，待君臨。

展瑤席，花笑三韓碧。笑妾新鋪玉一牀，從來婦歡不終夕。展瑤席，待君息。

剔銀燈，須知一樣明。偏是君來生彩暈，對妾故作靑熒熒。剔銀燈，待君行。

爇薰爐，能將孤悶蘇。若道妾身多穢賤，自沾御體香徹膚。爇薰爐，待君娛。

張鳴箏，恰恰語嬌鶯。一從彈作房中曲，常和窗前風雨聲。張鳴箏，待君聽。

詞作成後，配了樂調找音樂師來演奏。那時其餘的音樂師都彈得不合調，只有樂官趙惟一一個人彈得最好。同時有個宮婢，叫做單登，本是孛吉只的家婢，也善於彈箏和琵琶。孛吉只失敗後，家人都沒入宮裏做奴婢。她也在內。她看見趙惟一得皇后寵任，很是怨恨皇后不知道她的本事。皇后遂召她到來，和她對彈四旦二十八調，結果，都不及皇后彈得圓熟，她才慚愧拜服。有一次道宗召她彈箏，皇后諫道：「她是叛臣家的婢女，難保不做刺客，怎能放她近身呢！因此派她到外面別院去當值，於是她更怨恨皇后了。剛巧她有個妹妹清子，嫁給教坊朱頂鶴。教坊等於南方的勾欄，也就是現在的妓院，所以清子就做了妓女。那時她正和耶律乙辛非常狎暱，單登時常向清子誣皇后和惟一奸通的事，盡爲乙辛所知。乙辛正欲陷害太子和皇后，無題可借，聽了這事，恰中心懷。但是還沒有憑證，不能坐實皇后的罪，乃請入作十香詞，詞意十分淫蕩，不知出於誰的手筆，就詞論詞，不能不算是傑作。詞云：

　青絲七尺長，挽出內家裝，不知眠
枕上，倍覺綠雲香。
　紅綃一幅强，輕闌白玉光。試開胸
探取，尤比顫酥香。
　芙蓉失新豔，蓮花落故妝。兩般總
堪比，可似粉腮香。
　蝤蠐那足並，長須學鳳皇。昨宵歡
臂上，應惹領邊香。
　和羹好滋味，送語出宮商。定知郎
口內，含有煖甘香。
　非關兼酒氣，不是口脂芳。卻疑花
解語，風送過來香。
　既摘上林蕊，還親御苑桑。歸來便
攜手，纖纖春筍香。
　鳳鞾拋合縫，羅襪卸輕霜。誰將煖
白玉，雕出輭鈎香。
　解帶色已戰，觸手心愈忙。那識羅
裙內，消魂別有香。
　咳唾千花釀，肌膚百和裝。元非噉
沈水，生得滿身香。

十香詞作成後，乙辛乃陰使清子叫單登乞皇后手書。那時單重雖然已經外值，但是仍舊常常得見皇后，遂騙皇后道：「這是宋國的忒里蹇（意譯爲皇后）所作，若更得娘娘御書，那可以稱得雙絕了。」皇后取讀後，很是贊美，就替她寫了一通，又在低尾寫她自己所作懷古詩一絕云：

　宮中只數趙家妝，敗雨殘雲誤漢王。
　惟有知情一片月，曾窺飛鳥入昭陽。

單登得了皇后親筆手書，就拿出來送給清子道：「老婢犯奸的證據已便得到，可汗（意譯爲皇帝）天性多忌，早晚可以看見白練掛她的粉頸了！」乙辛遂替他們造了誣陷的狀子，叫單登和朱頂鶴到北院去出首，告發伶官趙惟一私侍皇后，有十香淫詞爲證。那時乙辛正做北院樞密使，遂據以密奏。這個奏章的原文非常猥褻，但正可看出乙辛構陷手段的毒辣，現在不嫌冗長，備引於後：

　太康元年十月二十三日，據外直別院宮婢單登，及教坊朱頂鶴，陳首本坊伶官趙惟一，向要結本坊入內承直高長命，以彈箏琵琶得召入內，沐上恩寵，乃輒十冒禁典。謀侍懿德皇后御前。忽於咸雍六年九月駕幸木葉山，惟一公稱有懿德皇后旨，召入彈箏。於時皇后以御製回心院曲十首付惟一入調，自辰至酉調成，皇后向簾下目之，遂隔簾與惟一對彈。及昏命燭，傳命惟一去官服，着綠巾金抹額，窄袖紫羅衫，珠帶，烏鞾。皇后亦着紫金百鳳衫，杏黃金縷裙，上戴百寶花髻，下穿紅鳳花鞾，召惟一復入內帳，對彈琵琶，命酒對飲，或飲或彈。至院鼓三下，敕內侍出帳。登時當直帳，不復聞帳內彈飲，但聞笑聲。登亦心動，密從帳外聽之，聞后言曰：「可封有用郎君。」惟一低聲言曰：「奴具雖健，小蛇耳，自不敵可汗眞龍。」后曰：「小猛蛇却賽眞懶龍。」此後但聞惺惺若小兒夢中啼而已。院鼓四下，后喚登揭幔曰：「惟一醉不起，可爲我喚醒。」登叫惟一百通，始爲醒狀，乃起拜辭。后賜金帛一篋，謝恩而出。其後駕還，雖時召見，不敢入帳。后深懷思，因作十香詞賜惟一。惟一出，誇示同官朱頂鶴。朱頂鶴遂手奪其詞，使婦淸子問登。登懼事發連坐，乘暇泣諫，后怒痛笞，遂斥外直。但朱頂鶴與登共悉此事，使含忍不言，一朝敗壞，安免株坐？故敢首陳，乞爲轉奏，以正刑誅。臣惟皇帝以至德統天，化及無外，寡妻匹婦，莫不刑於。今宮幔深密，忽有異言，其有關治化，良非渺小，故不忍隱諱，輒據詞并手書十香詞一紙，密奏以聞。

密奏上後，其時乙辛正被十分寵信，道宗那有不怒之理？遂召皇后前來詰問。皇后痛哭辯諍道：「妾做了皇后，在女人中已到最高地位，況且已養了太子和許多女兒，最近又有了孫子，兒女滿前，何忍再做淫奔失行的人？道宗拿出十香詞來，說道：「這是你的親筆，再有什麼話可以分辯？」皇后道：「這是宋國忒里蹇所作，妾從單登處得來，就寫來賞賜她。況且我們國裏沒有親蠶的事，如果是妾作，那會有親蠶的話？」道宗道：「詩詞不妨以無爲有，如詞中『合縫鞾』，也不是你着的而是宋國的服裝嗎？」到這時候，道宗怒甚，遂用鐵骨朶來打皇后。皇后幾乎當場打死。道宗遂命參知政事張孝傑——恰巧是乙辛的同黨——和乙辛追究嚴辦這件事情。乙辛乃繫械惟一長命等鞫訊，加以釘灼、盪錯等種種酷刑，遂都誣服。獄結將上奏，樞密副使蕭惟信馳書乙辛，以爲不應輕聽叛家仇婢的話，誣陷國母，請他反案，可是乙辛那裏會聽，遂將獄詞上奏。這時道宗忽又懷疑起來，指紙後懷古詩道：「這是皇后罵飛燕的詩，那會再作十香詞？」可是孝傑却進奏道：「這詩正是皇后思念趙惟一而作。」道宗問他理由。孝傑道：「宮中只數趙家妝，惟有知情一片月，兩句中正包着『趙惟一』三字。」於是道宗的主意遂決定，卽是把惟一滿門抄斬，長命也被誅，命令皇后自盡。當時皇太子和鄭國、齊國、越國諸公主（都是皇后的親生子女）都披髮流涕，求代母死，道宗也不聽。皇后要見皇帝一面說一句話而死，也不准。她遂作絕命詞一篇（不錄），閉了宮門，用白練自經，那時年才三十六歲。死後，道宗的怒火還沒有停息，命裸屍用葦席裹着，送回她母家。皇太子投在地上大叫道：「害我母親的是耶律乙辛，將來不把這賊滿門抄斬，不是人子！」可見太子是很明白內幕的，獨是道宗會深信不疑，那麼除了我在前面所說，他因鑒於欽哀皇后的事，對於皇后素俱戒心，所以外讒得乘間而入，此外就難作別的解釋了。乙辛的第一步目的既達到，第二步進而誣害太子，也被他達到目的。但他再想殺害皇太孫時，幸虧同知點檢蕭兀納一句話，沒有如願，但不久以後，他的計謀也就全盤失敗了。

以上寃獄經過，全據焚椒錄所載，考之遼史各傳，其時日沒有一不處合，可知全是信史。惟遼史后妃傳所載事迹經過，只有寥寥數語：

好音樂，伶官趙惟一得侍左右。太康初，宮婢單登教坊朱頂鶴誣后與惟一私，樞密使耶律乙辛以聞，詔乙辛與張孝傑劾狀，因而害之，族誅惟一，賜后自盡，歸其屍於家。

這裏對於乙辛教唆一事，完全不提，未免漏略，因爲控告皇后，宮婢教坊决沒有此大胆，非有强有力的做後台不敢。我們再來看乙辛害死皇后太子後的第三步計劃，后妃傳云：

道宗惠妃蕭氏，小字坦思，駙馬都尉霞抹之妹。太康三年，乙辛譽之，選入掖庭，立爲皇后。居數歲，未見皇嗣。后妹斡特懶先嫁乙辛子綏也，后以宜子言於帝，離婚納宮中。八年，呈孫延禧封梁王，降爲惠妃，徙乾陵，斡特懶還其家。頃之，其母燕國夫人厭魅梁王伏誅，貶妃爲庶人。

爲了邀寵獲權，竟不卹把自己的兒媳進納皇帝，也可謂無恥之尤，但也可見用心之深。幸而天不從人願，還是生不出孩子來。但他的野心還是不死，還有別的計策在。蕭兀納傳云：

乙辛已害太子，因言宋魏國王和魯斡之子淳可爲儲嗣。羣臣莫敢言，唯兀納及夷離畢、蕭陶隗諫曰：「舍嫡不立，是以國與人也。」帝猶豫不決。

五年，帝出獵，乙辛請留皇孫帝欲後之，兀納奏曰：「竊聞車駕出遊，將留皇孫，苟保護非人，恐有他變，果留，臣請侍左右。」帝乃悟，命皇孫從行。由此始疑乙辛。

他由進獻自己的兒媳而仍不生太子，又欲別立太子而不能如願，於是知道皇孫實在是他的大阻梗，而且和他有着不共戴天之仇，於是箭在弦上，不能不斬草除根。可是這一着却使他全盤失敗了，不但奸謀不成，而且着了痕跡，反而引起了道宗的疑心。道宗是個武夫，凡武夫的性格都是犺直的，可是不能使他懷疑，一懷疑就無理可喻。他對自己的妻子既這樣，他對他的臣下當然不會例外，於是乙辛自己也蹈入了羅網。此後便一直把他降官，四年之中把他賜死了才休歇。

道中的悟出乙辛的奸詐，蕭兀納等固然是功臣，但是另外還有乙辛的大仇人存在，大概乙辛一時沒有想到，或者是無法可施，所以拿他如何如何。遼史公主表云：

宣懿皇后生三女，糺里，第二，封齊國公主，進封趙國。下嫁蕭撻不也。駙馬都尉撻不也，坐昭懷太子（卽耶魯斡）被害。其弟訛都斡欲逼尙公主。公主以訛都斡黨乙辛，惡之。未幾，訛都斡以事伏誅。天祚（卽皇孫阿果）幼，乙辛用事，公主每以匡救爲心，竟誅乙辛。大安五年，以疾薨。

原來太子被害，連駙馬蕭撻不也遭難，偏有那樣不近情理的父皇，還叫他女兒再嫁給她丈夫的弟弟，同時也是殺害她丈夫的仇人。據奸臣傳，訛都斡的尙公主，係皇帝之意，所以他也繼任他哥哥駙馬都尉的職位。我們試想：趙國公主目覩生身母后，嫡親長兄，自己丈夫被人一一害死，而還要叫她去做仇人的妻子，卽使她是一個柔懦無用的女子，她的神經那會不刺激得緊張起來呢？加之後來訛都斡也因和乙辛發生意見而被殺，那麼他們的奸謀她一定全都知道。看了公主表所載，可知皇孫的得保全，乙辛的伏罪，她都是有着大功的人。至於詳細情形，那麼遼史是部潦草編成的歷史，不獨多前後矛盾，也多遺落漏略，對於這件事除了公主表上寥寥數語外，竟沒有詳細記載出來。但使我們知道這件「筆禍」案中，有着一個含屈負寃終於替母親報了深仇的女子，而且使這個「寃獄」也終得大白於天下，那麼總可稱得不是一個平凡的女子了。

後來皇太孫一卽位，接連着又做了下面幾件和這件「寃獄」有關的事：

二月壬辰朔，改元乾統，大赦，詔爲耶律乙辛所誣詔者，復其官爵；籍沒者出之；流放者還之。

三月丁卯，詔有司以張孝傑家屬分賜羣臣。……庚子，追謚懿德皇后爲宣懿皇后。

十月甲辰，上皇考，昭懷太子謚曰大孝順聖皇帝，廟號順宗；皇妣曰貞順皇后。

二年夏四月辛亥，詔誅乙辛黨徒其子孫於邊，發乙辛得里特之墓，剖棺戮屍，以其家族分賜被殺之家。（以上皆見天祚皇帝本紀）

由此可知盡道宗一生，雖然誅殺了乙辛與張孝傑等，但都沒有抵當他們罪過之萬一；而皇孫則無時無刻不以復仇爲念，所以一卽位，馬上就實行他多年積藏的素志。這時的他，一定也是躊躇滿志的了。不過這裏面又牽涉到一個得里特，天祚爲什麼把他和乙辛同樣對待，前面却沒有講起，這裏須加以補考。奸臣傳云：

蕭得裏特，……善阿意順色。淸寧初，乙辛用事，甚見引用，略遷北面林牙同知北院宣徽使事。及皇太子廢，遣得裏特監送上京。得裏特促其行，不令下車。起居飲食，數加凌侮。至則築圜堵囚之。

原來他是一個凌虐太子的惡人，無怪天祚也切齒不忘。看了這一件事，可知天祚帝是個極富人性的明主，不像他祖父的糊塗。所以後來雖然在他手裏亡了國，却有不少的人非常可惜他。

現在可以結束這篇文章了，據作焚椒錄的王鼎（他是個親見親聞這樁「筆禍」的人）的意見，以爲這個「筆禍」的造成，却由皇后自取，所以他說：

然懿德所以取禍者有三，曰：好音樂與能詩、美書耳！假令不作回心院，則十香詞安得誣出后手乎？至於懷古一詩，則天實爲之。

這是與「女子無才便是德」同一論調，而且他對於乙辛的政治野心反而置之不題，這種論斷自然不會準確的。要曉得皇后即使不識字，他爲了要達到他的政治野心，難道不能用別的陰謀嗎？但是太子是個有文武全材的人，死了是國家的大損失；如果不死，繼道宗登位，更有那賢惠的母親（假使也不死的話）輔佐他，那麼後日遼國是否爲金國所滅，尙是問題。遼國不滅，宋朝也不會偏安，那麼岳飛、韓世忠、秦檜、劉豫一班人的姓名是否會給後代的人所注目，都在渺茫不可知之數。所以這一次的「筆禍」，在表面上看不過是一家一國的事，而實際上牠的影響却牽動到整個的歷史。我寫到這裏，也只有感到渺茫和惆悵了。

一九四四，七，二四，上午完稿。

杜斯妥以夫斯基回憶錄

著者：A・G・杜斯妥以夫斯基夫人
譯者：白　櫻

前言

杜斯妥以夫斯卡耶夫人寫這篇回憶錄的時候，是在一九一一年至一九一六年的冬間，在此以前，她並沒有想自己執筆寫這樣一部書。後來因爲「一九一〇年受醫生之勸離開首府，不得不將過去極有興味編纂的杜氏全集及其事務，交託他人。然而至此忽感空虛，感覺唯有工作始能滿足她自己的空虛感，」所以本書之作，在她是爲消遣晚年寂寞的餘生，同時也是爲希望能將自己過去所熟歷的種種滋味，在寫作的過程中重溫舊夢，本書起稿於一九一一年，適值杜斯妥以夫斯基逝世後第卅年

杜斯妥以夫斯卡耶夫人是彼得堡世家的小姐，在母家時代的芳名，是叫安娜•葛莉高莉愛娜•絲尼特凱娜，於一八六七年她二十歲的芳齡時，與當時年已四十五歲的杜斯妥以夫斯基結婚，至一八八一年，杜斯妥以夫斯基死爲止，相共甘苦僅十有四年。她的年齡雖遠較她的丈夫爲輕，但却是一個有主張，極能幹，頗有作爲的女子。杜斯妥以夫斯基生前致其知友馬珂夫的信中曾這樣說過：「安娜•葛莉高莉愛娜具有較我想像中更堅強，更深刻的精神。在許多地方，她不啻是保護我的天使。」在杜氏死後，她就在彼得堡住下，專心編纂杜氏的全集以及教育兒女，晚年雖因有病離開了當時帝俄的首都，但心裏始終想回到彼得堡的親友寓所，希望能和她的母親絲尼特凱娜一樣長壽，活到九十歲，可是不幸於一九一八年，患熱病逝世於黑海海岸的克里米亞，時年七十有二，遺體即安葬於同地奧基依墓地。

因本書開首即自杜夫人與杜氏認識敘起，而那時杜氏業已四十五歲，爲使讀者明瞭杜氏前半生的生活起見，譯者被此謹將杜氏在四十五歲前的主要經歷，略加敘述。

甫耶特爾•米哈洛維支•杜斯妥以夫

斯基，於一八二一年十月三十日，生於莫斯科麥林斯基貧民醫院的院舍。父親米哈爾•安得烈維支，就是該院的院長，母親瑪莉耶•甫耶特洛甫娜，是莫斯科商人的女兒。夫婦間共生有四男三女，杜斯妥以夫斯基爲兄弟行中第二，與長兄米哈爾最爲知己。

杜斯妥以夫斯基的祖先，因爲功勳，得授波蘭平斯基州杜斯妥以夫村爲其采域，並以此爲姓氏，所以爲俄國的貴族。但至十八世紀末，家道漸趨式微，到杜氏出生時，業已變成了沒落的貴族階級了，杜斯妥以夫斯基幼年時代所受的教育，也已經不再是貴族了，而爲普通階級的境遇。所以杜氏是生而爲一平民，頗知民衆的生活與心理。

杜斯妥以夫斯基的父親，是一個嚴正，固執而神經質的人，但他的母親則爲一溫淑的婦女。在他十歲之時，他父親在杜拉縣地方，買進了一座小小的莊園，每到夏天，闔家就遷往那裏去避暑，杜氏得在這裏接觸農奴的生活。

在此時期，杜氏僅受家庭教育，至一八三四年他十三歲那年的秋天，他始和長兄米哈爾一起被送往莫斯科的契爾麥克寄宿學校讀書。其時兄弟倆都很醉心文學，尤其傾慕詩人普希庚。當一八三七年普希庚死時，兩人悲痛幾如喪考妣。

一八三七年，兄弟倆同進彼得堡的喀斯托瑪洛夫寄宿學校，是年秋，應陸軍技術學校入學考試，兄米哈爾因體格不及格落選，杜氏則當選而入本科。杜氏在該校六年，但因爲他是一個容易受熱烈感動的神經質的青年，故在校時對科學的學科已表嫌惡，而熱中於文學，像荷馬，莎氏比亞，普希庚，戈果理，巴爾扎克，霍甫門，喬治•桑等人的作品，無不熱心耽讀。在校時極少交友，除同樣受好文學的哥利高樂維支等一二人外，平常祇獨自一人默默坐於課室一隅。

杜氏的性格，此時已漸起變化。尤其在進陸軍技術學校那年，因遭母喪，使他非常悲痛。他的父親亦因其妻逝世，性格更形頑固，終日借酒澆愁，變得非常殘忍。家道至此更墮入貧窮的深淵，竟至學費亦莫能償，一八三九年夏，父親亦相繼故世。據說是因爲他性格暴戾，故爲農民所慘殺。有些人說爲杜氏終身累的癲癇病，即因當時的刺激而成。

一八四二年，杜氏被任爲少尉官，翌年自陸軍技術學校卒業後，即供職於技術局。但因熱中文學，他遂決心從事文學事業；至一八四四年，他晉昇爲中尉，同時他即因病退職。時年二十三歲。因他不善處理實際生活，境況極形貧困。其間他曾嘗試翻譯巴爾扎克的小說，一面熱心寫作他的處女作「窮人」。

一八四五年五月，「窮人」宣告完成。由其學友哥利高樂維支將這創作介紹給詩人尼古拉奇夫。當夜午夜三時，杜斯妥以夫斯基突受兩人的訪問而覺醒。

詩人尼古拉奇夫見杜氏之後的第一句話是：

「一個新的戈果理出現了！」

尼古拉奇夫卽將杜氏的作品持往見當時俄國文壇的權威批評家白林斯基，白氏最初似不願卒讀，可是不久他就急急喊說：「請將那人趕快帶來，趕快！」結果杜斯妥以夫斯基來了，白林斯基卽極口讚爲天才。白林斯基的朋友，又爭相延請杜氏參加他們的文學集會，於是這位無名青年，頓然一躍而成俄國文壇的寵兒了。

但此迅速的成功，不久卽使杜斯妥以夫斯基深感失望。因爲他發見白林斯基的一派人，和他的性格是完全不能相容的。他雖同情白林斯基一派當時所宣傳的社會主義理論，惟同時他承認基督的人格，在人類歷史上佔有特殊的地位，而白林斯堡則認爲杜氏這種思想自相矛盾，遂發生意見不和。

因此他在一八四六年發表的「二重人格」，「布洛哈爾契」，及四七年發表的「九封信所成的小說」，「女主人」等作品時，卽遭到白林斯基的酷評，尼古拉奇夫和屠格涅夫，亦對他嘲笑。他因不堪侮辱，終於在一年後和白林斯基一派相告別，嗣後卽緘口沉默，浸沉於孤獨與憂悒之中。

一八四八年巴黎發生二次革命以來，烏托邦社會主義的思潮，波及歐洲各地，當時在彼得堡也有政治經濟及社會問題等的研究團體成立，其中最有名的，是彼得拉希哀夫斯學會，爲傅利葉（法國空想社會主義者）一派的集合所，杜斯妥以夫斯基亦熱心參加其間。當時他的思想，是對社會改良抱無限熱心，對弱者表無限同情，所以易於接近社會主義的思想，不過實際上他的這種思想，却來自基督教的精神，與以唯物主義爲根底的社會主義思想，並不盡同。

然至翌年一八四九年四月，彼得拉希哀夫斯基的會員忽遭當局檢舉，杜斯妥以夫斯基亦同時被捕，幽禁於彼得洛巴維洛夫斯克要塞監獄八箇月，貴族的稱號亦遭剝奪。至十二月二十二日，被押赴賽米約諾夫廣場受死刑判決。正待受鎗決之時，忽有柴皇特赦命令送到，改死刑判決爲放逐西伯里亞四年，滿刑後再服兵役。同年十二月廿四日，被送至托巴里斯克，在彼處上銬後，卽移解至鄂姆斯克監獄。自一八五〇年至五四年間，杜氏卽在該地渡其監獄生活，在他後來的「死之家的紀錄」的創作中，對於當時的生活情形，曾有深刻可怖的描寫。

一八五四年二月，刑期終了，三月二日以一小兵資格被派赴賽米派拉欽斯克守備隊服役，在此服務四年。在此前後九年中，是他文學生活的空白時代，不過在此放逐生活時期，他獲得了極多重要的經驗，例如發見犯人中的可敬的人間性與種種性格，由此他得判別人類的神性與獸性。杜氏雖是一個患有病態尖銳神經的人，但在此長期監獄生活中，竟未至發狂，頗令人不可思議。因忍受痛苦的經驗，他的靈魂益發受了磨鍊，對於人類的愛，也益發深刻了。

在兵役時期，因服務成績優異，於一八五六年一月，被任爲見習士官，至十一月又被任爲爲旗手之職，至翌年五九年昇任爲少尉。至此，杜斯妥以夫斯基始有自由創作的裕餘；在一八五五年，已着手「死之家的紀錄」，又絡續發表「小英雄」，「叔父的夢」，「斯坦巴契喀伏村及其居民」等作品。

他在這裏認識了烏朗凱爾男爵，結爲好友，與地方官依薩哀夫一家的相認識，亦在此時，一八五五年春，依薩哀夫在鄂姆斯克縣可慈尼克地方病死，杜斯妥以夫斯基卽與其妻瑪莉亞・杜米特莉維娜相熟悉，兩年後，卽一八五七年，兩人在可慈尼克舉行結婚。但這婚姻並不幸福，因杜米特莉維娜與前夫依薩哀夫之間已生有一子，名包威爾・亞歷賽特洛維支，隨其生母同過杜氏家，後杜米特莉維娜死後，此子頗爲杜氏累，在本書中屢有述及。

在長期放逐生活中，杜斯妥以夫斯基的身體大受影響，雖欲治療而苦無良醫，他方面更爲家庭問題煩心，所以他衷心渴望能回到彼得堡去，因此於一八五七年卽提出辭呈並請求居住首都的請願書。翌年三月獲得辭職並在托維利地方居住的許可，至同年十一月末，始蒙許可回到歐洲部份的俄國，在相隔十年後，他始得重返彼得堡，時已卅八歲。他重返文壇之際，特出版了二冊著作集以爲紀念。

返歸彼得堡之後，他卽以決流之勢從事於文學的工作。起先，以杜氏的長兄米哈爾爲發行人，創刊政治與文學雜誌「時代」，主張由西歐主義與斯拉夫主義的調和綜合，而求俄羅斯民族的向上發展。雜誌同人有斯特拉翟甫，葛利高利哀夫等人，杜氏卽將其「被虐待的人們」及「死之家的紀錄」等大作，在該誌絡續發表。他所表現的崇高理想主義的精神，深爲讀者所感銘。像託爾斯泰，就會讚美過「死之家的紀錄」，較普希庚的作品尤勝。因此「時代」的讀者，也與月俱增。

一八六二年夏，他初次到外國去旅行，遍遊巴黎，倫敦，日內瓦，佛洛倫斯各地，然後歸國。在此次旅行中，他得觀察了許多人生及西歐文明。

但其時「時代」雜誌發生了不幸。該誌雖愛國主義的色彩極爲濃厚，但當局認爲其有革命傾向嫌疑，特別於一八六六年因發表時波蘭問題的論文，觸當局之忌，遂遭禁止發行。受此打擊後，杜斯妥以夫斯基深感失望，至翌年三月，經改題「世紀」名義，始得重告發行，但成績已不若過去。

「時代」被禁後，杜氏因心中悒悒不樂，再度作出國旅行，據說那次出國，曾與一名叫亞布莉娜莉亞（又叫布莉娜）的女性同行，在外國時期，杜氏因耽於輪盤賭，將金錢輸盡，然就在這機會中，杜氏以身實驗，親歷賭場中人物的激烈心理。後年所發表的小說「賭徒」，卽根據的當時經驗之作。

一八六四年，是杜斯妥以夫斯基的厄運年，妻杜米特莉維娜於是年四月患肺病亡故，二月後他最敬愛的長兄米哈爾又告逝世，至冬十二月，雜誌共同經營者葛莉高莉哀夫亦因病故世。尤其長兄的死，對於杜氏最爲致命打擊，他除了負担關於雜誌經營的一切義務外，復得負担扶養遺族及二萬五千羅布的債務。療病，負債，雜誌的經營，編輯，寫作，這一切完全集中於他一身，而他也只有拚着命幹。有時他一夜間只睡五小時，可是不顧他個人怎樣的努力，雜誌的經營終於陷入破產狀態，至翌年春，不得不宣告終刊。

杜斯妥以夫斯基此時本認識一叫安娜•瓦市莉娜•喀爾英•喀爾絲卡耶的女子，而頗有結婚之意，但亦因事業的失敗，使兩人不得不告分別。

杜氏在憂悒與債權者的脅迫下，癲癇病頻頻發作，他因不能再忍受這種苦悶，遂於一八六五年七月作三度出國。惟命運雖然不佳，他的創作力却仍很活躍，在施行之前，他已着手他的不朽作「罪與罰」，自翌年一月起，卽在「俄羅斯通報」上絡續發表。

同年十一月，他回到俄國，因索債者的威脅，他於無法應付之下，迫不得已將其全集的發行權，以三千羅布的代價，讓渡於一狡猾的出版商人斯坦洛斯基。同時並附有一苛刻條件，卽以翌年十一月爲期，杜氏應繳卷所作小說一部，若不履行，杜氏將來的全部著作權，卽將無條件讓與斯坦洛斯基。

但對於當時方在寫作「罪與罰」中的杜斯妥以夫斯基，要另起爐灶寫一部新的作品，並不是一件容易的事。因此到了限期相近，他甚至連腹稿也沒有打成，正在十分絕望之時，他受到了安娜•葛莉高莉愛娜•絲尼特凱娜的訪問，本回憶錄的開頭，卽從他倆認識經過寫起。

（本文係根據「杜斯妥以夫斯基回憶錄」日譯本的譯者羽生操氏譯序寫成）

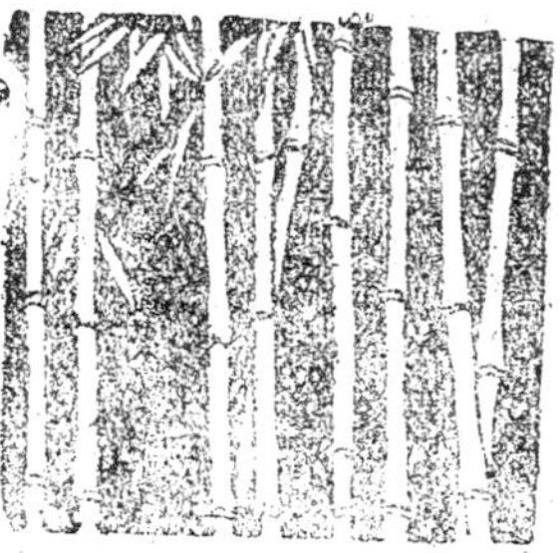

世外桃源

希爾頓著
實齋譯評

第十一章

馬立森把康惠拉到那附有陽台的飯廳里說道：『喲，康惠，趕快去整理行李，我們淸晨就可動身了。這眞是好消息——伯納和勃林克魯小姐二人淸晨起身見我們已經走了，不知將有什麽感想呢……只是不必管他們，反正他們自己願意留在這里；而且他們不和我們同去更好呢……夫役們現在停駐在谷外五里的地方——他們是昨天到達這里的，運來了許多書藉還有別的東西……明天便要起程回去……於此可見這里的和尙們存心欺瞞我們——他們始終沒有把這消息告訴我們——若是我不察覺，我們也許會在這里被禁閉一輩子呢……怎麽了？你病了嗎？』

康惠坐在椅子里，身子倚在桌子上。他摸了摸額際說道：『病了？不。只是覺得疲乏罷了。』

『也許是那暴風雨的關係。這麽許多時候你在那里呀？我等候了你好一回了。』

『我是在見主持。』

『他嗎？哼！謝天謝地那是最後一次了。』

『不錯，馬立森，確是最後一次了。』

康惠說話的聲音有點異樣，而且說了這麽幾句話又不作聲了，那位靑年很是氣惱。他說道：『你別這麽悠閑呀——須知我們得趕緊呢。』

康惠振作着精神答道：『抱歉得很。』一半也爲測驗他的神經是否正常起見，他燃上了一枝香煙。他覺得他的手和嘴唇都在顫動着。他又說道：『你的話我不大懂得……你說夫役……』

『是呀，夫役已經到了——你快振作精神呀！』

『你想到谷外去他們商談嗎？』

「豈但只是想到谷外去而已嗎？事情我都已調查明確了——他們就停駐在山谷外面。我們得立刻動身呢。」

「立刻就動身嗎？」

「是呀——爲什麼不立刻動身呢？」

康惠又强打起精神，想把自己的思想以那一個世界移到這一個世界來。他終於說道：「我猜你大概知道事情也許不是這麼簡單？」

馬立森已經穿上了一雙西藏人攀山穿的高統靴，那時正在縛帶子，聽得康惠那麼說，堅決地答道：「一切我都知道，只是那是沒法避免的事，我們若是不再躭擱時間，便一定可以成功——如果運氣好的話。」

「不見得吧——」

「唉，康惠，你爲什麼這樣沒用呢？你一點奮鬥精神都沒有了嗎？」

馬立森半懇求半譏諷地說着，康惠漸漸清醒了過來，他說道：「我有無奮鬥精神乃是題外的話，只是你一定要我明言的話，我就告訴你吧。重要的問題多着呢。姑且假定你眞的走出了小谷，夫役們也確是停駐在那里，你怎麼知道他們會願意護送你去呢？你能給他些什麼使他們願意呢？沒有想到他們也許不是像你所想像的那麼依順嗎？你若逕自走去，要求他們護送，他們就會答應了嗎？事前得先和他們商談，一次把一切都安排定了——」

馬立森憤然說道：「是了，是了，你只是想把事情遷延下去罷了。康惠，你還算得好漢嗎？幸而我沒有依賴你去安排一切。須知一切都已安排定當了——夫役的報酬已經預支去了，他們已經答應我們護送我們。旅行的衣服和一切用具都在這里，都已準備妥當了。你再沒有什麼可以推託了。我們趕緊些罷！」

「可是我不懂——」

「是吧，只是你不懂沒有關係。」

「這些是誰的計劃？」

馬立森直截地答道：「如果你一要定想知道，我就告訴你了罷，是魯貞的計劃呀！她此刻就在夫役那里。她等候着呢。」

「等候着嗎？」

「正是。她將和我們一同回去。你不會反對吧？」

康惠一聽得魯貞的名字他腦際的二個世界便頓時聯合了起來。他不屑地高聲喊道：「胡說。那里有這等事。」

馬立森也高聲說道：「爲什麼不可以有這等事呢？」

「因爲……因爲那是不可能的。理由多得很。不騙你，那是不可能的。她此刻在山谷外邊已是令人難以置信了——你所說的一切眞是使我大爲吃驚——只是她和我們離開這里很遠的地方那簡直是越乎情理之外的事。」

「我看不出有什麼越乎情理之外之處。她的希望離開這里正也和我們的希望離開這里一樣，有什麼可怪的。」

「可是她並不希望離開這里呀。這點你可完全猜錯了。」

馬立森獰笑着道：「你自以爲比我更知道她的事吧？可是不然。」

「你這話是什麼意思？」

「不懂數國語言也有方法了解人們的呢。」

「你到底在說什麼呀？」接着康惠又較爲安靜地說道：「那簡直是荒唐極了。我們且勿爭辯。馬立森，你說究竟是怎麼一回事呀？我還是不懂呢。」

「你既然不懂，爲什麼這樣大驚小怪呀？」

「把眞相告訴我吧，請你把眞相告訴我了吧。

「說來簡單得很。像她年齡的女孩子與許多古怪的老頭兒們禁閉在一處——她若是有機會的話當然是想脫離這里的。須知在這以前她不會有過這樣的機會。」

「你也許是在以自己之心度他人之腹吧？我早以對你說了，她在這里很是快樂呢。」

「那末她爲什麼說願意和我們一同去呢？」

「她那麼說嗎？怎麼可能呢？她是不會講英語的呀。」

「我會問過她——操着藏語問過她——那幾句問話是由勃林克魯小姐爲我譯成藏語的。當然講得不大流利，可是很足夠了——很足夠使彼此了解了。」馬立森說着臉紅了。「嗨，康惠，你這樣瞪視着幹嗎呀？人家以爲我是侵犯了你的權利了呢。」

康惠答道：「我希望人家不會這麼想，只是你的話使我百感交集。我覺得很是難過。」

「爲的是什麼呢？」

康惠讓香煙落到地上去。他覺得疲倦困惱，心里猶豫不決終於溫和地說道：「魯貞是個很有趣的人，這個我知道，可是我們爲什麼要爭論呢？」

馬立森不屑地說道：「只是有趣嗎？她豈只是有趣而已嗎？你別以爲人們對於這一類的事都是像你那樣冷淡無情的。你也許以爲她只是博物院里的展覽品，可是我的見解比較切實，我見了可喜的人兒便會想法去得到她。」

「只是別太鹵莽了。如果她眞的離開了這里，你以爲她將到什麼地方去呢？」

「我猜她在中國或是他處總是有朋友的吧？反正她到別處去總比這里好。」

「你何以說得這樣確定呢？」

「無論如何我得幫助她。何況我們救人出地獄的時候那里可以先問她是否有家可歸呢？」

「你以爲聖格里。勒是地獄嗎？」

「當然囉。這里的一切令人覺得獰惡可怖。例如我們的被一個瘋子毫沒來由地架到這里來，又毫沒來由地被扣留着，想起來豈非獰惡可怖嗎？只是我覺得最可怕的是：這寺對於你的魔力。」

「我嗎？」

「是呀。你近來只是神思恍惚的踱來踱去，像是無事人一般，又像是甘願在這里居留一輩子了。你甚且竟總爲這里的一切很可愛呢……康惠，你究竟怎樣了。你不能回復原來的精神嗎？在培斯克爾的時候我們很能合作——那時你完全和現在不同呀。」

「我親愛的孩子！」

康惠伸出手去握住馬立森的手，馬立森也緊握住康惠的手說道：「你也許不知道吧，這幾個星期之中我覺得很是寂寞呢。對於那最要緊的事大家似乎都漠不關心——伯納和勃林克魯小姐二人是各有作用的，可是你也竟與我處於反對地位了，這使我覺得非常難過。」

「抱歉得很。」

「你老是這麼說，可是只是這麼說又有什麼用呢。」

康惠情不自禁地答道：「那麼我就告訴你些比較有用的話吧。這里的一切似乎都很奇怪，都很使人難以了解，我爲你說明了你也許會懂得了。反正你聽完了我的話你必會知道何以魯貞不能和你一同回去。」

「這點我是始終無法了解的。請你說得簡短些吧，時間已是很短促了呢。」

康惠便簡略地把主持以及張老者所說的話複述了一遍。那一席話他本來是不想說的，可是在當前的情形之下他不得不說了；主持曾說康惠得一人去應付馬立森，現在果然成爲事實了。他話說得很快很流利，他說着話他的心神又不覺走入了那奇怪的沒有時間的世界；他越講越覺得那個世界的可愛；他覺得他好似在背書一般。只是他沒有說及主持的死耗以及他的繼任爲主持，因爲他恐怕說及了這點情感便會衝動，而這種情感他現在還不能控制。

他說完了話舒了一口氣，心里很是歡喜；而且那一席話畢竟是解決當前困難的唯一辦法。他仰起頭來，自信他的一席話必可發生效力。

可是馬立森只是以手指輕輕地敲着桌子；過了好一忽他才說道：「康惠，我眞是不知道怎麼才好……你一定是瘋了……」

接着二人都沒有說話，只是互相歎視着，各自有不同的心境——康惠很覺失望。馬立森覺得坐立不安。康惠終於說道：「原來你以爲我是瘋了嗎？」

馬立森强笑道：「我聽我你這一番話沒法不說你是瘋了。我的意思是……眞是……那眞是無稽之談……據我看來那是不値得爭辯的。」

康惠看着他很是驚異地說道：「你以爲那是無稽之談嗎？」

「……我沒法不這麼說。康惠，對不起得很——話確是說得太重了——只是凡是頭腦正常的人總是會這麼說的。」

「那末你還是以爲我們的被架到這里來只是出於偶然的事嗎——依你說那瘋子事前定下了嚴密的計劃，偷駕了飛機，飛過了叢山峻嶺，只是與我們開玩笑嗎？」

康惠遞了一支香煙給馬立森。二人都願意休息一回。馬立森終於問道：「把你的話一點辯駁是不必的；你說寺方故意派人到外界去拐騙人口，這傢伙一心一意地學會了飛行術，等候着時機，後來培斯克爾竟有一架適用的飛機載了四個乘客……這當然不能說絕對不可能，只是在我看來總覺得勉强之極。只以這事而論，也許有叫人相信的可能，可是這事與其他一連串絕對不可能的事——例如這里的喇嘛和尙年紀已是百齡，又什麼他們有一種長生藥，等等——聯合在一起……我眞不知道你是犯了什麼奇病了。」

康惠笑着說道：「正是，難怪你不相信。當初我好像也不相信呢——只是記不眞切了。那一番確是奇特，只是你不見這里是個奇特的地方嗎？我們只要把所見的事想一想——試想重山峻嶺之中人跡所不到的所在竟有這麼的一個山谷，又有這麼一所寺院，寺中又有藏書樓，充滿着歐美的書藉……」

「吓，是了，還有熱水汀以及現代化的浴缸等等，一切都令人驚奇，不錯，這個我知道。」

「那末你的結論是什麼呢？」

「我承認沒有結論，不知道究竟是怎麼一回事。可是我們那里即可輕信事理所無的事。我們在現代化的浴缸里洗過澡，所以相信這里有現代化的浴缸，這可百歲的老頭兒不同，那些老頭兒自稱已是百餘歲了，我們豈可輕信。」他說着又獰笑了。「康惠，你着了這里的魔道了，這實則是不足怪的。趕快去整理行李，即刻離去吧。我們且待一二個月之後在姑娘飯店歡敘的時候再辯論這個問題不遲。」

康惠冷冷地答道：「我不願再回去過那種的生活了。」

「你指那種的生活？」

「你在想念着的那種生活……宴會……跳舞……諸如此類的事。」

「我何曾說到什麼跳舞和宴會！而且跳舞和宴會又有什麼不好？你的意思是否不願和我一同回去了？你是否也想像其餘二人一樣居留在這里了嗎？你不去也由你，只是我個人是無論如何要歸去的！」馬立森抛去了手中的香煙，眼睛像是在冒着火，向門外奔去，一邊如狂地喊道：「你是神經錯亂了！康惠，你簡直是瘋了！我知道你素來鎭靜，我素來感情用事，可是我至少神志清明，而你却是神志不清了！我和你在培斯克爾會面之前人們早就忠告個我，那是我頗不以爲然，現在我才知道他們的話並沒有錯——」

「他們怎麼說？」

「他們說你會在歐戰的時候受過傷，

其後你的行爲有時就有點古怪。這個我不怪你——這不是你自己不好——我本不欲這麼說，只是沒法不說了……我無論如何是要歸去的。歸程雖然可怕，可是我不得不去。我已經答應了人家了。』

『已經答應了魯貞了嗎？』

『你想知道，我就告訴你了吧，正是已經答應魯貞了。』

康惠站了起來伸出手去。他說道：『馬立森，再會吧。』

『我最後問你一次，你眞的不去嗎？』

『我不能去。』

『那末再會吧。』

他們握了握手，隨即馬立森一人逕自去了。

康惠一人獨自坐在燈下沉思着；他覺得世間一切可愛的東西都是暫時存在的，都是易於毀滅的；那二個不同的世界終於是不能兩全的，這二者之中必須放棄一個。他沉思了好一忽後看了看鐘：三點差十分。

他坐在桌旁抽着他僅有的一支香煙，正在這時馬立森回來了。這青年心神不寧地闖了進來，看見了康惠便在黑影中站住了，似乎是在定神。他沒有什麼；過了一忽，康惠問道：『喂，怎麼了？你爲什麼回來了？』

給康惠這麼一問馬立森便走向前來，卸去了身上的羊皮；他的臉像死灰，渾身顫慄着，抽噎着說道：『我委實受不了。我們用繩子把身子連繫了起來攀登的那個地方！——你不記得嗎？我走到了那里爲止……實在沒法再前進了。在那麼高峻的地方我覺得頭暈目眩；在月光之下那個峭壁看去尤其可怕，這豈非可笑嗎？』他說到這里愈像是發狂了，康惠安慰着他。過了一忽馬立森又說道：『他們眞是可以高枕無憂，這里的和尙們——他們不必担心陸地上的攻擊。可是沒有機會便罷，一有機會我必駕了飛機來把這里猛炸一下！』

『馬立森，你何以要來轟炸這里呢？』

『因爲且不管這里是什麼樣的所在，反正須把牠毀滅了才是。這里顯然是個汚穢不潔的地方——如果你的那一席無稽之談竟是事實的話，那末這個處所便愈加可憎了！這一羣老而不死的人們像是蜘蛛那樣地躲在這里，等候着無辜的人走近來……簡直可憎之至……。而且誰又願意活到那樣的年紀呢？至於說到你的那位寶貝主持，他雖非已是二三百歲，如果竟已是一二百歲的話，我們也該殺掉他以解脫他的痛苦了……唉，康惠，你爲什麼不願和我一同回去呢？我雅不願爲了我個人的利益而懇求你，可是，唉，我畢竟還年青，而且我們二人畢竟是知友呢——你竟會輕信那般傢伙的謊話而忍心置我的生命於不顧嗎？而且還有魯貞呢——她也還年青——難道她也是不値一顧的嗎？』

康惠說道：『魯貞並不年青了。』

馬立森仰起頭來如狂地竊笑着道：「當然囉——當然已經並不年青囉，你也許會說：她實在已是九十歲了，只是身體保養得好，所以看去像是十七八歲的人罷了。」

「嗨，你簡直是在說譫語了！」

「馬立森，她的秀美的豐姿正像世上別的美好的東西一樣，是易於爲不識貨的人們所毀滅的。那是一種脆弱的東西，須於愛好脆弱的東西的人們之中才能生存，一旦離去了這個山谷便會像回響那麽地消失。」

馬立森厲聲地笑着說道：「這個我不怕。她留在這里才像是回響呢。」停了一忽他又說道：「只是這樣爭論着是徒然的，我們最好不要站在雲端里談雅事，且來正視現實吧。康惠，我委實不忍見你留在這里——我明知那一席話完全是無稽之談，只是如果辯論一下於你有益的話，我很願和你辯論一下。我們姑且假定你告訴我的事是有可能性的，是值得研究的，說眞的，我且問你，你有什麽證據證明那是事實呢？」

康惠沒有回答。

「毫無證據可言，只是些不經之談。那類的話就會出於熟友之口，若是沒有證據你也是不會輕信的。而你有什麽證據呢？據我所知，一些證據都沒有。魯貞曾對你說起過她的身世嗎？」

「不曾，不過——」

「她自己既然不曾說過，那麽爲什麽去輕信他人的話呢？再說，他們都是些很長壽的人——我且問你，你有什麽證據證明他們的話是事實呢？」

康惠想了一忽，便提起勃拉愛克所彈奏的那些未曾出版過的蕭邦所作的樂曲，作爲證據。

「那個嗎？那事我不懂。我不是音樂家。只是縱令那些樂曲眞的出於蕭邦之手，難道他說的便定是眞話了嗎？他不是可以藉別種方法取得的嗎？」

「那當然也是可能的。」

「還有你說的那什麽長生不老法。那是怎麽一回事呢？你說他們服用某種的藥——我且問你，究是何種的藥呢？你曾看見過嗎？你曾服用過嗎？他們曾向你提出過具體的事實證明確有那種的藥嗎？」

「我承認不知道詳情。」

「你不曾要求他們告訴你詳情嗎？當時你不會想到那類的話是需要明確的證據的嗎？你竟不加思索地輕信了嗎？」他知道康惠已爲所動，又立即說道：「關於這里的眞相，除他們告訴你的以外，你還知道些什麽呢？你曾遇見過幾個老頭兒——如斯而已。除此以外，尤其暈我們只能說這里的房屋與設備還不差，組織還相當的良好。何以會有這麽一個寺院，爲什麽要有這麽一個寺院，這些我們便不知道了，他們爲什麽要把我們扣留在這里，這也是一個謎，可是我們那里就可因此輕信那些不經之談呢？而且，嗨，你是素來富有批判精神的——英國寺院里的人們對你所說的話你素來不輕易相信——我眞不懂何以你到了西藏便會這樣的莽鹵！」

康惠點了點頭。他雖然心地澄澈，只是覺得馬立森的話確也言之有理，所以情不自禁地點了點頭。他答道：「馬立森，你說得頗中肯，只是我以爲凡是事涉信仰，雖沒有證據，我們往往會檢最可愛的事物而信仰。」

「這種半生不死的生活我眞看不出有什麼可愛之處。我甯願歡天喜地的做人，雖短命亦在所不計。至於說到他們所預言的未來的戰爭——在我看來沒有什麼可能。誰能知道第二次大戰將在什麼時候發生呢？又有誰能知道第二次大戰將是什麼樣子的呢？預言家關於前次戰爭的預言不是都不眞確嗎？」他見康惠沒有回答又說道：「反正我個人並不相信刼數。縱會刼數不可避免，我們也沒有以前惴惴恐懼的必要。當然，萬一戰事爆發，我會比任何人都覺得害怕，可是我寧願挺身幹去，決不願埋葬在這里。」

康惠笑着說道：「馬立森，你眞是善會誤解我。我們在培斯克爾的時候，你以爲我是英雄——你現在把我當作懦夫了。實則二者都不是——雖說這是無關要緊的事。你回到印度時你可以對人們說我的所以願意居留在一個西藏的寺院里乃是因爲我担心不久戰事又將爆發。這並不是我要居留在這里的理由，可是那般已經認我是瘋了的人們是會相信你的話的。」

馬立森悲哀地答道：「我這麼說實在是可笑的。無論如何我決不會說一句對你不利的話，你可以相信我的話。我不了解你——這個我承認——可是——可是我很希望了解你呢。唉，我眞是很想了解你呢。康惠，你不需要我幫助你嗎？我竟於你一些用處都沒有嗎？」

康惠靜默了好一忽才問說道：「我只想問你一句話——只是要請你願諒我的莽鹵。」

「你想問我什麼？你說吧。」

「你愛上魯貞了嗎？」

馬立森聽得康惠這麼說，立卽兩頰飛紅了。他說道：「正是。你也許以爲這太荒唐了吧，可是我實在情不自禁了。」

「我覺得這沒有什麼荒唐。」

他們的爭論好似一艘在波浪滔天的海洋里航行着的船，現在駛進平靜的港口了。康惠又說道：「我也是情不自禁了呢。你和那個女孩子適巧是我所最關切的人……你也許覺得奇怪吧。」他突然站了起來在室內踱着說道：「我們所要說的話都已說了，不是嗎？」

「正是，大概都已說了。」可是接着馬立森又熱切地說道：「你說她已經不年青了——這話何等荒唐！非但荒唐，而且可憎可恨呢。康惠你怎麼會相信那樣的話！那簡直太可笑了，怎麼會是眞事呢？」

『那末你怎樣知道她年青呢？』

馬立森滿臉羞慚，躲開了康惠的視線。他答道：『因爲我知道……你也許會以此看不起我吧……只是我知道她還年青。康惠，我猜你對她還有正確的了解吧。她在表面上固是冷冷的，可是這只是因爲她住在這里的緣故。這里的空氣把她的溫柔之情都凍住了。可是在她心的深處畢竟是有柔情的。』

『你曾解凍過嗎？』

『是的……也可以這麽說。』

『馬立森，你確實知道她還年青嗎？』

馬立森輕聲答道：『自然確實知道——她只是個女孩子呀。我很是憐惜她，當時我們二人大致都有意思了吧。我認爲那不是什麽可恥的事。而且在這種地方我以爲那是最高尚的所呢……』

康惠向陽台出走去，望着峻高得令人目眩的卡拉格爾峯；明白在淸明的天空中航行着。他知道正像別的可愛的東西一樣，他的美夢遇到了現實已經消失了；他也知道他的一邊是世界的前途，一邊是靑年與愛情，前者放在天秤上前者遠不及後者爲重。他雖然强打起精神，可是在他的想像之中聖格里。勒的圍廊受不住現實的壓力開始歪斜動搖了，亭台開始傾倒了，一切快將成爲一片瓦礫場。他旣感不樂，同時又覺得驚疑。究竟還是方才是瘋了現在神志清楚了呢，抑還是方才神志清楚現在是瘋了呢？他不知道。〔此與『莊周夢爲蝴蝶乎？蝴蝶夢爲莊周乎？』異曲同功。〕

他轉過臉去看馬立森的時候，他與方才判若二人了，他說話較爲有精神了，他的臉部牽搖着；他又像是在培斯克爾時一樣，儼然是個英雄了。他握緊了拳頭突然精神抖擻地問馬立森道：『如果我和你在一處你自忖能夠攀過那處的峭壁嗎？』

馬立森一躍，嗓子哽咽着喊道：『康惠！你終與決定與我一同回去了嗎？』

康惠略事準備後二人立即起程了。簡單得很——只是悄然別去，不是乘機脫逃；借着月色他們安然走過了黑影重重的天井。康惠心想：寺中那麽靜悄悄的人們也許會以爲是沒有人跡的呢；他這麽一想，心里愈加覺得空虛；馬立森在不斷地的談論着旅程，可是康惠沒有加以注意。二人爭論了這麽久而康惠竟是屈從了馬立森的主義，離去了他所愛的福地，這事何等的奇特！不到一小時後他們二人喘着氣走到了路的轉彎處，康惠停了步子往後看了一眼，這是他看聖格里•勒的最後一瞥了。往下望去，藍月谷上籠罩着雲霧，谷里的屋脊看去像是在雲霧中向他們飄來。在那一瞬時間他們便與藍月谷道別了。山路峻峭異常，馬立森只顧走着，沒有說話有好一回，終於喘着氣說道：『嗨，康惠，很是順利呢——繼續努力吧！』

康惠微笑着，沒有回答；他已在預備

着繩子準備攀爬峻峭如刀峯的山脊了。正如馬立森所說，康惠已經下了決心了；可是這個心只是他的殘餘部份的心。那積極的殘餘部份此時占了優勢；另一部份已經暫是停止了作用，康惠心里很覺難過。他是往來於二個世界的漂泊者，他將永遠是個漂泊者；只是那時他但覺得馬立森可愛，覺得必須盡力幫助他才是；正也像無數個別的人一樣，他是命運注定了須拋棄了智慧去做英雄的。

到了那峻峭處，馬立森顯得很是驚慌，可是康惠拿出了全副爬山者的本領協助着他使他安然渡過了難關。越過了峭壁之後，二了停着休息了一回，馬立森拿出紙煙來，大家抽着。馬立森說道：『康惠，你人意眞好：……我眞是有說不出的快樂：：』

『既然說不出，不說也罷。』

過了好一回，馬立森又說道：『可是我眞覺得快樂極了呢——不久爲了我自己快樂，同時也是爲了你呢……你終於悟到那一席話是無稽之談了……你又是原來的你了，我眞是覺得高興極了……』

康惠心里很是難過，他只道：『那也沒有什麽。』

又休息了一回二人就又走路了。到了太陽出來的時候他們已安然越過了峻嶺，一路並沒有看守的人阻止他們；只是康惠知道一路是有人看守着的，不過僅是看守得適可而止的嚴密而已。不久他們走到了高原的平地上，那里被如狂的大風吹打着，草木不生，看去很是荒涼；又走過了一處斜坡，他們便望見夫役們的帳幕了；一切正如馬立森所說，夫役們都已經一切都準備好了，只等候他們二人；他們都很硬健，穿着皮衣，在狂風中蹲伏着；他們急於立即起程到東方一千一百里外的大淸府（Tatsien Fu？）去。

馬立森看見了魯貞神色緊張地喊道：『他答應和我們一同去了！』他忘了魯貞是不懂英語的；康惠乃爲他傳譯。

那位中國姑娘容光煥發，比前尤爲秀麗。她向康惠嫣然一笑，只是她的眼睛是在看着馬立森。

人生悲喜劇自序

丁諦

廿七年家搬到上海以後，我出了一個「海市集」，出過「海市集」以後的第一年，民國三十一年春間，家復行由上海搬回鎭江，原來不想寫文章了。我的環境轉變到商業，然而爲了朋友的鼓勵和不斷的催稿，上海的刊物漸漸風起雲湧起來，加之我那時生活又還有點空閒，於是便又繼續的寫下去，一方面投身商業的生活，他方面仍未能忘情文字生涯。

商業生活給我寫作的幫助自然很大。一個作家的生活不能限於作家，他必須做一個醫生，律師，教員，甚或農人工人，這些生活對於寫作所攝取的現實的深切性和角度將都會有益的。在短短的幾年中，我認識了更多的生活，我見了以前所未見過或卽使見過而並未了解的各式各樣的人，我終於有莊子所謂「吾生也有涯而知也無涯」的感嘆。我覺悟我所處的這一個社會，是商業重心的社會，畸形的商業重心的社會，商人固然是商人，無一而不是商人！在現今的世界下，沒有文化，沒有宗教，沒有道德，沒有教育，也沒有値得人留戀値得人憧憬的精神生活！一切只是商業！商業化的世界！商業化的人類！

在極端的功利與身家是謀的社會中我飽受了一種矛盾心理的壓逼。在投機囤積一舉手可發財的畸形商業的社會而猶炎炎詹詹以談文化根本就是多餘的。我知道有許多人將新文藝的小說與一班某某「樓主」或是某某「姻緣」之流的作品等量批評，或是大罵「阿Q正傳」爲無意思。尤其是我所處的這一個商業環境，所逢到的人，聽到的話，所遇見的事，相形之下，益發令人感到這所謂「攻心之筆」的灰色，它遠不如拿破崙誇張的三千毛瑟。的確，我有時厭倦起來，我確有點怕寫了。但是，反過來說，也正因爲這種種不痛快激成心理的波瀾，我決心要寫下我所知的事物，那怕這是膚淺的，不夠深切的體驗。

我也明知道這中間藏有一點酸辛，不一定會把年青有爲的人領到開豁的大路。回首前塵，輕微的哀怨自然是有的。但是，我相信，大部分還能冷冷的正視人生，用我的淡然無求的胸襟，用我的略徑世故的眼，用我的炭火一團要呼要喊的心。做本書書名的「人生悲喜劇」一篇便是從商以後的所得，以鋒利的匕首揭出人類的劣根性，鳥獸交鬨而表面猶客客氣氣的一幕劇。是悲劇也可以算喜劇！人生的任何事每可作這樣觀。一面是成功，一面是失敗。一個是喜劇，一個是悲劇。但是悲喜又何嘗有定論？悲的可爲喜，喜的也可爲悲。

就是我，在編成這一個集子就參雜着悲喜。想起這集子中的大部分文章是旅居上海時所作，狹小的室中間對着一片空地的玻窗，以及各篇寫作時的心境，「浮屍」是陰黯的大雷雨的天氣寫的，「某校紀事」是一個大熱天送孩子到小學報名以後寫的……在那時候也許不覺得什麼，甚至我還記得有幾篇是在心緒惡劣時寫的，但是現在一一回憶起來，也都覺得過往的一個環境可喜了。卡德路轉角電車隆隆，幾處老舊洋房上鍍上夏天的中午的陽光，住屋旁邊曠地上，初秋時，叢出無名的野花，鷄雛無聲啄米，疎影在窗間搖綠，二三知己的約會，玩耍，……都成爲烟虛的記憶了。變動的人生是透露着多少悲喜！一經「過去」的陶鍊，發出五彩斑爛的顏色，而它們是悲是喜，竟至使我無言。我只能撫摩這流過汪洋海水的沙灘上的貝殼！

不能已於粱稻之謀，繼續是幹着世故迴旋，我知道是陷於黃山谷的兩句詩境了：「炒沙作糜終不飽，鏤冰文章費工巧」，文章固然不容易做好，而近年來的生活又何嘗一刻令人安定！

三十歲後的生活，這是第一部集子，比起三十歲以前的作品，尤其是「海市集」，我知道又減少幾分倔強的精神和多增幾分世故。二十歲左右的生活，行雲流水或是如火如荼，在現在都已沒有。孩子一個個生下，妻爲了孩子而忙，我也祇是爲了妻孩而忙，我所唱出的竟是「別離的今昔」。

中年多哀樂，而臨着這將到未到的中年我吟過兩句詩：「驚看兒大青春淺，却檢囊貧世路深」。我對於這一個名叫「人生悲喜劇」的書名自然也特別感得意味，我想起若干年前的中元夜，在焦山華嚴閣上憑眺過江上的荷花燈夜景，星星熊熊，一浮一沉，……啊！我不能忘記人生微妙處的象徵！

又到了暑天。將近妻的三十生日了。勞人草草的生涯，沒有一個適宜的點綴，而我想，這本書各篇寫作時的心境和這一期間的生活是她最熟悉的，用生活的琴鍵做生日的禮品，我願以這本小書獻給婉章吧！

（卅三年七月十五日）

紙片

何若

詩人

讀詩以知人，不如知其人而後讀其詩也。近年坊間所出和詩選七卷，惜未附作者小傳，淺學如余，僅知能漢詩之日本人未嘗不多而已。試復開卷，其中亦有舊曾熟聞者，如西鄉隆盛，木戶孝允，吉田松陰，物茂卿，山縣有朋，伊籐博文，廣瀨武夫，鈴木號雄，大鳥圭介，鹽谷溫，清浦奎吾，若規禮次郎，市村瓚次郎，得十三人。錄此以自爆其陋。物茂卿爲不可多得之支那學者，能詩無俟言。鹽谷溫五十自述有「守得一經傳子孫」句，是亦儒者。西鄉，吉田均彼邦豪傑，其詩自有英雄語。伊籐博文功名甚盛，亦且學貫東西，惜選中祇見一首。至廣瀨武夫，乃堵塞旅順港口之勇士，日本人奉爲軍神者，原不以詞傳，今讀其正氣歌，慷慨激昂，具見素養，惟不知作於何年耳。

孔子行

日本物茂卿譔論語徵十卷，俞樾許爲議論通達，春在堂隨筆錄存十數事，其一云，「齊人歸女樂——據孟子，膰肉不至，不稅冕而行，無歸女樂事，疑歸女樂與不至膰，本非一時之事，史公合二事以係於定公十四年，非也，莊周書亦言孔子再逐於魯。按論語微子篇記「孔子行」二事，一去齊，一去魯而已，再逐於魯，亦無他徵。近念從政者不可以不知進退，孔子雖曰知其不可而爲之，苟事無可爲，亦何能強爲也，鄙夫患失，無所不至，聞殆而之歌而知警者幾人？欲考大聖行止，故憶物茂卿語錄存之。

顫慄輯

南　星

顫慄

富於啓示的
四月的美麗陽光
在過路人身上。
我多思地
走在不相識的林園的牆外。

那從牆內伸出來的
不知名的樹的
稚弱的葉子
觸着我的頭髮和我的肩，
而我用幸福的顫慄回答它們。

我又聽見歡樂的
流水聲和鷓鴣叫，
雖然我不知道
林園的門在甚麼地方，
而且我只是許多過路人之一。

山蛾

四月末的溫暖的黃昏山丘上
小小的白楊林羞怯地窺視着
纖細的月亮閃閃地浮起來。
坐在林中砍倒了的樹幹的一端
傾聽無數黃昏的聲音
一個接着作夜的辭別的
是我自己。

年幼的黑色蝙蝠們演了最後的迴旋舞，

起伏的田野在周圍不斷地做夢，
於是隨着我的招手翩翩地飛來了
那有銀色斑紋的多姿的山蛾，
坐在我坐的砍倒了的樹幹上，
而我們用一千萬種誰也聽不見的喉音
開始長夜的密語。

河

酩酊的羣蛙輪環地狂叫起來，
飛絮輕輕地撲着水面，
豐密的桃葉桃枝伸過了曲徑，
而沈思得疲倦了的河
在山丘下的陽光中入睡。

這些都是可驚地生疏的，
對於一個攜帶着三月的春寒的人。
年老的河始終沒有聲音。
能隨着它睡一會麼，
我也沈思得疲倦了。

七行詩

路易士

青天

一躍乃離地尺許，
我欲抓那個青天——
如此單純而又奧秘的青天，
何其悅目，何其美的青天。
以遼闊的青天爲背景，
人家曬台上曬的紅兜兜，
讓風給吹落地了。

詩人

天空有許多的夢幻。
可愛的銀魚們游泳着。
詩人不是米價的紀錄者。
何必飼一羽烏鴉在心中？
晚上看星星是件樂事。
到遠方去睡睡也好的。
明兒該下場大雨啦……

寫在黃龍寺之後

羅明

近來心境非常的憂鬱，不管是公事私事，沒有一件是如心如意的，天天在作着無聊的奔忙，連一點空閒也抽不出來，再加上天氣的熱燥，心裏更覺得格外的煩悶。文章是常久沒有寫了，連看書的時間也沒有，每天的日子，都是像這樣莫明其妙的不知不覺中消逝了。

同時因爲文債積得太多，越發不想寫了，這正如同一個人債台高築，索性賴了不還一樣，可是這一篇「文債」我實在是賴不掉，不得不還，非還不可，而且編者還限期交卷，即使不限期我也得如期奉上。因爲我有不得已的苦衷，我有不得不解釋的解釋，不得不聲明的聲明。

說起來是非常的慚愧，一個藝術家，或者是一個作家，當他的作品完成之後，就不應該再有什麼解釋或者聲明了，因爲他的「作品」就是他的表現，他的表現全應該含蓄在他的「作品」裏，讓別人去鑑賞去評定才對，但可惜的，而且需要聲明的，我並不是一個藝術家，更不佩稱爲一個作家，我還是一個學徒，我沒有非常純熟的技巧，我更沒有太多的經驗，但是我的要求却很高，因之我犯着「眼高手底」的毛病，這一點，我是深深的感覺受到威脅的。要不是在曹禺先生那兒偷出點「技巧」來，我相信我一定是手足無措，而且我是一個喜歡「理想」的人，在我日常的生活中，我碰見多樣的人，多樣的事，都能夠引起我很多的「靈感」Inspiration 可惜我這雙低能的手不能夠替我表現，我只有像害大病似的，永遠的鬱積在我的心裏。

出了「劇專」以後，跑了南北好幾省，流浪式的生活過了好幾年，受着不少的艱險，經過不少的波折，有一次竟幾乎餓死在福建南平，幸得先師印泉先生的資助才能夠活着回到江西，在這幾年裏，給了我很多的人生經驗，也給了我很多的不解的問題，我不知道，我不明白，人與人之間究竟是「仇」還是「愛」，很多很多的事物，一件一件明明的擺在眼前，自私自利，明爭暗鬥，互相欺騙，挑撥離間，自相殘殺，男盜女娼，諸如此類很多很多的事物，很平常時的存留在人間，每一個角落裏却有這種現象，我實在是不解，爲什麼很清白的人生，會染上了這許多的汚點，所以佛家把人間比作「紅塵」，一般意志薄弱的人，當他事業失敗，或者受到某種重大刺激以後，就會走上消極的路，他根本否定了人生，對於人與人之間起了懷疑，看破了「紅塵」。對於人類根本的絕望了，但，我並不信佛，我總以爲「消極」並不是一個辦法，人有人的責任，人有人的任務。在人的本質上，我相信是絕對光明的，是絕對善良的，所以我想寫一個劇本。

我要以僧寺生活爲背景寫戲，是很早的意思了，因爲我自小對於僧寺生活就表示好感，而且我還當過和尙，到十二歲時才還俗，事情是這樣，因爲敝姓羅家，也是北方一個望族，跟阿Q一樣，「祖上是做過官的」，所謂書香門第，官宦人家，我的父輩全在省裏做官，當時我是長房裏的唯一的一個嬌寶貝，但我生下來就多病，有過兩次幾乎送掉小命，後來還是祖母的意思，到城隍廟裏去「允願」叫我當和尙，我的師父是當地一位高僧名叫緒昌，那時候我還只有八個月，根本是莫明其妙。從此以後，我卽在家中，剃和尙頭，穿僧衣。一直到十二歲時才還了願。是買了一頭禿驢換的。記得當先父領我到廟裏磕過頭的時候，師父卽用一把竹帚打了我兩下，表示趕我出廟門的意思，事先就有人關照過我了，卽是當師父在打我時，叫我轉臉就跑，有我家一個聽差的在伴着我，拉着我直向家奔，經過廟門時還有人給我一塊「狀元糕」吃，表示我出了廟門後將來會考中了狀元，也是討吉利的意思。所以「還願」在北方也是一件重要的喜事。

自此以後，我不是「和尙」了，我成了「凡人」，記得我第一次由禿頭留成小圓頂的時候，我非常的快活，覺得時髦了不少，而且有一位父執自上海回去，還帶了一雙小皮鞋送給我，那個時候在洋河那地方，孩子們裏算我是頂摩登了。

從此，廟宇與和尙給了我一個很深的印象。一直到現在，我還是喜歡參觀古廟跟老和尙談談，記得在五年前，我服務於江南時，每到一地，總是急於先參觀廟宇，我見過很多的大叢林，會過很多的老方丈，三十一年，在我編導「魯男子」以後，曾重遊故鄉一次，路過宿遷縣，在一個大叢林「極樂庵」裏住了兩個半月，與老方丈雲書法師相談甚得，我有一位老姪宅三也住在那裏，他就是本縣的佛教委員，是一個老學究，秀才，滿肚子詩文，無事跟他閒潦非常的有意思，因爲他個性的特殊，我非常的喜歡他，也把他編在我的戲裏，就是——吳大先生。

因爲在極樂庵裏住的日子不短，所以我能夠打進到他們的生活圈子裏，與他們共食共寢，在他們唸經坐禪的時候，我也喜歡夾在裏，在坐禪時我也跟他們一樣，盤着腿合着眼，也許我是塵緣未滿，老是靜不下來，就在這個時候我爲僧侶們想出很多的問題來，決意寫一個劇本，叫「黃龍寺」。

當時所想寫的「黃龍寺」，並不是現在這樣的體材，乃是一個全武行的羣衆戲，需要大打出手，故事已經編好了，是敍述一個古廟的主持與地主鄉紳把持村鎭，無惡不作，無法不作，結果引起村人憤怒，把老和尙趕走，把這座古廟也放把火燒了，後來一想不大好，戲倒是好戲，但有點像火燒紅蓮寺，且演員衆多，演出不易討好，所以決定推翻了重來，想一個比較文雅點的故事，於是廟宇跟和尙一直的在我腦子裏打轉轉。

爲着要寫「黃龍寺」，當我返滬時沿途順道參觀了不少的古廟叢林，如徐州的雲龍山，揚州的高旻寺，鎭江的金焦兩山，又回憶着往日曾得一遊的浙西天目山，皖南的黃山，金華的雙龍洞以及蘇杭各大廟宇。並且搜集了不少的佛書，聽到不少的僧徒們的軼事，又引起了我許多的靈感，組成了現今的「黃龍寺」故事，最使我感激的是父執薛夢梅先生，他老人家供給我不少的材料，而且都是事實，我大部份那取用了，因爲他老人家曾在金山寺當過四十八天的和尙，在北伐前他老人家做過江西財政廳廳長，又做過三任縣知事，北伐後他的勢力全完了，卽開始行醫，經過了五六年以後，才又在交通部裏做個簡任祕書，現在則又是過着隱士的生活了，本劇的老張，我就是由薛先生而連想到的人物。是一個深懂事故，熟練人生的哲學家。

我寫戲，向來是本着高爾斯華綏的主張，「性格卽是情節」Character is situation，我總是先設人物 Cast，然後由着人物必然的遭遇，演成了必然的情節，由着必然的情節，再演成了必然的結果。最早浮在我的眼前的就是小和尙跟小禿子，這兩個人成了一個「對照」Contrast，由着小和尙與小禿子才產生出桂香來，由着桂香產生出劉嫂，另一方面由小和尙想「還俗」，就產生了一個想「出家」的老龔，由着消極的老龔才產生出一個積極的楊子石，由着楊子石又產生一個受虛榮的姚依萍，再一方面就是由老張產生出勤修，由勤修再產生出汪太太，其餘的如周老三，祥齋，王子清，吳大先生等都是陪襯人物。另外還有一個人物，始終祇聞其聲不見其人的悟空老法師，我並未請他老人家出場，我總覺得他老人家還是不出場的好。

關於本劇基本的主旨Fundamental，可以說共有四點，第一點，人究竟是人，人有人的需要，和尚也是人，同樣地和尚也有他們的需要，這一點我在第一幕的前面已經有一段很詳細的說明！

「黃龍寺自建廟以來，也出過十幾位高僧，可是敗類的和尚也有不少，尤其近十幾年來，世道反常人心不古，廟裏尤存着許多無賴之徒，更因爲本寺的廟產很大，和尚衆多，份子更見複雜，同時因爲自從革命以來，由着新思潮的感染，環境的引誘，有一般和尚竟不安於位，所以在這一個莊嚴偉大的寺院裏，內幕裏隱藏着很多的人間悲劇，天天在醞釀着，時時刻刻地在變化着，他們最大的原因就是懷疑着「佛」的存在，一個僧徒們永遠矛盾的心理，但，這決不是寺外的人可以明白的。」

在第二幕裏，智清曾經跟桂香說：

「……，我討厭和尚……白天黑夜，我就祇知道唸經，坐禪，燒香拜佛，一年到頭在修行，一年過去又是一年，一年一年的過了這麼多年，我每天還是在做着這些刻板事，一點變化也沒有，一點生趣也沒有，我天天在唸經，越唸越不明白，我有點懷疑了，我懷疑着我自己，我懷疑着一切，我不懂，我永遠的不懂，爲什麼把我關在這個廟裏頭，所以想飛，飛到遠遠的地方，我可以自由自在的看看，看看廟門外究竟有些什麼？我說不出，我就知道我好像是需要你，祇有你在我的身邊，我才快活，我才能感到人生的樂趣」！所以「我不想當和尚了，我當夠了！和尚的信念是四大皆空，看破了紅塵，忘了自己，可是我並沒有看破了紅塵，而且……我發現世界上的一切並不都是空的，一切都是實的，同時我因爲有了你，我也發現了我，我知道「人」生在世界上是有意義的，所以我決定不當和尚了，即使不爲了你，我也決心不當了！」（第三幕），因爲「我想一切全是假的，只有我自己，才是眞的，快樂，是自己的，痛苦也是我自己的各人受各人的罪，誰也替不了，誰也減不掉！我不懂我爲什麼應該把一輩子的光陰都葬在送在泥像前面」？（第二幕）。而且「十幾年來我住在廟裏，把我養成一個飯桶，祇有消費沒有生產，什麼都不會，什麼都不能，全靠着別人來養活我：：連自己的事也得別人來管，假如有一天別人不管了，我們這一羣和尚祇有餓死，連對我們可憐的人也沒有」！（第三幕）以上的一段說明跟四段劇詞，很可以說明我的第一點意思。

第二點，就是和尚與禿子的對照，因爲和尚與禿子兩種人，雖然同是光光的頭，但是兩者的遭遇却是絕對的不同，禿子儘管長得再醜再賴，但是他的情形總和和尚不同，就因爲這一點比和尚強，所以他可以得到一個如花似玉的桂香。但和尚就不行，所以禿子與和尚兩個人就是悲劇的主角，我同情和尚，我也同情禿子，雖然禿子又醜又賴，但我已盡量的把他寫得很可愛，因爲悲劇的產生並不是他的錯，正如同禿子媽說的一樣，「禿子雖楞，可是心地好，人忠厚」。在第二幕裏一開頭，我就利用桂香的出場，把禿子與和尚作一個「對照」、後來又請智清下一個悲劇的結論：「……論起罪來我們三個人都有，他（指禿子）爲什麼會長得這樣的醜，這樣的楞，這樣的不懂得人情事故，你（指桂香）又爲什麼會長得這樣的美麗，這樣的聰明，這樣地討人家喜歡，你們倆個人好好的一對，我爲什麼會夾在裏面，愛上了你，你也愛上了我，會叫你討厭他，要丢了他」！所以禿子是値得同情的，是可愛的，是無過的，我覺得天下的人如果都像禿子一樣，雖然世界上的文明不會有進步，但祇少可以和平得多了。一定可以減掉了不少的人事上的鬥爭。

也許因爲我是一個文人（文弱的人）的緣故，我生平就怕與人家鬥爭，我從來沒有與人爭過權奪過利，總以爲「小不忍則亂大謀」，所以我在社會上家庭中，吃了不少的無名之虧，此所謂「忠厚」，但內子比我強，時常罵我是無用，有時候我自己也感覺到，「我是無用」。所以我很苦惱，有時候我竟會咀咒社會，爲什麼這樣的不公平，因之我至今沒有什麼「信仰」，我的「信仰」就是「現實」。關於這一點我已借着楊子石的嘴說出來了。我平時最愛的是深夜，我的工作時常在十二點以後才開始，三四點鐘才睡覺那是常事，因爲我愛靜，在深夜的時候別人都在睡夢中，祇有我，祇有我一個孤獨的人，在工作。整個的時間空間都屬於我的了，我狠命的吸着煙，雖然是睜着一對大眼，但我仍舊可以能作我的美夢，一等到糞車出來，我的工作卽停止了，因爲有聲音在侵擾我了，我也要睡覺了，再到我床上去繼續地做着我的夢想。我除下愛深夜之外，我還愛雨天，凡是雨天都能夠引起我不少的思潮。正如同今天一樣這也是怪事。

我的第三個 Fundamental，在第一幕的開首也有這樣一段的說明，「寺內的人既然是不安於位，大家都在探詢着寺外的新事物，誰都恨不得出了這個廟門到外面去一看究竟，去把他這些對人生不解的問題，能夠非常具體的尋出一個答案來，然而，同時更矛盾的，令他們更爲不瞭解的，就是天天還有些俗人到廟裏來鬧着要出家，說是他塵緣已滿，立不住脚，只有到佛地裏找個安身之所，也想修行修行他下半世，但既入了廟門受了法戒以後，他又像是很後悔似的，也是一樣的不安於位，看他的一切情形又好像他的塵緣並未滿似的，這個，更爲令人費解的事」。這是一個非常矛盾的現象，這兩種現象，前一種我派智清爲代表，後一種我舉出兩個人，一個是已入佛門的勤修，一個是入而未入的老龔。這兩個人都是消極的人物，勤修是已經當和尚了，老龔雖然是被老張跟子石勸醒了，但我想他遲早還是要回來的，除非他又受到一個新的刺激，給他一個新的振作。

老龔到廟裏來當和尚，因爲他看破了「紅塵」，他「覺得當和尚是世界上最清靜的人，自由自在，各人管各人的事，沒有鬥爭沒有糾紛，白天可以安心唸經，晚上可以安心睡覺，一點憂慮也沒有，高興的時候，還可以寫寫字畫畫畫，看破了一切，什麼都不想，什麼都不貪，天天遊遊山，看看景，過着安靜的日子，如果在這個廟住膩了，還可以再到那個廟裏去，只要帶一張「度牒」到處可以「掛搭」，四海爲家過着流浪的生活」！（第二幕）後來智清舉了很多的例給他看，他才知道當和尚並不是他那樣的理想，他有些失望了，後來子石又給了他不少的教訓，他才有些明白，做人並不是這樣的做法。至於勤修雖然也是消極的，但他存不住氣，忍受不住，他苦悶，他憂煩，他幾乎想發瘋了，他沒有地方發洩，他只有痛苦的撞鐘，他雖然不說話，但他滿肚子苦，不過他說不出，最後他終於撞鐘撞死了，他的生命還是不能夠延續在人間，這種人，我以爲倒是爽快。

記得今年春天應揚州友人潘君之邀，又重遊高旻寺一次，本寺乃江北著名的古刹，廟產亦很大，和尚很多，據說他們都能苦修，近年來的和尚算是本寺頂周正了，當我們坐船赴三叉河時，同船的就有兩個本寺的和尚，因爲無聊我就跟他們潦潦，在他們口中知道他們的生活的確是很苦，他突然的伸出他們的舌頭給我看，見舌上裂口甚多，不明其意，後來他就告訴我是用刀子割的，流下來的血寫經，但每次血流得很少，所以一部血經要寫了六年才能寫成，後來他們二人又露出他的胸臂，見其瘡疤很多，我不明其故，何以二人生瘡生得一樣.

後來他們才說明這都是用香火燒的，我聞之面部不知作何種表情是好，是同情？是可笑？是可憐？是可厭？我實在是無法支配。因為我不懂為什麼要這樣做，這樣做還是為公為私，對於整個的人類有什麼好處？我不解！

所以我又產生第四個主張，就是當和尚總不是一個辦法，「因為凡是當和尚的都是社會上的一般失敗者，沒落的人，完全是消極主義者，他們想逃避現實，名之曰「看破紅塵」，把「人間」比作「紅塵」，這是他們最大的錯誤，我覺得祗要你是一個「人」，你就應該做點「人」的事情，明白「人」的生存意義，失敗了再來，如果你想逃避，除非你跑到荒山野島上去，與飛禽走獸同居，不然，你還是在「紅塵」裏，因為廟宇裏的生活還是人間」（第三幕），還有很多和尚因為家中貧窮，自幼就把孩子送上廟做和尚，混一個飯碗，如智清之類，所以我以為「這是中國宗教上的一個最大的失敗，他們簡直拿和尚當作職業，吃「教」，養成社會上一般寄生蟲，無用的人」，（同幕），我總以為既然托生為一個人，為什麼不做點人事，如果全人類都以為「生」是有罪惡的，那麼人類很快的就要滅亡了，世界變成了空虛。既然你已經生成了一個「人」，那麼一般「人事」讓誰去做呢？你憑什麼只有消費沒有生產？別人又憑什麼來養活你？所以說這樣是不對的。以上四點，就是我寫「黃龍寺」的本意，唯恐我這支拙笨的筆表達不出，所以現在又特別的補充說明一下。

在第四幕裏，一共死了四個人，就是桂香，智清，劉嫂，勤修。老龔與子石依萍全去找光明去了，所剩下的只有小禿子一個人，孤零零的跟着老張，他的前途無疑的又是當和尚，補了智清的缺，我很可憐他，同情他，因為他是一個無知的人，在和尚堆裏像禿子這樣的人最多。

在編寫方面，我曾感到十二萬分的困難，因為像這種體材實在是不容易，因為把寺院的氣氛寫得太重，就容易沈悶，如果寺院的氣氛太少，又不易收到效果，另一方面還有一件難事，就是如果太頌揚宗教，恐怕別人要罵我提倡迷信，但如果太毀謗宗教，又怕什麼教會對我來個抗議，要求禁演，難，實在是難，我曾商得老友吳𠇔之先生，他老人家叫我放棄，但我老不死心，因為過去所化的功夫太大了，有點捨不得，結果還是大胆的給寫出來了，我聲明我並不反對佛教，但我反對咱們中國這般和尚，但在近代和尚中，印光與圓瑛兩位法師我是最欽佩最尊敬的，所以在「黃龍寺」裏我也請了一位悟空法師，我對於他老人家也是非常頌揚的。但，像這樣的虔誠法師實在是千不抽一萬不抽一。

這一次的寫戲，實在是費了我不少的氣力。在技巧上，對白上我都非常的用心，我每寫一段台詞，總是再三的細讀，推敲，揣摩。第三四兩幕最為費力，第三幕小禿子出場，我利用 Suprise 手法，在第四幕裏我利用一段散文詩，表示智清的內心痛苦，這實在是一件沒有辦法的事。

當本劇發表兩幕以後，有人以為為我是受費穆先生「紅塵」的影響，這一點我該聲明，第一點我欲以僧寺生活背景寫戲，是遠在三年以前。第二點「黃龍寺」的主旨 Theme 與費先生的「紅塵」不同，據我瞭解的「紅塵」，費先生是這樣的意思：「凡「人」生於世上，好像農夫散佈種子一樣，種子落到什麼地方，就生出什麼苗，落到石頭上就生不了苗，種子落在富人家就成了大少爺，落在窮人家就成了農夫，落在廟裏就成了和尚，每個種子都各有不同的命運」。這種「瞭解」也許是不正確的，但，總而言之「紅塵」與「黃龍寺」是兩回事。

我寫本文別無用意，因為自本劇發表後，我聽到很多人在談論，也有很多的友人來直接問我，所以我在這裏作一個總解答，本來答應兩生先生只寫三四千字，想不到現在寫了這麼多，也許大部份全是費話，最後聲明，我還希望當未上演之前，請諸位讀者先生們給我點指教與批評，以便再行刪改，這是我特別的盼望的！

三三·九·九於「無雙傳」演出時。

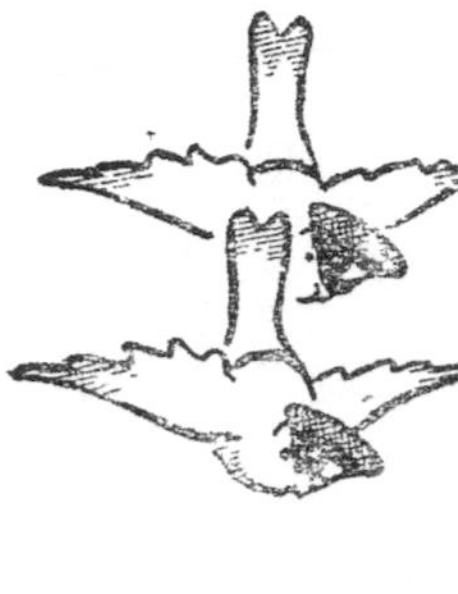

手杖

許季木

『願在衣而爲領，承華首之餘芳，悲羅襟之宵離，怨秋夜之未央。願在裳而爲帶，束窈窕之纖身，嗟溫涼之異氣，或脫故而服新。』

——陶潛閑情賦

她掛在我的臂灣間，像一根纖巧而精緻的手杖。她的體軀是那樣的輕盈，灣在我手中一些也不費力，我們在細雨濛濛的午夜，擠在和我們同樣的從戲院中散出來的觀衆之間。慢慢的轉入一條冷清的街道，我們沒有說話，她只軟軟的偎倚着我，我說：「小手杖，讓我們這樣的走一夜吧，不要停，繼續的走下去。」

「人家要說我們Crazy呢！」

她原是不甚懂英文的。Crazy是我新近教她的一個生字，提起教英文，我又記得有一次在一家舞廳中，我在帳單的後面，寫了一句短句叫她讀，You are a little cute thing 解釋時，故意不寫出Cute的意義，於是中文的翻譯成爲：「你是一個小口口東西了」這幾個字我全用鉛筆寫了出來，她看了微蹙眉峯，口角間略有慍意，我趕緊將Cute（美麗，精巧）的意義塡進去，她半揚眉峯，說我這個人很壞。

音樂聲起了，雖然我們也曾一同跑過幾家舞場，我們全都是不會跳舞的，她也許會跟着一個男子亦步亦趨，我却不能帶着她左旋右轉，在我們冒失的踏入舞池時，兩人老是留心着足，因爲步步謹愼的緣故，彼此沒有踩痛，我只在她的白皮鞋尖上，誤踢了一下，留下一小塊的泥跡，我在跳的時候，因爲時常弄錯步法，忍不住笑出聲來，她却惱恨的向我看，在我耳畔說：「不要這樣的笑，聽在別人的耳朶裏是很不好的。」

稍停，蓬赤赤之聲，換了華爾滋的拍子，我拖着她連轉了幾個 Natural Turn。（右轉身）她竟然會詫怪我步法的純熟，其實，我所懂的，只有這左轉身，右轉身及「前行步」（

Foward Change）而已，而她的舞藝原本並無深造，這樣兜了幾圈以後，我攙着她重回座上時，她說頭有些暈了。我很後悔爲什麽要害這小手杖頭暈呢。靜靜的坐着不是很好嗎？

旣然轉到了靜坐的念頭，便廝守在席間不下舞池了。看看天花板間嵌着的狹長條的燈光，由紅轉綠，由綠轉黃，再隔着寬大的舞池，可以望見法國式長窗外的太陽的餘暉，時間很迅速地溜走了。

起先，我們隨便談了一些什麽。我叫她猜麥格風前女歌手的年紀，歌聲很淸脆而嘹亮。我想她一定把年紀猜得很低，其實是一個四十開外的洋女人。她果然像我預期那樣的猜錯了，我略有些得意的笑了起來。我又對她說，我把她送給我的一張照片，放在枕下，我說：「假使一個外人翻開衣枕，發現這張照片時，他會把這張照片當做什麽人呢？」

她說：「我不知道，你可怎樣想法？」

我一半開玩笑，一半嚴肅的說：「當做嚮導社。」

她說：「不是的，是電影明星呢。」

可笑的是：電影明星和嚮導社之間有着這麽大的距離，拿照片的本身來說，只有少女的天眞與嫵媚，沒有婦人的妖冶與誘惑，最切合的，也許是我們心中本來要說的話，應該像一個女學生，然而我們大家都說得太快，於是懸隔太甚了。

另一次，我們跟着一羣年輕人，渡江到浦東去，目的在參觀一處農場，走了許多的路後，我們見到了一些小豬，山羊，和叫不出名字的耕種物，叫得出的則有麥子，胡葱等，還嗅到一股泥土和肥料混合的難聞的氣息。氣候很熱，多走了路以後，頭腦間有些昏昏然，她默默無言的一起走着。臉晒得通紅，沒有說過一句受不住的話。相反的，我却有些走不動了，便在半途退了回來，重回到我們最初休息的屋子，在長凳上坐下，連靠背都沒有的，我問她有什麽難過嗎？她溫文地搖搖頭。我問她走得腿酸嗎？她仍舊溫文地搖搖頭，當天回來時，又繞道龍華，攀登樓梯很窄的塔，下來比上去更難，腳腿間須費更大的力，她也忍受下去了。

第二天，我們再度會面時，她睡眼惺忪的從床上起來，見了我時，走回房間洗臉，拖着拖鞋，軟倚在沙發上，她說：「我從來沒有走這許多路，今天連脚都舉不起了。」我說：「你昨天爲什麽不說呢，否則我們可以先回來的。」

「不，我不想說，一起的人很多，這樣一說，要掃人家的興的。」

這一天告別時，她只送我到樓梯的轉角，她說她眞的走不動了。那時特別大的眼珠默默的送我走出了屋子。

我每上她的家裏一次，我終忘記了時間，聽着時鐘發出鐺鐙的鳴聲，突然警覺已經十二時了。當我進去時，我預備乘十一時最後一次的電車走，結果終是改乘了黃包車回去。某一天的深夜，在十一時半了，她催着我離開，我說再坐半小時準走，她不得不勉强睜大眼睛陪我，我也不停的打呵欠，我說：「我害你少睡半小時，我自己也要少睡半小時的。」因爲第二天早晨我們要在同樣早的時間開始工作的呢。

我愛和這小手杖開玩笑，開端終是很嚴肅的，一次，我一本正經地勸她印名片，名片上加印她服務機關的名稱，我又替她設計名片的式樣，要用粉紅色的紙，印着纖小的字，猛然，她醒悟了，她說：「這是堂子中的女人用的。」我說：「你怎麽會知道這是堂子中的女人用的呢？」她不響，只是說：「你的心眼兒太壞了。」

又一次，她害着肚子痛，我說我知道你爲什麽會痛，她却不許我說出來，我便改換話題說：「我也每天痛的，」她詫異的問我道：「可有些什麽不舒服麽？」

「不，我每痛一次的時候，便要大解了。」

最值得懷念的，是大家坐在沙發上，訴說着往事，我說她以前時時要哭，她說我也曾哭過的，我否認，可是，稍停，我却記起眞有這會事，一天，我太感動得流淚了。連我自己幾乎要忘記的事，却仍留在她的記憶中，接着我們輪指細數看過的影片和話劇，何種影片有何種情節，喚做什麽名稱，又是在什麽戲院看的。有的記得很清楚，有的糢糊了。進一步則再追憶看戲時穿什麽衣服，我堅持第一次去時，她穿着羊皮大衣，她却說不但她自己沒有，連她的親戚都沒有，那天她穿的是灰背，我和她爭辯得很認眞，我不知道究竟是誰記錯了。

我第一次看戲時留給她的印象，直到這一天她才告訴我，中間有二年的距離了，那天我很冒失地說丟了皮夾，讓她獨自坐在黃包車上等我，自己回進戲院去尋找。後來却在大衣袋中發現了。我又很匆忙的說我有事要先走了，不送她回去，她說當時她心中很難過，怪我怎麽這樣的魯莽，而且，照迷信的說法—不錯，小手杖是很懂這一些玩意的，她還知道零散的相術—第一次失東西，是不吉利的，幸虧後來找到了。她又怪我在過去一年中，老是呆坐着不聲不響，她說她的心中很恨我呢。我說：「小手杖，你怎麽把這些話老是藏在心中不說出來，你太狡猾了。」

接着，有一天的傍晚，她讓我握住她潤滑細膩的雙臂，我們當時是在一家飲食店兼買咖啡的茶室中，我從座旁的鏡子中偷窺她的臉，她要拿出唇膏來塗口紅，却不許我端詳她，說看着是怪難爲情的，我答應不看，她却不相信，終于沒有塗。我說了一些不應該說的話，她伏在桌子上，低下了頭，她先問我

：「我對她覺得怎麼？」我說：「我半個心愛上你了。」

「還有半個心呢？」

「還有半個心要留作做事呢！小手杖，你呢？」

「我整個的心都交給你了。」

這是我第一次聽見一個女人這樣地對我說出她的心事。我激動的說：「其實，要我說眞話，我的心也在你的身上了，我就耐不住性子做事情。」

「這怎麼可以呢？」

「自然，我明白這一點。我對自己很看重，我是一個不甘於默默無聞的人，我總于現實並不滿足，應該謀得更多的成功。」說時，忍不住流下淚來，也許我快活得過份了。

在踱進飲食店之前，我們才和另外一位朋友從一家電影院中出來，影片中提起「沒有愛情的婚姻」這一句話，那末我們可將成爲「愛情的結合」麼？想到這眞能成爲事實的話，我的孤獨的心靈得到了一絲暖意，手杖帶給了我新生命。

我們在那家茶室，大約坐了一小時，踱上漆黑的街道，我們全都覺得很高興，我忘記我是二十八歲了，我們並肩地走着，踅入一條短街時，脚上踢到一件笨重的東西，有人在叫痛，那是露宿在街頭的乞丐，我由衷地歉然。我們向不小心時誤撞的紳士或女士道歉，我爲什麼不更應該向誤踢的貧苦的人謝罪呢。

平時，她不許我吸煙，她說吸煙的姿勢很難看，有一種老人的氣息，本來，我難得吸一二枝，吸時的模樣，自己並不覺得，只是有一次我在電車中瞧見鄰座的一個穿長袍的二十來歲的男子在吸烟，看在眼裏，的確不甚舒服，我想我吸烟時，未必會比他更高明吧，我就決定不吸了。

近來，我接連夢見了小手杖三次，我把第一個夢告訴她，說發覺她和我的同室的同事結婚了。同事的頭髮燙得分外漂亮，我不禁傷心地喊了起來。便把自己鬧醒了。她說也曾夢見我，說我剃光頭髮，要去做和尙了。

第二個夢，也是夢見她，她問我夢見什麼，我說，已忘了。

她說：「你夢見的是小耳朶，大眼睛。」

不錯，正是她呢，第三個夢，我還沒有給她說。其實，連我也糢糊了，反正夢看她就是。

說是夢，她說在過去一年中也曾夢見我數次，一次見到我氣呼呼的不理她。在同期間內我却始終未夢着她，大約因爲我氣過了火，不把她放在心上了。

有時，我纏住她胡鬧鬧得過份了，她佯作不理睬我，她只許我吻她的手，某一天，她默默不語，我問她是不是動氣了。

她說：「沒有。」
「你在想什麼？」
「我在想做人的道理。」
我笑着說：「你在想是怎樣做出來的是不是？」
她轉着臉羞我。
同一天，我說錯了好幾次話，我把她們家裏的女僕叫做阿姐，我心中却要把她叫成阿媽，那天和她在一起的，還有一個女友，她說：我的年紀比這位女友大一歲，叫我猜她是幾歲，這種猜測等於把答案告訴我了，不知怎樣，我却把這位女友認定是二十八歲，於是把我自己的歲數說成二十九歲了，她歸結起來說我的靈魂兒不在身上。
她的手很細緻潔白，塗着紅色指甲油的修長的手指，具有一種玲瓏與豐滿混合的美，她的手心永遠是冰冷的，相反的，我的手却異常灼熱。她說手心灼熱是在生病，我給她說得有些慌了，難道我老是在發燒麼？後來摸着旁人的手，和我同樣的灼熱時，我才釋然了。可怪的是她而不是我，我又記起她的一副神情，斜睨着我說：「手冷的人，心也冷的。」我就不信這句話。
據說她在十八歲的那年病生得很重，混身全出水痘，接着又生百日咳，年來却漸轉强壯了，我問她：早飯吃多少，她說：「兩碗粥」，「中飯呢？」「一碗半飯」，「晚飯呢？」「一碗飯一碗粥。」我聽她說吃得很均勻，我便放心了。
她也問我吃什麼，我們是分食的，每天在三種菜內，挑選一樣。另外還有一碗湯。
「是些什麼湯呢？」
「青菜湯，蘿蔔湯，線粉湯，鹹菜湯，豆爿湯，菠菜湯，山芋湯，榨菜湯。……」我報了許多湯名，最後惹得她笑了。
臨走的時候，我故意疲懶地不走，她說人家看着我們絮絮不休，很不雅觀，她硬要把門關上。我說你關門以後，我再要敲門進來的。
她在關門的一剎那間，模樣最動人，烏黑的大眼珠逼視着我。
我不禁脫口而出：「你太漂亮了。」
她似怒未怒的抱怨了一句，我沒有聽淸楚她說的什麼話。
逢到我們進電影院時，我不停地在她耳邊嘮叨，我並不注意銀幕上在映些什麼。我倚在她的肩頭，心中想稱她是：「我的小太陽，我的小月亮。」却不敢喚出聲來。我的手指輕撫她的手背，她說我像只螞蟻。那時，銀幕上的人物，經過了一些悲歡離合的情節之後，男女主角忽然一起坐在河沿上了，劇終兩字漸漸出現，我們所能做的，只是立了起來。

我是不懂得打牌的，有一天應着她家人的要求，一起在桌邊坐下，她坐在我身旁，指點着我怎樣打。我摸到了三只中風，這中風原是當做百搭用的，於是這副牌很快的和下了，而且是「獵子」。但是我的手氣很不好，在最初二圈中就這麼的和了三副，大約輸了二百多塊錢。後來我看時間不早，便站起來讓她替我打下去。第二天她告訴我說，後來她贏進了若干，因此，一共只輸去一百十元。

她的一個朋友，向她要一頭小貓，我陪着她，將貓盛在籃中，一同送去。電車很擠，開車人見我拿着貓不方便，叫我把貓放在月台旁地上的立隙間，我便把籃放下，籃上雖有蓋子，但是經不起這小動物一撞，就可打開。加上電車一動，籃子橫了過來，貓便鑽出，自顧自地走下踏脚板了。眼見它在車輪下一滾，我想它的小性命就完了，開車人趕緊將車煞住，我走下電車，却見貓安然無事地，從電車的另一端轉了出來，直奔向街角的一家水菓店去。馬上趕到那裏，將它捉住，起初，電車還在等我。後來因爲就擱得太久，它便開動了。我只得乘了第二輛電車追上去，在小手杖的朋友家裏和她會面。

另一個雨天的下午，我跟着她出去買絨線衫上用的鈕扣，她本來在家中穿着一件藍花白底的旗袍，因爲要出去，雖然這是很平常地出去買一些零星東西，她另外換了一件黑底繡白花的衣服。她說省得在路上給人家見了太惹眼。

她選中的鈕扣，是黑色的。模樣很像一只尖頂的帽子，邊緣繪着白色的小花。我以前從來沒有注意這些女人家用的東西，現在發現她們用的髮結，別針等，有着這麼多的式樣和花紋，讓設計家們在那裏發揮他們的天才。

雨愈下愈盛，我們踱向霞飛路，想去買一些蛋糕。誰知道我新買的雨傘却是褪色的。黑色的染料，和着雨水，一滴滴的落下來，將她黃色的厚質透明雨衣，灑上了不少的斑點。同時她在我的右側，我用左手撐雨傘，傘端的鋼骨好幾次鑷住了她的頭髮。等她指醒我時，我說：「我太粗心了。我正是不配結交女朋友的。」

街上的店鋪，因爲那天是星期日，又因爲時間已在六時左右，大半打烊了。我們在一家照相館前立停。我見到裏面，掛着一張女人頭部的照片，星眼半啓，微露皓齒。她對我說：「她的模樣並不太美。你覺得怎樣？」

我說：「我不知道。」

「你一定以爲她很好看的。」

小手杖，她怎會知道我的心裏呢？

走進蛋糕店時，我們已踱過好幾條街了。她額前新燙的一卷短髮，給雨水一淋鬆了出來，又直了。她一進店鋪，我去買蛋糕，她却站在近店門處的橱窗裝飾用的鏡子前修飾她的頭髮，另用別針將它別了起來。只片刻，便捲好了，「美」該是女人的第一生命吧。

她告訴我她有三個妹妹，取出許多照片來給我看，因爲她們不在上海。模樣很像她。女人最愛惜的是青春，因此，也就最愛拍照，作爲異日留戀的憑藉吧。她的照片張張不同，縱在小地方有一些異樣，例如口角眉梢呀，鼻子呀，衣服的裝束呀，風度或神情呀，均不一致，然而將這些照片合在一起，可以代表她整個的美。有一張照片，她的眉毛畫得很黑，穿了西式的短裙。粗粗一看，辨不出是她，人家說她像一個日本人。她說拍那張照片時，特地在一家理髮店中燙了新式的花樣。又一次，她到江灣或許是別的市郊（我有些記不清了）去游玩，給幾個日本人看見了，一定要替她拍照，好容易被她避去了。還有一張照片，她藏起來不肯給我看，我却一定要看，我想她由於順從我的意志的關係，終于給我看了。照片攝得不壞。她倚在窗前，窗外花枝掩映，服飾因爲那時流行的式樣與現在不同，已嫌過時了。她自覺不滿的，照片中的她，正嘟着嘴，好像跟誰生氣呢。

這一天，她肚子中略有不舒服。傍晚分手時，我想我不應該勉强她送我到電車站。等她送我到電車站時，看看時間還早，我說我再送你回去，這一夜，月光分外的潔白，灑在柏油路上，有一種超過塵世澄清與聖潔的感覺。我拉住她的手，來摩擦我的鬍子。她說像一根板刷。我們邊說邊走，已走近弄口了。我想吻她的手，她却掙脫了，像小鳥般的躲進弄內。

我嘗試着不天天去看她，心上便閃過一陣空虛。右眼不停的跳，我終不放心不知是何朕兆。一直挨到下午二時後，打了一個電話給她，知道「一切均好」（Every thing is all right）後，我才定心。

她曾經把我以前寫給她的一束信給我看。其中的詞句，大半我已忘記了，現在重讀一遍時，自覺寫得太冷淡。但是那時候我們只是極平凡的朋友，我能寫些什麼呢？

說不去看她，後來又忍不住約她出去看電影。她說脚腿間軟軟的沒有力，也許因爲前幾天受涼的關係。我們雇了街車，到達電影院時，她說這一段短短的路程，原可自己走呢。在電影院中她對我說：「據命相家的推算，她下嫁的男人，是很容易變心的。」接着又說：「這是命運中注定的事，無法更變。」一種無可奈何的被迫接受的人生哲學，滲透着若干淡漠的悲哀成分，人生豈難說始終爲命運所播弄嗎？

出戲院時，約七時餘，我們預備到外灘乘電車，順路却灣入外灘公園，這是我第一次上這裏來。她說已來過好幾次了，最初的一次，她說撞見一個女人在那裏自殺。只有二十來歲，後來給人家救起了，不知爲的什麼原因。

我們沿着近江的一邊，想找一只空椅子，全給人家坐滿了。好容易才找到一只。一同坐下。江干初上的月亮，通紅的半掩雲中，活像太陽。片刻，透出雲端，高懸天空，才過陰歷十五，分外見得大而渾圓。她說從前曾做過一個夢，夢見月亮張了開來，她以爲是天開眼呢。其情景彷彿綠野仙蹤中的一幕，這是她離開這夢過了數天以後才看的第一張外國影片。說起來是若干年前的舊事了。

我把眼睛跳告訴她。她替我在眼睛上排算一下，說是挨着酒色財氣中的第一項，該吃酒呢。她說讓她來請我喝一杯啤酒吧。

公園中的看守者，吆喝着游客們離園，已是該關門的八點了。她要回去吃晚飯，省得在外面花費很大，我說在外面吃一點簡單的東西，上電車時，一個日本女人讓開了一些坐位，給我們坐下。我硬僵僵的說了一句「阿里阿篤」，這個日本女人起初沒有聽見，後來聽見了，笑個不已，我不知道她在笑我呢？還是在笑我們兩人。

嗯，不錯，我在這裏要補記的是：我們坐在公園中的椅上時，也還轉到了「自殺」的念頭。看着滔滔的江水。在那裏結束一條生命是多麼容易。她說在一年前，她的心境最惡劣，如果在那裏跳了下去，她的家中人是不會知道的。她問我：「假使我在一年前和人家訂了婚，你會不會自殺？」

「我會自殺的。不過，假使我跳下去之後，你在身旁的話，也會跳下去嗎？」

「我不會的，因爲我已和人家訂婚了。」

我想，她說的是眞話，易地以處，如果我已和人家訂婚，大概見她跳下，也不致於跟着她下水吧。

我又問她，她如知道我已訂婚的說法，會不會自殺，她說也許會的。另一個時機，我問她，倘使她見到我和一個女人一起走時心上覺得怎樣。她說假使這個女人比她漂亮，她便心平氣和不憤慨了。

我和她的一個女友曾經說起過，有時見到街頭櫥窗內的一件物品很可愛，等到買來後，便覺得沒有什麼了不起了。這位女友說，女人的心理就不同，買來以後，就會繼續的歡喜它。這種見解不知可援用說明男女的戀愛心理嗎？

關於男女間事，原頗微妙。可以分成兩種情形，一是互相忠實。一是互相不忠實。也是西洋人所說的「你騙我，我騙你，大家快活」（You cheat me, I cheat you, every body happy!）的那種看法。此外，另有第三種情形，如英國著名數學家羅素所主張的「嘗試婚姻」，在夫婦彼此的默契之下，兩人均可有外遇，然而三角戀愛的結果，十九都鬧成悲劇，別的例子不談，就拿羅素本人來說，最後仍與他的妻子離婚，且以思想太極端，不能見容於英國，渡海至美後，仍以主張過激，幾乎被擯於大學講席的門外呢。有人說：異性嫉妒一事，其由來像亞當和夏娃降世以來那樣的悠久，又像「明日的世界」（The world of to-morrow）那樣的簇新。這不但是一句修辭美妙的警語，又是道着事實眞相的妙喻。

近來幾天，不但沒有錢，而且還舉了一千元的債。袋中留下三百元，如果沒有什麼意外花費，恰巧在發薪水的前一天用完，一星期前我對小手杖說，她的一個朋友替她畫的一幅彩色肖像，她已送給我了，隔了兩星期後，可以轉送給她。我又說，憑我的挑選物品的眼光，在兩星期後，要送一件衣料給她。

她問我：「爲什麼一定要隔兩星期呢？」

「我因爲要把這肖像伴我兩星期呢！」我心中的想法則是：我要花五百元替她配一個鏡框。買衣料又得花上千元以外，她却不明瞭，繼續的追問我。我故意神祕地說：「究竟爲的什麼，過了二星期一定告訴你。」其實，說破了不是很簡單的麼？「買東西須要錢。我要過二星期才有錢呢。」

傍晚時分，月色依然很皎潔，我和她同立在陽台上，俯瞰水門汀的弄堂，寂無人跡。片刻，鄰家來了一輛三輪車。我說：「假使我是一個三輪車夫，我願踏在後面，不願騎在前面。」

「爲什麼？」

「我騎在後面的時候，可以賞鑒車中的女乘客呢。最好這位乘客就是你。」

「你們男子總是不懷好心腸的。」

這一夜，夢見許多女人從天上飛下來，彷彿駕着飛機，又像身上裝着雙翅，像一種飛行的設備，依心理分析專家弗洛貝爾的解釋不知這是象徵些什麼。

隔了一天沒有去看她。下一天打電話到她的辦公處去，說她請假沒有來，我不知道她究竟是病了，因爲上次臨別時，她有一些傷風，還是躲在家裏睡覺。還是向喜事人家，因爲這天是好日子去道喜或上喪事人家去吊唁了。我有許多話等着告訴她。譬如說她有一天交給我的照片，已送去添印了，又如前年我在巴黎大戲院，遇到一個陌不相識的年輕人，他告訴我當天接到他的女友的絕交書，說他們最初是在法國公園相識的，女的不小心掉在水中，給男的救起了。以後走動得很親密。女的母親認他做乾兒，怎樣說他的相貌不凡，將來一定有飛黃騰達的一日。可是最後他接到她的信，說她是不值得他的愛的，她以後永不嫁人了。他明知道這是一種托辭。因此她當天獨自躲在屋子中，哭得很傷心。爲了想一吐胸中的積忿，雖然我和他初會，他也很坦白的告訴我一切了。他甚至把他的住址告訴我，希望我以後跟他談談，我當時尙在未受挫折的戀愛中，對他雖然十分同情，却無身歷的痛苦的經驗。誰知道在約一年以後我會蹈着他的覆轍呢。現在我們也許像重圓破鏡——不知道那位陌生的年輕人，可找到另一個愉快的對象嗎？因爲後來我很歉然地說抽不出空閑來，始終沒有照他所開的地址去拜訪他。

我預備將這些話告訴她，或者能得到她一些共鳴。

果然，不出我的若干預料之一，她眞的病了。頭痛鼻塞，害着重傷風。我去的時候，她正躺在床上，通紅的臉，一面在翻看一本福爾摩斯偵探小說集。我問她可覺得談話厭煩嗎？她說並不，因爲她睡得很多，精神已很清新了。

她對我說上一天上午從十時至十二時哭了二小時，叫我猜她爲什麽哭。又說如果猜得出，我便是個聰明人。

這樣一說，我似乎一定要做個聰明人了。我問她是不是有人責備你，——這其實是猜猜而已，想來是不會有人責備她的——又問她是不是睡在夢中，哭了二小時。她說都不是，接着我說：「可是在看戲？」她說：「有些對了。」於是我很快地猜下去，你可是在看紅樓夢的試片嗎？她說：「不錯」，她再告訴我，眼睛哭得很紅，因此，出戲院時不得不戴上太陽眼鏡。

晚飯時，她薄薄的喝了一碗半粥。渾身出了汗。她本來說兩脚很冷，現在覺得溫暖了。飯後，她在沙發上坐了片刻，上一天我沒有上她的家中去，想不到她的家人談起我爲什麽不去了。我說，如果我天天去，那麽你們下一天終能盼望我來。如果中斷一天，那麽何時再去，便沒有把握了。

這一夜正逢着防空演習，前面的屋子內，她們家中有幾個親戚在打牌，窗上的黑布沒有完全遮好，漏出一絲亮光，更或許是因爲燈光太亮的緣故，給巡查的自警團察覺了，撳着門鈴撞了進來，她的屋子內本來也開着一盞檯燈，趕緊熄滅，於是我們靜坐在漆黑的房間中。

給這些自警團說了一些好話之後，打牌的換上較小的燈光，繼續他們的打牌。我們這間屋子內，也再把檯燈開亮。她又回到床上去休息着。

在燈光下，她的模樣彷彿改了。躺在床上，身材似乎比站的時候高。我說：「你睡的時候，比站着的時候更好看。」我接下去說：

「你站着的時候，看來像二十歲，現在一看，只有十八歲。」

「你不要在取笑我。」

我說：「我說的是眞話，因爲究竟我是不是在取笑你，可以從語氣上辨得出的。」

她是和衣睡着的，旗袍的短袖子很滑，露出一半肩頭，給我見到了，她羞澀的把被頭拉了上去，掩住她的雙臂。

我一面仍在說話：「我以前見了女人就臉紅，二十歲以後，比較好了，現在臉皮很厚，能夠對着陌生的女人直看，可怪的是：至少女人也是同樣的無動於中，因爲她們能儘着你看，並不害羞，甚至反而要看你。」我說這話，馬上發覺恐怕引起她的誤會，因爲我在注視她時，她也在注視我呢。於是趕快聲明道：「我說的是別的女人，不是你呢。」

天氣漸漸暖了。大家都換了淡顏色或白色的衣服。使我懊喪的是：一次從她的家裏回來時，身邊只有二十元，沒有坐洋車的足夠的錢。時間已近半夜了。我守候着一輛電車到來，我沒法擠上去，經我向賣票員探問，他說還有一輛。等這一輛來時，却更擁擠，然而我非乘上去不可，否則走回寓所，太吃力了。站在車中，簡直不能立定，像一句用慣的形容詞所說：擠在罐中的沙丁魚，正是一些不錯。再等片刻，終算找到了一個坐位，坐定時，一看脚上的第三次穿的白皮鞋，給踏得烏黑，而更糟糕的是：新近才洗過的西服的褲子，不知給乘客所帶的什麼污穢物件，染上一團墨黑的洇污。我又恐怕塞在西服袋中她送給我的，本來是給小孩子玩的，松香質的「搖鼗鼓」給壓扁了。大幸，沒有損壞。

她的傷風痊愈了一些，然而仍有咳嗽。下一天，我有事沒有去看她。在傍晚打了一個電話，聽着她用嗡嗡的鼻音說，胃口不十分好，不時要噁心。我在袋中摸出搖鼗鼓湊在電話機上搖了一搖，問她是什麼聲音。她說知道的，又問我電話機旁可有什麼別人，我說沒有，她再說時間還早，因爲那時只有八時三十分左右，問我可要出去嗎。我說不出去了。再停一刻，就要睡覺了，最後說了一聲明天會。我和她從這一天起約定每隔一天去看她一次，留下不去看她的一天，可以安排一些個人的私事。

在更早的一天，我上一個親戚家中去。事前曾用電話通知她，答應去看她。這一日她等到十一時半才睡，一過十時半，她知道我不會去了。後來她又告訴我，這一晚她夢見我不知爲了什麼事情在哭泣。她家中的女僕又告訴我說，同時她自己也曾對我說過，她從來沒有跟人家吵過嘴。她所能做的惟一的發洩感情的方法，便是嗚嗚咽咽的哭一次。當時我接下去說：「更可憐的是；我也想痛痛快快的哭一次，却找不到可以讓我任情痛哭的機會和所在呢。」

當天晚上我躺在床上，翻來覆去，不能入睡，後來迷迷糊糊的睡熟了。半夜醒來時，看來像冰冷的月光，正射着我的臉，四周是意料之外的靜，好像世界上只剩下我一個人。我的頭腦，特別淸楚。以前的經歷，重疊地在腦際出現。我在枕下翻出她的照片。她拍照片的時候，正在微笑。因此，現在也正在微笑。我情不自禁地大胆的在照片上吻了一下。口中喃喃的說：

「小手杖。我歡喜你，永遠地！永遠地！」

後記

本篇並不是筆者的第一篇小說，却是第一次企圖用第一人稱來寫一支抒情的故事。其中雖然也略有些議論的地方，却佔着極小的份量。寫這篇小說的動機，在我讀了英國小說家保羅•霍耿（Paul Horgan）的不再有一刻鐘（No Quarter Given）之後。當時頗爲保羅氏刻劃男女之間的深情密意所感動。全書寫一個染有癆疾的音樂家的戀愛。筆觸樸實而眞摯，我就憑着這本書的感召力量，寫下這個故事。其中云云，十九出諸想像，除地名外，並不在影射任何實事實物也。

南國情歌

歐陽彤

排演本劇，須得作者同意。

四幕七場四景

第一幕　十八年前——民國十四年夏，廣州。
第一場　溫家花園的一角。
第二場　當晚，司徒諒直家中內室。
第二幕　兩年後——民國十六年秋，在香港。
第一場　鄺兆昌家，詠嫻的書房。
第二場　景同上，兩月後。
第三幕　又過了十六年——民國三十二年春。在上海鄺宅的大客廳，傳英十五歲的生辰。
第四幕　三月後，政府統制紗布限價收買時期。
第一場　景同上。
第二場　同上。數日後。

人物

溫家的老聽差
伍英士——生長在檀香山的青年華僑。
溫嶺梅——詠嫻的表姐。
司徒詠嫻——英士的愛人。
秋蘭——司徒家的便婢。
司徒諒直——詠嫻的伯父。
陳氏——詠嫻的伯母。
鄺兆昌——詠嫻的丈夫。
阿牛——司徒家的長工，秋蘭的丈夫。
鄺傳英——英士詠嫻的結晶，鄺兆昌名義上的女兒。
唐秉良——溫嶺梅之子，與傳英同歲。
容悅——傳英的女友。
譚靜儀——同上。
梁佩如——同上。

第一幕

第一場

（這是一個非常精緻講究的花園，尤其是從那矮矮的冬青樹攔成的甬道轉過來的這一角，使人一到這裏不覺就生一種恬適之感。芭蕉樹下天然石的桌凳，堆砌得是那麼玲瓏可愛。右邊的兩棵荔枝樹，樹枝被纍纍成熟的菓實墜下，好像是爲了讓主人便於採摘，故意的獻着殷勤。園角上種植着幾株椰子，把這園內的南國氣氛點綴得益加濃厚。現在火球似的太陽已經落下去了，鬱藍色的天空佈滿了閃爍着的明星，而月亮也悄悄地的在樹後升起來了。雨後的月光格外皎潔，天空也益顯清澈，晚風微拂着細長的椰葉，這是一幅多麼恬靜美麗的圖畫！

（開幕時，聽差領伍英士從甬道兒上。）

（英士是一個廿二歲的青年。不太高的身材，微黑的膚色；曲捲的短髮微亂，時而有兩綹飄下，好像主人既不時加管束，它們也不妨淘氣些兒似的；寬闊的額角，顯出他超人的天才與智慧；而黑大微凹的眸子却像是兩個天窗，從這兒泄漏了他心底的熱情。他自幼生長在夏威夷，環境使他對音樂熱烈的愛好。直到去年纔因爲父親的一片愛國心，回到祖國來受教育。他不美，但自有他一股率勁兒。

溫家的老聽差：（說着上）伍少爺！您可慢着，剛下完雨，道兒上滑。

伍英士：你們這個花園可是眞講究啊！

聽：（溫家的老聽差簡稱）您還沒看見這邊兒哪。

伍：（伍英士簡稱）這一塊眞是更好了。咦！椰子樹？這在廣州還不多見，到了這兒眞讓我覺着好像是回到了夏威夷去了。

聽：小姐也是這麼說，她說到了這兒就彷彿是到了東洋；嗯！不是，西洋；嗯！不對，北……

伍：好像是南洋。

聽：對了，就是南洋，一點兒也不錯。我們沒念過書的人眞沒辦法，腦子想對了，嘴都不聽使喚。伍少爺！您就在這兒等一會兒吧。

伍：好好！可是你們小姐既然特意派人去約我今天晚上到這兒來，那麼她怎麼又要跑出去不肯在家等我呢？

聽：這……這我可不知道，小姐臨走就吩咐說，您來了就請到花園裏等着她。

伍：那麼她到那兒去了？一會兒就來麼？

聽：大概就回來！小姐是到司徒公館去了，因爲明天司徒小姐要回鄉下去。

伍：甚麼？司徒小姐要回鄉下去？

聽：嗯，是的。可是我也沒聽明白，好像小姐那麼說來着。伍少爺！您這兒坐會兒吧！我去倒杯茶來。（下）

伍：詠嫻要回鄉下了？奇怪！她不是說讓我也別回夏威夷，我們要在一塊兒好好兒的過一個暑假嗎？怪不得梅姐叫我今天來哪！咦！爲甚麼前天在學校裏詠嫻不告訴我呢？噯！反正梅姐回來就能知道是怎麼回事兒了。

（聽差送茶上。）

聽：伍少爺！您喝茶。我還要到前面去照應照應，少爺少奶奶一走，這家裏更空了。伍少爺！您還有甚麼事吩咐嗎？

伍：不！你忙你的去吧。

（聽差下。）

（英士獨自留在園中思索着詠嫻回鄉的事。月亮升起了，整個兒的園子浴在月光中。英士來往踱着，他恨不得立刻能見着詠嫻問她個明白，但詠嫻偏偏又姍姍來遲，他只得倚着石桌輕輕的撥弄着身邊的 Ukulele，暫解心頭之焦思。望着初升的月亮，不覺的他又唱起 Blue Haw i 來，這是他平日最喜歡唱歌了，裏面充滿了思鄉的情緒。他雖不是夏威夷人，但那裏是他自幼的生長地，並且那裏還有他的父母，他美滿的家庭。他不過是一個剛剛離家一載的遊子，又怎麼能不患鄉愁呢？

（將唱完時，溫嶺梅，司徒詠嫻，秋蘭上。）

（溫嶺梅因爲是在南洋生長的，所以在她身上你看不出中國的閨秀氣，舉止活潑大方，思想也很解放，是個想起甚麼就說甚麼，該怎麼做就怎麼做的爽快人，然而在十八年前老年人的眼目中卻不免認爲她太野了。）

（司徒詠嫻，她正和嶺梅相反，溫柔嫻靜，完全是一個大家閨秀的風範，在她的舉止言談中都流露出東方的美點，她也愛好自由，希望解放，但是頑固的母教，烈女傳，女孝經等，也在她心中有了根基，這根基就好像一條無形的鎖鏈，綑綁着她，使她不敢去追求她所喜歡的生活。

（秋蘭——司徒家的使婢，後來專伺候詠嫻。詠嫻回鄉小住時她也時常陪了去，因此和詠嫻家的阿牛知識，並且已經有了相當的感情，但是他們是奴僕，身子都是主人的，何況婚姻呢？）

（上場時，嶺梅在前，見英士正在唱歌，就回身向詠嫻等擺手示意別出聲，歌畢。）

溫嶺梅：（拍手）

秋蘭：伍少爺！我們來了半天了。

伍：（回轉身來）梅姐！你今天可不大對！怎麼你約了我來，自己倒出去了？害得我等了你這麼半天。

溫：（溫嶺梅簡稱）我是給你接嫻妹妹去了！你不謝謝我，還怨我害你久等，眞是「狗咬呂洞賓，不識好人心。」你再這麼沒良心，你們的事，我可不管了。

司徒詠嫻：好姐姐！別生氣。英士！不是梅姐，我伯父是不會讓我出來的。

伍：（向嶺梅）這麼一說，我還得謝謝你囉。詠嫻！剛纔我聽說你要回鄉下了？

嫻：（司徒詠嫻簡稱）是的，家裏有信來說母親病了。

伍：噢！那你甚麼時候動身呢？

嫻：明天下午，伯父親自送我回去。

溫：嘿！等會兒你們倆再聊行不行啊？英士！你是頭一次到我們這兒來，你瞧瞧我們這個花園子還將就吧！

伍：將就？簡直是太講究了！在你這花園裏實在看不出是在廣州，所以剛纔我等你們等煩了，不知不覺的就唱起 Blue Hawaii 來了。

溫：原來又在那兒患鄉愁哪，怪不得唱得那麼入神，我們來了你都不知道。

秋蘭：伍少爺！你剛唱的那個洋歌可是眞好聽啊！

伍：梅姐！你眞太自私了，有這麼個好花園子不早點兒請我們來玩兒。

溫：你別不知足了！今兒個若不是我哥哥嫂子都上了香港，詠嫻又死氣掰咧的求我在她回鄉下以前，想個法子讓你們再見一面，不然的話我還不會請你來呢。秋蘭！走！你跟我到我屋子裏等你們小姐去，別在這兒給他們夾蘿蔔乾兒，讓伍少爺儘拿話氣人。

伍：梅姐！你眞跟他生氣嗎？他是成心跟你鬧着玩兒的。

溫：好妹妹！我這會兒才不理他呢。你們倆這碗冬瓜湯早晚得我喝，他把我氣急了，趕明兒舅舅跟前我就不替他說好話。這會兒你們倆人在這兒談談吧，我叫秋蘭陪我回屋子憩會兒去，這兒蚊子太多了。

伍：梅姐！你別走，要不然我也跟你一塊兒回屋去。你怕蚊子咬，我們就不怕蚊子啦嗎？

溫：得了吧！別假門假事的了。你們倆到一塊兒談上心，別說蚊子了，就是馬蜂來螫你們幾口，你們也不知道啊。（笑着下）

（秋蘭隨下）

伍：（走近嫻）梅姐眞愛開玩笑。詠嫻！你眞的要走了嗎？

嫻：唔！母親病了。父親去世以後祇有我是她唯一的安慰，我怎麼能不回去呢？何況病得又很利害。

伍：（失望地）那麼我們原定在一塊兒好好兒過暑假的計劃只能打消了。

嫻：英士！你別這麼懊喪，你這麼樣我心裏更難過了。從昨天早上我接着家裏的信，心裏就亂的甚麼似的。可是英士！我怎麼能不告訴你就走呢？所以我才託梅姐設法讓我再跟你見一面。所以英士！你別不知足了！要不是梅姐，今天早上伯父就送我走了。可是若不是有你，那我不是一放假就回家了嗎？

伍：那是的！我留在這兒不跟小林他們一塊兒回去，不也是爲着不願意跟你離開？詠嫻！你大概很快就會回來吧！

嫻：只要母親病好了，我當然就會回來的，可是……

伍：可是甚麼？

嫻：可是也許我就永遠不會回來了！

伍：那爲甚麼呢？

嫻：你知道我伯父向來是頑固的。這回放我出來進學校，那是因爲梅姐再三跟我伯父說，有她跟我在一塊兒決不會有甚麼事，伯父才答應的。可是我又偏偏遇見了你。自從上個月秋蘭她們多嘴多舌的，讓伯父知道了我們的事，伯父好好的把我罵了一頓，說是我再跟你來往就不許我上學了，並且還要把我送回鄉下去關起來。

伍：關起來？奇怪！你又沒犯法。

嫻：可是我認識了你，在他們眼光中就比犯法還要利害。昨天晚上梅表姐跟伯父說，學校裏還有點兒事，我得晚一天動身，伯父雖然答應了，可是他說「晚一天動身倒不要緊，但是如果只爲學校裏有事就犯不着躭誤，因爲女孩子進學校總不大好，尤其是男女合校」。這言外之意你還不明白嗎？

伍：這麼一說你回去了不再來是很可能的了。詠嫻！你別回去了吧，說不定這消息是伯父假造的。

嫻：那不會的。媽不會騙我的！眞的是鄉下來的信，阿牛的筆跡。

伍：阿牛是誰？

嫻：我父親從前的小書僮，現在在我家裏管事。阿牛人也老實，不會寫假信的。

伍：那麼你是一定要回去了？

嫻：嗯！

伍：你伯父如果不許你回來，我們的事就這麼完了嗎？

嫻：英士！你別提這個了，我心裏亂極了。將來只能看事行事，可是你知道伯父現在是我們一族之長，他的話就是我們司徒家的法律，爸爸生前凡事還都得請教他老人家的。

伍：那麼我們只有聽他擺佈了。

嫻：英士，別這麼說話，明天我就走了，不是表姐，我們還沒有這麼個話別的機會哪。英士，讓我們快快活活的離別吧！爲了這次的分離我作了一首詞，我也試着譜了一個調子。如果我眞的不能再來了，你留着也算是我們相識的一點痕跡。英士！你過來，你看好嗎？不！還是讓我先唱給你聽吧。（唱）

南國情歌一

（平調）情膠稠，意相投，滿咽離歙難遣愁，魂牽夢會遊。（轉哀怨）思悠悠，恨悠悠，闕上頻懸腸斷鈎，淚滴雙紅謳。思悠悠，恨悠悠，闕上頻懸腸斷鈎，淚滴雙紅謳。

（嫻聲淚俱下，英士亦黯然神傷，半晌。）

伍：詠嫻！

嫻：英士！你不喜歡這個歌嗎？

伍：喜歡！只是過于憂傷，唱起這個歌來好像我們是要永別了。

嫻：（泣）

伍：不！詠嫻！我們不能永別。我們相愛，我們應該在一齊。我們有我們自己的生命，我們有我們自己的情感，我們不能受人家的擺佈。（俯下身去，在歌詞與譜上改一兩處。）雖然我們暫時要離別，但是終久我們要長聚在一起。不要這悲涼調子來紀念我們的別離，我們要這樣唱這個歌：（唱）

南國情歌二

（平調）情膠稠，意相投，滿咽離歙難遣愁，魂牽夢會遊。（轉輕鬆愉快）江長流，水長流，流到汪洋總聚頭，比肩點點鷗。江長流，水長流，流到汪洋總聚頭，比肩點點鷗。

嫻：多好啊！這個歌唱起來眞使人暢快，好像到了春天，心中充滿了喜悅，身上滿照着陽光，整個心是輕鬆的，整個身是溫暖的。英士！你眞好。

伍：（溫柔地）詠嫻！（忽然急切地）詠嫻！

今天晚上我要跟你一齊回去，我去見你的伯父。

嫻：（驚異地抬起頭來）英士！你說甚麼？

伍：我要去見你伯父，告訴他我愛你，你也愛我，我們的愛情是純潔的，將來我們要結婚。省得他不明白，老誤會我們，干涉你的行動。

嫻：沒有用！他們老年人錯誤的觀念是不容易糾正的。他們總認爲青年男女在一齊，不是夫婦，就一定是不正當的關係。你去解釋也沒用。再說我們究竟還沒有正式的名義，你怎麼能到我家去呢？

伍：我們不是朋友嗎？朋友的名義不正當？

嫻：你根本不明白中國的社會情形，跟你說你也明白不了。英士！你有甚麼親戚在中國嗎？

伍：有，我舅舅在香港。

嫻：你舅舅有錢有勢力嗎？

伍：你這是甚麼意思？

嫻：你別管，英士，你是不是打算永遠跟我在一齊？

伍：那當然了。我們一畢業就立刻結婚，然後一塊兒回火奴魯魯去。我預先也不告訴我父親母親，好給他們一個意外的喜悅。我的爸爸媽媽一定都喜歡你。

嫻：那當然好極了。可是現在能不能請你舅舅出頭跟我伯父商量，把我們的事先辦一點

伍：可是，詠嫻！你得原諒我，我現在大學還沒畢業，那有力量組織家庭呢？

（烏雲漸起，遮住月亮，隱隱有雷聲。）

嫻：（又羞又窘又爲難）不是，英士！我是說先把結婚以前的手續辦一下，我們有了個名義，親友間的責難閒話也可以平息一點了。

伍：你是說訂婚？我們的情感到了現在這樣，訂婚與不訂婚有甚麼分別呢？再說這是我自己的事，到了時候我自己會辦，爲甚麼還要找別人出頭呢？

嫻：話是這麼說，可是就算我們畢業了，你親自去找我伯父說也是不行的。一定要請一個體面的親戚來說親纔行哪。

伍：那爲甚麼？是我們倆結婚，只要我們倆相愛就夠了。告訴你伯父已經是多餘了，這不過是尊重你的意見。我這方面，我結婚，我是絕對不請代理人的。

嫻：你沒有體面的親屬出頭，我伯父一定不會答應的。你想一個陌生的青年人，他既不知道他的出身門第，又不知道他的身家財產，怎肯把姪女嫁給他呢？

伍：但是他的姪女是嫁給伍英士，並不是嫁給伍英士的出身門第，身家財產呀！

嫻：眞跟你說不明白，還是聽天由命吧！

伍：眞奇怪在家裏拿兒女當奴隸一裏管束，結婚的時候，又要當商品一樣的估價。這麼特異的風俗習慣！父親要我出來受一點祖國的教育，沒想到又得着這麼些奇怪的見聞。

（雷聲漸大，烏雲密佈，閃電。）

（溫嶺梅偕秋蘭上。）

溫：甚麼奇怪的見聞呀？你說給我聽聽？你們談得眞入神，天又要下雨你們都不知道。

伍：喂！梅姐！我問你點兒事，中國的父母對于兒女的婚姻……

溫：得了得了！我知道，你們倆的事包在我身上，等嫻妹這回回來我就跟舅舅提。天也不早了，又要下雨，你快回學校吧！我也要送嫻妹回去了。再不回去舅舅知道了還當我把他這寶貝姪女拐跑了呢。

（雷，閃電，風。）

伍：那麼我走了。詠嫻！梅姐！

溫：好！再見！

（大的雨點稀疏的落下。）

溫：雨已經下來了，快走吧！剛還那麼好的月哪。秋蘭！雨衣呢？

秋蘭：在這兒呢，今天白天已經下了一場雨了，這會兒又下。

嫻：夏天的天氣眞和人事的變遷一樣的不可捉摸！（潸然淚下）

幕下

第二場

（置景，在廣州古老的大廳內。左邊有門通庭院，右邊有小門通司徒夫婦的臥室，正面偏左有門通後面。滿室陳設古色古香，室內壁上有字畫，一切桌椅都是紅木的，靠正面牆上一個大的多寶閣。）

（司徒諒直——六十多歲，花白的鬍鬚留得很長，但還有精神，看上去像是一個道貌岸然的老者。他是一個清朝的遺老，正如他所說的，中過翰林，放過兩湖總督。根據他那時代的教育，他當然是一個舊禮教的擁護者，他反對詠嫻英士的相愛，就盡力的阻攔破壞，而自己却看中了丫頭秋蘭，想把她收房。在這假道學的面目後面，還隱藏着一顆貪婪的心，目前他正看中了擁有相當財產的鄺兆昌，並且又受了他的重禮，因此他就用盡方法撮合他和詠嫻的婚事。

（司徒陳氏——五十餘歲，但是寬裕的生活使她並不顯得怎樣老，更何況她又盡力的敷脂弄粉，希望維持她昔年的風韻。過去她是一個很能幹的官太太，現在已經安心養老了。但是她也有一件担心的事，就是怕她丈夫討小老婆，對這件事她是一點兒也不放鬆的。她已經發覺了她丈夫對秋蘭的野心，更加重了她的心病，於是她只得割愛，把自己一向寵信的秋蘭給詠嫻陪嫁。這在她眞是一舉三得的好主意，因爲這樣一來可以給外人說忠厚賢慧，視姪女如親生，二來可以使闊綽的姪女壻更多孝敬自己，但是頂要緊的還是爲絕了自己丈夫的意頭。

（開幕時，司徒諒直坐在躺椅上抽水煙。面上時顯笑意，似乎有甚麼喜事，一會兒又有些焦慮的神色。外面雷雨聲。）

司徒諒直：太太！太太！

司徒太太在內的聲音：又有甚麼事呀？

司徒：（司徒諒直簡稱）詠嫻到底又上那兒去了？一個女孩子深更半夜還不回家，眞太不成體統。你太縱容她了，我剛纔若是在家就决不能許她出去。

司徒太太：（說着由左門上）我勸你省省心吧！女孩子好歹是人家人，詠嫻也姓不了幾天司徒了，我犯不上做這個仇人，再說溫表姐來邀的她，我一攔不是得罪倆？我可不那麼傻！

司徒：那麼詠嫻的行李都收拾好了嗎？明天下午就要動身了。

陳氏：（司徒太太簡稱）不用你操心，我早叫秋蘭給拾掇了，就是秋蘭自己的東西我也吩咐她預備好了。

司徒：秋蘭自己預備甚麼東西呀？

陳氏：怎麼？秋蘭伺候詠嫻伺候慣了，我沒兒沒女，詠嫻就跟我親生的一樣，這會子她要出閣了，我當然得陪他個丫頭。

司徒：陪個丫頭固然應該了，可是秋蘭噻……秋蘭……

陳氏：秋蘭怎麼樣？

司徒：不怎麼。我是想着秋蘭總是偺們家養大的丫頭，又是你一手訓練出來的，這會兒陪給詠嫻，那你這麼些年的心不是白操了？不如叫她母親給她買個鄉下孩子，秋蘭還是留下侍偺們倆的好。

陳氏：（尖酸地）這會兒又這麼小器了！剛纔我清理東西，怎麼這也要給詠嫻添箱，那也要給詠嫻添箱，既然恨不得傾家蕩產的陪送她，幹嗎又在一個毛丫頭身上打算盤？

司徒：話不是那麼說。我們是詩禮之家，書香門第，我中過翰林，恩放兩湖總督，雖然現在遜清退位，我們只得隱居家鄉，頤養天年。但是鄺兆昌不過是一個商人，照門第來說，我們兩下結親實在是一件勉強的事。但是兆昌爲人有智有謀，青年有爲，前途未可限量，對我們又是十二分的巴結，先不管這次的訂禮如何豐厚，就拿他送我的這兩件東西來說，那一件也是價值連城的，你看這個陶器是眞正的漢窰啊！

（一個糊滿了泥土的缺口瓦罐。）

陳氏：甚麼旱窰水窰的，一個破罐子給我拿下廚房裝佐料還嫌它有缺口哪。

司徒：嘿！好就好在這個缺口兒，有了缺口才能鑑定它的年代呢！

陳氏：（一把搶過來將在桌子上）管他甚麼年代還不是一個破罐子？（說着走向左門，欲下。）

司徒：噯呀！我的太太！你可吓死我了！摔掉一塊土也不得了啊！那土還是從漢朝就沾在上頭的哪。你先別走，你先別走！替我扯着這塊兒讓我再看看，這個山水中堂是米襄陽的眞跡哪。

陳氏：我還有事呢！有甚麼好看，一天看上好幾遍，你不如掛起來，不是愛怎麼看就怎麼看！

司徒：不能掛，掛起來會弄髒的。

陳氏：不掛起來就當眞乾淨嗎？你看這張紙，就是廚房裏讓煙薰兩年的屋頂也比它白淨，再加上這一塊塊孩子尿似的痌漬。……

司徒：得了得了！你別說了，我知道你不稀罕這些東西，我拿給你看眞是是對牛彈琴，多此一舉。可是你忘了你手上那一對鐲子？兆昌孝敬你的那一對翡翠鐲子？

陳氏：嗯！沒忘沒忘！這對鐲子可眞是好東西，顏色又水冷，光彩又油潤，價錢一定小不了，眞虧得兆昌這孩子怎麼找來的。詠嫻配着這樣的女婿，眞不知道上輩子敲穿了幾隻木魚呢！

司徒：既然鄺兆昌來儀如此豐厚，那麼我們預備嫁粧也當然得盡力而爲了。不然菲薄了人家一定要說我人太苛刻，並且還要說我做伯父的不通情義了。

陳氏：這麼一說我就更得把秋蘭陪過去了。

司徒：可是你就不爲詠嫻想了嗎？你向來是喜歡這孩子的。

陳氏：我這不是爲詠嫻想嗎？起小兒在家嬌生慣養，出了門子身邊兒那能沒個貼心的人呢？

司徒：你就不想想，他們年青夫婦倆，房裏放個體面丫頭兆昌又不是傻子，萬一有點甚麼事，那麼詠嫻的幸福就叫你給斷送了。

陳氏：你不用跟我繞脖子說話，你那點兒私心我都明白，你打算把秋蘭收的房裏呀，告訴你，那除非我閉了這雙眼，我往六十歲的人了，活着也沒幾天了，你還想討個小老婆，讓我生骯髒氣：

司徒：我那有甚麼私心呢？不過你年紀大了，身邊就得有個得力的幫手。並且麼！「不孝有三，無後爲大。」這樣下去對於祖宗有點兒說不過去。

陳氏：少抬出祖宗來壓我！我又不是沒生養，是你們家墳地風水不好，纔把我的孩子都妨死了，我不怨你祖宗缺了德，你現在裁跟我說這些話。一個多少年前的破罐子都拿着摸了又摸，看了又看，怔說是古董；我跟你三四十年的夫妻了，這會兒倒嫌我年紀大了。好！我混來混去，混得連一個破罐子都不如了。我的天！（哭着欲由左門下。）

司徒：你別這樣，等會兒給底下人看見了像甚麼話？這幾十年我不是都聽你的話，在任上的時候，下屬送人給我我都不要。我不過因爲秋蘭一向是你喜歡的，人又能幹，相貌也過得去，就想這麼個兩全其美的辦法，留下侍候偺們倆一輩子。既然你容不下她，……

陳氏：你少這麼說話，給人聽見還不知道我有多厲害呢！我雖不敢說是有多麼賢慧，可也不是眼裏揉不下砂子的窄心胸。我是想着我上輩子沒作好事，這輩子可不能再缺德，不能讓個十來歲的小姑娘和你睡棺材。再說這兩年你身體也不大好，正應該多補養補養，收個房裏人別的倒不要緊，回頭兒子沒生倒把老命送了，可有點兒犯不上。

司徒：噯！你怎麼老盼我死？

陳氏：誰盼你死了？你心裏才咒我呢！恨不得我馬上閉了眼好隨你的便。沒良心的老不正經！我非不能趁你的願，明天我就打發她跟詠嫻一塊兒走。（氣哼哼的由左門下）

司徒：這何苦呢？不許收房也不妨留在家裏多用兩年啊！

陳氏：（在內）幹甚麼？把這塊肥肉留在家裏，等你這饞貓來偷嘴吃，是不是？

司徒：這是甚麼話！這是甚麼話！

（溫嶺梅，司徒詠嫻，秋蘭上。）

溫：舅舅！

嫻：伯伯！　（同時）

秋蘭：老爺！

司徒：（轉過身來，掩飾的咳了兩聲。）噢！你們回來了，晚上怎麼還要出去？

溫：是我來邀嫻妹到我家去的。因爲因爲我新得了一個枕頭花樣，我和嫻妹看看好不好。

司徒：噢！嶺梅！你倒是該繡對枕頭送給詠嫻。

溫：幹甚麼？我不會，我是託她替我繡。

司徒：嶺梅！你不知道嗎？下個月初六就是詠嫻的好日子，你做表姐的也該送一樣添箱禮呀。

嫻：甚麼？

溫：舅舅！你說甚麼？

司徒：六月初六是詠嫻結婚的日子，我作主把她嫁給鄺兆昌，她母親也同意的，上個月下的訂禮。

詠嫻：啊！（像一個被判了死刑的囚犯，幾乎昏過去。）

秋蘭：小姐！小姐！

溫：怎麼事先我們一點影兒都不知道？連詠嫻都瞞在鼓裏？

司徒：兒女的婚姻大事當然由父母作主，他父親死得早，這責任就在我做伯父的身上。我看中的還會有錯嗎？

嫻：伯父！這是怎麼回事啊？媽來信不是說病了才要我回去的嗎？

司徒：你母親得的是心病，因爲你這麼大了，還沒有個正當的歸宿。你回去結了婚，你母親的病，自然就會好了。

嫻：可是伯父！……啊！梅姐！……（哭泣）

溫：舅舅！您不能這樣作。

司徒：爲甚麼？鄺兆昌青年有爲，是一個很幹練的青年，並且堂上既無翁姑，比肩又無兄弟，偌大家私，過去就由她一個人掌管……

溫：不管鄺兆昌他人怎麼樣，可是他跟嫻妹從來沒見過面談過話，他們之間一點感情都沒有，怎麼結婚呢？

司徒：男女授受不親。沒拜過天地怎麼能見面談話？中國是禮義之邦，我們又是書香門第，這點禮義廉恥，你們都不明白，進洋學堂實在沒有用處！

嫻：伯父！我還年紀青哪！

司徒：詠嫻！你不必難過，男大當婚，女大當嫁，是一定的道理。十九歲也不算小了！

溫：舅舅！既使您一定要嫻妹結婚，可是也不能嫁給鄺兆昌，您要是愛嫻妹，就請您把這頭婚事退了。

司徒：那不能！

溫：舅舅！你不能不講理。是嫻妹妹嫁人，不是您自己出嫁，您不能作主。

司徒：嶺梅！你這孩子怎麼滿口瘋話？太沒規

矩！你還是個姑娘，聽見這些事，你就該紅着臉躲開。

溫：我偏不躲開！嫻妹太懦弱了，可是我不能看着她聽你們宰割。嫻妹！勇敢點兒！把你跟英士相愛的事情告訴他，就算是男大當婚，女大當嫁，那你們既然相愛，也該是你們結婚哪！

嫻：啊！梅姐！梅姐！你不要說了吧！我是一世不嫁人的。

司徒：嶺梅！你太胡鬧了，居然說出這些不顧廉恥的話。「愛」字豈是你們深閨處女嘴裏能說的？詠嫻不遵閨訓，沾辱門楣的事，我早就耳聞了。本來該使用家法好好的責罰她，可是看在我死去的弟弟份上，又不忍心，纔想了這個速斷速決的辦法來解決她的婚事，這已經是寬容她了。但是如果不是你屢次勸她和你一齊進學校，也鬧不出這種醜事來，我沒有責罵你，你反而當着我的面來挑撥她了，眞太胆大了！太不像話了！你雖然不姓司徒，但是你母親總是我的親妹妹。這些年我想着你雖然沒有了父母，但是你哥哥總應該教導你的，沒想到把你嬌縱到這樣無法無天，眞太難了！太難了！等我把詠嫻的事料理清楚，再來管教你！

溫：你敢管我？我的事我自己會作主，我可沒有嫻妹那麼好欺負。

嫻：梅姐！別說了！偺們走吧！先到我屋裏去吧！

秋蘭：老爺別生氣了！小姐們先請回屋去，有話等會兒再商量吧。

溫：我頂恨這種人，滿臉的仁義道德禮義廉恥，肚子裏滿不是那麼回子事兒。你是甚麼伯父？甚麼舅舅？簡直是假道學！僞君子！斷送青年幸福的劊子手！

（詠嫻秋蘭拉嶺梅下。）

司徒：（氣極）犯上作亂，這丫頭簡直瘋了！詠嫻好好兒的一個孩子幾乎被她帶壞了。剛纔她們說上溫家去了，一定又是去找那個野小子。豈有此理！哼！

（來回走了兩步。）

（外面風雨聲。）

司徒：太太！太太！（推開左邊房門看看，又回來。）怎麼今天這麼早就睡了？

（坐在躺椅上，拿起水煙袋和媒紙，又放下。）

（舞台燈漸暗，頃刻復明。）

（外面閃電，雨聲漸住。）

（秋蘭自內上，欲出右門，手裏捏着一封信。）

秋蘭：（想不到司徒諒直在這兒。）老爺！您還沒睡哪。

司徒：年紀大了，不容易睡覺，躺在床睡上着才眞難過哪。秋蘭！你是個聰明孩子！你是來陪陪你老爺的吧。

秋蘭：老爺！我……我有點兒事。（溜向右門欲下。）

司徒：這麼晚你要到那兒去？你手裏拿的是甚麼？

秋蘭：（急掩藏）沒……沒有甚麼。

司徒：沒有甚麼？（一把搶過那封信來，拆開，念。）「英士：事已急，請你準備行裝，明晨七時我們一同赴港。一切困難梅姐會幫助我們，詳情面談。嫻。」好！居然要私逃了！你們既然打算乘七點鐘的火車上香港，那我們就坐六點鐘的輪船回香山。來人哪！來人哪！

（人不來，司徒自右門下。）

（秋蘭急得怔在一邊。）

門外男僕聲：老爺！甚麼事？

門外司徒聲：明天早點起來預備，我和小姐改搭早班船動身了。五點就要上碼頭！

門外男僕聲：是！老爺！

（司徒諒直進。）

秋蘭：老爺！你這麼做會把小姐逼死的。

司徒：胡說！你們太胡鬧了。你也敢夾在裏面搗鬼！那個姓伍的有甚麼好？要你們都幫他的忙？

秋蘭：我也不知道。不過，依我看小姐倒是應該嫁給伍少爺。

司徒：你懂得甚麼？也這麼說話？

秋蘭：老爺！您是沒見過伍少爺，見過了您也會喜歡他的。他唱的歌才好聽哪！

司徒：唱歌？唱歌有甚麼好？一不能換功名，二不能掙洋錢，年青青的不想着怎麼興家立業，光會唱歌有甚麼用？

秋蘭：伍少爺彈着琴，小姐唱着歌，有時他們倆也一塊兒唱。您要是聽見了他們一塊兒唱的聲音，您也會覺得他們纔是天造地設的一對兒好夫妻呢！

司徒：小姐更不該唱歌了，大家閨秀講究的是貞靜端莊；吹彈歌舞是一般姬妾們的事。我還要囑咐詠嫻將來嫁到鄭家萬不能隨口胡唱，不然人家要笑我太沒有家教了。

秋蘭：不管怎麼樣，嫁給鄭少爺是太委屈小姐了。那回鄭少爺給您送禮來，我看見了，板着臉好像誰欠他二百錢似的。

司徒：鄭少爺是正人君子，那能跟你一個丫頭嘻皮笑臉呢？

秋蘭：一板臉更顯得老了，三十多，比小姐大十幾歲呢！

司徒：大個十來歲算得甚麼？多大幾歲的女壻纔知道疼人哪！我若是娶個像你這麼大的姑娘，那我就整天看着她，陪着她，頂的頭上怕掉了，揑的手裏怕碎了，含的口裏怕化了。

秋蘭：別說委屈小姐了，我都不愛跟過去伺候他。

司徒：那你就求太太別叫你陪過去了！你又是太太的人，還是留在這兒伺候你老爺吧！

秋蘭：可是我又捨不得離開小姐。

司徒：別管她小姐不小姐的，你說你願意伺候你老爺不願意？

秋蘭：……

司徒：（一步一步逼近秋蘭，獸慾的眼光視着她。）你說呀！你快說！侍候老爺，願意不願意？

秋蘭：（不明白司徒諒直是甚麼意思，祇得說：）伺候老爺當然是應該的了！

司徒：（意外的喜悅，按不住心頭的慾念，色情的一把抱着秋蘭。）我的小心肝！我就知道你不會辜負了我的心。

秋蘭：（嚇極大喊）老爺！老爺！[illegible]麼[illegible]放開我！老爺！

（司徒陳氏急由左門上，滿臉怒容，鋒利的目光射在司徒諒直和秋蘭的身上。）

司徒：（聽見門開聲，急鬆手。看見是太太，窘極，只得非常狼狽的掩飾着說：）我搜一搜她身上有沒有藏甚麼弊。（想起手中那封詠嫻給英士的信。）你看，詠嫻要私逃！這封信就是剛搜出來的。（搭訕着笑）嘿嘿！（向秋蘭）還不快去，告訴他們，明天早點起來預備，我們改搭早班船走了。

幕急下

本刊佳作預告

本刊本期已排而臨時未能儘量刊載，或已排而不克即期發表之佳作甚多，預告如下：

不執室雜記……紀果庵

看茶餘話……武酉山

下鄉……吳伯簫

查票員……吳伯簫

淩霄花……張葉舟

哥哥妹妹……馬博良

杜斯妥以夫斯基回憶錄……白櫻

夜珠集

譚正璧著

最新出版

要目一斑

每冊僅售一百八十元

全書分談古篇憶遊篇懷人篇擬野草等四集十萬餘言裝幀精美文字清麗

名作三十餘篇，美妙絕倫。

上海福州路三四二號**太平書局**印行

風土小記

文載道著

太平書局印行

本書精裝二百六十面，三色封面，清雅無比，內容精采，堪稱本年文壇之奇葩。

每冊一百八十元 上海福州路三四二號**太平書局**發售

周作人先生著

苦口甘口

知堂先生的散文是中國近代散文的權威。事變以還，先生所寫的散文隨筆，尤多悲天憫人之願，而一以沖淡幽雅出之，爐火純青，意境之高，實非其餘作者所能企及。本書是先生應太平書局的請求，特將最近的文章收集出版，現在鄭重排校印刷中，不日即將出版，愛讀第一流散文作品者，幸勿交臂失之。

即將出版
密切注意

太平書局發售

書房一角
藥堂雜文
藥味集
風雨談
秉燭談

全書要目

序

第一分
苦口甘口
夢想之一
文藝復興之夢
論小說教育
女子與讀書
燈下讀書論
談翻譯
怠工之辯
希臘之餘光
我的雜學

第二分
武者先生和我
草囤與茅屋
蘇州的回憶
兩種祭規
讀鬼神論
俞理初的著作
陶集小記
關於王嘯君
虎口日記及其他
陽九述略

第三分
遇狼的故事

太平書局印行
上海福州路三四二號

本期售價每册一百元

國民政府宣傳部登記證誌字第一三二號
上海市警察局登記證C字第一一三四號

《風雨談》二十一期總目錄

第一期目次（中華民國三十二年四月）

第二期目次（中華民國三十二年五月）

第三期目次（中華民國三十二年六月夏季特大號）

第四期目次（中華民國三十二年七月二十五日）

第五期目次（中華民國三十二年八月二十五日）

第六期目次（中華民國三十二年十月號）

第七期目次（中華民國三十二年十一月）

第八期目次（中華民國三十二年十二月二十五日，新年特大號）

第九期目次（中華民國三十三年一二月號合刊，春季特大號）

第十期目次（中華民國三十三年三月）

第十一期目次（中華民國三十三年四月）

第十二期目次（周年紀念號）

第十三期目次（中華民國三十三年七月）

第十四期目次（中華民國三十三年八月九日）

第十五期目次（中華民國三十三年十月）

第十六期目次（中華民國三十三年十二・一月　小說狂大號）

第十七期目次（中華民國三十四年四月）

第十八期目次（中華民國三十四年五月）

第十九期目次（中華民國三十四年六月）

第二十期目次（中華民國三十四年七月）

第二十一期目次（中華民國三十四年八月）

秀威經典 人文史地類 PC0579

風雨談（五）

原發行者 / 上海風雨談月刊
主　　編 / 蔡登山

數位重製·印刷 / 秀威經典
http://www.showwe.com.tw
114台北市內湖區瑞光路76巷65號1樓
電話：+886-2-2796-3638
傳真：+886-2-2796-1377
劃撥帳號 / 19563868　戶名：秀威資訊科技股份有限公司
讀者服務信箱：service@showwe.com.tw
網路訂購 / 秀威網路書店：https://store.showwe.tw
網路訂購：order@showwe.com.tw

2016年12月
精裝印製工本費：15000元（全套六冊不分售）

Printed in Taiwan

國家圖書館出版品預行編目

風雨談 / 蔡登山主編. -- 一版. -- 臺北市 : 秀威經典, 2016.12
冊； 公分. -- (人文史地類；PC0575-PC0580)
BOD版
ISBN 978-986-93753-1-3(第1冊 : 精裝). -- ISBN 978-986-93753-2-0(第2冊 : 精裝). -- ISBN 978-986-93753-3-7(第3冊 : 精裝). -- ISBN 978-986-93753-4-4(第4冊 : 精裝). -- ISBN 978-986-93753-5-1(第5冊 : 精裝). -- ISBN 978-986-93753-6-8(第6冊 : 精裝). -- ISBN 978-986-93753-7-5(全套 : 精裝)

1.中國文學 2.期刊

820.5 105018595

讀者回函卡

感謝您購買本書，為提升服務品質，請填妥以下資料，將讀者回函卡直接寄回或傳真本公司，收到您的寶貴意見後，我們會收藏記錄及檢討，謝謝！

如您需要了解本公司最新出版書目、購書優惠或企劃活動，歡迎您上網查詢或下載相關資料：http:// www.showwe.com.tw

您購買的書名：________________________________

出生日期：________年________月________日

學歷：□高中（含）以下　□大專　□研究所（含）以上

職業：□製造業　□金融業　□資訊業　□軍警　□傳播業　□自由業

□服務業　□公務員　□教職　□學生　□家管　□其它_____

購書地點：□網路書店　□實體書店　□書展　□郵購　□贈閱　□其他

您從何得知本書的消息？

□網路書店　□實體書店　□網路搜尋　□電子報　□書訊　□雜誌

□傳播媒體　□親友推薦　□網站推薦　□部落格　□其他__________

您對本書的評價：（請填代號　1.非常滿意　2.滿意　3.尚可　4.再改進）

封面設計____　版面編排____　內容____　文／譯筆____　價格____

讀完書後您覺得：

□很有收穫　□有收穫　□收穫不多　□沒收穫

對我們的建議：________________________________

____

____

____

請貼
郵票

11466
台北市內湖區瑞光路 76 巷 65 號 1 樓

秀威資訊科技股份有限公司　　　收

BOD 數位出版事業部

（請沿線對折寄回，謝謝！）

姓　　名：＿＿＿＿＿＿＿＿　年齡：＿＿＿＿　性別：□女　□男

郵遞區號：□□□□□

地　　址：＿＿＿＿＿＿＿＿＿＿＿＿＿＿＿＿＿＿＿＿

聯絡電話：(日) ＿＿＿＿＿＿＿＿＿＿ (夜) ＿＿＿＿＿＿＿＿＿＿

E-mail：＿＿＿＿＿＿＿＿＿＿＿＿＿＿＿＿＿＿＿＿